本书为2013年河北省社会科学基金项目(HB13LS004)成果
2013年河北省社会科学发展研究课题（201303274）成果

董仲舒研究文库

第一辑

魏彦红 主编
耿春红 卫立冬 李建明 副主编

巴蜀书社

序

盛世文化的代表

周桂钿

两千多年前的儒家提出了最高的社会理想和现实的社会理想。最高理想是“大道之行也，天下为公”的大同社会。最高理想很难实现，现实社会是“大道既隐，天下为家”的家天下。家天下也有兴衰成败的问题，兴盛时，社会安定，经济发展，人民安居乐业。这叫小康社会。如果天下分裂，社会大乱，战争暴发，经济崩溃，人民流离失所。这就是乱世。中国历史上经常出现乱世与治世的交替。大乱后有大治，治以后又乱，分久必合，合久必分。治理得好，可以安定数百年。治理不好，连续动乱，难有安定的日子。中国人的梦想首先是实现小康的现实理想，而最高理想只是追求的目标，时过两千多年，还没实现，再过两千年，也未必能实现。因此，我们要争取的首先是现实理想，那就是小康社会。

儒家认为尧、舜之前是公天下的大同社会，就是公有制的原始社会。从禹开始出现家天下，这是私有制的社会。儒家还认为，在禹、汤、文武、成王、周公执政时期是小康社会。这时的家天下，社会安定，没有战争，秩序良好。这是三代的前期。接着后来就逐渐变坏了。夏桀和商纣当政都是乱世，才被汤、武所取代。特别在周朝末期，天下大乱，周天子没有权威，礼崩乐坏，各诸侯分裂割据，年年纷争，大国强国吞并小国弱国，最后七强纷争进入战国时代，最终由秦国吞并六国统一天下，建立秦朝，筑长城，统一文字与度量衡，改封建制度为郡县制度。秦虽然统一了，由于执政缺乏德教，不久又陷入大乱，很快又灭亡了。继承秦朝的是汉朝，虽然改朝了，而家天下的格局没有改变，一直延续到清朝，达四千五百多年。家天下在四千多年中，虽然不断改朝换代，家天下的格局没有变化，虽有改革与创新，只是在完善这种制度。新朝代刚建立往往比较好，社会安定，经济发展，人民安居乐业，呈现盛世状况。延续一段时间后，就逐渐腐败，进入乱世，被人民推翻，被有德者取代。在中国历史上有汉唐盛世。汉朝与唐朝的前期与三代前期相似，都可以称为盛世即小康社会。

大同是儒家的最高理想，很难达到，小康则是可以实现的现实的理想社会。大同与小康就成为古今中国人的共同之梦。

尧舜之前还没有出现私有制的原始社会，儒家称为“天下为公”的时代。当时社会状况，我们不清楚。夏、商、周三代，孔子对于夏、商的社会制度已经不太清楚，礼制大概已经出现。后代考古可以确定商代有甲骨文和祭祀文化。至于周代，孔子有比较多的了解，主要的有周公制礼作乐，创造礼乐文化，又实行分封建国的封建制度，细节保存在儒家的典籍中。秦王朝建立时，实行郡县制，取代封建制，同时废除许多礼乐细节。春秋时代已经礼崩乐坏，这时改朝的冲击，使礼乐细节荡然无存。

汉代秦之后，许多儒生企图恢复周礼，由于资料不全，他们收集残篇断简，加上想象猜测，重新创造出与时代相适应的礼乐制度来。“礼之用，和为贵”，礼乐的作用最重要的就是使社会和谐。汉初统治者为了巩固得来不易的政权，采取了一系列措施，协调各种社会关系，消除危险因素。在稳定的条件下，发展生产，保障供给，让人民安居乐业。人民富裕以后，就开始奢侈，而当官的就抢先腐败，教育就变得特别重要。正如孟子所说，生活好了，不接受教育，就会变得与禽兽差不多。刘邦巩固政权，文、景时代使百姓富裕，汉武帝开始独尊儒术，大办教育，发展文化事业。汉初这三阶段形成了盛事景象：社会稳定，经济发展，文化提高。

文化提高，培育了史学家。史学家记述了盛世景象。司马迁、班固等著名史学家，记录了汉代社会的状况。在盛世之下有许多社会问题，是动乱的萌芽，任其发展，就会毁灭这个盛世。这里有丰富的经验与教训。还有一些著作，如陆贾《新语》，贾谊《新书》，桓宽《盐铁论》等，都从不同角度阐述了治理天下的深刻理论。特别是董仲舒，不置产业，专心理论探索，提出一些重要思想，对后代有深刻的影响，如“大一统论”，形成民族意识。为民族统一作出贡献的，是民族英雄；分裂民族，出卖民族利益的，是民族败类、汉奸卖国贼。又如“独尊儒术”，奠定了以儒学为主干的中华民族精神。因此，董仲舒被称为经学大师，“为儒者宗”，“为群儒首”，上承孔子，下启朱熹，堪称中华文明史上三大圣之一。

孔子生于春秋时代的乱世，朱熹生于南宋末世，只有董仲舒生于西汉前期的盛世。因此，董仲舒哲学即董学不愧为盛世文化的代表。

董仲舒故里广川，今属河北衡水市，衡水学院的学者们重视本地先贤，潜心研究，又组织全国性会议，交流研究成果和体会。现将这些论文汇集出版，编辑邀我作序，我以为好事，当即应允，在视力很差的情况下，闭目思考，写下以上文字，权充序，请读者指正！

序

蒋重跃

《衡水学院学报》主编魏彦红教授要我为他们新近出版的论文集《董仲舒研究文库》作一篇序，其中的文章皆出自他们学报的特色栏目“董仲舒研究”。我欣然接受了这项任务。为什么呢？一来是因为这个主题与我的学术领域相关，对于它的学术意义和价值，我多少还是有所了解；二来是因为办特色栏目对于高校社科学术期刊的发展具有重要的意义，作为全国高等学校文科学报研究会理事会的负责人，我的确感到有话可说。

毫无疑问，董仲舒是中国古代历史上第一流的学者和思想家。在他生活的时期，王朝统治正在从“清静无为”向“以孝治天下”(其实是“以霸王道杂之”) 过渡，很自然地，学术思想上也就要从黄老之学向儒学转向。董仲舒的思想就是儒学向意识形态最高地位攀升的代表。他的“天人三策”对于汉武帝实施思想统治产生了重大影响；他对《春秋》学的研究继承了先秦公羊家传统，被当时的思想界和学术界公认为一家，并进而规范了两汉公羊学的基本走向。董仲舒在当时的政治、思想、文化、教育、学术等诸多方面都留下了影响。他在世时就受到最高统治者和学界的隆重礼遇，身后长期受到尊崇。不过，在特定的历史时期，他也会遭遇相反的命运，受到世人的批评、误解，甚至污蔑和谩骂。时至今日，关于董仲舒，仍有许多问题需要不断地探索和研究。例如，他对天人关系的认识究竟是毫无价值的宗教迷信，还是饱含真知灼见的理性反省？他的一统思想、三统论、三世说究竟是稀奇古怪的歪理邪说，还是别有会心的奇思妙想？他对公羊家法有怎样的贡献？他的学术活动在人类知识发展史上占有怎样的地位？他的思想在今天还有哪些意义和价值？这些问题的确大有研究的必要。

在中国历史上，像董仲舒这样的大思想家并不多见，如果回眸两千多年的悠久历程，放眼中国乃至全世界的广袤地域，这个话题就更显得弥足珍贵了。在我国当下的中等学校和高等院校文史哲的相关教材和学术著作中，是不会丢掉董仲舒的。专以董仲舒为题的学术著作也有十几种出版，学术论文就更多了，以董仲舒本人为题的论文每年都会有50篇左右在正式学术期刊发表，但却没有一种学术期刊是专以董仲舒及与董仲舒相关的思想文化现象为主题的，这不能不说是一个缺憾。怎么办呢？

2007年，就在董仲舒的家乡，《衡水学院学报》创设了“董仲舒研究”专栏，弥补了学术界的这个缺憾。为了办好这个栏目，《衡水学院学报》的主编和编辑不辞辛劳，做了大量工作。他们在全国范围内发出征稿函和约稿函，专程拜访董学专家，参加相关学术研讨会，举办全国董仲舒思想高端学术论坛，还通过网络（博客、微博等）挖掘稿源。他们的努力得到了丰厚的回报，许多著名的董学专家学者纷纷把自己的研究心得贡献出来。在短短的六年里，他们与众多董学研究知名学者建立并保持了良好的合作关系，专栏共刊登了近百篇董仲舒研究论文，其中不乏精品力作，所以才有本书的结集出版。

《衡水学院学报》创办“董仲舒研究”专栏是一个有代表性的案例，它说明，综合性学术期刊创办特色栏目是必要的，更是可行的。

首先，在我国的学术研究和学术期刊界，有一个问题一直困扰着人们，即一方面是有许多学术专题研究成果需要发表，另一方面却是没有足够的与之相应的专题期刊以供论文发表。这样的研究课题和领域有许多，历史人物方面涉及思想家、教育家、文学家、政治家、军事家等，地域文化方面涉及齐鲁、闽越、河海、三晋、关陇、巴蜀、岭南等，行业文化方面涉及盐铁、纺织、印刷、演艺等。与此相适应，各个主题下的研究队伍也相对集中。但与之相对应的专题性学术刊物却不多。那么，怎样才能更有效地把众多优秀的专题论文发表出来，以满足学术研究的需要呢？在现有的管理体制下，唯有在综合期刊中考虑创办专题栏目这条路可走。

其次，随着高等教育的快速发展，如何为提高高校的学术研究水平和教学的学术含量服务，也成了摆在高校学术期刊人面前的一个大问题。要做到这一点，提高自身的学术水平就是当务之急。除了少数办刊历史悠久、学术资源丰厚的“大刊”、“名刊”，对于众多创刊时间短、经验相对欠缺、资源相对薄弱的学术期刊来说，要想在短时间内取得整体进步是不现实的。如果结合各自的实际，发挥某一方面的优势，创办特色栏目，先把一个或少数几个栏目办好，然后再把优势扩展到全刊，最终推动全刊整体进步，倒是切实可行的。

正是因为瞅准了以上两点，2003 年以来，教育部哲学社会科学名刊建设工程中才专门设立名栏建设计划，至今已经评选出两批共 40 家学报。同时，全国高等学校文科学报研究会在两届评优活动中，专门设立“特色栏目”一项，2010 年，共评选出 204 个优秀特色栏目，鼓励高校学术期刊在创办特色栏目上大胆探索。政府主管部门和行业组织的这些举措，极大地激发了高校学术期刊创办特色栏目的积极性。目前，许多高校学术期刊都在出点子、想办法，一个争相创办、办好特色栏目的活动正在蓬蓬勃勃地开展起来。《衡水学院学报》的“董仲舒研究”毫无疑问是其中的一个优秀代表。

创办特色栏目当然要有热情。不过，话又说回来了，创办特色栏目不能脱离实际，要认真研究选题的可行性，切实掌握研究基础和学术队伍的实际情况，保证刊发的学术成果是水到渠成的，而不是揠苗助长出来的。简单说，要在特色和学术水平两者之间形成一种合理的张力或平衡，这才叫质量，才值得去做，才有望获得成功。从本书所选的论文可以看出，《衡水学院学报》在追求特色和水平之间的平衡上做出了他们的努力，应该给予充分的肯定。

以上就我所知，对本论集的缘起和背景略作介绍，希望对阅读和了解本书有所助益。

目　录

董仲舒春秋公羊学研究

董仲舒的奉天法古

黄开国

董仲舒《春秋公羊》学的中心是王道，贵元重始与奉天法古构成王道的两大主要内容。关于贵元重始，笔者已经在《哲学研究》发表的文章中作过论述，本文仅就奉天法古作一简略的讨论。

在哲学上董仲舒讲天人感应，以天为有意志、有伦理道德的神，同时，还借阴阳五行来构建其哲学体系，将世界的万事万物都纳入阴阳五行的图式。统观董仲舒的哲学，天无疑是最高范畴，是万事万物的主宰，也是世界的本原。董氏《春秋公羊》学的奉天法古说，是从天意的高度，将《春秋》视为一部表达天意的神圣之作。他说："《春秋》之道，奉天而法古[1]25。"虽然奉天与法古在这里是并列，但在董仲舒的思想中，二者是不能相提并论的，相对而言，最根本的是奉天，而不是法古。古之所以可以为法，在于古代的君主能够很好地奉行天意。所以，只有奉天之说才给董仲舒的《春秋公羊》学的王道提供形而上的哲学支持。所谓奉天是说《春秋》之道都是对天道的遵奉，也就是说孔子所著的《春秋》是上天意志的体现。而这个所谓上天的意志，就是通过君主来实行所谓王道。他说：

> 臣谨案《春秋》之文，求王道之端，得之于正。正次王，王次春。春者，天之所为也；正者，王之所为也。其意曰，上承天之所为，而下以正其所为，正王道之端云尔。然则王者欲有所为，宜求其端于天[2]董仲舒传。

《公羊传》的“春王正月”4个字的排列顺序，绝不是随意的，而是含有君主遵奉天意、以正其所为的深意。所以，王道的根据在于天意，具有不可怀疑的神圣性。正是在此意义上，董仲舒说：“道之大原出于天，天不变，道亦不变[2]董仲舒传。”用天的不变性，推论出王道的永恒不变。而王道实施者的君主不过是天意的执行者：

> 《春秋》之序辞也，置王于春正之间，非曰：上奉天施，而下正人，然后可以为王也云尔[1]108！

通过对《春秋》文字的训解，王与王道都获得了天意的支持。而王道的实现，关键在君主的政治得失。所以，如何才配称合格的君主，君主如何才能实现王道，就成为董仲舒所关注的问题。王充早就指出，《春秋繁露》是以君臣政治得失为中心内容的：“《新语》，陆贾所造，盖董仲舒相被服焉，皆言君臣政治得失，言可采行，事美足观[3]1169。”桓谭在《新论·本造》中也说：“董仲舒专精于述古，年至六十余，不窥园井菜。余为《新论》，术辨古今，亦欲兴治也，何异《春秋》褒贬邪!”可见，桓谭与王充都认为董仲舒的《春秋繁露》是通过褒贬来言说王道的政治得失，目的在实现国家的治理。

从天意的高度，董仲舒将受命于天的君主称为天子。天子在董仲舒的思想中，并非仅仅是居于天子之位，最根本的判定在于看他是否受命于天。他说：

受命之君，天意之所予也。故号为天子者，宜视天为父，事天以孝道也[1]648。

唯天子受命于天，天下受命于天子，一国则受命于君。君命顺，则民有顺命；君命逆，则民有逆命；故曰："一人有庆，兆民赖之。"此之谓也[1]705。

天子就是上天的儿子，是代表父亲的天来治理天下的。在董仲舒的思想中，并不是所有在位的君主都是合法的君主，只有受命于天的天子，才是具有合法性的君主，而这样的君主是受天命，代表上天来治理社会、教化人民①。天意在人世间的落实，离不开君主。天子拥有绝对的权威，是天下人心所系："人之得天得众者，莫如受命之天子，下至公、侯、伯、子、男，海内之心，悬于天子[1]632。"将天子的身份与地位绝对化，是董仲舒《春秋公羊》学的突出特点。

而《公羊传》讲在没有明天子的条件下，诸侯可以专封、专讨、专地。从维护君主的绝对权威出发，董仲舒坚决反对这一点：

有天子在，诸侯不得专地，不得专封，不得专执天子之大夫，不得舞天子之乐，不得致天子之赋，不得适天子之贵[1]222。

只要有天子存在，而不管天子贤明与否，任何人都不得享有专杀、专讨等特权。《公羊传》允许在没有明天子的条件下，肯定诸侯的专封、专讨、专杀的合理性的观念，在董仲舒的思想中已经荡然无存。我们看到董仲舒在训解《春秋公羊传》时，只有不许诸侯专封、专讨、专杀的说辞，如说："是故齐桓不予专地而封，晋文不予致王而朝，楚庄弗予专杀而讨，三者不得，则诸侯之得殆此矣[1]1。""晋文再致天子，皆止不诛，善其牧诸侯，奉献天子，而服周室，春秋予之为伯[1]230。"对齐桓公、晋文公为代表的诸侯霸主，董仲舒只肯定他们的奉献天子、服周室、奉上的一面，而涉及专封、专杀之类，则只有“不予”“不得”一类的一连串否定语言。他甚至说“齐桓、晋文不尊周室，不能霸”[1]633，齐桓公、晋文公能够成为春秋最有影响的霸主，就在于他们能够尊奉周王朝。他还在《王道》中一再申论，《春秋》之所以出现弑君三十二，亡国五十二，就在于“臣下上逼，僭拟天子”“晋文再致天子，齐桓会王世子，擅封邢卫杞，横行中国，意欲王天下”[1]213所致。这是在君臣关系上，完全以君为臣纲作为标准来判定是非，以尊王为第一要义。所以，他对齐桓公为代表的春秋五霸，表示出不屑一顾，说什么“仲尼之门，五尺之童羞称五伯”[2]董仲舒传，这与《公羊传》在一定程度上的肯定五霸是完全不同的。

董仲舒改变《公羊传》对齐桓公、晋文公专封等的评价，只讲不允许诸侯的专封等，这种改变的背后有着强烈的现实性。西汉自开国以来就存在中央与诸侯国之间的矛盾，强干弱枝，加强中央集权、削弱地方诸侯王的势力，一直是现实政治中的最大课题。通过几代皇帝尤其汉武帝采用的推恩令，基本上解决了这个问题：“文帝采贾生之议分齐、赵，景帝用晁错之计削吴、楚。武帝施主父之册，下推恩之令，使诸侯王得分户邑以封子弟，不行黜徙，而藩国自析[2]诸侯王表。”但是，中央集权的合理性还缺乏理论的论证。董仲舒反对诸侯的专封等，就在理论上为汉武帝的中央集权提供了论证。他不仅明确反对诸侯的专封等，还将汉武帝的强干弱枝政策作为《春秋》的大义，他在《十指》中说，强干弱枝是《春秋》十大旨意之一，而“强干弱枝，大本小末，则君臣之分明矣”[1]313，“立义以明尊卑之分，强干弱枝，以明大小之职”[1]300，明确强干弱枝所要解决的问题就是君臣的尊卑关系，也就是君主的集权问题。这就将汉武帝的强干弱枝上升到《春秋》之法的高度，而《春秋》之法是代表天意的，这也就将汉武帝的政策神化为天意的体现。这种联系现实政治，来诠释《春秋》、发明大义，将现实的需要同《春秋》相附会，是《春秋公羊》学经世致用的精神所在。《春秋公羊》学最兴盛的时期是西汉与晚清两个时期，就与这两个时期很好地发挥了这种精神有密不可分的联系。而董仲舒是西汉在这方面做得最成功的代表。

董仲舒对君权的绝对化，还表现在天、君、人关系的规定上。他将“屈民而伸君，屈君而伸天”[1]48 视为《春秋》之大义也。徐复观先生曾辨析董仲舒此说，认为“站在董仲舒的立场，‘屈民而伸君’是虚，是陪衬；而‘屈君而伸天’一句才是实，是主体。至于统治者及后世小儒，恰恰把他倒转过来，以至发生无穷的弊害，这是董仲舒始料所不及的”[4]212。用虚实、陪衬主体来评说董仲舒的这两句话，是值得商榷的。这里的关键是屈君还是伸君的问题，董仲舒在这个问题上，是带有两面性的。相对于天，君要屈；相对于百姓，君要伸。应该说这两个方面在董仲舒的思想中，都具有重要的意义，而绝没有虚实、陪衬主体之分。如果硬要说虚实、陪衬主体之分，反倒是应该以伸君为董仲舒思想的主体与实的方面。因为董仲舒的全部思想都是围绕着王道来做文章的，是以王道为中心的。所以，我们看到，董仲舒虽然有屈君之说，但如何屈君却少有论说，而倒是对如何伸君处处用心细说，强调人类社会所有的人都必须服从君主，将屈民伸君即臣民服从君主作为处理君民关系的准则。而人民只能无条件地拥戴君主，“犹众星之共北辰，流水之宗沧海也”[1]606。君主在董仲舒的《春秋公羊》学中，不仅具有天之子的神性，而且也是高居于整个社会之上、凌驾于万民之上的绝对权威。人民在君主面前，只有服从与接受其教化的命运，所以，董仲舒的性同一说认为只有君主的教化，才能够使民性成善，而一再强调王教对民性成善的决定作用。当然，董仲舒所要伸的君，指的是受命于天的君主，而非那些只有其位而无其实的帝王，而伸受命于天的君也就是天意在现实社会的落实。若说董仲舒以屈君为主、为实，伸天也就无法落实，变成了一句空话。

董仲舒的天子受命于天，虽然有为皇权绝对化作论证的意义，但是，它又绝不是一种为满足皇帝个人私欲的理论。相反，董仲舒的这一理论带有规范、制约皇帝的行为，反对其胡作非为的积极内涵。董仲舒在《春秋繁露》中，一再将仁义礼智信等说成是天理、天心，“人之德行，化天理而义”[1]702，“仁，天心”[1]363，并将至高德行作为天子受命于天的根据，“德侔天地者，称皇帝，天佑而子之，号称天子”[1]454。既然天子是道德最高的人，就应当为人表率，成为道德的楷模。以至在董仲舒的著作中圣人还时常被作为与天子、君主含义相同的同义词来使用，董仲舒以天子为圣人，除了神化、美化天子外，主要的目的还是用天意来引导君主，要君主重视“为民”的问题。他认为天子既然是上天的儿子，是代表上天治理天下。所谓“天之生民，非为王也；而天立王，以为民也。故其德足以安乐民者，天予之，其恶足以贼害民者，天夺之”[1]498。所以，君主就应该体现上天的仁爱，实行以德为主的德治与仁政，教导人民向善，同时还要关注人民的疾苦，给人民的生活以保障。这样的君主，才能够成为万民所拥戴的天子：“王者，民之所往，君者，不失其群者也；故能使万民往之，而得天下之群者，无敌于天下[1]168。”而天子与万民的关系，犹如人心与人体：“君者，民之心也，民者，君之体也；心之所好，体必安之；君之所好，民必从之。故君民者，贵孝弟而好礼义，重仁廉而轻财利，躬亲职此于上而万民听，生善于下矣[1]708。”既然君主与人民存在心与体的关系，那么，君主应该对人民有一定程度的关切，这是先秦以来儒家重民思想的发展。尽管随着封建中央集权的加剧，君民的关系向着人民权益日益丧失的方向发展，但董仲舒关于对人民的一定关怀是天意体现的观念，对遏制君主的肆意践踏蹂躏人民还是有一定作用的，这是西汉《春秋公羊》学有价值的思想之一。

君主不仅要爱民，还要爱及四周的夷狄，所谓“王者爱及四夷”[1]566。这是对《公羊传》夷夏之辨的发展，也说明董仲舒所说的王者大一统，是包括华夏与夷狄在内的一统，这是对《公羊传》大一统、夷夏之辨所增添的新内容。西汉“自武帝以来”远离汉王朝的诸多异族国家“皆献见”[2]地理志，董仲舒将夷狄纳入王者所爱的范围，正是这一变化的反映。司马相如说“兼容并包”“遐迩一体，中外禔福”[2]司马相如传，也正是董仲舒《春秋公羊》学夷夏之辨的反映，并成为西汉王朝处理民族政策的原则。中国最后能够成为一个多民族的大家庭，《春秋公羊》学的夷夏之辨功不可没，而董仲舒的王者爱及四夷构成了其中的宝贵内容。而当君主失去道德，也就意味着违背天意，这时，君主就会受到上天的谴告，君主受到谴告被惊骇之后还不知悔改，就会失去天佑，而丧失天子的地位。他说：“天子不能奉天之命，则废而称公，王者之后是也[1]947。”王者之后称公，也就由天子降为三公的等序，失去了君主的地位。董仲舒认为，没有道德的君主，不过是自取灭亡的“一夫之人”“亡者爱及独身，独身者，虽立天子诸侯之位，一夫之人耳，无臣民之用矣，如此者，莫之亡而自亡也”[1]566。这种自取灭亡的君主，也就是桀、纣一类天下共弃的暴君，“天之所弃，天下弗佑，桀、纣是也”[1]606。董仲舒由此在《尧、舜不擅移，汤、武不专杀》说，对这样的君主进行诛杀，是有道杀无道，是合于天理的，他甚至说：“故夏无道而殷伐之，殷无道而周伐之，周无道而秦伐之②，秦无道而汉伐之，有道伐无道，此天理也[1]498。”由此他提出：“故天子命无常，唯命是德庆[1]431。”并以古代禅泰山为天子有72人之多的历史来证明这一观念。所以，董仲舒尽管在空间上将皇权绝对化，但在时间上却没有将皇权固定化，而是认为以天子为代表的皇权是变化的，是可以转移的。而如何转移，则看谁有可与天地之德相匹配的至德。诚如徐复观先生所指出：“董氏肯定了大一统的专制体制，并不等于他肯定了‘家天下’[4]183。”

法古相对于奉天，在董仲舒的《春秋公羊》学中论说不多，也不具备奉天的形而上的意义。董仲舒所以将其与奉天相提，是为了给他奉天的形而上理论找到理想的蓝图。而这一理想蓝图在西汉的现实社会中并不存在，自春秋以来的历史更是动乱不断，所以，董仲舒只能够从古代的历史去寻求这一蓝图：

> 五帝三王之治天下，不敢有君民之心，什一而税，教以爱，使以忠，敬长老，亲亲而尊尊，不夺民时，使民不过岁三日，民家给人足，无怨望忿怒之患、强弱之难，无谗贼妒疾之人，民修德而美好，被发衔哺而游，不慕富贵，耻恶不犯，父不哭子，兄不哭弟，毒虫不螫，猛兽不搏，抵虫不触，故天为之下甘露，朱草生，醴泉出，风雨时，嘉禾兴，凤凰麒麟游于郊，囹圄空虚，画衣裳而民不犯，四夷传译而朝，民情至朴而不文[1]195。

这种以五帝三王的古代政治为楷模的观念，是董仲舒讲法古的思想根源。需要指出的是，董仲舒在这里所指五帝三王，与他三统说的五帝三王是不同的，三统说的五帝三王可以说是历史上的任何一个王朝，并随着三统循环而发生变化，而这里的五帝三王则是儒家所说古代以尧、舜为代表的圣王。董仲舒的法古，就是以尧、舜等古代先王作为效法的榜样，“《春秋》之于世事也，善复古，讥易常，欲其法先王也”[1]27。在董仲舒的思想中，五帝三王的理想政治并非仅仅是理想，而是古代真实存在的现实。所以，他在《天人三册》中说，只要汉武帝能够奉天而行，“则三王之盛易为”。同时，董仲舒认为，先王之道与后王之道，是古今相通的，先王之法如规矩，后世必须以先王之法为参考：“是故虽有巧手，弗修规矩，不能正方圆；虽有察耳，不吹六律，不能定五音；虽有知心，不览先王，不能平天下；然则先王之遗道，亦天下之规矩六律已！故圣者法天，贤者法圣，此其大数也；得大数而治，失大数而乱，此治乱之分也；所闻天下无二道，故圣人异治同理也，古今通达，故先贤传其法于后世也[1]25。”而无论董仲舒如何为其法古说作论证，他的法古在客观上只是为汉武帝提供了一幅虚构的图画，但法古之说，却是后来《春秋公羊》学的托古说的滥觞。托古说认为历史发展是一个文明进步的过程，三代的美好图景不过是圣人的假托，这较之董仲舒对三代的认识显然要科学得多，但以托古与孔子改制相联系，将托古作为改制的手段，则诱发了廖平、康有为的孔子改制说，并在晚清发生了极其重要的影响。

董仲舒奉天法古说具有丰富的内容，但归根结底，不过是以论证王道的合法性、合理性、永恒不变为归宿。而王道本质上是一个政治学的问题，这说明董仲舒的《春秋公羊》学关注的重点在政治。但是，宋明理学对董仲舒最推崇的是他在《对胶西王越大夫不得为仁》所说的“仁人者正其道不谋其利，修其理不急其功”[1]603，这两句话在《汉书·董仲舒传》的《天人三策》中作：“正其谊不谋其利，明其道不计其功。”程颢说：“董仲舒曰：‘正其谊不谋其利，明其道不计其功。’此董子所以度越诸子[5]卷十四。”这是程朱理学对董仲舒的评说，反映了程朱理学的价值评判标准。但董仲舒的经学最重要的意义，并不在所谓义利之辩，而在于对王道的阐发。

注释：

①参见拙文《儒家性品级说的开端》的相关论述，载《哲学研究》2000年第9期。

②对周无道秦伐之之说，黄震在《黄氏日抄》卷五十六中论《春秋繁露》时已经推出质疑，认为是于理未驯之说："余多烦猥，甚至于理不驯者有之，如云宋襄公由其道而败，《春秋》贵之，襄公岂由其道者耶？如云周无道而秦伐之，以与殷周之伐并言，秦果伐无道者耶？"

参考文献：

［1］钟肇鹏．春秋繁露校释［M］．校补本．石家庄：河北人民出版社，2005．

［2］班固．汉书［M］．四库全书本．上海：上海古籍出版社，1987．

［3］黄晖．论衡校释［M］．北京：中华书局，1996．

［4］徐复观．两汉思想史［M］．上海．华东师范大学出版社，2001．

［5］朱熹，吕祖谦．近思录［M］．四库全书本．上海：上海古籍出版社，1987．

原文载于《衡水学院学报》2013年第2期。

黄开国（1952—），男，四川大英人，四川师范大学政教学院特聘教授，国务院特殊津贴获得者。

孔子改制与董仲舒的《春秋》法统论（上）

余治平

孔子作《春秋》，向子夏等弟子口授其深义。孔子之后的儒家队伍中，能够明确继承孔子的公羊学思想，而又能够对《春秋》之王法道统进行一番认真辨析和充分论证的，当数汉初的董仲舒。刘歆曾评论说："仲舒遭汉承秦灭学之后，《六经》离析，下帏发愤，潜心大业，令后学者有所统壹，为群儒首[1]1109。"现存《春秋繁露》一书，自南朝梁目录学家阮孝绪之《七录》第十七卷提及其书名之后，关于其作者、名称、内容、篇幅等一直争论不休，相继持续了十多个世纪，仅就它的真实性即是不是董仲舒本人之亲撰而言，有认可的，如朱熹、徐复观和当今海内外多数董学研究者，也有持怀疑态度的，如《崇文总目》提要、欧阳修、程大昌、《四库全书总目提要》、凌曙等。而编排得比较靠前（总共十七卷中列第七卷，总共八十二篇中列第二十三篇）的《三代改制质文》一篇，因为它位于《春秋繁露》解经的部分当中，所获得的认可度则相对较高，人们多以为它应当出自董仲舒之手，但也并不排除一些文字为后世学者所篡入，尤其是最后的“四法”一节①。

然而，如果说《三代改制质文》篇蕴藏着董仲舒政治哲学、历史哲学的丰富内容，描绘出了董仲舒《春秋》法统的架构、谱系，因而颇值得后学做仔细深入的清理与研究，则应该不会引起人们太多的反对。顾颉刚说过：“《春秋繁露》一部书里，讲到的古史并不多，但却有几种新的方式把古史支配了。这便是他在《三代改制质文》(第二十三篇）中所表现的[2]。”透过“质文”“王正月”“三统”“四法”“三王五帝九皇”之类的所谓“新的方式”，董仲舒之诠释《春秋》以及孔子之撰作《春秋》的根本目的显然并不在历史本身，毋宁在于由历史本身而折射出来的价值与意义，他们都试图把人们从历史带进历史哲学、从历史感性提升到历史理性。这也许就是为什么说《春秋》是一部“立义之书”的基本原因。清代学者苏舆曾“疑此篇名一作‘三代改制’，一作‘三代质文’，而后人误合之也”[3]183。那么，这里的“三代”又指哪三代呢？其实，这里的三代并非指历史上存在过的夏、商、周三朝，而是指商、周与理想化、虚拟化的《春秋》。孔子行素王之业，“上明三王之道，下辨人事之纪”[4]“别嫌疑，明是非，定犹豫”“存亡国，继绝世”，改制立法，相当于一统，所以才能够“当一王之法”。然而，商、周、《春秋》之礼法道统又不可能不以夏、商、周三代礼法为原型或基础。

一、孔子改制的礼法资源

孔子显然不可能是儒的最初起源，老子之前，儒者就已经存在

① 苏舆曾怀疑其“非董子原文”，见《春秋繁露义证》第 213 页，中华书局 1992 年版。

了，甲骨文中就记载了子需为儒之事①。孔子出生前，儒者已经走过了一段路程，所以，儒的历史似乎可以上溯得更早、更久远。太祝、宗人、太卜、太史是儒者的先祖，但那已经是殷商早期的事情了，他们主要为王室的宗庙、祭祀、征战、治政、著史活动提供相应的决策咨询服务。商灭之后，殷民十三族被周人俘获并分配给了宗亲诸侯所管制。商朝祝、宗、卜、史一类的公职人员，连同商王所用过的礼器典册，主要为鲁国、卫国所接手。这些前朝遗族失去了体制依靠，很少获得为新朝效力的机会，因而大多散落民间，处境窘迫。他们生活在周王的治下，却自觉、半自觉地守护着殷商文化的传统，或治丧、相礼，或祭祀、崇拜，或教书、育人，或成为新兴贵族的智囊参谋，但就是难以进入当时社会的精英阶层，其地位远不能与周人自己的祝、宗、卜、史相比拟，前朝的礼法风俗成为他们谋求当下生存的饭碗。通常，其衣着陈旧、古板而不合时宜，其性格文绉绉、酸溜溜，懦弱、温存而丧失了任何反抗现实的勇气和力量。他们中只有极少数人能够融入周代的社会生活中来，

① 若仅从字面上进行分析，甲骨文中儒之为字可能包括下列 3 个方面的基本含义：“一、濡身之礼。”见于商承祚《殷契佚存》（743），罗振玉《殷墟书契后编·下》（28. 14）“二、儒，儒人。”见于贝冢茂树《京都大学人文科学研究所藏甲骨文字》（2894），胡厚宣《甲骨续存》（1. 1859），刘鹗《铁云藏龟》（168. 3），胡厚宣《战后京津新获甲骨集》（717），明义士《殷墟卜辞》（2325）。“三、子儒，人名。”见于罗振玉《殷墟书契前编》（6. 19. 5），董作宾《小屯·殷墟文字乙编》（7715）。这 3 个方面的含义似乎都指示着某一个具体的人，或某一类人群，以及这一个人或这一类人群的活动特征。而准确理解儒的这些含义则又必须联系到一个具体的人——子需，这个人一定与儒的起源直接相关联。徐中舒提出：“子需是距今三千多年前殷高宗武丁时人，需父辛鼎就是他儿子为他所作的铜器。”武丁时代的卜辞中有“王族”“子族”“多子族”的名称。王有王族，子有子族，王及他的兄弟之子，又各以年辈相近的人分别组成多子族。子需应该属于子之族中的一员。“子需为王室主持宾祭典礼，祭祀人鬼（祖先），接待宾客，是一个专职的儒。”见徐中舒《甲骨文中所见的儒》，载《四川大学学报（哲学社会科学版）》，1975 年第 4 期。

但其地位很低，最多也只与周族统治阶级中最下一层的士相当。

在西周一代，周人自己的祝、宗、卜、史之职的行政级别极高，位及天官，六大天官中，占了四席。真可谓一人之下、万人之上。呼风唤雨不是不能，风光无限肯定是事实。但到了春秋时代，天子旁落，礼乐征伐自大夫出，天官被架空，祝、宗、卜、史的政治地位急剧直下，大规模的儒不得不流落到民间。儒者队伍开始出现严重的分化，天子形同虚设，直至被废，皮之不存毛将焉附，祝、宗、卜、史，其制不存，其人之生活则举步维艰。春秋时代新破落的儒，加上早先存在已久的作为殷商遗民的儒，混杂在一起，形成一个非常特殊的社会群体。孔子在世的时候，“君子儒”“小人儒”[①] 的反差就已经非常明显了。前者还可以游历于诸侯、新贵之间，凭一张嘴巴在主流社会谋得一口饭吃。后者则混得不行，要么只能依靠治丧、相礼为生，要么干脆蜕变为没有礼乐教化的粗民，要么就成为无所事事的游民，更差的则作奸犯科，专以偷盗窃取为职事。这些儒者，从总体上看，发达、显赫的实属凤毛麟角，大多数人则穷困潦倒，难以维持生计。他们拥有礼乐知识，能说会道，但却不事生产，体力有限，自己养不活自己，生存压力很大，还经常遭到别人的轻蔑、耻笑乃至辱骂，于是在精神、心理上逐步流露出懦弱胆怯、内敛克制的偏向，也就越有可能发出爱同类、爱同族、爱同胞的强烈呼声。

① 子夏将设教西河，行前孔子嘱咐道：“女为君子儒，无为小人儒。”见钱穆《论语新解·雍也》第151页，生活·读书·新知三联书店2002年版。

身为殷人后裔，同时也流淌着周人血液的孔子①对原始儒学及儒者队伍的改造与变革无疑是非常及时而成功的，总结夏、商、周三代文明的成果，发掘并标榜周文王、武王、周公之道，直接从周政王道中吸纳精神营养，为儒者职业行为注入仁道的规范与要求，非常有效地把殷商遗儒从明日黄花的梦魇里拉回到了眼前的现实社会中，通过周游列国、举荐弟子等方式积极把儒者推向政治舞台，有教无类因而努力为儒者队伍培养后续人才，高扬仁道理想而敢于批评和指责王者政统，关注社会机制运转的协调与平衡而自觉成为弱势群体的代言人，等等，这一切都是非孔子而不能为的。如果没有孔子，儒者在很长一段时间之内可能仍然改变不了遭人轻蔑、耻笑或辱骂的命运，甚至还可能最终被世人所唾弃。

而出于改造和变革原始儒家的迫切需要，也为儒者、为诸夏中国寻找精神资源，孔子意欲认真总结夏、商、周三代文明成果，法后王，面向现实，建立以周礼为主要参考但又超越于周礼的文化价值体系。《论语·八佾》中，孔子曰：

---

① 孔子的祖上一度是殷商王朝宋国之君，上溯三代，也出过鲁国的武士。《春秋左传·昭公七年》中，鲁国贵族孟僖子明确称孔子为“圣人之后”，可能就是指孔子具有殷人的血统，祖先曾经具备非常美好的德行。孔子“其祖弗父何，以有宋而授厉公”。弗父何原本是应当继承宋国君位的，但后来却主动让给了弟弟厉公。而宋国又是商纣王在平定“武庚叛乱”之后分给庶兄微子的一个封国，辖殷商旧都附近的地区。于是，孔子的祖先开始由王室世家变为诸侯之家。《孔子家语·本姓解》说：“孔子之先，宋之后也。”《史记·孔子世家》说，孔子“其先，宋人也，曰孔防叔。防叔生伯夏，伯夏生叔梁纥。纥与颜氏女野合生孔子，祷于尼丘得孔子”。而按照《孔子家语·本姓解》的谱系，则应该为“弗父何生宋父周，周生世子胜，胜生正考甫，考甫生孔父嘉。五世亲尽，别为公族，故后以孔氏焉”。“孔父生子木金父，金父生睪夷，睪夷生防叔，避华氏之祸而奔鲁。防叔生伯夏，伯夏生叔梁纥”。而孔子之母颜征在出生并成长于曲阜的阙里，是一位地道的鲁国女子。宋国是殷人的后代，而鲁国则是周公后裔的封国，所以说，孔子的身上很可能既有殷人的血统，也有周人的血统。参见余治平《忠恕而仁·导言》，第6、7页，上海人民出版社2012年版。

夏礼，吾能言之，杞不足征①也；

殷礼，吾能言之，宋不足征也。

文、献②不足故也。

足，则吾能征之矣！③

夏、商文明已被漫长遥远的岁月长河所淹没，连它们亡国后的封地杞和宋，或者没有完整地保存好自己的历史文献，或者已经被强大的周文明所完全归化。尽管如此，孔子仍然觉得夏、商文明中肯定具有值得继承的文化内容，从现行的周制便可以考证、推断出夏、商礼乐的基本传统。刘宝楠指出："夫子学二代礼乐，欲斟酌损益，以为世制，而文、献不足，虽能言之，究无征验。故不得以其说箸之于篇，而只就周礼之用于今者，为之考定而存之[5]92。"这样，为孔子所发明的《春秋》之制就并非主观臆造，毋宁有根有据。钱穆以为，孔子学夏、商之礼，所下工夫匪浅，所得收获也大，自身已经可以做到"心知其意""言其所以然"，但可惜，"杞、宋两国之典籍、贤人皆嫌不足，无以证成我说"。周室东迁以来，前二代典籍所存有限，甚至连夏王、商王之后人，也不能讲述自己

① "征"之含义，钱穆解释说"证成""证明"，见《论语新解》第61页，生活·读书·新知三联书店2002年版。郑玄注《中庸》曰："征，犹明也。吾能说夏礼，顾杞之君不足与明之也。"而注《礼运》则曰："征，成也。无贤君，不足与成也。"见《十三经注疏》，郑玄、孔颖达《礼记正义》第664页、第1457页，北京大学出版社1999年版。

② 关于"文、献"，刘宝楠曰："文，谓典策。献，谓秉礼之贤士大夫。"见《论语正义·八佾》第92页，中华书局1990年版。钱穆亦解释说："文指典籍，献指贤人。"见《论语新解》第61页，生活·读书·新知三联书店2002年版。

③ 类似的文字还见于《礼记》之《中庸》，子曰："吾学夏礼，杞不足征也；吾学殷礼，有宋存焉。"宋虽存，但于文、于献方面都不足以证成和证明孔子之说。《礼运》篇中，孔子曰："我欲观夏道，是故之杞，而不足征也；吾得《夏时》焉；我欲观殷道，是故之宋，而不足征也，吾得《乾坤》焉。"夏、商文明之不再，而仅存《夏时》《乾坤》之典籍。引文分别见《礼记》第500页、第369页，岳麓书社1989年版。

王朝的往事了。而唯独“孔子博学深思，好古敏求，据所见闻，以会同之于历史演变之全进程。上溯尧、舜，下穷三代。举一反三，推一合十，验之于当前之人事，证之于心理之同然。从变得通，从通知变。此乃孔子所独有的一套历史文化哲学，固非无据而来”[6]61－62。可见，孔子著《春秋》，集历史与哲学于一体，融现实与理想于一炉，而演绎出一个显然既不同于商周、更不同于夏的独立法统，而并不是无源之水、无本之木。

那么，孔子对于周礼抱以怎样的态度呢？《中庸》篇里，在“吾学夏礼，杞不足征也；吾学殷礼，有宋存焉”的情况下，孔子曰：

吾学周礼，今用之，吾从周[7]500。

这里“从”字的含义，应当理解为跟随、随从，经由、经过，从……而出，出现在……之后，而不是追随、顺从。所以，郑玄解“吾从周”为“行今之道”，显然还没有弄懂孔子着《春秋》制一王之法的目的与真谛。《中庸》说得很清楚：“君子之道，本诸身，征诸庶民，考诸三王而不缪，建诸天地而不悖，质诸鬼神而无疑，百世以俟圣人而不惑。”夏、商之礼，无从考定，虽能言之凿凿，却也不敢妄为，而孔子所能够做的则是，存商、周之法，再独树《春秋》一统，“动而世为天下道，行而世为天下法，言而世为天下则”[8]1457－1458，于是便可以构成天下已经存三王之法、而非一家专制之形势与格局。

《春秋》之于周礼，并不是简单地追随、顺从，孔子还是有所突破、有所创新、有所发明的。《论语·八佾》中，孔子曰：“周监于二代，郁郁乎文哉！吾从周。”有周一代，“礼乐日备”“文物日富”[6]67，这是其优点，但也成为其缺点。天下治理，文性太盛，则必然需要质性予以纠正和补充。孔子虽然赞美、欣赏周礼之完善，但也已经从中看出必然走向极端的另一面。若确如郑玄所说“行今之道”，那么孔子完全可以干脆遵从周统，而根本无须再费尽一番心思而制礼作法了。《礼记·礼运》载，孔子曰：“呜呼哀哉！吾观周道，幽、厉伤之，吾舍鲁何适矣[7]369？！”孔子以为，周王东迁以来，礼崩乐坏是大势所趋，礼乐征伐出自诸侯，而不出自天子。天下之大，可哪里都不是什么王道乐土，而唯独作为周公之封的鲁国姑且还能够保存一些周礼传统。刘宝楠也指出过“鲁能存周礼也”，并且，《中庸》“今用之”一句中，“今，亦指鲁”，而“夫子此言‘吾从周’，是据鲁所存之周礼言”[5]103。这便揭示出孔子著《春秋》之“据鲁”“内鲁”“王鲁”的基本出发点，由此而把存亡继绝的王道理想寄托在鲁国十二公的身上。

传续前朝而又立足于当代，既法先王，又法后王，但在本质上，法先王必须服从于法后王，这便表现出孔儒识时、务实、权变的理论品格。好古而敏求、温故而知新，孔子著《春秋》，绝不仅仅是重复历史，而显然是有新知、有新意的。尽管苏舆说：“《春秋》为立义之书，非改制之书[3]112。”但“立义”也是立新义，而突破旧义。因而，无论是“立义”、还是“改制”，都在创新。《论语·卫灵公》中，孔子教导颜渊以治邦之道：

行夏之时，乘商之辂，服周之冕，乐则《韶舞》。

放郑声，远佞人。郑声淫，佞人殆。

三代礼乐，各取所长，而不仅仅局限于一朝一代。所以，康有为说：“孔子改制，取三代之制度而斟酌损益之。如夏时、殷辂、周冕、虞乐，各有所取，然本于周制为多。非徒时近俗宜，文献足征，实以周制上因夏、殷，去短取长，加以美备，最为文明也[9]。”按照他的理解，孔子虽为殷人后裔，但却能够不囿于血缘根基和民族身份，排斥情绪化、感情化的思维方式，而一心只以当下的周朝为礼乐典范和文明楷模，显然也已获得了一种非常理性化的历史视野。实际上，周礼缜密、完备，已经到了烂熟而无望的地步，孔子并不满意，于是才推出所谓"《春秋》新王"的法统主张。

按照春秋公羊学"孔子为王"的谱系，孔子无位，不能像夏、商、周三代君王那样制礼作法，所以便写作《春秋》一书，行天子褒贬进退之权柄，属于继周而王，或直接代周而王，独成一王之法，可以单立为一统。成不了人中王，便立志追求义中王。人中王是可以呼风唤雨的天子，而义中王则是能够对乱臣贼子进行笔削贬抑、意诛口伐的圣王。人中王容易灰飞烟灭，而义中王则注定彪炳千秋。《春秋》一经"存二王之后"[10]，保留殷、周两朝的各自统绪，而又主动改制立法，参照前两朝君王之礼法，于各不相同的庙制、斗建、朔日、色尚、法器及王权继承、田狩、丧期、祭祀等礼法中，择善而从，博采兼纳，所以可称为"通三统"。考虑到公羊学口授耳传的学术特性，加之"通三统"只是后世学者的托文明义而非已经发生的历史事件，一如康有为在《万木草堂口说》中所说："夏、商、周三字，孔子所托以为三统，非真三统也。"所以，我们仍应该相信孔子改制的礼法资源来自于夏、商、周三代，"祖述尧舜，宪章文武"①，虽主要来自于周代，但又能够超越出周代。

二、三代虽殊制，其道则一贯

夏、商、周三代礼制明显存在一定的区别。苏舆指出："三代殊制，见于《礼记》《明堂位》《檀弓》《礼器》《祭法》《祭义》诸

① 刘逢禄《春秋公羊经何氏释例》第464页，见《续修四库全书·一二九·经部·春秋类》影印本，上海古籍出版社2002年版。

篇甚多[3]183。”其实，记录三代礼殊的文献，又远不止被苏舆所列举出来的这几篇当中的内容。在王位传承之立子与立孙，夫妇丧礼之别葬欲合葬，殡于东楹与西楹，衣服裼、袭之相因与不相因，爵位之五等与三等、士禄之三品与二品、小殓之奠在东方与西方，等等方面，三代之礼多相异，分别施行并适用于自己的朝代而不能等齐划一。

仅周礼之量，就有无数。《礼制》曰：“六礼：‘冠、昏、丧、祭、乡、相见’”，“七教：父子、兄弟、夫妇、君臣、长幼、朋友、宾客”，“八政：饮食、衣服、事为、异别、度、量、制”[7]339，还只是一个粗线条的纲要，其下还有无数细目条例。《礼器》曰：“《经礼》三百，《曲礼》三千①。”按照郑玄的解释：“《经礼》谓《周礼》也，《周礼》六篇，其官有三百六十。”而“曲，犹事也。事礼，谓今礼也。礼篇多亡，本数未闻，其中事仪三千”。孔颖达疏曰：“‘《经礼》三百、《曲礼》三千’者，既设礼大小随于万体，不可不备，故周公制礼，遂有三千三百之多也[8]740—741。”可见，礼制不仅于夏、商、周之间有改革、有变异，仅在周代内部，先王之法与后王之法也有所不同，周公制礼，对前代、本朝先王之法都做了一定的取舍、损益。儒家强调，任何礼制、规范都要随着时代的变化而变化。

然而，无论先王之法与后王之法之间存在着多大的差异，但它们在产生、形成的过程中，在被执行、被推广的时候，所依赖的心理精神和主体态度以及所期望达到的境界效果却一定是相同的，即

① 礼之“三百”“三千”说，还见于《礼记·中庸》：“礼仪三百，威仪三千”，《大戴礼记·本命》：“礼经三百，威仪三千”，《礼说》：“正经三百，动仪三千。”三百三千，非指周礼的具体礼数，而仅意味着其数量之庞大，过于讲究、苛求以至于近乎繁文缛节，让人窒息。

都必须做到“诚”，源发于内在的道德欲求与操持于外在的仪式度制相统一，事与理相即相融，所以《礼器》接着说：“其致，一也。”这里的“致”，本义为达到、以至，引申为宗旨、要旨[11]，“致”又通“至”，指达到极点、到了极致的状态，所以郑玄却解“致”为“至”，而解“一”为“诚”，并且说，“三百、三千，皆犹诚也。”孔颖达《正义》说：此“广明三代之礼皆由诚信乃合”，“入室必由户，行礼必由诚”[8]740—741。以“诚”解“一”，所注重的是人在行礼时的心理态度，但此解中“致”一字非常特别。实际上，“致”指示着人们制礼作法的宗旨与目的，即建立和维护一套能够有效促使整个社会得以正常运转的伦常秩序。而这种伦常秩序恰恰又是我们大家群居生活永远所不可或缺的大道，即人之为人、社会之为社会一以贯之的根本法则。正是在这个意义上，董仲舒才说：“王者有改制之名，亡变道之实。”具体的礼法度制可以随着王朝的变化而变化，但人类生活在任何情况下都离不开礼法度制本身却始终没有任何变化。所以说，“道之大原出于天，天不变，道亦不变”[1]1105—1106。显然，道德规范与伦常秩序就是人类群体生活最大的天、最大的道，是铁定的世界规律，为人们所须臾不可或缺。

《礼记·礼器》曰：

三代之礼，一也，民共由之。

或素或青，夏造殷因。

夏立尸而卒祭，殷坐尸，周坐尸。诏、侑武方，其礼亦然，其道一也。

夏、商、周三代礼制的根本宗旨无疑是一致的，人们共同遵守着它，自有道理。三代法统有时崇尚素白，有时崇尚青黑，而没有什么矛盾的地方，就是因为它们的出发点和目的都是相统一的，所以夏代制定礼法而殷商也可以有所继承。譬如，庙祭的时候，夏代的主祭人员（“尸”）是站着完成整个祭祀活动的，到了殷商，则改为端坐着，后来的周代也是端坐着的。告尸行节、劝尸饮食，则没有相应的礼制规矩，但要求他们在整个祭祀活动中必须拥有一种敬畏、真诚的态度，则是完全一致的，三代以来都没有发生过什么改变。

郑玄把这里的“一”解释为“诚”，“一也，俱趋诚也”。孔颖达也说：“三代所行之礼虽各别，一皆趋于至诚，故云一也。”郑、孔之解，仍没有摆脱道德个体操持礼法的心理情感与精神态度的性质，而难以获得一种为群体存在所必需的宏观视野。而把“由”理解为“用”，也显得只看到个体对礼的无条件遵循、服从甚至崇拜的一面，而没有看到个体与社会整体秩序自觉融洽并且获得自在与自得境地的一面。“民共由之”一句中，民者，人也。三代先王制礼作法，虽然每代之间多有差异，但建立和维护既定的社会秩序、让全天下人生活得更好，却是大家共同的目的。人类群居，不受具体历史条件影响、在任何时代人们都必须共同依赖和遵守的、最为基本的规范律则，就是人伦大道，时代可以变，而它绝不会变，万世一贯，因而是天定的、必然的。

人如果没有身体，就失去了生存在世之根本基础；社会如果没有礼法，则必然陷入无序而紊乱不堪，也便不能成其为社会。但如果礼法设置不合理、不到位，则等于没有礼法。所以，《礼器》曰：“礼也者，犹体也。体不备，君子谓之不成人[7]376。”《冠义》亦曰：“凡人之所以为人者，礼义也。”礼义是人区别于动物的一个主要标志，“人之所以得异于禽兽者，以其行礼义也。礼义之事，终身行之”[8]1615－1616。又，“故孝、弟、忠、顺之行立，而后可以为人；可以为人，而后可以治人也”[7]535。然而，礼之为礼也有道，如果“设之不当，犹不备也。礼，有大、有小，有显、有微。大者，不可损；小者，不可益；显者，不可揜；微者，不可大也”[7]376。这显然是在为后王改制提出高标准、高层次的原则与要求。人之群聚，进入社会生活，礼则必不可少，但其多少、大小、高下、文素之设置也要精当适宜、恰到好处。文过饰非、搞繁琐主义，或非礼、无礼与失礼，都难以有效规范人们正常的社会生活。

所以，孔子说：“礼，不可不省也。礼不同，不丰，不杀。”孔颖达疏曰：“礼既有诸事，所趣不同，不可不察，不察则礼道无由可知[8]733。”当我们对礼进行一番严肃而认真的反省、考察之后，就会发现，它们之间不允混同，其数量和规模既不可增加，也不可减少。这就是远祖、先王制礼作法的最基本要求，于是，“称”便成为古今圣王制礼作法的一大重要标准。礼之为礼，一向并不以其绝对的多少、大小、高下、文素为好、为妙，而一定以适宜、恰当、与当下生活事件相匹配和融合为理想境地。“是故先王之制礼也，不可多也，不可寡也，唯其称也”[7]376。孔颖达有曰：“合结多少乃异，而以有称为礼也[8]735。”唯有“称”才能够衡量出君王制礼作法的得当与否。

三代礼法虽不同，但它们无一例外地都适应、适用于当时的社会生活，都能够有效规范当时人们的日常行为，进而切实维护了当时的社会秩序。以周代为例，先王究竟是怎样按照“称”的标准而制礼作法的呢？《礼器》记录说：

礼“有以多为贵者”：

天子，七庙；诸侯，五；大夫，三；士，一。

天子之豆，二十有六；诸公，十有六；诸侯，十有二；上大夫，八；下大夫，六。

诸侯，七介七牢；大夫，五介五牢。

天子之席，五重；诸侯之席，三重；大夫，再重。

天子崩，七月而葬，五重，八翣；诸侯，五月而葬，三重，六翣；大夫，三月而葬，再重，四翣。

礼“有以少为贵者”：

天子无介，祭天特牲。

天子适诸侯，诸侯膳以犊[①]。

诸侯相朝，灌用郁鬯，无笾豆之荐。

大夫聘礼以脯醢。

天子一食，诸侯再，大夫、士三，食力无数。

大路，繁缨一就；次路，繁缨七就[②]。

圭璋，特；琥璜，爵。

鬼神之祭，单席。

诸侯视朝，大夫特，士旅之。

礼“有以大为贵者”：

宫室之量，器皿之度，棺椁之厚，丘封之大。

礼“有以小为贵者”：

宗庙之祭，贵者，献以爵；贱者，献以散；尊者，举觯；卑者，举角。

五献之尊，门外缶，门内壶，君尊瓦甒。

礼“有以高为贵者”：

天子之堂，九尺；诸侯，七尺；大夫，五尺；士，三尺。

天子、诸侯台门。

---

① 孔颖达曰：“天子事天，既用一牛。故天子巡守而过诸侯境土，诸侯奉膳亦止一牛而已也。”见《十三经注疏》，郑玄、孔颖达《礼记注疏·礼器》第727页，北京大学出版社1999年版。

② “大路”，即大辂，天子祭祀上天所乘的大车。孔颖达曰：“大路，殷人祭天之车也。殷犹质，以木为车，无别雕饰，乘以祭天，谓之大路。”

礼“有以下为贵者”：

至敬不坛，埽地而祭。天子、诸侯之尊废禁，大夫、士棜禁。

礼的设置，从来没有绝对统一的尺度、标准和要求，当多则多，当少则少，当大则大，大小则小，当高则高，当低则低，当文则文，当素则素，不必强调与先王度制的等齐划一，所以说“不同，不丰，不杀”，一切都应该以与事情本身的适合、适宜为理想状态。譬如，圭、璋是玉中之名贵。诸侯朝王用圭，朝后执璋。琥、璜，皆劣于圭、璋，不足以“表德特达”。单席者，指神之道，异于人，不需多重以为温暖，或曰，祭祀外神，席子只用一层也就可以了，不必太奢华。“诸侯视朝，大夫特，士旅之”，则指天子行于日出路门，看见大夫，天子则每人一揖；看见士，无论多少，天子共一揖而已。大夫身份高贵一些，所以人人可得一揖；而士的身份则低贱一些，所以众人共得一揖。爱有差等，礼有分别，契合于各自的身份、地位，适合于不同场合，而不千篇一律，强调针对性，讲究施行对象的差异性，这才是礼之为礼的关键所在。儒家并不迂腐，而极善于变通，在礼之制方面也可以窥得一斑，而可不可以变通，则一概以是否有利于日常社会秩序的建构和稳定为基本标准。

三、素、文，或，素、青

纯粹从语辞学上看，“素”字其本义是白色的生绢，引申义为朴素、质朴、本心、真诚、向来。素无色彩，素无文饰，因而能够直接呈现出对象质地的本然之色。《礼器》中，一方面，“素”与“文”相对，“礼有以文为贵者”“有以素为贵者”；另一方面，素色与青色相对，“三代之礼，一也，民共由之，或素或青，夏造殷因”[7]377。

在《礼器》篇中，非常值得我们注意的一点则是礼已经涉及文、素两方面的性质要求和内容规定。

礼“有以文为贵者”：

天子，龙衮；诸侯，黼；大夫，黻；士，玄衣纁裳。

天子之冕，朱绿藻，十有二旒；诸侯，九；上大夫，七；下大夫，五；士，三。

此以文为贵也[7]375。

人类群居离不开义，治理社会则离不开文。董仲舒说：“制度、文采、玄黄之饰，所以明尊卑、异贵贱，而劝有德也[1]1101。”周礼通常以一定的文饰标识区别人的身份贵贱，譬如，天子的礼服必须绘有或绣上龙形的图案，诸侯则应该穿黑白相间的礼服，大夫的文饰则黑青相间，而士一般则是黑色上衣配浅红色下衣。天子的礼冠，用红、绿两色装饰，面前悬垂的玉串应该有十二条；诸侯礼冠的面前，则悬垂九条，而上大夫、下大夫、士礼冠的面前则分别悬垂七、五、三条。清代学者朱彬引《五经义》曰：“夏、殷之冕，如周制矣，其旒色异。夏冕，黑、白、赤组旒；殷冕，黑、黄、青组旒[12]。”三代之冠冕殊制，其旒色相异，体现出不同的服色规范。于是，通过衣、冠上面的文饰与色彩，直接标志出一个人的事功业绩和身份地位，极有利于明确不同社会阶层之间的差等关系。

尽管礼在发生、起源上似乎是一种纯粹人为、习惯养成的结果，但它也完全可以通过一种不借助于丝毫人为的，既无色彩又无文饰的素朴方式而呈现出来。于是，

礼“有以素为贵者”：

至敬无文。

父党无容①。

大圭不琢。

大羹不和。

大路素而越席。

牺尊疏布鼏，樿杓。

此以素为贵也[7]375。

按照周制，天子在冬至之日祭祀最尊贵的天，不能穿有文饰的礼服；每个人面见自己的父母至亲，只要有恭敬、孝顺之心也就行了，实在没有必要太在意那些表面化的仪容形象是怎么样的。天子用的大圭，根本就不用雕琢。祭祀用的汤，无须添加任何佐料进行调味。单独为祭祀天而铺的道路，根本用不着装饰，铺上草席就说得过去了。祭祀天的牺牛形的酒器，可以用粗麻布勒口，用白纹樿木做勺子舀酒，也就足够了。礼之用，该讲究的，马虎不得；不该讲究的，就不能太认真。有称为礼，礼当相称，只有与事情本身相适宜、相符合、相融洽的礼法度制，才最有人性，也才最有生命力。

孔颖达说，“尚白，殷世之礼也”，“尚青，夏世之礼也”[8]743。《白虎通·三正》曰：“十三月之时，万物始达，孚甲而出，皆黑，人得加功，故夏为人正，色尚黑。”而“十二月之时，万物始牙而白。白者，阴气，故殷为地正，色尚白也②。”然而，无论崇尚素白，还是崇尚青黑，也无论夏代制定的礼法，还是殷代继承下来的礼法，人们所持的专心、诚敬的精神态度却一定没有差别，大家都

① 王念孙解释说：“党，所也。言父所不敢为容也。”见朱彬《礼记训纂·礼器》第366页，中华书局1996年版。

② 《白虎通·三正》，见《百子全书》第四册第3557页，岳麓书社1992年版。

共同遵循着，这才是孔颖达把经礼、曲礼之“致一”解作“入室必由户，行礼必由诚”[8]741 的原因。其实，尚白、尚青，都无所谓，关键是先王必须制定一套让天下人都能够有序生活的礼法系统。有了它，人们就可以安身立命、安居乐业，在其中，人成其为人，享有作为一种有尊严的生命而存在的归属感。

《礼器》既然说“礼有以文为贵者”“有以素为贵者”，则意味着不仅“文”是礼，“素”当然也属于礼，文、素都是一种礼法度制，甚至，在文过盛、文成灾的情况下，素似乎更能够获得一种清晰而不可替代的礼法规定，所以才可以说“三代之礼，……或素，或青”。于是，素，不能被理解成一种纯粹的自然，或绝对的一无所为，毋宁始终应该是一种圣王制作、自觉为之、主观追求的必然结果，素也被赋予了文化意义与历史内容。《礼器》中关于素、文的论述，或可为董仲舒写作“三代改制质文”准备了学理与思想的基础。

参考文献：

[1] 班固. 汉书 [M]. 长沙：岳麓书社，1994.

[2] 顾颉刚. 中国上古史研究讲义 [M]. 北京：中华书局，1988.

[3] 苏舆. 春秋繁露义证 [M]. 北京：中华书局，1992.

[4] 司马迁. 史记 [M]. 长沙：岳麓书社，1988.

[5] 刘宝楠. 论语正义 [M]. 北京：中华书局，1990.

[6] 钱穆. 论语新解 [M]. 北京：生活·读书·新知三联书店，2002.

[7] 礼记 [M]. 陈戍国，点校. 长沙：岳麓书社，1989.

[8] 李学勤. 十三经注疏·礼记正义 [M]. 郑玄，注，孔颖达，疏. 北京：北京大学出版社，1999.

[9] 康有为. 康有为学术著作选 [M]. 北京：中华书局，1984.

[10] 董仲舒. 春秋繁露 [M]. 影印聚珍版. 上海：上海古籍出版

社，1989.

[11] 朱彬. 礼记训纂 [M]. 北京：中华书局，1996.

[12] 余治平. 唯天为大 [M]. 北京：商务印书馆，2003.

原文载于《衡水学院学报》2013 年第 2 期。

余治平（1965—），男，江苏洪泽人，上海社会科学院哲学研究所研究员，哲学博士，衡水学院特聘教授。

孔子改制与董仲舒的《春秋》法统论（下）

余治平

四、质、文

从语辞学角度看，如果“素”在质朴、朴实的含义上可以与“质”通，如《淮南子·本经训》曰：“太清之治，……其事素而不饰①。”又，《后汉书·刘虞传》曰：“虞以俭素为操，冠敝不改，乃就补其穿”[1]666，那么，三代礼制之变化则也可以与“质”“文”扯上一定的关系。进而，“质”“文”，又可作“素”“文”。

关于质、文，它们在《尚书》中并没有以一种相对的关系出现过。及至《论语》，孔子及其弟子则有所论述。《雍也》篇中，孔子说：“质胜文则野，文胜质则史。文质彬彬，然后君子。”质朴胜过文饰，则一定像乡野粗人一样莽撞、豪直，有什么说什么，想干什么就干什么，从不藏着掖着；而如果文饰胜过质朴，则一定像庙里的祝官或衙门里的文员一样虚伪、曲折，满肚子花花肠子。真正的

---

① 《淮南子·本经训》第 77 页，岳麓书社 1988 年版。

君子总能把质朴与文饰搭配均匀，调和得当。显然，孔子之质、文，还并不涉及三代改制的历史循环。“礼，有质有文。质者，本也。礼无本不立，无文不行。能立、能行，斯谓之中。失其中则偏，偏则争，争则相胜。君子者，所以用中而达之天下者也”[2]233。礼法能不能立、能不能行，关键在于能不能兼顾质、文之两边，偏落其一都不妥。而在《颜渊》篇中，弟子棘子成曰：“君子质而已矣，何以文为?”子贡曰：“惜乎！夫子之说，君子也。驷不及舌。文犹质也，质犹文也。虎豹之鞟，犹犬羊之鞟。”卫大夫棘子成“妄意讥毁圣人之教”，所以子贡才感叹其“失言可惜”[3]312。棘子成的意思是，君子做人、行事只要质朴、可靠也就足够了，还要什么文饰、礼仪啊！但按照子贡的理解，孔门之中，质、文之于礼，轻重同等，作用一如，不可放任于一端。虎豹与犬养之别，恰恰就在于毛皮之不同，一旦剥去了它们的毛皮，则彼此无异，混同一如。做人的道理也是这样的，因为劝学、进礼而好文，所以君子才与小人拉开了不小的距离。刘宝楠根据《盐铁论·相刺》所说的“纣之时，内有微、箕二子，外有胶鬲、棘子”[4]419，而大胆怀疑“棘子本殷人，卫居殷都，棘子成即棘子后也”[2]494。或许，按照董仲舒“三统”之法，殷尚质、周尚文，而棘子成又认同于殷商，进而才鼓起勇气公然违背师道之“吾从周”而放弃了文，只强调质的作用与重要性。没有违心的粉饰，也没有谦谦君子道貌岸然式的虚伪，棘子成之坦诚、率真而心直口快，反倒显得非常可爱！

关于质、文之间的关系，在《春秋繁露·玉杯》中，董仲舒阐释说：

> 志为质，物为文。文着于质。质不居文，文安施质？
>
> 质、文两备，然后其礼成。
>
> 文、质偏行，不得有我尔之名。

俱不能备，而偏行之，宁有质而无文，虽弗予能礼，尚少善之，“介葛卢来”是也。

有文无质，非直不予，乃少恶之，谓“州公寔来”是也。

然则《春秋》之序道也，先质而后文，右志而左物。

故曰：“礼云礼云，玉帛云乎哉！”推而前之，亦宜曰：“朝云朝云，辞令云乎哉！‘乐云乐云，钟鼓云乎哉！’”

引而后之，亦宜曰：“‘丧云丧云，衣服云乎哉！’”

是故孔子立新王之道，明其贵志以反和①，见其好诚以灭伪，其有继周之弊，故若此也[5]12。

在董仲舒看来，《春秋》一经极为重“志”，充分突出道德主体追求善、趋近于善的目的性与方向性，强调主观动机对人的行动及其效果的决定意义和引发作用。内在动机是质，外在表象则是文。文的一切礼仪、形式都必须依附于质的内在基础。《玉杯》篇说：“《春秋》之序道也，先质而后文[5]12。”如果质容纳不了文，文又如何寄托在质的身上呢？质与文两方面都具备了，礼才能够生发、形成。康有为说：“天下之道，文质尽之[6]121。”只偏向于质或者只偏向于文的礼，都不符合礼之为礼的名号规定。但如果质、文二者难以齐备，宁愿要质，而可以放弃文，因为这样虽然达不到礼的全部要求，但肯定要比只取法于文稍好一些。

按照《春秋》之书法，中原诸侯拜访鲁君，一律曰“来朝”，朝见时总免不了一套繁文缛节般的礼仪。介国原本只是一个东夷小国，其国君为葛卢。夷狄之主，不熟悉这一套，没有行诸侯见鲁君

① 这里的“和”，疑为“利”之误刻。苏舆说：“和，疑利之误，‘诚’‘伪’对文可证。”见《春秋繁露义证·玉杯》第30页，中华书局1992年版。

之大礼，所以僖公二十九年冬季，只称“介葛卢来”[1]，而非“来朝”。考虑到他能够主动朝见礼仪之邦，说明其心中已经萌发向往仁义、趋近王化的意向了，其动机值得肯定，应该给予鼓励和褒奖，因此《春秋》称呼他的名号。然而，如果徒有文饰而失去质朴之本性，不但不符合礼的要求，而且还会滋生出许多罪恶的事端。按照周礼，诸侯外出，路过别国地盘，“假涂”于人则必须获得允许；入其国都，则应该行朝见君主之礼。何休《解诂》曰：“行过无礼谓之化，齐人语也[2]。”桓公五年，冬，淳于国之国君在出访曹国期间，本国发生了反对他的政变，在无处可去的情况下只得寄居于鲁国。但至次年春正月，这么长时间内，州公都没有拜见鲁桓公一次，无视地主之存在，实在是大不敬，显然是恶的一种表现。故《春秋》刻意简慢而直书：“这个人来了”，连名字都不愿意提及。

孔子著《春秋》，排序的法则一般是，先质朴，后文饰，重内在志意，轻外在物象。《论语·阳货》曰：“礼云礼云，玉帛云乎哉！”礼一定不只是玉帛之类的有形之物，礼一定具有超越于有形之物的特殊价值规定。由此进一步类推，难道朝见啊、朝见，就只是那些空洞的工作汇报或外交辞令吗？难道音乐啊、音乐，也就只是钟鼓一类的音乐器具吗？接下来再予以类推则是：难道丧礼啊、丧礼，也就只是穿穿孝服吗？非也。孔子写《春秋》、立新王的法则，试图表明这样的主张与立场，即崇尚主观动机与内在志意而鄙夷外在表象与物质利益，喜欢诚实而杜绝虚伪。这就是孔子在亲历

① 《春秋公羊传·僖公二十九年》第54页，辽宁教育出版社1997年版。

② 《十三经注疏》第2216页，《春秋公羊传注疏·桓公六年》，何休注，徐彦疏，上海古籍出版社1997年版。

了周代重文饰、轻质朴之种种流弊之后，痛定思痛所总结出来的理论结果。

文、质二字也同时、相对地出现于《礼记·礼器》之中。君王行太庙之祭，七献之礼中，“一献质，三献文，五献察，七献神”。孔颖达疏曰“一献质”指“祭群小祀，最卑，但一献而已，其礼质略”。而“三献文”则指“祭社稷五祀，其神稍尊，比群小祀礼仪为文饰也”。祭祀社稷、山川和祖先，其“献数之差，取义各别”①，等次越低，所献则越少，反之亦然。一献之礼显得质朴粗略，三献之礼稍有文饰，五献之礼便细密完备，七献之礼则最为尊敬②。

根据现存史籍记载，邹衍可能是第一次在质、文与现实政治、历史规律之间做了极富有创造性的有效连接。《汉书·严安传》曾奏武帝曰：

> 臣闻《邹子》曰：“政教文、质者，所以云救也。当时则用，过则舍之，有易则易之。故守一而不变者，未睹治之至也。”[7]1212。

这里，严安显然建议皇上不必太在意质、文法统的演变关系，这玩意纯属锦上添花一类的东西，有它也过，没它也过。专守其一，都不足为取。从严安的奏章里，我们可以看出，把质、文直接与三代历史与礼制相匹配、对接与勾连，在秦汉时代的政治生活里

① 《十三经注疏》第760页，《礼记正义·礼器》，郑玄注，孔颖达疏，北京大学出版社1999年版。

② 《周礼·春官宗伯·司服》记，“王之吉服：祀昊天上帝，则服大裘而冕，祀五帝亦如之；享先王，则衮冕；享先公，飨，射，则鷩冕；祀四望山川，则毳冕；祭社稷、五祀，则希冕；祭群小祀，则玄冕。”从服大裘而冕、衮冕，到鷩冕、毳冕、希冕，直至玄冕，文递减，质愈盛。

因而也在那时候的文献里似乎已经非常流行化了，通过质、文的逻辑关系而理解、诠释夏、商、周时代的礼乐变更已经是一种被普遍接受的方法和观念。《尚书大传》曰："王者，一质、一文，据天地之道。"依据质、文而治理天下，是王者之道，是不可随人为而变更的自然法则。《礼三正记》曰："质法天，文法地。帝王始起，先质后文者，顺天地之道，本末之义，先后之序也。"先质、后文而不是颠倒过来，就像历史展开的进程总是自古及今，由远及近，而不是相反。质、文顺序之区分，犹如本、末之义相别。《白虎通·三正》曰："王者必一质一文，何？以承天地、顺阴阳。"先王、后王之为王者，必须顺承天、地之道，体现质、文之变化法则。"事莫不先有质性，乃后有文章也"①。质性先于文章，是不可颠覆的历史秩序。《汉书·杜周传》中，有曰："殷因于夏，尚质；周因于殷，尚文。"三代礼之不同，体现于文、质相变。夏代之礼，崇尚文饰，继之而起的商代，则崇尚质朴，但继殷而起的周代则又改崇尚文饰。夏、商、周之间，有因袭，也有变化。

但总体上，一代之所以能够成为一代，总因为更改大于因袭，创新多于继承，这样才能够成就出一代区别于另一代的特点和性格。汉初知识分子热烈讨论夏、商、周三代之文、质关系，其现实意义则在于为汉代德运的确立寻找深刻的、能够说服当下人们的历史根据，而在思想上为新兴政权奠定合法性基础。"今汉家承周、秦之敝，宜抑文尚质，废奢长俭，表实去伪。孔子曰：'恶紫之夺朱'，当世治之所务也"[7]1156。夏尚文，殷尚质，经历周尚文之后，秦因为其国祚短促，不足以构成一代，故可予忽略。而如今的汉王

---

① 《百子全书》第四册《白虎通·三正》，第3557—3558页，岳麓书社1993年版。

朝则无疑应该直接因于周，去文而尚质①。

如果苏舆所说《三代改制质文》的篇名，是后人将“三代改制”与“三代质文”的“误合”，那么，针对“三代质文”之篇名，三代之礼的基本特性为什么又会被董仲舒概括为“文”“质”循环呢？三代之礼之间的一种因袭、改变的关系及其丰富的知识内容和道义规定又如何能够简单地用质、文二字就囊括殆尽呢？这些问题很值得我们思考和研究。

五、忠、敬、文

然而，不同于《春秋繁露》之《三代改制质文》和《玉杯》篇将夏、商、周三代之礼归结为质、文属性之循环流转，班固的《汉书·董仲舒传》却提出了另一种解释系统，即将它们规定为一种忠、敬、文的关系。这样的变化，足以全面颠覆今天的我们在董学系统内部对三代之礼的基本特点所做出的一切看似圆融、自洽的解释。我们究竟应该相信现存的《春秋繁露》文本呢，还是应该相信作为史学家班固所做的记载呢？抑或是董仲舒本人思想改变、前后观念不一所导致的结果呢？

---

① 然而，如果汉德直接取《春秋》之法统，则似乎又应该是文，而不是质。《春秋》一开始就标榜自己取法于周文王，当属文统。但后来又说：“承周文而反之质”（《王道》）、“此《春秋》之救文以质也”（《王道》），前后主张已不一致，是观点嬗变，还是并非一个作者所为，显然还是一个不小的问题。康有为解之曰：“文之中有质，质之中有文，其道递嬗耳”，似乎也不太通，只得存疑。至于康有为以此而进一步类推说：“汉文而晋质，唐文而宋质，明文而国朝质”，各朝对号质、文而入座，直接套解于其一，而死等另一个取而代之，并还以为，“皆升平世质家也，至太平世，乃大文耳。后有万年，可以刻字此道推之”，则更不免牵强。引文见《春秋董氏学·春秋改制第五》第 122 页，中华书局 1990 年版。

据《汉书·董仲舒传》称，在著名的“天人之策”之第三策中，武帝问曰：“三王之教所祖不同，而皆有失，或谓‘久而不易者，道也’，意岂异哉?”董仲舒回答说：“臣闻夫乐而不乱、复而不厌者，谓之道；道者，万世亡弊；弊者，道之失也。”能够被上升为、被称为“道”的东西，肯定是那些超越于经验条件限制、具有无限可重复性的普遍法则，它们经得起历史的检验，千秋万代颠扑不破，放之四海都能够有效。而如果经不起历史的检验，其价值和意义仅仅局限于一朝一代范围内有效，放到别的朝代就会出现毛病或问题，那就不能再被称为“道”了。

董仲舒说：“先王之道必有偏而不起之处，故政有眊而不行，举其偏者以补其弊而已矣。三王之道所祖不同，非其相反，将以救溢、扶衰，所遭之变然也。故孔子曰：‘亡为而治者，其舜乎[①]！’改正朔，易服色，以顺天命而已；其余尽循尧道，何更为哉！故王者有改制之名，亡变道之实。”先王所制的礼法，因为只适应并适用于当时，所以到了后王之时，随着环境、条件的改变而往往难免出现偏差，而不再行之有效，继续布施下去则很容易导致昏乱，所以挑出其过时、偏颇的内容予以修正、补救和完善已成为后王当政的一种必须。夏、商、周三王所制定的礼法，并非矛盾而水火不容，他们为什么非要改制、非要强调与前朝的差异性而力倡有所变

---

① 《论语·卫灵公》中，子曰：“无为而治者，其舜也与！夫何为哉？恭己正南面而已矣。”朱熹说：“无为而治者，圣人德胜而民化，不待其有所为也。独称舜者，绍尧之后，而又得人以任众职，故尤不见有为之迹也。恭己者，圣人敬德之容。既无所为，则人之所见如此而已。”见《四书章句集注·论语》第162页，中华书局1983年版。何晏曰：“言任官得其人，故无为而治。”刑昺曰：“帝王之道，贵在无为清净而民化之，然后之王者，以罕能及。”又“案《舜典》，命禹宅百揆，弃、后稷、契作司徒，皋陶作士，垂、共工、益作朕虞，伯夷作秩宗。……皆得其人，故舜无为而治也。”见《十三经注疏》下册第2517页《论语注疏》，上海古籍出版社1997年版。

化呢？实际上这都是后王迫于改正先王为政之弊端、挽救社会局面、避免国族整体塌陷的客观需要，是一种不得不为之的客观所逼。世事在变化，周遭在变化，礼法也应该随之而变化，而不能停滞在某一个时点上原封不动。舜帝虽一直无为而治，但还能够做到改正朔、易服色，顺应天命，感化天下，人尽其才，才尽其用，社会生活各个层面的治理都能够有序进行，实际上已经达到了一种无为而有为的理想境界。尧、舜、禹之远古时代，因为是都圣王治理，天下祥和，所以其礼其制，代代相传，只要沿袭而不需更变。但自那以后，世风日下，道德已经严重败坏，于是，人们最好就别奢望不通过改革就能够出现尧、舜、禹圣王治理下的太平局面了。新王变法改制的最终目的，无非是让现有的一切礼法度制更加适应人们生活和时代需要，而期望整个社会能够维持一个健康、良好的运转状态，而不至于紊乱无序。

关于夏、商、周三代法统之嬗变，董仲舒说：

> 夏上忠，殷上敬，周上文者，所继之救，当用此也[7]1105－1106。

夏、商、周三代之法统特征可以分别用忠、敬、文来概括。这里的“上”同“尚”。静态地看，三代王法，各有倾向，主导鲜明，一忠、一敬、一文。而动态地看，礼之制、法之作最基本的内驱力就在于：当“忠”暴露出不少弊端的时候，只有通过“敬”来匡正，非敬不足以救忠；而当“敬”出现种种问题的时候，也只有通过“文”来匡正，非文不足以救敬。一物降一物，一物救一物，如此循环，往复不绝。《论语·为政》中，孔子之所以说：“殷因于夏礼，所损益可知也。周因于殷礼，所损益可知也。其或继周者，虽百世可知也[3]48。”其道理就在于忠、敬、文三者可以无限往复、终始循环下去。三代之礼，呈现忠、敬、文三者交互替代之理势。

周文日盛，祸害毕露，救治的办法唯有重新施行夏代之忠，如此推演下去，无穷无尽，永远走不到头。所以，董仲舒说："此言百王之用，以此三者矣。"于是乎，一忠、一敬、一文不只适用与夏、商、周三代，更可以上升为一种普遍的历史规律，不受时间条件限制，任何朝代之更替都可以从中找到学理根据。

如果忠、敬、文的历史规律是普遍有效的，那么，三代之前、三代之后的王朝都可以对号入座、一一套解了，但夏继虞而起，为何孔子在《春秋》里却没有记录夏王对虞王所做的损益或取舍呢?董仲舒解释说：

> 夏因于虞，而独不言所损益者，其道如一而所上同也。
>
> 道之大原出于天，天不变，道亦不变。
>
> 是以禹继舜，舜继尧，三圣相受而守一道，亡救弊之政也，故不言其所损益也。
>
> 繇是观之，继治世者，其道同；继乱世者，其道变。
>
> 今汉继大乱之后，若宜少损周之文致，用夏之忠者[7]1106。

事实上，三代之前，是洪荒时期，先民茹毛饮血，混沌、蒙昧而未开化，传说中的先祖带领部族人群只能整天疲惫地应对自身的生存，所立、所建极为有限，更谈不上后王对前王有所损益、取舍，因而还不足以纳入忠、敬、文的历史循环链条；三代之后，明显属于未来世，为孔子所不可预言，所以也不会贸然言说即将发生的世界故事。但按照董仲舒的理解，尧帝、舜帝、禹帝在遥远的蛮荒时代就已经实现了圣王之治，创造了儒家大同的理想社会范型和可以行之于万世的伦常秩序模式，而且，三圣之间，授受脉络清晰，所传王道、所达到的治理效果又那么高度的一致，值得后王效法，所以他们之间并不存在后者对前者在政治上进行必要的改正、补救和完善的问题，也根本不需要有所损、有所益。

从繇帝的总结看，如果后王所继承的是圣王之治，那么就不需要改制立法，直接沿袭下来就足以成就出天下太平的局面了；但如果后王所继承的完全是一副烂摊子，则一定需要改制立法。变其道，定天下，得人心，这也应该理解为一种天命之必然。而联系到眼下的社会现实，汉室建政于天下大乱之时，所破灭的是非常强悍、不可一世的秦王朝，因此最适合以夏代之忠德改造周代文饰过盛、礼法缜密、仪繁节缛已经登峰造极的病弊。在汉德确立的问题上，《汉书》叙事结构中的董仲舒显然是主张“用夏之忠”的。

孔子修订《春秋》之后，夏、商、周的礼法道统便进一步明确了。唐代儒者啖助把三代之间的礼法传承脉络梳理得相当清楚，他指出，孔子修《春秋》之意旨是：

> 夏政忠，忠之敝野；
>
> 商人承之以敬，敬之敝鬼；
>
> 周人承之以文，文之敝僿。
>
> 救僿莫若忠。

夫文者，忠之末也①。

后王继起，为什么要重新改制？或者，新王重新改制的必要性在哪里？答案则主要在于先王之政施行至今，已经暴露出方方面面的问题和弊端了，继续推广或再放任下去必然导致更大的祸害。按照啖助的理解，夏代之政主张用忠德，但行忠之极，则容易导致粗野、放荡的毛病。所以后起的商代君王便用敬德予以克服，而商代人持敬一旦走向极端，则又暴露出听任鬼神意志、不信人为而行事的严重缺点。于是，随后而起的周代，君王便改用文饰仪轨对敬德

① 《新唐书·卷二百·列传第一百二十五·儒学下》第5706页，中华书局1975年版。

进行纠偏，但文饰仪轨强调过了头，则也难免虚伪而不诚恳的恶果。

朝　政　敝　救

夏——忠——野——敬

商——敬——鬼——文

周——文——僿——忠

啖助之解，明显受启发于汉代人的思想成果。《史记·高祖本纪》中，太史公曰：

夏之政忠。忠之敝，小人以野，故殷人承之以敬。

敬之敝，小人以鬼，故周人承之以文。

文之敝，小人以僿，故救僿莫若以忠。

三王之道若循环，终而复始。

周、秦之间，可谓文敝矣。秦政不改，反酷刑法，岂不缪乎？

故汉兴，承敝易变，使人不倦，得天统矣。朝以十月。车服黄屋左纛。葬长陵[8]110。

敬克忠之野，文克敬之鬼，则忠克文之僿，一德解一德，一德救一德，一环破一环，一环扣一环。整个人类的历史，拂去事相表面的纷乱繁复，而在本质上无非就只在忠、敬、文之间演绎、盘转，无穷无尽。达不到这样的哲学深度，则不可能形成这样的见地、认识。

《白虎通·三教》也说：

三正之有失，故立三教以相指受。

夏人之王教以忠，其失野，救野之失莫如敬。

殷人之王教以敬，其失鬼，救鬼之失莫如文。

周人之王教以文，其失薄，救薄之失莫如忠。

继周尚黑，制与夏同。三者如顺连环，周则复始，穷则反本①。

有周一代以及随后非常短命的秦王朝，礼乐盛行，典制繁琐，以至于使天下人们只关注于事情的形式，而逐渐抛弃了其实质、要害，于是便难免变得虚而不实、伪而不诚、假而空。继周而起的秦朝，非但不汲取周亡的教训，不用忠德纠正文德之偏差、归约上下官吏，反而进一步强化政令，专横布施，使刑更严、罚更厉，时天下百姓得不到一点宽余，所以它哪有不提早灭亡的道理呢！因为亲身经历过有秦一代，所以董仲舒对秦政的批评便显得激烈、严厉而入木三分：

师申商之法，行韩非之说，憎帝王之道，以贪狼为俗，非有文德以教训于下也。

诛名而不察实，为善者不必免，而犯恶者未必刑也。

是以百官皆饰虚辞而不顾实，外有事君之礼，内有背上之心。造伪饰诈，趣利无耻；又好用憯酷之吏，赋敛亡度。竭民财力，百姓散亡，不得从耕织之业，群盗并起。

是以刑者甚众，死者相望，而奸不息，俗化使然也[7]1101。

于是，秦政在本质上也属于一种文，尽管它的文与周的文也不一样。而现在，代秦而兴的大汉天子应该汲取前朝失败的教训，及时改弦易辙，于政松绑，于法宽限，而不要让天下的人民产生厌倦和抵触的情绪，秉承天命，顺应天道，宣告自己的法统，唯有这样

① 《白虎通·卷三·三正》，见《百子全书》第四册，第3558页，岳麓书社1993年版。而后来的《纬书·春秋元命包》中也出现过类似的文字：“三正有失，故立三教以相变。夏人之立教以忠，其失野，故救野莫若敬。殷人之立教以敬，其失鬼，救鬼莫若文。周人之立教以文，其失荡，故救荡莫若忠。如此循环，周则复始，穷则相承。”见安居香山、中村璋八编《纬书集成》，第619页，河北人民出版社1994年版。

才可以稳定世道、收拢民心。

《春秋繁露·王道》篇中，董仲舒列举出《春秋》“救文以质”的诸多事例：

其一，“诸侯会同，贤为主，贤贤也。《春秋》记纤芥之失，反之王道，追古贵信，结言而已，不至用牲盟而后成约，故曰：‘齐侯卫侯荀命于蒲。’《传》曰：‘古者不盟，结言而退。’①”

其二，宋伯姬曰：“妇人夜出，传母不在，不下堂②。”

其三，《公羊传·僖公四年》曰：“古者周公东征，则西国怨。西征，则东国怨[29]9。”

其四，僖公三年，秋，《春秋》记：“齐侯、宋公、江人、黄人会于阳谷。”《公羊传》曰：“此大会也，曷为末言尔?”桓公曰：“无鄣谷，无贮粟，无易树子，无以妾为妻。”③

其五，宋襄公曰：“不鼓不成列，不阨人④。”

其六，宣公十二年，楚庄王曰：“古者杅不穿，皮不蠹，则不出于四方。是以君子笃于礼，而薄于利；要其人，不要其土；告从

① 事见《春秋公羊传·桓公三年》。《春秋》记：“夏，齐侯、卫侯胥命于蒲。”《公羊传》则曰：“胥命者，何？相命也。何言乎相命？近正也。此其为近正，奈何？古者不盟，结言而退。”见《春秋公羊传》第10页，辽宁教育出版社1997年版。

② 《春秋公羊传·襄公三十年》曰：宋灾，伯姬卒焉。其称谥，何？贤也。何贤尔？宋灾，伯姬存焉，有司复曰：“火至矣，请出!”伯姬曰：“不可！吾闻之也：妇人夜出，不见傅、母，不下堂。傅至矣，母未至也。”逮乎火而死。见《春秋公羊传》第109页，辽宁教育出版社1997年版。

③ 《春秋公羊传·僖公三年》第39页，辽宁教育出版社1997年版。

④ 鲁僖公二十二年，《公羊传》记，宋襄公与楚人战于泓之阳。楚人济泓而来，有司复曰：“请迨其未毕济而系之。”宋公曰：“不可。吾闻之也，君子不厄人。吾虽丧圄之余，寡人不忍行也。”既济，未毕陈，有司复曰：“请迨其未毕陈而击之。”宋公曰：“不可。吾闻之也，君子不鼓不成列。”已陈，然后襄公鼓之。宋师大败。故君子大其不鼓不成列，临大事而不忘大礼。有君而无臣。以为虽文王之战，亦不过此也！见《春秋公羊传》第49—50页，辽宁教育出版社1997年版。

不赦，不祥[9]195。”

除此之外，还有“齐顷公吊死视疾”“孔父正色而立于朝，人莫过而致难乎其君”“齐国佐不辱君命，而尊齐侯”等等，这些人物与事迹都很形象、生动地诠释了孔子著《春秋》是如何“救文以质”[5]28的。文之极，必反质；质之极，必加文，质、文互补，以归于正，此乃天道逻辑，不可违拗①。

周代大行文德，其弊其害日益为天下人所目睹。啖助分析说：

设教于本，其敝且末；设教于末，敝将奈何？

武王、周公承商之敝，不得已用之。

周公没，莫知所以改，故其敝甚于二代。

孔子伤之曰：“虞、夏之道，寡怨于民；商、周之道，不胜其敝！”

故曰：“后代虽有作者，虞帝不可及已。”盖言唐、虞之化，难

① 关于夏、商、周三代为政之倾向与特色，《表记》篇中还提出了另一种更有意趣的道统谱系，即“命—神—礼”三者循环，交互作用，轮流生成。《表记》托孔子之言而曰：“夏道尊命，事鬼敬神而远之，近人而忠焉，先禄而后威，先赏而后罚。亲而不尊，其民之敝：惷而愚，乔而野，朴而不文。殷人尊神，率民以事神，先鬼而后礼，先罚而后赏。尊而不亲，其民之敝：荡而不静，胜而无耻。周人尊礼尚施，事鬼敬神而远之，近人而忠焉，其赏罚用爵列。亲而不尊，其民之敝：利而巧，文而不惭，贼而蔽。”孔子曰：“夏道未渎辞，不求备，不大望于民，民未厌其亲；殷人未渎礼，而求备于民；周人强民，未渎神，而赏爵刑罚穷矣。”尊命、尊神、尊礼，其方法、路径及后果各不相同。至于循环，则在于亲、尊之间对决、博弈。夏政之弊，亲而不尊；殷政之弊，尊而不亲；周政之弊，则又表现为亲而不尊。但此间又不乏质（或“朴”）、文之对比，夏人“朴而不文”，而到了周人，则“文而不惭”，构成一个循环。相对于殷、周两朝，虞、夏时代似乎太朴实无华了，王道教化的影响非常微弱；同样，相对于虞、夏时代，殷、周两朝则显得礼乐过盛，文饰仪轨对人的行为的规范和约束作用太强，以至于让许多人都走向了虚伪、不真诚。客观一点说，“虞夏之质，殷周之文，至矣！虞夏之文，不胜其质；殷周之质，不胜其文”。文与质、质与文，任何一方太盛，都不是好事，君王治民、理政、统领天下之大道，最高境界就在于文、质相即兼容，调和适切。引文见《礼记·表记》第505页，岳麓书社1989年版。

行于季世，而夏之忠，当变而致焉。

故《春秋》以权辅用，以诚断礼，而以忠道原情云。不拘空名，不尚狷介，从宜捄乱，因时黜陟。

古语曰："商变夏，周变商，《春秋》变周。"而《公羊子》亦言："乐道尧、舜之道，以拟后圣。"是知《春秋》用二帝、三王法，以夏为本，不壹守周典明矣。又言："幽、厉虽衰，雅未为风。逮平王之东，人习余化，苟有善恶，当以周法正之。故断自平王之季，以隐公为始，所以拯薄勉善，捄周之弊，革礼之失也[10]5706。"

对于汉代天子而言，如果说夏、商朝代已经久远了，其为政之弊已难以引起警觉，但周治、秦治任于文之祸则丝毫也不能忘记。文德盛行于太平世，其害已经十分明显了，如果盛行于乱世，那么其害则一定更加惨烈。周代有武王、周公在，姑且还能够改制作法，以文德拯救商代之敬德，一旦没有了武王、周公这样的圣主，周代文德之泛滥便一发不可收拾。比之于夏忠之弊、商敬之弊，周文之弊有过之而无不及，文过饰非，甚嚣尘上，欲行其害，假借某种合法的名义，冠冕堂皇，置人于死地而又使人不知不觉。所以，到了孔子著《春秋》的时候，便不得不痛下决心，挺忠德而加以匡正。唐虞之治，王道流行，非后世一般帝王所能企及。尧、舜、禹之道只适用于治世，但治世难遇，更多的则是乱世。既然身处乱世，便应该因时制宜、因事制宜，只有谋求礼法度制的变革，适应时代之需要，才是唯一的出路。武王、周公既没，世事早已沧海桑田，后来的新王如果再不锐意进取，则无疑坐视文德泛滥，贻害于天下百姓。其实，眼下君王的当务之急就是不被礼法教化的繁文缛节所遮蔽，取法忠德，弥补文德之不足。

"以诚断礼""以忠道原情"就是要求新王应该以诚心诚意的态度为准绳去判别人们是否遵守和服从礼乐仪轨，而不为外表假象、虚伪形式所蒙蔽和欺骗。不必空守既有的德运名号，不满足于洁身自好，面对当下的现实状况，具体问题具体对待，讲求政策的针对性、方法的可行性（“从宜捄乱”“因时黜陟”）和目标的可通达性。“商变夏，周变商，《春秋》变周”，代代都有变，不变则不立，不变则不继。这就是天命，是铁一般的历史规律，任何人不服都是不行的。很明显，孔子著《春秋》，变革了周制，“以夏为本”而“不壹守周典”，到了汉初，董仲舒面对周秦礼制千疮百孔之毛病，发明孔子的微言大义，力主汉德当从夏，取法《春秋》而重建新王一道统。周幽王、周厉王在位的时候，虽然王权衰微，但整个天下也并不至于沦落为乱世一片，因为王权还在，礼乐还在，还能够发生一定的影响和作用。周平王东征之时，姑且还勉强能够用礼法度制去规范或约束天下人尤其是诸侯的行为。但其后，特别是从鲁隐公元年开始，周文之弊已使周室王权丧失殆尽，天下百姓所受之苦无以复加，所以孔子另立《春秋》法统、鼓呼王道，以图回归于秩序治理，虽不能马上奏效，但实属一种必须。

在法统理路上，班固《汉书·董仲舒传》之忠、敬、文明显区别于《春秋繁露》之《三代改制质文》和《玉杯》篇之质、文。于是，从这里便又引申出这样一个疑问：三代之礼，其发生和结果究竟归因于质、文二元互变，还是归因于忠、敬、文三者流转呢？综观《春秋繁露》一书，特别是从《三代改制质文》后面部分糅合了“阴阳”与“质文”而构成所谓“四法”的内容看，三代之礼应当由质、文互变而生成。但这里需要提醒的是，《春秋繁露》毕竟是一部历时很久、不可能完成于一人之手的儒学著作，如果董仲舒只撰写了其中一些章节，那么，后人文字篡入的可能性也便极大，于是，作为史书的《汉书》对董仲舒观点的记述，则似乎显得相对可信、相对可靠。如果按照忠、敬、文的谱系，则明显把“质”甩到了一边。忠、敬具备“质”的可能性，但毕竟还不直接就是“质”本身，与“质”还存在着一定的距离，并且，“周尚文”中的“文”也未必就与“质文”中的“文”同义，等值。如果说夏、商、周三代的德运是按照忠、敬、文的秩序而流转的，那么，周之后、继周而起的任何朝代也得照此顺延，于是，有汉一代则应当完全回到夏代所崇尚的忠德路线上去，而不是追求“质”或“文”的品格，取法于忠，以十月为正，忠应当成为君臣官民、朝野上下决策、行事的一项根本准则，尽管此后武帝确立汉德丝毫都没有按照董仲舒的思路走的痕迹。

参考文献：

［1］范晔．后汉书：卷七十三［M］．杭州：浙江古籍出版社，2000.

［2］刘宝楠．论语正义［M］．北京：中华书局，1990.

［3］钱穆．论语新解［M］．北京：生活·读书·新知三联书店，2002.

［4］桓宽．盐铁论［M］．长沙：岳麓书社，1993.

［5］董仲舒．春秋繁露［M］．影印聚珍版．上海：上海古籍出版社，1989.

［6］康有为．春秋董氏学［M］．北京：中华书局，1990.

［7］班固．汉书［M］．长沙：岳麓书社，1994.

［8］司马迁．史记［M］．长沙：岳麓书社，1988.

［9］洪业，聂重岐，李书春，等．春秋经传引得［M］．上海：上海古籍出版社，1983.

［10］欧阳修，宋祁．新唐书：卷二百［M］．北京：中华书局，1975.

原文载于《衡水学院学报》2013年第3期。

余治平（1965－），男，江苏洪泽人，上海社会科学院哲学研究所研究员，哲学博士，衡水学院特聘教授。

董仲舒解释《春秋》《公羊传》的方法

刘国民

《史记·儒林列传》曰："故汉兴至于五世之间，唯董仲舒名为明于《春秋》，其传公羊氏也。"司马迁认为，汉兴至武帝之世，董仲舒最精于《春秋》公羊学，且以此著称于儒林。董仲舒传承《春秋》公羊学，但他不是一位传经之儒，而是思想家之儒。他通过重新解释《春秋》《公羊传》，以建构其公羊学的思想体系，并为大一统的皇权专制政治确立理论根据，且通经致用，以《春秋》之义解决现实社会政治的重要问题。陈其泰先生说，公羊学的特征之一是"解释性"，"公羊学说专讲'微言大义'，对《春秋》或《公羊传》中简略的文字，大胆地阐释、发挥，故公羊学说可视为中国古代一门解释学"[1]56。董仲舒在解释《春秋》《公羊传》中，表现出较强的主观性。他解释的较强主观性，与他在解释过程中张扬的主体性关联；而其主观性、主体性的突出，又与他标举的解释方法相联系。

西方解释学分为两派：一是方法论解释学，一是哲学解释学。方法论解释学把方法置于首位，宣称解释者能使用合理的方法，正确解释文本的本义。这表明解释者能够支配和主宰解释活动，肯定了解释者在解释过程中的主体性；解释者之主体性的突出往往使其解释具有较强的主观性。哲学解释学排斥解释的方法，正如德国哲学家伽达默尔所说“像古老的诠释学那样作为一门关于理解的‘技艺学’，并不是我的目的。我并不想炮制一套规则体系来描述甚或指导精神科学的方法论程序”[2]236。哲学解释学认为，解释者在解释过程中受到其先见、历史性等因素的制约，很难支配实际的解释活动。伽达默尔说：“理解甚至根本不能被认为是一种主体性的行为，而是要被认为是一种置身于传统事件中的行动，在这行动中，过去和现在经常地得以被中介[2]238。”理解不是人的主体性活动，而是人的存在方式。按照德国哲学家海德格尔的观点，人首先不是作为主体而生活在世界上，而是“被抛入”世界之中；理解既然是“此在”的存在方式，理解就是被抛，故“此在”不能够控制理解，这贬损了解释者在理解过程中的主体性。要之，方法论解释学把解释者的主体性、解释的主观性和解释方法内在地结合起来，这正是中国传统解释学的基本特征。

董仲舒在解释《春秋》《公羊传》中，提出许多重要的解释方法。在他看来，通过运用这些解释方法，解释者能够正确阐释《春秋》的“微言大义”。他之解释方法的提出，与他在解释过程中所表现的自信和主体性关联。他之主体性的突出，往往会导致其解释的较强主观性；且他所提出的解释方法，更有利于其主观思想的发挥。黄开国说：“董氏能从《公羊》中发挥出自己的学说，与其方法密不可分。他的这一方法，在西汉今文经学中极具代表性，更给其后二千年经学发展以深远的影响，大凡在经学义理方面有所成就的经学家，都或直接或间接、或明或暗、或自觉或不自觉地运用了董氏这一方法[3]54。”董仲舒经学解释的主观性、主体性的突出以及对解释方法的重视，实际上是儒家高扬的主体人格精神向解释活动的渗透。本文具体讨论董仲舒的一般解释方法，一是说明他的公羊学思想体系是如何动态地形成的；二是确证他解释的主观性和主体性与其解释方法的内在关联。

一、“见其指者，不任其辞”

董仲舒在《春秋繁露·竹林》中说：“夫德不足以亲近，而文不足以来远，而断断以战伐为之者，此固《春秋》所甚疾已，皆非义也。”（下引《春秋繁露》，只注篇名）这是董仲舒对孟子“《春秋》无义战”的认定，但他又认为《春秋》中的复仇之战是正义的；这就产生了矛盾。他解释说，《春秋》不义之战众多而复仇正义之战只有二次，故以“《春秋》无义战”概之，就如同《春秋》庄公七年书“无麦苗”，其实田亩仍有数茎。他的解释本于孟子。《孟子·万章上》曰：“《云汉》之诗曰：‘周余黎民，靡有孑遗。’信斯言也，是周无遗民也。”孟子认为，这两句诗的字面意是一个人也未留下，但诗人之志是周余黎民极少，这是以多概少，但由此出现了诗之文辞的字面意义与诗人之志部分矛盾的情况。孟子结论说：“故说《诗》者不以文害辞，不以辞害志。以意逆志，是为得之。”文辞的字面义与诗人之志有部分矛盾，即有一定的意义间距，解释者要把握诗人之志，不能过分拘泥于文辞，还要依靠主观之意的推想。董仲舒说：

辞不能及，皆在于指，非精心达思者，其孰能知之！……由是观之，见其指者，不任其辞。不任其辞，然后可与适道矣。（《竹林》）

“辞”，文辞，即文辞的字面意义；“指”，意旨，即《春秋》之义，《春秋》文本的解释是通过《春秋》文辞把握《春秋》之义。但文辞的字面义与《春秋》之义有一定的间距，不能直接从文辞的字面义到达《春秋》之义，即“辞不能及，皆在于指”。解释者要精心达思，充分发挥其主观能动性，突破《春秋》文辞字面义的限制，以把握深微的《春秋》大义，即“见其指者，不任其辞”。徐复观认为，“不任其辞”是完全不受辞的限制以驰骋读者的主观思想[4]206。笔者认为，“不任其辞”，一方面是从《春秋》文辞入手，另一方面又要突破其限制；相对于孟子“以意逆志”，董仲舒“见其指者，不任其辞”的方法，更强调了解释者的主观能动性（主体性）。

《春秋》隐公元年“春，王正月”，这是《春秋》的首句。《公羊传》：“元年者何？君之始年也。春者何？岁之始也。王者孰谓？谓文王也。何为先言王而后言正月？王正月也。何言乎王正月？大一统也。”“正月”是历法之首，周文王颁布历法，诸侯皆用周历，以历法的统一表示政治的大一统。《公羊传》重始而从中发挥出“大一统”的思想。仲舒认为，“元年春，王正月”具有微言大义：

> 臣谨案《春秋》之文，求王道之端，得之于正。正次王，王次春。春者，天之所为也；正者，王之所为也。其意曰，上承天之所为，而下以正其所为，正王道之端云尔。然则王者欲有所为，宜求其端于天。（《天人三策》，见于《汉书·董仲舒传》）

《春秋》之辞的字面意义简单明了，《公羊传》的解释已有曲折，董仲舒变本加厉地要从《春秋》“元年春，王正月”中，发挥《春秋》大义，求王道之本。他据“春”“王”“正”3字的先后之序，阐发出王上应法天、下以正己的王道大义。他认为，“春”代表天，其次序在“王”之先，表明天比王尊贵，王必须尊天、法天；“正”的次序在“王”之后，表明王要端正自己的行为。人君法天，“道之大原出于天，天不变，道亦不变”（《天人三策》）。王先正己，才能正人。孔子曰：“政者，正也。子帅以正，孰敢不正?”（《论语·颜渊》）

董仲舒进一步解释“元年春，王正月，公即位”：

> 谓一元者，大始也。……是故《春秋》之道，以元之深正天之端，以天之端正王之政，以王之政正诸侯之即位，以诸侯之即位正境内之治。五者俱正，而化大行。（《玉英》）

> 臣谨案《春秋》谓一元之意，一者万物之所从始也，元者辞之所谓大也。谓一为元者，视大始而欲正本也。《春秋》深探其本，而反自贵者始。故为人君者，正心以正朝廷，正朝廷以正百官，正百官以正万民，正万民以正四方。（《天人三策》）

在“元年春，王正月，公即位”经文里，“元”的位置在最首，故仲舒说，“谓一元者，大始也”“元者辞之所谓大也”。元是大始、大本，他由此阐发了《春秋》贵元的思想，“《春秋》何贵乎元而言之？元者，始也”。（《王道》）贵元即贵始，贵本；本正，万事万物无不正，因而“《春秋》深探其本”。元是大本，仲舒根据“元、天、王、公”的词序阐释说，正元才能正天，正天才能正王，正王才能正公（诸侯），正公才能正人民，此即“五者俱正”，而教化大行，王道终矣。

要之，董仲舒从《春秋》“元年春，王正月，公即位”首句里，运用“见其指者，不任其辞”的解释方法，根据“春”“王”“正”与“元”“春”“王”“正”的词序，深入阐释了深刻而丰富的《春秋》大义。他的解释，一方面依据《春秋》文辞，另一方面又突破《春秋》文辞的限制，且突破的力度甚大；他所阐释的《春秋》大义与《春秋》文辞的字面义之间有较大的间距。他充分发挥自己的主观能动性，以填补意义间距的空间，其解释的主观性较强。实际上，他所阐发的《春秋》大义，正是他的思想，他是借《春秋》建立自己的思想体系，且获得经典的神圣和权威根据。

二、“《春秋》推见至隐”

《史记·司马相如列传》“太史公曰：《春秋》推见至隐”。《史记集解》引韦昭言：“推见事至于隐讳，谓若晋文召天子，经言‘狩河阳’之属。”《春秋》僖公二十八年“天王狩于河阳”。《公羊传》谓“狩不书，此何以书？不予再致天子也”。《史记·孔子世家》：“践土之会，实召周天子，而《春秋》讳之曰‘天王狩于河阳’。”董仲舒说：“晋文再致天子，讳致言狩”，(《王道》)“故诡晋文得志之实，以代讳避致王也”。(《玉英》)《春秋》记录此事是天子在河阳打猎，但此事的真相不是天子自狩河阳，而是晋文公两次召周天子到河阳。《春秋》没有如实记录这件事，而采用“讳”的笔法，这是因为《春秋》贬晋文公而尊周天子，不予诸侯两次招致周天子。

“讳”，即《春秋》所记之事与事实真相不合。这似乎违背“《春秋》之信史”的实录原则，但讳绝非掩盖和歪曲历史的真实，在《春秋》记事的矛盾言辞中已暗示所记之事与事实真相不符，所谓“讳而不隐”。《春秋》“天王狩于河阳”已暗示这件事的不真实，因为《春秋》一般不书天子狩，此处书天子狩，与《春秋》书法相矛盾，表明所记之事可能非真。因此，“讳”，从表面上看，所记之事、所说之言是真事、真言；但深入地看，所记之事、所说之言本身呈现出一种矛盾，而令人困惑和质疑，从而暗示表面之言之事非真。《公羊传》闵公元年“《春秋》为尊者讳，为亲者讳，为贤者讳”。讳之目的，一方面是讳恶，另一方面也是讥讽。徐复观先生说：“按讳即是认为‘这是见不得人的事’，所以也是贬的一种方式[4]267。”《春秋》为何要用讳的书法？《公羊传》定公元年：“定、哀多微辞。主人习其读而问其传，则未知己之有罪焉尔。”《史记·匈奴列传》：“孔氏著《春秋》，隐桓之间则章，至定哀之际则微，为其切当世之文而罔褒，忌讳之辞也。”仲舒说：“义不讪上，智不危身。故远者以义讳，近者以智畏。畏与义兼，则世逾近而言逾谨矣。此定、哀之所以微其辞。以故用则天下平，不用则安其身，《春秋》之道也。”（《楚庄王》）《春秋》之讳：一是表现臣子敬重君亲之意，二是臣子避免政治权势的压制打击。

讳与掩盖事实真相不同，并不贬损“《春秋》之信史”的实录原则，《春秋》之讳是合理的。仲舒认为，讳之背后的事实真相及其意义隐约幽微，凡是用讳皆有深刻的意义，故必须推见至隐，突破表面的言和事，以把握历史的真言、真事以及讳所隐藏的动机和目的。

《春秋》庄公三年“纪季以酅入于齐”。董仲舒认为，“纪季以酅入于齐”，是“讳”，因为《春秋》文辞有矛盾：如果纪季以酅入于齐，则犯了三罪，即大夫专地、公子去国、君子避外难，但《春秋》称“纪季”，是贤之文辞。这表明，纪季没有做此事，即《春秋》所记之事与历史真相不符。董仲舒接着推见事实真相：“贤者不为是。是故托贤于纪季，以见季之弗为也。纪季弗为而纪侯使之可知矣。”（《玉英》）这件事的真相是，纪侯使纪季以酅入于齐。《春秋》为何不直书此事？董仲舒进一步推见至隐，揭示讳隐含的动机目的，这是贤纪侯，“今纪侯《春秋》之所贵也，是以听其入齐之志，而诡其服罪之辞也，移之纪季”。《春秋》为何贤纪侯呢？仲舒认为，纪侯叫他的弟弟纪季以酅入于齐，以保存其家族和宗庙，他自己率领余下的民众，誓死保卫国家，“率一国之众，以卫九世之主，襄公逐之不去，求之弗予，上下同心而俱死之。故谓之大去。《春秋》贤死义，且得众心也，故为讳灭。以为之讳，见其贤之也。以其贤之也，见其中仁义也”。(《玉英》) 在这段话里，董仲舒称赞“国灭君死之，正也，何贤乎纪侯”，(《玉英》) 既说明贤纪侯的原因，又指出《春秋》庄公四年“纪侯大去其国”，是为纪侯讳，“大去”即是讳国灭身死。

通过董仲舒的推见至隐，《春秋》“纪季以酅入于齐”，具有微言大义。他从此事的具体解释中抽象出普遍的方法：

> 《春秋》之书事时，诡其实以有避也。其书人时，易其名以有讳也。故诡晋文得志之实，以代讳避致王也。诡莒子号谓之人，避隐公也。易庆父之名谓之仲孙，变盛谓之成，讳大恶也。然则说《春秋》者，入则诡辞，随其委曲而后得之。(《玉英》)

书事诡其实，书人易其名，即“讳”，《春秋》所记之事之人背离事实真相，解释者要从“诡辞”“讳”中把握事实的真相，揭示《春秋》大义。

《春秋》昭公二十五年“秋，七月，上辛，大雩。季辛，又雩”。董仲舒解释说：“是故逐季氏而言又雩，微其辞也。”(《楚庄王》) 所谓“微其辞”，即讳，表明《春秋》所记之事与事实真相不符。《春秋》所记“又雩”，非雩（求雨之祭）也，其真相是昭公匆忙聚集徒人驱逐季氏，结果他自己反而被季氏所逐走。但讳并非掩盖事实的真相，在“上辛，大雩。季辛，又雩”的矛盾文辞里，已暗示此事的不真实，因为常理，一月不得两次行雩祭。此讳之目的，表面上是为昭公讳恶，实际上有深微的《春秋》大义。仲舒说：“恶无故自来，君子不耻，内省不疚，何忧于志，是已矣。今

《春秋》耻之者，昭公有以取之也。臣陵其君，始于文而甚于昭。公受乱陵夷，而无惧惕之心，嚣嚣然轻计妄讨，犯大礼而取同姓，接不义而重自轻也。”（《楚庄王》）昭公被逐之耻，是自取之；昭公时，臣陵其君更甚，但昭公没有反省、警惧之心，没有采取合理的行为制止之，反而轻计妄讨季氏，最终被季氏逐到乾侯，流亡在外达八年之久，最后客死他乡，“出走八年，死乃得归，身亡子危，困之至也”。（《楚庄王》）董仲舒对昭公的贬斥，义正词严，激愤之情溢于言表。

要之，“推见至隐”的解释方法，要求解释者充分发挥其主观能动性，以推见“讳”所隐藏的历史事实及其背后的《春秋》大义。

三、“原心贵志”

《公羊传》贵“意”，董仲舒谓“心之所之谓意”（《循天之道》）。意，心志，即行为的动机和目的。行为的动机和目的深藏于内，与行为本身及其结果有两种基本关系：一是行为的动机和目的未表现于外在的行为；二是行为的动机和目的与行为本身及其结果不一致。儒家重视行为的动机和目的是否纯正，即所谓“诛心”之论。董仲舒继承《公羊传》“贵意”的传统，发展出“原心贵志”的解释方法，以推究人之内在的心志（行为的动机和目的）。

《春秋》隐公元年“春，王正月”。《公羊传》曰：

> 公何以不言即位？成公意也。何成乎公之意？公将平国而反之桓。何为反之桓？桓幼而贵，隐长而卑，其为尊卑也微，国人莫知，隐长又贤，诸大夫扳隐而立之。隐于是焉而辞立，则未知桓之将必得立也。且如桓立，则恐诸大夫之不能相幼君

也。故凡隐之立，为桓立也。

隐公即位，但“桓幼而贵，隐长而卑”，隐公不该即位。《公羊传》推究隐公即位的动机和目的：隐公暂时即位，等桓公成人之后，再反位于桓公，即为了桓公而即位。因此，从隐公即位的行为上，他应遭到贬斥，但他即位的动机和目的是善的，《公羊传》褒隐公的心志，解释《春秋》不书“公即位”，是成就隐公将反位于桓的心意，即“成公意”。“成公意”在《公羊传》里反复出现。“成公意”推及隐公内在的心志，但隐公的行为结果与其内在的心志矛盾复杂：一是隐公不想即位，但实际上即位了；二是隐公想让位于桓，但并未表现为实际的行为。《春秋》桓公元年“春，王正月，公即位”。《公羊传》曰：“继弑君不言即位，此其言即位何？如其意也。”这是深责桓公弑杀隐公，迫不及待地想即位的心志。“成公意”“如其意”表明，《公羊传》贵意。

《春秋》庄公三十二年“秋，七月，癸巳，公子牙卒”；《公羊传》“公子牙今将尔，辞何为与亲弑者同？君亲无将，将而诛焉”。“将”即心志、念头。对君亲，臣子如动了弑杀的念头（未付之行动），就如同弑杀一样予以诛杀。公子牙有弑君之心，与弑杀者同，《春秋》严词诛绝。“将而不免，遏恶也”（《公羊传》闵公元年），臣子动了弑杀君亲的念头而诛绝，是为了从根本阻止其罪恶。《公羊传》昭公元年：“今将尔，词何为与亲弑者同？君亲无将，将而必诛焉。”董仲舒说：“君亲无将，将而诛。”（《王道》）“君亲无将，将而诛焉”，一是特重视追及一个人行为动机的隐微之地，二是体现了专制政治“尊君卑臣”的思想。

董仲舒在《精华》里说：

> 《春秋》之听狱也，必本其事而原其志。志邪者不待成，首恶者罪特重，本直者其论轻。

这是“《春秋》决狱”的典型一例。仲舒认为，《春秋》之断狱，要“原其志”即推究其内在的动机和目的，《汉书·薛宣传》“《春秋》之义，原心定罪”。首先，已付之行动，形成了行动的结果，要分析行为的动机和目的。心存善志而行为造成了恶果，不应严厉贬斥，所谓“本直者其论轻”。心存恶志而行为产生了善果，也要贬绝，《汉书·薛宣传》“《春秋》之义，意恶功遂，不免于诛”。心存恶志，行为又造成恶果，须特加诛绝，所谓“首恶者罪特重”。其次，未付之行动，要推究其内在的心志；如果心志是恶的，则加以诛绝，所谓“志邪者不待成”“君亲无将，将而诛”。如公子牙没有弑君的行为，但推其心志，有弑君的念头，故《春秋》贬绝之。

董仲舒在《玉杯》里分析了赵盾弑君之事。《春秋》宣公二年“晋赵盾弑其君夷皋”。这是《春秋》贬绝赵盾弑君之罪。但从历史事实来看，赵盾没有弑君，亲弑君者是赵穿。《公羊传》：“赵盾弑君，此其复见何？亲弑君者，赵穿也。亲弑君者赵穿，则何为加之赵盾？不讨贼也。”这是责赵盾在君主被杀后没有讨贼。董仲舒对赵盾颇为同情，他深推其心志：“今案盾事而观其心，愿而不刑，合而信之，非篡弑之邻也。按盾辞号乎天，苟内不诚，安能如是？是故训其终始无弑之志。”赵盾没有弑君之志，据“《春秋》之好微欤？其贵志也”，（《玉杯》）应稍赦之，“君子原心，赦而不诛”。

《春秋》桓公二年“宋督弑其君与夷”；《公羊传》隐公三年“庄公冯弑与夷。故君子大居正。宋之祸，宣公为之也”。宣公让位于其弟穆公，穆公又让位于其兄宣公之子与夷，结果穆公之子庄公冯弑杀与夷。《公羊传》认为，宋国遭遇的弑君之祸起于宣公，故贬宣公“不居正”。《玉英》：“不书庄公冯杀，避所善也。是故让者《春秋》之所善。宣公不与其子而与其弟，其弟亦不与子而反之兄子，虽不中法，皆有让高，不可弃也。故君子为之讳不居正之谓避，其后也乱。移之宋督以存善志。”但董仲舒认为，《春秋》不书庄公冯弑杀与夷，是为宣公讳，宣公的行为虽造成了后面的恶果，但他让位的动机和目的是善的，《春秋》贵志，“移之宋督以存善志”。

《春秋》文公二年“公子遂如齐纳币”。《公羊传》曰：“纳币不书，此何以书？讥。何讥尔？讥丧娶也。娶在三年之外，则何讥乎丧娶？三年之内不图婚。”董仲舒认为，文公于四年十一月娶，已出三年之丧，并非“丧娶”，但文公纳币之月在守丧期间，“《春秋》之论事，莫重于志。今娶必纳币，纳币之月在丧分，故谓之丧娶也”。(《玉杯》）这表明文公在三年之丧内已有了娶的心志，故看成是“丧娶”，必须严加诛绝。

综上所述，董仲舒在解释《春秋》《公羊传》时，继承和发扬《公羊传》“贵意”的思想，提出“原心贵志”的解释方法，“《春秋》之论事，莫重于志”，“《春秋》之好微与，其贵志也”。（《玉杯》）“原心贵志”的方法，需要解释者发挥其主观能动性，从行为者的言行中深察其内在的心志。徐复观先生说：“《公羊春秋》，特重视追及一个人的行为动机的隐微之地。此即‘《春秋》推见至隐’，这在《春秋繁露》的第一部分，表现得很清楚。……个人立身行己在动机的隐微之地，下一番反省澄汰的功夫，当然是好的。但在政治上，也要追及到动机隐微之地，以此为判罪的原则，则社会上可死者必者，冤死者亦也必众[3]188。”今日论罪，也追及其行为的动机和目的，有故意伤人、杀人与过失伤人、杀人之分。

四、“伍其比，偶其类”

董仲舒和《公羊传》皆运用类比、类推的方法解释《春秋》。类比是同类相比：在比较中，辨析同中之异、异中之同。类推是同类相推：因为是同类，故可以从某一事物具有某种性质，类推出同类的事物也有某种性质。类比重视事物之异，类推重视事物之同；二者相互结合，即类比中包含着类推，类推中包含着类比。这种解释方法在《公羊传》《春秋繁露》中主要表现在两个方面：一是某数件事的性质似相同，但《春秋》书法不同，褒贬及《春秋》之义也不同，故须深入辨析事、书法、义之异；二是某数件事的性质基本相同，则《春秋》书法相同，褒贬以及《春秋》之义也相同。

《公羊传》解释《春秋》，不断地训释和归纳《春秋》书法，这主要是运用类比类推的方法。《春秋》桓公元年“春，王正月，公即位”；《公羊传》谓“继弑君不言即位，此其言即位何？如其意也”。鲁国十二公的即位之事似是同类之事，书法应同；但隐、庄、闵、僖未书即位，桓、文、宣、成、襄、昭、定、哀书即位，《春秋》书法不同。《公羊传》由书法不同比较即位之事的异同：先君是正常死亡的，继体之君书即位；先君被弑而亡，继体之君不书即位，即“继弑君不言即位”。由事之异同辨析义之异同：先君被弑，即位之君内心伤痛，因此不书即位，即《公羊传》庄公元年“君弑则子何以不言即位？隐之也。孰隐？隐子也”。桓公是继弑君即位，同类相推，则桓公不应书即位；但《春秋》书即位。这是同类之事而书法不同，因此必须加以比较、辨析事义之异同。隐公即位是为桓立，将让位于桓，但桓不能深察隐公之意，迫不及待地弑君而立；《春秋》书即位，“如其意也”，即著明桓公弑隐公而急于即位之意，这是贬桓公。这正是在层层类比类推中阐析《春秋》之义。

《公羊传》在解释实践中运用类比类推的方法，董仲舒明确地提出了“伍其比，偶其类”的解释方法，并自觉地运用到实践当中。《玉杯》曰：

《春秋》论十二世之事，人道浃而王道备。法布二百四十

> 二年之中，相为左右，以成文采。其居参错，非袭古也。是故论《春秋》者，合而通之，缘而求之，伍其比，偶其类，览其绪，屠其赘，是以人道浃而王法立。

《春秋》所记之事纷繁众多，但有书法和义法。“合而通之”，即对《春秋》之事、书法、义法会合全书以贯通之。合通的方法是“伍其比，偶其类”，即把同类的事、书法、义法加以类比和类推：事、书法、义法虽繁多，但归为统类，一以贯之；且由此及彼，以一知万，《楚庄王》“是故为《春秋》者，得一端而多连之，见一空而博贯之，则天下尽矣”，由一端、一孔类比类推到万端、万孔，那么天下之事、义尽涵容于《春秋》之中，所谓“《春秋》文成数万，其指数千。万物之散聚皆在《春秋》”。(《史记·太史公自序》)

《春秋》宣公十一年“楚人杀陈夏征舒”；《公羊传》：“此楚子也，其称人何？贬。何为贬？不与外讨也。”《春秋》昭公四年“楚子……伐吴，执齐庆封，杀之”；《公羊传》：“此伐吴也，其言执齐封何？为齐诛也。其为齐诛奈何？庆封走之吴，吴封之于防。然则何为不言伐防？不与诸侯专封也。庆封之罪何？胁齐君而乱齐国也。”

这两件事的性质似相同，但《春秋》褒贬之辞不同，一贬为楚人，一褒为楚子。《公羊传》只解释了“楚人”之贬，而未解释“楚子”之褒。《公羊传》的解释使人产生嫌疑：这两件事的性质基本相同，根据《春秋》不予诸侯专讨、专封的尊王之义，为何昭公四年褒为楚子而宣公十一年贬为楚人呢？

董仲舒把这两件事相比较，这是同类之事相比；事同辞应同，但辞不同，这是辞比；辞不同，则义有变，这是义比。他深推事、义之隐微而辨析其异同：宣公十一年，夏征舒弑其君，罪重而明，楚庄王诛夏征舒，复陈，存亡继绝，功著而行贤，但庄王专讨之罪不明；庆封为崔杼党羽，“胁齐君而乱齐国”，未亲弑君，因而罪不明，楚灵王怀恶而讨，罪明而功不著、行不贤。董仲舒说：

> 《春秋》常于其嫌得者，见其不得也。……《春秋》之用辞，已明者去之，未明者著之。今诸侯之不得专讨，固已明矣，而庆封之罪，未有所见也，故称楚子，以伯讨之，著其罪之宜死，以为天下大禁，曰：人臣之行，贬主之位，乱国之臣，虽不篡杀，其罪皆宜死。比于此，其云尔也。(《楚庄王》)

《春秋》“别嫌疑，明是非”“常于众人之所善，见其恶焉；于众人之所忽，见其美”，（苏舆注）贬庄王为人，明其专讨之罪；褒灵王为子，著其霸讨之功，且著明庆封弑君之罪。庄王行贤，《春秋》尚不予专讨；灵王怀恶，更不予专讨，所以不贬灵王为人，仍责其专讨之罪，这是同类相推。董仲舒继承了《公羊传》不予诸侯专封、专讨的思想，进一步发挥了君臣之义：“人臣之行，贬主之位，乱国之臣，虽不篡弑，其罪皆宜死，比于此其云尔也。”这是把尊君卑臣之义推向现实的专制政治，“比于此其云尔也”，这是同类相比相推。

《春秋》桓公十一年“宋人执祭仲”。《公羊传》以事传经，详述了这件事的经过。祭仲在宋人的逼迫下，私自答应宋人的要求，出其君忽而立突。《公羊传》认为，祭仲的行为虽失人臣之道，但“从其言，则君可以生易死，国可以存易亡”，故许祭仲为权变并释曰“权者，反于经然后有善者也”。《春秋》成公二年，晋、鲁、卫、曹四国联军与齐侯战于鞌，齐师败绩。《公羊传》详述其经过，逄丑父和齐顷公逃亡，丑父居顷公之位，假装顷公，两次使顷公取饮，顷公因此佚而不反，逃脱了晋之追捕，而丑父被晋军诛杀，《公羊传》称丑父之名而贬之。这两件事的性质基本相同，丑父和祭仲俱枉正而存其君，而且丑父杀身以存其君，更为可贵，为何

《公羊传》贤祭仲而非丑父呢？

董仲舒在《竹林》里把这两件事予以辨析，推见至隐。君存虽重要，但更重要的，君存是荣还是辱？祭仲使其君忽让位于突，不仅存其君，而且使其君有让位美德，即“祭仲措其君于人所甚贵以生其君”。丑父所为，其君固然存身，但君存蒙受了战败而逃的恶名，“丑父措其君于人所甚贱以生其君”。董仲舒认为，顷公慢侮诸侯，失礼大矣，战败逃亡，“冒大辱以生”，违背了《公羊传》襄公六年“国灭君死之，正也”；丑父应与顷公俱死，“故君子生以辱，不如死以荣”。因此，祭仲与丑父的存君行为表面上相同，实际上迥然有别，故《春秋》褒贬不同。

要之，类比类推的解经方法，有利于董仲舒充分发挥其主观能动性，精心达思，深入阐释《春秋》之事、书法、义法的异同，从而“别嫌疑、明是非”。

参考文献：

[1] 陈其泰. 春秋公羊学体系的形成及其特征 [J]. 山东大学学报，2002（6）：15－22.

[2] 洪汉鼎. 诠释学——它的历史和当代发展 [M]. 北京：人民出版社，2001.

[3] 黄开国. 董仲舒《公羊》学方法论 [J]. 哲学研究，2001（11）：54－60.

[4] 徐复观. 两汉思想史：第二卷 [M]. 上海：华东师范大学出版社，2001.

原文载于《衡水学院学报》2012 年第 5 期。

刘国民（1964－），男，安徽肥西人，中国青年政治学院中文系教授，文学博士。

董仲舒阴阳五行学研究

董仲舒阴阳思想论

余治平

儒门之内，能够公开、明确地议论阴阳五行之学，始于董仲舒。儒家对阴阳五行之学的吸收、改造与消化，也盛于董仲舒。这需要一定理论勇气，非大儒而不敢为，非鸿儒而不能为，因为如果成功了，算得上援阴阳五行而入儒，拓展了儒学，创新了儒学；而一旦失败，则可能会背上杂儒、乱儒、儒门叛逆一类的千古骂名。董仲舒的哲学是天学。董仲舒认为，“天有十端”即“天为一端，地为一端，阴为一端，阳为一端，火为一端，金为一端，木为一端，水为一端，土为一端，人为一端，凡十端而毕，天之数也”[1]45（《官制象天》）。“十端”之中，除却天、地、人三者，剩下的就是阴阳、五行，十居其七，可见“阴阳五行”在董仲舒学说中的重要地位。《汉书·五行志》说：“汉兴，承秦灭学之后，景、武之世，董仲舒治《公羊春秋》，始推阴阳，为儒者宗。”足见“推阴阳”应该是董仲舒思想一大重要特色。正是通过对阴阳五行的创新与发明，天，才会有性情，才可以与人感应交通，才会有人世伦常生活的依托和帝国政治执行的根据，最终才实现了对原始儒学的改造与重构。所以，研究董仲舒哲学若无视或轻视阴阳五行问题，说明还没有真正读懂过董仲舒，就等于还停留在董学门外，更谈不上升堂入室去探得董学的真谛。前见董学许多研究文献中，几乎都没能够将董仲舒阴阳五行之学具体而复杂的内容给予充分而细致的展开论述，而经常沦入一种大而化之、泛泛评说的模糊交代状态，董子对先秦阴阳、五行之学的总结、继承与发挥，始终被遮蔽着。

一、董仲舒阴阳五行学说的基本定位

阴阳与五行的观念，自古及今一直以不同的形态存活于中国人人生生活的方方面面。从普通中国百姓的许多言行方式到国家社稷的若干重大决策，几乎都能暴露出根植于心灵深处的阴阳五行思想。研究中国哲学没有任何理由拒绝、轻视或忽略如此重要、如此突出的生活现象。所以，毫不夸张地说，阴阳五行的问题是中国哲学的一个大问题。阴阳意大，五行道深。阴阳五行几乎涵盖着整个中国人实在化的生活世界和精神性的意义世界。忘记了阴阳、不涉及五行的中国哲学史一定是片面、残缺而又粗陋不堪的，根本就无法描绘出真正意义上的中国特质。没有阴阳五行的哲学一定不是中国哲学，至少，阴阳五行是中国哲学最明显的标识之一。

阴阳与五行，原本仅只存于春秋战国时代的阴阳家。但是，自战国秦汉以降，阴阳五行中所蕴含的深刻的宇宙世界观念不断地为道、儒、医等门派中部分富有远见的思想家看中、发掘和利用。于是阴阳五行便突破出阴阳家的领域，而与儒家、道家、医学等门派的哲学内容相汇合，又经过长时间的历史发展，产生出更为丰富、繁复的理论样态。从而最终成为中国民族文化的一个最为基本的有机组成部分。

目前所能看到的秦汉以前的文献中，董仲舒《春秋繁露》对阴阳五行学说的论述应该是自春秋战国以来最为系统、最为详尽的，这是董仲舒在阴阳五行学说史上的第一大贡献。对于古文献中所记载的阴阳五行思想，董仲舒有承继、衔接，但更有突破、创新，有完全属于他自己的独特发明。正是董仲舒，通过宇宙观、世界观的建构，通过对阴阳、五行及其与天、人关系的充分论证，才第一次把阴阳五行予以了哲学的提升。走出了发源、初始状态的阴阳五行，在这里拥有了自己的理论形式，经过董仲舒的“形而上学化”改造、发展之后①，又一次夯实了其在中国哲学发展历史过程中的地位。从此，阴阳的观念、五行的思想也被根植于中国人心灵深处，成为中国民族人文精神的一道独特、绚丽的风景线。

不同于《易传》只讲阴阳或驺衍仅存五行，在董仲舒思想中，阴阳与五行已经成功地融合在一起了。虽然言阴阳离不开五行，但为了能够较为完整地展现和理解董仲舒的阴阳五行学说的丰富思想内容，我们不得不将阴阳与五行析分、拆离开来论述，然后再谈董仲舒对阴阳、五行及其与天、人的整合或一体化重构。本文首先阐述董仲舒的阴阳观念。

① 当然，董仲舒对阴阳五行所实行的所谓“形而上学化”改造，并不能完全等同于西方哲学式思维对具体事物的一般化、抽象化、概念化和逻辑化。董仲舒的阴阳五行，其实并不存在对具象的绝对超越，也不是现象背后的纯粹本质，而毋宁是始终与感性世界不相分离的意象。这是中国哲学概念的共同特色，如《易传·系辞下》一直所强调的：“《易》者，象也；象也者，像也。”但是阴阳五行总得要通过思维、言语和理论的形式表述出来，如董仲舒所做的那样，展示为一种可以沟通和理解的哲学，所以，说“阴阳五行的形而上学化”实即指“阴阳五行的哲学提升”，这样理解才较为妥切。

二、阴阳位次与转移

在董仲舒看来，“天道之大者，在阴阳”[2]1097，阴阳之为“物”①，并不简单，它与天之大道相牵连，所以决不应该等闲视之。阴与阳以及阴阳是宇宙总体结构生成的根本所在。如果说在《易传·系辞上》阴阳还是一般性、普遍性的“道”，即“一阴一阳之谓道”，而到了董仲舒，这个“道”则被进一步具体化为天地的恒常。董仲舒说：“天地之常，一阴一阳”[1]71（《阴阳义》）。这里，一方面，不需要别的什么，只要有阴与阳就可以构成天与地，就可以铸就我们眼前的存在世界；另一方面，阴阳又是天地、世界恒常不变的总规律、总法则。阴阳是本体宇宙的最初源泉，同时也是现象世界的普遍特性。这样，董仲舒首先就从源头上拴住了阴阳，在哲学的层面上利用并重解了阴阳，可谓高屋建瓴。由于阴阳是天地之常，所以人们可以通过阴阳来观察、领悟天之志。“天意难见也，其道难理。是故，明阳阴入出、实虚之处，所以观天之志；辨五行之本末、顺逆、小大、广狭，所以观天道也”[1]98（《如天之为》）。因为不通阴阳消息、不晓五行转移，所以才会觉得天意难见、天道难理。

阴阳五行学说史上，现存文献中最早对阴阳位次、合别及运行等问题有完整阐述的是董仲舒。《春秋繁露》力图结合天文学、气象学和地球物理学的朴素知识来对阴阳运行法则予以描述。关于阴

① 实际上，阴阳无论如何都不应该是物，也不可能仅仅是物的性质、功能或特征。因为一旦如此理解，我们就根本无法想象在没有物之前，是如何有阴阳的；也不可能知道在还没有物的时候，阴阳是如何创造出存在世界的。然而，要表述阴阳之类的本体性存在，还不得不借用长期以来益已形成的事物概念，以图阐说、理解之方便。

阳的位次，董仲舒以为："阳气始出东北而南行，就其位也；西转而北入，藏其休也。阴气始出东南而北行，亦就其位也；西转而南入，屏其伏也。是故，阳以南方为位，以北方为休；阴以北方为位，以南方为伏[1]70。"（《阴阳位》）阴阳转移的基本轨迹为：

	始出	正位	经转	所入
阳：	东北——	南——	西——	北（休）
阴：	东南——	北——	西——	南（伏）

阴阳运行的路径、始出和所入显然是不一样的，但是转移的周期、方式则是相同的。此之谓"度同、意不同""是故阴阳之行，终各六月，远近同度，而所在异处。阴之行，春居东方，秋居西方，夏居空右，冬居空左；夏居空下，冬居空上，此阴之常处也；阳之行，春居上，冬居下，此阳之常处也"[1]69（《天辨在人》）。阴阳的"常处"各不相同，因此在通常状态下，阴与阳不可能同时在一个时空点上俱在、并出。这就叫做"阴阳不得俱出"。"天道大数，相反之物也。不得俱出，阴阳是也。春出阳而入阴，秋出阴而入阳。夏右阳而左阴，冬右阴而左阳。阴出则阳入，阳出则阴入。阴右则阳左，阴左则阳右。是故，春俱南，秋俱北，而不同道。夏交于前，冬交于后，而不同理。并行而不相乱，浇滑而各持分，此之谓天之意"[1]71（《阴阳出入》）。

"阴阳不得俱出"但又不相互践灭，这是董仲舒阴阳理论的一个特点。在董仲舒，阴阳呈相反之象，都是世界、事物及人类总体存在不可或缺的基本方面。尽管任何存在的物事都不是绝对的，随时都会有朝着并非本己方面发展的趋向和可能性，但是在当下境况中，它绝对得只是它自己而已。此时此刻，阴就是阴，阳就是阳。阴不可能同时是阳，阳也不可能同时是阴。这就正如董仲舒所说："常一而不灭，天之道"。譬如一枚银币，对于我们的视觉认知来说，在任何时空点上，只能有一个面出现在我们面前，我们都只能看到它的这一面，这是绝对的。对于这一面来说，它就是它，一定不是它的反面，这也是绝对的。我们不能说我们同时已经看到了银币的两个面，也同样不能说这一面同时又是它的反面。但对于事物的本身而言，银币的确同时具有我们所看到的这一面和我们所看不到的那一面，银币具有了阴与阳的两面。这就涉及了本体论与认识论之间的矛盾问题①，于此也可体会出董仲舒“天之大道在阴阳”中的“大道”之深意。于是，我们就只能在“物”的现象界里认识“阴阳不得俱出”，而在“道”的本体界里理解“天地之常，一阴一阳”。

这样，董仲舒阴阳之学才是通透圆融的。“天之常道，相反之物也，不得两起，故谓之一。一而不二者，天之行也。阴与阳，相反之物也，故或出或入，或右或左。春俱南，秋俱北，夏交于前，冬交于后，并行而不同路，交会而各代理，此其文与！天之道，有一出一入，一休一伏，其度一也。然而不同意。阳之出，常县于前，而任岁事；阴之出，常县于后，而守空虚。阳之休也，功已成于上而伏于下；阴之伏也，不得近义而远其处也。天之任阳不任阴，好德不好刑，如是。故阳出而前，阴出而后，尊德而卑刑之心见矣。阳出而积于夏，任德以岁事也；阴出而积于冬，错刑于空处也。必以此察之。天无常于物，而一于时。时之所宜，而一为之。

---

① 正是本体论与认识论之间始终存在着的不可协调的矛盾才导致了辩证法的出笼，在笔者看来，本体论强调物的独立性、个体性与差异性，但认识论则主张事物之间、人物之间、人与人之间的可通约性、同一性与相互联系。人在本体与现象之间活着，人既得站在本体之物的立场上寻求世界、自己的根本，又得在认识论中学会与他人、与他物打交道，所以，辩证法的实质就是游历于本体论与认识论之间。余治平《哲学的锁钥——源于本体论的形上之思》（四川人民出版社，2002）一书之《辩证法的要害》部分。

故开一塞一、起一废一，至毕时而止，终有复始于一。一者，一也。是于天凡在阴位者，皆恶乱善，不得主名，天之道也。故常一而不灭，天之道。事无大小，物无难易，反天之道无成者”[1]72（《天道无二》）。天之道，是阴阳相反的物事不可能同时并举，注定要一出一入、一休一伏、一开一塞、一起一废、一左一右，频度、周期是固定一样的，但所涵摄的天象、指称却显然有别，这便是阴阳在“度”“意”上的同与不同，也是“并行而不同路，交会而各代理”之所指。

三、阴阳尊卑与经权

《易传·系辞下》说：“《易》之为书也，广大悉备：有天道焉，有人道焉，有地道焉。兼三才而两之，故六。六者，非它也，三才之道也[3]。”但怎样从阴阳学上确立、建构起“天道”的至尊地位，《系辞》里并无进一步的论证、阐发，只有“天尊地卑，乾坤定矣”“乾知大始，坤作成物”一类事象描述[4]。而真正完成这一使命的应该是董仲舒。他以为，一方面，“阳出而前，阴出而后”，从阴阳所常处的位置及阴阳运行的路径看，凡阳之始出，必在阴行之前，一定左右、主导着日月岁时的变更；而凡阴之始出，必在阳行之后，一般都会守候、执持着阳所经过的空虚之处。另一方面，阳在行程终结之时（“休”），已完成了对世界存在之物的创造和生化，必居处于上位（北）；阴行至南，便居处于藏匿之位（“伏”），不可能接近正位（北）而必定远离其“常处”状态。阳自始出之后而盛积于夏季，“任德以岁事”，此时万物生长繁茂；阴自始出之后当盛积于冬季，“错刑于空处”，此时万物肃杀隐藏。

董仲舒试图论证的是阳绝对尊于、高于、优越于阴，甚至不惜借用“天道”“天志”的名义来做辅佐。“天之志，常置阴空处，稍取之以为助。故刑者，德之辅；阴者，阳之助也；阳者，岁之主也。天下之昆虫随阳而出入，天下之草木随阳而生落，天下之三王随阳而改正，天下之尊卑随阳而序位。幼者，居阳之所少；老者，居阳之所老；贵者，居阳之所盛；贱者，居阳之所衰。藏者，言其不得当阳。不当阳者，臣子是也；当阳者，君父是也。故人主南面，以阳为位也。阳贵而阴贱，天之制也。礼之尚右，非尚阴也，敬老阳而尊成功也”[1]69－70（《天辨在人》）。又，“阳者，天之德也；阴者，天之刑也。迹阴阳终岁之行，以观天之所亲，而任成天之功。犹谓之空，空者之实也。故清溧之于岁也，若酸咸之于味也，仅有而已矣。圣人之治，亦从而然。天之少阴用于功，太阴用于空，人之少阴用于严，而太阴用于丧，丧亦空，空亦丧也。是故，天之道以三时成生，以一时丧死”[1]71（《阴阳义》）。强调阳并不是全面否定阴的作用和意义，董仲舒说得非常清楚：阴是阳之助，阳是岁之主。为了促成阳对宇宙世界的创设，天只是稍微抽取了阴而已，并没有在阴阳合德中注入过多的、超额的阴的因素①。天在构造四时的过程中，将“少阴”用于功，而将“太阴”用于空。所以一年四季中，有三季是有利于万物生存的，也仅有一季是主丧死刑杀的。天道之所亲所疏是显然有别的。并且，就连生物界的昆虫、草木都会随阳的出入而生死、繁萎，可见天下尊卑之序一定是随阳而确定的，天道主要由阳所设立。

阳之贵尊，阴之贱卑，亲阳而疏阴是天之制。呈现在我们人类

① 容易引起误解的是，董仲舒说过：“阴者，阳之助也；阳者，岁之主也。”（《天辨在人》）但他也还特别强调“阴阳之和”，以为：“和者，天之正也，阴阳之平也。”（《循天之道》）于是就有必要准确地理解“阴阳之平”，“平”并不是阴阳比例的对分和等同，而应该是阴阳之间一种协调、均衡、稳定的关系或状态。

面前的自然世界，不是死气沉沉的荒漠一片，也不是肃杀凄凉的哀鸿遍野，而是生生不息无限生命的永恒存在，于是，苍天“尊德而卑刑之心见矣”，这就足以说明天之大道是：“任阳不任阴，好德不好刑”。也就是人们通常生活中所经常讲的“苍天有好生之德”。值得提醒的是，董仲舒费尽心思地论证、如此这般地强调“阳尊阴卑”，其目的并不在于作为自然世界的阴阳本身或天道本身，而毋宁是要为现实社会的政治度制、伦常次序提供普遍性的规律支撑。“天下之三王随阳而改正”，不当阳者，是臣子；当阳者，是君父。国君人主之所以面南而坐，是因为阳是他的正位。礼之以右为上，而不是以阴为上，是因为尊敬老阳而崇尚成功。为人主帝王设定出不可更变的“礼”，才是董仲舒阴阳之学的根本指归。从思想逻辑进程上看，“阳尊阴卑”是董仲舒信念本体中尊天、尚天和崇天的必然结果。董仲舒在这里所做的无外乎是对“唯天为大”信念的进一步论证和确认，属天道本体论建构的具体性工作。

与“阳尊阴卑”相关联，董仲舒对阴阳之学的另一项发明是他第一次提出了所谓“阳经阴权”的思想。“是故阳行于顺，阴行于逆。逆行而顺者，阳也，顺行而逆者，阴也。是故，天以阴为权，以阳为经。阳出而南，阴出而北。经用于盛，权用于末。以此见天之显经隐权、前德而后刑也。故曰：阳，天之德；阴，天之刑也。阳气暖而阴气寒，阳气予而阴气夺，阳气仁而阴气戾，阳气宽而阴气急，阳气爱而阴气恶，阳气生而阴气杀。是故，阳常居实位而行于盛，阴常居空位而行于末。天之好仁而近，恶戾之变而远，大德而小刑之意也，先经而后权，贵阳而贱阴也”[1]68（《王道通三》）。从阴阳行进的路线看，自始出后朝南而行，向着阳面而来的一定是阳，其路线称为“顺”；自始出后朝北而行，向着阴面而来的一定是阴，其路线称为“逆”。《春秋繁露·阴阳义》说：“天之道以三时成生，以一时丧死。”因为阳气暖、予、仁、宽、爱、生，而阴气寒、夺、戾、急、恶、杀，所以天用“少阴”于功，而只用“太阴”于空、于一时。于是，天道便以阴为权、以阳为经，并显经而隐权、先经而后权。董仲舒“阳经阴权”的思想一定是为现实的政治目的服务的，天道显经隐权、先经后权的法则必然也要求有人世生活的“前德而后刑”“大德而小刑”规范相应称。而将“阳经阴权”的基本观念进一步发挥为辩证方法论，是董仲舒在理解《公羊春秋》时完成的。

四、阴阳合别与中和

《易传·系辞下》曾提及“阴阳合德”，以为这是“体天之撰”“通神明之德”的出路和方法。但对阴阳如何“合德”却缺乏足够的阐述和说明。董仲舒阴阳之学的另一个非常重要而又极有价值的部分就是他的“阴阳合别”“阴阳兼合”思想。董仲舒以为，“凡物必有合。合必有上，必有下；必有左，必有右；必有前，必有后；必有表，必有里。有美必有恶，有顺必有逆，有喜必有怒，有寒必有暑，有昼必有夜，此皆其合也。阴者，阳之合；妻者，夫之合；子者，父之合；臣者，君之合。物莫无合，而合各有阴阳。阳兼于阴，阴兼于阳；夫兼于妻，妻兼于夫；父兼于子，子兼于父；君兼于臣，臣兼于君。君臣、父子、夫妇之义，皆取诸阴阳之道。君为阳，臣为阴；父为阳，子为阴；夫为阳，妻为阴。阴阳无所独行，其始也不得专起，其终也不得分功，有所兼之义。是故，臣兼功于君，子兼功于父，妻兼功于夫，阴兼功于阳，地兼功于天[1]73。”（《基义》）在这里，一个最基本的前提、条件就是“物莫无合，而合各有阴阳”。首先要肯定的是：世界万物在性质上都由互为不同甚至截然对立的两个部分所构成，都可以区别出属于阳的和属于阴的两个方面。同时，这两个部分或两个方面一定是要通过特定的方式方法去“合”的。如何进行“合”？在董仲舒看来，只能说阴是阳之合，而不能说阳是阴之合，阳与阴除在“常处”上有区分外，在“合”的问题上也还是有主导与从属的差别。这是阴阳之合具体内容的一个方面。

另一方面，阴阳之合还反映在阴阳的相互兼容与彼此吸纳上。董仲舒说：“独阴不生，独阳不生，阴阳与天地参，然后生[1]85。”(《顺命》) 又，“天使阳出布施于上而主岁功，使阴入伏于下而时出佐阳。阳不得阴之助，亦不能独成岁”[2]1097。无论阴还是阳都不可能离开对方而自行发生、自行转移，都必须相互辅助，形成合力，并与天、地一起发挥作用，才能生化、构造出无限的世界万物。阴阳相兼是彼此融合、相互吸纳的过程，不存在阴对阳的消化或阳对阴的歼灭，董仲舒强调阴阳不互灭，“无使阴灭阳。阴灭阳，不顺于天”[1]90（《止雨》)。无论阴还是阳，谁都不应该也不可能吃掉对方，否则就不符合天之大道了。“阳兼于阴，阴兼于阳”，“阴阳无所独行”，在起源上、在功能发挥的过程中、在存在世界的既定状态上，阴与阳从来都不是单独、孤寂的。这就叫“其始也不得专起，其终也不得分功”。不应忽略的是，董仲舒关于阴阳兼合、阴阳无所独行的思想可能已经朦胧地揭示出了中国哲学与基督教哲学在源头上的根本不同。如果说中国哲学是“阴阳创世”，那么，基督教则应当是“单亲创世”。中国哲学是二元的创生机制，而基督教则是一元的。《老子》说：“万物负阴而抱阳”（四十二章)，《易传·系辞上》说：“一阴一阳谓之道”，《黄帝内经·素问》说：“阴阳者，天地之道也。万物之纲纪，变化之父母，生杀之本始，神明之府也。”从抽象一般的“道”，到具体现象的天地、万物，在中国人的心目中都是由阴与阳两种本体所共同创生、设立出来的。而在《圣经·旧约》一开始就说："最初，上帝创造了天和地"，上帝创造了光、空气、星辰、植物、动物，乃至人。即使是造出夏娃，也是因为上帝觉得亚当一个似乎有点太孤独，不太合适，所以要造出一个配偶来帮助他，从而才形成男女两性的人类世界。但这并不是绝对本体意义上的阴阳，还只是上帝的一种随心而出的感觉，并不存在一定要有男有女的必然性。随着基督教思想对西方文化影响的不断加深，中国哲学与基督教哲学在源初之处的这种差别，被不断扩大，以至生发、酝酿出许多难以沟通、交流的隔膜和障碍。

"中和"的观念是中国哲学不可略过的重要问题。早在孔子那里，就已表现出对"允执厥中"（《尧曰》）、"礼之用，和为贵"（《学而》）的追求。到了董仲舒这里，则用阴阳之行的基本法则论证出中和境地的形成过程。在董仲舒，虽然阴阳所运行的道是不相同的，但它们都"止于中"，都会在"中春""中秋"之位交汇、通合。"天有两和，以成二中。岁立其中，用之无穷。是北方之中用合阴，而物始动于下；南方之中用合阳，而养始美于上。其动于下者，不得东方之和不能生，中春是也；其养于上者，不得西方之和不能成，中秋是也。然则天地之美恶，在两和之处。二中之所来归，而遂其为也。是故东方生而西方成，东方和生北方之所起；而西方和成南方之所养长。起之，不至于和之所不能生；养长之，不至于和之所不能成。成于和，生必和也；始于中，止必中也。中者，天下之所终始也；而和者，天地之所生成也。夫德莫大于和，而道莫正于中。中者，天地之美达理也，圣人之所保守也"[1]91（《循天之道》）。为理清董仲舒所说的非常复杂的中和关系，现略列式如下：

东方之中—生大养

|

北方之所起—和—生

|生

北方之中　用　合阴—物始动于下＋东方之和　＝　生　中春

南方之中　用　合阳—养始美于上＋西方之和　＝　成　中秋

|成

南方之所养长—和—成

|

西方之中—养大成

董仲舒以为，阴阳在天道中有“两和”，并以此成就出“二中”。也正是在这“两和”“两中”之间推演出了无穷无尽的日月四时。北方之中合阴而用，于是物便活动于空下之位；南方之中合阳而用，于是物便孕育于空上之位。中春之时，物活动于空下之位再加上“东方之和”的居处便能够获得新生；中秋之时，物孕育于空上之位再加上“西方之和”的居处便能够获得自身的完成。因为阴阳转移的特性规定，世界万物都源生于东方而实成于西方。阳始出于北方（东北），一定由“东方之和”所生；阴始出于南方（东南），其“养长”一定由“西方之和”所成。阳自始出之后，不至于“和之所”（中春）不能生；阴之“养长”，不至于“和之所”（中秋）不能成。所以，阴阳成物在和之时，其生物也必定在和之时。阴阳只有在中之居处才算有了属于自己的开始，也同样只有在中的居处才算有了属于自己的终结。可见，“中”是天下万物的真正归宿，“和”是天地世界所生所成的真实本然。董仲舒的结论是“德莫大于和，而道莫正于中。”德在和、道在中是“天地之美达理”，是存在世界里的无上境界，是阴阳走出本体领域后运行转移的第一原则、最高原理，是生活在现世中所有睿智圣明之人都会执守、把持的根本大法。

但即便如此，世界也还有“不和”“不中”的时候，然而最终还是要归结、返回到“中”“和”境地上来的。董仲舒说：“天地之经生，至东方之中，而所生大养；至西方之中，而所养大成。一岁四起业，而必于中。中之所为，而必就于和。故曰：和其要也。和者，天之正也，阴阳之平也，其气最良，物之所生也。诚择其和者，以为大得天地之奉也。天地之道，虽有不和者，必归之于和；而所为有功，虽有不中者，必止之于中，而所为不失。是故，阳之行，始于北方之中，而止于南方之中；阴之行，始于南方之中，而止于北方之中。阴阳之道不同，至于盛而皆止于中，其所始起，皆必于中。中者，天地之太极也，日月之所至而却也。长短之隆，不得过中。天地之制也，兼和与不和、中与不中，而时用之，尽以为功。是故时无不时者，天地之道也。顺天之道，节者，天之制也；阳者，天之宽也；阴者，天之急也；中者，天之用也；和者，天之功也。举天地之道，而美于和[1]92。”（《循天之道》）因为中是天地之太极，所以尽管阴阳运行的路线互不相同，但是二者都“至于盛而皆止于中”。然而，“不中”“不和”的存在也是合理的、被允许的，天地之制，兼得和与不和、中与不中。对于天来说，和与不和、中与不中不但都有发挥功能的机会和处所，都不是多余的赘物，而且只有在这两种因素相与协力、共尽职责的前提下，才能产生现实性的功用效果。“不和”“不中”可以存在，但无论如何都还只是次要的、非主流的。如果情况与之相反，就会出现上下不和、阴阳谬错，而灾异便随之而起。一如董仲舒所说：“上下不和，则阴阳缪盭而妖孽生矣。此灾异所缘而起也[2]1096。”

参考文献：

［1］董仲舒．春秋繁露［M］．上海：上海古籍出版社，1989.

［2］班固．汉书·卷五十六·董仲舒传［M］．长沙：岳麓书社，1994.

［3］高亨．周易大传今注·系辞：下［M］．济南：齐鲁书社，1998：443.

［4］高亨．周易大传今注·系辞：上［M］．济南：齐鲁书社，1998：381－382.

原文载于《衡水学院学报》2009 年第 3 期。

余治平（1965－），男，江苏洪泽人，上海社会科学院哲学研究所研究员，哲学博士、博士后。

董仲舒五行学说论

余治平

班固在《汉书·五行志》里说："汉兴，承秦灭学之后，景、武之世，董仲舒治《公羊春秋》，始推阴阳，为儒者宗。"被五行所"推"的具体对象，则应该是"阴阳"。没有五行，阴阳可能会失去推演的动力。离开阴阳，五行转移则缺乏必要的内容。阴阳与五行相伴随、相终始。董仲舒说过，"天有十端"，即"天为一端，地为一端，阴为一端，阳为一端，火为一端，金为一端，木为一端，水为一端，土为一端，人为一端，凡十端而毕，天之数也"[1]45。(《官制象天》)"十端"之中，除却天、地、人三者与阴阳二道，剩下的当数五行，十居其五，这就足以证明"五行"在"十端"中的重要地位。现存文献中，《春秋繁露》一书中，董仲舒第一次详尽阐述出木、火、土、金、水五行的位次、相互关系及其推演的逻辑与过程，值得后人引起重视。

一、五行的位次改变

同阴阳一样，五行既是宇宙世界的基本构成，也是人类观察天意、领会天道的必经之途。《春秋繁露·如天之为》说："天意难见也，其道难理。是故，明阳阴入出、实虚之处，所以观天之志；辨五行之本末、顺逆、小大、广狭，所以观天道也。"阴阳与五行，已成为天道、天意在人世间的现象表征。在董仲舒的本体意识中，天不仅有阴阳、天、地、人，而且还有木、火、土、金、水五行，它们共同构成了"天之十端"。

五行的排列并不是任意随便的，而有着一定的、不允更变的秩位顺序。"天有五行：一曰木，二曰火，三曰土，四曰金，五曰水。木，五行之始也；水，五行之终也；土，五行之中也。此其天次之序也……木居左，金居右，火居前，水居后，土居中央"[1]65。（《五行之义》）五行，起源于天，来自于天，并不是后天、人为的结果，并且，五行之间，终、始之位及其"常处"，生发、演进的起点与终结，都存在着相对固定的秩序。

后北方冬寒

水

|

杀秋西方右金—土—木左东方春生

|

火

前南方夏暑

《尚书·洪范》篇中说："五行：一曰水，二曰火，三曰木，四曰金，五曰土。水曰润下，火曰炎上，木曰曲直，金曰从革，土爰稼穑。润下作咸，炎上作苦，曲直作酸，从革作辛，稼穑作甘[2]。"但在这里，董仲舒一改《尚书·洪范》篇：水——火——木——金——土中，水居前、木居中、土在最后的五行位次，而将木视为五行之始，水为五行之终结，土则一跃成为五行之中央、核心，并认定这是一种“天次之序”。至于五行秩序的改变究竟开始于董仲舒，还是董仲舒对战国时期五行学说的直接继承与描述，则不得而知。但至少有两点还是可以肯定的：一是从现存文献看，《春秋繁露》是最早确立并记录木、火、土、金、水位次的著作；二是按照木、火、土、金、水的位次安排，五行的推演的确能够成功进行下去了，五行的整个学理逻辑终于获得了建构。

董仲舒说：“是故木居东方而主春气，火居南方而主夏气，金居西方而主秋气，水居北方而主冬气。是故木主生而金主杀，火主暑而水主寒。使人必以其序，官人必以其能，天之数也[1]65－66。”（《五行之义》）显然，纯粹的五行开始与感性事象建立联系，已经能够纠缠、耦合以东、西、南、北、中之五位，春、夏、秋、冬四时之气，并且相互因果，循环决定，彼此证验，因而获得了庞博而丰富的生活内容。

二、五行比相生、间相胜

应该承认，五行学说自产生以来，真正对“比相生、间相胜”进行理论化证明的第一人还是董仲舒。“天有五行：木、火、土、金、水是也。木生火，火生土，土生金，金生水。水为冬，金为秋，土为季夏，火为夏，木为春。春主生，夏主长，季夏主养，秋主收，冬主藏。藏，冬之所成也”[1]65－66。（《五行对》）又，“天地之气，合而为一，分为阴阳，判为四时，列为五行。行者，行也；其行不同，故谓之五行。五行者，五官也，比相生而间相胜也，故为治，逆之则乱，顺之则治”[1]76。（《五行相生》）一方面，五行之间按照木——火——土——金——水的排列，渐次而生，顺位而成，即木生火，火生土，土生金，金生水，水生木。另一方面，同样按木——火——土——金——水的排列，间隙相胜，隔位而尅，即木胜土，火胜金，土胜水，金胜木，水胜火。根据《春秋繁露》的《五行相生》和《五行相胜》两篇，可以概列对应表式如下：

东方 木 春 生 农之本 司农 仁 规 召公 木生火——火胜金

南方 火 夏 长 司马 智 矩 周公 火生土——土胜水

中央 土 季夏 养 君 官 司营 信 绳 太公 土生金——金胜木

西方 金 秋 收 司徒 义 权 子胥 金生水——水胜火

北方 水 冬 藏 司寇 礼 法 孔子 水生木——木胜土

如果辟开这其中极富有人为性质的比附、拼凑与黏合，似乎还是可以看出：董仲舒所要突出和强调的是——不仅四时节气的更变、存在事物的生灭必须以五行的运行规则为基础，而且政治的建制、伦理的规范、社会的管理方式也肯定是根据五行来创设的。五行相生、相胜的最初根据或逻辑可能是多种多样的，现在已没有必要也无法考证出这其中的真正缘起。如果分取五行之象予以剖析，一种源自先民日常生活的假设性理解是：木，因为可以助燃，所以能够生出火来；因为火能够燃烧成灰，而灰即已是土，所以称火生土；金总是在土中发现和挖掘的，所以说土能够生金；凡金属在高温下都可以被融化成液体，呈水流之象，所以叫金生水；作为植物的树木是有生命的，而所有生命有一个共同的特性就是都离不开水，一旦有了水，就可以产生出无限生命，就可以生长出树木森林，所以木当由水而生。在金属农具产生之前，在先民的原始耕作中，比起石材，树干较容易制成锐利的犁地工具，所以在先民们看来能够胜土的，一定是木；几乎所有的金属一旦遇到火，就必被熔解、化消，所以说只有火才能够胜金；江河湖海中的水，汹涌起伏，不可一世，只有土才能够遏制、征服它的兴风作浪，所以能够抵挡得住水的一定是土；可以用来砍伐树木森林的工具中，最为锋利的还应该数金属制品，所以金肯定要胜木；火虽极具有可怕的灾害性和危险性，但一旦遇到水，就得熄灭不存，所以可以克制住火的无疑是水。这里还有一点非常值得追问和探究："五常"之中，董仲舒为什么会将"信"视为司营之所崇尚，并以之与作为五行之尊的土德相匹配、对应？这无疑一定与董仲舒的本体哲学相关联。

在董仲舒的世界构造原理中，五行"乘泰而生""厌胜而死"，是天道本体在存在世界中所表现出来的恒常律则。五行在四季之中随时生就、随时死灭，都有自己始出生存、盛行当时和被取代更替的径路与历程。"天地之行美也……凡天地之物，乘以其泰而生，厌于其胜而死，四时之变是也。故冬之水气，东加于春而木生，乘其泰也；春之生，西至金而死，厌于胜也。生于木者，至金而死；生于金者，至火而死。春之所生而不得过秋，秋之所生不得过夏，天之数也"[1]94—95。（《天地之行》）把存在世界的生与灭放置、纳入到五行相生相胜的体系，并将之上升到"天之数"的高度，这不能不是董仲舒对五行学说所做的哲学化的成功改造。如果没有这样的哲学化改造，董仲舒至今充其量也不过算是一个平庸的汉代阴阳家，五行学说的历史也该是另一番景象。

三、五行顺逆的事象证验

五行的相生、相胜是自然世界和人类社会共同的法则，遵从这一法则与否，便形成五行之顺与逆。董仲舒在《春秋繁露》里，力图通过大量的自然现象、政事历史来证验顺逆五行的不同结果。

《五行顺逆》篇侧重从正反两个方面来把顺五行与逆五行的利害关系晓谕给人们尤其是帝王：

木者，春，生之性，农之本也。劝农事，无夺民时……如人君出入不时，走狗试马，驰骋不反宫室，好淫乐，饮酒沈湎，纵恣不顾政治……咎及于木，则茂木枯槁，工匠之轮多伤败，毒水滃群，漉陂如渔。咎及鳞虫，则鱼不为，群龙深藏，鲸出现。

火者，夏，成长，本朝也。举贤良，进茂才，官得其能，任得其力。赏有功，封有德。出货财，振困乏……如人君惑于谗邪，内离骨肉，外疏忠臣，至杀世子，诛杀不辜，逐忠臣，以妾为妻，弃法令，妇妾为政，赐予不当，则民病血壅肿、目不明。咎及于火，则大旱，必有火灾，摘巢探鷇，咎及羽虫，则飞鸟不为，冬应不来，枭鸱群鸣，凤凰高翔。

土者，夏中，成熟百种，君之官。循宫室之制，谨夫妇之别，加亲戚之恩……如人君好淫佚，妻妾过度，犯亲戚，侮父兄，欺罔百姓，大为台榭，五色成光，雕文刻镂，则民病心腹宛黄、舌烂痛。咎及于土，则五谷不成，暴虐妄诛。咎及裸虫，裸虫不为。百姓叛去，贤圣放亡。

金者秋，杀气之始也。建立旗鼓、杖把旄钺，以诛贼残，禁暴虐……如人君好战，侵陵诸侯，贪城邑之赂，轻百姓之命，则民病喉咳嗽、筋挛、鼻鼽塞。咎及于金，则铸化凝滞，冻坚不成，四面张罔，焚林而猎。咎及毛虫，则走兽不为，白虎妄搏，麒麟远去。

水者，冬，藏至阴也……恩及于水，则醴泉出。恩及介虫，则鼋鼍大为，灵龟出。如人君简宗庙，不祷祀，废祭祀，执法不顺，逆天时，则民病流肿、水张、痿痹、孔窍不通。咎及于水，雾气冥冥，必有大水，水为民害。咎及介虫，则龟深藏，鼋鼍呴[1]78-79。（《五行顺逆》）

而《五行相胜》篇则多从反面即逆五行的角度发出醒示信号而强调被胜、克的危险：

木者，司农也。司农为奸，朋党比周，以蔽主明，退匿贤士，绝灭公卿，教民奢侈，宾客交通，不劝田事，博戏斗鸡，走狗弄马，长幼无礼，大小相虏，并为寇贼，横恣绝理，司徒诛之，齐桓是也……木者，君之官也。夫木者，农也。农者，民也。不顺如叛，则命司徒诛其率、正矣，故曰：金胜木。

火者，司马也。司马为谗，反言易辞，以谮愬人，内离骨肉之亲，外疏忠臣，贤圣旋亡，谗邪日昌，鲁上大夫季孙是也……夫火者，大朝，有邪谗荧惑其君，执法诛之。执法者，水也。故曰：水胜火。

土者，君之官也。其相司营，司营为神，主所为皆曰可，主所言皆曰善……夫土者，君之官也。君大奢侈，过度失礼，民叛矣。其民叛，其君穷矣，故曰：木胜土。

金者，司徒也。司徒为贼，内得于君，外骄军士，专权擅势，诛杀无罪，侵伐暴虐，攻战妄取，令不行，禁不止，将率不亲，士卒不使，兵弱地削，令君有耻，则司马诛之，楚杀其司徒得臣是也……司徒弱不能使士众，则司马诛之，故曰：火胜金。

水者，司寇也。司寇为乱，足恭小谨，巧言令色，听谒受赂，阿党不平，慢令急诛，诛杀无罪，则司营诛之，营荡是也……夫水者，执法司寇也。执法附党不平，依法刑人，则司营

诛之，故曰：土胜水[1]77–78。（《五行相胜》）

木、火、土、金、水五行，无论是相生，还是相胜，都按照一定的序次运行，即为“顺”或“治”。而一旦五行没有按照序次运行，就会产生“逆”“乱”或“干”。董仲舒在《春秋繁露·治乱五行》篇中，列举出了五行相干的不同后果：

火干木　蛰虫蚤出蚿雷蚤行
土干木　胎夭卵毈鸟虫多伤
金干木　有兵
水干木　春下霜
金干土　五谷伤　有殃
水干土　夏寒雨霜
木干土　裸虫不为
火干土　大旱
土干火　多雷
金干火　草木夷
水干火　夏雹
木干火　地动
水干金　鱼不为
木干金　草木再生
火干金　草木秋荣
土干金　五谷不成
木干水　冬蛰不藏
土干水　蛰虫冬出
火干水　星坠
金干水　冬大寒

应该指出的是，尽管这其中充满着附会、牵强和虚夸无谓之词，但是千万不要固执地以为这些都是董仲舒学术里的糟粕或垃圾。姑且不论董仲舒说的有没有经过理性的充分论证，也不论其与自然政事历史是否真的有必然的联系，哲学研究最应该关注的是它在生活世界里、在历史存在中所发生的作用和意义。至于有没有道理，有没有必然性，完全可以辟开不管、忽略不计，因为那些纯粹是科学家的事情。这就是原创型哲学家所享有的特权，也是他们与注释家和理论家们的根本不同。董仲舒在这里所论说的，经过“下帷讲诵，弟子传以久，次相受业”与董仲舒之学形成之后[3]，对汉时及后来的中国社会都起着不容忽视的重要影响。在天象常识上，中国人如果遇到某年天大旱，大家都会以为“老天爷今年火气特别旺，当心火灾、人灾”；在生理反应上，如果某人嘴唇上起小疱了，他（她）一定会找点凉性的水果来祛火。其实大家都并不一定知道究竟什么是“火”或哪里有“火”，但是大家的的确确又能够感受、体会到“火”的存在。“兵来将挡，水来土掩”，这是普通中国人最常见的口头禅，没有必要讲出许多的道理，也讲不清这其中究竟有多少的道理，但大家肯定都知道土能够胜水。这些事实都应该是哲学所不能忽略或回避的，都不应该是哲学（尤其是中国哲学）之外的问题①。

四、五行有变

那么，五行又会通过怎样的机制去让人们体会、把握天道呢？董仲舒以为，五行通过紊乱、无序的变异征兆来反映天意、天志。这就是他的“五行有变”思想。根据《春秋繁露·五行变救》，五行变异各有不同表征，各有不同的缘起：

五行	天象征兆	根本原因
木有变	春凋秋荣秋木冰春多雨	徭役众赋敛重道多饥百姓贫穷叛去
火有变	冬温夏寒寒暑失序	善不赏恶不绌不肖在位贤者伏匿民疾疫
土有变	大风至五谷伤	不信仁贤不敬父兄淫逸无度宫室荣

① 可惜的是，许多时候以来，中国哲学的研究和发展一直在人们日常生活之外兜圈子，总希图在理论的形式中寻找哲学问题。在这种“哲学”里，世界是单一的，仅仅是物理的、科学的世界，而与人们的价值观念、心理感受、信念追求等习以为常的东西一无关联。人们的生活状态、生存结构被剔除在整个世界之外。

五行	天象征兆	根本原因
金有变	毕昴为回三覆有武	多兵盗寇奸轨弃义贪财轻民命重货赂
水有变	冬湿多雾春夏雨雹	法令缓刑罚不行

从态度上分析，五行有变，当不可小视，因为这是天向人们（主要指帝王）发出的警戒。从根由上看，董仲舒认为，自然现象的变异，原因不在天，而完全在于人，是政事的失策、治理的不当、伦常的无序所造成的。然而，五行有变，并不等于就没有生救希望。损失还是可以弥补、挽回的，董仲舒认为，关键就要看帝王是否能够真正施行所谓德之政。即是说，似乎只有一个“德”字还能救得了：

木有变　救之者　省徭役　薄赋敛　出仓谷　振困穷
火有变　救之者　举贤良　赏有功　封有德
土有变　救之者　省宫室　去雕文　举孝悌　恤黎元
金有变　救之者　举廉洁　立正直　隐武行文　束甲械
水有变　救之者　忧囹圄　案奸宄　诛有罪　搜五日

董仲舒说：“五行变至，当救之以德，施之天下，则咎除。不救以德，不出三年，天当雨石[1]80。”（《五行变救》）天有变、五行有变，殃咎生出，这时不仅一定要救，而且还应该也只能用恤民之仁、为政之德来救。这才是董仲舒提出“五行变救”观念的根本宗旨所在。反而言之，玄奥烦琐的五行学说在这里还只是政治哲学、伦理哲学的序曲和前奏。

五、土德尊贵

董仲舒五行学说的另一鲜明特色是对土德地位的鼓吹和张扬。

“五行莫贵于土”，五行之中，土最为尊贵，是木、火、金、水的核心和关键。“土者，天之股肱也，其德茂美，不可名以一时之事，故五行而四时者，土兼之也。金木水火虽各职，不因土，方不立，若酸咸辛苦之不因甘肥不能成味也。甘者，五味之本也；土者，五行之主也。五行之主，土气也，犹五味之有甘肥也，不得不成。是故圣人之行，莫贵于忠，土德之谓也”[1]66。（《五行之义》）土因为尊贵所以不可用“一时之事”来命名、界定，土兼有了五行和四时的属性、特质。金、木、水、火虽然各有分司、职能，但如果没有土，就不可能得以确立和完善。“土者，火之子也，五行莫贵于土，土之于四时，无所命者，不与火分功名……土者，五行最贵者也，其义不可以加矣。五声莫贵于宫，五味莫美于甘，五色莫盛于黄，此谓孝者地之义也”[1]64。（《五行对》）土在五行之中，虽不名一方，也不占一时，但的确能够统摄、领导着五行世界里所有的一切。一个不得不令人疑惑的问题是：土取诸地，而地肯定是由天所派生的，按逻辑推论下来，至尊至贵的无论如何还应该是天，而不应该是地，更不可能是地的派生物——土。但是，董仲舒的哲学，为什么要把土德的地位捧得如此之高？如果按照五行相胜的逻辑演绎，土德之后，又该轮到木德最贵了，如此下去，五行当中就什么都可以是最尊、最贵的了。这样，所谓最贵的“土德”便也就没有任何尊与贵的地方了，反而显得短视、简陋而经不起推敲。根据董仲舒哲学体系的消融能力和构筑水平，这不应该成为解决不了的问题。这似乎是董学矛盾、粗糙而尚欠圆润、细密的一面。其实，这其中要么就是董仲舒理论建造结构性的败笔，要么就极有可能深藏着一种学术与功利的幕后交易。尽管从道理上讲，五行之中并无尊贵低贱之分，土德当然也不可能是最重要的。但是，作为“帝王师”的董仲舒总得要论证或迎合眼前的政治需要（即土德的建立与确定)，总应该去为现实的国家利益做点辩解性、维护性的工作。所以，既然要定制土德，不妨就尊之为贵，而且再退一步说，崇尚土，完全可以“只对下”（臣民百姓）而“不对上”（人主帝王），纯粹作为统御策略、宣传导向，只要臣民百姓相信就行；另一方面，还可以把土德朝忠、孝的方向上去引导、发展和阐释，这更符合并有利于王朝政权的稳定和帝国生存的长远利益。于是，学说领域里的严密精神不得不让位于实际层面的媚俗心态。董仲舒之前虽有“五德转移”之说（如《吕氏春秋·应同》），但是并不分别、排列出谁尊谁贵。非得要弄出个序次来，应该是汉初学者的独特发明，而这一定源于极为迫切的政治需要。“五行莫贵于土”是董仲舒为帝国政制建构和意识形态确立所做的一大理论贡献。

不管董仲舒出于什么样的目的，也不管他说得有没有可靠的根据，“五行莫贵于土”的观念的确已经在汉代发生了。该产生作用的，早已产生出了作用。这里值得玩味的是：为什么董仲舒在《春秋繁露·五行相生》中，把土与“五常”之中的“信”相匹配？“东方者，木。农之本。司农尚仁”“南方者，火也。本朝。司马尚智”“中央者，土。君官也。司营尚信”“西方者，大理司徒也。司徒尚义”“北方者，水。执法司寇也。司寇尚礼”[1]76—77 。(《五行相生》）如果土是“五行之主”，如果金、木、水、火“不因土，方不立”，那么以“信”配“土”就意味着：“信”也是“五常之主”，仁、智、义、礼也必定“不因信，方不立”。“信”是五常的源泉和基础。没有了“信”，仁、智、义、礼都将成为无根的、无依托的东西，都是靠不住的。于是，由“土为贵”的德行便比附、推演出“信本体”的追求，这样就必然反映出董仲舒哲学信念本体的基本属性。

六、五行之于五事

应该指出的是，五行学说的根本目的是要论证现实伦常的合理性。在董仲舒那里，几乎每一个理论判断都涵摄着一定的现实意义。五行可以与五事、四时相对应。“五事：一曰貌，二曰言，三曰视，四曰听，五曰思。何谓也？夫五事者，人之所受命于天也，而王者所修而治民也。故王者为民，治则不可以不明，准绳不可以不正”[1]81。（《五行五事》）《春秋繁露·五行五事》中以为，王者“五事”的不调必然导致五行的不顺，而五行的不顺又必然导致四时天候的紊乱和五气、五音的不畅、不和：

五事	五行	节气	天候	五气	五音	五应
貌不肃敬	木不曲直	夏多暴风	风	木气	角	暴风
言不从	金不从革	秋多霹霂	霹霂	金气	商	霹霂
视不明	火不炎上	秋多电	电	火气	征	电

在理论上，是五行构造世界，先有阴阳五行，后有人之五事；而在实践上，则倒过来，人的五事不成必然使得五行失序、四时反常等现实性灾害发生。五行之学既为政制结构的确立提供哲学根源，又为其现实操作的得失献出注释。五行与五事、哲学与现实之间互因互果，双向连动，循环诠释。无论从哪方面理解都行，怎么说都通，因为本体与现象已经融会在一起了，其间并不有所障碍或阻隔。这不能不是中国哲学的一大特殊性质。

同样，“五行相生”也是为“忠”“孝”存在的合理性论证做准备。董仲舒坚持“孝”由五行而出。他试图把五行的授、受与忠、孝相联结。在董仲舒看来，“忠”“孝”是天地之常道。“是故父之所生，其子长之；父之所长，其子养之；父之所养，其子成之。诸父所为，其子皆奉承而续行之，不敢不致如父之意，尽为人之道也。故五行者，五行也。由此观之，父授之，子受之，乃天之道也。故曰：夫孝者，天之经也。此之谓也”[1]63－64。（《五行对》）

“五行相生”的最终目的是要强调社会伦常的“相受”。董仲舒的逻辑思路是：“木生火，火生土，土生金，金生水，水生木，此其父子也。木居左，金居右，火居前，水居后，土居中央，此其父子之序，相受而布。是故木受水而火受木，土受火，金受土，水受金也。诸授之者，皆其父也；受之者，皆其子也；常因其父以使其子，天之道也。是故，木已生而火养之，金已死而水藏之，火乐木而养以阳，水克金而丧以阴，土之事火竭其忠。故五行者，乃孝子忠臣之行也。五行之为言也，犹五行欤！是故以得辞也。圣人知之，故多其爱而少严，厚养生而谨送终，就天之制也。以子而迎成养，如火之乐木也；丧父，如水之克金也；事君，若土之敬天也。可谓有行人矣。五行之随，各如其序；五行之官，各致其能。是故木居东方而主春气，火居南方而主夏气，金居西方而主秋气，水居北方而主冬气。是故木主生而金主杀，火主暑而水主寒。使人必以其序，官人必以其能，天之数也”[1]65－66。（《五行之义》）又，“地出云为雨，起气为风，风雨者，地之所为，地不敢有其功名，必上之于天。命若从天气者，故曰天风天雨也，莫曰地风地雨也；勤劳在地，名一归于天，非至有义，其孰能行此；故下事上，如地事天也，可谓大忠矣……忠臣之义，孝子之行取之土……孝者地之义也”[1]63－64。（《五行对》）五行相生的序列中，“诸授之者，皆其父”，而“受之者”则“皆其子”。土作为“五行之主”，处于最尊最贵的地位，因为“勤劳在地，名一归于天”，也因为“下事上，如地事天”，所以土德便成为“忠”与“孝”的象征。由“五行之随，各如其序”演绎出来的君臣、父子伦理之秩，似乎更具有权威性、绝对性，更应该是“铁的律则”而不允许有任何程度的违逆和背叛。从天道的高度建构伦理法则，以五行为视角来论证现世秩序的合理性，应该说，这是董仲舒对中国古代道德哲学的重大贡献，至少他应该远比那些只懂得也只会向人们颁布现成生活规范和世界法则的轻薄道学家要更深刻有力，也更像一个哲学家。

参考文献：

［1］董仲舒．春秋繁露［M］．上海：上海古籍出版社，1989.

［2］黄怀信．尚书注训·周书·洪范［M］．济南：齐鲁书社，2002：222.

［3］司马迁．史记·卷一百二十一·儒林列传［M］．长沙：岳麓书社，1988：874.

原文载于《衡水学院学报》2009 年第 5 期。

余治平（1965-），男，江苏洪泽人，上海社会科学院哲学研究所研究员，哲学博士、博士后。

董仲舒对阴阳五行之学的整合

余治平

《春秋繁露·官制象天》中，董仲舒说过，“天有十端”，即阴阳、五行、天、地、人。但这“十端”能否统一、结合起来以及如何实现统一、结合，则是董仲舒思想体系不可绕过的一个大问题。虽然阴阳与五行的结合最早可能发生在战国至秦汉之际，但从涉及这一时期的代表人物——驺衍的现存文献记载看，对于这一问题并没有留下任何痕迹，更谈不上具体论证阴阳、五行与天、地、人的统一和结合了。真正取得突破性进展的无疑是汉初的董仲舒。在《春秋繁露》中，董仲舒通过阴阳、五行内在机制的运行、转换，第一次对“十端”进行了整合，其学术价值与意义非同一般。然而，就像汉代的许多学术思想一样，董仲舒对“十端”所作的一体化的努力，在许多细节处理方面，思考还不成熟，表述出来的也显得十分粗糙、笨拙，甚至不能自圆其说。尽管有这些不足或缺憾，董仲舒在阴阳五行学说史上的地位和作用还是不允抹杀的。

一、以五行推阴阳

既然“天道之大者在阴阳”[1]1097，那么阴阳又是如何发生作用，如何周行、运转的呢？在董仲舒那里，是通过五行来“推”阴阳的。《汉书·五行志上》曰：“景、武之世，董仲舒治《公羊春秋》。始推阴阳，为儒者宗。”苏舆《春秋繁露·五行相生》曰：“推阴阳，谓以五行推阴阳，此亦《春秋》家学。故班志五行自谓传于《春秋》，然其源则出于《洪范》。董为齐学，伏生《尚书》、《五行》，《齐诗》、《五际》，皆重天人，其归一也[2]361。”按苏舆的评介，一方面，董仲舒与《春秋》学之传统精神是一脉相承的，其“推阴阳”是结合了“五行”因素的，即所谓“以五行推阴阳”。另一方面，董仲舒之学源于齐学，而“重天人”是齐学的一大特色，所以董仲舒的阴阳五行学说不可能脱离与天、人的关联和偶合，一定会找出阴阳、五行与天、地、人之间的切入点和接驳口。

五行之中，土为至尊，金、木、水、火之行，一方面以自身本性为核心、主导，始终有不同于五行其他因素的、属于自己的立场和位次；另一方面也接受、服从阴阳二端的遣动，五行与阴阳协调运作，共同发生实际效用，所以董仲舒说：“金、木、水、火，各奉其所主，以从阴阳，相与一力而并功。其实非独阴阳也，然而阴阳因之以起，助其所主。故少阳因木而起，助春之生也；太阳因火而起，助夏之养也；少阴因金而起，助秋之成也；太阴因水而起，助冬之藏也[3]69。”（《天辨在人》）宇宙世界的产生和发展，并不是仅仅依赖阴阳二端，也并不是只有阴阳二端在起作用，阴阳会因金、木、水、火之行而兴起并分别对之予以帮助和辅佐：

少阳——因木而起——助春之生

太阳——因火而起——助夏之养

少阴——因金而起——助秋之成

太阴——因水而起——助冬之藏

显然，阴阳在不同的时节与不同的五行因素结合，会产生出不同的实效和作用。春之时，少阳因木而兴，正有利于万物生起；夏之际，太阳因火而发，对万物的养长很有帮助；秋之季，少阴因金而出，可以成就万物的现实形态；冬之令，太阴因水而生，对于万物品格、性质的敛收似乎更有利益。

至于少阳为什么会因木而起、太阳为什么会因火而起、少阴为什么会因金而起、太阴为什么会因水而起？所起的根据是什么？阴阳与五行之间又是怎样实现连体互动的？董仲舒的学说里并没有作进一步的交代。其实对于这个问题也不可能给出一个明确的理性论证或清晰的逻辑推演，这是中国思维的特质所在，也是中国哲学在实证分析思维方面不堪与西方哲学匹敌的短处或弱项。无论如何，阴阳与五行在董仲舒这里是结合起来了，这是董学对中国阴阳五行学说的一大贡献，功不可没。董仲舒之前或许已经有人把阴阳与五行糅合到一起来了，但可惜都没有文献记载，哪怕是凤毛麟角。真正有确凿文献记录的，则应当从董仲舒开始。所以，阴阳与五行结合的问题，董仲舒应该是一个起点，至少在理论形态意义上是这样。

二、阴阳与天、地、人之间

阴阳与五行是“相与一力而并功”的，那么，阴阳与天、地、人的关系又是怎样的呢？在董仲舒看来，“天者，万物之祖。万物非天不生。独阴不生，独阳不生，阴阳与天地参，然后生[3]85。”（《顺命》）不应该忽略的是，这里的天至少有两层含义，即一方面是作为宇宙总体结构的天，另一方面也是作为“十端”之一的构成性的、因素式的天。也就是说，天既是整体，又是部分；既是形式，又是内容。忘记了这一点，我们就根本无法理解董仲舒的这句话，甚至还会滋生出许多矛盾：天既然是“万物之祖”，万物都得从天那里生出，那么，为什么还要把阴阳拉扯进来？本来，万物是“非天不生”的，天自身就可以生化出宇宙世界来，既然如此还需要阴阳干嘛？其实“天者，万物之祖。万物非天不生”一句中的“天”指的是宇宙的总体结构；而“独阴不生，独阳不生，阴阳与天地参”一句中的“天”则应该是十端之一即宇宙总体中的构成性因素。董仲舒认为，无论是阴或者是阳，甚至是阴阳的兼合，都不可能成为宇宙演进的唯一力量源泉，只有在阴阳、天、地三种因素共同作用的条件下才能有世界万物的发生和形成。此时，董仲舒已把阴阳合而为一了。值得指出的是，弄懂董仲舒“阴阳与天地参，然后生”的思想观念，切不可拘泥于理论形式上的一般性陈述，因为归根到底，在董仲舒那里，无论是“十端”，还是阴阳与天地，所要说明的都是本体世界初始发生时的状态情景，起先还没有也无须什么阴、阳、天、地之分，董仲舒在这里所做的一切可算是一种剖析性的工作，即把本来是统一的整体切出一个断面，以便更好地将臆想中的原理或结构展示出来，完全都是为了阐释和理解的方便。

“天人之际，合而为一。同而通理，动而相益，顺而相受，谓之德道[3]60。”（《深察名号》）那么天人是怎么“合”的，其“理”在什么意义上相“通”？董仲舒以为，天与人的统一是通过“阴阳之气”来实现的，或者说天、人之合首先反映在阴阳上。董仲舒说：“阴阳之气，在上天，亦在人。在人者，为好恶喜怒；在天者，为暖清寒暑，出入上下，左右前后，平行而不止，未尝有所稽留滞郁也。其在人者，亦宜行而无留，若四时之条条然也。夫喜怒哀乐之止动也，此天之所为人性命者。临其时而欲发其应，亦天应也。与暖清寒暑之至其时而欲发无异。若留德而待春夏，留刑而待秋冬也。此有顺四时之名，实逆于天地之经。在人者亦天也，奈何其久留天气，使之郁滞，不得以其正周行也。是故天行谷朽寅而秋生麦，告除秽而继乏也，所以成功继乏，以赡人也[3]97。”（《如天之为》）一方面，作为阴阳之气的基本体现，人有好、恶、喜、怒之情实，而天也有暖、清、寒、暑之征候，此谓“在人者亦天也”；另一方面，天有阴阳之气，人也有阴阳之气，阴阳之气为天人所共有，天之四时条然有序，人之情实也应该宜行无滞，与天相合，“临其时而欲发其应”，此即“在上天，亦也在人”。应该承认，只有通过阴阳之气，天人之间才能真正形成有效的内在整合机制，才能产生统一的不竭动力基础。经由阴阳的天人整合，既统一了天与人，又使天、人与阴阳之间实现了联体互动，董仲舒的“天人感应”学说已经展现出了雏形。

既然天人可以应合，并且天又是至尊、至大的本体，那么接下来，人所应当做的就只能是顺天时、体阴阳了。董仲舒说：“是故春修仁而求善，秋修义而求恶，冬修刑而致清，夏修德而致宽。此所以顺天地、体阴阳。然而方求善之时，见恶而不释；方求恶之时，见善亦立行；方致清之时，见大善亦立举之；方致宽之时，见大恶亦立去之。以效天地之方生之时有杀也、方杀之时有生也。是故志意随天地，缓急做阴阳。然而人事之宜行者，无所郁滞，且恕于人。顺于天，天人之道兼举，此谓执其中。天非以春生人、以秋杀人也，当生者曰生，当死者曰死。非杀物之义待四时也，而人之所治也，安取久留当行之理，而必待四时也。此之谓壅，非其中也。人有喜怒哀乐，犹天之有春夏秋冬也。喜怒哀乐之至其时而欲发也，若春夏秋冬之至其时而欲出也，皆天气之然也。其宜直行而无郁滞，一也。天终岁乃一遍此四者，而人主终日不知过此四之数，其理故不可以相待。且天之欲利人，非直其欲利谷也，除秽不待时，况秽人乎[3]97—98！”（《如天之为》）董仲舒统一“十端”、整合天地人阴阳五行的根本目的既不在所谓本体性的天，也不在工具性的阴阳五行，而毋宁在于：要使人从天那里获得启发，真心诚意地接受上天颁布下来的律则与规范，从而建立起人世社会的伦常秩序。“体阴阳”是方法或门径，是技术环节；“顺天地”是旗帜、口号，是人们信念本体世界里的理由或根据，而寻找“人事之宜行”才是天学最终的理想和真正的目标①。“志意随天地，缓急倣阴阳”这就是人主动应合天地大道的基本要求和一般原则。人有喜怒哀乐之情，就好像天有春夏秋冬四时之变化一样。喜怒哀乐之情“至其时而欲发”，就好比春夏秋冬四时“至其时而欲出”，都是天与人的“天气之然”即本然之性。这种本然之性对于天与人来说，要求都是一致的，都应该“直行而无郁滞”。这样，天道、地道、人道之间在根本上就是一体不二的了，所以董仲舒说：“天道施，地道化，人道义②。”

但是，天、地、人三才又都具有各自的职能和功用。在这里完全有必要弄清楚人在天地人三才中所扮演的角色。天主“施”，地能“化”，而人则可“义”。天之“施”，是因为天一直是人世生活一切法则与律令的颁布者；地之“化”，是因为地有资格成为整个可见世界的载体，而如何准确理解人之“义”，似乎大有意趣可挖，其中可能蕴藏着中西哲学的又一基本差别。所谓“义”，就是说只有人才可以从天道、地道的无言周行中发现意义、省察真理。天虽

① 所以，董仲舒才强调：“善言天者必有征于人，善言古者必有验于今。”见班固《汉书·卷五十六·董仲舒传》，第1103页。

② “天道施，地道化，人道义。”见董仲舒《春秋繁露·天道施》，第99页。一作“天德施，地德化，人德义。”见《春秋繁露·人副天数》，第74页。可比较“天生之，地养之，人成之。”见《春秋繁露·立元神》，第37页。

不言，地虽不语，但人却能够从中悟出适合于天地人的“大道”来，这不能不是人类的可贵之处。“天地之精所以生物者，莫贵于人。人受命乎天也，故超然有以倚。物疢疾莫能为仁义，唯人独能为仁义；物疢疾莫能偶天地，唯人独能偶天地[3]75。”（《人副天数》）人之贵，不仅仅在于其理性的优越（如西方哲学所一直强调和主张的），也不仅仅在于其对自然物（包括有生命的和无生命的）的征服，更重要的应该在于其能够“为仁义”的方面，即作为一种有理有情、有物性也有精神、有现成性更有可能性的活生生的存在。在更大程度上，应该是人法天、法地、法自然，而不是人向自然颁布律令、人是自然的征服者；人是仁义的动物，这就与西方哲学的一贯主张——人是理性的动物——拉开了距离。因为，人“为仁义”，需要的不仅仅是理性，还需要情感、意志的介入和参与，否则就无法从宏观意识形态上为现实社会的“孝”建立可靠的哲学、道德学和社会学基础。

三、整合“十端”的意义

董仲舒对天、地、人以及阴阳五行所做的整合与统一，其意义和地位在阴阳学说史和儒学思想史上都不可等闲视之。一方面，改变了传统阴阳之学的基本局面，司马谈在评价阴阳家时说：“夫阴阳四时、八位、十二度、二十四节各有教令，顺之者昌，逆之者不死则亡。未必然也，故曰：使人拘而多畏。夫春生夏长，秋收冬藏，此天道之大经也，弗顺则无以为天下纲纪。故曰：四时之大顺，不可失也[4]。”本来，按照传统阴阳学说，春生夏长、秋收冬藏是“天道之大经”，是尘世生活人群理应遵守、不允颠覆的“天下纲纪”，但是，事情却“未必然”，天时虽多为“经”，却一定也有“变”的时候和地方，夏凉冬暖或秋长冬荣也屡见不鲜。所以，如果一味地强调“阴阳四时、八位、十二度、二十四节”，总不免让人产生“拘而多畏”的心理感觉，一切都由天来安排，世界总是被预设好了的，甚至根本不给人留下任何想象和憧憬的空间，从而就无法凸现出人的价值和意义。董仲舒承认“经”“权”是天的合法存在形式，给“权”以一定的地位，“是故天以阴为权，以阳为经。……经用于盛，权用于末。……先经而后权，贵阳而贱阴也[2]327。”“天之道，有伦、有经、有权”[3]70—71。（《阴阳终始》）然而，“权”又不可能是无限制的，关键还要看在什么样的情况下可以反叛“经”、可以行使“权”。于是，董仲舒又提出了“可以然之域”的限定，“夫权虽反经，亦必在可以然之域。不在可以然之域，故虽死亡，终弗为也”[3]21。（《玉英》）至于什么是“可以然之域”，那只有具体问题具体分析了，也不可能有一个固定统一的标准或模式，只能依靠自觉意识基础上的灵活掌握和辩证对待。阴阳与“经”“权”的兼容、结合，给原先刻板、呆滞、僵死的阴阳机制，注入了生机与活力，使得阴阳五行周行运转的图景不再呈现出单调、枯燥的色彩，从哲学的高度为宇宙世界的多元变化和全面发展打开了一扇方便之门。

另一方面，在董仲舒的十端之中，人的因素第一次被置入了阴阳学说的宇宙结构。人与天、地、阴阳、五行一道构造着缤纷繁复的世界存在。董仲舒用儒学的人性观念极为有效地改造了传统的阴阳学说，在强调阴阳系统结构客观存在的前提下，仍然突出和高扬着人性的力量与光辉。在董仲舒那里，人既是宇宙构成的一个普通分子，同时又不乏积极主动的精神气概。从把人与天地同举并重——“天、地、人，万物之本也。……三者相为手足，合以成体，不可一无也”[3]37，（《立元神》）到主张人为贵——“天地之精所以生物者，莫贵于人”[3]75。（《人副天数》）“得天之灵，贵于物……天地之性人为贵”[1]1104，再到作为类存在的人的地位的极大凸现——“人之超然万物之上，而最为天下贵也。人，下长万物，上参天地”[3]99。（《天地阴阳》）“唯仁独能为仁义”[3]75，（《人副天数》）再到将自然世界的人性化、情感化——“夫喜怒哀乐之发，与清暖寒暑其实一贯也。喜气为暖而当春，怒气为清而当秋，乐气为太阳而当夏，哀气为太阴而当冬。四气者，天与人所同有也，非人所能蓄也”[3]66。（《阳尊阴卑》）“仁，天心”[3]36；（《俞序》）以及著名的“性禾善米”说——“善如米，性如禾。禾虽出米，而禾未可谓米也；性虽出善，而性未可谓善也。米与善，人之继天而成于外也，非在天所为之内也。天所为，有所至而止，止之内谓之天，止之外谓之王教。王教在性外，而性不得不遂。故曰：性有善质，而未能为善也……是以米出于粟，而粟不可谓米。玉出于璞，而璞不可谓玉。善出于性，而性不可谓善”[3]62－63。（《实性》）可以说，这些思想内容都来自原始儒学，或者说都与经典孔学有着不可分割的密切联系。在原先的阴阳之学，人从来都是宇宙系统的一个组成部分，与物等同而没有区别，不过是构筑世界存在的普通质料或一般元件而已，所以这种学说才多了几份“使人拘而多畏”的束缚感和窒息感，生活在这种系统背景下的人们必然谨慎多于勇敢、保守多于创新、被动多于主动，极少甚至不可能有所谓突破或革命。董仲舒在这里所做的努力，无非是要把儒学的人类主体情怀和人性价值意义有机地渗透、融进阴阳五行的机制结构中去，以保证阴阳学的整个系统能够喷发、洋溢出人性的味道和日常生活的气息。

应当承认，把阴阳五行与天地人兼并融洽在一起，是董仲舒的独特发明。就在董仲舒这种整合与一体化的努力过程中，儒学与阴阳学说之间的界限模糊了，原本不同内容的两个学派终于走到了一起。从此，儒家哲学中便开始有了阴阳学的思想与观念，才有了属于自己的宇宙观、世界观，才真正成为一种严格意义上的哲学；同时，阴阳学里也开始贯穿了儒学的宗旨和精神，借助儒学的人文关怀和社会意识，阴阳五行的概念才有机会、有可能进一步深入到中国人生活世界的方方面面，从而成为中国人文化思维和生存意识的一个不可或缺的重要组成部分。对儒学和阴阳学做出的成功的双向改造，这应该是董仲舒对中国哲学的一大突出贡献。可惜，中国的哲学史家们几乎从来都没有关注过董仲舒哲学的这一闪亮点。

参考文献：

［1］班固．汉书［M］．长沙：岳麓书社，1993.

［2］苏舆．春秋繁露义证［M］．北京：中华书局，1992.

［3］董仲舒．春秋繁露［M］．上海：上海古籍出版社，1989.

［4］司马迁．史记［M］．长沙：岳麓书社，1988：941.

原文载于《衡水学院学报》2009 年第 6 期。

余治平（1965—），男，江苏洪泽人，上海社会科学院哲学研究所研究员，哲学博士、博士后。

《汉书·五行志》所载董仲舒说灾异八十三事考论

江　新

在中国历史上，董仲舒第一个构建了系统化的灾异思想。他的灾异思想深刻影响了汉代乃至中国整个封建时代的政治生活，也深刻影响了中国人的思维方式，所以学术界历来重视。然而，以往的研究大都集中在董仲舒灾异思想的理论基础部分，也就是他的天人感应思想。对于董仲舒具体如何推演灾异，一般认为并没有规律性而言，只是出于警示人君的需要随意推演之，所以基本上没有学者加以研究。但是，仔细考察《汉书·五行志》（以下简称为《五行志》）所载董仲舒说灾异八十三事，我们会发现董仲舒对于灾异并不是随意推演，而是有自己独特的一套体系。本文就试图主要通过对《五行志》所载董仲舒说灾异八十三事的细致分析，归纳出若干条董仲舒推演灾异的规则，以尽可能勾勒出其灾异理论体系的原貌。

《五行志》记载了董仲舒、眭孟、夏侯胜、刘向、京房、谷永、李寻等西汉灾异大师对于历史上出现过的灾异特别是《春秋》灾异的解释，其中有关董仲舒的部分共有 83 条，除了董仲舒答辽东高庙灾和高园便殿灾一条，其余 82 条都是对于《春秋》灾异的解释。这是研究董仲舒灾异思想最为丰富可靠的材料。在这 83 条材料中，其中“董仲舒以为”41 条；“董仲舒、刘向以为”31 条；“刘向以为……，刘歆以为……董仲舒指略同”5 条；“刘向以为……，刘歆以为……董仲舒说略同”2 条；“刘向以为……刘歆以为……皆从董仲舒说”2 条；“董仲舒对曰”1 条。徐复观先生的统计与此略有不同。据他统计，董仲舒专言灾异的共七十七事。其中：“董仲舒曰”者一；“董仲舒以为”者三十四；“皆从董仲舒说也”者二；“董仲舒指略同”者七；“董仲舒说略同”者二；“董仲舒、刘向以为”者三十；“仲舒、刘向以为”者一。

对于这些材料的可靠性，我们认为“董仲舒以为”“董仲舒对曰”没有参入其他人的说法，具有最高的可靠性，我们下面的研究也主要以这些材料为基础。对于“董仲舒、刘向以为”，事实上我们很难分辨哪些是董仲舒的说法，哪些是刘向的说法，抑或哪些是他们共同的说法。“董仲舒指略同”“董仲舒说略同”“皆从董仲舒说”前所载都是其他人对于灾异的解释，只是最后附加上“董仲舒指略同”等词，同样我们很难分辨这些观点的主要负责人。对于这些材料，我们将尽量不涉及。下面我们将按照灾异的类型分别考察之。

一、火灾

《五行志》记载了与董仲舒有关的火灾共 12 条，其中“董仲舒以为”7 条，“董仲舒对曰”1 条。在对于火灾的解释当中，董仲舒针对辽东高庙和高园便殿火灾的解释最为翔实。他认为这两次火灾是上天告诫汉武帝“故天灾若语陛下：‘视亲戚贵属在诸侯远正最甚者，忍而诛之，如吾燔辽东高庙乃可；视近臣在国中处旁仄及贵而不正者，忍而诛之，如吾燔高园殿乃可’云尔。在外而不正者，虽贵如高庙，犹灾燔之，况诸侯乎！在内不正者，虽贵如高园殿，犹燔灾之，况大臣乎！此天意也。罪在外者天灾外，罪在内者天灾内，燔甚罪当重，燔简罪当轻，承天意之道也”[1]1331。根据这篇著名的灾异对，我们可以归纳出解释火灾的 3 条原则。1）火灾的原因是天意告诫君主“燔贵而去其义”而降。2）罪在外者天灾外，罪在内者天灾内。3）燔甚罪当重，燔简罪当轻。第 1 条原则仅适用于火灾，第 2 条、第 3 条原则适用于所有灾异。我们下面将会检视这 2 条原则在董仲舒的灾异系统中是否可以一以贯之。

关于火灾，《五行志》记载的 7 条“董仲舒以为”分别为：

桓公十四年“八月壬申，御廪灾”。董仲舒以为先是四国共伐鲁，大破之于龙门。百姓伤者未瘳，怨咎未复，而君臣俱惰，内怠政事，外侮四邻，非能保守宗庙终其天年者也，故天灾御廪以戒之。

严公（“严公”即是庄公，《汉书》避汉明帝讳改为“严公”）二十年“夏，齐大灾”。董仲舒以为，鲁夫人淫于齐，齐桓姊妹不嫁者七人。国君，民之父母；夫妇，生化之本。本伤则末夭，故天灾所予也。

釐公（“釐公”即是僖公）二十年“五月乙巳，西宫灾”。董仲舒以为僖娶于楚，而齐媵之，胁公使立以为夫人。西宫者，小寝，夫人之居也。若曰，妾何为此宫！诛去之意也。以天灾之，故大之曰西宫也。

成公三年“二月甲子，新宫灾”。董仲舒以为成居丧亡哀戚心，数兴兵战伐，故天灾其父庙，示失子道，不能奉宗庙也。一曰，宣杀君而立，不当列于群祖也。

襄公三十年“五月甲午，宋灾”。董仲舒以为伯姬如宋五年，宋恭公卒，伯姬幽居守节三十余年，又忧伤国家之患祸，积阴生阳，故火生灾也。

九年“夏四月，陈火”。董仲舒以为陈夏征舒杀君，楚灵王托欲为陈讨贼，陈国辟门而待之，至因灭陈。陈臣子尤毒恨甚，极阴生阳，故致火灾。

昭十八年“五月壬午，宋、卫、陈、郑灾”。董仲舒以为象王室将乱，天下莫救，故灾四国，言亡四方也。又宋、卫、陈、郑之君皆荒淫于乐，不恤国政，与周室同行。阳失节则火灾出，是以同日灾也[1]1321—1330。

在这 7 条“董仲舒以为”中，有 3 条是直接用“阴阳”来解释的。襄公三十年五月，宋国火灾的原因是“积阴生阳”；九月，陈国火灾的原因是“极阴生阳”；昭公十八年四国火灾的原因是“阳失节”。很明显，这里的阳都是指君主，阴是指臣子、妃子。“阳失节则火灾出”是说君主不正确的行为会引发火灾。桓公十八年、僖公二十年、成公三年、昭公十八年的火灾都可以用“阳失节”，也就是君主的不正确行为来解释。辽东高庙和高园便殿火灾的原因也属于这一范畴。襄公三十年的两次火灾董仲舒没有用“阳失节”来解释，而分别用伯姬“忧伤国家之患祸”和“陈臣子由毒恨甚”来解释。他认为这些火灾是“积阴生阳”和“极阴生阳”所致。这与用“阳失节”来解释火灾虽有不同，但认为火灾是由“阳气盛”所致则是相同的。

庄公二十年，“夏，齐大灾”，董仲舒认为“鲁夫人淫于齐”是这次灾害的原因。班固把董仲舒的解释归入火灾类。然而，在董仲舒的灾异解释系统中，夫人的淫行属于阴的范畴，所导致的灾异大都为水灾。这里“鲁夫人淫于齐”为何引起的不是水灾而是火灾呢？其实，董仲舒并没有直接把“齐大灾”解释成火灾。《公羊传》认为“齐大灾”是瘟疫。董仲舒是公羊学大师，应该也认为“齐大灾”是指瘟疫。《左传》认为“齐大灾”是火灾，班固或许是受到《左传》的影响才把“齐大灾”归入到火灾类的。

从上面的分析我们可以得出结论：火灾都是阳气过盛所致。至于阳气过盛的原因，则多数为君主失节所致，部分为妃子的极度忧伤、大臣的过度怨恨所致。检视这 7 条火灾，也都符合“罪在外者天灾外，罪在内者天灾内”的原则。

二、气象灾害

《五行志》关于气象灾害记载了 12 次“董仲舒以为”。它们分别为：水灾 5 次、“无冰” 2 次、“大雨雪” 2 次、雷灾 1 次、“陨霜不杀菽” 1 次、“李梅实” 1 次。5 次水灾分别为：

严公十一年“秋，宋大水”。董仲舒以为时鲁、宋比年为乘丘、鄑之战，百姓愁怨，阴气盛，故二国俱水。

二十四年，“大水”。董仲舒以为夫人哀姜淫乱不妇，阴气盛也。

严公二十八年“冬，大亡麦禾”。董仲舒以为，夫人哀姜淫乱，逆阴气，故大水也。

宣公十年“秋，大水，饥”。董仲舒以为，时比伐邾取邑，亦见报复，兵仇连结，百姓愁怨。

襄公二十四年“秋，大水”。董仲舒以为，先是一年齐伐晋，襄使大夫帅师救晋，后又侵齐，国小兵弱，数敌强大，百姓愁怨，阴气盛[1]1344－1346。

在5次水灾中，董仲舒认为都是“阴气盛”所致。其中有2次水灾是由于哀姜淫乱引起阴气过盛所致，有3次水灾是由于战争不断，百姓愁怨引起阴气过剩所致。和水灾一样，3次大雨雪的原因也是由于“阴气盛”所致。其中2次为鲁夫人专恣引起阴气过盛所致，1次为季孙专政引起阴气过盛所致。同为“阴气盛”，为何有时引起水灾，有时引起雨雪？仔细考察董仲舒的解释，我们会发现这是因为“阴气盛”的程度不同。程度重的引起水灾，程度轻的引起雨雪。引起水灾的原因是夫人淫乱、百姓愁怨；而引起雨雪的原因是夫人专恣、季氏专政。前者的罪过显然要大于后者。这也符合董仲舒在辽东高庙和长陵高园便殿火灾对中提出的“甚罪当重、简罪当轻”的原则。

董仲舒认为“昭公四年，正月，大雨雪”是由于“季孙宿任政，阴气盛”。而董仲舒在辽东高庙和高园便殿火灾中对认为定、哀时期的3次火灾也是由于鲁君不去季氏专政所引起。同为季氏专政，为何有时引起雨雪，有时引起火灾？我们需要做出解释。臣子专政导致“阴气盛”，“阴气盛”引起水灾或雨雪。臣子专政是水灾或雨雪的直接原因。君主失节导致“阳气盛”，“阳气盛”引起火灾。君主不去大臣专政是火灾的直接原因。很显然，水灾和火灾警示的对象是不同的。火灾主要的警示对象是君主；水灾主要的警示对象是大臣。

昭、定、哀三公都没能废除季氏专政。昭公时为何天不降火灾警示之？定公、哀公时为何天却降火灾以戒之？董仲舒认为这是由于时机不同所致。昭公时，没有像孔子那样能去季氏专政的大臣，所以天只降水灾以戒季氏；定公、哀公时，孔子能去季氏专政，鲁君却弃而不用，所以天降火灾以戒鲁君。

《五行志》还记载了两次董仲舒对于“无冰”的解释。

桓公十五年"春，亡冰"。董仲舒以为象夫人不正，阴失节也。

成公元年"二月，无冰"。董仲舒以为方有宣公之丧，君臣无悲哀之心，而炕阳，作丘甲[1]1407。

初看起来，这两条解释的原则不一致甚至矛盾。春日无冰当是"阳气盛"所致，而董仲舒对于 2 次"无冰"的解释，一次认为"阴失节"，一次认为是"炕阳"。"炕阳"导致"无冰"，我们比较好理解。"阴失节"为何也和"炕阳"一样引起"无冰"？根据董仲舒的解释原则，"夫人不正，阴失节"引起的应是水灾。何休认为"桓公十五年，春，亡冰"，是"阴而阳行之所致"[2]。受何休启发，GaryArbuckle 认为董仲舒所指的"夫人不正"可能是指鲁夫人代理鲁桓公处理政事，而不是指鲁夫人淫乱[3]。如此一来，"阴失节"导致"无冰"就可以理解了。

除此之外，董仲舒对于"震夷伯之庙""陨霜不杀菽""李梅实"等也做出了解释。认为这些灾害是上天为了告诫僖公当见"季氏之罚""易相室""绝去僭差之类"而降。和火灾一样，这些灾害都是由于"阳失节"导致"阳气盛"而引起。至于此处为何天不降火灾以告诫僖公？这是因为僖公时季氏专政尚没有昭、定、哀三公时严重。所以上天只降下了比火灾略轻的诸灾警示鲁君。这也符合罚"甚罪当重，简罪当轻"的原则。

三、天文灾害

关于《春秋》日食，《五行志》共记载了 34 次。其中"董仲舒以为"17 次，"董仲舒、刘向以为"17 次。这在《五行志》所载董仲舒灾异解释系统中占的比例是最大的。考察董仲舒对于日食的解释，有以下几个特征：

（一）在有关日食的17条“董仲舒以为”中，只有襄公二十四年七八月的日食是用阴阳理论来解释的，其他他大多是用二十八宿分野说来解释

《春秋繁露·精华》篇曰：“大水者，阴灭阳也。阴灭阳者，卑胜尊也，日食亦然。皆下犯上，以贱伤贵者，逆节也。”在这里董仲舒把“阴灭阳”作为解释日食的一般原则。可以想象，董仲舒曾经大量应用阴阳理论来解释日食。受刘歆用分野说来解释日食的影响，班固在《五行志》中主要记载了董仲舒用分野说推演日食的部分，对于董仲舒用阴阳理论解释日食的部分则阙而不载。

董仲舒所使用的分野说和《淮南子·天文训》《史记·天官书》《汉书·天文志》中的分野说也有不同。根据《五行志》，总结董仲舒分野说大略如表1。

表1　董仲舒分野说

星宿	分野	所主
东壁、胃	鲁	
毕	晋	边兵夷狄
心		天子、明堂
轸、角	楚	
柳	周	夷狄主诸夏

董仲舒把东壁、胃对应于鲁地。《淮南子·天文训》《史记·天官书》和《汉书·天文志》都没有把东壁、胃与鲁对应。这种不同，我们或许可以这样解释：分野说认为天上二十八宿与各地域都有对应关系，二十八宿星象的变化可以影响地上对应区域的人事。董仲舒借助分野说来推演《春秋》日食，认为日食会影响日食发生时太阳所在星宿对应地域的人事，但实际上《春秋》所载日食发生

时所在的星宿和人事发生的地域则很难完全对应。为了调和这种矛盾，董仲舒要么部分放弃用分野说来推演日食，要么修改分野说以使日食发生的星宿与人事发生的地域一致。董仲舒同时使用了这两种办法来解决我们所说的矛盾。所以，我们看到董仲舒并没有对每次日食都使用分野说来推演。即使在使用分野说来推演日食的情况下，也对传统分野进行了部分改造。

（二）在董仲舒灾异系统中，日食不仅像其他灾异那样是对过去人事的被动感应，还可以预测将来发生的事情

董仲舒对火灾、水灾、旱灾等灾异的解释都认为这些灾异是人君、臣子和妃子等的行为引起的，并没有继续推演说这些灾异必然预示着将来要发生的事情。这也符合董仲舒“因恶夫推灾异之像于前，然后图安危祸福于后者，非《春秋》之所甚贵”[4]156 的精神。然而，在对日食的推演中，董仲舒认为日食还预示着将来要发生的事情。如：

严公十八年“三月，日有食之”。董仲舒以为，宿在东壁，鲁象也。后公子庆父、叔牙果通于夫人以劫公[1]1483。

襄公二十年“十月丙辰朔，日有食之”。董仲舒以为，陈庆虎、庆寅蔽君之明，邾庶其有叛心，后庶其以漆、闾丘来奔，陈杀二庆。

二十一年“九月庚戌朔，日有食之”。董仲舒以为晋栾盈将犯君，后入于曲沃[1]1490—1491。

董仲舒的这种推演有着显的缺陷。如果只重视日食的预言，而忽视人君修德可以改变预言的发生，则起不到使人君“省天谴而畏天威”的作用。此外，《五行志》所载有关日食的“董仲舒以为”部分，对于人君失德是引起日食的主要原因也不够重视。如果忽视日食是人君失德所致，则不知怎么施行变救。这不符合董仲舒推演

灾异的精神。董仲舒在阐述天降灾异的原因时说：“凡灾异之本，尽生于国家之失。国家之失乃始萌芽，而天出灾害以谴告之；谴告之而不知变，乃见怪异以惊骇之，惊骇之尚不知畏恐，其殃咎乃至。以此见天意之仁而不欲陷人也[4]259。”董仲舒推演灾异绝不是在“自然决定论”意义上说的。倘若日食的原因不由人君失德而引起，日食预言的事情不因人君修德而改变，推演灾异将变得毫无意义。《五行志》所载董仲舒推演日食为何存在如此这般的缺陷？这是因为班固选择董仲舒推演日食的材料不精所致。《唐开元占经》所载有关董仲舒的材料弥补了这个缺陷。在《唐开元占经》中，对于引起日食的原因和日食之后君主应当如何施救都有记载，这使得我们可以更加全面地了解董仲舒是如何推演日食的。关于引起日食的原因，《唐开元占经》载有：

董仲舒曰：诸侯不承天子命，自相侵伐，则日蚀三毁三复。

董仲舒曰：前事已大，后事将至者，又大则日既。

董仲舒灾异对曰：人君自专禄位，不封赐功臣，则日蚀既而黑，光反外照。

董仲舒灾异对曰：人君妒贤嫉能，臣下谋上，则日蚀既，先雨雹杀走兽。

董仲舒灾异对曰：日蚀者，阴气盛滈，渐夺君明，治道有失，臣专君政，出入为奸。

董仲舒曰：日蚀者，邪臣避主之治，不有反臣，必有亡国[5]。

案：“日蚀”即“日食”。臣属阴，君属阳，“臣专君政”“邪臣避主之治”则引起日食。若是政治失德主要由“人君自专禄位，不封赐功臣”“人君妒贤嫉能”引起，则会出现“日食既”，也就是日全食的现象。这也符合罚“甚罪当重，轻罪当轻”的原则。

关于日食之后人君当如何施救，《唐开元占经》也有记载：

董仲舒灾异对曰：日蚀者……当英应，析宠臣之势，减玉食之权，无忽谏言大恶。在于任贤则灾害不生也。

董仲舒曰：日蚀者……退臣，绝阴，止权，平衡以德消，则无害[5]。

既然引起日食的原因主要是“邪臣避主之治”，施救措施相应的就是“析宠臣之势”“退臣”“任贤”。如果人君成功施行了补救措施，日食预示的事情就不会发生。《唐开元占经》记载了一段董仲舒对于殷高宗时出现“日提”的推演，非常具有代表性。

董仲舒曰：殷时有云，居如左右，曲步向日。名曰：日提。占曰：不出六年，天子不利，必有立者，高宗感之，修德，昌祚数百年。可谓消灾而福生也[5]。

出现日提，预示着不出6年，高宗将有不利。然而，高宗并没有坐以待毙，而是日修其德，结果“昌祚数百年。可谓消灾而福生也”。这也体现了董仲舒推演灾异的精神不是如推背图式的预言学，而在于让人君畏天之威，“以此见天意之仁而不欲陷人也”。

除日食之外，还有两条“董仲舒以为”是对彗星的解释。和推演日食一样，董仲舒在推演彗星时也首先把彗星出现的星宿和其对应地域的人事关联起来，认为彗星的出现预示着与其出现的星宿对应的地域会有灾害降临。

四、结论

在详细分析了《五行志》所载董仲舒说灾异八十三事之后，我们发现董仲舒推演灾异并不是随意为之，而是有着一以贯之的原则。

（一）阴阳理论是董仲舒推演灾异的第一原则

除虫灾之外，阴阳理论是推演其他所有灾异的理论基础。火灾和无冰是“阳气盛”所致。君主失节、妃子极度忧伤、大臣过度怨恨导致“阳气盛”，从而引发火灾。后宫专政等会引起“阳气盛”，从而导致春日无冰。水灾和大雨雪为“阴气盛”所致。妃子淫乱、大臣专政、百姓怨仇会导致“阴气盛”，从而引发水灾和大雨雪。程度重的引发水灾，程度轻的引发大雨雪。日食的出现也是由于“阴灭阳”，邪臣避主之治。《五行志》曰：“景、武之世，董仲舒治《公羊春秋》，始推阴阳，为儒者宗。”这是说董仲舒以阴阳推演《春秋》灾异，为儒家推演灾异的祖师。董仲舒之后，夏侯胜、刘向、京房等人都是儒家推演灾异的大师。不同的只是他们推演灾异所用理论不同。夏侯胜主要以《洪范》五行理论推演灾异，刘向主要以《洪范》五行外加《周易》推演灾异，京房主要以《周易》推演灾异，董仲舒则主要以阴阳理论推演灾异。

（二）分野说是董仲舒推演日食的重要理论基础

其推演的一般原则是：首先借助分野说把日食发生时所在的星宿和某个诸侯国对应，然后根据日食的特征推演其对应地域所发生的事情，以及君主应当如何采取补救措施以避免灾害的进一步发生。

（三）董仲舒不以五行理论作为推演灾异论基础

在所有“董仲舒以为”中，没有一条涉及五行思想。这也是班固只说董仲舒“始推阴阳”，而不提及五行的原因。

（四）罪在外者天灾外，罪在内者天灾内

在外的诸侯王不正，则天降火灾于在外的辽东高庙；在内的大臣不正，则天降火灾于在内的高园便殿。本国百姓愁怨引起本国的水灾，他国百姓愁怨则引起他国的水灾。

（五）罚“甚罪当重，简罪当轻”

同样是由于“阴气盛”所引起的灾害，水灾由程度较重的夫人淫乱、百姓愁怨所引起。大雨雪则由程度较轻的夫人专恣、季氏专政所引起。同是季氏专政，僖公时尚不严重，故天降“陨霜不杀菽”“李梅实”等灾害以戒之，定公、哀公时，季氏专政特别严重，故天降火灾以戒之。同是日食，“臣专君政”引起的是一般日食，“人君自专禄位，不封赐功臣”，引起的则是日全食。

（六）不时不灾

连续政治失德的时间有时会很长，然而上天并没有在此期间恒降灾害，而是看准时机降下灾害以警示人君。昭公时，季氏专政已经非常严重，上天并没有降下火灾以警示之，因为当时没有能够去除季氏专政的圣人出现。定公、哀公时，有能够去除季氏专政的孔子当政，上天才连降火灾以警示鲁君。

参考文献：

[1] 班固．汉书［M］．北京：中华书局，1962.

[2] 何休．春秋经传解诂［M］．四库备要本.

[3] Arbuckle G. Restoing Dong Zhongshu［M］. London：The Universityof British Columbia，1991：205.

[4] 苏舆．春秋繁露义证［M］．北京：中华书局，1989.

[5] 瞿昙悉达．开元占经［M］．四库全书本.

原文载于《衡水学院学报》2012 年第 2 期。

江　新（1981－），男，湖南祁东人，北京大学哲学系博士生。

论董子之阴阳出入

李丰琼

天人感应是董子宇宙系统的核心，而阴阳五行作为天人之间的感应媒介，既是天意存在的载体，又是天意的外在表现。董子之天是否有人格神的意义，其天人感应是否神秘，仅从董子对“天”的规定，对天人感应这种神秘外在形式的采用，就得出论断，似乎显得有些片面，并由此就确认董子是一个完全的神秘主义的天命论者，其理论就是神学的呓语，似乎就更有轻率与独断之嫌。在这里我们想就董子《春秋繁露》中阴阳思想的具体内涵、运行方式、运行路径以及运行过程中数量（即比例）的变化等方面予以分析，探寻董子的阴阳思想及其理论建构的依据以及理论建构时的逻辑思维过程与思维方式，希望能从中看出些什么。

一、阴阳的性质

在《春秋繁露》中董子对阴阳的性质作了这样的规定：首先，在《基义》中说道，“凡物必有合。合必有上，合必有下；必有左，必有右；必有前，必有后；必有表，必有里；有美必有恶，有顺必有逆，有喜必有怒，有寒必有暑，有昼必有夜，此皆其合也”。“合”就是“偶”和“对”的意思。就是说任何事物都包含两个方面，而不是一个方面。同时还说，“物莫不合，而各相阴阳”。把事物所包含的两个方面提升为具有一般意义的阴和阳。在《阴阳出入》中对组成事物的两个方面做出了进一步的规定：“天道大数，相反之物也，不得俱出，阴阳是也”。这个“相反之物”就是说事物不仅都是由两个方面组成，而且这两个方面的性质还是相互对立的，阴就是阴，阳就是阳，阴不可能同时是阳，阳也不可能同时是阴。阴阳成为事物包含着的相互对立的两个方面在哲学意义上的一般性称谓，正所谓“天地之常，一阴一阳”。

不仅如此，董子在《基义》中还认为，“物莫不合，而各相阴阳。阳兼于阴，阴兼于阳；……阴阳无所独行，……有所兼之义”。表明事物所包含的两个方面不仅相互对立，而且“无所独行”，紧密联系、相互依存，不可分割；并且“有所兼之义”，“阴兼于阳，阳兼于阴”，二者相互制约，相互影响。

虽然“物莫不合，而合各有阴阳”，任何事物都具有相互对立的两个方面，但这两个方面，却又并非平等、均衡。“春出阳而入阴，秋出阴而入阳。夏右阳而左阴，冬右阴而左阳”，（《春秋繁露·阴阳出入》）这并非只是仅仅描述阴阳的运行时序与空间位置，在本质上可以看出阴阳在运行的时间和空间上存在着某种程度和地位上的差别。如果加上《天道无二》的“阳之出，常见于前，而任岁之事；阴之出，常见于后，而守空虚”；以及《阴阳义》中“天地之常，一阴一阳。阳者，天之德也，阴者，天之刑也”。就可以看出董仲舒在这里想说的是，阴阳二者不仅对立，而且二者一左一右，一明一暗，一显一隐，一前一后；所任之事，一事一空，一德一刑。就是说，阴与阳虽然居于一个统一体内，但二者在力量上是不对等的，在地位上有主次之别。阳居于主动的地位，决定一切，是矛盾的主要方面；阴为阳的辅助，从属于阳，受阳的决定，处于被动的地位，是矛盾的次要方面。

总之，董子把阴与阳的关系规定为“相反之物”，且“无所独行”，又有“所兼之义”，还有主、次之别。这是对“阴阳”这对范畴在性质上的最一般规定，把阴阳的属性提升到了哲学的层次，也是对前人关于阴阳性质无明确界说之补充和提升。并由此出发，把阴阳之自然属性比附于儒家传统的伦理价值观念，力图论证阳的绝对尊于、高于、优于阴的“阳主阴从”“阳尊阴卑”的价值属性，从而为现实社会的专制制度、伦常次序提供普遍性的法则和终极支撑，也由此奠定了他“始推阴阳，为儒者宗”的历史地位。

这里，我们或许可以体会到董仲舒的“天之大道在阴阳”中的“大道”的深意：不仅强调了阴阳在自然规律“天道”中的本体地位和作用，具有了世界观的意义；而且表明，在物的现象世界，我们只能认识到“阴阳不得俱出”，而在道的本体世界里才能理解“天地之常，一阴一阳”，只有透过现象才能看到事物的本质。也有了方法论的意义。

另外，关于阴与阳这对“相反之物”，董子在《天道无二》中说道：“天之常道，相反之物，不得两起，故谓之一。一而不二者，天之行也。”这里说阴阳“不得两起”，与《阴阳出入》中的“不得俱出”，好像都是说阴阳二者是绝对对立，不能共存的。而在其他的论述中又有许多共存的描述，如“夏交于前，冬交于后”，“阴阳之会一岁再遇于南方者，以中夏；遇于北方者，以中冬”，“阴阳之气俱相并也”。这些是否说明董子理论内在的混乱和矛盾呢？其实，董子说的“不得两起”，“不得俱出”，是说由于阴阳二者在性质上是“相反之物”，在性质上完全相反的两个方面不可能同时对事物的性质极其发展起支配和决定作用，所以，“天之道，有一出一入，一休一伏”，“故开一、塞一、起一、废一”，（《春秋繁露·天道无二》）只能一主一辅，一明一暗，一出一入，一左一右，一前一后，一休一伏，否则，就不能“谓之一”，就无法确定事物的性质和发展了，世界就会变得混乱，无法区分事物。可见，“不得两起”，“不得俱出”并非是说阴阳二者在物的现象世界不能并存，而是说在道的本体世界里，阴阳二者各自的地位和作用有主次之别，构成事物相互对立的两个方面只能有一个是事物的主要方面，不能两个方面同时是事物的主要方面。正因为如此，“是故君子贱二贵一。人熟无善，善不一，故不足以立身；治熟无常？常不一，故不足以致功……知天道之言也”。（《春秋繁露·天道无二》）既是天道之言，故是不能只看表面的，要看到其本质。

二、阴阳的运行方式

事物的性质总是要通过一定的外在方式表现出来的。阴阳的性质是通过阴阳在时空中流转运行表现出来的。由于阴阳乃“相反之物”，且“不得俱出”，“不得两起”，于阴阳在时空的运行方式上就表现为根本对立和完全相反。《阴阳终始》曰：“北方者，天之所终始也，阴阳之所合别也。冬至之后，阴俛而西入，阳仰而东出，出入之处常相反也。”说阴阳在北方相会，然后都从北方开始了自己的旅途。阴从北方向西行走；阳从北方向东行走，两者的方向截然相反。“是故春俱南，秋俱北，而不同道。夏交于前，冬交于后，而不同理”。阴阳的运行方向是一顺一反。“适左者其道顺，适右者其道逆，逆气左上，顺气右下”（《春秋繁露·阴阳出入》），阳顺时针运行，阴反时针运行，一般简称“阳顺阴逆”。这种运行方式应该包含两个方面的意思：第一，在空间方位上，阳顺时针流转，由北→东→南→西→北的方向和路线循环；阴逆时针运行，由北→西→南→东→北的方向和路线循环。二者运行的方向和路径截然不同，只有在北方冬至日和南方的夏至日才能相遇，合而为一，其余的时间和空间里阴阳都是各行其道，各履其职。这种空间上的运行是以东南西北四方为范围循环流动和运行的。第二，在时间的流动上，阳气流动的方向是顺行，顺着时间自然流动的方向运行，从寅卯辰巳午未申酉戌亥子丑月（即是按照农历的正月、二月、三月……十月、冬月、腊月）顺向依次循环流动；阴气逆时间流动的方向而行，从丑子亥戌酉申未午巳辰卯寅月（即是从农历的腊月、冬月、十月……三月、二月、正月）反向依次循环流动。

阴阳在时空中的这种顺逆相反的运行方式，可能来源于当时天文学和气候学方面的知识：太阳东升西落，东边是太阳升起的地方，太阳即阳，所以，“阳”运行的方式和途径就是太阳运行的方式和途径（从地球上的观察视角）。根据天文学知识记载，汉代的天文学认为，在夏至日，日出于寅而入于戌：寅，是太阳升起最早的时辰和最北的方位；戌，是太阳落下最晚的时辰和最北的方位。在冬至日，日出于辰而入于申。辰，是太阳升起最早的方位和时辰，申，是太阳最晚落下的方位和时辰。在春秋分时节，阴阳位于正东和正西。太阳从正东升起，在正西落下。董子据此认为，在夏至日，“阳气出于寅，阴气入于戌”。寅，是阳气由下而上出地在空间上最北的方位和时间上最早的时辰，戌，是阳气由上而下入地在空间上最北的方位和时间上最晚的时辰。用今天的天文知识说，就是在夏至日，太阳直射地球北回归线，从时间上看，早上太阳从寅时升起，从空间上看，太阳从东北方的寅处升起。到傍晚的戌时，在西北方的戌处落下，这时的日照时间最长，昼最长，夜最短；同时，太阳升起和落下地点是最靠北的东北（寅为东北方）和西北地方（戌为西北方）。

同理，在冬至日，“阴气出于辰，阳气入于申”。太阳直射南回归线，日出于辰而入于申，这时，太阳从辰位（东南偏东方位）和辰时（早上七点以后）升起，在申位（西南偏西方位）和申时（下午五点以前）落下，此时的昼最短，夜最长，太阳升起和落下的方位最为靠南。在春、秋分时节，太阳直射地球的正中赤道，此时，阴阳各半，阳在正东，阴在正西，这时的太阳是从正东方出来，在正西方落下，白天和夜晚的时间相等。

董子关于阴阳的运行方式，基本上是根据视角上太阳和月亮的运行方式而确定的，这显示了董子阴阳理论的内容及其思想来源具有朴素的科学性，而并非人们想象的那样，是以阴阳谶纬和迷信思想为基础。当然，董子建构阴阳理论的主观目的不是要宣扬阴阳思想的科学性，其着眼点是想把在阴阳运行中发现的“阳主阴辅，阳顺阴逆”的自然规律与儒家的“阳男阴女、男尊女卑”等封建伦理价值观念实现完美对接，并通过当时社会普遍流行的神秘的天人感应形式，为儒家的人伦道德思想找到了天道之终极根据。这完全符合董子“屈君伸天”的政治目的，却并不能充分体现其“神道设教”的政治手段。

三、阴阳运行的路径

阴阳的性质不仅从阳顺阴逆的运行方式中表现出来，还从阴阳运行的具体路径中体现出来。董子在《阴阳位》中对阴阳的运行路径做了规定：“阳气始出东北而南行，就其位也；西转而北入，藏其休也。阴气始出东南而北行，亦就其位也；西转而南入，屏其伏也。是故，阳以南方为位，以北方为休；阴以北方为位，以南方为伏。”阴阳转移的基本轨迹可以图示如下：

始出　　正位　　经转　　所入

阳：东北————南—————西————北（休）

阴：东南————北—————西————南（伏）

董子将阴阳运行的方式与具体路径结合时空的变化来解释春夏秋冬四季的流转，反过来思考，我们可以通过分析四季的流转变化来了解阴阳运行的具体情况。只是我们在理解董子的描述时要正确把握文中地支的具体含义。在当时，人们用地支既表示时间也表示空间：在时间上，既表一年的十二个月，从十一月起分别用子丑寅卯辰巳午未申酉戌亥来表示；也表一天中从半夜十一点到第二天晚上十一点之前的十二个时辰。在空间上，指东南西北四方的空间方位。所以任何一个地支既可能是一年中的某一个月，也可能是某一天中的某一个时辰，还可能是空间中的某一个方位。在理解时，首先要分清文中地支的具体含义，否则就会混淆内容的具体所指，出现理解上的混乱和不一致。很多学者将阴阳出入的路径形象地用图来表示，很直观、很形象生动，可是看起来却还是很费解，也很难弄清楚阴阳的运行情况。主要是因为董子的描述是用地支指代，有时指空间方位，有时指时间顺序，有时指一年中的时间，有时又指一天中的时辰。要完全准确地用一幅相对有限的图示来表达，难免有弄不清甚至费解的地方。

我们按四季流动的时间顺序来看阴阳的运行路径。“春出阳而入阴”，“阳南还出于寅”，这里的寅，是指一年中的寅月（即农历的正月），阳在寅月开始露出地面，这是一年春季的开始，万物也随着阳气的出来而开始纷纷露出地面。阳气虽然开始外显，毕竟力量微弱，阴气力量仍然强大，所以即便是到了春天，仍然是春寒料峭。同时，“阴南还入于戌”，这是说，春天之时，当阳南还出于正月之时，阴则从相反的方向向西行走，在戌处就开始入于地下，戌，在这里就不能理解为九月，而是表方位，戌在西北。是说在春天之时，虽然寅（东北）极其以南的地方春天已经开始来临，但在寅和戌（西北）一线以北仍然还是阴气很盛，处于寒冷之中。此处中的地支寅和戌，就不仅表时间，同时也表方位。而且，寅，是阳气从地下隐藏到地上显现的最早方位和时间，戌，是阴从地上到地下隐藏的最早的方位和时间，“此阴阳所始出地入地之见处也”。以寅月为春季的开始，为一年的开始，这一观点用的太初历（“太初历”，是根据地球自转精密计算得出的，是古代天文学的发展成果）。后来，汉武帝刘彻改用太初历，以寅月为岁首，并沿用至今，这可能与董子的阴阳理论有一定的关联。

到了仲春之月，也就是卯月（二月），“阳在正东，阴在正西”，谓之“春分”。所谓“分”者，阴阳相半，“昼夜均而寒暑平”（《春秋繁露·阴阳出入》）。阳气和阴气在数量上各半持平；在空间上日出在正东，日落在正西，白天和夜晚的时间基本相等，“昼夜均”；气候也不冷不热，“寒暑平”。

到了“大夏之月”，即午月（五月），阴阳“相遇在南方，合而为一”，称夏至。此时，阴阳合在一起，阳大盛于上，阴极微藏下，“上暑下寒”。体现出“鸿而不溢，微而不绝”的道理。且阴阳“合而为一”，已经看不出阴阳二者的对立，阳完全占据主导和支配地位，气候在东南西北各个方位都没有分别，都处在夏季的酷热之中。

“夏月尽，而阴阳俱北还。阳北还而入于申，阴北还而出于辰”。夏季之后，阴阳都往北方走，速度、频率都相同，与南下一样，只是路径不同而已。盛夏之后，阳气开始走下坡路，阴气开始变强。阳气在“申”这个时间、季节和方位由地上逐渐潜入地下，阴气在“辰”这个季节、时间和方位由地下开始探出地面。可以这么理解：从时间上看，进入一年中的申月（阴历的七月）时，阳气开始逐渐减弱，由地上的主导因素逐步开始潜入地下。因为阳气生物、养长万物的大功基本告成。从气候上看，在七月之时，暑气渐退，天气开始逐渐变凉。从空间上来看，阳气在申地（东南方位）开始潜入地下，逐渐退居幕后；而逆向行走的阴气在“辰”处（东南方位）开始露出地面，由夏季的地下幕后，开始逐步走向台前开始起作用。其实这个意思就是说，夏季结束以后，从我国地理位置上的申辰一线以北（即东南和西南一线以北）的地方开始由阴气逐步控制，在气候上，此线以北的地方开始进入秋季，天气逐渐转凉。而这一线以南的地方，却不受此现象的影响。而且，申和辰是“阴阳所始出地入地之见处也。”与阴阳南下时寅和戌是夏至日“阴阳所始出地入地之见处”一样，这里的申和辰是冬至日太阳在空间上升起和落下的地点，在时间上升起和落下的时辰。

“至于中秋之月”，“阳在正西，阴在正东，谓之秋分”（《春秋繁露·阴阳出入》）。与仲春时节一样，中秋之月，即是酉月（阴历的八月），也是阴阳各半，昼夜均而寒暑平。只是起主导作用的则恰恰相反，春季是阳起主导作用，阳主生，所以，万物在春季生长，一切都欣欣向荣，蒸蒸日上；而秋季之时，阳在正西，但是此时的阳气已经在申月就开始潜入地下，此时的阴阳数量上虽然各半，但在地位上是不平衡的，阳在下而阴主事。所以，秋季时节，万物肃杀，一切都被收割以备冬季储藏。

到了季秋时节，“日月会于大火，而斗建戌之辰也”（凌云：《月令注》）。戌，是农历的九月，“阳日损而随阴，阴日益而鸿”。

此时节为火库，上寒而下热，水汽凝结而成霜。霜降节气来临。“至于孟冬而始寒”，孟冬是“斗建亥之辰”，亥，是农历的十月，此月立冬，时间进入冬季，天冷起来了。

“初薄大冬，阴阳各从一方来，而移于后，阴由东方来西，阳由西方来东。至于中冬之月，相遇北方，合而为一，谓之日至”。（《春秋繁露·阴阳出入》）阴阳在北方合而为一，谓之冬至，与南方的夏至相对。此时称大冬或中冬，称谓不同，其实一也，都是指的“子月”，即农历的十一月，这时阴阳合一，阴极盛而居于上，阳潜伏于下，无论从数量上还是地位上阴都处于绝对的主导和支配地位，控制着整个局面。阳此时完全藏于地下，万物都潜藏着，蛰伏地下等待来年春天的到来。整个冬季，阴处于绝对的支配和控制地位，这时，不分东西南北天气一片寒冷。

“冬月尽，而阴阳俱南还”，阴阳又开始了新一轮的循环。新的一年又开始了，时间就这样在阴阳的消息与推动下，在四季流转中周而复始地前进着。

四、阴阳数量和比例的变化

由于阴阳乃相反之物，是故其出入之路径和方向是相反的，一阴一阳，一正一反，一左一右，一上一下，一顺一逆。但这并不是说阴阳运行到某一个不相交的点的时候，就只有阴或者只有阳，如春分时节，阳正东，阴正西，并不是说，在东方只有阳而没有阴，在西方只有阴而没有阳。董子说过：“物莫不有合……而合各有阴阳”。任何实物都有阴阳两个方面，而不可能只有阴或者阳。而且“阴阳无所独行，其始也不得专起，其终也不得分功。”（《春秋繁露·基义》）阴阳在运行的时候，无论在何时何地都肯定是两个方面而不是一个方面，无论是在相交的时候还是不相交的时候。虽然阴阳无所独行，不可分割，但是在其运行的过程中，二者的数量和比例则是不断变化、此消彼长的，显示出阴阳运行的盛衰起伏之状。

阴阳之气分别由东西不同方向运行到北方相交于冬至，董子称此为北方之"中"，"北方之中用合阴，而物始动于下"，此时此地，阴极盛居上，处于绝对的支配和控制地位，所以天下一片寒冷；阳微弱伏于地下，万物蛰伏潜藏，蓄势待发，等待来年春天的来临。

进入春季，阳气"日益"，阴气"日损"，在数量和比例上二者朝着相反的方向变化。至于仲春之时，阴阳之气，二者相半，在数量和比例上都处于平衡的状态，此时，其气最良，其气最精，适合生育万物，其德最美，董子称此为"和"，"和者，天之正也，阴阳之平也"，"物之所生，诚择其和者，以为大得天地之泰也"，（《春秋繁露·循天之道》）这恐怕是吸收了传统的"和实生物"的思想观点。阴阳和合而万物生，何以要到春季之时阴阳才能生物呢？在《顺命》中有"万物非天不生。独阴不生，独阳不生，阴阳与天地参然后生"，不仅独阴独阳不能生，而且阴阳具备且与天地参才能生养万物，"与天地参"似乎就是说阴阳生物要合乎天地运行的时节，只有阴阳和合之时节方能生养万物。

阳日益，阴日损，至于夏季，阴阳相交于前，是曰夏至。此时，"南方之中用合阳"；阳至盛居上为用，阴极弱居下休伏之中。但阳气"鸿而不溢"，阴气"少而不绝"，这对"相反之物"，合而为一，在人们的视野中只看到阳气在起作用，天下一片炙热，万物茁壮成长，一派欣欣向荣的景象。董子曰此时与冬至一样皆为"中"。

至于秋季，阳日损，阴日益，力量反向变化，一增一减，阳气逐渐减弱，万物已经长成，阴气逐步增加，“天之少阴之气用于功”，少许的阴气用于秋季，以辅佐阳气成熟万物，阴为刑杀，所以秋季是收割的季节。当阴阳的比例达到平衡，阴阳相半的时候，谓之秋分。与春分一样，“昼夜均而寒暑平”。春分和秋分两个时节，由于阴阳相半，所以气候不冷不热，董子称二者皆为“和”。但是二者的区别在于发展趋势不同，东方之“和”，阳气往上，阴气往下，上暖而下寒，且阳气日益，而阴气日损，天气是逐渐变热；西方之“和”，是阴气往上而阳气往下，是上寒而下暖，且阳气日损而阴气日益，天气是越来越冷。少许阴气用于秋，其余归之冬，所以“太阴之气用于空”，当冬季来临，一片阴冷，然则万物蛰伏地下，阴气肆掠于无物之空地。

阴阳在数量和比例上的不断变化，表现为阴阳运行的盛衰起伏，导致阴阳的地位和作用也发生相应的变化，随着阴阳的功能和作用的不同，形成了一年之中春夏秋冬四季的变化及二十四节气的形成，不同的季节和节气，有着不同数量和比例的阴与阳起着不同的作用，所以才有春生夏长秋收冬藏的不同功能。

董子根据四正位上阴阳数量和比例的不同，称春分与秋分为“和”，冬至、夏至为“中”，提出了自己比较独特的“中和”理论。关于董子之“中”，有三层意思：第一，“中是一种极致状态”。《循天之道》说：“阳气起于北方，至南方而盛，盛极而合乎阴。阴气起乎中夏，至中冬而盛，盛极而合乎阳。”北方之中阴极盛，南方之中阳大鸿，这里，董子之“中”表现的是阴阳在数量上的极致状态。他还认为，“北方之中用合阴，而物始动于下；南方之中用合阳，而养始美于上”。就是说，阴阳之气，运行到冬至日后，阴气极盛居上为用，气候处于极冷的状态；运行到夏至日后，阳气大鸿而居上为用，气候极热。这里的“中”描述的是气候上的极致状态。董子还总结性地指出，“中者，天之用也”。“日月之所至而却也。长短之隆，不得过中。天地之制也”。明确把“中”抽象成为一种极致的状态一般性表述。这与传统儒家的“中和”思想有着很大的不同。

第二，北方之“中”是阳气的开始，也是阴气盛极而止之地。南方之“中”，是阴气的开始，也是阳气“盛极而止”之地。这里的“中”既是起点也是终点，是事物在时间和空间上的两个末端。董子从这种极致的状态中抽象出事物一般意义上的“终始”观念，中既是新事物的开始，又是旧事物的灭亡。“中者，天地之所终始也”，“中者，天地之太极也”。

第三，为什么极致的状态会成为天地之所终始，成为天地之太极呢？南北二中，是阴阳之气“盛极而止”之地，“阳气……盛极而合乎阴，阴气……盛极而合乎阳。不盛不合”（《春秋繁露·循天之道》），这里揭示了盛极状态何以成为天地终始的过程极其原因。事物都是“盛极而止”，而且旧事物灭亡、新事物产生的方向都是朝着自己之中本有的对立面发展，因为阳盛极而合乎阴，阴盛极而合乎阳。这显然是吸收了道家“物极必反”的观点，包含了比较深刻的辩证法原理。

可问题是董子“首推阴阳，为儒者宗”，既是儒家宗师，他提出的“中和”观念与传统儒家的“中和”观念肯定有一脉相承的关联。董子之“中”，指“日至”时的阴阳相交、合而为一。北方之中阴盛极，而阳潜藏于下等待来年之春天，处于内隐的“未发”的状态；同理，在南方时，阳气极盛，阴气休伏居下，处于内隐的“未发”状态。所以，董子的“中”，从显处看是一种极致的状态，从隐处看，既指事物还未外显的内隐状态，也表明事物发展的方向（即未来的新事物）就包含在自身之中。这与儒家的“喜怒哀乐之未发谓之中”，倒也是一脉相承的。

关于董子之“和”。“和也者，天地之所生成也”。和是阴阳生成宇宙万物的正位，阴阳在“和”的状态下，既不像始发萌生时那样少弱难堪，又不至于因为盛极而转向衰弱，和之时，阴阳之气互参互和，各取其半，这样，和之位就应该是最为平顺、适宜而畅达的，便最有利于万事万物的生成。“故曰：和其要也。和者，天地之正也，阴阳之平也，其气最良，物之所生也”。（《春秋繁露·循天之道》）董仲舒这里所建构的“和”应包含有这几方面的意思：第一，是指阴阳二者相交在东、西两正位和春、秋分两时节。从空间、时间来看，这两个方位和时节是阴阳之气最平稳与最温和的时位。所以称之为“和”。第二，是指阴、阳二气在交汇、融合之时处于平衡的状态。无论是从阴阳二者的数量还是质量上来讲，此时此位都是最平衡的、最佳的状态。第三，前面两个方面都是一种状态，这两种状态只不过是为“物之所生”提供了最佳、最合适的条件而已，而“和实生物”［《国语·郑语·史伯为桓公论兴衰》（下册）］才是建构阴阳和合的目的。

对于深谙儒学的董子来说，他的阴阳“中和”理论是与《中庸》思想一脉相承。董子之“中”是极致的意思，“和”是平和的意思，“中和”连起来，就是人们做事要坚持中庸之道，只要不超过一定的限度、适可而止，就能达到平和的最佳状态。否则，就会盛极而止，走向事物的反面。最后，他说“德莫大于和，道莫正于中。中者，天地之美达理也，圣人之所保守也”。（《春秋繁露·循天之道》）“中和”就是宇宙的大道和大德，“中和”就是存在世界的无上境界，是阴阳走出本体领域之后运行转移的第一原则、最高原理。这显然是董子对道家“物极必反”和“道与德”思想的吸收与创造。

结语

董子理论的核心在于宣扬儒家的仁义道德，而在当时的社会形式下，只有广泛吸纳社会普遍流行的阴阳思想和道家思想为儒家所用，才能让社会接受和接纳儒家思想，才能提高儒家思想在社会上的地位和影响力。在这种社会背景下，董子采用了阴阳五行这种看似神秘的形式，但所采用的内容却是古代朴素的自然科学知识，无论是在论述阴阳的性质、运行的方式、运行的路径，阴阳运行中的不同数量和比例，都是依据当时的天文学和气候学知识，几乎没有神学和迷信思想，也很少提到有意志的天。虽然也讲天人感应，但这种感应不是天与人之间的直接感应和对话，不是神对人的直接启示，而是人们通过感应自然界的一些现象和变化，进而去感知天的意志和变化，可以说，这种感应虽然具有神秘的外在形式，在内容上却表现出非唯心或非神学的倾向，是符合当时的社会现实的。

从阴阳的性质来看，不仅是对前人关于阴阳性质规定的继承和发展，更是对现象世界的哲学概括和提升。对于阴阳的运行方式：阳顺阴逆。是以当时的天文学知识为依据的，是以人们观察到的太阳的运行方式为顺时针运行，为阳的运行方式，阴则与之相反。所以阳顺阴逆的运行方式不是随意主观的上天启示，而是从天文观察中得出的。关于阴阳出地入地的运行路径，是以人们观察到的太阳运行一周天（时间是上表现为春夏秋冬四季）的路径为依据的，用今天的天文知识说，是以地球围绕太阳运行一周，以太阳直射地球的运行路径为依据的。对于阴阳在运行过程中各自数量和比例的变化，是通过一年四季气候的变化表现出来的，阴阳数量、比例的变化和一年四季气候的变化二者互为因果，以此说明阴阳的盛衰起伏。

董子对阴阳的论述，其依据都是来自于“天”。阴阳是自然界和人类社会的终极法则和根据，而阴阳的终极根据和运行法则又是“天”，是天空中太阳的性质和运行规则。在古人的眼界里，已经认识到太阳系是人们生存的主要领域。正因为太阳是自然界的主宰，是一切生命的源泉，是“阳”；而月亮自身是不发光的，只是借助太阳光而已，月亮是“阴”。所以，在董学中“阳”居于主要和支配地位，“阴”居于从属和次要地位，于是，自然和人世的一切就此都有了终极的依据和法则，万法皆从阴阳。董子通过简单的自然比附的方式，把阴、阳和阳主阴从的天道法则同人世的一切伦理道德规则特别是儒家的伦理道德思想完美嫁接，从而为人世间人的行为寻找到了天的理论依据和心理依靠，在人的心目中树立起天的权威和天的敬畏。

从董子阴阳理论建构的思维过程看，他的阴阳理论虽然是吸收了汉代当时社会流行的阴阳家理论和阴阳数术等神秘思想的外在形式，符合当时社会的现状和风气，但这不是董子的目的，他只不过是为了自已的思想能够被社会承认和接受，采取的一种符合当时社会流行风气的外在形式而已。在这种神秘的形式下却利用了当时天文和地理以及物候等自然科学知识为阴阳理论的内容。在形式和内容的关系中，形式只是一种外在的因素，而内容才是一个理论的真实体现。从董子理论的神秘形式得出其理论的目的在于神道设教，想借天的权威和形式来吓吓皇帝和老百姓是没错的，但如果就此神秘的外在理论形式就说董子是一个相信天命的神叨叨的迷信主义者，这似乎显得有点片面和简单。

从阴阳理论建构的思维逻辑来看，董子把自然法则无限放大成为整个天的法则，最后自然而然地成为人世间的法则。在这个过程中，董子只不过采用了当时社会普遍流行的思维方式，那就是简单比附，把人事与自然进行简单的对接和比附，自然界有什么人世间就有什么，自然界的法则就是人世间的法则。这样的思维方式，与其说是一种神秘的天人感应方式，毋宁说，是我们的祖先在农业社会靠天吃饭的生产条件下，对天的崇拜心理下的一种“天人合一”的思维方式的表现而已。

参考文献：

［1］董仲舒．春秋繁露［M］．凌暑，注．北京：中华书局，1975.

［2］苏舆．春秋繁露义证［M］．钟哲，点校．北京：中华书局，1992.

［3］周桂钿．董学探微［M］．北京：北师大出版集团，2008.

［4］任继愈．中国哲学发展史（秦汉）［M］．北京：人民出版社，1985.

［5］班固．白虎通［M］．杭州：浙江人民出版社，1984.

［6］司马迁．史记［M］．北京：中华书局，1959.

［7］班固．汉书［M］．北京：中华书局，1985.

［8］陈鼓应．老子注译与评价［M］．北京：中华书局，1984.

［9］艾兰，汪涛，范毓周．中国古代思维模式与阴阳五行说探源［M］．南京：江苏古籍出版社，1988.

［10］余志平．惟天唯大［从］．北京：商务印书馆，2003.

李丰琼，重庆垫江人，历史学硕士，重庆市垫江第三中学教师。

董仲舒哲学与宗教学思想研究

董子仁义学新释

余治平

继承了孔孟但又不同于孔孟，立足儒家而又能够跳出儒家，汉初时代的董仲舒在充分汲取与积极整合阴阳五行之学思想精华的基础上，首开以天释仁的先河，在仁学历史上独树一帜。并且，董仲舒的贡献还在于借助阴阳五行的关系结构，非常清晰、仔细地论证出人之为人何以必须具有仁心，义何以必须针对主体自身，试图为儒家的仁义寻找到一个可靠的形上基础，进而使仁义的价值植入人心信念信仰的层面。宋儒的学统，越出唐代，上接孔孟，时间跨度竟达一千多年之久，干脆跳过了董仲舒，而没有看到董仲舒之于儒家乃至中国文化的关键性和转折性，这只能归咎于宋儒自身学说视野的偏隘。

一、仁，天也；仁，天心

孔子的仁始终具有现世性。原始儒家视野里的人也是真实、具体而活生生的存在者。但发展到汉初，董仲舒则致力于为仁建立一个可靠的形上根基，而努力把仁、人安立在天本体的架构上，其目的只有一个，亦即，使仁获得一种绝对的权威性，让更多的人信服于儒家的根本旨意。董仲舒说："为人者，天也。……人之形体，化天数而成；人之血气，化天志而仁；人之德行，化天理而义[1]64。"人生于天，从外在形体到内在仁性都可以从天象物候中获得根据和证验。仁的根据不在人自身，也不能在现世生活的既定秩序中去寻找，而在于天，仁是人的血气在禀受了天的意志之后而形成的。仁是天的意志与人的血气相结合的产物。

> 仁之美者，在于天。天，仁也。天覆育万物，既化而生之，有养而成之。事功无已，终而复始。凡举归之以奉人，察于天之意，无穷极之仁也。人之受命于天也，取仁于天而仁也。是故人之受命、天之尊，父兄、子弟之亲，有忠信慈惠之心，有礼义廉让之行，有是非逆顺之治。文理灿然而厚，知广大有而博，唯人道为可以参天[1]67。

因为天能够化生宇宙存在，覆育、养成人间的万事万物，并且，这种功能和作用的发挥还是永无止竭、不穷不尽的。从发生逻辑上看，人是受命于天的，人从天那里领悟了仁、模仿出仁，然后才开始使自身成就出仁。天有阴阳法则、天有四时秩序，于是，人也便有父兄子弟之亲、忠信慈惠之心、礼义廉让之行、是非逆顺之治。人们可以从天的身上看出仁的最完善状态，甚至，天就是仁的化身，就是仁的理想化形式。

天之大德，在于"生"，即世界万物都具有自行发育、生成、生化、存在的天性，"生"成为天下万物的最基本的品格，这就是最大的仁。"生"应该是仁的最重要的特性，正由于此，"天"就可以被用来直接指称"仁"，成为"仁"的代名词。后世儒者也有直接把"仁"理解为"生"的，例如，北宋周敦颐就曾说过："生，仁也[2]。”清之戴震说：“仁者，生生之德也；民之质矣，日用饮食，无非人道所以生生者[3]。”这在思想实质上，与董仲舒的“天，仁也”有着内在、必然的联系。而“生”就必然有性情之爱，于是又必须以一定的感性心理为依托，于是董仲舒在学理上就又继承了孔孟之仁的历史传统，而没有把极富感性特征的仁人之爱推演、变异成一堆形式化的知性判断或理念化的先验预设。但是，董仲舒也没有因此而从孔孟滑入一种神秘的心理体验。孔孟之仁重视人心的感性作用，强调血缘亲情根基，如果没有一定程度上的客观的、可感知、可通约的标准或法则介入其中，仁学极容易走向虚幻飘浮的唯灵论，于是，董仲舒便设置出一个看似有形、外在的“天”，试图让人们从天道自然的存在与运行、功能与作用中获得启发，从而造就出一个具有绝对权威价值而又可以随心而出的仁[4]。

而从王、霸之道的角度看，仁也是作为天道之根本而存在的。“《春秋》之道，大得之则以王，小得之则以霸。故曾子、子石盛美齐侯，安诸侯，尊天子。霸王之道，皆本于仁。仁，天心。故次以天心。爱人之大者，莫大于思患而豫防之，故蔡得意于吴，鲁得意于齐，而《春秋》皆不告。故次以言：怨人不可迩，敌国不可狎，攘窃之国不可使久亲，皆防患、为民除患之意也。不爱民之渐，乃至于死亡，故言楚灵王、晋厉公生弑于位，不仁之所致也。故善宋襄公不厄人。不由其道而胜，不如由其道而败[1]36。”

在董仲舒看来，《春秋》一书的根本宗旨，就在于要人们特别是君王领会如何施行仁人之政。一个人或一个政治集团能否很好地王天下，完全取决于仁政实现的效果。施行仁爱之政最有益的方法就在于：采取积极的措施，预测并杜绝那些容易导致百姓失范、社会无序的隐患发生。爱民即可成为仁人，不爱民则必将自置于死地，春秋历史上的楚灵王、晋厉公都被生弑于主位之上，直接的原因都在于他们所施行的是不仁之政。所以，王霸成败，全然维系于仁与不仁之间。行不仁之政而获得成功，还不如行仁人之政而最终失败。仁是天之心，是天所具有的一种内在化、本质化的倾向。因为仁同时为天、人所共有，所以，仁也可以成为沟通天、人的枢纽或中介。通过仁，上天可以感应出人世国家政治的得失和社会秩序的顺逆。人生于天，其行为举动也应当取法于天，仁作为天的根本，同样也是人的伦常生活所无条件遵循、不可抗拒的必然法则。

董仲舒以天释仁、把仁解作天心，是天学的必然归宿。孔孟仁学发生以来，关于仁的来源和根据的建构一直局限于人的心理世界里，仁的确认与把握主要还只是通过个体、一己的主观体验来完成，还不能从外在客观（如社会性、可通约性）的普遍法则中寻找到可靠的理性支撑。“是故仁义制度之数，尽取之天[1]74。”董仲舒对“仁”所作的别出心裁的理解和严肃细密的论证，其目的无非是想用天的神圣性和不可侵犯性展现出仁所具有的绝对性和超越意义，以此来限定王权的滥用，并对国主人君的主观意志与政治行为做出适当、有效而必要的匡正和制约。于是便可以推导出道统高于政统、神权优越于君权、天道至上的逻辑结论。

二、仁在爱人，义在正我

仁与义的关系，是解读儒家哲学所不可逾越的一大重要据点。在仁与义关系的处理上，董仲舒似乎也有自己独到的发明。先秦儒家一向有“仁内义外”① 的哲学主张，这是从仁义来源上讲的。而为董仲舒所强调的“仁在爱人，义在正我”，则是从仁义的功能、作用对象方面讲的。

在董仲舒看来，一方面，仁人之爱首先针对的不应该是自己，而应该是存在于自己之外的别人、他者，仁人之爱的对象主要指主体之外及亲情血缘之外的更为广大的人群。另一方面，作为外在原则规范的义，在要求别人、他者严格遵循之前，自己也应该首先无条件地予以接受与奉行。

关于“仁”，董仲舒说：“何谓仁？仁者，憯怛爱人，谨翕不争，好恶敦伦，无伤恶之心，无隐忌之志，无嫉妒之气，无感愁之欲，无险诐之事，无辟违之行。故其心舒，其志平，其气和，其欲节，其事易，其行道，故能平易和理而无争也，如此者，谓之仁[1]53。”仁，一定是直接与人的心理之爱相联结的。无论憯怛、谨翕、心舒，还是志平、气和、欲节，所关注的都是人的感性心意活动。无论平易和顺而无争、好恶敦伦、无伤恶之心、无隐忌之志，还是无嫉妒之气、无感愁之欲、无险诐之事、无辟违之行，仁所依据的主观基础，显然都与人的性情密切相关。

仁者，爱人，首先是爱别人，而不只是爱自己。孟子的“不忍人之心”（《孟子·公孙丑上》）首先应该被理解为不忍心于别人、

① 告子曾提出“仁内义外”，但孟子则主张“仁义礼智，非由外铄我也，我固有之也”。《孟子·告子上》记载了告子与孟子的一段争辩。告子曰：“食色，性也。仁，内也，非外也；义，外也，非内也。”孟子曰：“何以谓仁内义外也？”曰：“彼长而我长之，非有长于我也；犹彼白而我白之，从其白于外也，故谓之外也。”曰：“异于白马之白也，无以异于白人之白也；不识长马之长也，无以异于长人之长欤？且谓长者义乎？长之者义乎？”曰：“吾弟则爱之，秦人之弟则不爱也，是以我为悦者也，故谓之内。长楚人之长，亦长吾之长，是以长为悦者也，故谓之外也。”曰：“耆秦人之炙，无以异于耆吾炙。夫物则亦有然者也，然则耆炙亦有外与？”

他者如何如何，而不是不忍心于自我、本人如何如何。只爱自己的人是自私的，或独夫，或小人，不得人缘。人爱别人，当然又必须把自己内在的仁心推扩出去，以自己的性情去想象别人，理解别人。仁如果只在爱我，则不需要推扩自己，自己爱自己，不与人相交流和沟通，最终的结局只能是把自我、本人演变成一个封闭的单子、一个无法社会化的存在物，甚至一个自我膨胀的狂人，而不是一个处于社会存在和关系生态之中的人本身。仁也是需要推扩于外的。仅仅有仁心于内，还不能被称为仁。将之延伸到外物、别人、他者的身上，才能够称得上有仁。

而关于“义”，董仲舒说：“义者，谓宜在我者。宜在我者，而后可以称义。故言义者，合我与宜以为一言。以此操之，义之为言我也。故曰：有为而得义者，谓之自得。有为而失义者，谓之自失。人好义者，谓之自好。人不好义者，谓之不自好。以此参之，义，我也，明矣[1]52！”与《管子·心术》中“义者，谓各处其宜也”[5]《中庸》篇“义者，宜也”[6]的理解基本相一致，董仲舒也把“义”诠释为“宜”，意为适宜、恰当，可以引申为实际生活中一切正当行为所必须遵守的基本准则。但董仲舒的哲学发明则在于，他把“义”与“我”做了密切而富有特点的联系。

如果说“义”是宜，那么，它就是针对我而言的适宜、恰当，立足点是我而不是在我之外的别人、他者。义，只有在我的身上获得适宜而恰当的安顿之后，才可以被称作“义”。所以，理解“义”，首要的就是应当把“我”与“宜”结合为一体。我因为义而得到完善，义因为我而能够具体落实。义与我之间一定存在着一种内在的、密切的关联。一个人的道德实践行为，如果符合义所要求的准绳与法则，那么就可以看作是“自得”的结果；反之，如果偏离了义所要求的准绳与法则，则应该是由于“自失”而引起的。自得与自失，都是根源于作为主观自身的我，由内而不由外。

一个人如果对义有所喜好，那么就可以叫作“自好”；同样，如果对义没什么喜好，则就叫做“不自好”。这也完全是个体自身的主观原因使然。义与不义、宜与不宜以及自得与自失、自好与不自好，完全取决于我自己的个人因素。自觉、自律、自为、自成是一切道德养成的最高目标。义与我不可分，义的落实在很大程度上不得不依赖于主体自身意志控制力即情感、意志、心理、态度的作用。这样，义与我的关系就是非常清楚明晰的了。

董仲舒并不完全赞同告子所谓“仁，内也，非外也；义，外也，非内也”（《孟子·告子上》）的主张，而提出了自己的仁义法则，即为仁行义的基本路径：

> 是故《春秋》为仁义法。仁之法，在爱人，不在爱我；义之法，在正我，不在正人。我不自正，虽能正人，弗予为义；人不被其爱，虽厚自爱，不予为仁。昔者，晋灵公杀膳宰以淑饮食，弹大夫以娱其意，非不厚自爱也，然而不得为淑人者，不爱人也。质于爱民，以下至于鸟兽昆虫莫不爱。不爱，奚足谓仁？仁者，爱人之名也。
>
> 以知明先，以仁厚远，远而愈贤，近而愈不肖者，爱也。故王者爱及四夷，霸者爱及诸侯，安者爱及封内，危者爱及旁侧，亡者爱及独身。独身者，虽立天子诸侯之位，一夫之人耳，无臣民之用矣。如此者，莫之亡而自亡也[1]51,52。

苏舆指出：“实心爱民，不遗庶物，盖圣人之仁博矣！始于自爱，推于爱人，极于爱物，此《春秋》之志也[7]。”为董仲舒所大肆倡导和竭力鼓呼的无非是在《春秋》经中益已被阐发、彰显出来的仁义观念。董仲舒明确指出，一方面，为仁之法，在于爱别人、他者，而不在于爱我自己、爱我本人；另一方面，行义之法，首要的应该是匡正我自己，而不应该对别人、他者做出严格、苛刻的要求。仁所关注的对象是别人、他者，而义则拿我自己、拿我本人开刀。作为人君国主，如果我对自己还没有能够予以及时、准确的反省、审查，即使能够对别人的过失做出纠正，也不应该被看作义举；如果别人不能够蒙受自己的仁爱恩泽，即使对自己有深厚的惜爱，同样也不能视作仁的表现①。仁、义的对象一旦搞错，当仁不仁，当义不义，其意其趣则必然大相径庭。

春秋诸侯中，晋灵公曾令膳宰煮熊掌，还没等熊掌煮熟，晋灵公即取而食之，发现熊掌未烂，一怒之下，竟杀了膳宰，并且当场肢解了尸体。还是这个晋灵公，曾命令众大夫都去朝见他，而他却用弹丸射打这些大夫，大夫们为了躲避，不得不在廷上奔跑不已，晋灵公以此而开心取乐。晋灵公的所作所为，对于他个人来说是一种享受，可以说是完全符合自爱要求的，但是却不能称之为爱人。仁人之爱，应该具有更为宽广的胸襟，必须打破自我中心的立场，跳出自爱、自私的窠臼，而把仁爱推及人群民众，以至于鸟兽虫鱼、天地万物，这样才能有利于博爱情怀的形成。没有对人群民众的爱，就不可能有真正的仁。在一定意义上，仁就是爱或爱人，尤其爱他人的别称。

在伦常实践的操作层面上，仁内义外最容易导致的祸害就是对自己的要求愈加放松，而对他人的要求愈加苛刻，而使仁义法则最

---

① 但从纯粹学理意义上分析，告子“仁，内也，非外也；义，外也，非内也”（《孟子·告子上》）的主张也未必与董仲舒“仁之法，在爱人，不在爱我；义之法，在正我，不在正人”（《春秋繁露·仁义法》）的观点形成对立与冲突。二者只是阐述问题的立足点不同而已。“仁内义外”是从原始发生的角度讲的，在本质上，仁只是一种主观意志与精神倾向。仁生于内，为仁由己，而不在外因，己欲仁则仁。而“仁外义内”则从实施对象的方面来议论，人际交往中，对待别人要有爱心，尽量给予更多的体贴与关怀，而对自己则应该从严检点与约束，轻易不放宽标准，降低要求。

终演变成一种彻头彻尾的利己主义。五常之中，智的作用在于帮助人在道德践履、意志选择时做出前瞻性的思考，而仁的功能恰恰就体现在可以让自己身边之外的人群蒙受更多的恩泽。仁爱施加于不同的人群，所形成的效果也显然不同，如果仅仅施予亲缘眷属或周围人群，就容易产生不肖之徒；而如果足够的施加到那些亲缘眷属或周围人群以外的人的身上，爱同类，爱同族，爱同胞，则必然会涌现无数贤才良士。

于是，人君国主在施行仁爱的时候，也必须慎重地选择对象与范围，"远而愈贤，近而愈不肖"，扬弃爱亲中心主义、把仁人之爱向更多的人群延伸，"推恩者，远之而大；为仁者，自然而美"[1]16。取远，也不舍近，这才是仁爱施行的基本方针。所以，董仲舒总结说，王者，爱及四夷；霸者，爱及诸侯；安者，爱及封内；危者，爱及旁侧；亡者，爱及独身。从王者、霸者、安者，到危者、亡者，仁爱施行的辐射域越来越小、越来越有限。只爱自己的人是独善其身，这样的人即使身处天子或诸侯的位置上，也只能是独夫一个，因为他已经失去了所有臣子民众的拥戴。这样的独夫，即使没有人置他于死地，他也会自取灭亡。只爱自己身边的人，关心过剩，照顾有余，负面效果则必然随之而来。所以，唯有远，而非只有近，才是仁爱施行所应有的基本取向。

三、仁远义近

在董仲舒看来，仁与义的关系还不止于对"仁在爱人、义在正我"的强调，他还更为详细地指出了仁与义的具体差别。《春秋繁露·仁义法》说：

> 是义与仁殊：仁谓往，义谓来；仁大远，义大近；爱在

人，谓之仁；义在我，谓之义。仁主人，义主我也。故曰：仁者，人也；义者，我也。此之谓也。君子求仁义之别，以纪人我之间，然后辨乎内外之分，而著于顺逆之处也。是故内治反理以正身，据礼以劝福；外治推恩以广施，宽制以容众[1]52。

显然，义与仁之间，无论是在性格、特征、对象，还是在地位、作用、意义、效果等方面都存在着明显的不同。

仁爱所施及的对象，首先应该是他人而不是自己。仁往人去，义向我来。仁是把自己的恩泽尽可能地向外、向更为广大的人群撒播、传输、送递、推延。更远，而不是更近，才是仁所矢志追求的理想目标。而义则相反，它所要求的是用客观的、已获得一定社会认同的规范法则来匡正自己，限制自己，是要把这些规范法则全部拿来对自己作全面的反省、检查和衡量。义是由内而发的，是从我做起、从切近处做起。行义，是内治，首先是从道德实践主体对自我的反省开始的，因为义是自我成仁的必要条件。只有在我自身被义所匡正和限制之后，人的日用生活才能符合礼的规范，才能获取更多的福祉；仁爱，是外治，所强调的是泛爱众，推行恩泽，广施博济。唯有仁爱才能够实现对众生存在的宽容、理解和沟通。

远近之分，就是仁义之分、往来之分、内外之分，这些显然都不是空间意义上的方向差异或距离区分，说到底毋宁是施行对象的人、我之不同。董仲舒进一步强调说："《春秋》之所治，人与我也。所以治人与我者，仁与义也。以仁安人，以义正我。故仁之为言人也，义之为言我也，言名以别矣。仁之于人，义之于我者，不可不察也。众人不察，乃反以仁自裕；而以义设人，诡其处而逆其理，鲜不乱矣。是故人莫欲乱，而大抵常乱，凡以闇于人我之分，而不省仁义之所在也[1]51。"仁与义的关系，非同一般，涉及已立与立人、已达与达人、"治人"与"治我"的对立统一。君子之修身，应该以仁爱之心安抚别人，而以义的法则规范严格约束自己。仁义之分、人我之别问题本身的重要性，应该引起人们的充分认识和足够重视。无论是君子大夫，还是国主帝王，都应该弄清仁与义之间的差别，厘定人与我之间的异处，这样才能彻底辨明爱人、行义的对象范围和法则规范于落实过程中在内、外层次上的不同。也只有这样，才能让仁义顺逆的基本道理得以进一步发扬。

参考文献：

［1］董仲舒. 春秋繁露［M］. 上海：上海古籍出版社，1989.

［2］周敦颐. 通书［M］. 上海：上海古籍出版社，2000：36.

［3］戴震. 孟子字义疏证［M］. 北京：中华书局，1961：48.

［4］余治平. 唯天为大：建基于信念本体的董仲舒哲学研究［M］. 北京：商务印书馆，2003：290.

［5］岳麓书社. 百子全书：第二册［M］. 长沙：岳麓书社，1993：1353.

［6］郑玄，孔颖达. 礼记正义［M］. 北京：北京大学出版社，1999：1440.

［7］苏舆. 春秋繁露义证［M］. 北京：中华书局，1929：251.

原文载于《衡水学院学报》2012 年第 5 期。

余治平（1965－），男，江苏洪泽人，上海社会科学院哲学研究所研究员，哲学博士，衡水学院特聘教授。

董仲舒“正其谊不谋其利，明其道不计其功”管窥

秦进才

董仲舒的《春秋繁露·对胶西王越大夫不得为仁》中言：“正其道不谋其利，修其理不急其功。”《汉书·董仲舒传》作：“正其谊不谋其利，明其道不计其功。”虽然背景有所不同，文字亦有相异处，含义也有区别，千百年来，学者们做出了无数的解读，写出了不尽的诠释，有人认为是儒家重义轻利的典型，有人说是义利对立的言论，无论是赞成者或反对者都振振有词，笔者不揣浅陋，试在前人研究基础上，略述管窥蠡测之见，以请教于方家。

一、董仲舒所言的不同记载与本义

董仲舒曾两相骄王——江都王、胶西王，在任上曾有一次重要的回答，而《春秋繁露》和《汉书·董仲舒传》有着不同的记载。

一是对象不同。《春秋繁露》所对者是胶西王，《汉书·董仲舒传》发问者是江都王。

二是详简不同。《春秋繁露》全文四百余字，《汉书》二百余字。总体来看《春秋繁露》详细。当是《春秋繁露》成文在前，《汉书》根据《春秋繁露》删削。

三是人数不同。《春秋繁露》作："大夫蠡、大夫种、大夫庸、大夫皋、大夫车成，越王与此五大夫谋伐吴。"《汉书·董仲舒传》作："粤王句践与大夫泄庸、种、蠡谋伐吴。"前者五人，后者三人。

四是语言不同。《春秋繁露》作："正其道不谋其利，修其理不急其功。"《汉书·董仲舒传》作："正其谊不谋其利，明其道不计其功。"除了"不谋其利"相同外，其他的表述都不同。《汉书·董仲舒传》对"功"由"不急"改为"不计"，突出了对功的排斥态度，成为后来正统儒家义利观宗旨的经典表述。

还有些细微区别，容当今后细细比较。

董仲舒此言的具体环境是针对诸侯王的问题来回答，既有对于诸侯王所问意图的猜测，也有对于诸侯王以借古喻今方式的规劝，是具体问题的具体回答，本非是董仲舒系统论述义利问题，更不是董仲舒义利观的全部。每个人所处社会地位不同、社会角色相异，对于义利的追求，多元并存，既有共性，更有个性，各有其侧重。董仲舒说："仁人者，正其道不谋其利，修其理不急其功，致无为而习俗大化，可谓仁圣矣。三王是也。"这是以仁人来立论，所言也是董仲舒致力追求的理想。仁人指三王，不是针对所有人而言的，其前提已经解决了基本生活需求，并且已经取得了相当高的社会地位，在追求道、理时，"不谋其利"、"不急其功"，毫无疑问是正确的。因为"正道"、"修理"、"正谊"、"明道"是一种精神活动，一般不会直接带来经济效益，急功近利是不现实的。也就是说作为仁圣化身的三王，不去追求直接的经济效益，既是其身份所规定的，也是其所从事的事业来决定的。董仲舒可以聚精会神地读书“三年不窥园”，官至二千石，仍然可以不问家产，无疑其生活是有保障的。董仲舒言论就是针对着这些“仁人”“正道”、“修理”“正谊”、“明道”的活动而言的。

世界上放之四海而皆准的道理很少，大多数是针对某一问题或某一方面的道理，或者是根据典型事例做出的一般性概括，如果后人不查，把这相对的道理，无限放大开来，一方面扩大了这道理的宣传力度，促进了普及，另一方面也使这具有相对性的真理，转化成无理的谬论。既可以使提出者无端地享受光荣，也可以使作者无故地蒙受耻辱。董仲舒的正谊明道就是这样一个被无限地放大，既被人顶礼膜拜，又被人无端攻击的话题。

二、后人对正谊明道的不同评价

董仲舒《春秋繁露》的“正其道不谋其利，修其理不急其功”和《汉书·董仲舒传》的：“正其谊不谋其利，明其道不计其功。”后人进行了多方面的评论，据笔者目所见资料，评论者所引用的语言，多来自《汉书·董仲舒传》，当与《汉书》传播广泛有关，亦与汉代以后儒学受尊崇有关系，因此，笔者也就采取多数人的说法简称董仲舒两句话为正谊明道。后人的评价归纳起来，可以分为三个方面，一是高度赞扬者，二是严厉批判者，三是平实看法者。

一是高度赞扬者。

高度赞扬者，以宋代程朱为代表。程子认为：“董子有言，仁人正其谊不谋其利，明其道不计其功，度越诸子远矣。”[①] 朱熹推

---

①《粹言》卷二，《二程集》，中华书局1981年，第1238页。

崇董仲舒，把“正其谊不谋其利，明其道不计其功”，揭示于白鹿洞书院，定为学规，说：“‘正其义不谋其利，明其道不计其功’。《春秋》大法正是如此。今人却不正其义而谋其利，不明其道而计其功。”[①]“只有一个‘正其谊不谋其利，明其道不计其功’，其他费心费力，用智用数，牢笼计较，都不济事，都是枉了。”[②]“‘正其谊不谋其利，明其道不计其功。’谊必正，非是有意要正；道必明，非是有意要明，功利自是所不论。仁人于此有不能自已者，‘师出无名事故不成，明其为贼敌乃可服’，此便是有意立名以正其谊。”[③] 朱熹奉董仲舒的明道正义为经典之言，并进一步具体阐述，发扬光大。

其他学者亦有赞扬者，宋代楼鑰曰：“‘仁人者，正其谊不谋其利，明其道不计其功’。……是皆真得吾夫子之心法，盖深于春秋者也。”[④] 真德秀认为：“孟子之后其能深辟五霸者，惟仲舒为然。盖仁人者知正义而已利之有无不论也，知明道而已功之成否不计也。义谓天下合宜之理，道谓天下通行之路，其实一也。”[⑤] 明代王阳明言：“志于道德者，功名不足累其心；志于功名者，富贵不足以累其心。但近世所谓道德，功名而已；所谓功名，富贵而已。‘仁人者，正其谊不谋其利，明其道不计其功。’一有谋计之心，则

---

① 《朱子全书·朱子语类》卷八十三，上海古籍出版社 2002 年，第 17 册第 2868 页。

② 《朱子全书·朱子语类》卷七二，第 16 册第 2428 页。

③ 《朱子全书·朱子语类》卷一三七，第 18 册第 4247 页。

④ 《春秋繁露》楼钥跋，（清）苏舆撰《春秋繁露义证》，中华书局 1992 年，第 503 页。

⑤ （宋）真德秀撰《大学衍义》卷十四《格物致知之要一》。

虽正谊明道，亦功利耳。”① 清朝李元度言：“董子知道之大原，能尊孔氏，斥百家，以正谊明道为鹄。”②

上述学者，把董仲舒的正谊明道扩展到人心道义等方面，高度赞扬董仲舒的主张。

二是严厉批判者。

严厉批判董仲舒正谊明道主张者，亦是以宋代人为代表。叶适说：“仁人，正谊不谋利，明道不计功。此语初看极好，细看全疏阔。古人以利与人而不自居其功，故道义光明。后世儒者行仲舒之论，既无功利，则道义者乃无用之虚语尔；然举者不能胜，行者不能至，而反以为垢于天下矣。”③ 道义应见于功利之中，谋利而不自私自利，计功而不自居其功，就是道义。清代颜元认为：“世有耕种而不谋收获者乎？世有荷网持鉤而不计得鱼者乎？抑将恭而不望其不侮，宽而不计其得众乎？这‘不谋、不计’两‘不’字，便是老无、释空之根；惟吾夫子‘先难后获’、‘先事后得’、‘敬事后食’三‘后’字无弊。盖‘正谊’便谋利，‘明道’便计功，是欲速，是助长；全不谋利计功，是空寂，是腐儒。”④ 做事自必计及功效利益。完全不谋利计功，便归于空寂了。只当分别先后，先义而后利，而不当完全菲薄功利。颜元又指出：“以义为利，圣贤平正道理也。”“义中之利，君子所贵也。后儒乃云‘正其谊不谋其

① 《王阳明全集》卷四《文录一·与黄诚甫》，上海古籍出版社1992年，第161页。

② （清）李元度撰《天岳山馆文钞》卷一六《重修贾太傅祠记》，《近代中国史料丛刊》，文海出版社1969年，第402册第983页。

③ （宋）叶适著《习学纪言序目》卷二十三《汉书三》，中华书局1977年，第324页。

④ 《颜习斋先生言行录》卷下《教及门》，《颜元集》，中华书局1987年，第671页。

利'，过矣！宋人喜道之，以文其空疏无用之学。予尝矫其偏，改云'正其谊以谋其利，明其道而计其功。'"[①] 颜元是把功利看作是'正谊'、'明道'的出发点和归宿。李塨认为："董仲舒曰：'正其道不谋其利，修其理不急其功。'语具《春秋繁露》，本自可通。班史误易'急'为'计'，宋儒遂酷遵此一语为学术，以为事求可、功求成，则取必于智谋之末，而非天理之正。请问，行天理以孝亲，而不思得亲之欢；事上而不欲求上之获，有是理乎！事不求可，将任其不可乎？功不求成，将任其不成乎？陈龙川曰：'世有持弓挟矢而甘心于空返者乎？然则用兵而不计兵之胜，孔子好谋而成非矣；耕田而不计田之收，帝王春祈秋报，皆为冀利贪得之礼矣。'"[②] 又指出："对胶西曰：'正其道不谋其利，修其理不急其功。'与孔子'先事后得'、'放利多怨'等语本无龃龉，班固误为'不计其功'，则禹治水而不思安澜，周公制礼乐而不期太平也；子为父尝药而不思其起，臣为君敌忾而不计其胜也。学者奉斯为旨，则学无事功，举世陆沉，此言之祸，可胜道哉！"[③] 李塨批判《汉书·董仲舒传》的话，认同《春秋繁露》语，与其师颜元有所不同。

现代学者对于董仲舒正谊明道持批判态度者亦大有人在，如胡寄窗说："董仲舒的基本经济观点是'正其谊不谋其利，明其道不计其功'。这两句唯心骗人的魔话在此后两千年间起了极大的毒害作用，其危害性绝对不在'劳心者治人，劳力者治于人'的反动观

---

① 颜元《四书正误》卷一《戴本大学》，《颜元集》，第 163 页。

② （清）李塨撰《传注问》卷一《论语传注问上·为政》，《四库全书存目丛书·经部》，齐鲁书社 1997 年，第 173 册第 282—283 页。

③ 《李恕谷先生年谱》卷一癸亥，《李塨文集》附录，河北人民出版社 2011 年，第 704—705 页。

点之下。”① 还有学者认为，董仲舒虽然继承了孔孟重义轻利的思想，但其义利论较之孔孟的义利论具有更加落后的一面，所言“正其谊不谋其利”是贵义贱利，“只要人民讲义，不要人民讲利以至取消物质利益”，“他的义利论是剥削阶级中最落后的论点”②。批判带着现代的特点。

三是平实看法者。

平实看法者，其中看法并不一致，有认为正谊明道太高者，有认为正谊明道只局限于读书治学者等。

有认为正谊明道太高者，如李鸿章言：“天下熙熙攘攘，皆为利耳。我无利于人，谁肯助我？董子‘正其谊不谋其利’语，立论太高。”③ 李鸿章所言是其多年人生经历的体验，自有其道理。

有认为正谊明道亦有功利者，如陈瑸曰：“董子曰：‘正其谊不谋其利，明其道不计其功’。夫建庙修学，正谊明道之大端也。予窃谓：不计功未尝无功，不谋利未尝不利。”④ 这是他以自己的仕途升迁经历而归纳的道理，带有比较大的偶然性。

近代以来，有学者从新的角度来评判董仲舒的主张。梁启超曰：“殊不知凡学问之为物，实应离‘致用’之意味而独立生存，真所谓‘正其谊不谋其利，明其道不计其功。’质言之，则有‘书呆子’，然后有学问也。晚清之新学家，欲求其如盛清先辈具有‘为经学而治经学’之精神者，渺不可得，其不能有所成就，亦何

---

① 胡寄窗著《中国经济思想史》，上海人民出版社 1963 年，中册第 36 页。

② 上海社会科学院经济研究所经济思想史研究室《秦汉经济思想史》，中华书局 1989 年，第 113 页。

③ 徐凌霄、徐一士《凌霄一士随笔》周馥《负暄闲语》。

④ 《续修台湾县志》卷七《艺文二》陈瑸《重修台湾县学碑记》。

足怪？”[①] 辜鸿铭亦言：“何谓学？曰：‘正其谊不谋其利，明其道不计其功。’夫明道者，明理也。理有未明而欲求以明之，此君子所以有事于学焉。当此求理之时，吾心只知有理，虽尧禹之功不暇计，况荣辱贫富贵贱乎？盖凡事无所为而为，则诚；有所为而为，则不诚，不诚则伪矣。为学而不诚，焉得有学？”[②] 鲁迅讲：“真的知识阶级是不顾利害的，如想到种种利害，就是假的，冒充的知识阶级；只是假知识阶级的寿命倒比较长一点。”[③] 梁启超、辜鸿铭直接与董仲舒正谊明道相联系，鲁迅的话也说到了知识分子与利害的关系，实际上具有异曲同工之妙。

上述三种评价，据笔者目所见资料，无论是高度赞扬者，还是严厉批判者，所引用的语言，多来自《汉书·董仲舒传》，都脱离了董仲舒正谊明道的具体语言环境，进行了无限地扩大，与董仲舒所面对的仁人没有关系，是借古人的话来说自己的理，把赞扬与批判推向了极端，实际上是以后人之腹度董仲舒之心。平实看法者，表面看似乎有点境界不高，视野不宽，实际上与董仲舒的语言本意比较接近。用不着把所有言论都概括为普遍性真理，更不是所有的道理都能够放之四海而皆准。正如何良栋所言：“董仲舒曰：‘正其谊不谋其利，明其道不计其功。’盖谓当尽吾分之所当为，而不必专以利为事。后儒于言语畸轻畸重之间失其大旨，遂谓儒者不言利而专言仁义。呜呼！中国儒者但知以义为利，不知西国以利为利之说也，知利之有害于仁义，不知利之至而仁义自在其中也。所以今

① 梁启超《清代学术概论》二十九“晚清西洋思想之运动”，上海古籍出版社1998年，第98页。

② 辜鸿铭《张文襄幕府纪闻》卷上《务外》，《辜鸿铭文集》，海南出版社1996年，第423页。

③ 鲁迅《集外集拾遗·关于知识阶级》，人民文学出版社1973年，第213页。

之儒者不能戈获利，第则设帐授徒，或就幕糊口，博取戋戋之脩脯，以终其身，问以生财之道茫然不知，致使生计日绌，其一家八口亦愁苦饥寒，不可名状，此皆第言仁义而不言利之害。”所言固有其一定道理，比前人有所进步，但还是有放大董仲舒正谊明道的嫌疑。

三、董仲舒正谊明道源流考察

董仲舒正谊明道之语，继承了前人的思想资料，与自己的一贯主张有着密切的联系，千百年来无数人从赞扬、批判等角度进行了解释传播，对于现代社会仍存在着影响，笔者是对其源流稍作清理归纳。

（一）董仲舒正谊明道语的渊源

董仲舒的正谊明道思想渊源于先秦时代的儒家思想传统，谋道不谋食、重义轻利等。

孔子曰：“士志于道，而耻恶衣恶食者，未足与议也。”[①] 又曰：“君子喻于义，小人喻于利。”[②] 追求的境界是，“君子谋道不谋食……君子忧道不忧贫”[③]。谋道不谋食，孔子所言主要针对士人、君子而言，而具有普遍性。

孟子认为“王何必曰利？亦有仁义而已矣。”[④] 主张“无恒产而有恒心者，惟士为能。若民，则无恒产，因无恒心。苟无恒心，

---

① （宋）朱熹撰《四书章句集注·论语集注》卷二《里仁》，中华书局 2012 年，第 71 页。

② 《四书章句集注·论语集注》卷二《里仁》，第 73 页。

③ 《四书章句集注·论语集注》卷十五《卫灵公》，第 168 页。

④ 《四书章句集注·孟子集注》卷一《梁惠王上》，第 201 页。

放辟，邪侈，无不为已。及陷于罪，然后从而刑之，是罔民也。焉有仁人在位，罔民而可为也？是故明君制民之产，必使仰足以事父母，俯足以畜妻子，乐岁终身饱，凶年免于死亡。然后驱而之善，故民之从之也轻。”[①] 孟子讲利与仁义、民心向背，只有士、君子在财产缺乏、生活艰苦的条件下还能坚持道德、恪守礼法，常人道德水平是随着生活状况改变而变化的。

荀子认为：“义与利者，人之所两有也。虽尧、舜不能去民之欲利，然而能使其欲利不克其好义也。虽桀、纣亦不能去民之好义，然而能使其好义不胜其欲利也。故义胜利者为治世，利克义者为乱世。上重义则义克利，上重利则利克义。故天子不言多少，诸侯不言利害，大夫不言得丧，士不通货财。有国之君不息牛羊，错质之臣不息鸡豚，冢卿不脩币，大夫不为场园，从士以上皆羞利而不与民争业，乐分施而耻积藏。然故民不困财，贫窭者有所窜其手。”[②] 又认为：“上好羞，则民闇饰矣；上好富，则民死利矣。二者，治乱之衢也。民语曰：‘欲富乎？忍耻矣！倾绝矣！绝故旧矣！与义分背矣。’上好富，则人民之行如此，安得不乱？”[③] “好荣恶辱，好利恶害，是君子小人之所同也，若其所以求之之道则异矣。”[④]

孔子、孟子、荀子所说的人好利是共同的，取得财富利益的方式不同，作为士人、君子、统治者应当重义轻利，与董仲舒的正谊明道有着共同的思想基础。

---

① 《四书章句集注·孟子集注》卷一《梁惠王上》，第 211—212 页。

② （清）王先谦撰《荀子集解》卷十九《大略》，中华书局 1988 年，第 502—503 页。

③ 《荀子集解》卷十九《大略》，第 503 页。

④ 《荀子集解》卷二《荣辱》，第 61 页。

（二）董仲舒正谊明道与其义利思想

董仲舒认为："天之生人也，使人生义与利。利以养其体，义以养其心。心不得义不能乐，体不得利不能安。义者心之养也，利者体之养也。体莫贵于心，故养莫重于义，义之养生人大于利。"①他认为利是维持生计的物质需要，义是修养其心的道德精神，道德精神比物质更重要。

董仲舒指出：统治者"尔好谊，则民乡仁而俗善；尔好利，则民好邪而俗败"②。"天子大夫者，下民之所视效，远方之所四面而内望也。近者视而放之，远者望而效之，岂可以居贤人之位而为庶人行哉！夫皇皇求财利常恐乏匮者，庶人之意也；皇皇求仁义常恐不能化民者，大夫之意也。"③ 社会地位不同，角色相异，对于义利的要求不一样，追求的目标亦有区别。他反对官员与民争利，"故受禄之家，食禄而已，不与民争业，然后利可均布，而民可家足。此上天之理，而亦太古之道，天子之所宜法以为制，大夫之所当循以为行也"④。又认为"凡人之性，莫不善义，然而不能义者，利败之也。故君子终日言不及利"⑤。利有败义的作用，君子应当言不及利。

董仲舒汲取了先秦孔孟荀的义利思想，并做了一些新的概括，正谊明道是其中的一部分，而不是其义利观的全部。

（三）董仲舒的正谊明道与现代社会

有人认为《汉书》所记不符合董仲舒思想的精神；有人认为

① 《春秋繁露义证》卷九《身之养重于义》，第263页。
② 《汉书》卷五六《董仲舒传》，第2521页。
③ 同上。
④ 同上。
⑤ 《春秋繁露义证》卷三《玉英》，第73页。

《春秋繁露》所记前后文意不贯通，应以《汉书》所记为是。从董仲舒思想的实际来看，《汉书》和《春秋繁露》分别记载的这两个命题并不矛盾，其思想实质是一致的。正谊明道而不计功利，是董仲舒义利观的基本原则，它与三纲五常相联系，都以对君主和统治当局的长远利益和整体利益的维护为目的。董仲舒明道正谊不计功利的义利观，属于典型的重义轻利的价值范畴。它强调道德精神的价值和作用，对于人们超越物欲的羁绊、提升精神境界，有着积极作用。但与此同时，它成为统治者销蚀人们正当物质欲望，只讲道义和服从的工具。特别是由这种义利观引导出的"损情辍欲"的论点，更开了宋明理学存理去欲思想的先河[①]。

大千世界，芸芸众生，行业万千，取向多元，规范多种，把特定人群的义利观念扩展为社会所共有的约束，肯定有时是荒谬绝伦的，应当把"正其道不谋其利，修其理不急其功"放在适当的范围内，可能还有些积极作用，如学者、科学家应当是"只问是非，不计利害"[②]。求真求实，才能做出有价值的贡献。

秦进才（1953－），男，河北衡水人，河北师范大学历史文化学院教授，博士生导师，历史学博士。

---

① 《中国儒学百科全书·正谊明道不计功利》，中国大百科全书出版社 1997 年，第 477 页。

② 《竺可桢文集》，科学出版社 1979 年，第 231 页。

董仲舒孝道伦理观的逻辑向度

吴　锋

孝道思想是中国传统文化的精髓，在孔子的思想中形成完整的理论体系，从而成为儒家思想学说的重要组成部分。儒家的孝道思想在汉代成为中国传统政治思想和实践的主要指导思想之一，董仲舒关于原始儒家孝道思想的阐述和推崇成为汉代孝道伦理观形成的重要缘由。

孔子与生徒的言行教诲中所透露出的孝观念大多是讨论什么样的行为是“孝”，比如“无违”“父母在不远游”等，这都是从孝之本义——报恩的角度，从内在情感上来论证孝的自然合理性。而在《孝经》中，孝则从生活实践转变为道德理性，由亲亲之仁上升为爱人之仁，从而成为道德哲学的最高范畴。孝成为“至德要道”，是“德之本也，教之所由生也”。（《孝经·开宗明义章》）这样原始的孝观念便提炼成了孝道的理论体系。到汉王朝，孝道的实践理性具体化为孝治，中国历史上第一个提出“夫唯圣朝以孝治天下”。孝观念或者思想不管是从其意义上还是在作用上都被提升到了新的高度。

对儒家孝道伦理哲学做出全新建构的汉代大儒就是董仲舒。董仲舒作为承前启后的“醇儒”和后儒之首，对儒家原始思想做出了全新的建构和阐发。他用天人感应说和阴阳五行思想重新构建儒家哲学体系，从而形成全新的儒家理论体系，并在宇宙观、人性观、道德伦理观以及政治哲学等方面做出了重新的阐述。在孝道伦理观问题上，董仲舒一方面继承了先秦孔孟对于此的观点，另一方面又另辟蹊径地建构了自身的孝道伦理体系，并将之纳入到自己无所不包的大一统宇宙体系之中，对后世产生了相当深远的影响。本文尝试从三重向度来考察董仲舒的孝道伦理观。

一、孝道与天道——以天论孝与以地行孝

先秦儒家关于孝道的伦理兴趣和焦点集中在具体行为的确证和辨认上，也就是对何种孝行才符合孝的本真内涵。在《论语》中记载有很多孔子与生徒就何为孝行的问题所做出的阐述。例如“父母在，不远游，游必有方”“父母之年，不可不知也。一则以喜，一则以忧”。（《论语·里仁》）如“无违”（《论语·为政》）等，这些都是孔子所认为的孝行的具体表现。实际上，孔子不只对孝行做出相关的规定，而且对孝的本质也提出了自己的看法。比如，“子游问孝。子曰：今之孝者，是谓能养。至于犬马，皆能有养；不敬，何以别乎？”（《论语·为政》）这就是说，孝的本质是“敬”。当然不能只是“敬”，“敬”必须是建立在“养”的基础之上。因为“孝为‘善事父母’，其‘事’应该具有养和敬两个方面的内容。奉养是孝之基础，但不是孝的全部内容。奉养表现出来的过和不及，奉养与物质条件的富裕程度成正相关性，由此可以得出孝之本质不在奉养，而在于敬爱而不失奉养”[1]。

先秦儒家的理论特色就是对许多哲学命题只做结论式的叙述，并没有做逻辑的论述。对于孝观念也是如此，虽然对“何为孝”“何种行为是孝的”这些命题做出了阐述，但是并没有真正深入探讨孝之何以可能、何以发生。在伦理学的意义上看，是确立了善却并未说明何为善。《孝经》中虽然对孝观念存在的正当性进行了论证，但这种哲学论证还是初步性的，只是作为“天之经，地之义”来说明，真正对这一哲学命题进行论证的是董仲舒。

董子将“孝”纳入董学的天人感应理论体系中，首先他从“天者，百神之大君”的思想出发，亦认为孝是天之所生。他说：

> 何谓本？曰：天地人，万物之本也，天生之，地养之，人成之；天生之以孝悌，地养之以衣食，人成之以礼乐，三者相为手足，合以成体，不可一无也。无孝悌，则亡其所以生；无衣食，则亡其所以养；无礼乐，则亡其所以成也。（《春秋繁露·立元神第十九》）[①]

董子秉承历史上“敬天”之论，亦将孝悌看作天之德，人间关系之本。在董子看来，孝之本不存在那将意味着一切都无以生存。在这里董子一方面将孝悌与天道结合，另一方面也凸显出孝悌在人类社会发展上的本源地位。这就是说，“孝也是授自于天的品德。徒有人的形体而不知礼乐，只能算与华夏相对应的蛮夷。天的责任最为重要，它借助孝悌创生了人。就是说，孝悌是每个人都应该有的，它不但较礼乐制度早，甚至要比对衣食的需求还要早。所以人之为人，是因为其有别于禽兽的思维和精神，这种思维和精神的重要组成部分，便是孝梯。孝悌作为被先天赋予的一种情感，是人其

① 苏舆《春秋繁露义证》（新编诸子集成第一辑），中华书局 1992 年版。以后文中所有引用《春秋繁露》者都只在文后附注篇名。

他活动的前提，没有孝悌的作用，人就不会存在”[2]。通过对天道与孝道同源性的论证，董子为孝找到了宇宙论中的合法性根源，也就从本质上解决了孝何以可能与究竟是何的问题。

其次，董子用五行之间相生相克的关系来说明父子关系，这就为孝的存在找到了合法性，也为历史上的孝是“天经地义”的观念找到了理论依据。他说：

> 天有五行：木、火、土、金、水是也。木生火，火生土，土生金、金生水。水为冬，金为秋，土为季夏，火为夏，木为春。春主生，夏主长，季夏主养，秋主收，冬主藏，藏，冬之所成也。是故父之所生，其子长之；父之所长，其子养之；父之所养，其子成之。诸父所为，其子皆奉承而续行之，不敢不致如父之意，尽为人之道也。故五行者，五行也。由此观之，父授之，子受之，乃天之道也。故曰：夫孝者，天之经也。此之谓也。（《五行对第三十八》）

五行观是中国古人从自然发展的过程中体悟出的自然的基本元素，这5种元素的相生相克从而创生了自然和人类社会。历史上许多思想家用自然之五行的相生相克关系说明自然和人类以及关于人的许多现象和问题。董子第一次将五行观念吸收到儒家思想中，创建了他的儒学体系。他用五行相生来说明父子关系，当然，文中的“父”在作者看来应该理解为“父母”，父子之间也是父母和子女之间①。董子用五行所说明的父母与子女的关系具体有两点：其一，

① 因为上辈对下辈的养育并非是父亲一人所为，这种实在论的观念应该是常识；从孝之本义来看，孝是“善事父母”（《说文》），具体来说就是事亲，事亲不应该只是侍奉父亲一人，而应该是父母大人两人。我们也是坚持认为，孝是产生于“父母与子女之间的对立关系明确”之后。（参见《中国传统孝观念的传承研究》，吉林人民出版社1995年版，第56—66页。）

“父之所生，其子长之；父之所长，其子养之；父之所养，其子成之”。这是从父母对子女的抚育之恩的角度说明的，父亲为抚育子女的付出。其二，“诸父所为，其子皆奉承而续行之，不敢不致如父之意，尽为人之道也”。这是从子女对父亲的承继关系，并且子女只有承继了父母的养育才能成人。

另外，董子还用五行之序来说明“父子之序”，最终得出结论：“五行者，乃孝子忠臣之行也”。他说：

> 天有五行：一曰木，二曰火，三曰土，四曰金，五曰水。木，五行之始也，水，五行之终也，土，五行之中也，此其天次之序也。木生火，火生土，土生金，金生水，水生木，此其父子也。木居左，金居右，火居前，水居后，土居中央，此其父子之序，相受而布。是故木受水而火受木，土受火，金受土，水受金也。诸授之者，皆其父也；受之者，皆其子也；常因其父，以使其子，天之道也。是故木已生而火养之，金已死而水藏之，火乐木而养以阳，水克金而丧以阴，土之事火竭其忠。故五行者，乃孝子忠臣之行也。（《五行之义四十二》）

五行之相生相克皆因五行的“天次之序”，没有这个自然的顺序木、火、土、金、水，那所谓的相生相克的关系就无从产生。正因为五行顺序而生的自然生态，董子认为人世间的父子之间的自然生态也应该与自然相似而类同。既然如此，父子的授受关系也如同五行的前授后受的关系。董子就这样将父子之间这种伦理秩序用五行的自然生态秩序说明清楚，并使孝之合理性得到充分论证。

再次，在关于孝行产生的根源性论证上，董子认为，人间之孝行实际上仿效于“地事天”。他说：

> 为人子者，视土之事火也，虽居中央，亦岁七十二日之王，傅于火，以调和养长，然而弗名者，皆并功于火，火得以

盛，不敢与父分功，美孝之至也。是故孝子之行，忠臣之义，皆法于地也，地事天也，犹下之事上也，地，天之合也，物无合会之义。（《阳尊阴卑第四十三》）

上文的“孝”应理解为孝行，是谓孝行之义、内涵。孝行就是“下之事上”，这是取法于“地”之行，即“地事天”。所以人世间的所有事情都得还原于自然之行。在董子看来，这也是人类经验的总结，春秋大法就是人类历史经验的总结，关于孝行的认识也有类似的结论。所以董子说：

春秋之法：以人随君，以君随天。曰：缘民臣之心，不可一日无君，一日不可无君，而犹三年称子者，为君心之未当立也，此非以人随君耶！孝子之心，三年不当，而蹁年即位者，与天数俱终始也，此非以君随天邪！故屈民而伸君，屈君而伸天，春秋之大义也。（《玉杯第二》）

“春秋之法”皆在告诉人们一个道理，那就是天是根源性、权威性、最终性的。所以即使是人间的君王也得遵循天的旨意，在孝行上也是如此。而一般的“孝子孝妇”更是要符合自然的要求。董子又言：

春曰祠，夏曰礿，秋曰尝，冬曰蒸，此言不失其时以奉祭先祖也，过时不祭，则失为人子之道也。祠者，以正月始食韭也，礿者，以四月食麦也，尝者，以七月尝黍稷也，蒸者，以十月进初稻也，此天之经也，地之义也，孝子孝妇缘天之时，因地之利，地之菜茹瓜果，艺之稻麦黍稷，菜生谷熟，永思吉日，供具祭物，斋戒沐浴，洁清致敬，祀其先祖父母，孝子孝妇不使时过已，处之以爱敬，行之以恭让，亦殆免于罪矣。（《四祭第六十八》）

董子认为，“孝子孝妇”要“缘天之时，因地之利”来“祀其先祖父母”。这就是说，董子将孝行作为天道的表现，孝之天经地义就是顺其自然地行事，祭祀勿失其时，既符合天道，又是符合人间礼制。

董仲舒将孝道与天道相结合，用自然五行之相生关系说明孝行的合理性，用自然关系说明人世间的孝行实践，通过对天道与孝道同源性的逻辑建构，为孝找到了宇宙论的合法性根源，实现对孝道的哲学论证，也就从本质上解决了孝何以可能的问题。

二、孝道与王道——孝治天下与教化流行

中国历史上的思想家大多是实践理性的哲学家，他们不做纯粹理性的理论研究，而是将自己的思想成果与社会现实相结合进行阐述，因此自古王道政治思想就成为思想家论述的中心。较早对王道政治进行论述的应该是孟子，他将孔子的仁爱推广到社会政治领域，大谈仁政和王道政治。对于孝与社会政治的关系，“孟子扩大了孝道的功能，孝不仅是王道的一个条件，甚至说‘尧、舜之道，孝弟而已矣’。这是所谓的以孝治天下，为泛孝主义思想的先河”[3]7。

汉代在高后元年（公元前 187 年）就“初置孝弟力田二千石者一人”。（《汉书·高后纪》）但是“汉初举孝只是物质奖赏，不是选举制度”[4]279①。董子对这样的社会现实也很关注，举孝实际上是孝治观念的前奏，孝道与王道之间的关系密切，在汉初王道政治就应

① 郑钦仁也认为，汉初的置孝悌力田，“是对孝悌力田者免除一切徭役，并不是选举制度”。（《中国文化新论·制度篇——立国的宏规》，三联书店 1992 年版，第 192 页。）

该有孝治天下的意识。所以“董仲舒虽然张口闭口谈天说地，他的眼睛却紧盯着社会现实”[5]。正因此，他“天人三策”受到了汉武帝的赏识。纵观董子关于孝的论述，也没有离开当时的社会政治现实，也是为其大一统的理论理想服务的。

首先，董仲舒认为孝悌是社会安定的根本方法。他的论述视角是从政治的根本出发的。他说：

> 传曰：政有三端：父子不亲，则致其爱慈；大臣不和，则敬顺其礼；百姓不安，则力其孝弟。孝弟者，所以安百姓也，力者，勉行之，身以化之。（《为人者天四十一》）

董子接受了《春秋》经传的思想，分析了政治的根本在处理3个方面的事务，即家庭、行政和社会。社会安定来源于家庭和谐，家庭是上下尊卑的基本单元，家庭之中晚辈能够做到孝悌，则家庭自然也就和谐安定；家庭都能和谐安定，那么社会自然就会和谐安定。所以董子认为安定社会在于孝悌。

其次，董子主张君王应该在政治措施中重视孝悌。在董仲舒看来，“天地人，万物之本也”。（《立元神第十九》）上文提到，孝道来自天，所以君王要认真对待这3个大本。他说：

> 明主贤君，必于其信，是故肃慎三本，郊祀致敬，共事祖祢，举显孝悌，表异孝行，所以奉天本也；秉耒躬耕，采桑亲蚕，垦草殖谷，开辟以足衣食，所以奉地本也；立辟廱庠序，修孝悌敬让，明以教化，感以礼乐，所以奉人本也。（《立元神第十九》）

如此说来，王道只有“奉天本”“奉人本”才能实现，这样孝道与王道结合有其必然性。而“天本”和“人本”中皆以孝悌为核心。在这里董子一边将孝悌作为天之德、人之本来看待，将孝悌与天道结合。另一方面又显示出孝悌的功用，孝也是天道的规则和在世间运行的方法。天道流行，达到万物有秩序；在社会人伦上则是通过孝悌来实现人间的秩序。这样，董子就将天道、孝道、王道结合起来。天之道在社会显示于孝，孝既要通过自身践行实现，同时也要靠王道教化以化成天下。

董子还用尧舜的王道之治加以论证，以充分说明，人道之理与王道之理的相通性，也就使“夫孝，德之本也”“孝弟也者，其为仁之本与”等观念落实到现实的政治生活中去。

> 尧舜何缘而得擅移天下哉？孝经之语曰：“事父孝，故事天明。”事天与父同礼也。今父有以重予子，子不敢擅予他人，人心皆然；则王者亦天之子也，天以天下予尧舜，尧舜受命于天而王天下，犹子安敢擅以所重受于天者予他人也，天有不予尧舜渐夺之故，明为子道，则尧舜之不私传天下而擅移位也，无所疑也。（《尧舜不擅移汤武不专杀第二十五》）

这就是说，天道与人道是一致的。王道政治的根本就在于将人道之治应用于社会治理之中。这也就把孝道与君道、天道等相结合，以此说明孝道的自身合理性与王道的合法性。

再次，董子认为，实现孝治不是靠权威或者权势，而是要通过德治教化，才能够真正实现。要让天下人都能有仁爱之心、对难得之货都有不贵之心、对尊长都有爱戴之心，这是要通过教化实现的。董子说：

> 圣人之道，不能独以威势成政，必有教化。故曰：先之以博爱，教以仁也；难得者，君子不贵，教以义也；虽天子必有尊也，教以孝也；必有先也，教以弟也。此威势之不足独恃，而教化之功不大乎！（《为人者天四十一》）

由上文可知，董子非常注重孝道的教化意义。教化在中国历史上历朝历代都很重视。西周社会重德政就充分说明了教化的意义，之后的孔孟亦注重德治教化的作用。董子在多处强调教化的意义。比如：

> 圣人事明义以照耀其所闇，故民不陷。诗云：示生显德行。此之谓也。先王显德以示民，民乐而歌之以为诗，说而化之以为俗，故不令而自行，不禁而自止，从上之意，不待使之，若自然矣。（《身之养重于义第三十一》）

在王道政治中，圣人是“显德以示民”。从孝论的角度说，孝要通过教化形成一种风俗，用风俗影响社会。王道教化是孝道在整个社会实现的手段。

三、孝道与人道——孝行重志与经礼权变

孝作为美德伦理的重要内容，是用来衡量一个人的道德认识、道德判断和道德价值的。孝可以作为判断人的道德认识的水平，也可以是判断一个人行为的道德价值。从早期的中国传统德目来看，孝就是作为美德来认识的。儒家思想中的孝也表现为为人之道的重要内容。董仲舒继承了儒家关于孝与为人之道的关系的认识，也说：“治大国如烹小鲜，治国之道亦如养身之道。养身之道在藏精，治国之道在藏贤。由而及之，为人之道在藏德。孝者，德也。”（《通国身第二十二》）“藏”是储积的意思。做人要积德，而孝就是这个要储积的德，孝是为人之德行。儒家的道德哲学坚守自律论，把人由内而外、反省自新看成是一个人道德修养的根本，所以孔子提出“为仁由己”（《论语·颜渊》）的判断。藏孝之德应该就是自律论的具体表现。关于孝德修养，董仲舒主要从个人行为动机和行为的客观性两个方面做了阐述。

首先董子认为孝德的实现主要由一个人的行为动机决定。在董

仲舒的论述中是通过“志”表述的。志是思想动机，或者说念头。孔子本注重“志”，在孝论中，孔子说：“父在观其志，父没观其行。”（《论语·学而》）春秋述事，亦重“志”。董子说：“《春秋》之论事，莫重于志。”（《玉杯第二》）在论孝的问题上，董子继承了孔子的思想，也很重视对“志”的评价。他对《春秋》讥讽鲁文公“以丧取”表示赞同。他说：

> 春秋讥文公以丧取。难者曰：“丧之法，不过三年，三年之丧，二十五月。今按经：文公乃四十一月方取，取时无丧，出其法也久矣，何以谓之丧取?”曰：“春秋之论事，莫重于志。今取必纳币，纳币之月在丧分，故谓之丧取也。且文公秋祫祭，以冬纳币，皆失于太蚤，春秋不讥其前，而顾讥其后，必以三年之丧，肌肤之情也，虽从俗而不能终，犹宜未平于心，今全无悼远之志，反思念取事，是春秋之所甚疾也，故讥不出三年，于首而已讥以丧取也，不别先后，贱其无人心也。缘此以论礼，礼之所重者，在其志，志敬而节具，则君子予之知礼；志和而音雅，则君子予之知乐；志哀而居约，则君子予之知丧。故曰非虚加之，重志之谓也。”（《玉杯第二》）

历史上记载，鲁文公是在鲁僖公驾崩41个月后才娶亲的，但是《春秋》为什么还讥讽他“丧取”呢？董子分析说，是因为鲁文公的纳币时间有问题。纳币是古婚礼的六礼之一（见《礼记·昏义》），是娶亲的一套程序。因为“纳币”就意味着要为娶亲做准备，也就是说在“纳币”时已经有了娶亲的想法或者念头，已经开始实施婚娶程序了。因为鲁文公“纳币之月在丧分”，当然《春秋》直笔讥讽鲁文公“丧取”。

上文曾论及孝行的本质是敬。鲁文公在形式上似乎是在丧期之后娶亲，实际上在丧分之中就已经动了娶亲的念头，从道德自律论的角度看，鲁文公并未坚守“三年之丧”的准则。儒家思想从本质上讲就是坚守事物、行为的内在性。孔子说：“礼，与其奢也，宁俭；丧，与其易也，宁戚。”（《论语·八佾》）这是说，对于守丧来说，最本质的应该是要有真正的哀恸之心，要真心悲恸，而不是人在心不在。所以董子坚持要守志，这就从孝道看出一个人的为人之道。

其次，董子在坚持孝道之时继承了儒家的人道主义精神和辩证思维，将经权理论也用于孝行之上。这是孝道与为人之道的精髓。

孔子在守孝的问题上就坚持人道主义精神，坚守辩证思维。“孔子对丧礼的态度也坚持施礼时要有人道性和中正性，不可绝对化。”[4]126 在《礼记》中有许多记载都是说明孔子在对待周礼的实践问题上的开明、辩证的态度。比如：有人问，按照守孝的礼则，守孝期间不能食稻衣锦、不能弦歌跳舞等等，但是假如有人生病要补充营养，这该怎么办？孔子认为守丧要做到“丧不虑居，毁不危身”。（《礼记·檀弓》下）也就是说，礼制是固定的，但是实施的过程中要有灵活性，要以人道性为前提。所以《礼记·檀弓上》载，“弁人有其母死而孺子泣者。孔子曰：‘哀则哀矣，而难为继也。夫礼，为可传也，为可继也，故哭踊有节。’”这进一步说明，即使不到危及身体的情况下也要做到在施礼时要有节制。

董子继承儒家关于礼制的实践精髓，也认为礼有经礼，但亦有权礼、变礼。所谓经礼，就是恒常不变的大道。所谓权礼，就是不得不因形势而权变的内容。所谓变礼，就是因时间流动发展而自身变化的礼仪内容。他说：

> 春秋有经礼，有变礼。为如安性平心者、经礼也；至有于性虽不安，于心虽不平，于道无以易之，此变礼也。是故昏礼不称主人，经礼也；辞穷无称，称主人，变礼也。天子三年然

后称王，经礼也；有故，则未三年而称王，变礼也。妇人无出境之事，经礼也；母为子娶妇，奔丧父母，变礼也。明乎经变之事，然后知轻重之分，可与适权矣。（《玉英第四》）

这就是说，孝经之法是恒常不变的，但是在现实生活中总有一些特殊的情况需要违背经典的要求，但是不违背经典的根本精神，这个时候就可以做适当变化。这个原则，董子亦有论述：

夫权虽反经，亦必在可以然之域。不在可以然之域，故虽死亡，终弗为也。（《玉英第四》）

这里的“可以然之域”就是符合礼的最为本质的内涵，这就叫做“离经而不背经”，也就是“明乎经变之事，然后知轻重之分，可与适权矣”。（《玉英第四》）所以董子还说：

“闻丧徐行而不反也。夫既曰无遂事矣，又曰专之可也，既曰进退在大夫矣，又曰徐行而不反也，若相悖然，是何谓也?”曰：“四者各有所处，得其处，则皆是也，失其处，则皆非也。春秋固有常义，又有应变。”（《精华第五》）

可见，世间事物光有常态是不行的，在方法上也应该具体问题具体分析，有所变通。孝道有常道、有变道。守孝奉养也不是只注重教条的形式而不懂得变通。但是从上文的例证看来，董子虽然提出“天不变道亦不变”（《举贤良对策》），在历史上称为束缚人们的精神枷锁，但是我们更要看到董子思想中可贵的权变思想。

孝是汉代的重要道德哲学范畴，围绕孝廉也产生了许多重要的哲学命题。在尊崇儒术的背景下，董子一方面以天道阐发人伦之中的孝悌，阐发了孝道之于王道政治的意义，另一方面更要求人们能在遵守孝道人道主义原则的基础上变礼守孝，这在历史上是具有重要的思想价值的。

参考文献：

[1] 吴锋. 孝之本质论 [J]. 孝感学院学报，2005 (4)：38－43.

[2] 周蜜. 董仲舒论孝 [J]. 思想文化，2007 (1)：18－20.

[3] 韦政通：中国思想史：上 [M]. 上海：上海书店出版社，2003：7.

[4] 吴锋. 中国传统孝观念的传承研究 [M]. 长春：吉林人民出版社，2005.

[5] 周桂钿. 董学探微 [M]. 北京：北京师范大学出版社，1989：354.

原文载于《衡水学院学报》2012 年第 6 期。

吴锋（1964－），男，江苏泰兴人，扬州大学社会发展学院哲学系教授，历史学博士。

董仲舒对《春秋》“灾异”的诠释

刘国民

天命灾异是董仲舒之天的哲学的重要内容。他在《天人三策》里，以《春秋》为历史和经典的根据而倡言灾异。《春秋》是“衰世之造”，所记的灾异甚多，但孔子并未明确地把灾异与人事联系起来。孔门弟子所作的《公羊传》，把《春秋》记录的灾异分为两类——灾与异，而仅有两处言及灾异与人事的关联。董仲舒诠释《春秋》、《公羊传》，大谈灾异与人事的天人感应。他以《春秋》经传的灾异形式，建构其具有实质内容的天命灾异理论。他著《灾异之记》，具体解释《春秋》所记的灾异，这是对他灾异理论的实践运用。

一

《春秋》所记的灾异甚多。《春秋繁露・王道》曰：“日为之食，星陨如雨，雨螽，沙鹿崩。夏大雨水，冬大雨雪，陨石于宋五，六鹢退飞。陨霜不杀草，李梅实。正月不雨，至于秋七月。地震，山崩，壅河，三日不流。昼晦。彗星见于东方，孛于大辰。鹳鹆来巢，《春秋》异之。以此见悖乱之征。”（下引《春秋繁露》，只注篇名）

《春秋》言“灾”的约有数十条，都是指火灾。例如，桓公十四年“秋八月壬申，御廪灾”。灾的本义是指火灾，《春秋》正用其本义。《公羊传》“记灾也”共有17条，除火灾之外，还有水旱之灾、虫灾等。例如，《春秋》隐公五年“螟”；《公羊传》谓“何以书？记灾也”。“记灾也”，即对人和物产生伤害的事件。《春秋》昭公十八年“宋卫陈郑灾”；《公羊传》谓“何以书？记异也。何异尔？异其同日而俱灾也”。四国同日发生火灾，不仅是灾，而且是灾发展到异常的情况，即“异”。《春秋》定公元年“冬十月，陨霜杀菽”；《公羊传》“此灾菽也，何为以异书？异大乎灾也”。菽为农作物，陨霜杀菽，对菽造成损害，也给人带来损失，这是灾，但陨霜杀菽的灾害非常严重，故谓之异。《公羊传》以为异大于灾。

《公羊传》“记异也”共有33条，大多对人和物不产生伤害，例如日食、星变、物异。《春秋》文公二年“自十有二月不雨，至于秋七月”；《公羊传》“何以书？记异也。大旱以灾书，此亦旱也，何为以异书？大旱之日短而云灾，故以灾书。此不雨之日长而无灾，故以异书也”。这显然是《公羊传》的曲解，如何有七个月不下雨而不成灾之理，但由此可以知道，《公羊传》“记异也”是指一种异常情况，对人和物不产生伤害。

综上所述，《公羊传》“记灾也”，是指对人和物产生伤害的事件；“记异也”，包括两类事件：一类是异常事件而对人和物不产生伤害；一类是“异大乎灾也”，即对人和物产生更为严重伤害的事件。“记异也”的两种意义是对立的，“记灾也”和“记异也”的含义也是部分重合的，故灾与异的概念内涵皆不太严密。

灾异是天意的表现，天以灾异警戒、惩罚人君或预兆人事的祸凶，这是古老的天人感应思想。《春秋》所记的灾异甚多，但并未明确地把灾异与人事相联系。这与孔子的思想是基本一致的，《论语·述而》谓“子不语怪、力、乱、神”。《公羊传》共记录了50余条灾和异，仅有两条把灾异与人事相联系。《春秋》僖公十五年“己卯，晦，震夷伯之庙”；《公羊传》曰：

> 晦者何？冥也。震之者何？雷电击夷伯之庙者也。夷伯者，何为者也？季氏之孚也。季氏之孚则微者，其称夷伯何？大之也。何为大之？天戒之，故大之也。何以书？记异也。

《公羊传》说，雷电击夷伯庙是“天戒之”。是时，僖公蔽于季氏，季氏蔽于陪臣夷伯，下僭上，尊卑失序，因而天以灾异警戒人君。“天戒之，故大之也”，表现了《公羊传》敬畏天命的思想。《春秋》宣公十五年“冬，蝝生”；《公羊传》曰：

> 未有言蝝生者，此其言蝝生何？蝝生不书，此何以书？幸之也。幸之者何？犹曰受之云尔。受之云尔者何？上变古易常，应是而有天灾，其诸则宜于此焉变矣。

“变古易常”，是指此年秋天，鲁国实行初税亩制度，变十之取一为十之取二，把人民的负担加重了一倍，故天降灾以警戒人君。《公羊传》以天灾为“幸之也”，即人君见灾异而知天意，反省改正自己的过失，“其诸则宜于此焉变矣”。

要之，《公羊传》并不奢谈、妄论灾异与人事的联系。港台著名学者徐复观先生说：“由此可知，孔门不凭灾异以言人事，即是不假天道以言人道。”[1]但是，《春秋》大量地记录灾异，《公羊传》明确指出“记灾也”、“记异也”，古老的天人感应之说甚为流行；这些皆为董仲舒发挥“《春秋》异之。以此见悖乱之征”（《王道》）之天人感应的思想，提供了较大的历史诠释空间。

二

董仲舒言灾异的文字见于《天人三策》、《春秋繁露》:

（一）“臣谨案《春秋》之中，视前世已行之事，以观天人相与之际，甚可畏也。国家将有失道之败，而天乃先出灾害以谴告之，不知自省，又出怪异以警惧之，尚不知变，而伤败乃至。以此见天心之仁爱人君而欲止其乱也。自非大亡道之世者，天尽欲扶持而全安之，事在强勉而已矣。”（《天人三策》，见于《汉书·董仲舒传》）

（二）“刑罚不中，则生邪气；邪气积于下，怨恶畜于上。上下不和，则阴阳缪戾而妖孽生矣。此灾异所缘而起也。”（《天人三策》）

（三）“故《春秋》之所讥，灾害之所加也；《春秋》之所恶，怪异之所施也。书邦家之过，兼灾异之变；以此见人之所为，其美恶之极，乃与天地流通而往来相应，此亦言天之一端也。”（《天人三策》）

（四）“故书日蚀、星陨、有蜮、山崩、地震、夏大雨水、冬大雨雹、陨霜不杀草、自正月不雨至于秋七月、有鸜鹆来巢，《春秋》异之，以此见悖乱之征。……因恶夫推灾异之象于前，然后图安危祸乱于后者，非《春秋》之所甚贵也。然而《春秋》举之以为一端者，亦欲其省天谴，而畏天威，内动于心志，外见于事情，修身审己，明善心以反道者也，岂非贵微重始、慎终推效者哉!”（《二端》）

（五）“天地之物有不常之变者，谓之异，小者谓之灾。灾常先至而异乃随之。灾者，天之谴也；异者，天之威也。谴之而不知，乃畏之以威。《诗》云：‘畏天之威。’殆此谓也。凡灾异之本，尽生于国家之失。国家之失乃始萌芽，而天出灾害以谴告之；谴告之而不知变，乃见怪异以惊骇之，惊骇之尚不知畏恐，其殃咎乃至。以此见天意之仁而不欲陷人也。”（《必仁且智》）

（六）“夫流深者其水不测，尊至者其敬无穷。是故天之所加，虽为灾害，犹承而大之，其钦无穷，震夷伯之庙是也。”（《奉本》）

（七）“是故常以治乱之气，与天地之化相淆而不治也。世治而民和，志平而气正，则天地之化精，而万物之美起。世乱而民乖，志僻而气逆，则天地之化伤，气生灾害起。是故治世之德，润草木，泽流四海，功过神明。乱世之所起亦博。若是，皆因天地之化，以成败物，乘阴阳之资，以任其所为，故为恶愆人力而功伤，名自过也。”（《天地阴阳》）

根据上面的材料，我们分析董仲舒的灾异理论如下：

其一，灾和异都是天地的不常变化，小者谓之灾，大者谓之异，异大于灾，“灾常先至而异乃随之”。灾和异是由天所命，是天意的表现。

其二，天出灾异，是因为人道之失，“凡灾异之本，尽生于国家之失”。这说明灾异与人事有普遍、必然的联系，且灾异并不神秘可怕，是能够以人的理性加以解释的。

其三，灾异与人事相感应，即天人感应。人是指人君，人君在政治上居支配的地位，其行为决定了社会的治乱、人民的祸福，人事即指人君支配的社会政治人事。因此，天人感应主要是指天命灾异对人君的警戒以及人君对天命灾异的敬畏和反省。

其四，天出灾异的目的，是谴告、警惧人君。人君行为失道，天以灾害谴告人君，人君见灾害而反省改过，“内动于心志，外见于事情，修身审己，明善心以反道者也”，则灾害自然消除；如果人君不能改过自新，则天出怪异更严厉地警惧人君，人君仍不知畏惧，继续为恶，则亡国破家乃至。这既体现了天对人君的仁心，又表现了天的道德理性，也加强了人君无可逃避的责任感。

其五，传统的灾异思想认为，天出灾害是对人事过失的惩罚，人只能被动地承受天的惩罚；天出怪异预兆人事的祸凶，人事只能应验。这显示了天的支配性和神秘性，贬损了人的主体性。董仲舒认为，天命灾异以人道之失为根据，灾异不是惩罚，而是警戒，人君积极地改过自新，灾异自会消失；天人之间，人君支配着灾异的产生和消亡，具有主动性，而天退居于监察的地位。因此，天命灾异加强了人君的主体性，即“事在强勉而已矣”，“故治乱废兴在于己，非天降命不得可反，其所操持悖谬失其统也”（《天人三策》）。

其六，灾异与人事有两种感应方式。一是物质的机械感应：社会混乱生出邪气，邪气感应天的阴阳之气，阴阳之气失调而产生灾异。这是以气为中介的感应。气是纯物质的，本身无意和志目的；气之间的感应遵照“美事召美类，恶事召恶类”（《同类互动》）的法则，故以气为中介的物质感应有道德性。二是人格神之天支配自然之天的感应：灾异是自然界的异常变化，本身无意和志目的，属于自然之天，人格神之天支配自然之天；当人君的言行不合礼义而引起政治社会的混乱时，人格神之天以自然之天的灾异表现其意志和目的。灾异与人事的感应是通过人格神之天的支配来实现的，有神学道德目的性。这两种感应方式是矛盾的：前一种否定人格神之天的存在，后一种则加以肯定。冯友兰先生说：“这样，关于灾异的问题，在董仲舒的体系中便出现了两种说法。一种认为天人同类，自然相感，‘非有神，其数然也’，这是一种带有机械论倾向的说法。一种认为天有喜怒赏罚，灾异出于天的意志，这是一种目的论说法。……这两种说法是有矛盾的，但在董仲舒的体系中是结合在一起的[2]。”

三

《史记·儒林列传》：“今上即位，（仲舒）为江都相。以《春秋》灾异之变推阴阳所以错行，故求雨闭诸阳，纵诸阴，其止雨反是。行之一国，未尝不得所欲。中废为中大夫，居舍，著《灾异之记》。”《灾异之记》是董仲舒根据其灾异理论，具体解释《春秋》灾异与后世灾异的著作。惜《灾异之记》早已不存，但赖班固《汉书·五行志》的记录，可大略知道仲舒言灾异的情况。“以《春秋》灾异之变推阴阳所以错行”，即以阴阳之道解释灾异。董仲舒认为，“天道之大者在阴阳”（《天人三策》）。他的阴阳之道：阳主阴从，阳尊阴卑，阳贵阴贱，阳善阴恶；君、父、夫为阳，臣、子、妇为阴①。如果阴阳常道发生变化，则天出灾异以谴告和警惧。《春秋》庄公二十五年“六月，辛未，朔，日有食之。鼓用牲于社”；《公羊传》谓“日食则何为鼓用牲于社？求乎阴之道也，以朱丝营社，或曰胁之，或曰为暗，恐人犯之，故营之”。“求乎阴之道也”，即责求阴蔽阳之失道。《公羊传》仅此一处以阴阳之道解释日食。董仲舒《灾异之记》主要以阴阳之道解释灾异，这是他言灾异的创造性内容。

《春秋》记日食 36 次。隐公三年“日有食之”，是日食在《春

---

① 关于董仲舒之阴阳之道的论述，参见拙文《董仲舒以阴阳之天道解释人道》，载于《西南民族大学学报》2007 年第 6 期。

秋》中首次出现，《公羊传》谓“何以书？记异也”。以后《春秋》所记日食，皆无传，这表现了《公羊传》重始的思想。董仲舒对日食特别关注，对《春秋》所记的34次日食作了解释。

仲舒以为，日为阳，日食是阴侵阳、阴灭阳；天道是人道的根据，相应于人类社会，阳为君、为贵、为尊、为上，阴为臣、为贱、为卑、为下；同类相应，阴侵阳即臣僭君、贱伤贵、卑压尊、下犯上；因此，日食是对人事之下犯上、臣蔽君的警戒和预兆。隐公三年“日有食之”，仲舒以为“其后戎执天子之使，郑获鲁隐，灭戴，卫、鲁、宋咸杀君”[①]（《汉书·五行志》）。戎执天子之使是夷狄犯中国，夷狄为阴，中国为阳。臣弑君是阴灭阳。天以日食谴告人君不要蔽于权臣，但人君不能体察天意而反省改过，终致亡身的灾祸。春秋之时，各国发生了许多僭上弑君的事件，如何把某次日食与某具体的历史事件关联起来呢？董仲舒在解释日食时，注意日食发生的方位。庄公十八年“日食”，他以为“宿在东壁，鲁象也。后公子庆父、叔牙果通于夫人以劫公”。日食发生在天之东壁星宿上，鲁国位于中国之东，是鲁象也，后鲁果然发生劫公的事。昭公三十一年“日食”，他以为“宿在心，天子象也。时京师微弱，后诸侯果相率而城周”。心之宿乃天之星宿最尊贵者，相应于地下，是周天子之象。当时，周天子已失去了天下共主的地位，故天出日食于心之宿，警戒周天子要加强天子之权，但周天子不能，后果然发生了诸侯不尊周天子之事。

《春秋》记录星孛三次：文公十四年“有星孛入于北斗”，昭公十七年“有星孛入于大辰”，哀公十三年“有星孛于东方”。《公羊

① 董仲舒具体分析《春秋》灾异的文字，见于《汉书·五行志》，北京：中华书局1962年。下文不注。

传》释曰“孛者何？彗星也。……何以书，记异也”。彗星的出现是很异常的现象，《公羊传》谓之异，但并未做出善恶的价值评价，更没有把星孛与人事关联起来。董仲舒对彗星的3次出现都做了解释。他以为，“孛者恶气之所生也。谓之孛者，言其孛孛有所妨蔽，暗乱不明之貌也。北斗，大国象。后齐、宋、鲁、莒、晋皆弑君”。孛者为恶气所生，它的出现遮蔽了天上的星光，因而暗乱不明，是臣子乱国弑君之象。仲舒在解释星孛时，也注意彗星所出的方位。星孛入北斗，即阴气蔽北斗之明，北斗是星之大者，是地之大国之象，是大国弑君之兆。星孛入大辰，他以为“大辰，心也，心为明堂，天子之象。后王室大乱，三王分争，此其效也”。

《春秋》记大水九次。桓公元年“秋大水”，是《春秋》记录大水之始。《公羊传》“何以书？记灾也”。董仲舒对《春秋》所记的八次大水作了解释。水为阴，大水是阴盛。《精华》曰：“大水者，阴灭阳也。阴灭阳者，卑胜尊也，逆节也，故鸣鼓而攻之，朱丝而胁之，为其不义也。”《春秋》庄公十一年宋大水，仲舒以为，“时鲁、宋比年为乘丘、鄑之战，百姓愁怨，阴气盛，故二国俱水”。百姓愁怨，阴气盛，而发生大水；但百姓的愁怨是因为统治者年年征战、不恤民众。仲舒的矛头直指向统治者，并未责求阴盛（百姓愁怨）的不义。桓公元年大水，他以为“诸侯由是伐鲁，仍交兵结仇，伏尸流血，百姓愈怨，故十三年夏复大水”。宣公十年大水，他以为“兵仇连结，百姓愁怨”。襄公二十四年大水，他以为“百姓愁怨，阴气盛”。仲舒还以为，阴指夫人，大水阴气盛，是夫人淫乱之象。庄公七年大水，他以为“庄母文姜与兄齐襄公淫，共杀桓公，庄释父仇，复取齐女，未入，先与之淫，一年再出，会于道逆乱，臣下贱之之应也”。庄公二十四年大水，他以为“夫人哀姜淫乱不妇，阴气盛也”。庄公二十八年大水，他以为“夫人哀姜淫乱，逆阴气，故大水也”。要之，仲舒认为，发生大水，一是百姓的愁怨所致，声讨统治者的荒淫和不恤民众的罪恶；二是人君夫人的淫乱所致，谴责人君及其夫人行为的无道。

《春秋》记无冰三次：桓公十四年春“无冰”，成公元年春“无冰”，襄公二十八年春“无冰”。初春，阳气始出，地上的阴气仍盛于地上的阳气，水应结冰；水应结冰而无冰，《公羊传》谓之“异”。仲舒认为，初春阴阳调和，水结冰；阴阳不调，或阴失节，或阳太盛，则无冰；相应于人事，“无冰”，是臣失节或君太盛所感应的。董仲舒认为，桓公十四年春“无冰”，是桓公的夫人淫于齐侯所致，天警戒桓公“夫人不正，阴失节也”，但桓公不能省悟而补救；桓公十八年，桓公与夫人姜氏至齐国，由于姜氏的谮毁、失节，齐侯杀了桓公。成公元年春无冰，他以为“方有宣公之丧，君臣无悲哀之心，而炕阳，作丘甲”。“炕阳”，即阳气太盛，因而无冰，阳太盛是指宣公新丧而成公即位，但成公及大臣没有悲戚之心。

董仲舒对《春秋》所记的四次虫灾作了解释：隐公五年“螟”，桓公五年“螽”，庄公六年“螟”，宣公十五年“冬，蝝生”。他认为虫灾为贪利之应。隐公五年“螟”，他以为“时公观渔于棠，贪利之应也”。桓公五年“螽”，是“贪虐取民”。庄公六年“螟”，是“齐人归卫宝，鲁受之，贪利应也”。宣公十五年“蝝生”，他以为，“宣是时初税亩。税亩，就民田亩择美者税其什一，乱先王制而为贪利，故应是而蝝生，属蠃虫之孽”。这是董仲舒反对统治者与民争利之思想的表现。他在《天人三策》里说：“身宠而载高位，家温而食厚禄，因乘富贵之资力，以与民争利于下，民安能如之哉！……夫惶惶求财利常恐乏匮者，庶人之意也；惶惶求仁义常恐不能化民者，大夫之意也。”

董仲舒对《春秋》所记的十次火灾作了诠释。火为阳，火灾是炕阳所致，即阳太盛、阳失节；天人同类感应，相应于人类社会，人君为阳，则火灾是由人君行为不正、残暴民众造成的。昭公十八年，四国同时发生火灾，《公羊传》“异其同日而俱灾也”而谓之“异”。仲舒以为，四国之君“荒淫于乐，不恤国政”，“阳失节则火灾出，是以同日灾也”。《春秋》襄公三十年“五月甲午，宋灾。伯姬卒”。伯姬遭大火，因母未至而不下堂，被烧死，《公羊传》贤伯姬知礼。仲舒以为，伯姬嫁给宋恭公不久，恭公卒，她幽居守节三十余年，内心充满了痛苦和悲伤，又忧虑国家的祸患，“极阴生阳，故火生灾也”。伯姬为阴，阴发展到极盛，物极必反，极阴生阳。这是以极阴生阳来解释火灾。昭公九年“成火”，仲舒以为，“陈夏征舒杀君，楚庄王托欲为陈讨贼，陈国辟门而待之，至因灭陈。陈臣子尤毒恨甚，极阴生阳，故致火灾”。臣子为阴，毒恨极盛，极阴生阳，发生了火灾。

《春秋》有七次指明某建筑物发生了火灾。董仲舒常立足于某特定的建筑物，而予以解释。桓公十四年“御廪灾”。御廪是储藏祭祀宗庙用米的仓库，它发生了火灾，意味着鲁君不能守宗庙，故鲁君不君。他以为，“先是四国共伐鲁，大破之于龙门。百姓伤者未瘳，怨咎未复，而君臣俱惰，内怠政事，外侮四邻，非能保守宗庙终其天年者也，故天灾御廪以戒之”。宣公十六年“成周宣榭灾”，《公羊传》以为是宣宫之榭，“乐器藏焉尔”。周宣王中兴时，礼乐自天子出，而现在周天子名存实亡，礼乐征伐自诸侯出。董仲舒说：“十五年王札子杀召伯、毛伯，天子不能诛。天戒若曰，不能行政令，何以礼乐为而藏之？”

定、哀之际发生了三次火灾。其时，季氏专权，鲁君愚弱，又不能用圣人孔子，国家混乱，民不聊生。董仲舒在解释这三次火灾时，皆基于季氏专权、不用孔子等政治人事。定公二年“雉门及两观灾”，《公羊传》昭公二十五年以“两观”为僭天子之物。仲舒说：“此皆奢僭过度者也。先是，季氏逐昭公，昭公死于外。定公即位，既不能诛季氏，又用其邪说，淫于女乐，而退孔子。天戒若曰，去高显而奢僭者。”天灾奢僭之物，即表明天欲除去奢僭之物，暗示定公除去奢僭之臣。哀公三年“桓宫、僖宫灾”，他以为“此二宫不当立，违礼者也。哀公又以季氏之故不用孔子”。桓、僖为远祖，“于传闻杀其恩”（《楚庄王》），不应再劳民伤财，保留其庙宇，故说“此二宫不当立，违礼者也”。天除去违礼者，意在警告哀公去身边的违礼大臣，用贤人孔子。哀公四年“蒲社灾”，《公羊传》谓蒲社为“亡国之社”。他说：“亡国之社，所以为戒也。天戒若曰，国将危亡，不用戒矣。《春秋》火灾，屡于定、哀之间，不用圣人而纵骄臣，将以亡国，不明甚也。”

《汉书·五行志》保存了仲舒议论西汉建元六年辽东高庙灾、高园便殿火之事：

> 《春秋》之道举往以明来，是故天下有物，视《春秋》所举与同比者，精微眇以存其意，通伦类以贯其理，天地之变，国家之事，粲然皆见，亡所疑矣。……故定公二年五月两观灾……至哀公二年五月，桓公、僖公灾……故四年六月，亳社灾……天皆燔其不当立者，以示鲁，欲其去乱臣而用圣人也。……今高庙不当居辽东，高园殿不当居陵旁，于礼亦不当立，与鲁所灾同。其不当立久矣，至于陛下时天乃灾之者，殆其时可也。昔秦受亡周之敝，而亡以化之；汉受亡秦之敝，又亡以化之。夫继二敝之后，承其下流，兼受其猥，难治甚矣。又多兄弟亲戚骨肉之连，骄扬奢侈，恣睢者众，所谓重难之时者也下。陛下正当大敝之后，又遭重难之时，甚可忧也。故天灾若

语陛下：“当今之世，虽敝而重难，非以太平至公，不能治出。视亲戚贵属在诸侯远正最甚者，忍而诛之，如吾燔辽东高庙乃可；视近臣在国中处旁侧及贵而不正者，忍而诛之，如吾燔高园殿乃可”云尔。在外而不正者，虽贵如高庙，犹灾燔之，况诸侯乎！在内不正者，虽贵如高园殿，犹燔灾之，况大臣乎！此天意也。

董仲舒以《春秋》灾异为立论的根据，以言后世的灾异。他运用类比类推的方法，把古与今连上，以言建元六年的灾异。定哀之际的火灾与建元六年的火灾是同类的事；事为同类，则同类之事所蕴含的意义相同。因此，他认为建元六年的灾异所昭示的意义：表层意义是辽东高庙与高园便殿皆不当立；深层意义是诛杀远离正道的诸侯和近臣。这基本符合武帝“强干弱枝”的政治诉求。

要之，董仲舒认为：灾异与人事有因果的联系，《春秋》所记的每次灾异皆与政治人事相对应；《春秋》灾异甚多，是因为那个时代的社会政治秩序很混乱，君不君，臣不臣，父不父，子不子，百姓愁怨沸腾，生活于水深火热之中。仲舒言《春秋》灾异的目的：一是指责春秋时代之人君的失道；二是谴告、警惧现实的人君，要以《春秋》为鉴，反省改正自己的过失，走向有道政治的坦途。他说：“《春秋》之道举往以明来，是故天下有物，视《春秋》所举与同比者，精微眇以存其意，通伦类以贯其理，天地之变，国家之事，粲然皆见，亡所疑矣。”（《汉书·五行志》）

四

根据仲舒的灾异理论，我们可以得出他解释灾异的完整模式：“事（1）——灾——事（2）——异——事（3）。”事（1），即政治人事之失的开始状态。天以灾害谴告人君，灾害是水旱之灾、火灾、虫灾等，对人和物产生伤害，既表示天对人的惩罚，又显示出天对人君的谴告。人君见灾害能反省自己的过失，积极主动地救之以德，改过自新，则灾害会消失。如果人君不思悔改，继续为恶，人事之失将继续发展，即事（2），这是人事之失的进一步发展阶段。天出怪异以警惧人君。异大于灾，怪异是自然界特别异常的现象，使人倍感恐惧，加强“秽德之君”① 反省和改正其过失的神圣和神秘力量。如果人君仍不觉悟，人事之失将最终走向败亡的结果，这即是事（3）。怪异既是对事（2）的警惧，又是对事（3）的预兆。

从《汉书·五行志》看，仲舒解释《春秋》灾异的实践模式有3种。一是事（1）——灾，即人事之失引起了灾害，何休谓“灾者，有害于人物，随事而至者”[3]52。这是仲舒完整灾异模式的前半部分。二是事（2）——异——事（3），即人事之失处在发展的阶段，天出怪异警惧人君，但人君不能改邪归正，终于招致败亡的凶祸。这是他完整灾异模式的后半部分。三是异——事（3），即天见怪异，人君不能改过自新，人事最终果然出现败亡的凶祸，应验了异的预兆，何休谓“异者，非常可怪，先事而至者”[3]35。要之，上面的3种模式，皆蕴含于仲舒完整的灾异模式当中。台湾学者黄肇基说：“董仲舒于《天人三策》中所提出的‘灾先异后’的谴告模式，即事——灾——事——异——事，在诠释《春秋》灾异时完全不符合，《五行志》中诠释《春秋》之灾异，大都采用一则灾异对应一则事件[4]。”这是不理解仲舒的三种模式实蕴含于他完整的灾异模式当中。

---

① 《左传》昭公二十六年“若德之秽，禳之何损”。

董仲舒对异的解释，主要运用“异——事”模式。在34例日食和3例星孛里，除几例“事——异——事”之外，皆是“异——事”的模式[①]。这种模式表示，怪异有强烈的预兆兴和神秘性，即《史记·天官书》“由是观之，未有不先形见而应随之者也”。这似表明：在人事伤败之前，天已知道此结果，但人不知道，因而怪异有神秘性；天命灾异规定了人之必然败亡的命运，人无能为力，只能按照灾异所预定的方向而走向深渊，这是对人之主体性的贬损。昭公二十四年“日食”，仲舒以为“宿在胃，鲁象也。后昭公为季氏所逐”。昭公二十五年秋七月，昭公聚众逐季氏；九月，昭公反而为季氏所逐。因此，人事应验了怪异，日食有强烈的预兆性。这并不符合董仲舒的灾异理论——肯定人君的主体性与天的道德理性。

我们如何解释董仲舒“异——事”的模式呢。首先，异产生于人事之失的发展状态，仲舒在具体解释时，多未述及。昭公二十四年日食前，季氏早已专权，仲舒说“臣陵其君，始于文而盛于昭”（《楚庄王》），但他并未叙述此种情况。这实际上是“事——异——事”的模式。其次，春秋时代，礼崩乐坏，各国君主多不能改邪归正，而沿着衰亡之路一步步地滑向深渊。因此，怪异的警戒目的很难实现，而怪异的应验性充分地表现出来。应验性不是对人君命运的决定，而是人君不能改过且继续发展政治之失的反映。怪异的预兆性正是对人君不能反省和改正其过失的惩罚。天报应不爽，人君必然走向衰亡。这依然是对人之主体性的强调，依然是对天之道德

① 台湾学者黄肇基对董仲舒《春秋》灾异的模式，进行了具体细致的分类，所列表格清楚明白。参见《汉代公羊学灾异理论研究》，台北：台湾文津出版社1998年，第128—140页。

性和理性的肯定。

参考文献：

[1] 徐复观. 两汉思想史：第二卷［M］. 上海：华东师范大学出版社，2001：203.

[2] 冯友兰. 中国哲学史新编：中卷［M］. 北京：人民出版社，1998：79.

[3] 公羊寿，何休，徐彦. 春秋公羊传注疏［M］. 北京：北京大学出版社，1999.

[4] 黄肇基. 汉代公羊学灾异理论研究［M］. 台北：台湾文津出版社，1998：142－143.

原文载于《衡水学院学报》2010 年第 6 期。

刘国民（1964－），男，安徽肥西县人，中国青年政治学院中文系副教授，文学博士。

悖立与整合

——论董仲舒对孟子、荀子之人性论的解释

刘国民

董仲舒的人性论上承孟子、荀子，下开两汉诸家。学人或认为，董仲舒的人性论，“是以孟轲的人性论为主”[1]；或认为，“董仲舒对人性的看法跟荀子有许多相似之处”，“在基本一致的情况下，董仲舒对荀子性恶论做了一点修正”[2]；或认为，董仲舒的人性论融合了孔、孟、荀的人性论[3]。《老子》四十三章：“道生一，一生二，二生三，三生万物。”庞朴先生解释，“‘二生三’，‘二’，就是上述那个对立的二，它继续生化，化生出新的一，也就是综合成一个一；二遂藏身其中。这个新一，以其有一有二，于是也叫做‘三’；是为‘二生三’”[4]。笔者认为，孟子、荀子人性论是相因而又相反的对立之二，董仲舒人性论是孟、荀人性论之二化生出的新一，也是三；三不同于孟子人性论，亦不同于荀子人性论，三是悖立整合的新的人性论。

一

告子曰：“生之谓性。”性是生而即有的。生而即有的以食和色

为突出，所以告子谓“食色，性也”（《孟子·告子》）。孟子认为，食、色是人和禽兽共同具有的，以食、色为性不能表现人之为人的本质，故应从人禽之辨处论人性。《孟子·离娄》曰：“人之所以异于禽兽者，几希。庶民去之，君子存之。舜明于庶物，察于人伦。由仁义行，非行仁义也。”人与禽兽之“几希”是人性中有仁义。“由仁义行，非行仁义也”，人之行仁由义是顺着人性的内在要求，而不是强制实行外在的仁义。《孟子·公孙丑》：“由是观之，无恻隐之心，非人也；无羞恶之心，非人也；无辞让之心，非人也；无是非之心，非人也。恻隐之心，仁之端也；羞恶之心，义之端也；辞让之心，礼之端也；是非之心，智之端也。人之有是四端也，犹其有四体也。”人性有仁义礼智四端；端，绪也，微而不著，而有待于后天人为的扩充。

《孟子·告子》曰：“乃若其情，则可以为善矣，乃所谓善也。若夫为不善，非才之罪也。恻隐之心，人皆有之。羞恶之心，人皆有之。恭敬之心，人皆有之。是非之心，人皆有之。恻隐之心，仁也。羞恶之心，义也。恭敬之心，礼也。是非之心，智也。仁义礼智，非由外铄我也，我固有之也，弗思耳矣。故曰求则得之，舍则失之。”人性落实到人心，人心表现为人情。孟子以人情之善（恻隐，羞恶，恭敬，是非）证知心善，以心善证知性善。人性、人心、人情虽上下层级不同，但其本质皆是善的。“仁义礼智，非由外铄我也，我固有之也”，仁义礼智内在于人性、人心之中，即《孟子·尽心》所谓“仁义礼智根于心”。

《孟子·尽心》曰：“口之于味也，目之于色也，耳之于声也，鼻之于臭也，四肢之于安佚也，性也，有命焉，君子不谓性也。仁之于父子也，义之于君臣也，礼之于宾主也，智之于贤者也，圣人之于天道也，命也，有性焉，君子不谓命也。”口目耳鼻四肢，具有生而即有的能力（如目能看），又具有生而即有的欲望（如口好味）；其能力和欲望应该是性的内容，但孟子不以之为性而以之为命。一是因为口目耳鼻四肢的能力和欲望，不能表现人之为人的本质；二是口目耳鼻四肢之欲望的实现，自我居于被动的地位，即“求之有道，得之有命，是求无益于得也，求在外者也”。孟子以仁义礼智为性而不以为命，因为仁义礼智是人之为人的本质，且它们在实现时，自我居于主动的地位，即“求则得之，舍则失之，是求有益于得也，求在我者也”（《孟子·尽心》）。概之，孟子之人性的内容，只有仁义礼智之四端，不包括口目耳鼻四肢的能力和欲望（即告子谓“食色，性也”），所以人性是善的。

仁义礼智四端落实在心上，性有善端即心有善端，故孟子以“心”为大体，而以“口目耳鼻四肢”为小体。孟子突出了心的重要作用。《孟子·告子》曰：“耳目之官不思，而蔽于物。物交物，则引之而已矣。心之官则思，思则得之，不思则不得也。此天之所与我者。先立乎其大者，则其小者不能夺也。此为大人而已矣。”耳目之官不思，其欲望易为外物牵引而变得更为强烈，以致人被耳目之欲支配而放纵自己的行为（恶行）；心之官能思，不仅具有认知能力，而且具有道德意识，故能自觉反省、扩充仁义礼智之四端。

心之善端与口目耳鼻四肢的欲望是相冲突的：心之善端指向善，口目耳鼻四肢的欲望趋向恶。心之善是端绪，时时受到欲望的遮蔽，即孟子所谓“陷溺其心”“失其本心”。如果欲望险溺本心，则行为由欲望所驱使而为恶；如果扩充心之善端，阻止欲望的发展并压倒欲望，则行为由心之善所支配而为善。心之善是端，易为欲望所遮蔽，故孟子重视后天人为的作用。后天的人为分为两种。一是主体充分发挥其主动性、自觉性，内省扩充心之善端，且把道德之心向客观世界中实现，即道德实践。这是内在的人为。二是主体没有道德的自觉，主要依靠外在圣贤的道德教化以及礼义的制约，而被动、强制地行善、成善。这是外在的人为。具体言之：首先，孟子的人为是存心、养心、尽心，即存养和扩充本真之心的善端。《孟子·尽心》曰："君子所以异于人者，以其存心也。君子以仁存心，以礼存心……尽其心者，知其性也。知其性，则知天矣。"其次，主体要减损耳目的欲望以至于寡欲，使心之善压倒、支配欲望。《孟子·尽心》曰："养心莫善于寡欲。其为人也寡欲，虽有不存焉者，寡矣；其为人也多欲，虽有存焉者，寡矣。"再次，主体要"践形"，即道德实践，"君子所性，仁义礼智根于心，其生色也睟然，见于面，盎于背，施于四体，四体不言而喻"（《孟子·尽心》）。道德实践以内在善性为根据，又丰富和深化内在善性。其四，主体要接受圣贤的道德教化以及礼义的制约，"设为庠序学校以教之，庠者养也，校者教也，序者射也。夏曰校，殷曰序，周曰庠，学则三代共之，皆所以明人伦也"（《孟子·滕文公》）。要之，在孟子之后天的人为中，孟子更重视主体之内在的人为，人之成善主要是发挥主体的自觉性和能动性。

孟子的人性善具有重要的意义。其一，因为人具有善性，能够成就善的人格，故"天地之性人为贵"。其二，人有善性，人是值得信赖的；人是目的而不是工具，故人有尊严。其三，人有善性，故仁政、德政合于人性的要求；而暴政不符合人的本性，违背和扭曲人性。其四，民众皆有善性，皆能当家做主，因而要实行以人民为主体的政治。其五，人之性善、心善，故人是道德的主体。但是，由于孟子对人性过分乐观，而相信人能主动自觉地成善，从而使法制观念没有落脚之处，儒家的政治哲学难以转出人治的格局[5]。

二

《荀子·性恶》曰：“凡性者，天之就也……不可学、不可事而在人者谓之性；可学而能、可事而成之在人者谓之伪。是性、伪之分也。今人之性，目可以见，耳可以听……今人之性，饥而欲饱，寒而欲暖，劳而欲休，此人之情性也。”首先，荀子辨析了性、伪：性是天之生而即有的，不可学，不可事；伪（为）是人之后天的养成，可学，可事。其次，荀子认为人性的内容分为两部分：一是耳目的能力，一是耳目的欲望。《荀子·性恶》：“今人之性，生而有好利焉，顺是，故争夺生而辞让亡焉；生而有疾恶焉，顺是，故残贼生而忠信亡焉；生而有耳目之欲，有好声色焉，顺是，故淫乱生而礼义文理亡焉。然则从人之性，顺人之情，必出于争夺，合于犯分乱理，而归于暴。”耳目的能力无所谓善恶，荀子突出耳目的欲望而言性。“顺是”，即放任欲望，人必然为恶，故耳目之欲是产生恶的根源。荀子否定仁义礼智根于心、根于性，而以耳目之欲为性，所以谓性恶。

《荀子·正名》：“性者，天之就也；情者，性之质也；欲者，情之应也。”性是生而即有的，情是性之本质，则性情一也。欲是耳目口鼻四肢的欲望，它们应情而生，则情与欲是同质的。因此，荀子之性、情、欲上下层级不同，但有共同的本质，即性恶、情恶、欲恶。情欲之性是恶的，与人之为善对立，人之为善不是顺着人性的内在要求，而是“反于性而悖于情”（《荀子·性恶》），即孟子“戕贼人以为仁义”。因此，人之为善在人性上没有根据。

顺性情的要求，人必为恶，则人如何能向善为善呢？心是人的官能之一，荀子把心与其他官能分开，突出了心的重要作用。孟子之心能思，且有善端，是认知之心和道德之心的统一。荀子之心能思，具有认知的能力，但荀子之心不具有善，故荀子之心是认知之心。《荀子·解蔽》曰："心知道，然后可道；可道然后守道以禁非道。以其可道之心取人，则合于道人，而不合于不道之人矣。以其可道之心与道人论非道，治之要也。何患不知？故治之要在于知道。"心能知道、可道、守道、禁非道，则知道之心支配的行为合于礼义；因此，人之向善为善主要在于心知道。《解蔽》："人何以知道，曰心。心何以知道，曰虚壹而静。"虚壹而静之心是认知之心。认知之心可以接受道，亦可以接受非道。因此，要使心接受道，只有依靠圣王礼义法度的教化和强制。认知之心不具有善，对道没有内在的欲求，外在之道很难在心上生根，这同样依靠师法的教育和强制。认知之心知道，首先是知道的知识内容，然后把道德之知内化于生命中，成为人格修养。这要走相当艰难的一段路程。徐复观说："此知识性的道与义，要成为行为性的道与义，正需要通过人格修养的'一跃'[6]122。"要之，荀子之心知道，基本依靠后天的人为；此人为主要是外在强制性的人为，而非主体自觉内省的内在人为。

知道之心即所谓"道心"，是通向善的保证。《荀子·正名》曰："人之所欲生甚矣，人之恶死甚矣。然而人有从生成死者，非不欲生而欲死也，不可以生而可以死也。故欲过之而动不及，心止之也。心之所可中理，则欲虽多，奚伤于治？欲不及而动过之，心使之也。心之所可失理，则欲虽寡，奚止于乱？故治乱在于心之所可，亡于情之所欲。"不管耳目之欲的多寡，道心皆能保证人的行为合于礼义。"欲过之而动不及，心止之也""欲不及而动过之，心使之也"，即道心对人之行为有决定的作用。但道心不能使人寡欲，则人之内外是非常紧张的。首先，外在行为之善与内在情欲相冲突，即外内冲突；其次，内在情欲与道心的冲突，即内内冲突。故荀子曰："圣王以人性恶，以为偏险而不正，悖乱而不治，是以为之起礼义，制法度，以矫饰人之情性而正之，以扰化人之情性而导之也。"（《荀子·性恶》）人之为善是矫饰、扰乱人之情性，则人是非常矛盾痛苦的。孟子之心是道德之心，则行为之善、外在的礼义规范与道德之心是相和合的。虽然耳目之欲可能陷溺本心，但孟子主张"养心莫善于寡欲"，即不断地存心、养心以至寡欲，所以心欲之争归向平和。

荀子认为人性恶，所以更重视修身。其修身方式如何呢？因为人性中没有仁义礼智之善，故自觉内省方式行不通，自内向外的道德实践也不行，只能是依靠外在礼义的学习和法度规范的强制。但礼义法度因为在人性上没有根据，所以难以接受，因而强制和教化的力度非常大。同时，因为仁义之善违背人性之恶，所以人非常痛苦。再者，因为道德之善没有内在人性的根据，则修身成就善人的根基不牢。

三

《春秋繁露·深察名号》曰："今世暗于性，言之者不同，胡不试反性之名。性之名非生欤？如其生之自然之资谓之性。"（下引《春秋繁露》，只注篇名）董仲舒认为，"今世暗于性"，告子的性无善恶、孟子的性善与荀子的性恶等，皆不能真正把握人性的真实内容。

《深察名号》："天两有阴阳之施，身亦两有贪仁之性。天有阴阳禁，身有情欲栣，与天道一也。是以阴之行不得干春夏，而月之魄常压于日光。乍全乍伤，天之禁阴如此，安得不损其欲而辍其情以应天?”仲舒认为，人性的根据是天，天道之大者在阴阳，阳善阴恶，故人性包含善恶，即“身亦两有贪仁之性”。

《深察名号》:“天地之所生，谓之性情。性情相与为一瞑。情亦性也。谓性已善，奈其情何?故圣人莫谓性善，累其名也。身之有性情也，若天之有阴阳也。言人之质而无其情，犹言天之阳而无其阴也……身之有性情也，若天之有阴阳也。”性为阳气所生，是善；情为阴气所化，是恶。性和情相对，阳气和阴气相对。这是性善情恶。“情亦性也。谓性已善，奈其情何”?性包含情，谓性善，则把性中之情恶置于何地?这是性有善恶论。同一段话，性之外延不同。实际上，董仲舒之性有广义和狭义之分：人性（广义）分性（狭义）和情，人性中善的部分为性，即孟子“性善”之性（仁义礼智，人之为人的本质）；人性中恶的部分为情，即荀子“性恶”之性（耳目之欲）。“情亦性也”，性有善恶，即广义之性。性情相对，性善情恶，即狭义之性。《白虎通义·性情》曰：“性者阳之施，情者阴之化也。”《说文解字》曰:“情，人之阴气有欲者。性，人之阳气有善者也。”以上两家言性，性善情恶，正承董仲舒的人性论而来。《论衡·本性》:“董仲舒览孙、孟之书，作《情性》之说曰：‘天之大经，一阴一阳。人之大经，一情一性。性生于阳，情生于阴。阴气鄙，阳气仁。曰性善者，是见其阳也。谓恶者，是见其阴者也。’若仲舒之言，谓孟子见其阳，孙卿见其阴也。”王充引仲舒之语，亦是性善情恶，性为狭义。概之，仲舒认为，人性（广义）包括仁义礼智信之性（狭义）与食色之欲（情），人性有善有恶。

扬雄《法言·修身》:“人之性也善恶混，修其善则为善人，修其恶则为恶人。”人之性善恶混，即善恶不分主从，“修其善则为善人，修其恶则为恶人”。董仲舒之性有善恶，与扬雄之性善恶混是否相同呢？董仲舒认为，“身之有性情也，若天之有阴阳也”。《基义》：“阳之出也，常悬于前而任事；阴之出也，常悬于后而守空处。此见天之亲阳而疏阴，任德而不任刑也。”仲舒认为，天道任阳不任阴，即天以阳为主，以阴为从，且天有禁阴的作用；推之人道，人性以善为主，以恶为从，心有禁恶的作用，即“天有阴阳禁，身有情欲栣，与天道一也”。《深察名号》：“故性比于禾，善比于米。米出禾中，而禾未可全为米也。善出于性中，而性未可全为善也。”禾中之米为主要，性中之善为主要；“性未可全为善也”，即性中大部分是善，小部分是恶；善和恶所占的份额是大和小，所处的地位是主和从。

要之，董仲舒认为人性有善恶，并不是善恶混，而是善主恶从，因而人之为善具有最本已的可能性。《玉杯》曰：“人受命于天，有善善恶恶之性。”《竹林》曰：“正也者，正于天之为人性命也。天之为人性命，使行仁义而羞可耻，非若鸟兽然，苟为生，苟为利而已。”《玉英》曰：“凡人之性，莫不善义。”这些皆言性善而未及性恶。徐复观先生以为，董仲舒既讲性有善恶，又讲性之善而未及性之恶，这是董仲舒人性论的一个夹杂[7]。笔者以为，这正表现了董仲舒人性论之善主恶从的特征：以性善为主，情恶为从，且人心有禁恶而扬善的作用，因而人性基本上是值得信赖的。

《深察名号》曰：“今万民之性，有其质而未能觉，譬如瞑者待觉，教之然后善。当其未觉，可谓有善质，而未可谓善。”质，质朴，质朴而未觉醒，即《天人三策》谓“质朴之谓性，性非教化不成”（《汉书·董仲舒传》）。性有善质，即人性具有善的潜能或可能性，但并未表现为现实性。这是从可能性方面规定人性，而不是从现实性方面表示人性。《实性》曰：“善如米，性如禾。禾虽出米，而禾未可谓米也。性虽出善，而性未可谓善也。米与善，人之继天而成于外也，非在天所为之内也。天所为，有所至而止。止之内谓之天，止之外谓之王教。王教在性外，而性不得不遂。故曰性有善质，而未能为善也。”人性有善质，如同禾能出米，但禾在阳光雨露的培育下方能出米；性之善质在后天的道德教化之下，方能由可能性表现为现实性。《深察名号》：“性如茧如卵。卵待孵而成雏，茧待缫而为丝，性待教而为善。”卵有化雏之质，但有待于孵；茧有出丝之质，而有待于缫。要之，董仲舒认为，人之性善是质，质朴而未觉醒，即性未善，有待于后天的道德教化。这是仲舒人性论的又一基本内容。

四

综上所述，董仲舒人性论的基本内容：人性有善有恶，善主恶从，即性未全善；性善是质，质朴而未觉醒，具有为善的可能性，而没有表现为现实性，即性未善。董仲舒的人性论是孟子、荀子人性论之二化生出的新一，也是三；三是悖立整合的新的人性论。

首先，从形上根据看，董仲舒的人性论是本于阴阳之天道。

孟子之性善的根据是天。《孟子·尽心》曰：“尽其心者，知其性也。知其性，则知天矣。”尽心知性，心善证知性善；知性知天，性善上达天命之善。因此，天命之善是心善、性善的终极根据。但孟子对道德之天不是穷究到底，而是存而不论，这是继承孔子“夫子之言性与天道，不可得而闻也”（《论语·公冶长》）。孟子之天实际上是处于虚位。荀子说：“性者，天之就也。”但此“天”是自然之天，非道德之天，自然之天与人性之善恶没有关系，即“天人相分”。因此，荀子人性之恶，没有天道的根据。董仲舒认为，“道之大原出于天”（《汉书·董仲舒传》），天道之大者在于阴阳，天有阴阳之气，阳气仁而阴气戾，阳气善而阴气恶。人受命于天，则承袭了天之阴阳之气，阳气化为人性之善，阴气化为人性之恶。因此，天的阴阳之气是人的善恶之性的根源，善恶之性获得了天道的根据。这正是董仲舒“天人相应”思想在人性论中的表现。《深察名号》：“善与米，人之所继天而成于外，非在天所为之内也。天之所为，有所至而止。止之内谓之天性，止之外谓之人事。”天命之谓性，性有善质即性具有善的最本己可能性，这是天为。性之善质在圣贤的礼义教化之下，才能由可能性表现为现实性，这是人为。天人合一。因此，董仲舒既突出了人之成善的天之根源意义，又肯定了人之成善的后天人为之重要作用。

其次，仲舒认为，性非全善，性有善有恶，善主恶从。这是对孟、荀人性论的整合。

孟子突出人性之善，未及人性之恶，他的人性论是相当乐观的；其逻辑结果：一是善人多，二是人之成善较为容易。但在现实当中，善人并不多，人之为善是相当艰难的。仲舒认为，人性中有恶，肯定了人性中的“幽暗意识”[1]，加强了人之为善的艰难性以及后天道德教化和礼义制约的重要性。荀子突出了人性之恶，而否定人性之善，仁义礼智信没有人性的根据，人之为善是悖逆人性。荀子的人性恶产生严重的恶果：礼义在人性上没有根据；人不可相信，是坏蛋，人失去了尊严，没有内在之目的和价值；为严刑酷罚的暴政和圣王的独裁政治提供了人性论的依据。因此，董仲舒认为，人性善主恶从，人性基本上是值得信赖的，“天地之性人为

① 台湾学者张灏先生提出了人性中“幽暗意识”的概念，借以解释中国文化没有发展出民主法制政治的原因。见于《超越意识与幽暗意识》一文，收入《幽暗意识与民主传统》，台湾联经出版社 1989 年版。

贵”，仁义礼智信在人性上获得了根据。

再次，仲舒谓，人性之善是善质，质朴而未觉醒，即性未善。这是修正孟子之性有善端的观点。

性之善端虽微而不著，但已表现为现实性；其逻辑的结论有二：一是只要顺着人性的要求，人就自觉自然地向善、为善，后天的人为（内在与外在）受到削弱；二是性有善端，主体能自觉地内省和扩充，外在道德教化及礼义制约的作用受到轻视，即内在的人为强于外在的人为。荀子驳斥说：“今诚以人之性固正理平治邪？则有恶用圣王，恶用礼义哉！虽有圣王礼义，将何加于正理平治也哉！今不然，人之性恶。”（《荀子·性恶》）人性已善，则不再需要圣王的礼义教化。《深察名号》亦曰：“天生民性有善质而未能善，于是为之立王以善之，此天意也。民受未能善之性于天，而退受成性之教于王。王承天意，以成民之性为任者也。今案其真质，而谓民性已善者，是失天意而去王任也。万民之性苟已善，则王者受命尚何任也？”孟子之性有善端即性已善，无须圣王的教化与礼义的制约。董仲舒以性善为质，质朴而未觉醒，从而充分肯定了后天之道德教化与礼义制约的重要作用。

荀子和董仲舒对孟子之性善的批评，既有合理性，又有不合理性。孟子之性是善端，端即端绪，时时受到欲望的险溺，所以人必须尽心，扩充心之善端，存心、养心，减损耳目之欲。这是内在的人为。心之扩充善端还依靠外在的礼义教化，这是自外向内的强制作用，加强了内在善端的扩充。这是外在的人为。孟子重视向圣贤学习和教化人民，这表明孟子的性善，并非性已善，并非否定后天的人为。但无论如何，性有善端，已表现为微而不著的现实性，无疑削弱了后天的人为。台湾学者袁保新认为，学人将孟子之心理解为独立自主的道德主体及把仁义理解为先验的道德法则是不对的，因为这样就无须圣贤传统的教育作用。袁先生以海德格尔“基本存有论”重新诠释孟子的人性论。他说：“我们发现：孟子的‘心’，与其理解为自律自足的‘道德主体’（moral subject），毋宁理解为‘在世存有’（being－in－the－world）为基本形式的‘存有能力’（ability－to－be），或‘存在’（existence）[8]。”袁先生认为，孟子之性善是人性有善的最本己的可能性而未表现为现实性，故人性之善在实现时须依靠圣贤传统的教育，依靠后天人为的不懈努力。笔者认为，袁先生从可能性方面解释孟子的善端是不合理的，董仲舒的人性善质说，才是从可能性方面论人性。

其四，仲舒之心的道德主体性较孟子之心为弱。

孟子、荀子、董仲舒都很重视心的作用。徐复观先生说，中国文化把心作为人生价值的根源，故是心的文化[6]211－217。孟子之心是认知之心和道德之心的统一，而以道德之心为主；其道德之心能自觉地反省、扩充心之善端，心的道德主体性很强。荀子之心，是认知之心，没有仁义礼智之善，其心不具有道德的主体性。董仲舒说：“天之生人也，使人生义与利。利以养其体，义以养其心。心不得义不能乐，体不得利不能安。义者心之养也，利者体之养也。体莫贵于心，故养莫重于义，义之养生人大于利。”（《身之养重于义》）利是体所欲求的，是恶产生的根源；义是心所欲求的，是通向善的保证。董仲舒把心和体相分别，突出了心的重要地位和作用，“体莫贵于心”，心之养善于体之养；心支配体，“心之所好，体必安之”。《俞序》曰：“仁，天心，故次之以天心。”天心为仁，天人相应，则人心为仁。他说：“栣众恶于内，弗使得发于外者，心也。故心之为名栣也。”（《深察名号》）心，栣也，这是声训；心栣众恶于内，即心具有禁恶的主动作用。董仲舒认为，性有善质，落实于心上，即心有善质。心有善质表明心有为善的本己可能性，而有待于外在的道德教化以觉醒之。善质之心未觉醒，不能自觉地内省、扩充善，故善质之心的道德主体性和自觉性受到相当的削弱。

其五，董仲舒特别强调以礼义教化人民，教化说偏重于后天之外在的人为。

后天的人为有内在的人为和外在的人为，两种人为根据于对心之性质和作用的认定。荀子之心不具有道德性。其虚壹而静之心只能在师法和礼义的强制下接受道，从而保证人之成善。因此，荀子的人为主要是外在的人为，他提倡以礼治国，礼之外在性和强制性非常强，几与法相类。孟子之心的道德主体性很强，故孟子的人为主要是内在的人为，人自觉地内省和扩充善端。董仲舒之心是善质而未觉醒，道德主体性不强，这削弱了内省的人为，加强了外在的人为。他重视法天道，天道是外在之道，法天道亦是偏重于外在的人为。杨国荣先生解释董仲舒“王教在性外，而性不得不遂”说：“主体对外部的教化只能被动地接受和顺从，这种观点可以看作是权威主义价值观在成人理论上的引申，它同时又使内在的潜能变成了形式的点缀。于是，在肯定内在根据与强化外在王教之间，便形成了一种内在的紧张[9]。”杨先生把心有善质解释为内在的潜能，潜能即是最本己的可能性。这与笔者的观点相同。“内在的潜能变成了形式的点缀”，即指董仲舒更重视外在教化的人为，而忽视了善质之心的内省作用。但笔者认为：1）心之善质亦具有一定的内省作用，并非形式点缀，法天道还要依靠心对天道的体察和判断，善质之心也有一定的内省作用；2）心能主动地“栣众恶于内”；3）外在的仁义教化觉醒心之善质，外内合一，仁义之道在心上生根，从而使人之向善为善表现为内在的自觉自愿自然，即《礼记·中庸》所谓“不勉而中，不思而得，从容中道”。

参考文献：

［1］冯有兰．中国哲学史新编：中［M］．北京：人民出版社，1998：84.

［2］周桂钿．秦汉思想史［M］．石家庄：河北人民出版社，2001：174.

［3］王永祥．董仲舒评传［M］．南京：南京大学出版社，1995：268.

［4］庞朴．四圣二谛与三分［M］//胡军．诠释与建构．北京：北京大学出版社，2001：5.

［5］何信全．儒学与现代民主［M］．北京：中国社会科学出版社，2001：126.

［6］徐复观．中国思想史论集［M］．上海：上海书店出版社，2004.

［7］徐复观．两汉思想史：2卷［M］．上海：华东师范大学出版社，2001：248－250.

［8］袁保新．天道、心性与历史——孟子人性论的再诠释［J］．哲学与文化，1995（22）：1009－1022.

［9］杨国荣．善的历程［M］．上海：上海人民出版社，1994：185－186.

原文载于《衡水学院学报》2009年第3期。

刘国民（1964－），男，安徽肥西人，中国青年政治学院中文系副教授，文学博士。

董仲舒“义利”论及对后世之影响

魏文华

董仲舒是中国古代著名的思想家、哲学家、教育家、今文经学家，中国古代文化第二圣人。在中华民族灿若群星的思想家们中间，董仲舒是承先启后的关键人物。后人对董仲舒的“正其谊不谋其利，明其道不计其功”和“义利”论等思想颇有争议，他既青史留名，又受到批判，对我国的传统文化产生了较大影响，对后世社会的发展也产生较大影响。今就董子上述观点微言论次如下。

一、董仲舒的仁义之分思想

仁、义问题是古代思想家关心的问题。在董仲舒以前，对仁的论述与对义的论述没有十分明确的界限，内容多有交叉，自董仲舒始，才对仁、义的具体内容进行明确区分。

董仲舒生在西汉中期，虽然经过六七十年休养生息，社会生产有所恢复，但政治、生活并未安定下来，诸侯叛乱时有发生，统治者便开始注意到儒家思想。他们汲取秦王朝灭亡的教训，改严刑峻法，在政治、经济乃至学术上，允许各家各派发表不同观点。武帝时期，招贤纳良，举文人学士百数就“大道之要”提出“策问”。董仲舒传授经典主要是解释《春秋》，借鉴历史经验，针对当时存在的问题（尤其是思想领域的问题）提出合理的措施。董仲舒认为，“春秋之所治，人与我也，所以治人与我者，仁与义也”。《春秋》所要解决的问题，就是关于人与我的问题，也就是仁与义的问题。他说：“众人不察，乃反以仁自裕，而以义设人，诡其处而逆其理，鲜不乱矣。”也就是说，用施仁爱于别人的仁来对待自己，而用纠正自己的义来要求别人，那么就很少有不出乱子的。西汉以前的社会之所以战乱不已，是由于统治者“于人我之分而不省仁义之所在也”。正是基于此，为避免混乱局面的出现，为了维护封建统治政权的稳定与国家的安定，他提醒统治者要做到以仁安人，以义正我，以防止出现以仁待己，以义设人的社会风气，使国家出现安定的局面。

董仲舒说：“仁之法在爱人，不在爱我。义之法在正我，不在正人。”“仁谓往，义谓来；仁大远，义大近。爱在人，谓之仁；义在我，谓之义。”“仁者人也，义者我也。”“我不自正，虽能正人，弗予为义；人不被其爱，虽厚自爱，不予为仁。”

董仲舒在仁和义这两种道德规范的关系上，设计完整的理论论述结构。他认为仁是对施仁爱于别人而言的，义是对要求自己而言的。对别人要多施以爱心，对自己要严格要求。相反，对自己不严格要求，自己行为不端正，虽然纠正别人，他的行为不合乎义；别人不能得到他的爱，他的行为也不合乎仁。对别人要做到仁、义。

董仲舒说：“昔者晋灵公杀膳宰以淑饮食，弹大夫以娱其意，非不厚自爱也，然而不得为淑人者，不爱人也。”他又说：“《春秋》不言伐梁者，而言梁亡，盖爱独及其身者也。”“质于爱民，以下至于鸟兽昆虫莫不爱。有爱，奚足谓仁?”晋灵公为了改善饮食竟杀死了他的厨师，为了自己心理愉快，竟用弹丸射大夫来取乐，董仲舒认为这种行为虽然并不是不爱自己，却是不爱别人的行为，所以不能算是好人，因而也就谈不上仁。同样，他认为《春秋》没有说哪一个国家讨伐梁国，而说梁国灭亡，就是因为梁国国君是个只爱自己的人。他认为仁不仅要爱自己，更重要的是爱别人，只有这样，《春秋》才给予赞许，才不是一个普通的人。

董仲舒说：“虽有乱世枉上，莫不欲正人。奚谓义？潞子之于诸侯，无所能正，《春秋》予之有义，其身正也。”董仲舒认为，即使能纠正别人的错误，但自己行为不端正，仍不能说这种行为合乎义。楚灵王讨伐陈国蔡国的乱贼，齐桓公因受骗而逮捕袁涛涂，吴国国君阖庐能够公正处理楚国攻打蔡国的事件，所有这些都虽然能够去纠正别人，都是为了自身利益，自己行为不端正，可潞国国君有心为善，虽然不能纠正诸侯而被晋国消灭，但《春秋》称赞他的行为合乎义。

董仲舒对仁和义进行了根本区分，总结出仁义之分思想的最根本内容：“仁之法在爱人，不在爱我”，“义之法在正我，不在正人。”他强调“仁谓往，义谓来”。所谓“仁谓往”，就是说仁是施仁爱于别人的，所谓“义谓来”就是说对自己要严格要求，也就是他所说的仁者爱人，义者正我，两者不能颠倒。董仲舒说“仁大远，义大近”，就是说，施仁爱于别人越远越达到仁，“远而愈贤、近而愈不肖者，爱也。”而义是对待自己的，越严格要求自己越能达到义。董仲舒又说：“故王者爱及四夷，霸者爱及诸侯，安者爱及封内，危者爱及旁侧，亡者爱及独身。”爱及四夷者才能为王，爱及诸侯者只能为霸，爱及旁侧者危险，仅爱独身者就要灭亡了。

董仲舒强调仁义之分的重要意义。他说：“仁义之处可无论乎？

夫目不视弗见，心弗论不得。虽有天下之至味，弗嚼弗知其旨也，虽有圣人之至道，弗论不知其义也。”对仁义之分思想也应当认真地去思索、去体味并加以实施。

二、利与义的关系

利与义的关系，是儒家热烈讨论的问题。董仲舒对这个问题阐发了“义利两有”的观点。

董仲舒说：“天之生人也，使人生义与利。利以养其体，义以养其心，心不得义不能乐，体不得利不能安。”但义又是重于利的，“义者，心之养也，利者，体之养也，体莫贵于心，故养莫重于义，义之养生人大于利。”（《春秋繁露·身之养重于义》），董仲舒要求人们在生活中重义轻利，确立“正其谊不谋其利，明其道不计其功”的价值取向；在满足人们适当物质利益要求的前提下，培养人们的道德情操，以仁义之道充实人们的精神世界。他说：“故圣人之制民，使之有欲，不得过节，使之敦朴，不得无欲，各得以足，而君道得矣。”即对受教育者利的欲求，应予以满足，但将“欲”控制在一定限度之内；培养人民敦朴之义，但又不以义灭欲。唯此，才是“君道得”“仁义兴”的根本所在。对这种教育方法的必要性，董仲舒还曾从天与人的关系及古之圣王的前例出发进行了类推论证。他认为，上天对人，有赡足之意，“生育养人，成而更生，终而复始。其事所以利活者民无已。天虽不言，其欲赡足之意可见也”。圣王对民，有兼利之举，“古人圣人，见天意之厚于人也，故南面而君天下，必以兼利之”。只有“足之”“利之”，方能使民众“体”所养，从而“义”有所托，教有所成。基于这种信念，董仲舒对孔子“先富之，而后加教”的言论大加赞赏，认为此言道出了道德教化的重要规律，他说："先欲食而后教之正，谓治人也。"他在给汉武帝的献策中说："少则习之学，长则材诸位，爵禄以养其德，刑罚以威其恶，故民晓于礼谊而耻犯其上，"也体现了他与利养义的一贯思想。

三、仁与义密切相连

我们认为，仁是对人来说的，义则是对己而言。仁与义密切相连："春秋之所治，人与我也。所以治人与我者，仁与义也。以仁安人，以义正我。"（《仁义法》）天意至仁，在于养人，天意至义，在于养心，即义是天生来叫人养心的。要求人们在履行道德义务与责任时重心要在于自己，对人要有同情心，对己则要严格要求："义之法，在正我，不在正人。我不自正，虽能正人，弗与为义。"（《仁义法》）并且，董仲舒认为真正善的道德行为应该是"正其谊不谋其利，明其道不计其功"（《汉书·董仲舒传》）。反之，一个人的行为如表现为趋利不趋义或见利忘义，就不能"正谊明道"。他说："凡人之性莫不善义，然而不能义者，利败之也。"（《玉英》）而且，一旦"忘义而徇利，去理而走邪"，就必须会"以贼其身而祸其家"（《身之养重于义》），既害已又祸国殃民。因此，他主张以义节利，真正做到了义，可以促使自己的道德完善，也能保证国家的长治久安，使国家更富强。

五常中的"礼"也肩负着特殊的使命。所谓礼，董仲舒看来是一种道德规范："缘此以论礼，礼之所重者在其志，志敬而节具，则君子予之知礼。"（《玉杯》）礼是一种气质，即志。并且，它的根据在于天："礼者，继天地，本阴阳，而慎主客，序尊卑贵贱大小之位，而差内外远近新旧之级者也。"（《奉本》）因而，礼对人性修养为善起着十分重要的作用。他说："民之情，不能制其欲，使之度礼，目视正色，耳听正声，口食正味，身行正道，非夺之情也，所以安其情也。"（《天道施》）就是说，人性包括仁贪二部分，"情亦性也"，因而，不能灭情，只能以礼控制、规范，使之合理从善。换言之，只要以礼规范、制约言行，非礼勿言听视动，人性中的情欲，恶质就再无萌生滋长的土壤，情善、性善亦才有保证。

"智"，指智慧、才能，也即对道德规范的思想认识。他说："何谓之智？先言而后当。凡人欲舍行为，皆以其智先规而后为之。"（《必仁且智》）在董仲舒看来，没有智的指导即没有对封建道德的正确认识，就没有正确的道德行动，也就谈不上人性善。他比喻为"不智而辩慧狷给，则迷而乘良马也"（同上）。即一个人没有"智"，而有能说善辩的才能，就如同骑了好马而迷失了方向。并且"不仁不智而有才能，将以其才能以辅其邪狂之心，而赞其僻违之行，适足以大其非而甚恶耳"（同上）。没有仁、智这种品质，有很大的才能，那只能使人做更大的坏事，给国家带来更大的危害。

"信"，是指诚实专一。董仲舒认为它对"成性"也至关重要。他看来，履行封建道德不能左顾右盼，要终日乾乾，继继不息，才能完善自己的本性。另一方面，躬行礼义也需要在至诚无妄的心理状态下才能完成："竭愚写情，不饰其过，所以为信也。"（《天地之行》）这样，持之以恒，忠诚专一，积善成德，也就成就自己的德性了。董仲舒的所谓"三纲五常"不仅仅是作为社会伦理规范而存在，而且更重要的是作为人性修养的必要手段而存在的。董仲舒认为这些社会伦理规范是进行教化的根本依据和内容，而通过教化，它们就必然会转化为人的内在本质，即内化为人的本质存在，从而成为现实的人性善。

四、从“仁”“义”“礼”到“三纲”

先秦儒家以“德”为法律价值标准，包括“仁”“义”“礼”等内容。先秦儒家本有“三伦”“五伦”之说，“三纲”与此表面上极为相似，事实上两者大有区别。这区别就在于，一个是从氏族贵族的个体成员和巩固宗法纽带立论，一个是从统一帝国和专制君王的统治秩序着眼。前者具有伦理感情，后者纯属功利需要[1]。董仲舒则以“三纲”为法律价值标准。事实上“三纲”本质更接近于法家的“三常”。《韩非子·忠孝》中说：“臣事君，子事父，妻事夫，三者顺则天下治，三者逆则天下乱。此天下之常道也。”董仲舒只不过把“常道”改为“三道”，称“王道之三纲，可求于天”（《基义》）。正因为“三纲”乃受命于天，才是万世不易的大道：“天子受命于天，诸侯受命于天子，子受命于父，臣妾受命于君，兼受命于夫。诸所受命者，其尊皆天也，虽谓受命于天亦可。”（《顺命》）先秦儒家忠、孝不过是二个德目，受仁、义、礼的统率，并未独立出来作为法律价值标准，董仲舒却把它们升值了。

董仲舒在《顺命》中说：“子不奉父命，则有伯讨之罪，……臣不奉君命，虽善以叛……妻不奉夫之命，则绝。”与孟子的“闻诛一夫纣矣，未闻弑君也”（《孟子·梁惠王上》）以及“舜不告而娶，为无后也，君子以为犹告也”（《孟子·离娄上》）和孟子对父子“争于善”的宽容态度（见《离娄下·匡章子事》、《离娄上·易子而教事》）比较，就可看出两者的差异。

董仲舒以“纲”代替“德”成为法律价值标准，使特权和等级制成为立法的指导原则，用其更好地为统治阶级服务。

五、“正礼义”治民以稳社稷

董仲舒向汉武帝进良策时，强调“正礼义”治民以安社稷。董仲舒提出的“三纲五常”的封建伦理和把人性分为上、中、下三品的论点，与“天人感应”联系在一起，认为人有性与情，跟天有阴与阳一样，是事物并存的两个方面。上品之性不必教，下品之性不可教，中民之性应重视教育。“王承天意，以成民之性为任者也”（《春秋繁露·侗察名号》）。把帝王统治下的百姓当作一块未雕琢的石块，使民为善而去恶是帝王施行教化的结果，是帝王治国治民必尽的“天意”。教化就是使百姓明是非、辨善恶，要让百姓明白，帝王要首先明白。要改变汉初的“师异道，人异论，百家殊方，旨意不同”混乱局面。否则，法制数变，君主无所持，百姓无所从，怎能实现人心归顺，天下统一。要“诸不在六艺之科，孔子之术者，皆绝其道，勿使并进”。

董仲舒提倡“重义轻利”，他认为义和利都是人生在世不可缺一的，但二者不可相提并论，义比利更重要。他说：“体莫贵于心，故养莫贵于义。义之养生人大于利”（《春秋繁露·身之养蜞重于义》）。百姓和官吏都应该“正其谊不谋其利，明其道不计其功”（《汉书·董仲舒传》）。只讲道义，不谋利记功，对社会发展有其积极的意义。秦非不欲为治也，然失之者，仍举措暴众而用刑太极故也（陆贾《新语·无为》）。“用刑太极”和“举措暴众”即是帝王私心太狠而利令智昏的结果。以谋利计功为社会导向，帝王霸业非但不能修明王道而实现，而且会成为阻碍。这种背道而驰最终导致身丧国亡，秦二世的消亡教训深刻。黑格尔说“专制就是无法无天，特殊的意志本身就具有法律的效力”[2]。任何一个有作为的皇帝即要把国家看成是自家的私有产业，又要在治理国家中协调好关系，天下不治皇位难保。董仲舒为实现“正礼义”以治民安社稷，适时提出他的理论。他说：“为人君者，正心以正朝廷，正朝廷以正百官，正百官以正万民，正万民以正四方。四方正，远近莫敢不壹于正，而无有邪气奸其间者。是以阴阳调而风雨时，群生和而万民殖，五谷熟而草木茂，天地之间被润泽而大丰美，四海之内闻盛德而皆来臣，诸福之物，可致之祥，莫不皆至而王道矣。”（《汉书·董仲舒传》）

六、“义利”论对后世影响之利弊

董仲舒“罢黜百家，独尊儒术”的建议被汉武帝采纳，适时实现了政治一统后的思想文化的统一，儒家思想成为汉武帝之后的统治思想，并成为此后影响中国历史达二千年的封建社会意识形态的主导思想。对百姓进行“义利”观教育，从汉文帝标榜以孝治天下开始，汉武帝表彰六经，宣帝吏治中佐以教化……这些帝王都清楚，教化与刑政相辅相成，恩威并济，宽猛相济。“导民以孝，则天下顺”（《宣帝纪》地节四年二月诏）。但董仲舒“罢黜百家，独尊儒术”建议实施后，却人为堵塞了“百家争鸣”的学术氛围，成为以儒家思想为中心，杂加阴阳五行说，把神权、君权、父权串在一块，所形成的“三纲五常”和政教合一产生了一些弊端，阻碍了社会的发展。

“正其谊不谋其利，明其道不计其功”（《汉书·董仲舒传》）。只讲道义，不谋利计功，对社会发展有其积极的意义。克服古时“文官爱钱”“武官怕死”和现今个别人的“要钱不要命”“要钱不要脸”，为金钱铤而走险，不怕掉脑袋进监狱。为了金钱为了享受，不怕出卖人格国格，有的甚至不怕出卖肉体和灵魂，为了穷奢极欲，拼命剥削他人的劳动成果，掠夺他人……对丑陋的人生观、价值观起到了很好的警示作用。在历史上，先秦有“十章大学终言利，一部周官半理财”。南宋有陈亮直对董仲舒而提出“明道义而计功利”。现今有中国共产党十四届六中全会的《关于加强建设社会主义精神文明建设若干重要问题的决议》指出：在社会主义初级阶段，在发展社会主义市场经济的过程中，应“形成把国家和人民利益放在首位而充分尊重公民个人合法利益的社会主义义利观”。对于儒家思想，对于董仲舒提出的“义利”观的思想全面的看，它对促进历史发展起到了一定作用，但它的弊端也不可轻视。既要看到好的一面，又要看到不利的一面。总之，要辩证地看待，要站在历史的角度去看待，要一分为二地看待。对于古人的思想，要去其糟粕取其正确的有学术价值的古为今用。中宣部副部长、中央文明办主任胡振民在为魏文华编著的《董仲舒珍闻》的序言中指出：“今天的中国是历史的中国的一个发展，我们是马克思主义的历史主义者，我们不应当割断历史。从孔夫子到孙中山，我们应当给以总结，承继这一份珍贵的遗产。在中华民族灿若群星的思想家们中间，董仲舒是承先启后的关键人物。了解他，研究他，吸收他思想学说的精华，这对于我们在改革开放的环境中、在市场经济条件下建设社会主义精神文明，建设有中国特色的社会主义文化，无疑是有积极意义的。”

参考文献：

［1］李泽厚. 中国古代思想史论［M］. 北京：人民出版社，1986：138.

［2］黑格尔. 法哲学原理［M］. 上海：商务印书馆，1961：295.

原文载于《衡水学院学报》2007年第3期。

魏文华（1951－ ），男，河北武邑县人，衡水市委党史研究室高级政工师。

董仲舒人性论浅议

高春菊

早在春秋战国时期，许多思想家就对人性问题进行了探讨，从孔子的“性相近，习相远”，到孟子的“性善论”和荀子的“性恶论”都极具代表性。西汉中期，儒家学派的重要传人董仲舒在新的历史条件下，对人性问题进行了新的探讨，在对孟子的“性善论”和荀子“性恶论”批驳的基础上提出了他对人性问题的根本看法——性未善。

董仲舒关于人性问题的论述主要集中在《春秋繁露》中的《深察名号》与《实性》两篇，他对人性的基本认识主要包括以下几点：

第一，性未善论。董仲舒对人性的理解是从“性之名”开始的。什么是性？他说：“性之名，非生也？如其生之自然之资谓之性，性者，质也[1](291)。”接着进一步提出：“诘性之人质于善之名，能中之与？既不能中矣，而尚谓之质善，何哉？性之名不得离质，离质如毛，则非性也[1](292)。”从董仲舒对“性”下的定义及随后的论述可以看出，他不是一个性善论者，他所谓从善的名中找不到性的质，因此不能说“质善”，性离不开质，离开质一丝一毫也就不是性了，显然是对孟子的“性善论”提出了质疑。不仅如此，董仲舒又以“心之名”进一步论证了人性不是完全善的。他心名，得人之诚。“人之诚有贪有仁，仁贪之气[1](294)”。照董仲舒的解释，人性作为贪、仁两气的混合体，不仅含有善质，而且具有恶因，限制贪气而不使它外露的是心。最后，董仲舒又从天道的角度对人性作了进一步说明，以天有阴阳气论证人具有善恶的两重人性。他说：“身之名取诸天，天两有阴阳之施，身一也。”“天地之所生谓之性情，性情相与为一瞑。情亦性也。谓性已善，奈其情何[1](298)？”同时，为了论证自己的观点，董仲舒在《深察名号》中以米、禾为具体实例，指出米是由禾加工而来的，但不能把禾说成就是米，进而将禾比作性，将米比作善，导出“善出性中，而性未可全为善也”[1](297)的结论。总而言之，董仲舒在论证他对人性问题的看法时，并没有正面提出自己的观点，而是采用了一种比较含蓄的方式，从不同角度对孟子的性善论进行了批驳，在此基础上提出了他的命题：“性有善质而未能善”[1](302)。

第二，教而后善。与“性未善”密切相关，董仲舒十分强调后天教化的作用。认为“万民之性待外教然后能善”[1](303)。在董仲舒看来，人性中诚然有善质，但不能因此就说人性就是善的，这就像禾虽出米，而禾未谓米，茧能缫丝，而茧不可谓丝一样。人性中有善质只是为成善提供了一种可能性，要想使这种可能性变为现实还要依靠外在的教化。“天生民性有善质而未能善，于是为之立王以善之，此天意也。民受未能善之性于天而退受成性之教于王[1](302)。”“性有似目，目卧幽而瞑，待觉而后见。今万民之性有其质而未能觉，譬如瞑者待觉，教之然后善。当其未觉，可谓有善质而不可谓善，与目之瞑而觉，一概之比也[1]298。”“性者，天质之朴也，善者，王教之化也，无其质则王教不能化，无其王教则质朴不能善[1](313)。”从以上的论述中可以看出，在董仲舒的人性论中蕴含着这样一种思想：人性中含有善质，这是成善的内因和根据，后天的教化是外因，只有内外因结合人性才能成善。值得注意的是，在“善质”“王教”孰重孰轻上，董仲舒更加看重的是“王教”。认为一个人如果能够接受教化，那么就会限制人性中恶的一面，使人性为善，即所谓“天所谓有所至而止，直至内谓之天；止之外，谓之王教，王教在性外而性不得不遂”[1]311。

第三，性三品之分。战国时期的孟子、荀子讲人性时没有作任何区分，都是指的万民之性，孟子讲人人皆可以为尧舜，主张“性恶论”的荀子同样认为经过学习和教化，“人皆可以为尧舜”。与孟子、荀子不同，董仲舒所讲的“性”“人性”“万民之性”则是指“中民之性”，即绝大多数人的本性。用他的原话说就是：“圣人之性不可以名性，斗筲之性又不可以名性。名性者，中民之性。中民之性，如茧如卵，卵待覆二十日而后能为雏，茧待缫以绾汤而后能为丝，性待渐于教训而后能为善。善，教训之所然也[1]311—312。”在这里，董仲舒将人性作了“圣人之性”“中民之性”“斗筲之性”这样上、中、下3等的划分。他所谓的“圣人之性”是指那些纯善而无恶的人；“斗筲之性”是指其性中善质之小可用斗筲称量的小人；“中民之性”是指天性中善恶混杂，通过教化而可为善的人。同时董仲舒还指出，社会上属于“圣人之性”和“斗筲之性”的都是极少数人，大多数人都属于“受未能善之性于天，而退受成性之教于王”的“中民之性”。

第四，义重于利。在价值观上，董仲舒提出了“义以为上”“正其谊不谋其利”的命题，明确表达了儒家的观点。早在春秋时期，人们已开始探讨义与利的关系，晋国大臣里克曾说：“义者，利之足也……废义则利不立[2]238。”孔子虽主张义利统一，但同时又认为，在义利不可兼得的情况下，要以义为重，提出了“君子喻于义，小人喻于利”的命题。战国时孟子把孔子的重义轻利加以绝对化，认为“何必曰利？亦有仁义而已矣”[3]1。到了汉代，董仲舒继续探讨了义与利的关系，认为人性中包含义和利两方面，即“天之生人也，使之生义与利”[1]263。天生人的时候，就已经给人安上了义与利的本能，人生需要义，也需要利。没有义，不能使精神快乐；没有物质利益，不能使人的身体舒适。在义与利的关系上，董仲舒从心身关系的角度出发，认为“体莫贵于心”[1]263。所以，养心的“义”也就比养体的“利”更重要了。在肯定义重于利的前提下，董仲舒认为人有义，虽贫而能自乐；人无义，虽富而不能自存，并大胆地提出了“正其谊不谋其利，明其道不计其功”[4]的命题。

历史地分析，董仲舒的人性学说有其产生的历史根源。董仲舒所处的时代正值西汉王朝政治、经济发展的全盛时期。一方面，君主专制政治更加完善，社会经济空前繁荣；另一方面，由于地主豪强的土地兼并，贫富分化问题已相当严重，并由此引发了更加深刻的社会危机。在这种背景下，从维护君主专制制度和地主经济利益出发，董仲舒在人性问题上，以天有阴阳论证人有善恶两种人性，并把人性分为天生能善的“圣人之性”、贪欲难改的“斗筲之性”和可善可恶的“中民之性”，强调后天的教化对人性的影响等，这些都是当时社会所需要的。

一种学说的产生，除了社会原因外，必须有前人所提供的思想资料。董仲舒的人性论也是如此。汉代以前在人性论问题上最早主要有孟子的“性善论”和荀子的“性恶论”两种观点，董仲舒的人性学说是在对两种人性论批驳的基础上，进一步修正而来的，在一定程度上可以说是对孟子、荀子人性论的综合。首先，董仲舒的人性论是在对孟子“性善论”进行批驳的基础上提出来的。孟子对于人性论的估量，认为不管其社会地位的高下，本性中都含有仁、义、礼、智四端，即所谓“善端”，只要加以“扩而充之”，就可以成为善人，所以人的本性都是善的，即“人性之善也，犹水之就下也”[3]254。董仲舒反对孟子的“性善论”，具体表现在：第一，关于“性”之名，他提出了与孟子完全不同的看法。第二，借用圣人的言论驳斥孟子的“性善论”，他在《实性》中提出“正朝夕者视北辰，正嫌疑者视圣人，圣人之所名，天下义为正”，接着又说“圣人之言中，本无性善名”。在《深察名号》篇中也讲“圣人莫谓性善”。一句话，董仲舒通过论证性善说不符合圣人的言论和思想对孟子的人性论给予了否定。第三，董仲舒又从天道的角度出发，通过说明“天有阴阳两施，身亦两有贪仁之性”进一步论证了其人性不完全是善的思想。其次，董仲舒在阐述他的人性观点时，对战国时代的另一种人性学说——性恶论予以了批驳。“性恶论”的提出者是荀子，与孟子的性善说不同，他提出了“人之性恶，其善者伪也”[3]266的著名观点。他说：“今人之性，生而有好利焉，顺是，故残贼生而忠信亡焉；生而有耳目之欲，有好声色焉，顺是，故淫乱生而礼仪亡焉。然则人之性，顺人之情，必出于争夺，合于犯而归于暴[5]39。”董仲舒对荀子“性恶论”的批驳主要集中在一点，就是指出荀子人性论中否认人性中有善的成分是一个缺陷，认为如果人性中没有善的因素，那么王教不可能使其化成善人。

在对孟子的“性善论”和荀子的“性恶论”批驳的同时，董仲舒又对两种人性学说尤其是后者又有所继承和修正。对孟子的“性善论”，董仲舒可谓是批驳较多，但两者间仍然有一些相通之处，如，孟子讲人性含有“善端”，董仲舒也承认性有善质；在义利关系上，孟子讲“何必曰利”，董仲舒也提倡“以义为上”，换句话说，尽管董仲舒批判了孟子的“性善论”，但也受到了“性善论”的影响。与孟子的“性善论”相比，董仲舒对人性的看法与荀子的“性恶论”更为接近。荀子认为人性是“天之就也”[5]39，是“生之所以然得者”[5]39。董仲舒在《深察名号》中讲了类似的思想：“生之自然之资谓之性。”从性本恶出发，荀子认为经过学习和教化，“人皆可以为尧舜”，董仲舒也认为“万民之性待外教然后能善”。荀子认为人性恶是天然的，人性善是人事造成的，即通过人为努力转化所谓“恶”的本性，获得“善”的品质。董仲舒同样认为，如果能接受好的教化，那么就会限制人性中贪的一面，而使人性为善。

总之，董仲舒的人性学说既对孟子的“性善论”和荀子的“性恶论”有所批驳，同时又有所吸收，并综合了他们的见解，同时论善恶。他们的这种人性观点和儒家的开创者孔子有着相似之处，如孔子讲“天命为之性”，讲“性相近，习相远”时，都是从整体上论述的，并没有作善、恶的区分；在义利关系上，董仲舒主张义利两有、义重于利，而孔子在提倡“见利思义”“见得思义”的同时，也并不是无条件地弃功绝利，他本人也并不讳言利，如他到卫国，并不是仅仅关心那里的道德风尚如何，相反倒是开口便盛赞该国人口众多。也就是说，作为同一派系的孔子和董仲舒，对人性问题的看法存在着一定的渊源关系，后者的学说中包含着前者的某些思想成分。更为重要的是，董仲舒的人性学说直接影响了后代学者如韩愈、周敦颐、朱熹等对人性问题的看法。所以，用承上启下来概括董仲舒的人性论在中国思想史的地位和作用，当是最恰当不过的了。

参考文献：

[1] 苏舆. 春秋繁露义证 [M]. 北京：中华书局，1992.

[2] 金元浦，谭好哲，陆学明. 中国文化概论 [M]. 北京：首都师范大学出版社，1999.

[3] 杨伯峻. 孟子译注 [M]. 北京：中华书局，1960.

[4] 冉昭德，陈直. 汉书选 [M]. 北京：中华书局，1962.

[5] 曹德本. 中国政治思想史 [M]. 北京：高等教育出版社，1999.

原文载于《衡水学院学报》2003 年第 1 期。

高春菊（1968－ ），女，河北故城县人，衡水师专法政系讲师，历史学硕士。

试析董仲舒“天人合一”学说的论证方式

赵艳玲

儒家“天人合一”思想是中国传统文化的重要内容。对传统文化的方方面面诸如政治、科学、伦理道德、审美意识等等，都有深远的影响。“天人合一”思想可以溯源于商代的占卜。《礼记·表记》中说：“殷人尊神，率民以事神。”殷人把有意志的神（“帝”或“天帝”）看成是天地万物的主宰。西周时期“敬德保民”的天命观明显地赋予神（即周人的“天”）以道德属性：“天”之好恶与人之好恶一致，“天”与“人事”息息相通。道德规范是有人格意志的“天”为“保民”而赐予人间的。这就说明，“天人合一”的思想在西周的天命观中已有了比较明显的萌芽。春秋时期，“天”的含义出现儒、道两家不同指向。儒家所讲的“天”一直保存了西周时期“天”的道德含义，儒家的“天人合一”大体上就是讲的人与义理之天、道德之天的合一，“天”具有道德属性；道家所讲的“天”则是指自然，不具有道德含义。道家的“天人合一”就是讲人与自然之天的合一。

儒家“天人合一”说首倡于孔孟，汉儒董仲舒将其系统化、理论化。儒学宗师们在阐述和论证“天人合一”思想时，最常用的是类比论证方法。董仲舒在《春秋繁露》中，也运用了类比推理的方式构架起“天人合一”的思想理论体系。董仲舒的“天人合一”说及其论证方式折射出中国传统思维方式的整体性特征。

一

类比论证是运用类比推理进行的论证。“类比推理就是根据两个（或两类）对象在某些属性上的相同或相似，从而推论他们在其他属性上也有相同或相似。”[1]165 虽然类比论证属于或然性论证，但由于类比推理可以把任意的对象放在一起进行比较和推论，因此他不但可以使不同种类事物的知识相互移植和推广，而且具有触类旁通、举一反三的特殊功能，从而成为思维创新的一种契机。“每当理智缺乏可靠论证的思路时，类比这个方法往往能指引我们前进。”[1]13 在科学史上利用类比推理获得发明创造、创立科学理论的例子举不胜举。

“中国传统文化内在的思维逻辑可以概括为类比逻辑。”[2] 中国古代思想家在宣传论证他们的道德理想、政见时，使用最多的是类比推理。如中医的名典《黄帝内经》就是以“援物比类”的思维方法，论证天地之“阴阳”与人体之“阴阳”有着同形同构的联系，将“天”与“人”从现象上进行类比，指出：“天有日月，人有两目。地有九州，人有九窍。天有风雨，人有喜怒。天有雷电，人有音律。天有四时，人有四肢。天有五音，人有五脏。天有六律，人有六腑。”（《黄帝内经·灵枢邪客》）这是一种典型的类比。

儒学宗师主要是运用类比推理方式来论证“天人合一”思想的。等级原则是孔孟儒学的首要政治规则，儒学经典《易传》运用类比逻辑，将等级原则与阴阳、天地相比照，论证了政治等级的绝对合理。其文曰："天尊地卑，乾坤定矣。卑高以（同'已'）陈，贵贱位矣。"（《易·泰系辞上》）乾是阳，是天，坤是阴，是地。在儒学宗师们看来，天与地之间的尊卑关系正是人间政治等级上下贵贱关系的合理性根源。再如孔子论德治："子欲善而民善矣。君子之德风，小人之德草。草上之风，必偃。"（《论语·述而》）儒学认为政治的运作是一个上行下效的过程。所谓"上有好者，下必甚焉"，他以风和草类比君子小人。

《淮南子》也是以事物的相类来推论天人相类进而论证天人相通相感。它认为，"天将刮风，草木未动，而鸟已飞翔；天将下雨，乌云未聚，而鱼已张口吸气"，这是因为"阴阳之气相动"，因此，"寒暑燥湿，以类相从"（《淮南子·泰族训》）。人的精神肢体，都"取象于天"，以"比类其喜怒"（《淮南子·要略训》）。它还说，"天之与人，有以相通也……万物有以相连"（《淮南子·泰族训》），其表现是国家危亡则天象变化，可见《淮南子》是以性气象薄来说明天人相类的。既然天人相类，以类相从，有以相通，那么，《淮南子》引申出天人相副的论断。在《精神训》中，以人体比附自然："故头之圆也象天，足之方也象地。天有四时五行九解，三百六十六日，人亦有四肢五藏九窍，三百六十六节。天有风雨寒暑，人亦有取与喜怒……耳目者，日月也；血气者，风雨也。"在《天文训》中，它认为人的"空窍肢体，皆通于天。天有九重，人亦有九窍。天有四时，以制十二月；人亦有四肢，以使十二节，天有十二月，以制三百六十日；人亦有十二肢，以使三百六十节"。这些议论，着重于人体与自然现象在数目上的相同，说明天人一体，天人相副。所以，它的结论是："天地宇宙，一人之身也；六合之内，一人之制也。"（《淮南子·本惊训》）说明事物相类、相符，可以

“阴阳之气相动”，自然就可以“明物类之感，同气之应”（《淮南子·要略训》），天人可以相互感应了。

董仲舒在《春秋繁露》一书中论述天人感应思想时，也主要运用了类比论证方式。在《春秋繁露》中，他主要将当时流行于社会各个领域的阴阳五行学说与儒学相结合，构建其天人合一的思想体系。他以人事和天道相类比，认为，“天有阴阳，人亦有阴阳”，人被浸染在阴阳二气之中，“而以治乱之气与之流通，相殽馔也”（《春秋繁露·如天之为》）。不仅把阴阳注入了天、人，而且注入了社会治乱之中。他进一步宣称：“君臣父子夫妇之义，皆取诸阴阳之道。君为阳，臣为阴；父为阳，子为阴；夫为阳，妻为阴。”（《春秋繁露·基义》）阴阳有主次之分，阳主阴次，这就把社会上的人际关系固定下来，模式化了。

为了说明阴阳消长的动力以及事物发展的次序，董仲舒将五行、四时与阴阳相配。在他看来，阴阳消长的原因，在于五行的“相生”和“相胜”。“庆赏罚行与春夏秋冬，以类相应也。”（《春秋繁露·四时之副》）由于五行生胜，才使自然界四时代谢，社会上王者四政（庆赏刑罚）迭用，个人四气（喜怒哀乐）转换。而这些变化和发展则是按五行的次序进行的。木是五行之始，水是五行之终，土居五行之中，“此其天次之序也。”（《春秋繁露·五行之义》）在把阴阳与五行熔铸为一的同时，为了增强宇宙系统的秩序性和稳定性，董仲舒又把四时四方与阴阳五行相结合。他说，五行中“水为冬，金为秋，土为季夏，火为夏，木为春”（《春秋繁露·五行对》），“木居东方而主春气，火居南方而主夏气，金居西方而主秋气，水居北方而主冬气”（《春秋繁露·五行之义》）。同时，他还认为春夏秋冬分别代表爱乐严哀“四志”，符合“四时之则”（《春秋繁露·天辨在人》）。春夏秋冬分别有生养收藏的功用，而“圣人副天之所行以为政”，故以庆赏刑罚四政副春夏秋冬四时的暖暑凉寒，这是“以类相应也，如合符”（《春秋繁露·四时之副》）。由此，他下结论说：“天有四时，王有四政。四政若四时，通类也，天人所同有也。”（《春秋繁露·四时之副》）

可见，董仲舒将阴阳五行贯注于天、人、社会，是为了从类别上连接事物，沟通天人，使其以类相感，“人类相动”据此，他提出了“物以类动”的论点。他说：“阴阳之气，固可以类相益损也……天地之阴气起，人之阴气应之而起。人之阴气起，而天之阴气亦宜应之而起。其道一也……故琴瑟择弹其宫，他宫自鸣。而应之，此物之以类动者也。”（《春秋繁露·同类相动》）事物类别的相同，现象的相似，是感应的基础。

在以类相合、沟通天人的同时，董仲舒还用数字相同和相近的办法来增强天人互感的论证。他说：“求天数之微，莫若于人。人之身有四肢，每肢有三节，三四十二，十二节相持而形体立矣。天有四时，每时有三月，三四十二，十二月相受而岁数终矣。”（《春秋繁露·官制象天》）他还说：“唯人独能偶天地。人有三百六十节，偶天之数也。形体骨肉，偶地之厚也……天地之符，阴阳之副，常设于身。身犹天也，数与之相参，故命与之相连也。天以终岁之数成人之身，故小节三百六十六，副日数也；大节十二分，副月数也；内有脏，副五行数也；外有四肢，副四时数也……副数不可数者，副类皆当，同而副天，一也。”（《春秋繁露·人副天数》）

从以上叙述和分析中，我们可以看到，《春秋繁露》在论证其天人感应思想时，都是以事物类的相似和数的相同为感应基础，通过天人相类——天人相副——天人相感的推理演进来构造“天人合一”理论体系的。其基本方式是类比推理。他以五行学说为依据，在天道和人事之间建构逻辑框架，经过他的一番类比推论，从理论上为统治者解决了政治权利合法性和统治的规范性问题。一方面，“唯天子受命于天，天下受命于天子”。君主的权力来自天。另一方面，君主治理天下必须遵循天的法则，“圣人副天之所行以为政”“天有四时，王有四政”“庆赏罚刑，当其处不可不发，若暖清寒暑，当其时不可不出也”(《春秋繁露·四时之副》)。假如君主滥用权力，有背天道，天就会给予责罚，这就是所谓“天谴”说。董仲舒的类比论证从正反两个方面为君主政治的统治合法性建构了坚固的理论基础。

董仲舒运用类比推理将复杂的“天人合一”思想论证过程简约化，其直观性特点易于为人们所理解接受，使其成为封建社会占统治地位的思想意识。中国封建社会具有超稳定的结构与儒家“天人合一”思想关系至深。

二

“天人合一”说及其论证方式折射出中国传统思维方式的整体性或联系性特征。

整体性或联系性是中国传统思维方式的特征之一。它不是分割、孤立地研究具体事物，而是将个人、社会、宇宙看成紧密联系的整体。这种思维方式认为个人、世界、宇宙的诸多部分之间是一种有机联系的整体，互相渗透、交互影响，并且互为因果，牵一发而动全身；宇宙间的事物都具有同构性，因此可以互相感应或类推。道家、儒家思想中都展现出强烈的联系性思维特征。如《易经》六十四卦所表现出的全息思想认为，人是一个小宇宙，每一个人都包含全宇宙的信息，事物的部分涵纳着关于整体的全部信息，通过观察局部，完全能够把握整体。天人合一的理论是这种整体性思维的继承和体现。首先，“天人合一”说以天地人相互参照，从宏观着眼，突出整体观念，并以直观类推为其构建理论体系的方法。《春秋繁露》以人、君、天步步相随，层层相屈，构建起一个天、地、人的有序状态。董仲舒说：“古之造文者，三画而连其中，谓之王。三画者，天地与人也，而连其中者，通其道也。取天地与人之中以为贯而参通之……”又说：“天地与人，三而成德。”（《春秋繁露·官制象天》）“天地、阴阳、木火土金水九，与人而十者，天之数毕也。”（《春秋繁露·天地阴阳》）诸如此类，都可看出《春秋繁露》是以整个世界为思考对象的，把天地人看作一个有机联系的系统，天和人则是相互对应的两大参照系统。用阴阳五行作天人感应思想体系的骨架，贯通一切，用天意约束万有。以儒为主，兼综各家，一切围绕大一统局面的维护，“相反之物不得两起”，持论始终如一。天、人、阴阳、五行、四时，各有所司，各安其位，相互贯通……凡此等等，说明董仲舒为了替大一统的封建王朝制造理论根据，以宏大的气派，贯通天地人，着眼整个世界。体现了中国传统思维的整体性特征。

其次，董仲舒用以论证“天人合一”说的阴阳五行观念，鲜明地体现出它的系统性特征。阴阳五行学说是中国古代宇宙论的主体。作为一种系统化的宇宙论体系，其持续的时间至少有 2000 多年。直接影响了古代的天文学、医学、地质学、气象学、物理学以及社会学、政治学、伦理学等各门具体的知识学问，因为阴阳五行学说中包含着一个系统思维的模式。所谓“五行”所代表的不仅是 5 种元素，显示的更是五种功能。在这个宇宙体系中，各种要素在相生、相克中保持动态平衡。“阴阳”理论也是这样。阴和阳并不代表两种不同的实体或要素，而是事物的整体系统中的两种基本的功能或作用力量，它们是相互依存、相互补充，同时又是相互作用、相互消长的两种力量。阴阳普遍存在于自然、社会的一切事物之中，故而，《道德经》提出“万物负阴而抱阳”，《周易》则是以“一阴一阳谓之道”来说明万事万物的变化原理。董仲舒将阴阳和五行学说结合起来，阴阳的相互作用力量推动着五行模式的运转；同时，阴阳的两种作用力量又决定着系统内部的整体平衡。因此，地质的阴阳失调，就会引发地震，古人经常用阴阳失调来说明地震等反常现象的发生。同时，人的身体内部一旦阴阳失调，就会产生疾病。社会政治的阴阳失调，就会纲纪不振，发生社会动乱，许多儒臣也是以阳尊阴卑来说明社会等级秩序的合理性。由此可见，阴阳五行观念也是一种注重整体的思维模式。

类比论证具有一定的哲学依据，因为世界是多样的，又是统一的。类比论证不拘泥于事物表面上的差异，把不同的事物联系起来考察，试图异中求同，本身就包含了整体性特征。

三

从“政治思维方式”的角度看，类比推理及其联系性的特点对于中国传统政治思维影响至深。

一方面，它产生了建立在联系性思维方式之上的最具有代表性的注重“群己和谐”的政治观。在“天人合一”的自然价值观下，个人并不是孤零零的与社会或国家对抗的个人，相反，个人是深深地浸润在群体的脉络与精神之中。个人与社会是透过“心”和“良知”的感通而构成一种密切互动的关系。由此延伸出中国特色的“群己和谐”的思想。典型的代表论述就是儒家的“修身齐家治国平天下”的思想，将天下太平、国家有序最终归结到个人修养，个人与群体构成联系的而不是断裂的关系。在当今个人主义及自由主义的缺失日益显露的时代，传统中国这种建立在联系性思维方式之上的“群己和谐”的政治思想，颇有其现代启示。

另一方面，由于类比逻辑不具有类如西学那样形式严密的抽象逻辑认识，类比的逻辑环节之间常常具有跳跃性，因而显得粗疏而便捷。因此，在这种思维方式的作用下，推论的随意性和论证环节的跳跃性在《春秋繁露》中明显存在。董仲舒“天人合一”政治论的基础是天的体系。他说：“天地阴阳木火土金水，与人而十者，天之数毕也。”（《春秋繁露·天地阴阳》）这里说的“天之数”是如何概括出来的？天地与阴阳五行以及人的关系是如何建构起来的呢？董仲舒没有进行细致的逻辑推导，而是归之于“道”的原则。他说：“《春秋》之道，奉天而法古。”（《春秋繁露·楚庄王》）既然道里规定了“奉天”，那么用“天之数”来概括天地阴阳五行和人也就是合理的了。这种认识逻辑的“想当然”色彩是显而易见的。董仲舒又以人与天相类比，提出人的形体和内在的道德、情感、意志等等都是从天那里衍化而来的，这就叫做“人副天数”。他说：“天亦人之曾祖父也，此人之所以上类天也。”“人之形体，化天数而成；人之血气，化天志而仁；人之德行，化天理而义；人之好恶，化天之暖清；人之喜怒，化天之寒暑；人之受命，化天之四时。”（《春秋繁露·为人者天》）天和人外在相同，内在相通，小而为人，大而为天，“以类合之，天人一也”（《春秋繁露·阴阳义》）。这样的论证本身充满了想象力和随意性。

董仲舒通过类比将天与人紧紧地联结在一起，且规定了天的绝对权威，“天者，百神之大君也”（《春秋繁露·郊语》）“王者之所最尊也”（《春秋繁露·郊义》）。人们并不需要思考人与天何以结成紧密的联系，或是天人之间具有怎样的逻辑关联，既然天“与人相副”，那么天的一切表象与本质就都是无须再论证的，而是可以绝对相信的。那么人对天的认识就很容易从一般的相信转化为绝对的信奉——“个人迷信”和“权力崇拜”由此产生。

由于类比逻辑推论的这种随意和论证环节的跳跃性，助长了中国传统政治思维中的主观随意性，这种“想当然”的思维方式的极端化与绝对化，将传统政治文化中本来具有的那些理性内涵催化为政治信仰，甚至衍化为政治迷信。

参考文献：

［1］何向东．逻辑学教程［M］．北京：高等教育出版社，2004.

［2］葛荃．比类逻辑与中国传统政治文化特征［J］．华侨大学学报：哲学与社会科学版，2004（2）：66.

原文载于《衡水学院学报》2007 年第 3 期。

赵艳玲（1969－），女，河北饶阳人，衡水学院法政系教授，历史学博士。

董仲舒义利观辨析

王俊梅

“义利之辨”是中国伦理道德思想中的一个重要命题，对这个问题的回答体现了一个人对自己行为的道德价值取向。先秦诸子中儒家重义、墨家尚利贵义和法家尚功利，董仲舒借鉴先秦诸子的义利思想，提出了具有董氏特色的义利观：即事实上的“义利两养”，道德价值上的“正其义不谋其利”。

一

董仲舒思想的一个显著特征就是主张“天人合一”，把人及其一切特性归之于天，“人之人本于天，天亦人之曾祖父也。此人之所以上类天也。人之形体，化天数而成；人之血气，化天志而仁；人之德行，化天理而义。仁之好恶，化天之暖清；人之喜怒，化天之寒暑；……天之副在乎人。人之情性有由天者矣”[1]319。由此出发，他把人的好义、欲利也归之于天，论证了义与利同时为人所有，提出了“义利两养”的观点：“天之生人也，使之生义与利，利以养其体，义养其心，心不得义不能乐，体不得利不能安[1]P263。”天生人之初就赋予了人求义、求利两方面的秉性，这两种秉性是人人所共有的、不可或缺的两个方面，是和人的肉体存在和心理需要相适应的。义的功能是满足人的精神需求，义以养心，无义，心不得乐；利的功能是维系人的身体存在，利以养体，无利，体不得安。这就肯定了义、利是人所皆有的事实，肯定了义、利对人的实际作用。对此，荀子曾作了明确的表述：“义与利者，人之所两有也。虽尧舜不能去民之欲利，……虽桀纣亦不能去民之好义[2]P502。”显然，董仲舒继承了荀子的这一思想，并且从人的身心存在及其需要的角度作了进一步的论证，肯定了作为事实现象存在的道义和功利。

董仲舒承认“利”的存在，承认人的物质需求，是基于人的机体生存的客观需要和历史、现实的角度提出来的。一定的物质利益是人得以生存的客观条件；而秦末农民起义的历史教训，又使董仲舒认识到如果剥削过重，使农民无利养体，无法生存，势必会招致反抗而危及封建统治；并且在董仲舒看来，人有好恶的欲望才能推行赏罚，“有所好然后可得而劝也，故设赏以劝之。有所好必有所恶，有所恶然后可得而畏也，故设罚以畏之。既有所劝，又有所畏，然后可得而制也”[1]P173。人不能没有物质欲望，否则无法生存；同时人的欲望不能无度，需要以礼义加以节制，“圣人之治民，使之有欲，不得过节；使之敦朴，不得无欲。无欲有欲，各得以足，而君道得矣”[1]174。

在承认“利以养体”的同时，董仲舒又从人性和道德教化的角度提出了“义以养心”。“天地之精所以生物者，莫贵于人。人受命乎天也，故超然有以倚。……唯人独能为仁义”[1]354。仁义来自天地之精，唯有人才享有天所赋予的仁义之性，这是人与其他生物的本质区别，“人受命于天，固超然异于群生，入有父子兄弟之亲，出有君臣上下之谊，会聚相遇，爰，此人之所以贵也。……明于天性，知自贵于物；知自贵于物，然后知仁谊；知仁谊，然后重礼节；重礼节，然后安处善；安处善，然后乐循理；乐循理，然后谓之君子”[3]2516。人的价值在于人能受命于天，超然异于群生，以仁义道德立身行世。

总之，在董仲舒看来，“天两有阴阳之施，身亦两也”[1]296。天之生人，有仁、贪两方面的本性，有身、心两方面的需求，这就决定了必须义利结合，义是表现、发挥人之所以为人的根本所在，利是人得以生存的物质条件，因此，义、利之于人缺一不可。

二

董仲舒虽然承认“义利两养”，但是在个体的道德实践中，却不主张两者平列，更不主张“利重于义”，而是相反，强调“重义轻利”“贵义贱利”，甚至认为两者是互相排斥的。“利者，盗之本也”[1]P496。在董仲舒看来，人之所以为人的本质特征，是有义而不是为利。他说：“人之为人性命，使行仁义而羞可耻，非若鸟兽然，苟为生，苟为利而已[1]P61。”所以“体莫贵于心”而“养莫贵于义”。人如果以“为生”“为利”作为行为方针，那就如同鸟兽，“虽甚富而羞辱大恶”，并且“恶深，祸患重，非立死其罪者，即旋伤殃忧尔”，反之，以“行仁义”为行为方针，则“虽贫与贱，尚荣其行，以自好而乐生”。故而“义之养生人大于利矣”。这种道理，“民不能知而常反之，皆忘义而殉利，去理而走邪，以贼其身而祸其家”[1]264。因此“凡人之性，莫不善义，然而不能义者，利败之也。故君子终日言不及利，欲以勿言愧之而已，愧之以塞其源也”[1]P73。把“义”说成是人性之所在，这不同于荀子所讲的“今人之性，生而有好利焉”[2]434。在董仲舒看来“行仁义”不仅是应当提倡的，更是顺乎人性的，是发扬人之所以为人的本质规定性；而“谋利”是违背人性的，是违背“上天之理”和“太古之道”的。“古之所予禄者，不食于力，不动于末，是亦受大者不得取，……故受禄之家，食禄而已，不与民争业，然后利可均布，而民可家足。此上天之理，而亦太古之道”[3]2520。如果忘义争利，弃理争财，必将遭到天的惩罚，以害己始，以害家终，这必然会破坏“为义行善”。显然，董仲舒探讨个体道德行为的时候主张“重义轻利”，认为就人生的意义和价值而言，“有义”比“有利”更可贵。那么，董仲舒是否反对一切“为利”的行为呢？

后世学者在探讨“义利之辨”时经常引用董仲舒关于义利关系的著名命题：“仁人者，正其谊不谋其利，明其道不计其功。”此语见于《汉书·董仲舒传》，而《春秋繁露·对胶西王越大夫不得为仁》则是：“仁人者，正其道不谋其利，修其理不急其功。”“义”“谊”“道”同义，关键在于后一句，是“不急其功”还是“不计其功”。就前者而言，“不急其功”，是说仁人应以道义为先，不急功近利；就后者而言，“不计其功”，是说仁人应只讲道义，不计功利。究竟哪一句更符合董仲舒的原意呢？历来说法不一。李泽厚指出“修其理不急其功”更符合董仲舒思想的精神[4]151，是很有见地的。董仲舒所处的时代正是西汉王朝最为强盛的时期，国力强盛，社会经济欣欣向荣，整个社会呈现出一种积极进取、建功立业的精神风貌，在这样一种时代氛围中，董仲舒的思想也同样充满了强调事功和作为的精神。如“事在强勉而已矣。强勉学问，则闻见博而知益明；强勉行道，则德日起而大有功：此皆可使还至而有效者也”[3]2520。又如在《考功名》中指出的：“天道积聚众精以为光，圣人积聚众善以为功。故日月之明，非一精之光也；圣人致太平，非一善之功也。明所从生，不可为源，善所从出，不可为端，量势立权，因事制义。故圣人之为天下兴利也，其犹春气之生草也，各因其生小大而量其多少；其为天下除害也，若川渎之泻于海也，各顺其势，倾侧而制于南北。故异孔而同归，殊施而钧德，其趣于兴利除害一也。是以兴利之要在于致之，不在于多少，除害之要在于去之，不在于南北。……有功者赏，有罪者罚；功盛者赏显，罪多者罚重；不能致功，虽有贤名，不予之赏；虽有愚名，不加之罚。……百官劝职，争进其功。”可见，董仲舒并非“不计其功”，不言利，反而颇重“公利”，以“为天下兴利”为要务。同时，他又认为人君应以“兼利”或“爱利天下为意”“古之圣人，见天意之厚于人也，故南面而君天下，必以兼利之”[1]313“天常以爱利为意，以养长为事，春夏秋冬皆其用也。王者亦常以爱利天下为意，以安乐一世为事，好恶喜怒而备用也。……人主出此四者，义则世治，不义则世乱”[1]330。人君当以求“天下公利”为目的，而“好恶喜怒”是达到这一目的的工具，出此四者，以“爱利天下为意”则谓之“义”，否则谓之“不义”，这里董仲舒“义”的标准则是公利，又和墨家的义利观有相通之处。

三

马克思主义的功利观认为，“人们奋斗所争取的一切，都同他们的利益有关”[5]P82“每一个社会的经济关系首先是作为利益表现出来的”[6]P307。董仲舒作为地主阶级的思想家，从维护统治阶级的利益出发，一方面，他承认“利”对人的实际作用，也正因此，在治民方面，他继承了孔子的先富后教以及《诗经》中的先饮食后教诲的思想。这里所谓“先富”和“先饮食”，就是先给人们以利，这显然具有唯物主义的因素和合理的成分。因此，这是应予肯定的。另一方面，他认为“利”有公利和私利之分，并且公利高于私利，因此公利被提升到“义”的高度来认识。“公利”和“义”是一致的，“为天下兴利”即是“义”，提倡为天下建功立业，维护天下之公利，为公利做贡献，为公利牺牲。当涉及私利时，他又主张“正其谊不谋其利”“重义轻利”，更注重“心之养”，而“义”之所以重要，就在于只有明义才能有利。因为他所处的时代“大人病不足于上，而小民羸瘠于下，则富者愈贪利而不肯为义，贫者日犯禁而不可得止，是世之所以难治也”[1]229。故而从保住地主阶级封建统治的长治久安这一“大功”“大利”出发，董仲舒反对食禄者追求一己之私利，主张“盐铁归民”，不与民争利，保护百姓的私利，而这在客观上对于减轻统治阶级对于人民的压榨具有一定的积极作用。应该指出的是，董仲舒承认“利以养其体”，是以“度礼”为界限的，对贫者（劳动人民）而言，“利”仅是“足以养生不至于忧”，而“正其谊不谋其利”的行为要求，正是从价值观的角度，为使劳动人民安于贫贱——“虽贫贱自乐也”——提供了思想保证，这也正是董仲舒受到宋明理学极力推崇的原因。

参考文献：

[1] 苏舆．春秋繁露义证［M］．北京：中华书局，1992.

[2] 王先谦．荀子集解［M］．北京：中华书局，1988.

[3] 班固．汉书：第8册［M］．北京：中华书局，1963.

[4] 李泽厚．中国古代思想史论［M］．北京：人民出版社，1985.

[5] 马克思，恩格斯．马克思恩格斯全集：第1卷［M］．北京：人民出版社，1956.

［6］马克思，恩格斯．马克思恩格斯全集：第 18 卷［M］．北京：人民出版社，1965.

原文载于《衡水学院学报》2003 年第 3 期。

王俊梅（1969－），女，河北饶阳县人，衡水师专法政系讲师。

董仲舒论秩序之美

黄应根

提到董仲舒，无论是毁是誉，人们总会想起他倡议的“罢黜百家，独尊儒术”的思想。诚然，这一思想有其消极的一面，诸如压制了其他各派学术的发展，钳制了人性的自由，但同时，也有其值得肯定的一面，尤其是在当时特定的时代背景下。（这是史学和哲学的问题，而且已有公断，这里不再赘述）从美学的角度看，“独尊”树立了一个权威，对于宗法农业社会人们的安身立命，提供了一个可资利用的行为规范和心灵皈依，人们总是以儒家的“修齐治平”为标准，去实现人生的理想，并在日常生活中，自觉不自觉地寻找、维护一种秩序之美。董仲舒对秩序之美也多有论述，在其大一统论、对服饰之美、对阴阳五行的论述中，都可以看出。

一、大一统论

在《天人三策》中，董仲舒直接提出其大一统思想：“春秋大一统者，天地之常经，古今之通谊也。今师异道，人异论，百家殊方，旨意不同，是以上无以持一统；法制数变，下不知所守。臣愚以为诸不在六艺之科孔子之术者，皆绝其道，勿使并进。邪辟之说灭息，然后统纪可一而法度可明，民知所从矣[1]2523。”针对现实而来，其目的是很明确的：使师同道，人同论，百家同方，天下言论思想归于一。这样一个“大同”世界，是董仲舒理想中的圣境，也是其认为的大美之境。

儒家思想是一种入世的思想，现实问题是其出发点和归宿点，大一统思想的出笼就是为了解决现实问题的：汉初社会不稳，诸侯各自为政，威胁中央政权。董仲舒认为要用一种学说来统一思想，巩固中央集权制度，稳定政局。所以大一统主要是统一思想。

董仲舒从儒家经传中寻找“大一统”的根据。《春秋经》开宗明义就是鲁隐公“元年春，王正月”。对于这几个字，《公羊传》作了这样的解释：“‘元年’者何？君之始年也。‘春’者何？岁之始也。‘王’者孰谓？谓文王也。曷为先言‘王’而后言‘正月’？王正月也。何言乎‘王正月’？大一统也。”在这一段话中，首先提出“大一统”的问题，董仲舒就是利用这种说法大做文章，发挥微言大义。他认为大一统是宇宙间普遍的原则，无处不在，无时不有[2]。

大一统的意思：董仲舒说：“置‘王’于‘春’，‘正’之间，非曰‘上奉天施而下正人，然后可以为王也’云尔[3]67。”就是说王介于天人之间，人统一于天，必先统一于王。所以他说：“《春秋》之法，以人随君，以君随天。”“故屈民而伸君，屈君而伸天，《春秋》大义也[3]28—29。”又说：“唯天子受命于天，天下受命于天子。一国则受命于君。君命顺则民有顺命，君命逆则民有逆命。故曰：‘一人有天，万民赖之’。此之谓也[3]386。”整个国家统一于国君，然后再统一于天。在人世间，天子有至高无上的权威。这是典型的君权天授思想。这里，他又把人与天联系起来，在“天人相通”的基础上，使其理论在当时带有毋庸置疑的权威性。

董仲舒把一切统一于天的思想加以衍化，变成了“王道三纲”。他说：“王道之三纲可求于天[3]434。”具体地说：“天子受命于天，诸侯受命于天子，子受命于父，臣妾受命于君，妻受命夫。诸所受命者，其尊皆天也，虽谓受命于天亦可。”君为臣纲，君就是臣的天。父为子纲，“父者，子之天也”[3]517－520。夫为妻纲，夫就是妻之天。这样一来，大一统的原则就深入到社会的每一个细胞上，落实到每一个社会成员的日常生活上。这样全国就可以统一于天了。君、父、夫三者，都可以说是天，但君最尊贵。“君人者，国之元，发言动作，万物之枢机”[3]207。这样，把整个社会组织在一个严密的系统里。

董仲舒认为在思想方面要实行“大一统”。他说：“行天德者谓之圣人”[3]592“圣人副天之所以为政”[3]437，圣人代天行道，圣人的话表达了天意。因此，董仲舒认为：“圣人之所命，天下以为正。正朝夕者视北辰，正嫌疑者视圣人[3]371。”圣人既然代表天意，那么按圣人说的行事，就是顺天意。要求全国人都顺天意，这就可以达到思想的大一统。如前所述，他认为思想应该统一于以孔子为代表的儒家上，这样就可以有统一的指导思想、明确的法度，人民也知道该遵循什么了。

“三纲”配以五常（仁义礼智信），是董仲舒构建的基本道德原则。站在今天的立场看，其作为传统社会的道德，诚然有其内在的弊端。但是我们也应当看到并客观地承认，三纲五常作为自有汉一代以至晚清社会的基本道德规范，对于社会的稳定和精神的凝聚，曾产生过重要的作用。董仲舒认为，只要大家都遵守这些基本的道德规范，就可以做到社会的秩序井然，而这种井然有序的社会，正是董仲舒理想之所在，也是美之所在。这可通过董仲舒对五帝三皇、对周道的赞美而看出：“五帝三皇之治天下……民修德而美好[3]115。”“周道粲然复兴，诗人美之而作[1]2499-2500。”三皇五帝之世，尤其是董仲舒由衷钦羡的周，正是礼制健全、人人知礼守礼、社会秩序井然的典范。董仲舒讲求社会秩序，认为只有社会机制按秩序有序运转，才算治世，也才是美的。“世治而民和……而万物之美起”[3]598。

在“三纲五常”的基本道德规范范围内，董仲舒反复论述秩序之美。“是故大小不逾等，贵贱如其伦，义之正也。”[3]96“立义以明尊卑之分，强干弱枝以明大小之职……别贤不肖以明其尊。[3]178”“立义定尊卑之序，而后君臣之职明矣。”[3]180“王者……正法度之宜，别上下之序，以防欲也。”[1]2515“故圣人之治国也，因天地之性情……以立尊卑之制，以等贵贱之差。”[3]216“礼者……序尊卑贵贱大小之便，而差内外远近新旧之级者也。”[3]341“春秋列序位尊卑之陈，累累乎可得而观也。”[3]519这些人间的秩序，都有上天的依据：“天序日月星辰以自光，圣人序爵禄以自明[3]213。”“天之序，必先和然后发德；必先平然后发威。”[3]591

诚然，过于强调人的尊卑之序，有其阶级和历史的局限性。但在当时的社会情况下，它至少可以使社会稳定。大乱之后的稳定，是人民最大利益之所在，只有在稳定的社会中，人民才能安居乐业，人的各种能力才能得到健康发展，包括审美需要在内的各种需要才能得到满足。

同时，董仲舒对“三纲”的理解也不是绝对的：“是故胁严社而不为不敬灵，出天王而不为不尊上，辞父之命而不为不承亲，绝母之属而不为不孝慈，义矣夫[3]98。”出天王，不一定就是不忠；辞父命，绝母属，也不一定就是不孝。只要符合义，这些事都是可以做的。那么，所谓忠孝就不是至高无上的道德教条，而“三纲”也不是什么凝固化了的东西。“三纲”要符合于义，也就是善，所以董仲舒一再强调的秩序之美，其最终旨归还是善。

董仲舒强调规矩：“虽有巧手，弗修规矩，不能正方圆；虽有察耳，不吹六律，不能定五音[3]15。”强调礼，认为这是人区别于动物的首要标志：“人受命于天，固超然异于群生，入有父子兄弟之亲，出有君臣上下之谊，会聚相遇，又有耆老长幼之施；粲然有文以相接，驩然有恩以相爱，此人之所以贵也。”董仲舒认识到人是一种社会性的存在，重视礼对人的约束性。礼是作为一种社会运行的规律在起作用，人只有依规律行事，在规矩之内，才能“不乱”，才能得到健康发展。同时，董仲舒更强调人的内在修为，强调自内发的仁义，最终达到外在“礼”与内在“仁”的一致；“明于天性，知自贵于物；知自贵于物，然后知仁义；知仁义，然后重礼节；重礼节，然后安处善，安处善，然后乐循理；乐循理，然后谓之君子”[1]2516。“礼”成为人内心中一种自发的愿望，“乐循理”，外在的规律（礼）与人内心的愿望（目的）相一致，合目的性与合规律性相统一。这种情况其实已达到一种很高的审美境界，也即前文所提到的“为仁者自然而美”。只有达到这种境界，才能算是“君子”，才是董仲舒理想中道德完善的人。董仲舒通过“礼”实现其秩序之美，同时又把这种秩序之美归结为善，美善相统一，这样，对秩序之美的追求也成为董仲舒伦理美学的一个重要组成部分。服饰作为“礼”的表现形式，与其内容相统一，也被董仲舒赋予了秩序之美载体的意义。

二、董仲舒以伦理学为精神内核的服饰美学思想

儒家美学思想体现于各方面，在服饰上也能看出儒家美学的伦理性质。如孔门弟子子路的“愿车马，衣轻裘，与朋友共”以及“衣敝缊袍，与衣狐貉者立而不耻”（《论语·公冶长下》）就表现了一种具有素朴人道主义思想的服饰审美文化观，服饰成为人格的佐证和映衬。作为自有汉一代以迄晚清整个封建社会的官方美学，以伦理学为核心的儒家服饰美学思想，集中表现在维护宗法制封建社会等级制度的“礼制”上。如“五服五章”，也就是五种不同的礼服或称祭服，冕服和五种不同的文采，用以区别因行“天命”之“德”的大小而生出的尊卑贵贱。《尚书》载：“天命有德，五服五章哉。”《左传》昭公二十五年载：“为九文，六采，五章，以奉五色。”“五服五章”与所谓冠婚丧祭之礼，与典章制度、文物礼乐、车舆等一样，都是“天命，天秩”的感性显现形式。在董仲舒笔下，对服饰显示的伦理美学性质，有更详细的论述。

首先，董仲舒把服饰与天联系在一起，并以此作为人区别于“群生”的标志之一。“人受命于天，固超然异于群生……（天）生五谷以食之，桑麻以衣之……是其得天之灵，贵于物也”[1]P2516。人所穿的桑麻之类是天为人准备的，是“天之灵”，得此“天之灵”，则人“贵于物”“异于群生”。“天地生万物也以养人……其可威者以为容服”[3]191。天有目的，并为人间制定了秩序，所以必须顺天而为：“王者必受命而后王。王者必改正朔，易服色，制礼乐，一统天下，所以明易姓非继人通以己受之于天也[3]232。”就是说由于“天命”支配着历史的演变和王朝的更替，每当“受命”的新王上台，必须进行“改制”，“异服色”，以表明自己的王权并非受之于

人，而是“受之于天”的。“服色”成为王权天命的感性显现形式，是“天”规定人间秩序的一种手段。对此，董仲舒一再论述：“故考春秋受命所先制者，改正朔，易服色，所以应天也[1]2510。”其次，也是董仲舒服饰美学思想伦理倾向的最突出之处，就是将服饰与贵贱尊卑的等级制，与礼联系起来，使服饰成为“礼”得以施行的一种手段。“制度文采玄黄之饰，所以明尊卑，异贵贱，而劝有德也”[1]2510。衣裳虽然是用来“盖形暖身”的，但它之所以要有“五采”、“文章”之“美”的装饰，并非为了有益于身体，而是为了体现封建等级制度，从而起教化作用的；“凡衣裳之生也，为盖形暖身也。然而染五彩，饰文章者，非以为饥（肌）肤血气之情也，将以贵贵尊贤而明别上下之伦，使教亟行，使化易成，为治为之也。若去其度制，使人人从其欲，快其意，以亟无穷，是大乱人伦而靡斯财用也，失文彩所遂生之意矣”[3]286。在这里，董仲舒明确提出“染五采，饰文章”之“美”必须符合于“礼”，必须为维护封建等级制度服务，反对“人人从其欲，快其意”，任意地为“文采”而“文采”，为“美”而“美”的“非礼”做法。他认为不如此则“大乱人伦”，这是绝对不容许的。

与此相应，身份不同，贵贱尊卑不同的人应有不同的服饰：“古者天子衣文，诸侯不以燕，大夫衣缘，士不以燕，庶人衣缦。”“各度爵而制服……衣服有制……生有轩冕，服位，贵禄，田宅之分，死有棺椁，绞衾，圹袭之度。虽有贤才美体，无其爵不敢服其服……天子服有文章，不得以燕飨，以庙；将军大夫以朝官吏；命士止于带缘。散民不敢服杂采，百工商贾不敢服狐貉，刑余戳民不敢服丝玄纁马，谓之服制[3]277—279。”上至天子、将军、大夫，下至普通百姓，乃至刑余之人都有所规定，各按身份服其服，不能违反“礼”制。这样，便把服饰纳入“礼”的范围，纳入董仲舒所追求的秩序之中，从而也期望以此维护社会的稳定，“不逾矩”，实现“善”的目标。

围绕着“善”，董仲舒还从许多方面论述服饰之美。“衣服容貌者，所以悦目也。故君子衣服中而容貌恭，则目悦矣”[3]388，体现其审美标准，“中和之为美”；同于孔子，董仲舒重视“隆礼”，“贡土地所有，先以入宗庙，端冕盛服，而后见先德，恩之报，奉元之应也”[3]121。但相对于“端冕盛服”这些形式，董仲舒更重视“志”的虔敬：“然则春秋之序道也，先质而后文，右志而左物。故曰：礼云礼云，玉帛云乎哉。推而前之，亦宜曰：朝云，朝云，辞令云乎哉。乐云乐云，钟鼓云乎哉。引而后之，亦宜曰：丧云丧云，衣服云乎哉[3]27。”“礼”不仅仅表现于玉帛，丧也不仅仅在于丧服，内心的虔敬才是最重要的。董仲舒也反对服饰上的过度奢侈：“桀、纣……穷五采之变，极饰材之工……盛羽旄之饰，穷白黑之变[3]121－122。”过度奢侈，过于讲求服饰华美，这是“桀、纣”这样的暴君才会干的事。

三、阴阳、五行之序

在《春秋繁露》中，董仲舒以五行为规则来推解和分析社会、自然中的诸种关联，最早的文章有《五行对》，其他还有《五行之义》，《五行相胜》、《五行相生》、《五行顺逆》、《治水五行》、《治乱五行》、《五行五事》、《五行变救》等 9 篇文章。

董仲舒首先确立了五行的顺序：木、火、土、金、水。五行的本义是道德性的。“五行者，乃孝子忠臣之行也。”[3]391董仲舒认为，五行中含有相授相受的关系。如他所说，所有的授予者，都是父亲、上级；而所有的承受者都是儿子、臣民。他认为五行中的顺序，有命令和服从的关系。这是他对臣民言行，君臣关系的一种新诠释。

董仲舒认为，五行的顺逆关系是符合天道的："天有五行，木火土金水是也。木生火，火生土，土生金，金生水[3]379。"他还赋予五行关系以特殊的含义：……五行中以土为最可贵，最重要。他说："土者，天之股肱也。""土者，五行之中。"董仲舒认为，土德最为高尚。他说，在五行中，土居中央，五行配四时，但土不称一时，而只是"为之天润"。五行相生相胜，推动阴阳的运行和事物的发展。就前后顺序而言，木为始，水为终，土居中，这是"天次之序"[3]390—392；就位置而言，木在左，金在右，火在前，水在后，土居中，这是"父子之序"；就生成关系而言，木、火、土、金、水，依次相生，犹如父子关系；就方位而言，木、火、土、金、水五行分别属于东、南、中、西、北……在董仲舒看来，土居中，它至尊至贵，能够起稳定的作用，能够协调社会上各种关系，协调自然界各种关系，以及人、社会与自然之间的关系，从而使整个天人系统保持和谐。通过对"土"的肯定，使万物"各如其序"。这样，董仲舒通过五行关系的演绎，把整个社会纳入一种秩序之中。

董仲舒论及阴阳的文章有五篇：《阳尊阴卑》，《阴阳位》，《阴阳终始》，《阴阳义》，《阴阳出入》。董仲舒认为，阴阳也是有顺序的，这从文章题目《阳尊阴卑》即可看出。另外，董仲舒还认为阴阳之间的顺序也是天定的："变天地之位，正阴阳之序"[3]97。

"此见天之近阳而远阴……右阳而不右阴"[3]400。董仲舒根据天道重阳轻阴，阳主阴次，阳表阴里的理论，论证了在统治手法上应该采用阳德，阴刑的模式。阳为德，阴为刑，阳为主，阴为次，阳为表，阴为里，这是董仲舒在论证其天人感应理论体系时所作的规定。明君圣主以仁德治国，以刑罚为辅助手段，是荀子吸收法家思想后提出的“隆礼重法”思想的具体阐释。董仲舒继承了荀子在这方面的思想，并利用阴阳理论，进一步明确主次轻重，从而更加系统全面地为守护既成的秩序提供了具有强烈实践性的统治方略。

阴阳、五行都是有秩序的，而且都是“天次之序”，天人相通，人法天而为，所以人类社会也应是有秩序、有规律的，社会依循规律和谐发展，人在秩序之内，“不逾矩”，充分发展自己的各种能力，完善自己的道德修养，这就是董仲舒的人生理想、社会理想。

在对秩序之美的追求中，董仲舒接触到美学的一个核心命题：合目的性与合规律性的统一。美的实现依赖于人的实践活动的合目的性，只有在合目的性的活动中，人才能充分展现自己的各种能力，才能充分满足自己的各种需要，人才能成其为人。但这种合目的性的活动又必须与规律相一致。

参考文献：

[1] 班固．汉书：第八册 [M]．北京：中华书局，1961.

[2] 周桂钿，吴锋．大儒列传·董仲舒 [M]．长春：吉林文史出版社，1997：123.

[3] 董仲舒．春秋繁露 [M]．北京：中华书局，1975.

原文载于《衡水学院学报》2010 年第 5 期。

黄应根（1971－），男，安徽望江人，安庆师范学院文学院讲师，文学硕士。

董仲舒宇宙本体思想探析

李佳哲

对于董仲舒哲学思想中最高范畴的研究，学者们一直都是围绕着对“天”与“元”两个概念的不同解释而展开的，主要存在有以下三种观点：

第一，将“元”这一概念解释为“绝对时间概念”的客观唯心主义观点。这一观点以周桂钿先生为代表，周先生在其所著的《董学探微》中，首先将董仲舒哲学思想的本源定义为“元”，他说：“关于宇宙本源的问题，董仲舒提出了元的概念……元在天地之前就已经存在，元就是宇宙的终极本原[1]37。”其次周先生又进一步对元的内涵作了解释，他认为“董仲舒用之作为宇宙本源的元就是开始的意思，它只是绝对的时间概念，不包含任何物质性的内容，似乎也不包含人的意识，只是纯粹的概念”[1]38。

第二，将“元”解释为“元气”的朴素唯物主义观点。这一观点以徐复观、金春峰先生为代表。徐复观在其《两汉思想史》（第二卷）中说“在仲舒心目中元年的元，实际是被视为元气之元……即是天之所始之端”[2]。由此可以看出，徐先生是把“元”作元气解的，并且认为是董仲舒哲学思想的本源。同样金春峰先生在其《汉代思想史》的著作中，首先将董仲舒的“天”从内涵上划分成了神灵之天、道德之天和自然之天三层含义，并指出“作为宇宙万物总根源的‘天’，其基础是‘气’或‘元气’，也就是作为万物或宇宙本源的元就是指元气”[3]122。同时他还引用何休在《春秋公羊经传解诂》中“变一为元，元者气也。无形以起，有形以分，造天地，天地之始也”[3]124的话来支持他自己的观点。

第三，将“天”作为董仲舒哲学思想本体的这一观点的主要支持者是王永祥先生。他在其著作《董仲舒评传》中对以上两种将“元”作为董仲舒宇宙本体的观点进行了反驳，他引用于首奎在《两汉哲学新探》中的话指出“董仲舒的‘元’根本不是指作为宇宙本源的‘元气’，而是指事物的开始”[4]，董仲舒的哲学思想中真正的宇宙本源就是“纯粹中国式的已神秘化的自然之天，更确切地说就是将自然之天封建人伦化和神圣化的自然神论”[5]90。并且指出“天者，万物之祖也”[6]308“为人者天也，人之为人本于天，天亦人之曾祖父也”[6]223等句子已经清楚地表明了董仲舒思想中“没有比天更早，更高的本源了”[5]98。

以上 3 种观点代表了学术界对于董仲舒哲学思想的不同解读。其史料来源大多集中在《春秋繁露》之中，这为我们后学者指明了思考的方向。因此本文将遵循这一方向，直接回到反映董仲舒哲学思想的《春秋繁露》中，对其宇宙本体思想作简要的分析。

一、“元”的释义

对于董仲舒哲学思想中“元”的概念，有的学者将其解释为“元气”，并认为“元气”就是世界的本源。但在董仲舒的《春秋繁露》中，“元气”这一概念共出现过2次，一次是在“王道第六篇”，其表述为：“《春秋》何贵乎元而言之？元者，始也，言本正也；道，王道也；王者，人之始也。王正，则元气和顺，风雨时，景星现，黄龙下；王不正，则上变天，贼气并现[6]68。”另一次是在“天地之行第七十八篇”，“亲圣近贤，若神明皆聚于心也；上下相承顺，若肢体相为使也；布恩施惠，若元气之流皮毛腠理也”[6]347。从以上的列举中，我们可以看出，董仲舒这2处所用的“元气”并非哲学本体论上的概念，而仅仅是指一种与“贼气”或是“神明”“肢体”相对的物质性东西，可以说这种物质弥漫于整个宇宙之中，充塞于人体的每一个部位，是自然和人类得以存在和发展的物质性基础，但万物却并非由它而出，因此对于“元”的解释并不能将其等同于“元气”，更不能将“元气”作为董仲舒哲学思想中的宇宙本体。

那么将“元”作为一种“纯粹的时间概念”进行解释，又是否正确，这种“纯粹的时间概念”的“元”又能否作为董仲舒哲学思想中的宇宙本源呢？

在《春秋繁露》中，董仲舒给出的“元”的定义为：“谓一元者，太始也……是以《春秋》变一谓之元，元，犹源也[6]47。”这两句话的意思就是说“一”与“元”就是事物的开始，《春秋》之所以将“一”称为“元”，是因为“元”就是事物的开始，并且是一种纯粹时间概念上的开始。按照这一思维，我们又能否根据“为圣人能嘱万物于一，而系之以元……固元者为万物之本，而人之元在焉，安在乎？乃在乎天地之前”[6]47这些材料将“纯粹时间概念”上的“元”作为董仲舒哲学思想的宇宙本源，笔者认为这是不合适的。首先，“元”作为一种“纯粹的时间概念”，它仅仅是指事物的存在有了一个可以追溯的本源，并且圣人是具有追溯这种本源的能力的，但这并不代表事物的本源就是这个“纯粹的时间概念”。其次，在中国哲学的发展史上，根据本根论的观点，对于事物本源的解释大致存在有3种类型，“一是理则，二是气体，三是心。以理则为根本者，即是道论与唯理论或理气论；以气为本根者即是太极论与气论；以心为本根者，即是主观唯心论”[7]89。此处将董仲舒的宇宙本源理解为“纯粹的时间概念”是不符合中国哲学的发展规律和特点的，将世界的本源归结为一种抽象的时间概念的思维水平超出了董仲舒所处时代中国哲学的发展水平，“纯粹时间概念”的思维意识是董仲舒不可能具有的。

二、“天”的释义

以上我们探讨了“元”不是董仲舒哲学思想中宇宙本源的原因，接下来我们将对“天”在董仲舒哲学思想中的地位做简要分析。有必要说明的是“在读董仲舒的哲学著作时，需要分辨他在各个特定场合下使用‘天’时的含义”[8]。因此，在展开分析之前，首先让我们探讨一下董仲舒哲学思想中“天”的双重含义。

（一）自然之天与义理之天

董仲舒的哲学思想一直被称为“天的哲学”，但在董仲舒的哲学思想中，“天”是具有双重含义的。一种是作为自然物而存在的“自然之天”，一种是作为哲学本体意义存在的“义理之天”，二者在哲学意义上的地位是不平等的，“义理之天”是比“自然之天”更高级的本体存在，“自然之天”是作为“义理之天”的一部分而存在的。这种关系在《春秋繁露》中是有所说明的：“何为天之端？曰：天有十端，十端而止已。天为一端，地为一端，阴为一端，阳为一端，火为一端，金为一端，木为一端，水为一端，土为一端，人为一端。凡十端而毕，天之数也[6]153。”这就是董仲舒关于天的双重属性关系的论述，作为具有十端的天就是指哲学本体意义上的“义理之天”，而作为十端之一的天则是指自然意义上的自然之天，是与地相对，人可与之相副之天。

众所周知，在中国古代封建社会存在有严格的等级制度，这种制度的核心内容——礼乐文化，早在西周时代就已经发展到了完备的程度，例如“对不同等级地位的贵族可以在礼典仪式中所使用的乐器，包括类型、数量、型制都有规定，不同等级的贵族在礼典仪式中所允许使用的舞也有规定，这些规定都不能僭越”[9]。正是这种礼制的规定，发展为后来儒家的等级制度。汉武帝实现大一统后，接受董仲舒“罢黜百家，独尊儒术”的建议，将儒家的这一思想从国家的层面加以认同和采用，严格规定了人们的等级权力。据此可知，董仲舒与汉代社会都深受这种等级思想的影响，但在反映董仲舒哲学思想的《春秋繁露》中，他一方面说“为生不能为人，为人者，天也。人之人本于天，天亦人之曾祖父也”[6]223，另一方面又说人的存在是和天数相副的，即“天以终岁之数成人之身，故小节三百六十六，副日数也，大节十二分，副月数也”[6]267。对于以上的表述，从礼制的角度不难发现其内在矛盾，即人既然由天产生，那天与人的地位就应该存在有尊卑关系，他们二者在礼制上也应该存在有一定的差异。但在以上的这种表述中，确实存在有“僭越”的言论。由于董仲舒本人深受等级观念的影响，不可能有这种不合适的言论，对此唯一合理的解释就在于董仲舒所提到的“天”的观念是具有双重意义的，一层是作为宇宙本体意义上的“义理之天”，它是董仲舒所设想的宇宙的本源，也是产生人的本源，它在地位上是高于人的；另一层意思是现实存在的“自然之天”，人之所以可以与它相副是因为它们二者都是构成哲学本体意义上的

“天”的一端，在地位上是平等的。

（二）“天”的本体性探讨

以上内容对天的双重意义进行了分析，并肯定了“义理之天”在董仲舒哲学思想中的存在，接下来我们将主要对“义理之天”能否成为董仲舒哲学思想中的宇宙本体作必要分析。在中国哲学史上，宇宙中最根本者，古代哲学家称之为“本根”。“本根”作为宇宙的本源必须具有三种意味：“第一，始义，即万物之所从出，宇宙之所从始；第二，究竟所待义，即万物所依赖而生之物；第三，统摄义，即统摄一切而无所不赅者[7]8。”因此本文探讨“义理之天”能否成为宇宙本体，将主要从以下3个方面入手：

第一，万物由天而生。对于万物的来源，董仲舒在《春秋繁露》中有以下表述：“天仁也，天覆育万物，既化而生之，有养而成之，终而复始[6]235。”“为生不能为人，为人者天也。人之人本于天，天亦人之曾祖父也[6]223。”“立为天子者，天予是家。天予是家者，天使是家[6]306。”由此可以看出，董仲舒从自然万物、人的本质和君权来源3个方面阐述了天在万物产生过程中的创生性作用。无论是自然界存在之物，还是“超然万物之上，而最为天下贵”[6]354的人，甚至是“居至德之位，操生杀之势，以变化为”[6]350的天子，他们的最终来源都可以追溯到“天”这一宇宙本体。“天”通过将“天地之气，合而为一，分为阴阳，判为四时，列为五行”[6]272这一系列创生性活动，首先创造出“天之十端”，然后使“十端”之外的物“投所贵之端”，从而形成了大千世界。

第二，万物恃天而长。作为万物所依赖而生的依据，是作为本根的“天”所具有的第二层义谓。之所以说万物恃天而长，是因为万物生长所需要的条件都是天赋予的。首先是自然万物，天在其生长之时“出阳为暖以生之”[6]257，在其成熟之时又“出阴为清以成之”[6]257。正是由于天通过对阴阳二气的运作，为万物的生长提供了适宜的环境，保证了万物的生长。同时对于万物的存在，“天不重予，有角不得有上齿，已有大者不得有小者”[6]162，使万物在生存的竞争中保持了一种平等的地位。其次是人也要恃天而长，一方面，天为人提供了生存所必需的五谷，满足了人类生存最基本的需求。另一方面，天又为百姓选择了贤人做他们的君主，希望通过君主的教化之功，来促进人性中善的一面的发展，实现社会秩序的稳定。再次就是天对君主的要求。君主的即位是由天选择的，其主要的作用在于教授“民受于天而未能善之性”[6]214，从而使社会达到一种有序、和谐的水平。对于这一点要求，如果天子能出色地完成，则天下和平，灾害不生，并且还会“元气和顺，风雨时，景星现，黄龙下”[6]68，呈现出一片祥瑞之象。而如果天子的教化之功不行，则灾害相生，“上变天，贼气并现”[6]68。天就要警告君主的所作所为，甚至要废旧立新。

第三，万物顺天而行。既然天赋予了万物生存的权力，又规定了万物生长的法则，那理所应当，万物的生长就必须顺应天的意志而生长。首先自然万物要“春气生而皆出，夏气养而皆长，秋气杀而皆死，冬气收而皆藏”[6]335。在生长的过程中“随阳而出入，随阳而生落”[6]224，依天之四时循环往复，成而更生。其次人为了健康的生活，在心理欲望上也不能“恣其欲而不顾天数”[6]339，而应“闲欲止恶，平意静神，以养其天气”[6]340。在具体的生活中要“男女体其盛，臭味取其胜，居处就其和，劳佚居其中，寒暖无失适，饥饱无过平，欲恶度礼，动静顺性，喜怒止于中，忧惧反之正”[6]342，始终保持一种平和适度的心态。最后“人主之道，莫明于在身之与天同者而用之，使喜怒必当义以出，如寒暑必当其时乃发也，使德之厚于刑也，如阳之多于阴也”[6]250。因此位居至圣的人主要体察天“置阴空处，稍取以为助”[6]244之意，在赏罚上好德不好刑；在个人修养上遵循“人主之好恶喜怒，乃天之暖清寒暑也，不可不争其处而出也”[6]239的要求，“正喜以当春，正怒以当秋，正乐以当夏，正哀以当冬”[6]237，以成王政之美。

由以上看出，董仲舒哲学思想中的“天”满足了中国古代哲学对于宇宙本根的要求，但这种“天”的含义并不是普通意义上的“自然之天”，而是形而上的“义理之天”，是超越了人与自然而独立存在的宇宙本根。它源于秦汉时人们对天的信仰，是一种经过董仲舒神秘化、伦理化的天，是董仲舒思想中真正的宇宙本体。

三、董仲舒天体哲学思想的地位

从汉代的政治状况来说，董仲舒的天道思想是服务于汉武帝的霸权政治的，他要解决的现实问题就是汉武帝霸权政治的合法性问题，即如何从哲学层面使汉武帝的霸权政治在获得民心的同时又不至于动摇其至高无上的地位。因此董仲舒的天体哲学重新确立了三代以来一直为人们所尊崇但在春秋战国时期却发生动摇了的天的信仰，并且对三代形成神秘化的天做了伦理上的补充。这种补充一方面利用人们对天的信仰，大大加强了人们对“君权神授”观念的认可，自觉地服从于天命代表——天子的统治；另一方面利用天的伦理属性强化人们的伦理道德思想，使人们在心理上自觉地产生在现实中不服从天子的统治就是对天背叛的思想，将人们的精神牢牢地束缚在以王权为中心的封建等级制度上。

从整个思想史的发展角度来看，董仲舒天道思想的重要性在于它站在现实政治的角度上实现了天道与人道的有机结合，将春秋战国时出现的宗教哲学与政治逐渐分离的状况又拉回到三代时期宗教哲学与政治相互融合、相互支持的状态，使得宗教哲学思想又重新具有了现实意义，并且从人文的角度出发使统治者成功地获得了对天命的解释权，确立了此后中国封建社会哲学思想为政治统治服务的格局。

参考文献：

［1］周桂钿．董学探微［M］．北京：北京师范大学出版社，1981．

［2］徐复观．两汉思想史［M］．上海：华东师范大学出版社，2002：219．

［3］金春峰．汉代思想史［M］．北京：中国社会科学出版社，2006．

［4］于首奎．两汉哲学新探［M］．成都：四川人民出版社，1988：161．

［5］王永祥．董仲舒评传［M］．南京：南京大学出版社，1995．

［6］曾振宇，傅永聚．春秋繁露新注［M］．北京：商务印书馆，2010．

［7］张岱年．中国哲学大纲［M］．北京：中国社会科学出版社，1997．

［8］冯友兰．中国哲学简史［M］．北京：生活·读书·新知三联书店，2010：213．

［9］陈来．古代宗教与伦理——儒家思想的根源［M］．北京：生活·读书·新知三联书店，1996：275．

原文载于《衡水学院学报》2012 年第 2 期。

李佳哲（1986－），男，河北唐山人，青岛大学师范学院硕士研究生。

论董仲舒与王充人性论思想的内在趋同

王先亮

人性问题是中国哲学的一个基本问题。“性”意味着事物生而即有的特质，同时包含着事物自身得以存在的根据，自“性”字字义，乃可作本性、本质解。在人与天地自然打交道的过程中，人通过对自然现象的长期体察，逐渐认识并不同程度地把握了天地自然的本性。当人的目光逐渐转向其自身，开始了对人的生活现象和生存状态的关注，人性问题开始浮出水面。人性问题是哲学关注人自身存在的一个契机，对人性问题的探讨是一个与人类生命本质的探寻相伴随终始的过程。

董仲舒（前 192－前 104?）与王充（27—100?），分处西东两汉，相隔百三十余年，是两汉时代极具影响力的两位哲学家。新中国成立后很长一段时期内，由于意识形态等方面的种种原因使得对二者思想的研究一度缺乏必要的理性客观，在“阶级分析法”占主流思潮的形势下，研究长时期内主要集中在其对立冲突方面①，这使得二者思想内在的一致性长时间地被遮蔽了。如果以人性问题为契机回归原典文本，并将二者置于两汉思想背景之下，我们将不难发现，仅在人性教化方面董仲舒与王充就表现出相当程度的内在趋同。

一、对于“性”的概念性阐释

中国早期古代思想家在自身哲学体系的建构过程中都不约而同地表达出对“名”（名号、概念）的关注。孔子最早提出“正名”的思想：“名不正，则言不顺；言不顺，则事不成；事不成，则礼乐不兴；礼乐不兴，则刑罚不中；刑罚不中，则民无所措手足。”（《论语·子路》）正名是为了语言表达的正确，而语言表达的正确又是行为合乎礼法的基础，孔子明确肯定了名号的正定在国家政事和日常生活中的巨大意义；后期墨家在对辩论逻辑原则阐述的过程中提出了“以名举实”（《墨子·小取》）的命题，肯定了名与实的相符；荀子则进一步发展了孔子的正名思想，并且创造吸收了后期墨家的名实思想，形成完善了其“稽实定数”（《荀子·正名》）的思想。董仲舒对名号概念的研究延续了之前的思维传统，他对人性思想的探讨首先是从概念的分析与正定入手：“名者，大理之首章也，录其首章之意，以窥其中之事，则是非可知，逆顺自著，其几通于天地矣。……欲审曲直，莫如引绳，欲审是非，莫如引名。”

---

① 董仲舒、王充曾被分别冠以“彻头彻尾的唯心主义”与“伟大的唯物主义思想家”两顶截然不同的帽子。不可否认，董仲舒与王充的思想确实存在着明显的对立冲突，但是如果把这种冲突绝对化，本身又使得二者思想特质中所隐含的内在趋同部分随着其思想差别的抽象放大被长时间地忽略掉了。

（《春秋繁露·深察名号第三十五》）在董仲舒看来，名号是通达于天地上下的众法则之首，天地间一切是非曲直的合理决断首先取决于对名号的正定。同样的逻辑，人性问题的解决首先建基于对人性概念的澄清：

今世闇于性，言之者不同，胡不试反性之名。性之名非生与？如其生之自然之资谓之性。性者质也。诘性之质于善之名，能中之与？既不能中矣，而尚谓之质善，何哉？性之名不得离质。离质如毛，则非性已，不可不察也。（《春秋繁露·深察名号第三十五》）

性者宜知名矣，无所待而起，生而所自有也。（《春秋繁露·实性第三十六》）

从“性”的名称字义来考察，“性”应当来自于“生”。性的名号称谓不能离开性的天生之质转向从别处（譬如价值分判意义上的“善”）寻求，否则如同毛发不生在皮肤上已不是原初之性了。从“善”之中来寻求对于“性”的规定，本身已经脱离了“性”的本义。所以董仲舒将“性”的定义落脚于“生之自然之资”，亦即其称之为“质”的那类规定。

王充对于“性”的论说集中于《论衡·本性》篇，由周人世硕发端，历经孟子、告子、荀子、陆贾、董仲舒、刘子政，对历史上曾经流行的人性学说作了一番系统的批评。这其中，王充的人性论思想从“自然”处着眼，提出了“性本自然，善恶有质”（《论衡·本性》）的命题。显然，王充认为性是人或事物自然而然的原初状态，或者说自然即是本性。而自然意义上的性本无有善恶之分。董仲舒所谓“性”是指天生的资质，亦即生来所具有的生存状态，丝毫未有人为因素羼杂其中。而王充将“性”本于自然，同样是从最原初的状态来定“性”。

二、性情与善恶之源出

无论将人性定义为何种状态，现实世界中谈人性问题总是离不开善恶，善恶现象的客观存在必然会引起哲学家对人性问题的反思，性情与善恶关系的问题成为中国哲学无法回避的古老问题。而善恶现象与人性问题的交织，也的确使得人性问题愈加复杂。先秦儒家思想中，性最初在孔子那里并未明确区分出善恶，只是到了孟荀才明确以性善论、性恶论之说标榜之。董仲舒的性情之说是在批判继承了孔、孟、荀的性论思想以及告子的性无善恶之说基础上形成的。

> 栣众恶于内，弗使得发于外者，心也。故心之为名栣也。人之受气苟无恶者，心何栣哉？吾以心之名，得人之诚。人之诚，有贪有仁。仁贪之气，两在于身。身之名，取诸天，天两有阴阳之施，身亦两有贪仁之性。天有阴阳禁，身有情欲栣，与天道一也。……天地之所生，谓之性情。性情相与为一瞑，情亦性也。谓性已善，奈其情何？故圣人莫谓性善，累其名也。身之有性情也，若天之有阴阳也。(《春秋繁露·深察名号第三十五》)

> 变谓之情，虽持异物性亦然者，故曰内也。变变之变，谓之外。故虽以情，然不为性说。(《春秋繁露·天地施第八十二》)

人性之善恶分由何而来？董仲舒对这一问题的解释从他一贯坚持的天人关系论处入手。在他看来，人受命于天，而“天”又有阴阳两种元气，阳气仁，阴气鄙，阴阳气所禀受不同，故人有仁贪之性、善恶之分。“性者生之质也，情者人之欲也。”(《汉书·董仲舒传》）按照董仲舒的理解，性体现人的内在本质，是情的内在根据；情体现人的外在欲望，是性的外在表现。情虽由性而出，但可随具体环境的变化而改变，已不是性。由气而言性是汉儒言性的一贯传统。“汉儒言气化宇宙观，故亦以阴阳之气释人性。……王充从气言性，故颇受汉儒的影响”[1]。“禀气有厚泊，故性有善恶”。（《论衡·率性》）这是王充对善恶现象由来做出的解释。在专门探讨人性问题的《本性》篇中，王充首先对善恶现象的存在做出明确肯定：“实者，人性有善有恶，犹人才有高有下也。高不可下，下不可高。谓性无善恶，是谓人才无高下也。禀性受命，同一实也。命有贵贱，性有善恶。谓性无善恶，是谓人命无贵贱也。”（《论衡·本性》）随后他又在对董仲舒性情理论的批评论说中进一步阐述了善恶现象非来自性情而来自禀气渥泊的主张：

> 董仲舒览孙、孟之书，作情性之说曰：“天之大经，一阴一阳。人之大经，一情一性。性生于阳，情生于阴。阴气鄙，阳气仁。曰性善者，是见其阳也。谓恶者，是见其阴者也。”……夫人情性同生于阴阳，其生于阴阳，有渥有泊。玉生于石，有纯有驳，性情〔生〕于阴阳，安能纯善？仲舒之言，未能得实。（《论衡·本性》）

王充对董仲舒的性情理论表达了批评的态度。董仲舒认为性生于阳为善，情生于阴为恶；而王充认为情性同生于阴阳之气，禀得渥（厚）者为善，禀得泊（薄）者为恶，而事实上渥泊总是混杂，既然性情不能生于气之纯渥者，那么便不能保证其纯善。所以，二者分歧在于董仲舒以阴阳定善恶，而王充以渥泊作区分。显然，王充的情性是董仲舒“相与为一瞑”意义上未分的情性，而董仲舒已然作了区分。但是无论董仲舒的性情还是王充的所谓情性，都已不是“天生的资质”意义上的性了，其共同用意无非是力图为现实中善恶现象的存在做出一种他们自认为相对最为合理的解释。

三、人性三分

如果我们暂且对人性的内涵做出相对固定的划界，那么我们必须承认现实中经验意义上的人性的确存在着上、中、下不同差等的划分。人性三分思想的萌芽最早可追溯到孔子，孔子曾提出“唯上知与下愚不移”，天生聪颖与生就愚昧之人是无法改变的，现实世界大都是“性相近”但“习”却能使之相远的普通人，所以“中人以上，可以语上也；中人以下，不可以语上也”。（《论语·雍也》）上、中、下三种人的划分在孔子那里已然成型。虽然孔子并未明确以人性理论的口号提出（事实上这更像是一种智力上的划分），但这至少已经塑成了人性三分的可能性。孔子的人性三分思想发展到董仲舒与王充那里，有了更加具体明确的所指：

> 名性，不以上，不以下，以其中名之。（《春秋繁露·深察名号第三十五》）
>
> 圣人之性不可以名性，斗筲之性又不可以名性，名性者，中民之性。（《春秋繁露·实性第三十六》）
>
> 九州田土之性，善恶不均。故有黄赤黑之别，上中下之差。……人禀天地之性，怀五常之气，或仁或义，性术乖也；动作趋翔，或重或轻，性识诡也；面色或白或黑，身形或长或短，至老极死不可变易，天性然也。余固以孟轲言人性善者，中人以上者也；孙卿言人性恶者，中人以下者也；扬雄言人性善恶混者，中人也。（《论衡·本性》）

董仲舒将人性分为圣人之性、斗筲之性和中民之性。在他看来，圣人生就具有无量仁德，其性至善至美，无须修正，不可以称之为“性”；斗筲之人生来气量狭小、才识短浅，其性冥顽不化，无法改变，也不可称之为“性”。中民也就是绝大多数的一般百姓，其性生就自然淳朴，可引之向善，也可趋之向恶。只有这种具有可改变的双重可能性的中民之性，才可称之为“性”。“在宗教的意义上，却有所谓天纵之圣，根据人世间的经验，的确有虽教之而无益者，这当然不是儒家的论题，也不是仲舒关注的重点，他关注的是不属于上也不属于下的万民之性，而万民之性要善，必须待王教之化。”[2]王充同样明确将人性划分为上中下三等，中人以上是为孟子所主张的人性善，中人以下是为荀子所主张的人性恶，这两种人性都是“至老极死不可变易”，而那种混杂着善恶、可以改变的人性是为中人之性。显而易见，王充的人性三分思想从本质上来说几乎是董仲舒人性三分思想的翻版。

基于现实人性可教的意义，当董仲舒与王充都不约而同地把人性问题的重点指向中人（民）之性时，其思想重心已经倾斜到现实政治的教化功能上来。从某种意义上可以说，他们是为业已存在的专制体制的合理性论证寻找到了人性论的依据。

四、政治教化

就某一思想家个体来说，其思想学说在本质上无不是对某一特定尤其是思想家自身所处时代政治、经济、文化、意识形态的反映或者反动。无论对董仲舒还是王充来说，人性三分不是其人性学说目的本身，其最终用意只在为现实政治教化功能的实现提供理论上的支持。“中国思想家最大的负担，则是他们所揭橥的知识很难与朝政分离。”[3]当然身处两汉政治洪流中的董仲舒与王充也不会例外。

性如茧如卵。卵待覆而成雏，茧待缫而为丝，性待教而为善。此之谓真天。……今万民之性，待外教然后能善，善当与教，不当与性。(《春秋繁露·深察名号第三十五》)

中民之性如茧如卵。卵待覆二十日而后能为雏，茧待缫以涫汤而后能为丝，性待渐于教训而后能为善。善，教训之所然也，……性者，天质之朴也；善者，王教之化也。无其质，则王教不能化；无其王教，则质朴不能善。(《春秋繁露·实性第三十六》)

论人之性，定有善有恶。其善者，固自善矣；其恶者，故可教告率勉，使之为善。凡人君父审观臣子之性，善则养育劝率，无令近恶；近恶则辅保禁防，令渐于恶。善渐于恶，恶化于善，成为性行。……善以化渥，酿其教令，变更为善。……夫人有不善，乃性命之疾也，无其教治，而欲令变更，岂不难哉！(《论衡·率性》)

夫中人之性，在所习焉。习善而为善，习恶而为恶也。(《论衡·本性》)

自古以来，教化就是王意下达于民意民听的最主要途径。所谓教化本是指社会上层对下层民众思想意识形态领域的控制与引导，其操作最根本的表征在于普遍人群人性的培养与改造，这其中隐含着教化得以实现的一个理论前提：人性后天的可变。无论对于董仲舒还是王充，中人以上与中人以下之性都不是他们人性论思想关注的重点，他们所极力论证的是经后天努力可致变更的中民之性。积极良好的王政、教令奖善惩恶，能够引导民众克其恶习、主动向善。中人之性亦即万民之性的变化过程如同“卵待覆而成雏，茧待缫而为丝”，中民之性须待教化而为善，民众须待教化而成善民。万民之性趋善，民风趋于淳朴，社会于是趋于稳定和谐。这种重视中民之性的人性理论，“在克服性善论的绝对理想虚幻和扬弃性恶论对人性的悲观否定的双重努力下，直面现实人生，突出人性改造的今世性和可能性，强调政治伦理教化的功能、作用与价值，从而进一步把儒学引向了人世生存的实践层面”[4]。在董仲舒与王充所处的时代，致令万民之性趋善的教化责任理所当然地落在了当政者身上，而董仲舒与王充也都不约而同地为当政者规划了一套切实可行的教化措施：

> 是故教化立而奸邪皆止者，其堤防完也；教化废而奸邪并出，刑罚不能胜者，其堤防坏也。古之王者明于此，是故南面而治天下，莫不以教化为大务。立太学以教于国，设痒序以化于邑，渐民以仁，摩民以谊，节民以礼，故其刑罚甚轻而禁不犯者，教化行而习俗美也。……太学者，贤士之所关也，教化之本原也。（《汉书·董仲舒传》）

> 是故王法不废学校之官，不除狱理之吏，欲令凡众见礼仪之教。学校勉其前，法禁防其后，使丹朱之志亦将可勉。（《论衡·率性》）

董仲舒将教化置于社会治乱之堤防的重要位置，提出教化是治国之大务，而兴办学校又是教化最根本而有效的举措。其兴办太学的主张被写入西汉王朝的国策，伴随着汉武帝治国方略的推行得以最终实现。武帝后期太学培养子弟多达万人，为汉武盛世积聚了丰厚的人才储备。而到王充所在的东汉，太学生最多已达 3 万人。王充将学校之官的设置列入王法之重，主张用学校中的礼仪之教劝勉引导民众，以期实现风尚淳朴、社会安宁的大治局面。学校教育是董仲舒与王充教化思想的一种重要的实现方式，而教化思想又是二者人性论思想的题中之意。应该说，董仲舒与王充的人性论思想发展到这里已经找到了最终的落脚点。

五、结束语

作为分处西东两汉、产生于不同时代文化背景下的两种思想，董仲舒与王充的人性思想不可避免地存在着对立与冲突。但是当我们深入其思想内部作微观比照后，我们会发现在其对立背后又确实存在着相当程度的一致性。“在王充的人性论思想中，实受了董氏重大的影响。《本性篇》一开始‘情性者人治之本，礼乐所由生也’的一段话，虽似儒家通说，然在董氏《天人三策》中，阐发得最为深切。”[5]如同任何一种思想脉流的流传总是携裹着前代的因子，从董仲舒到王充，从《春秋繁露》到《论衡》，在其思想对立的背后，以人性论思想为契机，的确存在一定程度的内在传承。

参考文献：

[1] 林丽雪. 王充 [M]. 台北：东大图书公司店，1992：292.

[2] 韦政通. 董仲舒 [M]. 台北：东大图书公司店，1986：119.

[3] 黄仁宇. 赫逊河畔谈中国历史 [M]. 北京：生活·读书·新知三联书店，2007：37－38.

[4] 余治平. 唯天为大——建基于信念本体的董仲舒哲学研究 [M]. 北京：商务印书馆，2003：185.

[5] 徐复观. 两汉思想史：第二卷 [M]. 上海：华东师范大学出版社，2001：391.

原文载于《衡水学院学报》2011 年第 6 期。

王先亮（1982－），男，山东高密人，山东大学哲学与社会发展学院 2011 级博士生。

略论“数”的哲学意蕴与董仲舒的逻辑理路

王传林

“数”，在中国早期文化中是较早被涉及的哲学概念之一。在结绳记事的传说中，就已经涉及“数”的概念及应用了；但是，“数”这一范畴被哲学化、理论化却相对较晚，肇始于《易经》、《道德经》等先秦时期的作品。西汉大儒董仲舒在《春秋繁露》中，承继了这一范畴并且进行了系统的阐发，使得“数”之哲学意味更加浓郁、逻辑性更加缜密。那么，董仲舒有哪些拓展与创新呢？首先让我们从语义学的角度对“数”加以考查。

一、“数”的词性与词义阐释

从“数”的词性及词义的变化来看，早在先秦时期，“数”的观念就已产生。据《左传》记载，“龟，象也，筮，数也，物生而后有象，象而后有滋，滋而后有数”（《左传·僖公十五年》）；也就是说，先民们在占卜时，根据龟甲烧裂之象的自然成纹，观“象”成“数”、取“象”分“类”，逐渐衍生出“二”“四”“八”等。从语义学的角度来看，“数”一词，无论是词性还是语义，最初的内涵与外延都相对比较简单；据《说文解字》释义：“数：计也”（《说文解字·攴部》），“算：数也”（《说文解字·竹部》），“屡：数也”（《说文解字·尸部》）。从释义及词性上看，先民们关于“数”的认知与使用，多是基于生活生产经验的简单概括，词性变化并不大，常用的有“量词”“动词”或“名词”等，也不具有太多的哲学意蕴。

从“数”一词的语音演变来看，最初由单音逐渐变为多音，古代汉语中有 shù、shǔ 和 shuò3 个读音，其含义经过先哲们的丰富与拓展也日渐增多，概括如下：

（一）作为名词：“数”（读作：shù），相当于英文中的 Number 或 Figure，泛指事物的数量

如，“往来行言、心焉数之”（《诗经·小雅·巧言》），“天之历数在汝躬”（《尚书·虞书·大禹谟》），“多言数穷，不如守中”（《道德经·第五章》），“善数不用筹策”（《道德经·第二十七章》），“故致数誉无誉”（《道德经·第三十九章》），马王堆出土文献《老子甲·德经》也曾载有：“故致数与无与”。此外，在《孙子兵法》中有关“数”的概念也有涉及，如《孙子兵法·军形》载：“一曰度，二曰量，三曰数，四曰称，五曰胜；地生度，度生量，量生数，数生称，称生胜”等。诚然，其他文献也有关涉，限于篇幅不再罗列。

当然，先秦时期的“数”，亦含有“算术”之义，相当于英文中的 Arithmetic，泛指古代“六艺”之一。

（二）作为量词：“数”，表示几或几个（Several，a few）

如，“善游者数能”（《庄子·达生》），“事君数，斯辱矣，朋友数，斯疏矣”（《论语·里仁》），“加我数年”（《论语·述而》），“数

罟不入洿池”（《孟子·梁惠王上》），“数口之家可以无饥矣”（同上），“今既数月矣”（《孟子·公孙丑下》），“贡者校数岁之中以为常”（《孟子·滕文公上》），“后车数十乘，从者数百人”（《孟子·滕文公下》），“堂高数仞，榱题数尺”（《孟子·尽心下》）等。从先秦儒家的经典作品来看，至少在孔孟那里“数”一词的哲学意蕴还不明朗，这可能与孔子“罕言天、性与命”有关。“天命”与命运之“定数”是早期儒家一直极力回避和摆脱的，究其原因可能在于他们一贯主张“知其不可而为之”，试图在顽强不屈的抗争中消解天的“定数”与人生的宿命。

（三）作为动词：“数”（读作：shǔ），表示查点（Count）、列举（List）、数落或责备（Scold）

例如，《左传·昭公二年》曰：“使吏数之”；《黄帝内经·素问·阴阳离合论》曰：“阴阳者，数之可十，推之可百，数之可千，推之可万，万之大不可胜数”；《黄帝内经·灵枢·根结》曰：“持其脉口，数其至也”等。

（四）作为副词：“数”（读作：shuò），表示屡次（Frequently）等

如，“数往者顺”（《易经·说卦》），“数赏者，窘也。数罚者，困也”（《孙子兵法·行军》）等。

（五）作为哲学名词：“数”的内涵则是颇为丰富，通常有：命数与天数（Destiny）、策略与权术（Tactics）、规律与必然性（Law）、道理（Reason）、方法（Method）、礼数（Rites）等

如，“君子以制数度议德行”（《易经·节卦》），“天一地二，天三地四，天五地六，天七地八，天九地十。天数五，地数五，五位相得而各有合。天数二十有五，地数三十，凡天地之数，五十有五，此所以成变化，而行鬼神也”（《易经·系辞上》），“掌官常以治数”（《周礼·天官·小宰》），“正其位，掌其度数”（《周礼·春

官宗伯》)，“夫德，俭而有度，登降有数”（《左传·桓公二年》)，“礼法度数，形名比详，治之末也”(《庄子·天道》)，“吾求之于度数，五年而未得也”（《庄子·天运》）等。由此观之，春秋之际的先哲们已在其理论中赋予“数”一个略带形而上色彩的含义并时而当作一个哲学概念来使用。但是，从其作品所出现“数”的使用次数与频率来看，只是时有涉及，尚未系统论述和广泛运用。在先秦儒家思想的演进过程中，其他经典著作关于“数”也偶有论及，如《礼记·效特性》曰：“祭之日，王被衮以象天，戴冕，璪十有二旒，则天数也”，《礼记·乐记》曰：“是故先王本之情性，稽之度数，制之礼义”。在荀子那里，“数”作为哲学的基本概念使用频率开始增多，如他说：“循法则、度量、刑辟、图籍、不知其义，谨守其数，慎不敢损益也”（《荀子·荣辱》)，“守法数之有司，极礼而褫”（《荀子·非相》)，“夫两贵之不能相事，两贱之不能相使，是天数也”(《荀子·王制》)，“万物同宇而异体，无宜而有用为人，数也”（《荀子·富国》)，“官人守数，君子养原；原清则流清，原浊则流浊”(《荀子·君道》)，“程者、物之准也，礼者、节之准也；程以立数，礼以定伦；德以叙位，能以授官”（《荀子·致士》)，“故四世有胜，非幸也，数也”(《荀子·强国》)等。上引可见，在荀子那里，无论是王朝更迭还是社会进步，并不是偶然性所为而是有“数”的，即存在某种规则与规律的。

当然，“数”作为具有哲学含义的概念，在先秦兵家、法家、墨家以及其他先贤那里也曾偶有涉及，例如：《孙子兵法·兵势》曰：“治乱，数也”，《管子·权修》曰：“教训成俗，而刑罚省，数也”，《管子·七法》曰：“治民有器，为兵有数”，《管子·重令》曰：“天道之数，人心之变。天道之数，至则反，盛则衰”，《管子·兵法》曰：“治众有数”，《韩非子·有度》曰：“先王以三者为不足，故舍己能，而因法数，审赏罚”，《韩非子·饰邪》曰：“明于治之数，则国虽小，富”，《墨子·杂守》曰：“天下事备，强弱有数”，《离骚·天问》曰：“隅隈多有，谁知其数”等等。较而言之，上述的数论在某种程度上可能影响了《黄帝内经》，如《黄帝内经·素问·上古天真论》曰：“人年老而无子者，材力尽邪，将天数然也”，《黄帝内经·素问·阴阳离合论》曰：“阴阳之变，其在人者，亦数之可数”，《黄帝内经·素问·玉机真藏论》曰：“吾得脉之大要，天下至数”，《黄帝内经·素问·三部九候论》曰：“此天地之至数”等。诚然，“数”作为先秦以来业已广泛应用的哲学概念对董仲舒的影响也是不言而喻的，这一点在《春秋繁露》中是有迹可寻的。

二、董仲舒对“数”的理解与运用

（一）“一”的内涵

在以“天”为本体的哲学系统中，董仲舒多次对“天”进行了本体层面上的精深论证，并认为“天”作为一种自然实存其内在精要就是“一”。如他在《春秋繁露·天道施》说：“天道施，地道化，人道义，圣人见端而知本，精之至也，得一而应万类之治也。”如何才能得“一”而“应万类”？董仲舒认为这并非一般人所能做到的。他将天人的特殊沟通机制及能力赋予了他心中的“圣人”——“天命成败，圣人知之”（《春秋繁露·随本消息》）。也就是说，只有圣人（道德学养达到一定境界的人）才有可能通过“以人度天”、“以己度天”的方式，在“天人交感”中参天悟道，进而“得一而应万类”。

其实，在董仲舒以“天”为本体的哲学系统中，“一”或“元”

时常比“天”更为抽象、更为本质。董仲舒在《春秋繁露·重政》曰：“唯圣人能属万物于一而系之元也”，《春秋繁露·玉英》曰：“谓一元者，大始也”，《春秋繁露·王道》曰：“春秋何贵乎元而言之？元者，始也，言本正也；道，王道也；王者，人之始也。王正，则元气和顺，风雨时，景星见，黄龙下；王不正，则上变天，贼气并见”。显而易见，这里的“元”与“一”有时是混同的。这一带有形而上学倾向的玄思与先秦道家的观点颇为相通，道家始祖老子在《道德经·第一章》中说“道生一，一生二，二生三，三生万物”，其继承者庄子也曾认为“道通为一”（《庄子·齐物论》），“圣有所生，王有所成，皆原于一”（《庄子·天下》），“天下大乱，贤圣不明，道德不一”（《庄子·天下》），“以此进为抚世，则功大名显而天下一也”（《庄子·天道》）。杂取诸子，以铸新学；董仲舒在很大程度上，不仅完成了对先秦时期的“数”论思想的承接而且对其进行了较大的丰富与拓展。虽然董仲舒的认识论存在着极为明显的意测性与独断论，而且弥漫着较为浓厚的神秘感和唯心论的成分；但是我们却很难否定他的这种朴素的可知论，因为它在某种程度上还蕴涵着一些唯物论与可知论的理论因子。

（二）“一”的外延

在先秦时期，《易经》曾备受儒家与道家的推崇，儒家曾把《易经》列为群经之首。董仲舒自然深明其中要义，因此在《春秋繁露》中大谈“阴阳五行论”就不难理解了。他说：“天地之气，合而为一，分为阴阳，判为四时，列为五行。行者，行也，其行不同，故谓之五行。五行者，五官也，比相生而间相胜也，故为治，逆之则乱，顺之则治”（《春秋繁露·五行相生》）。这与《易经·系辞上》所说的“易有太极，是生两仪。两仪生四象，四象生八卦，八卦定吉凶，吉凶生大业”，以及《易经·说卦传》所说的“天地定位，山泽通气，雷风相薄，水火不相射。八卦相错，数往者顺，知来者逆，是故易逆数也”，其宏旨类同，概一脉相承。由此观之，《易经》之宏旨对董仲舒思想的发萌曾产生了很大影响。董仲舒也许深知：要想完成庞大哲学体系的建构，必须对前人的思想进行广泛地汲取并加以创新；其理论不单单是对先秦以来的历史经验的总结，而且要寻绎出一个更为坚实的理论始基，同时还要推衍出一个看似严谨的逻辑体系。不言而喻，《易经》等著作就成了他的首选材料。此外，他不仅吸收了先秦道家、阴阳家的辩证思想，同时也融入了法家的思想，以至于后世有学者将其列为“杂家”。

“最高的本质是最抽象的，最无规定的”[1]；“我们不能看见‘一’，因为它是思想的一种抽象”。那么，董仲舒又是如何完成从抽象到具体的逻辑推衍的呢？他选择了将直观意测的“元”或“一”与阴阳之变相结合并将其引申为“三纲五常”之义理。在这一逻辑推衍过程中，他赋予了“一”特定的哲学意蕴与道德价值。他由“一”推衍出“二”（阴阳）——“四”（四时）——“五”（五行）——“十”（十端），以至“应万类”，进而建构出他的“数”论及其推衍逻辑。他反复论证说：“天之常道，相反之物也，不得两起，故谓之一；一而不二者，天之行也”（《春秋繁露·天道无二》），“天地之常，一阴一阳，阳者，天之德也，阴者”（《春秋繁露·阴阳义》），“天道大数，相反之物也，不得俱出，阴阳是也”（《春秋繁露·阴阳出入》）。由“一”出发，他又无以复加地类推出阴阳之合，物莫无合的逻辑，他在《春秋繁露·基义》曰：“凡物必有合……阴者，阳之合，妻者，夫之合，子者，父之合，臣者，君之合，物莫无合，而合各相阴阳。”与今天的归纳法不同，董仲舒似乎更喜欢用演绎法，他预设了一种基本的公式并利用其支配一切事物。于是就有了阴阳五行统辖天地、男女、自然万物以及诸类自然现象，甚至统摄人间政治范畴里的尊卑、等级等抽象概念的“附会说”。他以天之“五行”（木、火、土、金、水）与人之“五常”（仁、义、礼、智、信）相配合，以季节之“四时”（春、夏、秋、冬）与政治运行之“四法”（庆、赏、刑、罚）相类比，建构出帝国的政治运行系统和政治伦理规范系统。他在《春秋繁露·五行之义》曰：“天有五行：一曰木，二曰火，三曰土，四曰金，五曰水”，《春秋繁露·官制象天》曰：“天数毕于十，王者受十端于天，而一条之率，每条一端以十二时，如天之每终一岁以十二月也，十者，天之数也，十二者，岁之度也，……皆天数也”，《春秋繁露·阳尊阴卑》曰：“天之大数毕于十旬，旬天地之间，十而毕反，旬生长之功，十而毕成，十者，天数之所止也”。至此，董仲舒在理论上完成了由“一”到“十”的逻辑推衍。应该说，这是“董仲舒式”的哲学逻辑理路的转进与创新。他也许知道仅凭儒家推崇的伦常规约与美德说教以及家国天下之基本逻辑，并不能合理地推衍出他需要的“阴阳五行论”和庞大而复杂的以“天”为本体的哲学体系。

不难看出，董仲舒的“数论”推衍系统及其过程糅合了较多的政治伦理的质料，并不是纯粹的逻辑推衍或“数字游戏”。他曾试图向汉武帝兜售这一套貌似完美的系统理论，然“皇天无亲”不佑仲舒；汉武帝本人更是“舍仲舒之醇雅，用平津之矫伪，致饰儒术，饰浅行以干大用者接踵而起”[2]。

三、天道之“数”向政道与人道的推行

随着“数”的词性与词义的日渐丰富，其内涵也日渐丰富并且被赋予了更多的哲学意蕴，有时甚至成为人与动物相区别的“度量

衡”。人们将“数”应用于生活生产实践中，制订出许多只有人可以识别的准则规矩，比如“天文星象学”“历法”等。实际上，先秦时期的墨家已经形成了颇为成熟的逻辑思维和推理，也尝试揭示天道、心性、命等基本概念的逻辑关系。其中，“取象”（定性方法）和“运数”（定量方法）对后世影响很大。这一点在董仲舒的哲学体系里也是有所体现的。

董仲舒在前人的基础上，提出“王道三纲可求于天”，赋予“天”至上地位和道德理性，并且由“天道”引出“天数”，继而将“数”所蕴藏的规则引向其政治伦理体系。他在《春秋繁露·玉杯》曰：“三年不当而逾年即位者，与天数俱终始也，……《易》本天地，故长于数”，《春秋繁露·楚庄王》曰：“故圣者法天，贤者法圣，此其大数也。得大数而治，失大数而乱，此治乱之分也”，《春秋繁露·官制象天》曰：“立成数以为植而四重之，其可以无失矣。备天数以参事，治谨于道之意也”，《春秋繁露·度制》曰：“故已有大者，不得有小者，天数也”，《春秋繁露·爵国》曰：“其数何法以然？曰：天子分左右五等，三百六十三人，法天一岁之数。五时色之象也。通佐十上卿与下卿而二百二十人，天庭之象也。倍诸侯之数也”等等。不难看出，董仲舒对“数”的应用已经达到了极致。换言之，在他那里社会政治生活的一切规则，“仁义制度之数，尽取之天”（《春秋繁露·基义》），“天、地、阴、阳、木、火、土、金、水，九，与人而十者，天之数毕也。故数者至十而止，书者以十为终，皆取之此”（《春秋繁露·天地阴阳》）。事物皆有“定数”，而且不可违反，否则即便你是皇帝也会遭到“天谴”；“是故天数右阳而不右阴，务德而不务刑。刑之不可任以成世也，犹阴之不可任以成岁也。为政而任刑，谓之逆天，非王道也”（《春秋繁露·阳尊阴卑》）。

基此可知，在董仲舒以“天”为本体的哲学系统中，“数”不仅占有很重要的地位，而且也成为他宣扬“君权神授论”的理论凭借。他通过取“数”于天，在某种程度上将其坚信不疑的“天道”与人间的“政道”相比附，完成了天数向政道与人道的推衍。在他看来，不仅皇帝所主导的“政道”要参天用“数”，即使是寻常百姓的生活规约也应该以天之“数”为依据。董仲舒提出：“天地之数，不能独以寒暑成岁，必有春夏秋冬。圣人之道，不能独以威势成政，必有教化”（《春秋繁露·为人者天》），“人亦十月而生，合于天数也。是故天道十月而成，人亦十月而成，合于天道也”（《春秋繁露·阳尊阴卑》）。此外，他还将人体之表征与实存和“天”及自然现象相比附，他进一步推说道：“人有三百六十节，偶天之数也；形体骨肉，偶地之厚也”（《春秋繁露·人副天数》），“天地之符，阴阳之副，常设于身，身犹天也，数与之相参，故命与之相连也……心有计虑，副度数也；行有伦理，副天地也”（同上）。在由“一”而生的“数”论演绎过程中，基于对天数、阴阳、五行相生相克等核心范畴的思考，董仲舒广泛地运用了类比和抽象化的手段，并以此推衍出天人感应的动态哲学系统。诚如有学者曾指出：“董仲舒以数理观念代替先秦道家之自然观念，谓宇宙间一切事象物质之变化，其背后皆有一种数与理之作用引生而推动之。盖凡事物之同类者，积至于某程度，某数量，即可引起某种变化，此乃自然之理，实即一种使之然之理也。”[3]

综上所述，可以看出董仲舒所秉持的天道之“数”的背后，实际上隐存着一定的秩序感，并且有着一种和谐的理想状态。董仲舒在其哲学系统中，较为广泛地运用了“数”这一范畴，其旨在建构应时应世的政治哲学体系，并不是进行纯粹的逻辑推衍或数学演算，因此其所言之“数”对数学的贡献并不大。直言之，秩序是自然万物存在的一种结构，和谐是其内涵外延出的一种状态。“数”本身就蕴涵着一种理性与秩序，尤其是天道之“数”更是接近完美。或许在董仲舒看来，“天”及其涵盖下的一切事物皆是一种和谐的存在；万物之所以和谐而且秩序井然，皆因有“数”——规则与规律、秩序与和谐。不言而喻，在政治运行层面也同样存在着类似的“数”。诚然，如此的论调也明显存在着诸多唯心而神秘的倾向，但是其中的理性质因，还是应该予以肯定的。

参考文献：

［1］黑格尔．哲学史演讲录：第一卷［M］．贺麟，王太庆．译．北京：商务印书馆，1959：131.

［2］程晋芳．读后汉书书后［G］//魏源．魏源全集．长沙：岳麓书社，2004：560.

［3］钱穆．庄老通辨［M］．北京：生活·读书·新知三联书店，2005：384.

原文载于《衡水学院学报》2011 年第 2 期。

王传林（1978—），男，安徽阜阳人，黑龙江大学哲学与公共管理学院硕士研究生。

略论董仲舒的可知论及几个基本范畴

王传林

如何解读原典，先秦儒家已经论及，如《论语·述而》载，“子曰：‘述而不作，信而好古’。”《孟子·万章下》曰：“颂其诗，读其书，不知其人，可乎？是以论其世也。是尚友也。”遗憾的是，那时尚未形成系统的方法论。自西周以降，儒家学人自觉不自觉地向世人传授了阅读与为学之法，如“述而不作，信而好古”“颂其诗书”“论其世”“尚友”等，这应该说是中国儒家学派最早的诠释学或解释学之端萌。董仲舒通过对《公羊春秋》的诠释，不仅演绎出了《春秋繁露》，而且为西汉王朝提出了一套新的政治伦理体系和社会伦常范式。本文循此方法，试对汉初新儒家董仲舒的认识论及哲学体系中的基本范畴进行初步的归纳与厘清。

一、神秘的可知论

在儒家思想的传承过程中，汉代的董仲舒直接继承并拓展了先秦原儒们的“天命观”。在《春秋繁露》中，他多次对“天”进行了本体论层面上的精深论证，他说："天地者，万物之本，先祖之所出也，广大无极。其德昭明，历年众多，永永无疆"（《春秋繁露·观德》），"天者，百神之大君也"（《春秋繁露·郊祭》）。在董仲舒那里，"天"被赋予了更多的功能，世人若不信天、不敬天、不祭天就会得罪于天，"天"因此将不再降福祉于世人。

在认识论上，董仲舒承认"天"作为万物的本原，是可感、可知的。《春秋繁露·郊语》曰："天地神明之心，与人事成败之真，固莫之能见，唯圣人能见之。"《春秋繁露·随本消息》曰："三年，身随而卒。阶此而观，天命成败，圣人知之，有所不能救，命矣夫!"《春秋繁露·威德所生》曰："喜怒当寒暑，威德当冬夏……可以参寒暑冬夏之不失其时已，故曰：圣人配天。"《春秋繁露·天道施》曰："天道施，地道化，人道义，圣人见端而知本，精之至也，得一而应万类之治也。"《春秋繁露·天地阴阳》曰："夫王者不以不知天，知天，诗人之所难也，天意难见也……辨五行之本末，顺逆、小大、广狭，所以观天道也。"可见，"天命"与"天志"虽然难知，但还是可以获知的。只不过，他将天人沟通的特殊机制赋予了他心中的"圣人"——"天命成败，圣人知之"。

在董仲舒那里"天"虽然可知，但并非一般人都能做到。这对于他的信徒来说，也是件很难完成的事，因为他们必须在自我圣化（内圣）的过程中消除自身的劣根性，通过修养而具备一定的道德品性，甚至要几乎达到圣人的水平。在董仲舒看来，只有达到这个至高的境界才可能实现"天人合一"，"唯圣人能见之"。然而圣人之境界对于普通人来说，大抵要经历九九八十一关的磨难才能成功，这个复杂的过程让急功近利的帝王有些不耐烦，甚至望而却步。这种复杂、层递深入而又十分高难的"天人感应"理论，似乎从理论建构的一开始就已注定有"流产"的可能。概言之，董仲舒这位新儒家所预设的理想人格，无论是对君王还是普通人而言，要求都太高，可操作性并不强。但是，通过以人度天、以己度天之方式，仍然是可以实现“天人相感、相知与合一”的。尽管，这种认识论中存在明显的唯心论和神秘主义色彩，但其本身也存在着朴素的、唯物的可知论思想的因子。

二、董仲舒哲学系统中的几个基本范畴

在董仲舒的哲学系统中至少存在这样几个基本范畴，如“分”与“合”、“变”与“常”、“经”与“权”、“本”与“末”、“名”与“实”、“理”与“智”和“仁”等。虽然其表面上存有形而上的色彩，但是其中也体现出不少辩证的哲学韵味。简要概括如下：

（一）分与合

中国传统思想认为天下大事，合久必分，分久必合；而这分、合之间，则演绎着先哲们的辩证哲学。先秦儒家荀子曾提出“明于天人之分”、“制天命而用之”（《荀子·天论》），在他看来天与人是相分离的，甚至更言“人定胜天”，这在一定程度上肯定了人的能动性。与之不同的是，董仲舒认为天人之间能够相互感应、合而为一，其理论深处隐存着天人同质同构的逻辑。也就是说，人可以以自身为参照来改造天、设计天，这一点常为人们所忽视，如若不然，何来“人副天数”和“天人感应”？《春秋繁露·人副天数》曰：“天地之符，阴阳之副，常设于身，身犹天也。”《春秋繁露·楚庄王》曰：“百物皆有合偶，偶之合之，仇之匹之，善矣。”从理论逻辑上来看，董仲舒完成了从“天人相分”到“天人相与”、“天人感应”、“合而为一”的逻辑推衍过程。董仲舒内心深处也许非常明白，要想以此理论打动皇帝，没有合法的依据是不行的。在人们

对“天”的敬畏与信仰还残存的时代，“天”对他建构一整套哲学体系来说，也许就是最后的也是最好的“王牌”。

董仲舒对“合”的思想有深入的论证，《春秋繁露·基义》曰：“凡物必有合，合必有上，必有下，必有左，必有右，必有前，必有后，必有表，必有里。有美必有恶，有顺必有逆，有喜必有怒，有寒必有暑，有昼必有夜，此皆合也。”由此可知，董仲舒关于“合”的论述，已由先秦时期的宏论逐渐趋于精致，由自然规律的抽象论说走向社会生活的实证。董仲舒巧妙地将自然规律中的辩证思想直接运用于社会管理之中。《春秋繁露·天辩在人》曰：“天之志常置阴空处，稍取之以为助。故刑者德之辅，阴者阳之助也。”在这里，董仲舒将天之阴阳与社会管理中的刑与德进行了比附。在社会生活中，他将“合”的思想进行广泛展开，他认为君臣、父子、夫妇之间均有尊卑主次的“合”，他在《春秋繁露·基义》曰：“阴者阳之合，妻者夫之合，子者父之合，臣者君之合。”以上论述，无论是宏观上还是微观上，强调的都是“合”的思想，这一点与汉帝国的大一统思想是不谋而合的。因为，在大一统的汉帝国里，若再强调“分”，似乎是不合时宜的；这一点既不符合儒家思想传统，也不是时代所需，董仲舒应该是深知的。顺应时代所需，并积极迎合统治者的意志，应该说是儒术得以被尊重的前提条件。

（二）变与常

据《汉书·董仲舒传》载举贤良对策之三策曰：“道之大原出于天，天不变，道亦不变。”（按：反向可以推出：“天变，道亦变”）后世学人藉此批判董仲舒之方法论具有形而上学的特征，“循旧”、用静态的观点看待世界万物。其实，这种批判亦存在一定的谬误，董仲舒所言“变”与“常”亦是相对的。否则，他就不会推衍出“新王必改制”“汤武革命论”了。他在《春秋繁露·天道施》

曰："天道施，地道化，人道义，圣人见端而知本，精之至也，得一而应万类之治也……变谓之情，虽持异物，性亦然者，故曰内也，变变之变，谓之外……不可不察也。"《春秋繁露·楚庄王》曰："春秋之道，奉天而法古"，又曰："王者必改制"。可以看出，董仲舒名曰"法古"以"推陈"扬上古三代之大道，实以"改制"高呼创新。又如《春秋繁露·竹林》曰："春秋之道，固有常有变，变用于变，常用于常，各止其科，非相妨也。"

若仔细分析下列凡引，不难看出董仲舒的方法论在很大程度上吸收先秦诸多思想的精华。《易·系辞》曰："《易》与天地准，故能弥纶天地之道"；"《乾》、《坤》成列，而《易》立乎其中矣"；"《乾》、《坤》毁，则无以见《易》"；"《易》不可见，则乾坤成几乎息矣"。《管子·形势》曰："天不变其常，地不易其则，春秋冬夏不更其节，古今一也。"《论语·里仁》曰："子曰：参乎，吾道一以贯之。"《荀子·天论》曰："天行有常，不为尧存，不为桀亡。应之以治则吉，应之以乱则凶。"

其实，极力主张"新王必改制"和"汤武革命论"的董仲舒在道之变与常方面，并非绝对的形而上学、因循守旧。我们不应该断章取义，妄加指责。

（三）经与权

在某种程度上，可以说董仲舒的经与权的方法论，是变与常的另一种表达方式。

董仲舒在《春秋繁露·玉英》曰："春秋有经礼，有变礼。为如安性平心者，经礼也；至有于性虽不安，于心虽不平，于道无以易之，此变礼也"，《春秋繁露·立元神》曰："为人君者，其要贵神，神者，不可得而视也，不可得而听也，是故视而不见其形，听而不闻其声；声之不闻，故莫得其响，不见其形，故莫得其影；莫得其影，则无以曲直也，莫得其响，则无以清瘗也；无以曲直，则其功不可得而败，无以清瘗，则其名不可得而度也”，《春秋繁露·阴阳终始》曰：“天之道，终而复始，故北方者，天之所终始也，阴阳之所合别也……以就同类，与之相报，故其气相侠，而以变化相输也。春秋之中，阴阳之气俱相并也……是故天之道，有伦、有经、有权”，《春秋繁露·尧舜不擅移汤武不专杀》曰：“夏无道而殷伐之，殷无道而周伐之，周无道而秦伐之，秦无道而汉伐之。有道伐无道，此天理也”。

综上所述，不难发现董仲舒承认“道”作为“基本规律是有经、有常的”，亦主张“有变”与“有权”，“天之道，终而复始”，在循环中损益，正所谓“各止其科，非相妨也”。

（四）本与末

在董仲舒那里，本与末是有区别的。既有本原、枝末之分，又有高低、大小之别；亦或者说，既有本体论层面的意义，又有方法论层面的意义。

故而，他在《春秋繁露·精华》曰：“教，政之本也；狱，政之末也。”（按：此意概承贾谊，贾谊在《新书·大政下》曰：“教者，政之本也。”）《春秋繁露·立元神》曰：“君人者，国之本也，夫为国，其化莫大于崇本，崇本则君化若神，不崇本则君无以兼人……何谓本？曰：天地人，万物之本也。”《春秋繁露·楚庄王》曰：“是故作乐者，必反天下之所始乐于已以为本。”又云：“作乐之法，必反本之所乐，所乐不同事，乐安得不世异！”再云：“故凡乐者，作之于终，而名之以始，重本之义也。”《春秋繁露·玉杯》曰：“春秋修本末之义，达变故之应，通生死之志，遂人道之极者也。”《春秋繁露·玉英》曰：“故元者为万物之本……”《春秋繁露·十指》曰：“强干弱枝，大本小末，一指也……强干弱枝，大本小末，则君臣之分明矣。”《春秋繁露·观德》曰：“天地者，万物之本、先祖之所出也。”《春秋繁露·天道施》曰：“动其本者，不知静其末，受其始者，不能辞其终，利者，盗之本也，妄者，乱之始也，夫受乱之始，动盗之本，而欲民之静，不可得也。”

上述凡引可知，本与末在董仲舒那里既有本体论之意，又有概念范畴大小之别，同时还有逻辑上的主次之分，即“崇本”，或“大本小末”。尽管，他的这种“二分法”，看起来有些牵强附会、简单而且机械。

（五）名与实

据《史记·司马相如列传》载，太史公曰：“《春秋》推见至隐。”《春秋繁露》所涉基本范畴，如，“察”“不可不察”“深察”等反复出现。《春秋繁露·循天之道》曰：“天无所言，而意以物，物不与群物同时而生死者，必深察之，是天之所以告人也。”这在一定程度上，也表明了董仲舒“推见至隐”的治经方法。此方法运用之最具代表性的篇章是董仲舒的《春秋繁露·深察名号》和《春秋繁露·实性》，在此并对“性”“名”“号”进行了“推见至隐”的阐述。

董仲舒在《春秋繁露·玉杯》曰：“《春秋》论十二世之事，人道浃而王道备。法布二百四十二年之中，相为左右，以成文采。其居参错，非袭古也。是故论《春秋》者，合而通之，缘而求之，伍其比，偶其类，览其绪，屠其赘，是以人道浃而王法立。”董仲舒在解释《春秋公羊》时，曾明确概括了“伍其比，偶其类，览其绪，屠其赘”的解读方法。有学者认为：“在董仲舒神秘的唯心主义的名号理论中，包含着极有价值的对概念属种关系的正确揭示。他似乎猜测到了属种概念在内涵与外延上的反变关系[1]。”逻辑学史家汪奠基指出，董仲舒不言名实关系，而只讲名号的先天演绎系统，这正是为服从他所谓天人政治的诡辩形式。《春秋繁露·深察名号》曰："天不言，使人发其意"，"受命之君……士者，事也；民者，瞑也"。这是伪造了一套政治伦理的规范，幻想强制人们的思想，都服从这套虚伪的名号形式[2]。周桂钿认为："董仲舒利用'讳'，来帮助作'六经注我'的工作，同时还利用'讳'来弥缝圣人经典中的裂痕[3]。"诚如刘国民所说："董仲舒解释《春秋》的基本目的是建构自己的思想体系且为大一统的皇权专制政治建立理论的根据。因此，他的解释是'六经注我'，具有较强的主观性。经传的'间距化'正为他发挥其主观思想提供相当大的空间[4]。"

（六）理、智与仁

董仲舒从天人目的论出发，提出了阴阳四时变化之"理"。"理"是中国传统哲学思想里的核心概念之一，最早的文献见于《诗经》。"我疆我理，东南其亩"（《诗经·小雅·信南山》），"迺（通"乃"）疆迺理，迺宣迺亩"（《诗经·大雅·绵》），"理"在这里是治理之意。《说文解字》曰："理，治玉也，从玉里声。"逐渐被人引为事物的纹理、条理等，起初还不具有哲学的意味。经过春秋战国几百年的演变，到汉初开始日渐为人所注意，贾谊在黄老思想的基础上，引论为道生德，德生理。《新书·道德说》曰："德生于道而有理，守理则合于道。"董仲舒在《春秋繁露·十指》曰："阴阳四时之理，相受而次矣。"《春秋繁露·官制象天》曰："天地之理，分一岁之变以为四时。"《春秋繁露·阳尊阴卑》曰："阴阳，理人之法也。阴，刑气也；阳，德气也。"《春秋繁露·人副天数》曰："行有伦理，副天地也。"《春秋繁露·楚庄王》曰："新王改制者，非改其道，非改其理。"董仲舒将"理"说成是"某种合目的的秩序，把人的认识的能动性变为异己的力量，变成人和万物的主宰"[5]。

原儒们一贯重视对“仁”与“智”的研究。据《孟子·公孙丑章句上》记载：子贡曰：“学不厌，智也；教不倦，仁也。仁且智，夫子既圣矣！”可见“仁且智”，在一定程度上是衡量圣人与否的标准。董仲舒在《春秋繁露·必仁且智》曰：“何谓仁？仁者，憯怛爱人，谨翕不争，好恶敦伦，无伤恶之心，无隐忌之志，无嫉妒之气，无感愁之欲，无险诐之事，无辟违之行，故其心舒，其志平，其气和，其欲节，其事易，其行道，故能平易和理而无争也，如此者，谓之仁。”仁者，憯怛爱人。应该说，这与先秦原儒孔子所推崇的“仁”之要义，是一脉相承的。只是在董仲舒这里由“抽象”变得更加“具体化”了，如无恶之心、无忌之志、无妒之气、无愁之欲等等。董仲舒在《春秋繁露·必仁且智》篇继续论证说：“何谓智？先言而后当。凡人欲舍行为，皆以其智先规而后为之。其规是者，其所为得，其所事当，其行遂，其名荣，其身故利而无患，福及子孙，德加万民，汤武是也……故曰：莫急于智。”简言之，董仲舒对智的理解与应用，已经接近于理性与理智的高度，虽然智在他那里还仅仅是一种直觉的智或“智的直觉”（intellectual intuition）[6]。胡适在《先秦名学史》中指出，“智”（insight）被认为在于见到事物间的因果关系[7]。在董仲舒那里，天人合一，即自然法则与道德法则的合二为一，亦即道德认知和道德行为的合二为一。董仲舒从个体的道德体验出发，认为道德本质源于人之性与心。在心、性、情以及义利上，董仲舒在一定程度上已经否定了天的权威性和先验性，但在面对道德的无限张力时，他仍然没有办法突破为“天”所预设的（其实在很大程度上是董仲舒本人所预设的）界线——天对人的虚位性。在仁与智之间，董仲舒表现出了以“仁”为根本、内核，以“智”为外化、表征的倾向，与他所言的“以仁安人，以义正我”（《春秋繁露·仁义法》），似乎是两个不同的逻辑路径。诚然，在《春秋繁露》中还涉及其他的范畴，如“义”、“法”等，限于篇幅，本文不再赘述。

三、结语

《春秋繁露》之于《春秋公羊》，可谓是“微言衍大义”。这在一定程度上突破了孔子的“述而不作，信而好古”，甚至可以说，董仲舒在中国传统诠释学的发展中迈出了较大的一步；《春秋繁露》在某种意义上，可以说就是一种经典的诠释性著作。因为，董仲舒诵读《春秋公羊》，著作《春秋繁露》有极强的目的性和主观性。“这不仅仅是把《公羊传》当作构成自己哲学的一种材料，而且是把《公羊传》当作是进入到自己哲学系统中的一块踏脚石”[8]。《春秋公羊》产生于先秦时期，其作品本身必然会受到当时社会与文化的局限，其自身的历史特性也必然是鲜明的。秦亡汉兴以来，无论政治还是文化背景都发生了巨大变化，这就必然涉及历史性与现代性的融合问题。藉此，董仲舒诠释春秋微言，附会自己之大义，无限放大了《春秋》的行间距；以附会、类比等为手段，兼纳诸子之哲思，从而完成了理论系统的建构与创新。董仲舒与时俱进并大胆地突破了条框之束缚，发挥主观能动性给《春秋公羊》赋予了新内涵，成功地演绎出《春秋繁露》，积极为汉帝国中央集权专制下的政治伦理张本，应该说是有所创见的。

正可谓：知董仲舒者《春秋繁露》也，罪董仲舒者《春秋繁露》也。以上拙见，敬请方家指正。

参考文献：

［1］张家龙．逻辑学思想史［M］．长沙：湖南教育出版社，2004：6.

［2］汪奠基．中国逻辑思想史［M］．上海：上海人民出版社，1979：220－221．

［3］周桂钿．董学探微［M］．北京：北京师范大学出版社，1989：242．

［4］刘国民．董仲舒的经学诠释及天的哲学［M］．北京：中国社会科学出版社，2007：147．

［5］蒙培元．简述“理”的演变［M］//人民出版社．中国哲学范畴集．北京：人民出版社，1985：245．

［6］李明辉．儒家视野下的政治思想［M］．北京：北京大学出版社，2005：15．

［7］胡适．先秦名学史［M］．合肥：安徽教育出版社，2006：108．

［8］徐复观．两汉思想史：第二卷［M］．上海：华东师范大学出版社，2001：206．

原文载于《衡水学院学报》2010 年第 6 期。

王传林（1978－），男，安徽阜阳人，黑龙江大学哲学与公共管理学院硕士研究生。

现代性视域中的董仲舒美学思想刍议

李士军

董仲舒，广川人（今属河北），《汉书·董仲舒传》载他生于汉文帝元年，卒于汉武帝太初元年。著有《举贤良对策》、《春秋繁露》等，是汉代“群儒首”、最大的唯心主义哲学家、思想家、政治家，是儒家美学在汉代的主要代表。董仲舒以“阴阳五行”“天人感应”为特色的哲学、美学思想，在中国哲学、美学史上都产生了深远影响。其“罢黜百家，独尊儒术”的主张，以儒家学说为主而糅合了法家思想，将儒家学说改造成维护中央集权专制统治的理论，对中国社会历史进程产生了深远而持久的影响。董仲舒在对先秦儒家思想继承与发展的基础上，引进阴阳五行思想来建构其“天人感应”“天人合一”的美学思想体系，他还十分重视音乐在社会生活中的作用。在21世纪的今天来重新审视其哲学、美学特别是“天人合一”的合理性一面仍不乏借鉴意义。

一、董仲舒美学思想的理论根基：对先秦儒家思想的继承与发展

先秦诸子时代，可以说是中国学术史、思想史上“百花齐放，百家争鸣”的黄金时代，先秦诸子的思想也无疑成为中国文化的源泉。董仲舒的美学思想便是得益于对先秦儒家思想的承传与超越。董仲舒生活的西汉中期，诸侯割据的局面基本结束，生产得到恢复和发展，封建主义中央集权得到巩固，出现了西汉时代社会安定、经济繁荣、政治统一的“大一统”局面。为缓和农民阶级和地主阶级的矛盾，汲取秦朝短命灭亡的教训，如何从理论上论证封建专制主义中央集权的合理性以巩固地主阶级专政，董仲舒对这一重大问题进行了思考。

董仲舒在汉代被尊为“群儒首”。他的哲学思想是为汉代中央集权服务的，他的美学思想又是其哲学思想的有机组成部分。董仲舒的美学思想在基本倾向上是同先秦儒家相一致。在文质问题上，他延续了儒家“文质彬彬”的思想，主张先质而后文，文与质相统一：“志为质，物为文。文著于质，质不居文，文安施质。文质两备，然后其礼成……《春秋》之序道也，先质而后文，右质而左物。”（《春秋繁露・玉杯》）这里所说的“物为文”的“物”，指的是用以文饰质的各种事物，如礼服、器皿、礼仪等；“志为质”的“志”则指符合儒家仁义道德的思想感情。质与文的统一，也就是质与物的统一[1]468。

董仲舒继承和发展了孔子的思想，提出了他的政治学说。“孔子曰：不患贫而患不均。故有所积重，则有所空虚矣。大富则骄，大贫则忧。忧则为盗，骄则为暴，此众人之情也……今世弃其度制，而各从其欲。欲无所穷，而俗得自恣，其势无极。大人病不足

于上，而小民羸瘠于下，则富者愈贪而不肯为义，贫者日犯禁而不可得止，是世之所以难治也。”（《春秋繁露·度制》）董仲舒认为要实现“治”最好的办法是：“使富者足以示贵而不至于骄，贫者足以养生而不至于忧，以此为度，而调均之，是以财不匮而上下相安，故易治也。”（《春秋繁露·度制》）在这里，董仲舒将孔子的“中庸之道”用于平抑贫富两极分化，主张地主阶级对农民阶级的剥削统治，即富与贵但又不至于骄；农民能够维持最低生活不至于使其为生计而奔波，这样才有利于实现封建中央集权统治的长治久安。董仲舒认为，要以思想的统一来维护政治的统一，以“罢黜百家，独尊儒术”来实现思想意识形态领域的统一，进而巩固“大一统”的政治局面。他对汉武帝说：“今师异道，人异论，百家殊方，旨意不同，是以上亡以持一统；法制数变，下不知所守。臣愚以为诸不在六艺之科，孔子之术者，皆绝其道，勿使并进。邪僻之说灭息，然后统纪可一，而法度可明，民知所以矣。”（《汉书·董仲舒传》）

董仲舒作为汉代的大儒，充分发挥利用了儒家经世致用的学说，同时采纳了法家的某些合理成分，确立了儒学一家独尊的地位，对中国的政治思想和社会历史进程都产生了深远影响。董仲舒在实现先秦儒家思想转向的过程中可以说起了关键作用。正如徐复观所言：“在董仲舒以前，汉初思想，大概上是传承先秦思想的格局，不易举出它作为‘汉代思想’的特性。汉代思想的特性，是由董仲舒所塑造的[2]。”董仲舒的美学思想作为其哲学大厦建构的有机组成部分，也是服务于“大一统”的政治诉求。以仁学为基础的儒家美学，把实行人道建立在个体心理欲求之上，它高扬个体人格的独立性，并且在对君臣关系的看法上还保留着氏族社会的某些古代民主思想。儒家美学一方面使美与艺术从属于“事父事君”这样一种政治情怀；另一方面又很重视它对形成和发展个体人格的重要作用。董仲舒美学则把仁道的实行建立在“天意”的基础上，同时又把国君说成是“天意”的代表，是“天子”。董仲舒思想学说的重要目的，是维护“大一统”的政治局面及地主阶级的专制统治，维护封建专制主义中央集权。董仲舒超越先秦儒家美学之处在于对“阴阳五行”思想的创造性运用与发挥，“在神秘的形式下吸取了包含在阴阳五行思想中的某些自然知识，较之于先秦的儒家更为重视对自然现象的观察研究，注意人与自然的关系问题，并且在‘天人合一’、‘天人感应’的带有神秘色彩的思想中，把儒家思想系统化、完整化的组织了起来，从哲学上空前突出了人与自然的相互渗透和统一，这是董仲舒的一大贡献”[1]470—471。

二、天人合一：天人感应与神人互动

“天人感应”说是董仲舒哲学、美学思想体系的理论基点之一，也是其理论学说中独具特色的地方。董仲舒引入“阴阳五行”的思想，与其“天人感应”理论相得益彰，对中国哲学、美学的发展产生了深远影响。“天人感应”广义上是指“人类行为与其外在环境的互动关系，就其董仲舒所指出的天人感应论具体内容而言，则主要指人类的政治活动与具有神学意味的主宰之天的关系……董仲舒以《春秋》经传为依据提出天人感应论，但他的这种思想应该是吸收了先秦诸子中的墨家、阴阳家等的学说而附会到经学中去的，是墨家宗教神学、阴阳自然哲学和儒家社会政治伦理思想等的混合物”[3]。董仲舒为了适应巩固地主阶级统治的需要，一方面继承了商周以来的人格化的“天”，同时又吸收了思孟学派“天人合一”的观点，以“阴阳五行”的神秘外衣建构“天人感应”的神学目的论。

董仲舒把“天”说成是创造万物的最高神：“天者，万物之祖，万物非天不生”（《春秋繁露·顺命》），“天者，百神之大君也”。天对自然和社会的主宰作用是通过阴阳、五行之气的变化体现出来的，他说：“天意难见也，其道难理。是故明阴阳入出虚实之处，所以观天之志。言五行之本末顺逆，小大广狭，所以观天道也。”（《春秋繁露·天地阴阳》）在董仲舒看来，“天”的意志就体现在“阴阳入出虚实之处”。董仲舒认为，阴阳五行相生相克是自然的也就是天意，而且五行与四季相对应：木对应春，火对应夏，土对应季夏，金对应秋，水对应冬。董仲舒认为整个大自然的变化以及人类社会中的各种关系，都是“天”通过阴阳五行之气的变化体现“天意”的结果。在这里董仲舒的学说具有了神秘性与超然性，也是古代社会历史条件下朴素的人与自然关系的反映。“国家将有失道之败，而天乃出灾害以谴告之；不知自省，又出怪异以警惧之；尚不知变，而伤败乃至，以此观天心之仁爱人君，而欲止其乱也。”（《汉书·董仲舒传》）“天”立天子代表它来统治教化人们，维护“天”安排好的正常秩序。国君有什么“过失”，天就降灾异来警告他令他改过，此即“灾异谴告”说。“天”与“人”为什么能够进行相互感应呢？董仲舒认为人的一切都是天给的，天有目的地生了人：天有什么人也就有什么，天与人是同类的。董仲舒指出：“为人者，天也。”人与天一一相应：人有小骨节三百六十六块，天一年有三百六十六日；人有大骨节十二块，一年有十二个月；人体内有五脏，天有五行；人有四肢，天有四季。总之，“人副天数”，“以类合之，天人一也”。在董仲舒看来，人的形体、情感、意识和道德，都是天使之然也，“身犹天也，数与之相参，故命与之相连也”。（《春秋繁露·人副天数》）天与人是同类，同类相应，因此天与人可以相互感应。

董仲舒“天人感应”说除了要使老百姓安于天命维护既定的社会秩序外，还有一个重要的目的就是：“屈民而伸君，屈君而伸天。”（《春秋繁露·玉杯》）“屈民而伸君”就是要人民服帖地做良民不要造反，这是有利于维护社会稳定的。但这个“民”字主要是指汉代分封的拥有地方势力的刘姓诸侯，不单指老百姓——老百姓没有权势，也就无法与中央政权相抗衡。董仲舒为防止吴楚七国之乱再度重演，提出“屈民而伸君”，削弱地方诸侯王的权力而加强中央君主权力，这一口号实质就是为了维护国家统一，反对分裂，实现社会安定。“屈民而伸君”的思想对中国历史进程中长期统一局面的实现与保持起了重要作用。另一方面，“屈君而伸天”，是借“天”来限制君权。在封建社会，君主的权力是至高无上的，拥有无上的权威与绝对的权力。“屈君而伸天”，这里的“天”就是符合儒家主张的天，儒家力行主张“修身、齐家、治国、平天下”，所以儒家学说对君主提出了要求。董仲舒借“屈君而伸天”，用“天”来限制君权。很显然，董仲舒的“天人感应”说的目的归纳起来就是：“屈民而伸君，屈君而伸天。”

董仲舒的“天人感应”说主要是为了维护西汉中期“大一统”的社会秩序，是为专制主义中央集权的地主阶级专政服务的，而且“天”在古代社会无论是统治者还是百姓心目中都是一种“权威”，因而“天人感应”的思想对中国几千年封建社会的影响是深远的。当然其中神秘的乃至迷信的唯心主义成分是我们必须予以剔除的，对此我们以批判的态度进行正确认识。而且董仲舒“天人感应”说看到了人与自然之间的客观联系，人与自然应该和谐相处。这在倡导建设和谐社会、践行科学发展观的今天仍不乏借鉴意义。董仲舒的这一思想对当下生态美学理论的建设与发展也富有启发意义。

三、音乐美学思想：礼乐是社会秩序的助推器

董仲舒的音乐美学思想，是其哲学体系的有机组成部分，也是为适应西汉中期“大一统”政治局势而建构的。董仲舒创造性地把先秦儒家观点纳入自己的哲学、美学体系之中，来建构自己的思想学说为现实政治服务。董仲舒认为礼乐是社会秩序的助推器，是一种社会控制手段。当初周公制礼作乐，也是为了维护既定的社会秩序。在春秋战国时代，周王室衰微而诸侯国势力强大，形成了“春秋五霸”与“战国七雄”纷争的局面，“礼崩乐坏”，“征讨攻伐自诸侯出”，孔子作为儒家学派的创始人，以“克己复礼”为己任，游说各国推行自己的“仁”政思想。实质上“礼”就是一定的社会规范与伦理道德法则，是处理人际关系、维护社会秩序的重要行动指南。孔子认为，“不学礼，无以立”（《论语·季氏》），管子认为“礼者，因人之情，缘义之理，而为节文者也。故礼者，谓有礼也。礼也者，明分以谕义之意也”（《管子·心术上》）。董仲舒生活的西汉中期刚经历了七王之乱，他认为要实现社会秩序长久的稳定，儒家倡导的“礼”是不可或缺的。董仲舒适应专制主义中央集权统治的需要，以儒家思想为主兼容法家思想的某些成分，提出了“罢黜百家，独尊儒术”的主张，凡“不在六艺之科，孔子之术者，皆绝其道，勿使并进”（《汉书·董仲舒传》）。

在董仲舒的哲学、美学思想体系中，他认为礼乐是一种社会控制手段，也有利于“大一统”局面的稳定。董仲舒创造性地吸收了先秦儒家观点来建构其适应封建社会“大一统”需要的音乐美学思想。荀子认为音乐和人的情性有关：“夫乐者，乐也，人情之所必不免也，故人不能无乐。乐则发于声音，形动于静，而人之道，声

音、动静、性术之变尽量矣[4]379。”“故人不能无乐，乐则不能无形，形而不为道，则不能无乱。先王恶其乱也故制雅颂之声以道之，使其声足以乐而不流。”[4]479 荀子认为，人不能没有“乐”，指的是和人的好恶相关的愉快欢乐的情感。乐之所以必要，就在于它能够使人欢乐情感的宣泄处处都符合“礼”的要求，能够感动人的善心，不致流于邪恶下流。“以道制欲，则乐而不乱，以欲忘道，则惑而不乐。”（《荀子·乐论》）荀子指出，人的行为如果违背礼义是不足取的。荀子看法的深刻之处在于他强调指出“艺术对于人们的情感欲望有一种规范引导作用，能够使那本来是同人们的感官欲求相联系的自然性的欲望情感，成为符合于社会伦理道德的合乎理性的情感”[1]309。

董仲舒创造性地吸收了荀子有关音乐对人的规范导向作用，把音乐本源归于自然人性。“乐者，盈于内而发于外者也。”董仲舒在《举贤良对策》中对汉武帝说：“故声发于和而本于情，接于肌肤，臧于骨髓，故王道虽微缺，而管弦之声未衰也。”董仲舒的思想继承了荀子的音乐具有自然性和人文性根源的观念，但又把天赋予了至高无上的地位构成了音乐的本源。“人之受气苟无恶者，心何栣哉？吾以心之名，得人之诚。人之诚，有贪有仁。仁贪之气，两在于身。身之名，取诸天。天两有阴阳之施，身亦有两贪仁之性。天有阴阳禁，身有情欲栣，与天道一也。”（《春秋繁露·深察名号》）“是故大改制于初，所以明天命也。更作乐于终，所以见天功也。”（《春秋繁露·楚庄王》）董仲舒认为王者“授命于天”，为表示他是承受天命而不是因袭前王就要改变旧制，但音乐是为表示天命成功的，王者在采用新制度并取得成功后才能制定新乐以突出自己的功绩彰显天的伟大。

荀子首先提出“乐”有从情感上调和生活中人的社会关系的作

用：“乐在宗庙之中，君臣上下同听之，则莫不和敬。闺门之内，父子兄弟同听之，则莫不和亲。乡里族长之中，长少同听之，则莫不和顺。故乐者，审一以定和者也。”荀子还认为，乐“可以善民心，其感人深，其移风易俗”，“乐行而忘情，礼修而行成，耳目聪明，血气和平，移风易俗，天下皆宁，美善相乐”（《荀子·乐论》）。艺术所特有的陶冶人的情感，净化人们心灵的作用，古希腊罗马时就有类似认识。亚里士多德就强调悲剧借引起怜悯与恐惧来使人的情感得到宣泄与净化；贺拉斯提出了“寓教于乐”的说法。中国远古时代，诗乐舞三位一体的艺术形式例如庆祝丰收、祈雨、祭祀仪式等在社会生活中起了重要作用。孔子提出的“兴观群怨”说更是深刻指出了文学艺术与社会生活的联系。“是故治世之音安以乐，其正和；乱世之音怨以怒，其正乖；亡国之音哀以思，其民困。声音之道，与正通矣。”（《乐记·乐本》）这段话中音乐与政治的关系更是鲜明地得以体现。正是先秦时代关于音乐社会作用的认识，让董仲舒也深谙其中之理。要维护封建专制主义“大一统”，也要重视音乐的社会作用。董仲舒说：“是故舜作《韶》而禹作《夏》，汤作《頀》而文王作《武》。四乐殊名，则各顺其民始于己也[5]。”各位圣王所作的雅乐是根据民意根据人心所向来作的，“制为应天改之，乐为应人作之，彼之所受命者，必民之所同乐也”。老百姓主要是作为被教化的对象，董仲舒十分注重民心在“大一统”中的重要作用，这也是大儒孟子民本思想的具体运用。董仲舒的音乐美学思想是为“大一统”的现实政治服务的，具有极强的现实主义功利色彩。

四、结语

董仲舒的美学思想是其哲学、政治思想体系的有机组成部分，是为维护“大一统”的地主阶级专制主义中央集权服务的。董仲舒在继承和发展先秦儒家思想特别是《周易》美学与荀子乐论的基础上，以阴阳五行来建构其“天人感应”“天人合一”为核心的美学体系。特别是他确立了儒学在中国的正统思想地位，对中国几千年的历史进程乃至今天都产生了深远影响。他的理论学说虽有神秘的唯心主义成分，但也道出了人与自然的客观联系。这在当下构建社会主义和谐社会、践行科学发展观的时代大潮中，在正确处理社会经济发展中的矛盾和问题、厘清人与自然的关系方面，仍具有现实意义和借鉴意义。在和谐中谋发展，在发展中促和谐，我们才能走向美好的未来！

参考文献：

[1] 李泽厚，刘纲纪. 中国美学史 [M]. 合肥：安徽文艺出版社，1999.

[2] 徐复观. 两汉思想史：第二卷 [M]. 上海：华东师范大学出版社，2001：182.

[3] 张立文. 中国学术通史：秦汉卷 [M]. 北京：人民出版社，2004：110.

[4] 王先谦. 荀子集解 [M]. 北京：中华书局，1988.

[5] 苏舆. 春秋繁露义证 [M]. 北京：中华书局，1992：22.

原文载于《衡水学院学报》2010 年第 6 期。

李士军（1981－），男，山东临沂市人，黑龙江大学哲学学院硕士研究生。

董仲舒论“观”

肖俏波

如果要用两个字来概括《春秋繁露》的主要内容，或许用“天”与“人”这两个字比较合适；如果要用一个字来概括的话，或许用“观”字比较合适。观察上天运行之道和体察圣人制法之义，用来指导我们的日常行为，或许这就是董仲舒述《春秋繁露》乃至孔子作《春秋》之旨意。“观”字在现存的《春秋繁露》正文中共出现 67 次（如果计《观德篇》篇名中的“观”字 1 次，就是 68 次），可见“观”在《春秋繁露》中的重要性。虽然在《春秋繁露》中董子没有系统论述“观”，但通过梳理全书，大致可以论述如下。

一、“观”的主要意思

在《春秋繁露》里，“观”字既有名词性（去声），也有动词性（阴平）。作为名词，主要是阙和楼台的意思，比如，“高雕文刻镂之观”和“作雉门及两观”之“观”字[1]105－121（《王道》）。作为动词，主要是观赏（或观玩）和观察（或洞察）的意思，比如，“公观鱼于棠”和“讥何故言观鱼？犹言观社也，皆讳大恶之辞也”之“观”字就是观赏（或观玩）的意思[1]72−73（《玉英》）。比如，“得一端而博达之，观其是非，可以得其正法”[1]12（《楚庄王》）和“《春秋》明此，存亡道可观也”[1]129（《王道》）之“观”字就是观察（或洞察）的意思，而《春秋繁露》一书也主要是在此意思之上使用“观”字。“观”字在《春秋繁露·王道》集中出现了27次，除了2次是指“阙和楼台”的意思外，25次都是“观察（或洞察）”的意思。通观《春秋繁露》全书，我们发现，作为名词性的“观”字只有2次，而作为动词性的“观”字则有65次（其中作为观赏或观玩的意思的“观”字3次，作为观察或洞察的意思的“观”字62次）。以下几方面的论述都是在观察（或洞察）的意思上进行。

二、“观”的主体

毫无疑问，观的主体必须是人。然则，是指圣人呢，还是指天子？或者也适合其他人乃至一般的普通大众？笔者认为，这除了要看董子述《春秋繁露》的意图之外，还要看孔子作《春秋》之意。孟子曾说：“世衰道微，邪说暴行有作，臣弑其君者有之，子弑其父者有之。孔子惧，作《春秋》。《春秋》，天子之事也[2]272。”（《孟子集注·滕文公下》）从孟子之说，《春秋》所述是天子之事，则观的主体自然是天子。而三代以前，圣人大德必得其位，“德为圣人，尊为天子”[2]25（《中庸章句》），圣人与天子合一，则观的主体自然也指圣人。西狩获麟，圣人不得其位，道不行于世。后世有天子而无圣人。秦并天下，焚书坑儒，先王之道，惨遭荼毒。汉儒蔚起，有董子焉治《公羊》，发挥《公羊》之微言大义，其论深极于《春秋》之旨，深契乎洙泗言仁之旨。由此，我们知道《春秋繁露》是继述《春秋》而作，因此，自然所述的也是天子之事，观的主体也就自然是天子。所以，《春秋繁露》中观的主体也主要是天子。但是，“《春秋》二百四十二年之文，天下之大，事变之博，无不有也”[1]145（《十指》）。又，“仲尼之作《春秋》也，上探正天端王公之位，万民之所欲，下明得失，起贤才，以待后圣”[1]158-159（《俞序》）。也就是说《春秋》的内容包罗广大，既涉及天地运行之道，也涉及人世间自天子以至于庶人之事，所以，笔者认为，凡是观阅《春秋》和《春秋繁露》，并且从中汲取历史经验教训的人，都可以是观的主体。

三、“观”的内容与目的

《春秋》所述的是春秋时期242年天下之大事，“分十二世以为三等，有见，有闻，有传闻。有见三世，有闻四世，有传闻五世。……所见六十一年，所闻八十五年，所传闻九十六年”[1]9-10（《楚庄王》）。董子《春秋繁露》又继述之，所以，我们知道，圣人欲人观者以及人之可观者，必是博而约。“《春秋》之道，博而要，详而反一也”[1]80（《玉英》）。非博详无以致世事之广大，非要一无以尽圣道之精微。

《春秋繁露》中明确指出，要“外博观”[1]165（《离合根》），“观于众物”[1]148（《重政》），乃至观是非、心、志、天命成败和存亡之道。需要特别指出的是，在《春秋繁露·王道》中，董子一口气用了23个“观乎”：“观乎蒲社，观乎许田，观乎齐桓、晋文、宋襄、楚庄，观乎鲁隐、祭仲、叔武、孔父、荀息、仇牧、吴季子、公子目夷，观乎楚公子比，观乎潞子，观乎公在楚，观乎漏言，观乎献六羽，观乎宋伯姬，观乎吴王夫差，观乎晋献公，观乎楚昭王之伐蔡，观乎晋厉之妄杀无罪，观乎陈佗、宋闵，观乎虞公、梁亡，观乎楚灵，观乎鲁庄之起台，观乎卫侯朔，观乎执凡伯，观乎晋郤缺之伐邾娄，观乎公子翚，观乎世卿。”由此，我们可以总结出，观的内容（也就包括观的对象）无所不包，观天人、观人我、观古今、观内外、观男女、观君臣、观阴阳、观有（形）无（形）等等，一切都在观之中，无所不观。

知道了观的内容，我们也就知道观的目的——知，进而行。《春秋繁露·王道》中的23个“观乎”，一一对应有23个“知”：“知骄溢之罚，知诸侯不得专封，知任贤奉上之功，知忠臣之效，知臣子之道、效死之义，知无辅自诅之败，知臣子之恩，知忠道之绝，知上下之差，知贞妇之信，知强陵弱，知逆理近色之过，知无义之反，知行暴之报，知妬淫之祸，知贪财枉法之穷，知苦民之壤，知骄奢淫泆之失，知不即召之罪，知犯上之法，知臣下作福之诛，知臣窥君之意，知移权之败。”由此，我们知道，有一个“观”，就有一个“知而行”。无所不观，则无所不知。“观来察往”[1]167（《立元神》），“案《春秋》而适往事，穷其端而视其故”[1]56（《竹林》），知义而行，不贪生，也不怕死，“当此之时，死贤于生”[1]62（《竹林》），因为，观者已经“达变故之应，通生死之志，遂人道之极”[1]39（《玉杯》）！

四、“观”的方式

一切都在观之中，但是，如何去观才能做到真正洞察事物的本质呢？这就涉及观的方式问题。由《春秋繁露》，大致可以归纳为两大类：第一，自观和他观。自观主要是依靠自己的能力去观察，这是大多数没有参谋或智囊团而独立观察的个人经常使用的方式。比如，曹羁之观戎以谏曹君，伍子胥之观越以谏吴王，百里、蹇叔之观郑以谏秦穆公，宫之奇之观晋以谏虞公[1]128—129（《王道》）。他观主要是有外力依靠而参合自己的能力去观察的使用方式。比如，为人君者，“虚心下士，观来察往。谋于众贤，考求众人，得其心遍见其情，察其好恶，以参忠佞，考其往行，验之于今，计其蓄积，受于先贤”[1]167（《立元神》）。第二，眼观和神观。有的事情，如果用双眼“观察”到它的发生、发展和结局，就可以说我们了解了这件事情，这可以划归为眼观的方式。而由于个人天生的局限性，大多数时候，我们光凭双眼，是无法了解事情的真相。即使看到了事情的发生、发展和结局，如果没有洞察其中义理的话，观如没观，甚至还会引起迷惑和误导。而只有真正洞察其中的义理，我们才能了解圣人立意的宗旨。这就是神观。“赵盾弑其君”这一事件，如果不明乎其中的道理，“看山只是山，看水只是水”，这样就是不了解“赵盾弑”的实质，就是没有洞察圣人的旨意。这是因为只停留在眼观的层面上。然而，“《春秋》之道，视人所惑，为立说以大明之。今赵盾贤而不遂于理，皆见其善，莫见其罪，故因其所贤而加之大恶，系之重责，使人湛思而自省悟以反道”[1]43（《玉杯》）。这已经是从眼观层面上升到神观层面了。当然，正如需要辩证地看待自观和他观之间的关系一样，我们也需要辩证地看待眼观和神观之间的关系，不能把它们简单地分割开来看待。康德在其著作中，极力地去划清感性、知性和理性3种认识能力之间的界限和澄清他们之间的关系，然则，在董子这里，却只用了一个“观”字。由于时代、地域和思维方式的不同，我们难以评价他们谁优谁劣，或许他们可以相反相成或者可以殊途同归吧。“颂其诗，读其书，不知其人，可乎？”[2]324（《孟子集注·万章下》）朗诵某人的诗歌或研读某人的著作，如果还没有了解作者的本意，我们怎么能就此打住呢？“古之人有言曰：“不知来，视诸往。今《春秋》之为学也，道往而明来者也。然而其辞体天之微，故难知也。弗能察，寂若无；能察之，无物不在。是故为《春秋》者，得一端而多连之，见一空而博贯之，则天下尽矣。”[1]96-97（《精华》）也就是说，通过综合利用自观和他观、眼观和神观的方式，悉尽洞察往古来今的天下万物，方可谓学究《春秋》之辞和体察圣人之意。

参考文献：

［1］苏舆．春秋繁露义证［M］．北京：中华书局，1992.

［2］朱熹．四书章句集注［M］．北京：中华书局，1983.

原文载于《衡水学院学报》2010 年第 3 期。

肖俏波（1980—），男，海南儋州人，中国政法大学国际儒学院硕士研究生。

董仲舒的忠孝理论与汉代忠孝伦理制度

李佳哲

余英时先生在《士与中国文化》中指出："儒教在汉代的效用主要体现人伦日用方面，属于今天所谓的文化、社会范畴，这是一个长期的潜移默化的过程，所以无形重于有形，民间过于朝廷，风俗多于制度[1]。"笔者认为，这种在人伦日用方面潜移默化的过程，应该开始于儒家思想成为西汉国家意识形态和董仲舒对忠孝伦理进行理论整合之后，是长期的政府提倡和相应的制度制定而使然。董仲舒的道德伦理整合的成果，使政府在强调忠孝观并向全社会推行这一观念时有了一套可以依赖的理论，各项制度的制定，也因此有了坚实的理论基础，如此一来，儒教在汉代社会才产生了积极的效用和广泛而深远的影响。下文将对汉代的忠孝伦理状况、董仲舒对之所作的理论整合以及汉王朝的忠孝伦理制度等展开论述。

一、忠、孝观念的起源

忠、孝观念产生于先秦时期，是在宗教性的敬天法祖思想伦理化过程中，在世俗社会层面产生的与之相适应的道德观念。从忠孝观念产生的时间上来看，孝观念的产生要早于忠的观念。“孝”字最早见于殷卜辞中，形似一名老人手拄拐杖、弯腰弓背，上老下小的服侍形状。从《尔雅·释训》中“善事父母为孝”和《说文解字》中“孝，善事父母者，从老省从子，子承老也”对“孝”字的解释可以看出，孝的最原始意思是子女对父母、晚辈对长辈的一种尊敬和侍奉，是宗法社会下血缘家庭内部的一种家庭伦理道德。与孝观念相比，忠观念的出现要晚很多。在已经考释的《甲骨文编》中的900余字中尚看不到“忠”字的出现，甚至是在现存西周时期的文字记录中也没有忠观念已经作为伦理道德范畴产生的确切证明。从学术界现有的研究成果来看，忠观念应该产生并开始流行于春秋时期，是随着春秋时期人本思想的产生，人们将对天的信仰逐渐转移到对世俗社会中的君主的信仰的一个结果。到了战国时期，由于儒家的极力倡导以及对敬天法祖思想政治化的推动，忠、孝观念在社会上已基本形成了“孝亲”“忠君”的共识，成为两个重要的政治伦理观念，如成书于战国时期①的《孝经》便已经有了“夫孝，始于事亲，中于事君，终于立身”[2]4之说。

二、汉初忠孝信仰状况

在西汉王朝建立和巩固的过程中，西汉统治者为了取得战争的胜利和统治的长治久安，对忠孝思想进行了充分的利用和大力的宣扬。从统治者自身来看，刘邦在与项羽争霸的过程中，首先借项羽

① 关于《孝经》的作者及成书时间，学术界存有较多分歧，本文《孝经》成书于战国或战国较晚时期的观点参照王玉德的《<孝经>与孝文化研究》一书。

放杀义帝楚怀王之机，摆出了一副忠君报君的姿态，亲为“义帝发丧，袒而大哭，哀临三日”[3]8，以缟素之兵，浮江南下，收罗众诸侯王，向放杀义帝的项羽进攻，一举夺得天下。西汉建立，刘邦登上九五之尊的皇位，其老父以“帝，人主，奈何以我乱天下法”[3]15为由，向刘邦行人臣之礼，而这时即便刘邦心里很肯定这一说法，但仍是按照孝道伦理而下诏曰：“人之至亲，莫亲于父子，故父有天下传归于子，子有天下尊归于父，此人道之极也。前日天下大乱，兵革并起，万民苦殃，朕亲被坚执锐，自帅士卒，犯危难，平暴乱，立诸侯，偃兵息民，天下大安，此皆太公之教训也。诸王、通侯、将军、群卿、大夫已尊朕为皇帝，而太公未有号，今上尊太公曰太上皇”[3]15，以此向世人做出孝子姿态。与此同时，刘邦为了提倡忠君思想而不惜背上恩将仇报的骂名，他对在楚汉战争中屡次对自己手下留情的项羽大将丁公进行处决，而将对自己穷追猛打、必欲置自己于死地的项羽大将季布却进行赦免。这一广为流传的史实告诉我们，刘邦对提倡忠道的心情是多么急迫了。

尽管汉初统治者对忠孝思想进行了大力的倡导和宣传，但由于战国以来战争对社会结构的破坏以及秦朝政府在乡里建设上过分强调法制，而忽略了“宗法”“教化”等柔性伦理对基层社会的调和、凝聚作用，使得汉初人们思想中的忠、孝观念还很淡薄，并未达到统治者所要求的理想高度。

首先以忠为例，忠节在西汉人臣中并没有太强的观念，他们也不以背叛刘汉王朝为耻。据统计，从西汉开国（前 202）到汉武帝即位（前 141）的 60 年中，诸侯王的反叛次数达 17 次，其中最初分封的 8 位异姓诸侯王中，除了衡山王吴芮因死得较早外，其他 7 位诸侯王或是起兵造反，或是叛逃匈奴，可见忠观念在汉初人臣中的淡薄。同时对于统治者而言，尽管他们一方面不断强调忠君的重要性，但另一方面对于人臣的不忠行为，处罚却显得比较宽容。例如汉高祖八年冬，赵相贯高等人因为汉高祖不能礼遇赵王而谋反，后被发觉逮捕，并也将赵王逮捕，对于这一谋反行为，汉高祖的处罚结果是“废赵王敖为宣平侯……前有罪殊死以下，皆赦之”[3]16。景帝对于吴王刘濞等人的七国叛乱的处罚也是“今濞等已灭，吏民当坐濞等及逋逃亡军者，皆赦之。楚元王子艺等与濞等为逆，朕不忍加法，除其籍，毋令为宗室”[3]35。由以上可以看出，汉初统治者对于臣下的叛乱可谓是见怪不怪，对于臣下的叛乱惩罚力度也可谓是宽容至极，统治者的这种态度在一定程度上也不利于忠君观念的加强。

其次以孝为例，孝作为比忠更为宽泛的伦理道德，其真实历史状况本应从大众的社会生活中体现出来，但由于历史史料缺乏对于古代社会大众生活状况的直接记录，因此本文只能利用现有的史料，从侧面对孝伦理状况加以考察。例如汉初政府对于“孝弟力田”的奖励，就可以证明孝的行为在当时社会中并不是司空见惯的现象。据《汉书》记载，西汉自武帝以后的各朝皇帝，共下诏 14 次来奖励“孝弟力”田者，除最后一位平帝外，剩下的 6 位皇帝均在自己在位的时候颁布过奖励“孝弟力田”的诏书，其中元帝和成帝更是下诏达 4 次之多，赏赐的形式多以钱帛为主。以汉武帝元狩元年赐孝者帛 5 匹为例：粮食和帛均按当时最低价格计算，5 匹帛的价值在当时大约为 5 匹×325 钱=1625 钱，汉代拥有一个大男的 4 口之家的年支出大约为 180 石，价值约为 180 石×30 钱＝5400 钱，由此可以计算出此次赏赐的帛的价值大约为一个 4 口之家年支出的 1/3，赏赐程度也算是相当可观了①。从以上下诏的次数及赏赐的丰厚程度上可以推测出“孝弟力田者”在当时是不多见的，否则以汉代的经济状况，是不足以对一种普遍的社会现象进行如此丰厚的奖励的，而且也是没有必要的，只有当一种伦理观念对统治者有利，但却在百姓中没有达到有意识去自觉遵守的时候，政府才会借助一些奖励手段有意识地对其进行引导，以达到统治者预期的要求。另外据《史记·张释之冯唐列传》记载，景帝时好为黄老之言的王生在受到召见时，曾当众羞辱身为廷尉的张释之，让其为自己下跪系鞋带，后来人们问其为何羞辱张廷尉的时候，王生回答说：“吾老且贱，自度终无益于张廷尉。张廷尉方今天下名臣，吾故聊辱廷尉，使跪结袜，欲以重之[4]。”可见，这完全是王生为了使张释之赢得尊老敬老的好名声而设计的一场“尊老敬老秀”。由此也可以推测，尊老敬老在当时的社会虽然存在有一定的伦理基础，但人们对于尊老敬老的必要性并没有太深刻的认识，否则的话，张释之的这种行为不会得到社会的广泛肯定，更无法唤起人们对尊老敬老的必要性的重视。

从以上分析可以看出，忠孝观念在汉初并没有对人的观念产生太多的影响，在经过春秋战国以及秦汉战争之后，它只是作为一种普通伦理存在于人们的生活当中，并没有太强烈的约束力和号召力，距离统治者借其实行统治的程度还有很大的差距。因此，汉代的思想家便面临一个对其加以整合、加强的艰巨任务。

---

① 关于汉武帝时期的物价参看《中国经济通史·秦汉经济卷》第 578 页；关于“拥有一个大男的四口之家的年支出”数据参看同书的第 942 页。

三、董仲舒对忠孝伦理的整合

从理论上对忠孝伦理进行整合，汉代思想家自从汉政权确立之后就已开始着手并且从未停止过。汉高祖时期，叔孙通制礼仪，以正君臣之位，确立了皇帝与臣下的等级关系，使由亭长出身的刘邦初尝为天子之尊。至文帝时，贾谊由于认识到“汉承秦之败俗，废礼仪，捐靡耻，今其甚至杀父兄，盗者取庙器，而大臣特以薄书不报，期会为故，至于风俗流溢，恬而不怪”[3]138的社会现象，乃草制礼仪，意在“立君臣，等上下，使纲纪有序，六亲和睦”[3]138。武帝即位以后，“进用英隽，议立明堂，制礼服，以兴太平”[3]138，但由于此时掌权的窦太后喜好黄老、不喜儒术的缘故，此举又搁置荒废。待到窦太后去世，武帝掌权之后，便采纳董仲舒“罢黜百家，独尊儒术”的建议，确立了儒学在政治上的独尊地位，在这种背景下，董仲舒在先秦礼乐文化的基础上，整合出适应汉代大一统要求的忠孝人伦理论。下面对董仲舒的整合工作做一简要论述。

对于忠孝伦理合理性的论述，董仲舒是从“天”这一不言而喻的观念开始的①。何为天？在董仲舒看来，“天”有“十端”，其中包括天地、阴阳、五行和人，他们是组成宇宙本体“天”的必要因素。首先对于忠的合理性的解释，董仲舒是借助天地关系来说明的。天子受命于天，政治上官制的设立也是天子法天的行为，“天

① 葛兆光在《中国思想史》中提到：“在中国古代一直存在一个十分强大而且久远的传统观念系统，即宇宙与社会、人类同源、同构互感，他几乎是所有思想学说及知识技术的一个总体背景。”同时由于汉初黄老之学的广泛流行，因此在普通民众的观念中对于哲学意义上的宇宙，即“天”，应该有着较深刻的认知程度，哲学意义上的“天”可以说是民众思想中一种不言而喻的观念。

有四时，时三月，王有四选，选三臣”[5]152，天子“仪天之大经，三起而成，四转而终……三人而为一选，仪于三月而为一时也，四选而止，仪于四时而终也”[5]151，意思是，天子依据天的运行规律而组建起了自己的政治机构，并确立了其运行模式，因此由此产生的官僚体制下的君臣之间的关系便应效法天地之间的关系。“臣之义比于地，故为人臣者，视地之事天也”[5]232，在天地关系中，天处于一种决定与命令的地位，地则处于一种执行与侍从的地位，因此在君臣关系中，君主要效法天道。“高其位而下其施，藏其形而见其光”[5]116，“因国以为身，因臣以为心，以臣言为声，以臣事为形”[5]125，臣子应效法地道“暴其形，出其情，以示人高下、险易、坚软、刚柔、肥臞、美恶，累于就才也”[5]116，“比地贵信而悉见情于主……常竭情悉力而见其短长，使主上得而器使之，而犹地之竭竟其情也”[5]117。这就要求臣子竭尽其能事君，但功皆归于其君，以此信念辅助天子，方可杜绝“奸臣危其君，君危则忘其国”[5]347的局面出现。

其次，对于孝的合理性的论述，董仲舒是通过对《孝经》的发挥，借助阴阳五行理论来完成的。《孝经·三才章》记载：“夫孝，天之经也，地之义也[2]19。”对于这一命题，董仲舒利用阴阳五行理论对其进行了解释。对于何为“天之经”？董仲舒认为天有五行，分别是木、火、土、金、水，它们是由阴阳二气幻化而成的，这五行的内部关系是木生火、火生土、土生金、金生水、水生木，5种物质并分别与四时中的春、夏、季夏、秋、冬相对应，由于四时中春主生、夏主长、秋主收、冬主藏，是一种相受相序的继承关系，因此与此相对应的五行也应是一种“父子之序，相受而命……诸授之者，皆其父也，受之者，皆其子也”[5]227的关系，而这种父授子承的关系，便是《孝经》中所说的“天之经”。那何为“地之义”

呢？在五行中，董仲舒最推崇的便是土德，认为“土者，火之子也，五行莫贵于土，土之于四时，无所命者，不与火分功名……土者，五行最贵者也，其义不可加矣。五声莫贵于宫，五味莫贵于甘，五色莫贵于黄，此谓孝者地之义也”[5]222。既然孝为天经地义之事，做为人子便应遵循五行之间的天道，自觉形成一种“父之所生，其子长之，父之所长，其子养之，父之所养，其子成之，诸父所为，其子皆奉承而续行之，不敢不致如父之意”[5]221的人道伦理，以上便是孝作为人必须遵守的伦理的哲理性解释。

第三，在对忠孝伦理的合理性分别做出解释后，董仲舒又在“地义”与“土德”内涵相通的基础上，利用“家国同构理论”对忠、孝之间的关系做了移忠尽孝的解释。所谓“家国同构理论”是指在中国封建宗法社会，家庭、家族和国家在组织方面有着显著的共同性，均是以血缘宗法关系来组织统领人际关系，国家无非是扩大的家庭，君权无非是加强的父权。到了汉代，为了加强和倡导忠君的理念，汉代经学家提出了“家国同构理论”，有意识地把国家中的君臣关系等同于家庭里的父子关系，强调“父为家君，君为国父，君父同伦，家国同构”。利用此种理论，董仲舒从“地义”与“土德”的相通之处入手，论证了孝道与忠道的逻辑关系。“地义”与“土德”的相通之处在于二者都是在“天”这一宇宙本体下，下事于上等级关系的不同表现形式。在天地关系中，地义表现为“地出云为雨，起气为风，风雨者，地之所为，地不敢有其功名，必上之于天，命若从天气者，故曰天风天雨，莫若地风地雨也。勤劳在地，名归于天”[5]222。在五行关系中，土德表现为“虽居中央，亦岁七十二日之王，傅于火，以调和养长，然而弗名者，皆并功于火，火得以盛”[5]232。因此从下事于上这一角度来讲，由效法地义而产生的臣道与由效法土德而产生的孝道均是下事于上这一等级关系在不同伦理范畴的表现形式，君子之行与忠臣之义既可以是对地义的效法，亦可以是对土德效法。由此可以认为臣道的忠即是孝子的孝，孝子的孝也是臣道的忠。由于君主是全国大家庭的父，因此社会中的百姓，既要在家庭范围内对自己的双亲尽孝，同时也要在社会范围内对天子尽“孝”，即要在社会生活中表现出对天子统治的“忠”。

四、汉政府对忠孝观念的制度规定

在董仲舒成功地将忠孝伦理进行整合之后，汉政府便在董仲舒新儒学思想的指导下对忠、孝伦理进行了制度化建设，以下就其制度规定做简要论述。

第一，在法律制度方面，汉政府对忠孝观念的制度规定可以从汉代皇帝所下的诏书令中找到。例如汉宣帝本始二年，皇帝下诏：“高年授王杖，上有鸠，使百姓望而见之，比于节，有敢妄骂詈欧者，比逆不道，得出入官府节第，行驰道旁道，市卖，复毋所与，如山东复，有旁人养谨者常养扶持，复除之，明在兰台石室之中[6]173。”成帝建始二年，制诏御史曰：“年七十受王杖，比六百石，入官庭不趋，犯罪耐以上，毋二尺告劾，有敢征召、侵辱者，比大逆不道[6]174。”从以上两则诏书中可以看出，汉政府加强了对老年人的待遇，给予了老年人丰厚的赏赐和较高的社会地位，从法律法规方面加强了对孝道的重视。同时也将不孝归入犯罪行为，甚至达到了“比大逆不道”的严重程度。据有关学者研究，汉代被认为不孝而受到处罚的行为包括：对父母供养、侍奉不周；殴辱父母和尊长；举告父母、诬告父母；违背“为人后则为人子”的立后规定；居丧违礼；卑与尊通奸，家庭乱伦；危宗庙，轻废先人之业，辱及父母；非议孝道 8 种[7]，作为晚辈的凡是出现其中的任何一种都会被认定为不孝，从而受到严厉的惩罚。据《汉书·王尊传》记载，汉元帝初元中，有美阳女子告假子不孝，曰："儿常以我为妻，妒笞我"[3]769。对于这一不孝子的行为，王尊在调查核实后，"取不孝子县磔著树，使骑吏五人张弓射杀之"[3]769。严厉惩处了为人子的不孝行为。

除了将"不孝入罪"之外，"不忠入律"也是汉政府忠孝观念制度化的一项重要措施。据敦煌汉简（983）之《捕律》记载："亡入匈奴，外蛮夷，弃亭障烽燧者不坚守降之，及从塞徼外来降而贼杀之，皆腰斩，妻子耐为司寇作如[8]。"关于这一律例，最典型的案例便是李陵叛降匈奴一案，武帝下令"族陵家，母弟妻子皆伏诛"[3]549，对李陵叛降不忠的行为施以了家族连坐受死的严厉惩罚，对为人臣者发出了严厉的警告。

第二，在学校教育方面，汉政府开始重视《孝经》在导民于孝方面的价值。始元五年，汉昭帝下诏曰："朕以眇身获保宗庙，战战栗栗，夙兴夜寐，修古帝王之事，诵《保傅传》《孝经》《论语》《尚书》，未云有明。其令三辅、太常举贤良各二人，郡国文学高第各一人[3]54。"元始三年，汉平帝下诏："立官稷及学官：郡国曰学，县、道、邑、侯国曰校，校、学置经师一人；乡曰庠，聚曰序，序、痒置《孝经》师一人[3]91。"从两条诏书中可以清楚地看到《孝经》由社会上层向下层不断普及、传播的过程，《孝经》成为各级学校教育中的必授经典。随着传播范围的扩大，《孝经》逐渐成为民间普及的启蒙读物，甚至出现了农村 11 月"研冰冻，命幼童读《孝经》《论语》、篇章、小学"[9]的局面。通过对教学内容的规定，孝的观念扎根于人们的意识当中，逐渐形成了"天下人诵《孝经》，举孝廉"[10]2051的风气，甚至出现了太守府上守门的人和赶大车的人都能引用《孝经》中语句的现象①，由此汉代《孝经》的普及状况可见一斑。

第三，在官员的选拔及考核方面，元朔元年，汉武帝下诏曰“令二千石举孝廉，所以化元元，移风易俗也。不举孝，不奉诏，当以不敬论”[3]42，从此以后，察举孝廉成为岁举，即各郡国每年按照规定数额举荐人才，送至朝廷，成为官吏选用的主要途径。另外在官员的考核及升迁方面，忠孝践履也成为官员擢升的一个重要参考标准。据《汉书·万石卫直周张传》记载：石奋家族“以孝谨闻乎郡国，虽齐鲁质行，皆自以为不及也”[3]476。因此，元鼎五年，武帝制诏御史“万石君先帝尊之，子孙至孝，其以御史大夫庆为通相，封牧丘侯”[3]476。另据《汉书·李广苏建传》记载，苏武出使匈奴，“留匈奴十九岁，始以强壮出，及还，须发皆白”[3]552。但在被困匈奴的19年中，苏武始终谨守汉臣之节，数次以死相拒匈奴的劝降，而且在听闻汉武帝驾崩的消息时，“南向号哭，欧血，旦夕临”[3]552。对于苏武的忠节表现，汉昭帝在其得以归汉后“诏奉一太牢谒武帝园庙，拜为典属国，秩中二千石，赐钱二百万，公田二顷，宅一区”[3]552。由以上两例可以看出，汉政府对忠孝之臣的丰厚奖励，就是在向社会宣明朝廷对忠孝思想与行为的大力倡导。

第四，在乡间制度层面，汉政府一方面投入大量的财力对乡间三老孝弟者进行赏赐，例如元狩元年，汉武帝即下诏“使谒者赐县三老、孝者帛，人五匹；乡三老、弟者、力田帛，人三匹；年九十以上及鳏、寡、孤、独帛，人二匹，絮三斤；八十以上米，人三石”[3]44。另一方面也通过“三老孝弟”的乡官身份和模范作用，展开对乡间社会民众的教化和宣传，对一些在行为或思想上体现忠

---

① 《汉书·韩延寿传》，第764页，中华书局2007年版。

孝价值观的人进行大力的肯定和褒奖，其中《后汉书·百官志五》便记载："三老掌教化，凡有孝子顺孙……皆扁表其门，以兴善行[10]3624。"可见汉代对于三老的教化之职已做了制度化的规定。

总之，在汉代大一统的时代背景下，以董仲舒为首的经学家完成了汉代社会伦理的整合，为汉代的封建统治提供了理论上的支持，使忠孝观念随着封建社会初期的各项制度的确立和完善，逐渐融入中国传统社会人们生活的方方面面，也为汉以后中国社会的稳定发展提供了一种全民范围的伦理信仰，使儒家伦理思想再次具有了超越性的意义，长期稳定地支撑着中国文化的发展与传承。

参考文献：

[1] 余英时. 士与中国文化 [M]. 上海：上海人民出版社，2003：216.

[2] 李隆基，邢昺. 十三经注疏·孝经注疏 [M]. 邓洪波，整理. 钱逊，审定. 北京：北京大学出版社，1999.

[3] 班固. 汉书 [M]. 北京：中华书局，2007.

[4] 司马迁. 史记 [M]. 北京：中华书局，1959：2756.

[5] 曾振宇，傅永聚. 春秋繁露新注 [M]. 北京：商务印书馆，2010.

[6] 高恒. 秦汉简牍中法制文书辑考 [M]. 北京：社会科学文献出版社，2008.

[7] 刘厚琴. 汉代伦理与制度关系研究 [M]. 北京：中国社会科学出版社，2008：9-35.

[8] 吴礽骧，李永良，马建华. 敦煌汉简释文 [M]. 兰州：甘肃人民出版社，1991：101.

[9] 崔寔. 四民月令辑释 [M]. 廖启愉，辑释. 北京：农业出版社，1981：104.

[10] 范晔. 后汉书 [M]. 北京：中华书局，1965.

原文载于《衡水学院学报》2012年第6期。

李佳哲（1986—），男，河北唐山人，青岛大学师范学院硕士研究生。

论董仲舒天的哲学

刘明菊

时势造英雄，在中国历史上的每个阶段都会出现各色各样的思想家，他们以社会王朝的荣辱兴衰为己任，积极地为统治者出谋划策，也在这期间实现自己的人生价值。而在这些具有建设性的思想家中，董仲舒是一位特别值得研究的人物。

董仲舒生于约公元前179年，卒于前104年，他的一生虽然著述甚丰，思想也一度得到汉武帝的充分肯定，但却并没有得到“学而优则仕”（《论语·子张》）的儒者应有的宿命，他就像璀璨的流星一样在政治舞台上匆匆划过，而后即是久久的沉寂。他空有一番报国之志，却因其清高孤愤而不得不在初露锋芒之后选择归隐，在田园中做一个彻彻底底的思想家，著书立说。流星虽然稍纵即逝，然而它出现的瞬间即注定了永恒。董仲舒创立了以天为最高权力的象征，以天子为轴心的大一统帝国的理论模式，这不仅使西汉王朝的政治经济达到了空前的繁荣，更为之后中国历朝历代封建统治者政策的制定提供了绝好的范式。“从这个意义上说董仲舒是中国传统社会的教父和国师，可能再恰当不过了”[1]92。

当然，任何为历史做出过贡献的人，历史都会给予公允的评价！司马迁曾称：“汉兴至于五世之间，唯董仲舒名为明于《春秋》。”（《史记·儒林传》）王充则更是高度评价了其贡献与影响：“孔子曰：‘文王既没，文不在兹乎！’文王之文在孔子，孔子之文在仲舒。”（《论衡·超奇》）

一、秦汉之际——社会背景分析

伟大思想的产生往往都会有伟大的时代作为基础。秦始皇一统天下，为了巩固王权，任用法家代表人物李斯为相，用严厉的法制统治人民，采取了极端的文化高压政策，焚书坑儒，给儒家思想的发展带来了严重的打击。秦王暴政，终于引起了人民的反抗，初为乡野亭长的刘邦在农民起义中异军突起夺取了皇权，定都长安，建立了西汉王朝。

朝代更迭，秦朝所推行的法制体系当然也随着新王朝的建立而崩溃，继之而活跃起来的是儒道两家的学说。当时，陆贾为太中大夫，长期跟随刘邦左右，并不时在刘邦面前谈论儒家经典《诗》《书》，“高帝骂之曰：‘乃公马上得之，安事《诗》《书》!’贾曰：‘马上得之，宁可以马上治乎？且汤武逆取而以顺守之，文武并用，长久之术也。’”（《汉书·陆贾传》）于是高帝便对陆贾说：“试为我著秦所以失天下，吾所以得之者，乃古成败之国。”（《汉书·陆贾传》）于是陆贾“凡著十二篇，每奏一篇，高帝未尝不称善。”（《汉书·陆贾传》）同时，有不少儒者也都在不遗余力地推崇儒学，但是陆贾并没有因此而盲目地随声附和，而是基于国家命运的长期考虑而主张儒学与诸子并重：“良马非独骐骥，利剑非惟干将，美女非独西施，忠臣非独吕望。……故制事者因其则，服药者因其良。

书不必起于仲尼，药不必出扁鹊之方。合之者善，可以为法，因世而权行。”（《新语·术事》）这有效地阻止了儒学的独尊，防止了统治策略的一边倒的倾向。陆贾基于现实政治的需要，主张以黄老无为而治的思想治国，使黄老之学一度成为汉初的官方统治思想，也为汉初学术思想的发展提供了相对宽松的空间，儒学虽然没有成为统治者的正统思想，但它并没有停止自身的发展。

公元前140年汉武帝刘彻即位，这位拥有雄才大略的皇帝一登基便“诏丞相、御史、列侯举贤良方正直言极谏之士”（《新语·术事》），董仲舒以“天人三策”作对深得皇帝器重，儒家学说几欲上升为正统，然而，丞相卫绾上奏：“所举贤良，或治申、商、韩非、苏秦、张仪之言，乱国政，请皆罢。”（《新语·术事》）于是董仲舒只是得了一个江都相的职位，但是卫绾的建议无疑是为儒术的独尊进一步扫除了障碍，在某种意义上说，是有利于儒术最终获得独尊地位的。及至窦太后卒，心气高傲的汉武帝摆脱了束缚之后，急欲做出一番功盖千秋的大业。他听从董仲舒的建议广纳贤才，儒家学者云集，终于实现了孔子“登泰山而小天下”与孟子“如欲平天下，舍我其谁”的宏愿，就此形成了百家罢黜、唯尊儒术的思想大一统的局面。而董仲舒吸收阴阳五行学说并广集百家之所长所创立的以天为核心、君权至上的儒学体系正是独尊的核心思想。下文笔者将予以重点分析。

二、“天”的三层含义

董仲舒的天论是历代学者研究评论所关注的焦点，也是其哲学体系中的理论基石。所以要具体分析这一问题，应该首先了解董仲舒笔下的“天”都具有哪些含义。据现有的史料分析，笔者认为董仲舒的“天”有三层含义：自然之天、神灵之天和义理之天。在董仲舒的论述中，这三种含义往往是错综交织的，笔者意欲将其简单梳理，以飨读者。

董仲舒的“天”首先是一个物质世界的“自然之天”。他说：“天有十端，十端而止已。天为一端，地为一端，阴为一端，阳为一端，火为一端，金为一端，木为一端，水为一端，土为一端，人为一端，凡十端而毕，天之数也。”（《春秋繁露·官制象天》）在这里，“自然之天”又被分作两层意思，一为与地相对的天空，一为世界万物的总和，“天有十端”之“天”，在其著名的“天人三策”中，他说：“臣闻天者群物之祖也，故徧覆包函而无所殊，建日月风雨以和之，经阴阳寒暑以成之”（《汉书·董仲舒传》），这里的“天”显然也有宇宙万物之总和的含义。董仲舒所论的“天”的第二层含义则是“神灵之天”。“天者，百神之君也，王者之所最尊也”（《春秋繁露·郊义》），这是董仲舒关于“神灵之天”的最直接的论述。其他如“春秋大义，国有大丧者，止宗庙之祭，而不止郊祭，不敢以父母之丧，废事天地之礼也”（《春秋繁露·郊祭》），“立为天子者，天予是家。天予是家者，天使是家。天使是家者，天之所予也，天之所使也”（《春秋繁露·郊祀》），“天者万物之祖，万物非天不生”（《春秋繁露·顺命》）。而其论述颇多，也是使其学说得到民众接受的一个重要的层面则是“义理之天”。董仲舒说：“仁之美者在于天。天，仁也。……人之受命于天也，取仁于天而仁也。”（《春秋繁露·王道通三》）这就使儒学中关于人与社会的道德学说与礼乐制度的合理性拥有了自然法则的支持，也使得儒学与民众生活所尊奉与需要的实用技术与知识彼此沟通，从而使儒学能够深层地进入生活，给人们提供生活上的自信与知识[2]259。

实际上，董仲舒的“天”的三层含义是混而为一的。自然的天被赋予了人格神的意义，从而具有了规范社会秩序的作用。只是分析董仲舒的天论还远远不能展现其学说的精髓，欲深入其精髓则必究其“天人感应”的学说。

三、天人感应

董仲舒相信天人之间是有相互感应的关系的。世间的伦理道德以及君主的至上威权都是与“天”息息相关的。董仲舒在《春秋繁露》中以专章专门论证人副天数、同类相动以及阴阳五行，认为五行“比相生而间相胜也”（《春秋繁露·五行相生》）。也因其大量渲染五行学说并大量讨论祭祀的原理和仪式，曾被学者批评其思想是“中国封建时代早期的神学正宗，是彻头彻尾的唯心主义”[3]128，仿佛其思想一无是处。当然这么一位旷世大儒的思想虽然具有相当的封建性，但是我们也“不必把这种‘感应’学说看成是一种‘神学唯心主义’，因为在古代中国一直存在着一个十分强大而且久远的传统观念系统，即宇宙与社会、人类同源同构的互感，它是几乎所有思想学说及知识技术的一个总体背景与产生土壤[2]266－277”。

就西汉社会的具体情况而言，“天人感应”学说无疑是起到了不可替代的积极作用的。它使社会的制度和各项策略得到了宇宙论的支持，为君权至上的理论提供了不容置疑的解释，也为社会人伦的尊卑高下规定了秩序，于是统治者施行法令便有规可循，社会便因此而上行下达、有序发展。当然“天人感应”说并不只是以天尊君，使君主的权利无限膨胀。儒家以“仁”为最善，所以董仲舒尊君实际上是寄希望于君主施行仁政，“以天下为忧，而未以位为乐”（《汉书·董仲舒传》），他当然不希望君主昏庸无能又无所畏惧而使天下大乱。所以董仲舒又创有“谴告说”：“国家将有失道之败，而天乃出灾异以谴告之，不知自省，又出怪异以警惧之，尚不知变，而伤败乃至。”（《汉书·董仲舒传》）也就是说如果君主失道，就会遭遇灾异，如若再三而不知改就会遭到灭顶之灾。这就使帝王行事而有所惧怕，也便不敢轻易地独断专行。这实际上是董仲舒通过“天人感应”的理论而达到了“屈民而伸君，屈君而伸天”（《春秋繁露·玉杯》），并最终使君主法天而行的目的。在天人感应的思想背后，是董子的苦心孤诣，是儒者的美好夙愿。“在以儒家为经学的治世里，不能否认它对社会的稳定具有良好的促进作用”[4]400。

四、结语

董仲舒的思想精华不仅使西汉王朝在汉武帝时达到极盛之状，而且对他之后两千余年的传统社会也产生了深远的影响，历朝历代的统治者尽管一再变换其具体的统治方式，但在根本国策上则不能不按照董仲舒的设计有意或无意地去执行。哪怕是在两千多年之后的今天，虽然西方纷繁的思想如鹅毛飞絮一般涌入中国而且很大程度地改变了中华民族的思维模式，但是在国人思想的深处无一遗漏地潜藏着敬天畏地的远古呼唤，这其中必然少不了董子的那一份良苦用心。这或许也正是对董仲舒立于天地之间辛苦耕耘的最好的回馈。

昔人已然逝去，对董子的思想尤其是其“天”的哲学，我们应该扬弃其封建保守的一面，通过取舍与重组展现其思想的积极意义，使其能够在新时代里继续保有强大的生命力，为社会主义和谐社会的建设贡献力量。

参考文献：

[1] 马勇. 董仲舒评传 [M]. 北京：中国社会出版社，2010.

[2] 葛兆光. 中国思想史——七世纪前中国的知识、思想与信仰世界 [M]. 上海：复旦大学出版社，2009.

[3] 侯外庐. 中国思想史纲 [M]. 上海：上海书店出版社，2004.

[4] 张维青，高毅清. 中国文化史 [M]. 北京：人民出版社，2010.

原文载于《衡水学院学报》2013 年第 3 期。

刘明菊（1989-），女，河南叶县人，南京大学 2011 级宗教学硕士。

董仲舒人性论探微

聂 萌

董仲舒是西汉时期伟大的政治家、教育家，同时他对《公羊春秋》颇有研究，是当时的今文经学大师，曾任两个诸侯王的国相，致仕以后，依旧深受汉武帝的尊敬，他的人性论是其教育观、政治观的理论基础，在儒家人性思想体系中占据着重要的地位，至今仍为人们所研究。在张实龙所著的《董仲舒学说内在理论探析》中，作者强调学者应用“假设的同情”[①] 的罗素式态度去看待一个思想家，看待历史上的董仲舒。接下来我们将以求实的态度来分析董仲舒的人性论。

一、董仲舒人性论的本体论根基

研究董仲舒人性论必须应看到其人性论背后的天人感应思想，

① 张实龙：《董仲舒学说内在理路探析》，杭州：浙江大学出版社，2007 年 12 月第 1 版，前言。

正如高春菊所说“天是董仲舒思想体系的最高范畴，天道是人道的终极根据”①，董仲舒的人性论的提出是与董仲舒的天人感应思想密切相关的。可以说“天”是人性论的本体根基，是人性道德教化、政治教化的终极价值根源。董仲舒的天人感应说将天和人联系起来的同时，也把天和君主联系起来，把君主和中民联系起来，更让其人性论有了可信服的依据。天人感应思想是董仲舒人性论能为君主以及当时普通老百姓所接受的思想前提。

“天之副在乎人，人之情性，有由天者矣。”（《春秋繁露·为人者天》）董仲舒认为天人相副，天是人的根据，所以可见人性也是以天为根据的。“是正名号者于天地，天地之所生，谓之性情。性情相与为一瞑。情亦性也。谓性已善，奈其情何？身之有性情也，若天之有阴阳也。言人之质而无其情，尤言天之阳而无其阴也。”董子认为身的名称是从天取法而来的，上天同时有阴阳二气施放，身也同时有贪婪、仁爱的本性。天人相副，天有阴阳，人有性情，“乍全乍伤，天之禁阴如此，安得不损其欲而辍其情以应天”（《春秋繁露·深察名号》）。董仲舒进一步指出人类应减损自己的欲望、放弃贪奢的追求来回应上天。这也是董仲舒教育观的理论基础。

除了天人相副推导出身有性情之外，天人感应思想中还强调天赋予君主实施德政来弥补人性的质朴。“天生民性有善质，而退受成性之教于王。”既然天任用德教，作为天派遣的王更应任用德教，对百姓施行教化，使民向善，弥补人性的质朴。“人之情性有由天者矣。故曰受，由天之号也。”（《春秋繁露·为人者天》）董子在《深察名号》中一直强调人性是由天赋予的，但那不是善，只是有

① 高春菊：《近十年董仲舒研究述论》，《河北师范大学学报》，2010 年 3 月第 33 卷第 2 期。

善质而已，为了达到善需要王的教化。

董仲舒利用汉代较为流行的阴阳思想来阐释其天人感应思想，并以此形成其人性论。人有性情，性有贪仁，是天人感应的结果，可以说人性的根源在于天道。同时君主受到天的召唤来实施教化使民向善。天与人性通过天人感应的理论紧密地联系在一起。从“天有阴阳”到“性情观”的过渡，这不仅能体现出董仲舒学说的系统性和理论性，还可以看成董仲舒秉承《中庸》的“天命之谓性，率性之谓道，修道之谓教”的思想路径，将天、人用人性理论完美地贯穿在一起，为其政治主张服务的良苦用心。

二、董仲舒人性论的重点内容

（一）性情观——董仲舒人性论中的哲理基调

董仲舒的性情观是董仲舒人性论中最基础部分，“臣闻命者天之令也，性者生之质也，情者人之欲也”，“天令之谓命，命非圣人不行，质朴之谓性，性非教化不成，人欲之谓情，情非度制不节”（《举贤良对策一》）。他认为性是有生以来就上天赋予的既有的本质，情是人后天所拥有的欲望。这跟《中庸》中“天命之谓性，率性之谓道，修道之谓教”有着异曲同工之妙，董仲舒将性看作是人天生就有的东西，与生俱来的，而情是人们后天所有的欲望，性情这俩字在董仲舒那里是分开的，内涵是不同的，性是质朴的，需要教化向善，情是欲望，所以要节欲，限制欲望，性非同于情。这跟现代所了解的性情所不同，简单说来，董子是从普遍的人性论上所说，而如今的性情更倾向于个体。

王永祥将董仲舒的性情感表述为：待教而善的人性论，曾振宇将其表述为“天赋善恶论”[1]，也有人将其表述为：性善情恶论，不论进行怎样的表述，学者在研究董仲舒的性情论时首先应必须要清楚董仲舒的“性”有广义狭义之分，在冯友兰《中国哲学简史》中明确地提出了这点，“董仲舒用‘性’字，有时取广义，有时取狭义。就狭义上，性与情分开而且相对；就广义说，性包括情”[2]。如果不懂得这一点，就会认为董仲舒的性情论是矛盾的。

“是正名号者于天地，天地之所生，谓之性情。性情相与为一瞑。情亦性也。谓性已善，奈其情何？身之有性情也，若天之有阴阳也。言人之质而无其情，尤言天之阳而无其阴也。”（《春秋繁露·深察名号》）周晓露针对这个找出阴气－情－恶质，阳气－性－善质的对应关系，认为性只有善质了。可见她认为出现了矛盾，随后她又解释道由于董仲舒要建构其‘性未善’的观点，所以董仲舒说“情亦性也”。周晓露显然没有认识到性的广狭义之分，性广义看是天性或者质朴的性，里面有善端而不是善，狭义的性就是善了，身有性情的性应当狭义讲，故对应善。顾玉林根据“情亦性也”和“身之有性情也，若天之有阴阳也”这两句话得出董仲舒似乎陷入了性情二元论。笔者认为顾玉林也没有认识性的广狭义之分，在董仲舒的人性论中广义的性包括性和情，所以董仲舒的人性论不是性情二元论，而是性情一元论。

至于“性情相与为一瞑，情亦性也”，许多人的解释不同。金春峰在《汉代思想史》中的理解是董仲舒认为善是主导的方面，情欲是从属的方面。[3] 而余治平在他的著作中提到相关的问题：“性

① 曾振宇：《董仲舒人性论再认识》，史学月刊，2002年第3期。

② 冯友兰：《中国哲学简史》涂又光译。北京：北京大学出版社，1985年。

③ 金春峰：《汉代思想史》，北京：中国社会科学出版社，1987年4月第1版，第190页。

与情都为天地所生，是生存世界里不可回避的‘天令之然’，在本质论和发生学的意义上，性与情甚至就没有任何的区分。”“性就是情，情就是性，性与情一同始起，一同周始，也一样重要，一样产生作用”①，董仲舒说了性与情不同，在这里又说“情亦性也”。这是一种矛盾吗？不是，正如刚才所说，性有广义狭义之分，性作广义讲，性包括着情和狭义的性，情也就是性②。“情是恶的，但又在人的质（广义的性）中。”这些说得都有道理，不过可以这样理解，董仲舒的人性里面包含着善端，情通过后天的教化可以向有着善端的性靠拢，最后达成的就是圣人之善了，也就是“情亦性”了，或者可以说本性和情感互相一致深入到善，这时我们就分不清情性了。它们一起为善作努力，只不过一个完善善端，一个节制欲望，不过谁都否定不了两者的紧密联系。

（二）“性三品”——董子人性论的核心学说

荀悦的“天命人事的上中下三品”，王充的“人性善中恶三个等级”，韩愈的“上者善，中者可导而上善或下恶，下者恶”的明确的性三品说这些都有性三品的影子，不过正如王永祥所说“董仲舒乃是提出性三品说的先驱或鼻祖”③。

（1）大多数学者认为董仲舒的性三品是独特人性思想，持肯定态度，认为性三品正是董仲舒社会教化的理论根据，比如曹影曾说：“董仲舒的‘性三品’论，是对先秦和秦汉的人性理论、人性

① 余治平：《唯天为大——建基于信念本体的董仲舒哲学研究》，商务印书馆 2003 年出版，第 164 页。

② 冯友兰：《三松堂全集》第三卷，河南人民出版社，2001 年 1 月第 2 版，第 24 页。

③ 王永祥：《董仲舒评传》，南京：南京大学出版社，1995 年 9 月，第 254—255 页。

现实、甚至于是治国实践的总结和概括。”① 不过也有些学者从其他角度分析了董子的人性论的不足之处，黄开国从逻辑角度上认为董子的性三品说是明显的逻辑矛盾，并提到：“只有在认识到儒家人性论发展的三种基本形态，才能懂得董仲舒的人性论是处于儒家人性论从性同一说向性品级说发展的逻辑转折点，而明白董仲舒人性论的混淆。”“在研究哲学家时，必须以把握到某一思想理论的发展逻辑为前提。”② 周晓露也说过：“董仲舒的人性观并非全部值得肯定，它也有一些不足之处”，并从三个方面阐释了董仲舒人性观的不足③。对于董仲舒人性理论，从最早研究的相关论著到现在的一些论著，我们其实能看到分析评价人性论时的态度从绝对肯定分析、绝对否定分析再到辩证分析的阶段历程，也能看到从进步、退步的阶级分析到科学求实的态度的转变，这是值得肯定的，毕竟学者们在分析哲学家思想时理性的一面越来越突出。

（2）董仲舒认为人性分三种：圣人之性，中民之性，斗筲之性，在他的著作中他主要论述了中民之性，值得强调的是有些学者不认为董仲舒提出的是性三品，而是其他，比如陈云森认为是质朴的一品论，陈德安认为是四品论，不过总的来说主流思想是三品论。

“圣人之性不可以名性，斗筲之性又不可以名性，名性者，中民之性。”（《春秋繁露·实性》）在性三品中，我们该如何理解圣人之性，中民之性，斗筲之性呢？周桂钿的《秦汉思想史》专门针对

① 曹影：《性三品：董仲舒社会教化的理论根据》，《社会科学战线》，2008 年第 8 期。

② 黄开国：《析董仲舒人性论的名性以中》，《社会科学战线》，2011 年第 6 期。

③ 周晓露：《试论董仲舒的人性观》，湖南科技学院学报，2005 年 1 月，第 26 卷第 1 期。

这个问题进行了分析①。他经过分析在他之前的关于董仲舒性三品的思想，其中尤其阐释了以阶级分析方法分析性三品说的思想观念，最后得出“董仲舒所谓圣人之性仅指少数圣人，并非包括一切封建统治者（皇帝）。斗筲之性仅指极少数严重危害社会的大恶人，并非指劳动人民。所谓中民之性即指绝大多数人的本性，包括上自一般皇帝，下到平民百姓乃至奴隶在内。”② 在我阅读相关董子的论文书籍资料时发现有的人把“斗筲之民”定义为“封建社会中最贫苦最‘低贱’的劳动之民”，如顾玉林《董仲舒“性三品”的人性论及神学化的思想倾向》③，还有的人将斗筲之民看成“教而不能善”的人，比如曹影所作的《性三品：董仲舒社会教化的理论根据》④。

金春峰在《汉代思想史》中把斗筲之性看成下愚之性，其认为，“斗筲之性又叫下愚之性，是经过教育也不可能转化为善的性，圣人之性不需要教育，是先验的善的性”⑤。不过他的论述较为简单。

廖其发在《董仲舒的人性论与教育思想研究》中也针对这个问题进行了阐释，他认为斗筲之民是天生就没有接受教育的潜能的

---

① 周桂钿：《秦汉思想史》，河北人民出版社，2001 年 1 月第一版，第 183 页—第 188 页。

② 周桂钿：《秦汉思想史》，河北人民出版社，2001 年 1 月第一版，第 188 页。

③ 顾玉林：《董仲舒“性三品”的人性论及神学化的思想倾向》，《唐山学院学报》，第 19 卷第 4 期，2006 年 12 月，第 22 页。

④ 曹影：《性三品：董仲舒社会教化的理论根据》，社会科学战线·中国哲学研究，2008 年第 8 期，第 38 页。

⑤ 金春峰：《汉代思想史》，中国社会科学出版社，1987 年 4 月第 1 版，第 190 页。

人，没有善质，外界的教育不能对其起作用[1]。

王永祥在《董仲舒评传》中涉及相关问题，提到："'斗筲之性'，当然在本质上也不属于人性，而只能是鸟兽之性。鸟兽之性自然亦无善质，只能是绝对的恶质，有王教亦不能使之为善。"[2]在他看来，董子的圣人、斗筲都不是人。

商聚德《试论董仲舒人性论的逻辑层次》[3]中相对详细地提到了相关的东西。他认为圣人既是纯善的象征和化身，那么斗筲之人便是纯恶的象征和化身，他们的本性只能设定为先天的恶，是不可救药、不可教化的，因此被排除在"待教而善"的讨论之外。

笔者认为既然董仲舒的人性论其实在为政治统治张本，那么将圣人理解为不教而善的人（即不需要教化的人），将斗筲之民理解为教而不善的人（即不值得教化的人）较符合董子人性论意愿。相对于不教而善的圣人之性与教而不善的斗筲之性而言，董仲舒认为中民之性是需要教化的，"中民之性如茧如卵。卵待覆二十日而后能为雏，茧待缫以绾汤而后能为丝，性待渐于教训而后能为善"(《春秋繁露·实性》)。董仲舒讲中民之性讲得较多，他认为中民的本性就像茧和卵，蚕茧经过抽丝就可以成为丝，鸟卵经过孵化才成为小鸟，人性经过教化才会成善。这为教育理论提供了人性论基础，同时也反映出儒家一直以来直面现实的外王精神。

---

① 廖其发：《董仲舒的人性论与教育思想研究》，西南师范大学学报，1991年第2期。

② 王永祥：《董仲舒评传》，南京：南京大学出版社，1995年9月，第263页。

③ 商聚德：《试论董仲舒人性论的逻辑层次》，《中国哲学史》，1998年第2期，第87页。

三、董仲舒人性论与其他思想家人性论比较

先秦的孔子、孟子或者荀子这几位思想家所阐述的人性观都具有代表性，又因为董仲舒与他们同属儒家学派，所以学者对董仲舒的人性论进行评价时总是将其与先秦孔子、孟子、荀子的人性论进行比较，董仲舒为了力证自己人性论的可靠性，在《春秋繁露·深察名号》中，就把自己的人性论和孟子的人性论作了比较，董仲舒用“深察名号”的方式提到反对孟子性善论。

首先，他说：“故性比于禾，善比于米，米出于禾中，而禾未可全为米也，善出性中，而性未可全为善也，善与米，人之所继天而成于外，非在天所为之内也。”（《春秋繁露·深察名号》）董仲舒用性比作禾，将善比作米，虽然米出于禾中，但是米又不同与禾，通过比喻得出结论，善是由天性经过教化而来，但是天性并不是善，而只是有善端而已。孟子主张所有的人本性全可与善相对等这一观念是错误的，强调人性不是善，只是善端而已。这在很多著作中将性与善的关系看成可能性与现实性的关系，以此为着眼点进行将董子待教而善的人性论与孟子性本善论作比较。

其次，董仲舒认为：“性有善端，动之爱父母，善于禽兽，则谓之善。此孟子善。循三纲五纪，通八端之理，忠信而博爱，敦厚而好礼，乃可谓善。此圣人之善也。”（《春秋繁露·深察名号》）孟子所谓的善是爱父母，相比禽兽善良就是善，而董仲舒的善即圣人的善，两者对何谓善的标准不同，相比之下，董仲舒的善即圣人之善，层次更高些，更难达到些，正因如此人性的完善需要教化，需要向圣人看齐。

除了董仲舒自己之外，历来的董学人性研究著作也针对董仲舒

和先秦孔子、孟子、荀子等人的思想进行了分析比较。在1995年王永祥著的《董仲舒评传》中，作者对此进行了较为详细的较析和评价[1]，总的认为："董仲舒综合孟、荀，从总体上来说，毫无疑问，比孟、荀前进了一大步，但是，在某些方面，却表现了某种后退。"在《儒家思想导论》中，马秋丽、张德苏也认为董子的人性论是孔子、荀子和孟子的融合[2]。顾玉林在分析了先秦诸家人性论后认为董仲舒兼综"善""恶"，是一种神学人性论[3]。但在曹影的《"性三品"：董仲舒社会教化的理论根据》中，曹影创新性地提出"董仲舒的'性三品'是直接吸收了韩非的思想，是再次对治国之道的总结"[4]。

董仲舒的人性论到底是借鉴了先秦哪位思想家的理论这个问题，至今还没有一个定论，笔者认为这还需要各位学者今后的研究，但可以肯定的是董仲舒形成了自己独特的建构在政治大一统体系下的人性论。在今天这个学问纷呈的年代，我们不能用进步或者反动的字眼来简单总结董仲舒的人性论，答案不是研究的重点，重点应是回到当时提出理论的时代背景下用不同的思路和角度将董仲舒的人性论与先秦思想家的人性论进行比较的过程。比如黄开国就在《析董仲舒人性论的名性以中》中认为"董仲舒的人性论思想是处于儒家人性论从性同一说向性品级说发展的逻辑转折点，应看到

---

① 王永祥：《董仲舒评传》，南京：南京大学出版社，1995年9月第一版，第265页—第270页。

② 马秋丽、张德苏：《儒家思想导论》，北京：首都经济贸易大学出版社，2010年3月，第181—第182页。

③ 顾玉林：《董仲舒"性三品"的人性论及神学化的思想倾向》，《唐山学院学报》，2006年12月，第19卷第4期。

④ 曹影：《"性三品"：董仲舒社会教化的理论根据》，《社会科学战线》，2008年第8期。

董仲舒人性论的混淆”①。其站在把握儒家人性论发展逻辑的高度来研究董仲舒的人性论，可以说是个特色。

四、评价

董仲舒作为儒家发展到汉朝阶段时的代表人物，他的思想对儒家正统地位的重新确立有着积极影响。董仲舒的人性论为其当时的政治服务的，可以说由人性论而政治则是董仲舒思想的现实归宿，也正因为这一点，儒家思想才摆脱夹缝中生存的尴尬境地，这也是董仲舒被称为“将汉帝国理论化的哲学家”的原因。按照尼采的历史观：“真正的历史是应服务于生活的”，我们应从董仲舒的人性论去寻找对我们现在生活有意义的东西，比如注重人性的善，发掘人们内心的良知良能等，这才是历史的意义而非历史的滥用。

参考文献

［1］张实龙．董仲舒学说内在理论探析［M］．杭州：浙江大学出版社，2007 年．

［2］高春菊．近十年来董仲舒研究述论［J］．河北师范大学学报，2010 年 3 月，第 33 卷第 2 期．

［3］曾振宇．董仲舒人性论再认识［J］．史学月刊，2002 年第 3 期．

［4］冯友兰．中国哲学简史［M］．涂又光译．北京：北京大学出版社，1985 年．

［5］金春峰．汉代思想史［M］．北京：中国社会科学出版社，1987 年．

［6］余治平．唯天为大——建基于信念本体的董仲舒哲学研究［M］．北京：商务印书馆，2003 年．

① 黄开国：《析董仲舒人性论的名性以中》，《社会科学战线》，2011 年第 6 期。

[7] 冯友兰. 三松堂全集：第三卷 [M]. 郑州：河南人民出版社，2001年1月第2版，第24页.

[8] 王永祥. 董仲舒评传 [M]. 南京：南京大学出版社，1995年.

[9] 曹影. 性三品：董仲舒社会教化的理论根据 [J]. 社会科学战线，2008年8期.

[10] 黄开国. 析董仲舒人性论的名性以中 [J]. 社会科学战线，2011年第6期.

[11] 周晓露. 试论董仲舒的人性观 [J]. 湖南科技学院学报，2005年1月，第26卷第1期.

[12] 周桂钿. 秦汉思想史 [M]. 石家庄：河北人民出版社，2001年.

[13] 顾玉林. 董仲舒"性三品"的人性论及神学化的思想倾向 [J]. 唐山学院学报，2006年12月，第19卷第4期.

[14] 廖其发. 董仲舒的人性论与教育思想研究 [J]. 西南师范大学学报，1991年第2期.

[15] 商聚德. 试论董仲舒人性论的逻辑层次 [J]. 中国哲学史，1998年第2期.

[16] 马秋丽、张德苏. 儒家思想导论 [M]. 北京：首都经济贸易大学出版社，2010年3月.

聂　萌（1992−），女，河北晋州人，西北政法大学哲学与社会发展学院在读本科学生。

董仲舒政治思想研究

董仲舒的思想命题及其当代价值辨析

吴 光

汉代大儒董仲舒（前 179—前 104）是个思想相当复杂，因而受到批评最多的儒家思想家。批评者认为，他提出“道之大原出于天，天不变，道亦不变”之说，是一种形而上学哲学政治观，是为“封建统治秩序的永恒性作论证”的；他系统论述了“天人感应”论，是把儒学“宗教化”的“神学目的论”，是为“君权神授”制造理论依据；他向汉武帝提出了“罢黜百家，独尊儒术”的政策建议，是“开思想文化专制之先河”的“思想统制”政策；他提出“王道三纲”说，是“奠定了两千多年封建伦理道德的思想基础”；他提出“正其义不谋其利，明其道不计其功”之说是“否定功利”的“禁欲主义”命题，如此等等，实际上曲解了董仲舒思想的时代意义和当代价值。本文特作辨析，以就正于方家。

一、政治改革的积极推动者——“天不变，道亦不变”辨

不少人断章取义地抓住董仲舒《举贤良对策》中“天不变，道

亦不变”一句话，就断言董仲舒是反对变革的思想家，其实完全是误解。我们只要联系董仲舒所说“天不变，道亦不变”一语的上下文内容全面进行分析，就可看出董仲舒理论主张的落脚点是放在变政、变道而非“不变”上面。他是这样说的：

> 臣闻夫乐而不乱、复而不厌者谓之道。道者万世无弊，弊者道之失也。先王之道，必有偏而不起之处，故政有眊而不行，举其偏者以补其弊而已矣。三王之道所祖不同，非其相反，将以救溢扶衰，所遭之变然也。故孔子曰：“无为而治者，其舜乎！”改正朔，易服色，以顺天命而已，其余尽循尧道，何更为哉！……孔子曰：“殷因于夏礼，所损益可知也；周因于殷礼，所损益可知也；其或继周者，虽百世可知也。”此言百王之用以此三者矣。夏因于虞，而独不言所损益者，其道如一而所尚同也。道之大原出于天，天不变，道亦不变，是以禹继舜，舜继尧，三圣相授而守一道，无救弊之政也，故不言其所损益也。由是观之，继治世者其道同，继乱世者其道变。今汉继大乱之后，若宜少损周之文致，用夏之忠者①。

这整段话的中心思想是说，作为最高权威的“道”，是“乐而不乱、复而不厌、万世无弊”的绝对法则。这个“道”，在天为“天道”，在人间为“王道”（即“政道”），王道源出于天道。如果“天命”不变，王道的基本原则也就无须改变。但自尧舜禹三代以降，人间的“王道”就有失、有弊、有乱，就需要新王出来“救溢扶衰”“举偏补弊”以恢复古道了。在这里他提出了“变革政道”

---

① 班固《汉书·董仲舒传·举贤良对策》。中华书局 1962 年版《汉书》第八册 2508 页。以下所引董仲舒《举贤良对策》文字，散见于该册第 2498—2523 页，恕不另注页码。

的理念。他认为三代都是治世，三圣同守一道而无政治弊乱，天命没有改变，王道也无须损益变革；但殷继夏，周继殷，却是承乱世而达治，天命改变了，王道也就必须损益变革。这就叫“继治世者其道同，继乱世者其道变”。而新的汉王朝是在秦末大乱以后建立起来的，是“继乱世者”，其政道当然就必须要变了。这是董仲舒总结历史经验以后得出的根本性结论。显然，董仲舒论“道”的政治目的，是落实在变更秦政上面，重点是在讲“变”，而不是强调“不变”。所以，董仲舒的政治观，是强调“变革”的辩证发展观，而非强调“不变”的形而上学政治观。

董仲舒论在《春秋繁露·竹林》（下引该书均只注篇名）中也很明确地强调了变革思想。他说：“《春秋》之道，固有常有变，变用于变，常用于常，各止其科，非相妨也……故说《春秋》者，无以平定之常义疑变故之大义。”毋庸赘述，董仲舒论道，是既讲不变（常）也讲变的，变与不变的内容（义），都统一在他所讲的“道”之中，而且在他看来，“变故之大义”比“平定之常义”更为重要。由此看来，董仲舒确实是个推动政治改革的进步思想家，而不是墨守成规的保守思想家。

董仲舒生当“秦亡汉兴”的历史转折关头，积极响应汉武帝的“求贤诏”，以《天人三策》（即《举贤良对策》）全面论述了他的政治改革主张。他在首篇对策中对秦政之弊进行了严厉批判，指出：

> 周之末世，大为无道以失天下。秦继其后，独不能改，又益甚之；重禁文学，不得挟书，弃捐礼谊而恶闻之。其心欲尽灭先王之道，而颛为自恣苛简之治，故立为天子十四岁而国破亡矣。自古以来，未尝有以乱济乱，大败天下之民如秦者也。
>
> （秦）师申商之法，而行韩非之说，憎帝王之道，以贪狼为俗，非有文德以教训于下也……又好用僭酷之吏，赋敛无

度，竭民财力，百姓散亡，不得从耕织之业，群盗并起。是以刑者甚众、死者相望而奸不息，俗化使然也。

这简直是一篇全面讨秦的檄文。董仲舒在这里总结的秦王朝“败民”政策是：丢弃了先王以礼义、文德治理天下的传统，而实行申不害、商鞅、韩非的法家极端专制政策，用严刑、酷吏统治人民；实行文化专制，欲尽灭先王之道；无节制地征收赋税，耗尽民力等等。这些“败民”政策，在他看来，既破坏了经济，也破坏了社会秩序，使民不聊生，铤而走险，最后酿成大乱，导致“立为天子十四岁而国破亡”的结果。由此可见，董仲舒是法家极端专制主义政策的批判者，他坚持的是“民本”“德治”的儒家立场。

在总结历史教训的基础上，董仲舒向汉武帝提出了变更秦代弊政的改革理论。他认为，“圣王”继承乱世，必须“扫除其迹而悉去之，复修教化而崇起之”，如今汉承秦大乱之后，犹如“朽木粪墙”，虽欲善治而不得，必须解弦更张，重新教化人民，才能达到善治。他说：

譬之瑟瑟不调，甚者必解而更张之，乃可鼓也；为政而不行，甚者必变而更化之，乃可理也。当更张而不更张，虽有良工不能善调也；当更化而不更化，虽有大贤不能善治也……今临政而愿治七十余岁矣，不如退而更化。更化则可善治，善治则灾害日去，福禄日来……夫仁、义、礼、智、信五常之道，王者所当修饬也。

在这里，董仲舒用瑟瑟不调必须解弦更张来比喻政治改革，认为天下大乱之后必须实行政治改革才能达到天下大治。他的改革主张，最根本的一条就是扫除秦代的暴政而实行以“仁义礼智信五常之道”为根本内容的德治。这种德治主张，是有利于缓和社会矛盾，安定民生，促使社会经济的恢复和发展的，因而是符合历史潮流的进步政治主张。

更有甚者，董仲舒继承《周易》所谓“汤武革命，顺乎天而应乎人”（《周易·革卦·彖辞》）和孟子“闻诛一夫纣，未闻弑君”（《孟子·梁惠王下》）的“革命”思想，肯定了汤武革命的正当性与合法性，并提出了“有道伐无道，此天理也”的命题。他说：

天之生民非为王也，而天立王以为民也。故其德足以安乐民者天予之，其恶足以贼害民者天夺之……故封太山之上，禅梁父之下，易姓而王，德如尧舜者七十二人。王者天之所予也，其所伐皆天之所夺也。今唯以汤武之伐桀纣为不义，则七十二王亦有伐也，唯足下之说，将以七十二王为皆不义也。故夏无道而殷伐之，殷无道而周伐之，周无道而秦伐之，秦无道而汉伐之。有道伐无道，此天理也，所从来久矣[①]。

这段话阐述了一个难能可贵的思想，即“天命靡常，惟德是辅”，统治者如果不修德政，天就会夺回成命。后世有道君主讨伐前代无道之君取而代之是天经地义的，这就叫“有道伐无道，此天理也”，这为历代王朝更替的政治变革提供了合法性依据，可以称得上是董氏政治定律了。按照这个逻辑，秦无道而汉伐之，汉无道则必有新朝伐之。凡是无道之君，必有有道之君起来讨伐他，取代他，所以“革命”是符合天理的。由此可见，董仲舒的政治理论，并非是为“封建统治秩序的永恒性作论证”，而是为建立王道政治的合理性作论证，董仲舒是个主张政治变革乃至政治革命的思想家！

---

① 董仲舒《春秋繁露·尧舜不擅移汤武不专杀》，中州古籍出版社 2010 年 1 月版，81—82 页。

二、坚守王道的儒者——“天人感应”论辨析

许多人困惑于董仲舒“天人感应”目的论的哲学论述，因而看不清董仲舒政治思想的改革本质及其时代进步意义。

确实，董仲舒在哲学上是个鼓吹“天人感应”目的论的唯心主义者。他为人世间树立了一个至高无上的天神权威，建立了以“天人感应”为中心的唯心主义天道观。他说：“天者，百神之君也，王者之所最尊也。”（《春秋繁露·郊义》）他一再强调，天是有意志的，春、夏、秋、冬四时，是其爱、乐、严、哀四种意志的表现；天是有目的的，它按自己的意志创造了人，使人生义、利之性。利以养体，义以养心，并且又为人世间立了君王以施行教化，使民性从善。天与人的关系是相互感应的，“人之所为，其美恶之极，乃与天地流通而往来相应”（《举贤良对策二》），人受命于天，王者承天意而行事；人间的君王如果顺从天意而修饬德政，天就会降祥瑞庇佑他；但如果违背天意，而失道废德，天就会降灾异谴告他，直至收回天命，使之败亡，这就是所谓“灾异谴告”说。在此观照下，董仲舒提出了“屈民伸君，屈君伸天”说，认为“《春秋》之法，以人随君，以君随天……故屈民而伸君，屈君而伸天，此《春秋》之大义也。”（《春秋繁露·玉杯》）

那么，董仲舒精心构建的以“天人感应目的论”为核心的天道观的政治用意何在？其理论的实质是什么？笔者认为其政治用意，第一是“尊君”，即维护大一统的政治格局；第二是“警君”，即借天权限制君权，使专制君主有所顾忌；第三是提倡“德治”，即落实儒家的道德人文理想。

董仲舒之所以塑造这么一个“天神－天道”的权威，首先是要

求人民服从专制君主的统治。他声称人间君王是“天之子”，是秉承“天意”行事去统治臣民的。所以，臣民必须“尊君”，尊君就是尊天，也就是顺从天命。他所谓“屈民而伸君”，正是适应了当时要求加强君主集权的“大一统”封建国家的要求，用了这种理论，既可防范臣民犯上作乱，也可作为削弱地方势力、平定类似“吴楚七国之乱”的诸侯王叛乱的理论依据。但董仲舒的“天道”观和王道论，“屈民而伸君”只是一个方面，还有另一个方面的“微言大义”，那就是“屈君而伸天”，即人间的君王必须绝对服从天的意志，听从天意的引导。他说：“国家将有失道之败，而天乃出灾害以谴告之，不知自省，又出怪异以警具之，尚不知变，而伤败乃至。以此见天心之仁爱人君而欲止其乱也。”（《举贤良对策》）很显然，董仲舒之所以提出“天人感应”论和“灾异谴告”说，其政治用意还是借着天威去约束人君的行为，即借天权限制君权。

但董仲舒“屈民而伸君，屈君而伸天”的终极目的，还是落实在儒家的“德治”“爱民”理想上。他所塑造的“天意”，具有博施济众的“仁爱”品格，是要求人君“强勉行道”“修饬德政”的“天意”。他说：“天之生民非为王也，而天立王以为民也。故其德足以安乐民者，天予之；其恶足以贼害民者，天夺之[①]。”又说：“圣人法天而立道，亦溥爱而无私，布德施仁以厚之，设谊立礼以导之。……由此言之，天人之征，古今之道也。”（《举贤良对策三》）可见，在董仲舒政治思想的逻辑里，行德安民之君必定得天福佑，而行恶害民之君则必定受天惩罚。这正是其“天人感应目的论”外衣下所掩盖的儒家“德治”“爱民”的王道政治传统。可以

① 董仲舒《春秋繁露·尧舜不擅移汤武不专杀》，中州古籍出版社 2010 年 1 月版，81—82 页。

说，董仲舒的天道观，实质上是儒家的德治主义政治观。董仲舒是坚守王道德治主义的儒者。

三、为政以德——“阳尊阴卑”说的政治实质

除了“天人感应”论，董仲舒最著名的理论之一是“阳尊阴卑”说。这个“阳尊阴卑”说并不是从孔孟那里传承而来，而是从先秦阴阳家和秦汉之际黄老道家的“阴阳刑德”之说那里继承过来并按照儒家的德治主义进行改铸的。我们从先秦孔子、孟子等儒家创始人的著作里几乎找不到“阳尊阴卑”或“刑德相养”的思想主张，但从战国末至汉初的阴阳家和黄老道家那里却可以找到。例如在长沙马王堆汉墓出土的黄老道家著作就借黄帝之口说：“春夏为德，秋冬为刑，先德后刑以养生……先德后刑顺于天”[①]；又说：“刑德相养，逆顺若成。刑晦而德明，刑阴而德阳，刑微而德章（彰）”[②]。董仲舒吸收了黄老道家的“刑德相养”思想，而按照西汉王朝统治者的政治需要，编织了一套系统的“阳尊阴卑”与“任德不任刑”理论，作为其王道论的重要组成部分[③]。他在《举贤良对策一》中说：

> 王者欲有所为，宜求其端于天。天道之大者在阴阳，阳为

---

① 引自《马王堆汉墓帛书·十六经·观篇》，文物出版社1980年版精装本。

② 引自《马王堆汉墓帛书·十六经·姓争篇》，文物出版社1980年版精装本。

③ 关于董仲舒新儒学与黄老道家的思想联系，拙著《黄老之学通论》（浙江人民出版社1985年6月版）已有论述（见第237—239页）。该书第七章《黄老之学总评价》指出：“董仲舒的新儒学，是经过了战国末年至汉初的道家黄老之学这个中间环节的。它是以先秦儒家的思想资料为骨架，吸收并改造了先秦诸子之学和汉初黄老之学的主要内容以后，建立起来的一套内容比较完备、结构比较精致的新儒家思想体系。”（237页）。

德，阴为刑，刑主杀而德主生。是故阳常居大夏而以生育养长为事，阴常居大冬而积于空虚不用之处，以此见天之任德不任刑也。天使阳出，布施于上而主岁功；使阴入伏于下而时出佐阳。阳不得阴之助，亦不能独成岁。终阳以成岁为名，此天意也。王者承天意以从事，故任德教而不任刑。刑者不可任以治世，犹阴之不可任以成岁也。为政而任刑，不顺于天，故先王莫之肯为也。

他在《春秋繁露·阳尊阴卑》中也论证说：

阴阳，理人之法也。阴，刑气也；阳，德气也。阴始于秋，阳始于春……是故春喜、夏乐、秋忧、冬悲……是故先爱而后严，乐生而哀终，天之当也。而人资诸天，大德而小刑也。是故人主近天之所近，远天之所远，大天之所大，小天之所小。是故天数右阳而不右阴，务德而不务刑。刑之不可任以成世也，犹阴不可任以成岁也。为政而任刑，谓之逆天，非王道也。

这两段话集中地反映了董仲舒的“阴阳刑德”理论，也典型地表明了其天道观与王道论的紧密关系。他表面上讲的是“天道”变化原则，实际是为了阐述王道政治理论。我们透过董仲舒谈论所谓“天道阴阳”的外表，就可清楚地看到他的王道政治理论的基本原则是“任德教而不任刑”，确切地说，应当是德教为主、刑法为辅。这一基本原则，是对秦政“严刑峻法”的批判和否定，是历史经验的总结，也是孔子“为政以德”理论的继承与发展。

与“阴阳刑德”理论相辅相成的是“五行”学说。董仲舒继承并发挥了先秦以来的“五行”相生相克说，从维护封建统治的政策需要出发，构造了一个“五行”之间相生、相胜、变救的理论系统。他从自然界的木、火、土、金、水5种物质的性质，臆想出它们之间相生、相胜的关系，再用以比附四时气候的变化，又用自然界各种灾异现象比附五行失序造成的结果，用以象征人间政治得失的变化，最后提出了“五行变救”理论。他说：“五行变至，当救之以德，施之天下则咎除；不救以德，不出三年，天当雨石[①]。”就是说，“五行”的运动出现了异常变化，就必须用德政去补救，德政实行于天下，灾害就会消除，不用德政去补救，不到三年，天就要落下石块，降下大灾害了。董仲舒通过阐述“五行”的“变”和“救”，提出了“省徭役，薄赋敛，出仓谷，赈困穷”“举贤良，赏有德，封有功”“省宫室，去雕文，举孝悌，恤黎元”“举孝廉，立正直，隐武行文束甲械”“忧囹圄，案奸宄，诛有罪，蒐五日”[②]等一系列政策主张。我们从这些政策主张里可以看到，董仲舒的“阳尊阴卑”理论，虽然从哲学而言具有唯心主义、形而上学的倾向，但从政治方面看，则是强调统治者应当节制贪欲、爱惜民力和施行德政，是儒家德治主义的具体表现。

董仲舒的“阳尊阴卑”说还衍生出“王道三纲”论，他说：

> 凡物必有合……阴者阳之合，妻者夫之合，子者父之合，臣者君之合。物莫无合，而合各有阴阳。阳兼于阴，阴兼于阳。夫兼于妻，妻兼于夫；父兼于子，子兼于父；君兼于臣，臣兼于君。君臣、父子、夫妇之义皆取诸阴阳之道。君为阳，臣为阴；父为阳，子为阴；夫为阳，妻为阴……天之亲阳而疏阴，任德而不任刑也。是故仁义制度之数尽取之天：天为君而覆露之，地为臣而持载之；阳为夫而生之，阴为妇而助之；春为父而生之，夏为子而养之，秋为死而棺之，冬为痛而丧之。王道之三纲，可求于天……德教其与刑罚犹此也。故圣人多其

① 董仲舒《春秋繁露·五行变救》，中州古籍出版社 2010 年版，189 页。
② 同上。

爱而少其严，厚其德而简其刑，以此配天①。

批评者往往以董氏三纲说与东汉时期成形于《白虎通义》的“君为臣纲，父为子纲，夫为妇纲”的“三纲”说相提并论。但我们从上述董氏引文可以看出，董氏三纲说虽然是后世三纲说的来源之一，但还是有质的区别的。董仲舒的“王道三纲说”主要是从阴阳相辅相成的角度谈“君臣、父子、夫妇之义”，是与他的“德治”理论一致的，而后世三纲说则更多地强调臣子妇对君父夫的无条件服从之义，具有更强烈的君主专制倾向。因此不能将二者混为一谈。

四、董氏“义利观”辨析

董仲舒在义利问题上提出了一个著名论断，即“正其谊不谋其利，明其道不计其功”（《汉书·董仲舒传》），这一论断，后世儒者有赞扬者，也有批评者。赞扬者有程颢、朱熹等正统儒者。如程颢称引此言说：“此董子所以度越诸子”（《近思录·明道先生语录》），朱熹则评论此言说：“仲舒所立甚高，后世所以不如古人者以道义功利关不透耳！”（《近思录·明道先生语录》）但南宋浙学领袖叶适对董氏命题提出了批评，指出“‘仁人正谊不谋利，明道不计功’此语初看极好，细看全疏阔。古人以利与人而不自居其功，故道义光明；后世儒者行仲舒之论，既无功利，则道义者乃无用之虚语尔”②，叶适的主张是“以利和义，不以义抑利”③。清儒颜元则提

① 董仲舒《春秋繁露·基义》，中州古籍出版社 2010 版，161 页。
② 叶适《习学记言》卷二十三，《汉书·传》。
③ 叶适《习学记言》卷二十七，《三国志·魏志》。

倡“正其谊以谋其利，明其道而计其功”（《四书正误》卷一）。

究其缘起，这个命题是董仲舒回答江都易王关于越王勾践的大夫泄庸、文种、范蠡是否堪称“越有三仁”的问题时提出的。董仲舒认为三大夫“设诈以伐吴”，可以说“粤本无一仁”，他说：“夫仁人者正其谊不谋其利，明其道不计其功，是以仲尼之门五尺之童羞称五伯，为其先诈力而后仁谊也，苟为诈而已，故不足称于大君子之门也”[①]。这里提出了“仁人”的标准是正义、明道，为所当为而已，而不必计较功利得失。所以朱熹评论说：“若夫仁者，则先为其事，不计其效，惟循天理之自然而无欲利之私心也。董子所谓‘仁人者正其谊不谋其利，明其道不计其功’正谓此意尔。然正谊未尝不利，明道岂必无功！但不自夫功利者而为之耳[②]。”可见，董子、朱子心目中的仁人，是按照仁爱价值观行事而不以追求功利为目的的人，但并不排斥功利，就如同董仲舒说“王者用德不用刑”并非废弃刑罚一样。后世儒者往往误解了董氏之言，以为仁者不讲功利，遂有“重义轻利”之偏，又有“无用虚语”之讥。

董仲舒的“义利”观中还有一个重要的思想值得强调，这就是“官不与民争利”的思想主张。他说：

古之所予禄者不食于力，不动于末，是亦受大者不得取小，与天同意者也。夫已受大，又取小，天不能足，而况人乎！此民之所以嚣嚣苦不足也。身宠而载高位，家温而食厚禄，因乘富贵之资力以与民争利于下，民安能如之哉？是故众其奴婢，多其牛羊，广其田宅，博其产业，畜其积委，务此而亡（无）已，以迫蹵民。民日削月朘，寖以大穷，富者奢侈羡

① 班固《汉书·董仲舒传》。

② 朱熹《四书或问》卷十一。

溢，贫者穷急愁苦。穷急愁苦而上不救，则民不乐生。民不乐生，尚不避死，安能避罪？此刑罚之所以蕃而奸邪不可胜者也。故受禄之家，食禄而已，不与民争业，然后利可均布而民可家足，此上天之理，而亦太古之道，天子之所宜法以为制，大夫之所当循以为行也。（《举贤良对策三》）

这段话大意是说，为官拿国家俸禄者不必经营农商，接受了大利就不应该谋取小利。为官者既取大利，又谋小利，老天都不能满足你，何况弱势之民！这是造成小民贫困不安的原因。那些高官厚禄者，还要利用职权去与民争利，使自己奴婢日众，财富日积，房产日多，产业日博，迫使老百姓日益穷困，民不聊生，在位者不予拯救，就必然迫使民众铤而走险，作奸犯科。所以，治国理民的良策之一是为官者安分食禄，不与民争利，这是合于天理古道的，不仅最高统治者应当立为法制，而且大官们也应当遵照执行。简言之，为官者应当救治百姓疾苦，而不应与民争利、争营产业，是治国之法宝。这充分体现了董仲舒的爱民情怀。

在上述义利观指导下，董仲舒提出了四大经济社会政策：一是“限（豪）民名（占）田，以澹不足，塞并兼之路”的土地政策；二是“去奴婢，除专杀之威”的社会政策；三是“盐铁皆归于民”的民营政策；四是“薄赋敛，省徭役，以宽民力”的赋税政策[①]。这些政策主张，虽未全被采纳，但却清楚地表明了董仲舒是推动政治、经济、社会改革的进步思想家。

---

① 上述四大政策均见班固《汉书》卷二十四《食货志四》。

五、董仲舒政治思想的时代意义

由上可见，董仲舒是以儒家的仁爱、德治为核心的王道政治观为指导，以推动政治、经济、社会、文化的全面变革为己任的进步思想家。那么，董仲舒的政治思想，在当今时代有何启示性的意义与价值呢？笔者认为至少有以下四点值得借鉴。

第一，董仲舒的“变政”“更化”主张和“继治世者其道同，继乱世者其道变”的变革精神，可以作为我们今天推动政治改革的借鉴。中国自 20 世纪 80 年代初改革开放以来，社会经济取得了长足的发展，现已进入和平崛起新阶段。但总体而言，中国社会仍然处在变革转型时期，仍然需要深化改革。毋庸讳言，我国 30 多年的改革基本上是经济体制的改革。改革的最大成果是建立了以市场经济、自由贸易为导向的“社会主义市场经济体制”，而政治改革虽在局部进行，却大大滞后于经济改革，现在经过 30 多年的改革开放，我们已明显感到高度集权的政治体制对于经济社会发展的阻碍、束缚作用。因此必须大刀阔斧地开展政治改革。而政治改革的主要方向是政治民主化、决策公开化。董仲舒的改革思想启示我们，在社会转型时期不仅需要变更政策，而且需要变更政治体制，乃至变更治国之道。执政党要自觉贯彻“主权在民”“执政为民”的思想主张。

第二，应当借鉴董仲舒的“有道伐无道”的政治定律，大力发扬社会批判精神。应当承认，中华人民共和国建立以来，执政者应当发扬董仲舒“有道伐无道”的社会批判精神，继续拨乱反正，揭露和批判错误政治举措的不合理性和非人道性，引导社会树立良好的社会风尚和道德正气。

第三，董仲舒的政治改革思想，是主张政治、经济、社会、思想文化的全面改革，其政策主张也是配套提出的。他在政治政策上主张“变政更化”和“春秋大一统”，经济政策上主张“省徭薄赋”和“盐铁民营”，在社会政策上主张“去奴婢，除专杀之威”和“官不与民争利”，在思想文化政策上主张“抑黜百家，推明孔子”和“立太学，设庠序，明教化，成习俗”[①]，从而提出一系列配套的改革政策。纵观历代比较成功的改革运动，都是政治、经济、社会、文化全方位进行的。光搞政治改革而不搞经济改革将不得民心，光搞经济改革而不搞政治、社会、文化体制的改革则不能行之久远。我国现正处在改革向纵深发展的阶段，政治、文化体制改革的任务已经提上执政党的议事日程，我们应当借鉴董仲舒的全方位改革的思想与思路，全方位地开展政治、经济、社会、文化领域的改革。在笔者看来，当前政治改革的任务是促进政治民主化，经济改革的主要任务是优化经济结构、改 GDP 优先为民生优先，社会改革的主要任务是反贪反腐、强化民主监督，文化改革的主要任务是贯彻文化强国战略、突破官方垄断、文化走向民间，建设真正具有中国特色的中华民族的精神家园。

第四，董仲舒提出的“官不与民争利”的基本原则，对于当代中国的政治改革和社会改革尤其具有借鉴意义。在当代中国，官与民争利的现象到处存在，如某些行业的国有企业垄断体制，官员兼职企业董事或董事长，官员利用职权优先扶持亲属经营暴利行业，在职官员在教育科研机构兼职教授，通过设立重大课题项目方式化公为私、侵占公共资源等等，都是官与民争利的典型表现，这严重毒化了道德良知，助长了不正之风，损害了政府信誉，阻碍了社会

① 班固《汉书》卷二十二，《礼乐志二》。

进步，必须加以全面的整顿与清理。放眼当今世界，国家公务员也不允许身兼多职，与民争利，何况我们是代表人民根本利益的社会主义国家，国家公务员尤应坚守廉德，履行人民公仆的职责，全心全意为人民服务，而不应该以权谋私，与民争利。

总之，董仲舒的政治思想与改革思维，并没有过时，而是具有强大生命力和实践意义的思想财富。我们应当深入发掘、发扬光大，以之为当前政治、经济、社会、文化的全方位改革的借鉴。

原文载于《衡水学院学报》2012 年第 6 期。

吴　光（1944—），男，浙江淳安人，浙江省社会科学院哲学所研究员，浙江省文史研究馆研究员，浙江省儒学会执行会长，中国人民大学特聘教授。

从德性政治到威权政治（上）

——谈董仲舒在儒学转型中的作用

杨朝明　胡培培

作为中国传统文化的核心内容，儒学与中国社会的密切关联不言而喻。儒学在先秦时期由孔子创立，经过孔门弟子后学特别是子思、孟子、荀子等儒学大师的继承发展，散发着重教化、重仁礼的德性政治光芒。西汉时期尤其西汉中期，随着汉武帝实行“罢黜百家、独尊儒术”政策，儒学由先秦时期的民间学术一跃而成为官方学术，从而呈现出专制主义威权政治色彩，封建纲纪观念日渐浓重。在此后的2000多年中，儒家学说成为我国传统社会的意识形态，深刻影响了历代中国的方方面面。在儒学的这一重大历史转型中，董仲舒起到了十分特殊而重要的作用。本文拟对儒学的这一转变背景和过程试加诠说，希望能够由此深化对儒学发展过程的认识。

一、原始儒学的“德性政治”特征

春秋战国时期是我国社会的大变动时期，王室衰微，诸侯争霸，以往“礼乐征伐自天子出”的局面被打破。与此同时，“天子失官、学在四夷”，官学的废弛造成了私学的兴盛，学术的下移造就出一批富有良知的思想家，他们怀着救世的积极心态提出不同的治国方案，从而在社会上形成“百家之学”，儒学作为当时的“显学”正是在此背景下形成、发展起来。

原始儒学作为儒学发展的第一阶段，是由孔子创立，进而由孔门弟子深化发展的。面对“天下无道”“礼崩乐坏”的局面，孔子立足于现实，在总结、继承、发展夏、商、周三代文明的成果之后，创立了儒家学说。正因为儒学创立的内在原因就在于“务治”，所以，怎样解决社会动乱问题，怎样使“天下无道”变为“天下有道”，就成为孔子学说的终极追求。孔子向往大同社会，希望“天下为公，选贤与能，讲信修睦。故人不独亲其亲，不独子其子，老有所终，壮有所用，矜寡孤疾，皆有所养”（《孔子家语·礼运》），为达致这样的美好目标，孔子提出的方案是用道德教化来“治人”，进行社会管理，以仁、礼思想来培养熏陶人，从而使人人向善，最终达到社会的“至善”。因此，从此意义上，先秦时期的儒学，在实质上是一种德性政治学说。

孔子推崇“内圣外王”之道，主张修身与为政的内在统一。修身是儒家治世的根本，正所谓“身不修不可以齐其家”，要实现“家齐”“国治”“天下平”的理想，“身修”是基础、是根本。作为社会中的一分子，上自天子下至庶人都要“以修身为本”，假若人人都能成为道德高尚的君子，能够“见贤思齐焉，见不贤而内自省”（《论语·里仁》），能够遇事求诸己，“躬自厚而薄责于人”（《论语·卫灵公》），那么，社会自然会由“无道”变“有道”，恢复有礼、有序的状态就不再困难。为了更好地修身，儒家提出仁、义、礼、智、信的观念，五者相辅相成，目的都是培养品格高尚的道德君子。

作为孔子思想中的核心部分，“仁”与“礼”是进行道德修养的重要一步。在孔子看来，仁是德性的基础，也是德性的最高标准，“仁者，人也”（《礼记·中庸》），作为社会的一分子，人都要具备仁爱之心，从对父母的“亲亲”之爱推而远之，实现社会上的“泛爱众”（《论语·述而》）。为了达到这种境界，孔子又提出了“为仁由己”（《论语·颜渊》）等修身思想，认为自己只要努力进行德性修养，就可以达到仁的道德境界，所以孔子说：“仁远乎哉？我欲仁，斯仁至矣。”（《论语·述而》）

在孔子思想中，“礼”也突破了西周社会带有等级制度规范性的一系列行为礼节，他把“礼”与“仁”联系起来，更关注礼乐形式背后的礼义精神，使礼具有了教化人的功能。例如，孔子对“三年之丧”之礼解释为“子生三年，然后免于父母之怀”（《论语·阳货》），由此，三年之丧只是一种形式，回报父母之爱才是实在的目的，当然这样的回报，其着眼点在于现实世界。所以曾子说：“慎终追远，民德归厚矣。”（《论语·学而》）“葬之以礼，祭之以礼”的目的和效果在于培养民德，使民风淳厚。由此，作为一种社会制度形式的礼，也具备了道德意义方面的深层内涵。

政治方面，孔子向往“外王”之道，具体到实践上，孔子着重强调的是为政者的自身素养、自我要求，认为为政者的德性表率作用是达到国家治理、天下太平的前提。即如前面所讲，孔子要求为政者要注重自我修养，他说，“子帅以正，孰敢不正”（《论语·颜渊》），“子欲善而民善矣”（《论语·颜渊》），“上好礼则民莫敢不正，上好义则民莫敢不服”（《论语·子路》）。他强调，国家治理的好坏与成败，关键在于为政者；对于君臣上下关系，孔子提出，“君使臣以礼，臣事君以忠”（《论语·八佾》），“上之亲下也，如手足之于腹心；下之亲上也，如幼子之于慈母矣”（《孔子家语·王言》）。上下之间互尽义务，彼此相亲，只有这样，政治措施才会得到通行，人们才会心悦诚服。

如何进行社会政治管理，孔子提出了“德主刑辅”的主张，着重于以道德教化人。《孔子家语》中记载，孔子为大司寇时，有“父子讼”者，孔子将他们关了3个月，等到“其父请止”便将其释放。孔子解释道：“上失其道而杀其下，非理也。不教以孝而听其狱，是杀不辜……上教之不行，罪不在民故也。”提醒为政者要以道德教化为主，而对刑罚应谨慎以待。

孔子之后，儒学继续发展。孟子、荀子对孔子的德性政治思想有了继承和发展，孟子将孔子思想中的“仁”上升到了“仁政”，对为政者有了更多的要求与限制。在权力获得方面，孟子赞扬了尧、舜、禹时期的“禅让”制，认为有德者才能得其位，此外，他还提出“民贵君轻”的著名的重民之论，指出：“民为贵，社稷次之，君为轻。”（《孟子·尽心下》）不难理解，得民心者得天下，他提醒为政者要把民心向背、是否取得百姓拥护当作政治统治的关键。

关于君臣关系，孟子认为，“欲为君，尽君道；欲为臣，尽臣道。二者皆法尧、舜而已矣”（《孟子·离娄上》）。作为臣子，要有原则，不能牺牲、违背“道”去侍奉君主，“如枉道而从彼，何也？……枉己者，未有能直人者也”（《孟子·滕文公下》）。对于君主，孟子说，“无罪而杀士，则大夫可以去；无罪而戮民，则士可以徙”（《孟子·离娄下》），“君有大过则谏，反覆之而不听，则易位”（《孟子·万章下》），君主的权力受到了严格的限制。

在这一方面，荀子同样把民众的地位摆在了为政者之上。他指出：“君者舟也，庶人者水也。水则载舟，水则覆舟。”（《荀子·富国》）他认为，君主一定要重视贤者，“尊贤者王，贵贤者霸，敬贤者存，慢贤者亡，古今一也”（《荀子·君子》）。臣子要尽忠，但不是绝对服从，而是要利国利君，“从命而利君谓之顺，从命而不利君谓之谄；逆命而不利君谓之篡”（《荀子·臣道》）。君民之间各有义务，而没有对立之思想。

论述及此，笔者很自然想到孔子的名言：“君君，臣臣，父父，子子。”（《论语·颜渊》）历来学者们对此不得正解，更为严重的是，长期以来，这还被作为孔子主张等级制度的证据，认为这里强调的是君权、父权，强调的是臣下对君上、子女对父母的绝对服从。其实，这句话的本意乃是强调君、臣、父、子各自的修养，因为在早期儒家思想中，他们强调君有君德、臣有臣德、父有父德、子有子德。其实，如果不是疑古思潮的长期影响，如果不是把诸如《孔子家语》等重要的文化典籍打入伪书行列，我们对儒学的误解断断不会这样深、这样过头。例如，被后人视为儒学“圣经”的《大学》中就有孔子的名言：“为人君，止于仁；为人臣，止于敬；为人子，止于孝；为人父，止于慈①。”

总之，从孔子的仁礼思想到孟子的仁政学说、荀子的“隆礼重贤”之说，先秦儒家在治国平天下的过程中表现了在德性修养方面的高度一致性。在传播儒学的过程中，孔门弟子各有千秋，有的“有圣人之一体”，有的“则具体而微”（《孟子》），从不同的角度、用不同的表现形式弘扬孔子学说，同时也在某种程度上与孔子学说有所区别。无论子思还是孟、荀，他们实际上也是如此。虽然荀子学说体现出重视外在约束的特征，有的法家人物好像也出于荀子门

---

① 请参考杨朝明的《经典新读与孔子思想再认识》，河南大学黄河文明与可持续发展研究中心编：《黄河文明与可持续发展研究》，2008年第1期，河南大学出版社。

下，如《史记·孟子荀卿列传》说“李斯尝为弟子”，《史记·老庄申韩列传》则说韩非“与李斯俱事荀卿”，但荀子的思想毕竟与韩非、李斯不同，“似乎荀子与李斯的分歧还是比较明显”①。荀子主张“隆礼义而杀《诗》、《书》”，十分注重礼的内在意蕴。总之，先秦时期的儒家都有一个共通特征，那就是无论个人修行还是治国从政，他们都强调人自身内在的修养，强调个体自我的道德修为，主张“三省吾身”“为仁由己”，强调“修己”“克己”“敦于反己”，他们的思想都体现出德性政治的特征，这正是先秦儒学的基本精神。

二、汉代儒学的“威权政治”色彩

作为“百家争鸣”的一部分，先秦儒学在与各派互相排斥、争鸣与融合、吸收中得以发展，他们都强调修身，以人为本，以民为本，重视仁德，重视教化。而到汉代，儒学却发生了质的变化，由民间学术上升为官方学术，儒学与政治紧密结合起来，呈现出明显的纲纪观念与浓重的“威权政治”色彩。

秦始皇“焚书坑儒”政策的实施，使儒家经典受到了重创，儒学自孔子逝世以后的发展进入到了低谷期。但另一方面，秦朝用法家思想治国，进而实行暴政，导致秦朝统一王朝的覆灭。秦朝二世而亡的深刻教训，也使得继起的汉朝统治者不能不细细反思，他们认识到“仁义不施”② 的弊端。以此为鉴，汉初统治者倡导黄老之

① 请参考杨朝明的《荀子通说》中的注释：《国学新读本·荀子》，2008 年，河南大学出版社，第 5 页。

② 见贾谊《过秦论》，认为“仁义不施”是造成强秦覆灭的根本原因，认识到“纯法”之治“严而少恩”。

学，与民休息。但“清净无为”“因循为用”的道家学说并不能有效适应封建社会的大一统政治需要，相反，儒学在“列君臣、父子之礼，序夫妇、长幼之别”（《史记·太史公自序》）方面的优长则有利于封建宗法与专制统治的加强。于是，在经过反复辨析、权衡利益得失后，汉代统治者最终还是选择了儒学。

实际上，西汉统治者选择以儒学治国，却改变了原始儒学德性政治思想的浓郁色彩，这一点，在汉高祖刘邦那里就已经露出端倪。而刘邦对于儒生与儒学态度的转变也意味深长、发人深思。

在历史上，有不少帝王曾经亲自到孔子家乡曲阜的孔子庙祭祀孔子，在这些帝王中，汉高祖刘邦是最早的一位。可是在开始的时候，刘邦似乎对儒学、儒家没有多少兴趣。刘邦是一位起于小吏的草头天子，汉初大臣又大都来自楚地，且多为屠狗卖缯之辈，他们对儒学缺乏基本的了解，因此，儒生们不得不谨小慎微。比如，陆贾是一个有口才的辩士，他本为楚人，一直跟随刘邦征战，在刘邦面前称说《诗》、《书》，尚不免受到刘邦的责骂；叔孙通穿着儒生服装相见时，刘邦也感到厌烦，叔孙通只好改变了自己的服装。叔孙通本是薛人，而刘邦是楚人，叔孙通便穿上短衣，打扮成楚人模样。据《史记·郦生陆贾列传》记载，儒生前来见刘邦，他把人家的帽子摘下来当便盆；与人谈话，则常常大骂，完全是一副流氓无赖的形象。他即位称帝之初，对儒家《诗》、《书》等典籍自然同样没有丝毫兴趣，也就是说他对儒家典籍的教化作用一无所知。可见，最初刘邦对儒生的态度十分恶劣。可是，后来的刘邦却与先前判若两人。据记载，他在敕太子书中说：“吾遭乱世，当秦禁学，自喜谓读书无益。自践阼以来，时方省书，乃使人知作者之意。追思昔所行，多不是。”（《全汉文》卷一）以后，路过鲁地时，他还“以太牢祠孔子”。

刘邦对孔子和儒学由谩骂、蛮横转为敬重、尊崇，主要缘于当时残破现实的逼迫。汉初，经济极度凋敝，政治混乱，民怨沸腾。历史的曲折多难和巨变，给新兴汉王朝提出了时代的主题，他们不得不思考如何建立自己的统治秩序，改变当时的残破局面，正视这突如其来的国家学说的空缺。当战争的烟尘散尽之后，他们首先思索的是秦朝二世而亡的教训。那时的思想家一针见血地指出，汉代不能再像秦朝那样“用刑太急”“仁义不施”“不知教化”，于是，他们试图用儒家礼仪建立汉朝的统治秩序。

直接引导刘邦态度转变的则是叔孙通、陆贾等汉初儒生。《汉书·高帝纪》记曰：“天下既定，命萧何次律令，韩信申军法，张苍定章程，叔孙通制礼仪，陆贾造《新语》。”律令、军法、章程都是具体的政治制度，而叔孙通制礼仪、陆贾造“述存亡之征”的《新语》，应属于意识形态范畴的建设。在促成汉初儒学地位的变化方面，人们很推崇陆贾，有人说“汉代重儒，开自陆生也”。这主要是就他撰著《新语》而言的。史载，陆贾向刘邦说明骑在马上得天下却不能治天下的道理，并写了《新语》12篇，以说明古今国家的成败原因。陆贾“每奏一篇，高帝未尝不称善，左右呼万岁”。从陆贾的《新语》看，他是一个厚今论者，他也反对“淡于所见，甘于所闻”，反对泥古、尊古的偶像崇拜与保守，主张“制事者因其则，服药者因其良。书不必起仲尼之门，药不必出扁鹊之方。合之者善，可以为法，因世而权行”。他认为行事应该注重实效，至于是否出于古道并无多大关系。这种崇尚现实、顺应时势的思想倾向颇合汉初君臣的口味，故能深得他们的欢迎。

正因为刘邦等人注重实际问题的解决，他们在探索和选择封建统治的指导思想过程中，可能会更加欢迎学说的实证性。因此，被司马迁称为“汉家儒宗”的叔孙通制订汉代朝仪，对刘邦的刺激可能会更大一些。当时，仪法混乱，“群臣饮酒争功，醉或妄呼，拔剑击柱”，刘邦为此大为伤神。而叔孙通提出制订朝仪时，刘邦还不怎么相信，说“可试为之”，并且特意指出不要搞得太复杂，要适合汉初君臣的理解能力。然而，当礼仪施行于朝廷后，刘邦才由衷地感到“为皇帝之贵也”，并拜叔孙通为太常，“赐金五百斤”，连他的弟子也都做了郎官（《史记·刘敬叔孙通列传》）。这件事肯定对刘邦转变对孔子和儒学的态度起了重要作用。汉高祖十二年（公元前195年），刘邦南征英布班师回朝过鲁时，到孔庙祭祀孔子，开历代皇帝亲到曲阜祭祀孔子的先河。刘邦亲自祭祀孔子之后，诸侯卿相至鲁，常拜谒孔庙后才走马上任。为了更好地奉祀孔子，并表示对孔子后裔的优渥，刘邦又封孔子的九世孙孔腾为“奉祀君”，专司祀事。

其实，在被司马迁称为“汉家儒宗”的叔孙通身上，就十分鲜明地体现汉代儒学的转变。叔孙通十分通达时变，而“知当世之要务”，这是汉儒与先秦儒家的一个重要的不同特点。读《史记》、《汉书》中的叔孙通传记，给人留下印象最深的是他精通“时变”，审时度势，能在秦汉之际的动荡岁月中出入自由，游刃有余。对此，当时就有人斥责叔孙通说：“公所事者且十主，皆面谀以得亲贵。”秦朝时，他是一位“待诏博士”，当陈胜起义时，秦二世召集在咸阳的博士诸儒生30余人询问情况和对策，但由于他们的回答不符合秦二世的心愿，以至于有的儒生被交给执法的官吏问罪。叔孙通则不然，他故意迎合秦二世，以寻求机会逃离虎口。他脱身后，前往薛地。当时，薛已降楚，等到项梁去薛时，叔孙通就跟随了他。后来，项梁在定陶战死，叔孙通就跟随楚怀王。楚怀王做义帝后，迁往长沙，叔孙通留下来服事项王。汉高帝二年，汉王刘邦率领5个诸侯的军队攻入彭城，叔孙通又投降了汉王。汉王失败西撤，他终于跟随了汉军。在秦末汉初的动荡岁月中，叔孙通多次易主，实际上他是在选择可事之君。

叔孙通跟随刘邦后，仍然不忘灵活变通，去就取舍“与时变化”。刘邦讨厌儒生，叔孙通就打扮成楚人装束。叔孙通投降刘邦时，跟随的弟子有100多人，然而，他没有推荐过谁，却专门对原先那些盗伙中的强徒加以推荐。后来，战争平息，刘邦取得天下，叔孙通也有了地位，被任命为博士，称稷嗣君。跟随叔孙通的儒生以后也都做了郎官，都高兴地称叔孙通“知当世之要务”。

叔孙通是个儒生，但他懂得顺应历史潮流，随时势而变化，他把“不知时变”的儒士称为“鄙儒”。秦汉时期已与春秋战国时期不同，如孔子时代，世界多元，他可以像“择木之鸟”那样在列国之树中间进行选择。而秦汉之时，多元的世界归于一统，此时只有一棵皇权大树，无选择余地，因此，如果再像孔子那样“道不同不相为谋”，便意味着将永不用世。更何况像孔、孟那样的儒学大师，尽管他们一生栖栖遑遑，到处奔走，可在当时那种众树林立的情况下，仍然没能找到适合自己的栖身之所。叔孙通显然也是在寻找可栖之树，他几经选择，终于归从了即将取得天下的刘邦。后来，他就极力寻找儒家与皇权的结合点，以求儒学和儒生受到重视。应该说，如果没有叔孙通等人的“变通”或者“圆通”，儒家也许将永远摆脱不了孔子那种“丧家之狗”（《史记·孔子世家》）的命运，儒学成为官学更无从谈起。

原文载于《衡水学院学报》2010年第2期。

杨朝明（1963-），男，山东梁山人，中国孔子研究院教授、博士生导师，山东儒学研究基地首席专家，历史学博士；

胡培培（1984-），女，山东济宁人，曲阜师范大学孔子文化学院在读硕士研究生。

从德性政治到威权政治（下）

——谈董仲舒在儒学转型中的作用

杨朝明　胡培培

儒学的这种转变当然是一个逐渐变化的过程。到汉武帝“罢黜百家、独尊儒术”，儒学上升为“独尊”的官学，自然也不可避免地演变为政治统治的有力工具。但是，尽管儒术已经“独尊”，儒者中的某一个人如果违背了统治者的一己之欲，仍然会遭到统治者的严惩，甚至危及生命。《汉书·京房传》里有记载，元帝时期，京房企图利用象数《易》学的卦气理论，劝谏统治者摆脱谗言邪说的蒙蔽和干扰，推行考功课吏法等改革措施，但最终他却以“诽谤政治，归恶天子”的罪名而被杀戮，由此先秦时期臣对上忠诚以谏的传统自此也渐趋抹杀。儒生为了更好地适应社会的发展，也变得唯唯诺诺，唯君主是从。

自儒学被定于一尊后，儒家经典也就成为国家全部思想与政治生活的重要组成部分。西汉时期，经学兴盛，其原因正在于此，正像班固在《汉书·艺文志》里所说的那样：“自武帝立五经博士，开弟子员，……百有余年，传业者寖盛，枝叶繁多……盖禄利之路然也。”可见传经的目的已不仅仅在于弘道，而是将着眼点放在了现实政治上面，与当时的政治紧密结合起来。于是，经学博士们为了满足统治者的需要，甚至不得不改变经文原意。例如，在强调民本的同时，他们会自觉不自觉地抛弃孟子的“君轻”论，放弃荀子的“从道不从君”论，而代之以突出君权的“尊君卑臣”“君为臣纲”等，从而强化君主专制的理论。

成书于西汉时期的《礼记》一书，作为儒家经典之一，就体现出了显著的威权政治的特色。《礼记·缁衣》篇开头第一句为：“子言之曰：‘为上易事也，为下易知也，则刑不烦矣。’”表面上看这是孔子的言论，体现的是上下之间应有的义务。所以，“形式上是对上下（君臣）双方提出要求，但实际上只是希求在上者不过于苛虐而易被事奉，而在下者则在事奉在上者的同时还须袒露心曲，无所隐匿。设若在上者认为在下者未尽事奉之责，或在下者虽尽责但在上者却认为其不‘易知’……则刑罚都将降于在下者之身”[1]。很明显，强调的只是臣子对君主单方面的义务，而把一切责任都归到臣子一人身上，这离先秦时期儒家提倡的“君臣上下各尽义务”的思想相去甚远。

在《礼记·缁衣》篇中，还有这样的记载：“子曰：‘有国者，章善惮恶，以示民厚，则民情不贰。’”释读出后的郭店楚简却是：“子曰：‘有国者，章好章恶，以视民厚，则民情不贰。’”虽然两者只在个别文字上有所改动，但所透漏出的思想却有很大不同，郭店简中的“章”字不带有任何感情色彩，可释为“辨别、区分”，《孔子家语·曲礼子贡问》中孔子曰：“季氏之妇可谓知礼矣！爱而无私，上下有章。”就是其证。这样郭店楚简中的意思可以理解为“区别爱憎之情，以培养臣民之敦厚”，重在强调为政者以身表率，以教化百姓。而《礼记》一书几字的改动，却把意思侧重于让刑罚去惩恶，使臣子更驯服，思想重点或主旨则变成了培养为君王服务的忠臣。

在汉代编辑的文献中，与上述例子类似的情况比比皆是。如《礼记》、《大戴礼记》中有许多与《孔子家语》相同、相通的材料，经过认真对比，我们发现，与《孔子家语》相比，《礼记》、《大戴礼记》在写定时可谓处处顾及时政，回避时讳，这与汉代中央集权政治的发展是相应的。

《礼记·中庸》有一节内容与《孔子家语·哀公问政》相应，《孔子家语》作："齐洁盛服，非礼不动，所以修身也；去谗远色，贱财而贵德，所以尊贤也；爵其能，重其禄，同其好恶，所以笃亲亲也；官盛任使，所以敬大臣也；忠信重禄，所以劝士也；时使薄敛，所以子百姓也；日省月考，既廪称事，所以来百工也；送往迎来，嘉善而矜不能，所以绥远人也；继绝世，举废邦，治乱持危，朝聘以时，厚往而薄来，所以怀诸侯也。治天下国家有九经，其所以行之者，一也。"《中庸》此处则是："齐明盛服，非礼不动，所以修身也；去谗远色，贱货而贵德，所以劝贤也；尊其位，重其禄，同其好恶，所以劝亲亲也；官盛任使，所以劝大臣也；忠信重禄，所以劝士也；时使薄敛，所以劝百姓也；日省月试，既廪称事，所以劝百工也；送往迎来，嘉善而矜不能，所以柔远人也；继绝世，举废国，治乱持危，朝聘以时，厚往而薄来，所以怀诸侯也。治天下国家有九经，其所以行之者，一也。"两相比较，有一些文字发生了变化。"齐洁盛服"作"齐明盛服"，盖因《礼记·中庸》的前面孔子回答"子路问强"的部分中（朱熹分章的第十六章），有"使天下之人，齐明盛服，以承祭祀"句。此句，郑玄注曰："明，洁也。"孔疏谓："言鬼神能生养万物，故使天下之人齐戒明洁，盛饰余服以承祭祀。"又说："此云'齐明盛服，以承祭祀’，是兼人之鬼神也。”《礼记》编者将后面的“齐洁盛服”加以改动以前后统一，遂变成了“齐明盛服”。孔疏则谓：“‘齐明盛服’者，齐，谓齐整；明，谓严明；盛服，谓正其衣冠，是修身之体也。此等非礼不动，是所以劝修身。”前面的“明”解释为“洁”，这里本来为“洁”，却又解释成“严明”。其实，前面是对鬼神，需要“齐明”，也就是所谓齐整、严明；这里不对鬼神，而仅对现世的众生，目的在于劝人修身，只需齐整、洁净即可。这一改动，让后世注家好不为难。

治理国家的“九经”，所涉及的动词多有改变，这些显然都与西汉中央集权政治的加强有关。其中，“尊贤”“笃亲亲”“敬大臣”“子百姓”“来百工”，分别变成了“劝贤”“劝亲亲”“劝大臣”“劝百姓”“劝百工”，动词都变成了“劝”；“绥远人”变成了“柔远人”。从词义上看，“劝”为“劝勉、劝说”。言上对下时多用“劝”，如《庄子·天地篇》：“昔尧治天下，不赏而民劝。”《左传》成公二年：“我戮之不详，赦之以劝事君者。”《史记·货殖列传》：“太公劝其女工。”与“尊”“笃”“敬”“子”之类带有温情的字眼相比，“劝”字中所包含的似乎更多是皇权的恩威。绥，字从“妥”，为妥当、平安，有安抚人心以保持平静之意。而“柔”虽也有安抚意，却更有通过让步而平息的含义，带有明显的以上对下的意味。

“爵其能”变成“尊其位”更显然带着汉人加工的印记。汉代，“非刘氏不王”，只有极少数异姓功臣封侯，封赐爵位是一个敏感的话题，根本谈不上什么“爵其能”，《礼记》编者改其为“尊其位”，在当时则无不可。这里的改变与《大戴礼记》将《孔子家语》的《王言》改为《主言》极为相似，戴圣将“爵其能”改成“尊其位”，也与西汉的政治有关。

与可靠的早期资料相比较，同样可以看出《孔子家语》的用词更为近真，如“绥远人”“爵其能”都是如此。《论语·子张》：“道之斯行，绥之斯来。”《礼记·表记》：“子曰：‘君子不以口誉人，则民作忠。故君子问人之寒则衣之，问人之饥则食之，称人之美则爵之’。”这里用“绥”“爵”而不用“柔”“尊”。

至于“举废邦”变成“举废国”，自然是为了避高祖刘邦的名讳。古人早就指出，“班（颁）讳之典爰自汉世”（《南齐书·王慈传》），“汉法，天子登位，布名于天下，四海之内，无不咸避”（《全北齐文》卷三“避太子讳议”）。汉代的颁讳布名之制，由今存文献来看，最常用的手法是以同训字相替换。汉高祖刘邦，讳邦曰国，如定州汉墓竹简《论语》之中，所有的“邦”字都用“国”代替。戴圣编订《礼记》，哪里能够允许“废邦”二字赫然存于礼书之中。

仅仅从儒生改造儒家经典所透露的信息，我们就可以明显看到汉代儒生价值观念的转变，与先秦经典相比，汉代儒学典籍色调有了明显改变，读汉儒改造后的儒家论述，处处闪现着帝制时代的纲纪观念，散发出汉代威权政治的气息。在这些典籍里，先秦儒家提倡的以重修身、重民，以及君臣之间互尽义务、彼此信任为特征的德性政治被遮蔽起来，在君臣、上下之间，要求更多的是臣对君的忠诚，至此，儒学蜕变而成为两千多年帝制时代君主独尊的威权政治学说。

三、董仲舒在儒学转型中的作用

从秦始皇“焚书坑儒”到汉武帝“独尊儒术”，这一时期被认为是中国古代文化发展史的大转变时期，这其中，儒学的发展自然是核心内容。先秦时期，儒学未与君权结合，基本处于自由发展状态；汉代尤其汉武帝以前，儒学转而与君权逐步结合，得到官方的认可，儒学就成了统治者的“守成”之学，儒家思想一跃而成为封建专制集权制国家的统治思想。前已述及，儒学的这一转变，自汉初君臣那里已经开始，后来，这个过程一直在进行，而汉武帝时期“独尊儒术”对推进这一进程所起的作用更是不言而喻。正是董仲舒提出“罢黜百家，独尊儒术”这一建议，使儒学成为正统之学成为现实，为儒学的转型迈出了重大的一步。他对先秦儒学继续改造，从而使儒学与西汉的政治有机结合起来。

汉武帝即位后，立即颁布了“举贤良文学”的诏令，要求各地的官员推举学者以备朝廷策问，董仲舒也被推举到了京城。汉武帝曾经先后3次召见董仲舒上殿策问，在这3次对策中，董仲舒借机阐述了自己的思想主张。尤其是第三次，他系统地提出了一套“王者受命于天”“道之大原出于天，天不变，道亦不变”的理论，并强调应该用儒家思想来巩固统治，提出了“罢黜百家，独尊儒术”的政治主张，认为“诸不在六艺之科、孔子之术者，皆绝其道，勿使并进”。董仲舒的对策受到了汉武帝的欣赏，武帝接受了“独尊儒术”的建议，还派他到江都王刘非那里为相。笔者认为，儒学从先秦的德性政治学说转变为汉朝的威权政治学说，进而成为历代统治者奉行的治国圭臬，西汉前期的思想家包括董仲舒在内都不同程度地发挥了各自的重要作用，但董仲舒所起作用更为关键、更为紧要。也正是在董仲舒的改造之下，儒学才发展成了“新儒学”，带有了西汉时期鲜明的时代特色。

西汉中期，今文经学出现了阴阳五行化的趋向，以之附会经义的妄怪之论也随而产生。董仲舒也宣扬公羊学派讲灾异、推阴阳的思想。《汉书·董仲舒传》说：“仲舒治国，以《春秋》灾异之变，推阴阳所以错行。”然而，当时统治者的兴趣在于“王者承天意从事”的“君权神授”理论，并不是对阴阳灾异学说有什么特殊的感情，因而，董仲舒大讲灾异也遭到了汉武帝的反感。

董仲舒为人耿直，经常向武帝上疏谏争，批评时政，加上丞相公孙弘的忌恨和排挤，所以在他 58 岁时便结束了仕宦生涯。在居家的日子里，董仲舒专意于读书和著述，埋头钻研学问。董仲舒著述很多，据《汉书·董仲舒传》，他“所著皆明经术之意，及上疏条数凡百二十三篇……十余万言”。但至今已大部分失传了。据东汉的应劭说，此间董仲舒曾写下了《春秋决狱》一书。当时，朝廷中主司法之事的大臣张汤遇到棘手的案子就去问董仲舒，这样，天长日久案子多了，董仲舒将其系统化为著作，主要说明判案应以《春秋》为根据。此书已佚，但后来依据《春秋》进行决狱却风行一时。

董仲舒的著作大都是阐发《春秋》之意的。董仲舒认为，孔子在《春秋》里蕴含的“微言大义”并没有人真正领会，只有通过他的著作才能明白。董仲舒的《春秋繁露》是董仲舒唯一流传下来的完整著述，其中包含了他的全部思想和主张。在这部书中，他再次系统地宣传了“天人感应”学说和“三纲”“五常”等伦理道德观念，受到历代封建统治者的重视和尊崇。须知道，在“六经”之中，《春秋》出于孔子晚年之“作”，孔子认为“知我”“罪我”其惟《春秋》，《春秋》之与孔子的关系可见一斑。

董仲舒发掘《春秋》大义，张扬其中包含的包括“大一统”在内的政治观念，对后世影响至深且远。例如，英国作家贡布里希（Ernst. H. Gombrich，1909－2001）在所著《写给大家的简明世界史》中称孔子为“一个伟大民族的伟大导师”，他说道：“在孔子学说的影响下，伟大的中华民族比世界上别的民族更和睦和平地共同生活了几千年。……只是由于有了他的学说，这个有着众多省份的大国最终也没有瓦解。”可见孔子大一统思想在维护中华民族团结与领土完整中所起到的作用，也折射出董仲舒张扬“大一统学说”的历史贡献。

“三纲”“五常”是儒家政治伦理的根本原则，也是中国封建社会道德体系的基本核心。作为治世圭臬的这一儒家政治伦理原则，显然是逐渐得以定形和确立的。先秦时期，儒家重在对不同的社会政治伦理关系提出不同的道德要求和规范。由于维护礼制，维护秩序，先秦时期的儒家也尊君抑臣，孔子为大司寇时的“隳三都”显然就是抑制“三桓”，加强鲁君的权力。也是因为要维护社会秩序，孔子强调君上者的修行。儒家从子孝于父出发，倡导人们的仁德修养；从子孝于父的家庭伦理出发，倡导臣忠于君的政治伦理。这些，在客观上也有利于德性政治理论向威权政治理论的过渡。

战国秦汉之际正是儒家德性政治理论向威权政治理论的过渡时期。例如，作为“本色儒家”[①]的荀子，他曾明确地论述了君臣、父子、夫妇间的尊卑主从关系。他虽然也没有忽略君、父、夫的自身的修为，但似乎更强调“上以制下”。他在《富国》中说：“无君以制臣，无上以制下，天下害生纵欲。”这是强调君权。荀子也强调父权，如《致士》说：“君者，国之隆也；父者，家之隆也。隆一而治，二而乱。”《议兵》亦说：“臣之于君也，下之于上也，若子之事父，弟之事兄，若手臂之捍头目而覆胸腹也。”君权父权之外，夫权在荀子那里也得到了肯定，《君道》说：“请问为人妻？曰：夫有礼则柔从听侍，夫无礼则恐惧而自竦也。”君臣、父子、

① 请参考杨朝明的《荀子通说》中的注释：《国学新读本·荀子》，2008年，河南大学出版社，第5页。

夫妇之道，在荀子看来，是人伦的纲纪："若夫君臣之义，父子之亲，夫妇之别，则曰切磋而不舍也。"（《荀子·天论》）是与天地同始终的天理："君臣、父子、兄弟、夫妇，始则终，终则始，与天地同理，与万世同久，夫是之谓大本。"（《荀子·王制》）显然，这已初具后世"三纲"说的雏形。

儒家之外，各家的学说对儒学的影响自不待言，因为战国时期各家学说实际是处在不断的激荡与交融之中。如《吕氏春秋·恃君览》所言："父虽无道，子敢不事父乎？君虽不惠，臣敢不事君乎？"还有，《韩非子·忠孝》篇所说："臣事君，子事父，妻事夫，三者顺则天下治，三者逆则天下乱，此天下之常道也。"这些虽无"纲"之名，但已是道出了"二纲"乃至"三纲"之实了。

正式提出"三纲""五常"之名的是西汉武帝时的董仲舒。董子曰："君臣父子夫妇之义，皆取诸阴阳之道。"又曰："王道之三纲可求于天。"（《春秋繁露·基义》）在汉代，董仲舒是始推阴阳而"为儒者宗"的一代大儒，他将君臣、父子、夫妇三种政治伦理关系纳入了"阳尊阴卑"的思想构架，在他看来，作为"阴"的臣、子、妇必须屈从于作为"阳"的君、父、夫之道。同时，他也明确地把仁、义、礼、智、信规定为了"五常之道"，如他在"天人对策"里所说："夫仁、谊（义）、礼、智、信五常之道，王者所当修饬也。"（《汉书·董仲舒传》）这里所说的"五常"还只是指五种德行。但是，董子认为，作为"王道"的三纲及"五常之道"都是天的意志和永恒的"自然法则"，"道之大原出于天，天不变，道亦不变"（《汉书·董仲舒传》）。这样，他也就对封建纲常的神圣性、永恒性做了一种神学的论证。因此，可以说套在人民头上的4根绳索即封建社会的"四权"——神权、君权、父权和夫权在董仲舒那里便已经明确地强化起来。

董仲舒对儒学的重新调整和改造，是他洞察时事后做出的准确回应。秦汉社会的发展，让董仲舒认识到中国的政治已进入到中央集权的君主专制政治阶段，在他看来，当时统治者需要的已不是主张分权的封建论，而是如何把权力集中到自己手中的合法理论，所以上古三代圣王的治理政策已不再适用，孔子提倡的修身正己，用道德感化以正天下的模式也已过时，儒学要发展，必须进行调整。由此，董仲舒立足于现实，在他以前西汉时期政治家、思想家思索的基础上，从统治者的角度出发，把先秦儒学改造成了带有威权政治色彩的新儒学。

经过董仲舒等汉儒改造后的儒学，实际上糅合了法、道、阴阳、墨等各家学说。在“天人三策”中，董仲舒首先提出了“天人感应”理论，认为上天不仅主宰着自然界，也主宰着人类社会，自然界的变化和国家政治息息相关，“天者，百神之君也，王者之所最尊也”（《春秋繁露·郊义》）。认为天对整个宇宙有着绝对的操控权。随后他又自我解释，认为主宰万物的天只能在背后操纵社会，为了更好地直接控制社会，天把权力授予了现实中的人，此人就是国家的最高统治者，是替天来统治一切。正所谓“唯天子受命于天，天下受命于天子”（《春秋繁露·为人者天》），“受命之君，天意之所予也”（《春秋繁露·深察名号》）。君权的神圣不可侵犯在这儿就找到了理论根据，具有了合法性。正是因为如此，董仲舒才被后世尊奉为“阐道醇儒”。

当然，我们说董仲舒强调“君权神授”在儒学从德性政治到汉代威权政治转变中起到了重要作用，但同时也必须看到另一个重要的方面，这就是董仲舒的“天人感应”理论有抑制皇权、限制君主的意义。汉武帝时期，西汉专制主义达到顶峰，儒学的威权政治特色进一步强化，于是，这时期的汉代士人都不遗余力地推尊皇权、强化纲纪观念。此时，董仲舒这样做，不仅仅是在为政权、皇权的合法性寻找依据，其中也包含了由天道到人道、由天人贯通的高度，在超越性本原意义上，使“独尊”的儒学具备了对皇权的批判性、限制性功能。

参考文献：

[1] 郭齐勇. 儒家文化研究 [M]. 北京：三联书店出版社，2007：179.

原文载于《衡水学院学报》2010 年第 3 期。

杨朝明（1963－），男，山东梁山人，中国孔子研究院教授、博士生导师，山东儒学研究基地首席专家，历史学博士；

胡培培（1984－），女，山东济宁人，曲阜师范大学孔子文化学院在读硕士研究生。

大政治思想家董仲舒的思想及其意义与影响

华友根

董仲舒是汉代的经学大师，杰出的政治思想家。他的思想是时代的需要，也是继承与发展了春秋战国以来与西汉初期的思想学术。其内容十分丰富，包括了哲学、经学、政治法律、伦理道德、文化教育、社会经济、历史与民族等各个方面。他的这些思想，不仅在当时产生了巨大的现实意义，而且，在以后的中国古代以及近现代历史上，都有极其深刻的影响。现从下列 4 个方面加以具体论述。

一、董仲舒思想产生的历史条件与主要思想渊源

董仲舒诞生于景州广川镇。西汉时属广川国的昌城县，即今河北省枣强县的广川镇。他是西汉初中期之间人，大约生于汉惠帝五年，卒于汉武帝元鼎二年，即公元前 190—115 年。处于西汉初期的分封割据进入中期的集权统一的社会大转型时期。

西汉初期政治上实行郡国制，有中央直辖的郡县，有诸侯统治

的封国。封国之中，既有同姓（刘氏）诸侯，又有异姓诸侯。中央直接统治的地区不过15个郡，仅占全国土地的1/3。而诸侯大的如齐、楚、吴等，有五六个郡、几十个城。诸侯国除了由中央委派丞相之外，其余官吏可以自署，“宫室百官同制京师”。

随着诸侯力量的增长，频频的反汉分裂活动也就开始了。汉高祖刘邦时，“反者九起，几无天下者五六，……不能以是一岁为安”（《新书·亲疏危乱》）。汉景帝时，爆发了吴、楚七国之乱，汉王朝岌岌可危。国家处于分裂割据当中，故皇帝的权威尚未确立，诸侯每每无视先帝、漠视皇帝。如淮南王刘长“废先帝法，不听天子诏，居处无度，为黄屋盖儗天子”（《汉书·淮南王传》）。吴王刘濞，还装病二十余年，不朝皇帝也不见汉使。他不肯拜受汉诏曰：“我已为东帝，尚谁拜?”

诸侯王心目中无汉朝，百越（南方诸越人的统称）和匈奴也是如此。东越、闽越、南越、南海、骆越五王割据东南半壁。尤其是南越王赵佗，高祖时占领桂林、象郡。自立为南越王。高后时，“佗乃自尊号为南武帝，发兵攻长沙边，败数县焉”，“东西万余里，乃乘黄屋，称制与中国侔”（《汉书·两越传》）。自此之后，南越虽表面上称臣，实际上“其居国，窃如故号。”至佗曾孙时，仍藏“其先武帝文帝玺”。

匈奴始终是北方强敌。高祖时，有平城之围；高后时，单于欺侮太后女主，“欲游中国”；文帝时，云中、辽东地区，每年被杀被掳达万人以上。所以，汉皇帝不过是“以皇帝之号，为戎人诸侯而已”。

思想上是百家共存思想不一，主要是儒道两家的激烈斗争。但有些人，既主张儒家又信仰道家。如陆贾是主张儒家的诗书，但是要在无为的前提下实行礼乐。他说，道莫大于无为，行莫大于谨敬。像古代虞舜治天下，弹五弦之琴，歌南风之诗。“寂若无治国之意，漠若无忧民之心，然天下治。”（《新语卷上·无为第四》）当时，不仅有中央内部的斗争，也有地方内部，以及地方与中央的思想斗争。

鉴于西汉初期，国家的分裂割据，诸侯各自为政，匈奴、百越乘机内侵；思想学术上的百家共存，各自为是，以至造成无为的斗争；社会的守旧停滞，缺乏变革与进步。董仲舒特别注意到儒、法两家的集权统一、儒家的纲常伦理（三纲五常）与《六经》、社会的变革（更化），借以统一政治、统一思想、推进社会变革。

政治的统一，是春秋战国以来，社会生产发展与各地经济联系加强的必然趋势；而思想的统一，则是政治统一的必然趋势，并能巩固政治统一。在董仲舒看来，首先提出统一主张的，是春秋末期的孔子和战国中期的孟子。《春秋》和《论语》，是孔子希望统一的象征。他主张天子治天下，要求“礼乐征伐自天子出”（《论语·季氏》）。孟子认为，天下只有统一，即“定于一”（《孟子·梁惠王上》），才能安定太平。

后来，又有荀子、韩非、李斯、贾谊、晁错等人主张统一。

为董仲舒所推崇的汉初的贾谊、晁错，除了主张削弱诸侯权势来促进统一之外，还肯定秦统一中国的历史功绩。他们认为“秦能兼六国，立为天子，当此之时，三王之功不能进焉”（《汉书·晁错传》）。因而，天下的士“斐然乡风”，黎民百姓“莫不虚心而仰上”（《过秦论》）。

董仲舒在上述思想基础上，又认为政治上应由皇帝来统一中国。因为，这符合儒家的《春秋》经义，所谓“《春秋》大一统者，天地之常经，古今之通谊也”（《贤良对策·第三策》）。

董仲舒的思想统一，除了根据儒家的三纲五常之外，也借鉴于法家的“常道”思想。

三纲，君臣父子夫妇，是孔子以来儒家的基本纲领。五常：仁、义、礼、智、信，是孟子“四端”——“仁义礼智”的发展。

韩非有臣事君、子事父、妻事夫，三者顺则天下治，三者逆则天下乱，“此天下之常道也”。这里的“常道”，无疑也为董仲舒的“纲”、“常”，所参考与借鉴。

不但是三纲五常，还有《六经》，也是董仲舒统一思想的依据与要求。

《庄子·天运篇》有“丘（孔子）治《诗》《书》《礼》《乐》《易》《春秋》”。

《荀子·儒效篇》有“《诗》言其志也，《书》言其事也，《礼》言其行也，《乐》言其和也，《春秋》是其微也”。

董仲舒有“《诗》《书》序其志，《礼》《乐》纯其养，《易》《春秋》明其知”（《春秋繁露·玉杯》)。

并且强调指出，只有儒家的《六经》（《六艺》）才能统一各家各派。这也是所谓“今师异道，人异论，百家殊方，旨意不同，是以上无以持一统，法制数变，下不知所守。臣愚以为诸不在《六艺》之科孔子之术者，皆绝其道，勿使并进。邪僻之说灭息，然后统纪可一，而法度可明，民知所以矣”（《贤良对策·第三策》)。

又社会不能因循守旧，必然要变化更新。这董仲舒遵沿了儒家的“汤武革命”，也因袭了春秋的历史循环论。

汤武革命如《易·革象》“天地革而四时成，汤、武革命，顺乎天而应乎人。革之时，大矣哉”。

荀子也说，汤、武不是取天下，而是天下归之。桀、纣不是去天下，而是天下去之。因为“天下归之谓王，天下去之谓亡。故桀、纣亡天下，而汤、武不弑君”（《荀子·正论》)。

董仲舒在上述思想基础上，产生“天子命无常”，以及“非汤、武之伐桀、纣者，亦将非秦之伐周，汉之伐秦。非徒不知天理，又不明人礼”（《春秋繁露·尧舜不擅移汤武不专杀》）。

从循环论来说，孔子有三教说。即“殷因于夏礼，所损益可知也。周因于殷礼，所损益可知也。其或继周者，虽百世可知也”（《论语·为政》）。邹衍有质、文说，又有“五德终始说”《吕氏春秋》。张苍、贾谊、公孙臣等为邹衍学说的后继者。而董仲舒在上述基础上，提出了“三而复者”“再二复者”和“五而复者”。

同时，提出了改革、更化的主张。他说：“今汉继秦之后，如朽木粪墙矣，虽欲善治之，无可奈何。……窃譬之琴瑟不调，甚者必解而更张之，乃可鼓也；为政而不行，甚者必变而化之，乃可理也。当更张而不更张，虽有良工不能善调也；当更化而不更化，虽有大贤不能善治也。故汉得天下以来，常欲善治而至今不可善治者，失之于当更化而不更化也。”（《贤良对策·第一策》）

二、董仲舒思想的基本内容

董仲舒思想的基本内容，除上面提到的一些之外，可分为哲学、政治法律、伦理、教育、经济、历史和民族，以及今文经学等思想。现就各思想的主要点谈一下。

哲学上认识论，他既是唯心主义又是唯物主义。而方法论，他既是形而上学的又是朴素的辩证法的。如关于“元”“天”“人”“阴阳、五行”的看法，认为既是意识的，还是一种物质之“气”。又如“人”是天生的，人与天相类。人是“奉天气”的，人是与天地并列的物，但人可与天地媲美，高于万物，超乎群生。这是因为：人能直立；人能劳动、生产，征服自然，使自然为人服务；人有仁义礼乐，所谓“人成之礼乐”“唯人独能为仁义”。于是“入有父子兄弟之亲，出有君臣上下之谊，会聚相遇，则有耆老长幼之施；粲然有文以相接，欢然有恩以相爱，此人之所以贵也”（《贤良对策·第三策》）。

对于“天”“元”“阴阳五行”“人”，作如此唯物的、物质的解释，特别是人通过主观努力，注重实践，可以延年益寿、增产五谷六畜，更是体现了人有主观能动性。

今文经学方面。西汉初期的今文经学，不过是朴素的原始儒学。如汉文帝时的《礼记·王制》，提出七教：父子、兄弟、夫妇、君臣、长幼、朋友、宾客。没有突出君主的地位，也没有重视君臣、父子、夫妇三伦，所以君、父均无权威。可见，其理论贫乏，社会地位不高。

为了统一、集权，儒家要独尊，除了崇拜孔子、宣扬《六经》外，在理论上必须胜过其他各家。为此，董仲舒提出了“三纲五常”“五常之道”等封建纲常伦理。不但“三纲”“五常”，而且予以阴阳五行化，从而达到天人合一。皇帝为天子，受天命而治天下。

这样，儒家学说系统化、理论化，为其他各家所望尘莫及，又能树立帝王的绝对权威，无疑会得到封建最高统治者赞赏与采纳。因此，汉武帝在十分称道董仲舒的“明于阴阳所以造化，习先圣之道业”（《汉书·董仲舒传》）的前提下，“卓然罢黜百家，表彰《六经》”（《汉书·武帝纪赞》）。

说到政治法律思想。其中加强王权、集权统一、君权的天命神授、君主是全国上下的中心，体现为“强干”“大本”“弱枝”“小末”。天子、皇帝，不仅是一国的中心，而且是天下的中心，所谓“海内之心悬于天子”（《春秋繁露·奉本》）。又以历史的经验教训、阴阳五行演变，来约束限制地方诸侯、中央大臣，以加强王权。但君主必须是才德兼备，为民而贤明，“爱民而好士”。并且，对于暴虐无比、残害人民的暴君，人民可以起来反抗，甚至可以把他杀掉。这不能称之为“弑”，这是有道伐无道，“此天理也”。可见，好皇帝要拥护、爱戴；坏皇帝，人民可以起来将他废黜和杀掉。

其中独尊儒术。以儒家的《六经》，特别是博大精深的《春秋》，来统一各家各派。《六经》以教育诱导为主，也叫做“圣化”(《春秋繁露·玉杯》)。又《春秋》的一个重要思想，为仁与义，严于律己，宽以待人。以“圣化”与仁义来对待各家各派，在当时的政治形势下，各家各派也一定会表示同意的。因此，董仲舒的罢黜百家、独尊儒术，是以诱导、教育为主的方法，使各家各派在孔子和《春秋》的名义之下统一起来。也是以扬弃的态度，使儒家兼容并包各家各派之长，成为封建社会上层建筑的理论基础，共同为地主阶级专政服务。

其中改革吏治。提倡选举任贤，反对世卿任亲。当时“州郡举茂才孝廉，皆自仲舒发之”(《汉书·董仲舒传》)。对于官吏实行考绩制度，论功罪明赏罚。有的官吏虽有贤名，但没有功绩，不能奖赏而须惩罚。有的官吏虽有愚名，但工作有成效，不可惩罚而须加赏。要根据才德定官位，所谓有功，要看为官是否称职，不是看做官时间的长短。才能小的虽做官时间长，但离不开小官的职位。而才能大的，虽做官时间短，但不妨碍迅速提升为公卿。这叫做“毋以日月为功，实施贤能为上，量材而授官，录德而定位”(《贤良对策·第二策》)。

其中行法决狱。董仲舒的法律思想，首先是提倡德教，因为“教，政之本也”(《春秋繁露·精华》)。又因“民晓于礼谊，而耻犯其上”。德教为“政之本”，也是由于“天道之大者在阴阳，阳为德，阴为刑；刑主杀而德主生。……以此见天之任德不任刑也”（《贤良对策·第一策》）。但以适当刑罚辅助德教，还是必要的，因为“阳不得阴之助，亦不能独成岁”。所以，德不得刑之助，也不可成“治世”。

对于具体案件，要审慎执法，刑罪相当。治狱量刑，必须具体分析，有些刑案，即使“罪同”，但因“本殊”，故得“异论”。对首恶、胁从、重罪、轻罪等不同情况，也应分别对待。反对连坐族诛，应吸取梁“一家亡五家杀刑”的惨痛教训。动机与后果理当兼顾，所谓“《春秋》之听狱也，必本其事而原其志”（《春秋繁露·精华》）。但“事”与“志”两者之间，又主张偏重于后者，所谓“《春秋》之论事，莫重于志”（《春秋繁露·玉杯》）。

董仲舒根据《春秋》之义来折狱，当时共处理了232个案子，现在仅留了6个案件。这6个案件，其中只有一个案件从重处理。因为边界军事仓库管理不严，失窃了武器，依法从严处理，所谓“此边鄙兵处，赃值百钱者，当坐齐市”（《白孔六帖》。九十一，引董仲舒《春秋决狱》）其他5案，都是从轻断结，甚至是无罪释放。可见，董仲舒《春秋决狱》，实为《春秋》重民、重义、重志思想在法律上的反映，也体现了重教轻刑、德刑结合的思想。

同时，对违法的人，都要受到刑罚的制裁与惩处。农民违法反抗，“诛其率”；贵族、地主过分兼并掠夺农民，用“天子之所宜法以为制”；官吏“有罪者罚”、“罪多者罚重”；诸侯割据分裂、大臣专权者“忍而诛之”；皇帝赋敛无度、残暴无比，人民可以起来把他杀死。这就是所谓“王者君之官也，君太奢侈过土失利，民叛矣，其民叛，其君穷矣，故曰木胜土”（《春秋繁露·五行相胜》）。此为刑不仅可下庶人，而且可以上大夫、大官、诸侯乃至皇帝，体现了法律面前的平等思想。

说到社会伦理、教育、经济方面。

董仲舒提倡封建的伦理道德，即“三纲五纪”、“五常之道”，这是维护封建秩序的需要。特别是“五常”之仁与义。他说，仁是恻怛爱人、和顺不争、好恶合理，而无伤恶之心、隐忌之志、嫉妒之气、感愁之欲、不正之事、邪僻之行。所以心舒、志平、气和、欲节、事易、行道，“能平易和理而无事也”。至于义，他指出：“言义者，合我与宜以为一言。以此操之，义之为言我也。故曰有为而得义者，谓之自得；有为而失义者，谓之自失。人好义者，谓之自好，人不好义者，谓之自不好。以此参之，义我也，明矣”（《春秋繁露·仁义法》）。

又认为仁义，更可培养责己严、责人宽的美德。他说：“《诗》云，饮之食之，教之诲之。先饮食而后教诲，谓治人也。又曰：坎坎伐辐，彼君子兮，不素餐兮。先其事，后其食，谓之治身也。《春秋》刺上之过，而矜下之苦，小恶在外弗举，在我而诽之。凡此六者，以仁治人，义治我，躬自厚而薄责于外，此之谓也。”（《春秋繁露·仁义法》）所以，说自己过错是合情，指摘人家的过错是害人。严格要求自己是厚道，严格要求别人是刻薄。自责以备叫明智，责人以备叫惑乱。以治己之节治人，是“居上不宽”；以治人之度治己，是“为礼不敬”。

同时，仁义是无论为官为民，不斤斤计较个人功名与财利的，所谓“夫仁人者，正其谊不谋其利，明其道不计其功”（《汉书·董仲舒传》）。

“三纲”是对广大人民的限制与约束，特别强调了君、父的尊严与地位。但如果君、父为非作恶，那么因“君不君”，则可“臣不臣”；因“父不父”，则可“子不子”。甚至可以“胁严社而不为不敬灵，出天王而不为不尊上，辞父之命而不为不承亲，绝母之属，而不为不孝慈，义矣夫”（《春秋繁露·精华》）。

教育问题。董仲舒提出“圣人”无须教育，而“斗宵”无法教育。这种说法，尚需推敲的。至于一般的人，所谓“万民”都得接受教育。他认为，万民好比常玉，“常玉不琢，不成文章，君子不学，不成其德”（《贤良对策·第二策》）。

教育的主要内容是三纲五纪、五常之道与《六经》。五常之仁可以“渐民”，义可以“摩民”，礼可以“节民”，智可使“仁而有别”，信可使“诚而专一”。而《六经》即《六艺》，他说：“君子知在位者之不能以恶服人也，是故简《六艺》以赡养之。”（《春秋繁露·玉杯》）

董仲舒提倡学校教育，所谓“立学校之官……自仲舒发之”（《汉书·董仲舒传》）。他建议中央办太学，认为太学是“教化之原”。但人民不可能每个人都进学校接受教育，所以还要发展社会教育。他说，古代在地方上都设有教训的官，专门以德化民。而今天的地方官吏如郡守、县令等，既是万民之师，更有教育万民的义务，那么必然“近者视而放之，远者望而效之”。这可处理好家庭朝廷社会三大问题，也就是“圣人之道，不能独以威势成政，必有教化。故曰先之以博爱，教以仁也。难得者，君子不贵，教以义也。虽天子必有尊也，教以孝也；必有先也，教以悌也。此威势之不足独恃，而教化之功不大乎”（《春秋繁露·为人者天》）。

经济上，董仲舒见当时贫富悬殊不断加剧，农民破产失业、流亡现象严重。故要求经济变革，调节贫富。认为这是“上天之理”“太古之道”。调节贫富，首先是当官的食俸禄而不与民争利。另外主要有两个方面：其一是土地、奴婢、盐铁之利占有的限制和废除；其二是赋税、徭役、田租负担的减轻，以“塞并兼”“宽民力”。

调节贫富的实现，还应重民爱民。君主必须劝课农桑，强调麦与禾的种植，而不夺民时。又主管农业的官吏，要经常深入田间，关心农民耕作。为了增产五谷，手工业者也当积极支援农业，叫作百工维时，以成器械，“器械既成，以给司农者”。为了保证农业丰收，还要注意土壤的保护和封山育林，不应该随便砍伐森林、锯斩树木。水利建设更是不可缺少，要严禁任意开决池堤，引起河水泛滥。同时，要准备积贮衣食以“恤下”。所以，应当“积蓄有余，家给人足，仓库充实”（《春秋繁露·五行相生》）。

谈到历史和民族。董仲舒认为，历史既不变又可变，因为“王者有改制之名，无易道之实”。如夏禹继承虞舜、虞舜继承唐尧，三圣相受而守一道，无救弊之政，而不说有所损益。这是“继治世其道同”。

但历史又是可变的。这是由于乱世道变，如“夏无道而殷伐之，殷无道而周伐之，周无道而秦伐之，秦无道而汉伐之。有道伐无道，此天理也”（《春秋繁露·尧舜不擅移汤武不专杀》）。

这是治世有道，可以继承不变；乱世无道，可以征伐变化，这是“天理”。

又人类的历史是统一、连续、详今略古的。他主张“《春秋》大一统”，即中国统一，统一于《春秋》。而且是从神农，经五帝，历三王，过秦到汉，为一贯连续的。并详今而略古、以古鉴今的，即“《春秋》之为学也，道往而明来者也”（《春秋繁露·精华》）。将《春秋》十二公，以近远分为所见、所闻、所传闻三等，也所谓“三世”。因为要求详近略远，所以“以近之故，乃得显明”。

主宰历史前进者是谁？《春秋》受命改制，是“应天”，“天施符授圣人”。这是受天命的帝王、天子主宰历史并不断发展，有所谓再而复、三而复、四而复、五而复、九而复者，“天佑而子之，号称天子”（《春秋繁露·三代改制质文》）。但董仲舒的天意，往往代表了“民意”。他说：“其德足以安乐民者，天予之；其恶足以贼害民者，天夺之。”（《春秋繁露·三代改制质文》）天意之予夺，何尝不是民意之予夺？

时代的改变，历史的发展，绝对不能否认人民群众的作用。他在“五行”思想中，以木代表民，以土代表君，人民起来推翻暴君，从而推动、促进社会前进。这叫“木胜土”。

说到民族问题，即华夏与四夷关系问题。这是主张夷夏有别，认为诸夏是阳、夷狄是阴，也就是“内其国而外诸夏，内诸夏而外夷狄”（《春秋繁露·王道》）。

诸夏（华夏）与夷狄之所以有区别，还因为诸夏知仁义，而夷狄如“匈奴者，非可以仁义说也”（《汉书·匈奴传赞》引董仲舒语）。但夷狄如慕仁义，也可以诸夏对待。如春秋时的楚先以夷狄视之，但至邲一战，楚偏然反之，所谓“《春秋》无通辞，从变而移，……楚变而君子，故移其辞以从其事”（《春秋繁露·竹林》）。这是蛮夷的楚因慕仁义——“善善之心”“救民之意”，故必须以诸夏相待。又有狄的一种叫“潞子”，他们向往礼义，准备脱离夷狄，归附诸夏，虽没有成功，但表示赞赏与支持，所以说：“《春秋》谓之子，以领其意。”（《春秋繁露·观德》）至于汉武帝时夜郎、康居的“殊方万里，说德归谊”行为。董仲舒更予以热情歌颂，以为是太平盛世的体现。

同时指出，作为诸夏应坚决发扬仁义特别是仁爱。他说，质于爱民，以下至鸟兽昆虫莫不爱。不爱，奚足为仁。“王者爱及四夷”，以及“仁者所以爱人类也”（《春秋繁露·必仁且智》）。对四夷如匈奴等少数族，在仁义的基础上，可以“与之厚利以没其意，与盟于天以坚其约，质其爱子以累其心”（《汉书·匈奴传赞》）。

这样，在董仲舒提倡“三纲五纪”、“五常之道”，特别是仁义思想之下，促进了汉民族的真正形成，也奠定了中华民族融合的思想基础。

三、董仲舒思想在当时的重大意义

关于这个问题，可以从八个方面来讲。

（一）奉“元”而起的祭祀、封禅、改历3件大事

董仲舒的言行、主张，极大地提高了天子、皇帝的地位。西汉高祖刘邦祠天的五帝，继秦的白、青、黄、赤四帝之外，更立黑帝。他说：“吾闻天有五帝。”这五帝是天的象征。但汉武帝在“五帝”之上更立“太一”。他不仅祠天的“五帝”，而且亲祠“五帝”之上的“太一”。而董仲舒所说的“元”为天（五帝）之上的“太一”的存在，提供了理论依据。这是他早已指出的：“《春秋》变一谓之元，元犹原也，其义以随天地终始也。”“安在乎？乃在天地之前。”而且“唯圣人能属万物于一而系之元”（《汉书·匈奴传赞》引董仲舒语）。所以，太初元年十一月朔旦，武帝祠上帝于明堂时，把“太一”和“元”结合起来了，所谓“天增授皇帝太元神策，周而复始，皇帝敬拜太一”（《史记·封禅书》）。这样，使汉武帝比过任何帝王更加伟大与神明，甚至可与“圣人”相比。

关于董仲舒“元”“天”的主张，是汉武帝祠“太一”“五帝”主张的思想基础。我把董仲舒这一思想与汉武帝的祭祀活动联系起来分析研究，曾得到复旦一些教授的赞赏与支持。拙撰《董仲舒思想研究》初稿，拿到复旦大学历史系审稿时，对于我这方面的论述，认为“极具新意”。

这个“元”，又是汉武帝时期封禅活动的起因与依据。封禅活

动，从汉文帝到汉武帝初年，均有这个要求，但没有成功。到董仲舒提出独尊儒术、受命改制，特别是认为天之前还有“元”，并为封禅活动创造了完备的理论[1]，这样便有了成功的可能与条件。这种封禅活动，体现了皇帝的至高无上，天下的诸侯、官吏都得来陪祭与臣服。董仲舒是这样说的：“封于泰山，禅于梁父……天下诸侯各以其职来祭，贡地上所有，……奉元之应也。”（《春秋繁露·王道》）

后来，汉武帝见到司马相如的遗书中谈到封禅之事，就与倪宽及其师褚大，一起研究封禅具体事宜，并于元封元年“从东封泰山”。但须知，褚大是董仲舒的弟子，而倪宽是褚大的学生，即是为董仲舒的再传弟子。所以他们关于封禅的基本思想，还是董仲舒的“受命之符”、《六经》《春秋》。如司马相如说：“修德以锡符，奉符以行事”，“《六经》载籍之传，维见可观也”，“兼正列其义，祓饰厥文，作《春秋》一艺。”（《汉书·司马相如传下》）倪宽更离不开符命，说什么天地并应，符瑞昭明，“见象日昭，报降符应”。

这个根据董仲舒思想所进行的，汉武帝封泰山禅梁父的封禅活动，是当时空前的大典礼，也显示了国家的统一强大与皇帝的真正权威。

又董仲舒的改历（改制）思想，认为受命的帝王进行改制，必须根据“三统”，而“三统”的“改正主义，奉元而起”（《春秋繁露·三代改正质文》）。

太初元年五月，武帝正式颁布《太初历》，以正月为岁首，色上黄，数用五。并因此“定官名，协音律”。

《太初历》用“三统”，行“夏时”，以“正月为岁首”“色上

① 详见拙撰《董仲舒思想研究》第163—165页。

黄”“数用五”。这是渊源于董仲舒的改制思想。

谈到“三统”“夏时”“正月为岁首”。董仲舒明确指出过：“《春秋》应天作新王之事，时正黑统”“三正以黑统初，正日月朔于营室，斗建寅”（《春秋繁露·三代改正质文》）。又说，郊祀祭天，必以正月上辛者，因天最尊贵，而“首一岁之事”。其中说到“时正黑统”“斗建寅”，即用“三统”，行“夏时”，以“正月为岁首”。

而“数用五”“色上黄”。董仲舒于数重五，有所谓“五声”“五味”“五色”“五而复”“五纪”“五常”“五行”“五事”等。于色最尚黄，所谓“五色莫贵于黄”（《春秋繁露·五行对》）。

当时，为汉武帝废旧历——《颛顼历》，造新历——《太初历》的主要是司马迁和倪宽。司马迁是董仲舒的弟子，而倪宽前面说过，是董仲舒的再传弟子。他们应该是“道师之言，廑能勿失”（《贤良对策·第三策》）。

这个《太初历》，行“夏时”，以“正月为岁首”。后来历法虽有修改，但这个夏时、正月为岁首，一直沿用到辛亥革命时期1911年，到1912年才改用公历。

（二）促进了汉民族的形成与奠定了中华民族融合之思想基础

董仲舒提倡忠孝仁义，不仅使各家各派知识分子公认接受，君主、百官、万民尊信实行，就是少数民族也能向望与敬仰。首先是汉武帝也接受了这一思想，故在诏令中屡次提到“本仁祖义”，“仁不异远，义不辞难”。甚至派遣五经博士巡视天下，向山泽之民晓谕“仁行而从善，义立则俗易”（《汉书·武帝纪》）。

董仲舒提倡忠孝，大谈仁义，为汉民族的形成和中华民族的融合奠定了思想基础。斯大林对民族作了定义，即民族是人们在历史上形成的有共同语言、共同地域、共同经济生活以及表现于共同文化上的共同心理状态的稳定的共同体。并且指出："把上述任何一个特征拿来作为民族的定义，都是不够的。不仅如此，这些特征只要缺少一个，民族就不成其为民族。"

中国秦至西汉是汉民族的形成时期。秦时已具备 3 个特征："共同的语言"即李斯统一文字作小篆；"共同地域"即指长城以内广大疆土，李斯《狱中上书》北逐胡虏，南定百越；"共同的经济生活"，即李斯《谏逐客书》所要求的加强各地经济的联系，丰富各地人民的物质生活，反对经济上地区差异，以及他协助秦始皇统一度量衡、货币、车轨、驰道等。至于"共同的心理状态"，李斯提出，秦始皇赞同的"以吏为师""以法为教"，还不能为社会各阶级所接受与信仰，故这一特征尚未成熟。

而到西汉武帝时，前三个特征进一步稳定、成熟。又因董仲舒提倡"三纲五纪""五常之道"等封建伦理道德，特别是"三纲"的忠孝、"五常"的仁义，既为统治阶级所提倡，也为各家各派知识分子所公认，又能为人民大众所接受，因而成为汉民族的"共同心理状态"。

汉民族的"共同心理状态"忠孝与仁义，正如董仲舒所说，先是与汉族杂居的夷狄如"潞子"向往礼义；而匈奴虽在长城之北，高后时匈奴单于冒顿遣使谢罪说："未尝闻中国礼义，陛下幸而赦之。"（《汉书·匈奴传》上）可见，还是赞叹华夏之"礼义"的。又南方百越之首、南越王赵佗，本河北真定人。汉文帝使陆贾至南越，责南越王赵佗："争而不让，仁者不为也。"赵佗"乃顿首谢，愿奉明诏，长为藩臣，奉贡职"（《汉书·两越传》）。

汉武帝时，西部地区的夜郎、康居"说德归谊"。这里的"谊"，即为"义"。西汉宣帝甘露二年冬十二月，匈奴呼韩邪单于要求在三年正月朝见宣帝，当时百官有如下议论："匈奴单于乡向慕义，举国同心，奉珍朝贺。”（《汉书·宣帝纪》）又东汉明常时，匈奴单于遣其子弟到京城洛阳太学，学《孝经》明礼义。（《后汉书·儒林传》上）

因此，也可以说，董仲舒提倡的三纲五常，特别是忠孝礼义，为中华民族的融合与发展奠定了思想基础。

（三）董仲舒论《春秋》与司马迁写《史记》

董仲舒钻研与宣扬《六经》中的《春秋》，为了统一政治、统一思想，也是为了总结历史。汉武帝时著名史学家司马迁是其学生。司马迁在董仲舒讲《六经》，特别重视《春秋》思想的熏陶下，他在“余闻之董生……”之后说：“《春秋》上明三王之道，下辩人事之记，别嫌疑，明是非，定犹豫，善善恶恶，贤贤不肖，存亡国，继绝世，补敝起废，王道之大者也。……故有国者不可以不知《春秋》，前有谗而弗见，后有贼而不知。为人臣者，不可以不知《春秋》，守经事而不知其宜，遭变事而不知其权。为人君父而不通于《春秋》之义者，必蒙首恶之名。为人臣子而不通于《春秋》之义者，必陷篡弑之诛、死罪之名。……故《春秋》者，礼义之大宗也。”（《史记·太史公自序》）因而，他写《史记》也是为了遵循董仲舒教诲，而“继《春秋》”。

司马迁的这些议论，不仅是受了董仲舒的思想影响，而且他的每一句话，在董仲舒的著作中，都可以找到其蓝本。同时，司马迁写的《史记》，也体现了董仲舒所主张的统一、连续、详今略古的历史观。《史记》写了黄帝到汉武帝，前后2500余年的事。但主要详细写了汉初高帝刘邦到武帝的百余年间之事，这真正体现了详今略古，“以近之故，乃得明显”。

《史记》对自古以来到武帝时的政治、经济、文化等作了总结，也体现了汉武帝时汉民族的真正形成和中华民族初步融合。少数民族已是中华民族大家庭的成员，司马迁也为各少数民族列了专门的传。如朝鲜列传、西南夷列传、南越列传、闽越列传、匈奴列传等。

《史记》既是中国第一部完整的通史，也是中国封建社会正史的第一部。汉武帝时出现《史记》，这是当时文化繁荣昌盛的标志与典范。

（四）改变王侯将相养士风气与废除诸侯政治上权力

董仲舒主张京师办“太学”、地方也办“庠”，所谓“立太学可以教于国，设庠可以化于邑”。不仅是学校教育，而且要有社会教育，也包括了私人可以办学。董仲舒这些发展教育的主张，汉武帝是接受了的，所谓“至武帝时，乃令天下郡国皆立学校之官”。至武帝元朔五年，丞相公孙弘根据董仲舒关于京师设太学的建议，立博士弟子员，得到武帝的赞同。这就是“其令礼官劝学，讲议洽闻，举遗兴礼，以为天下先。太常其议予博士弟子，崇乡党之化，以励贤才焉”（《汉书·武帝纪》）。后来中央太学（博士弟子员）与地方郡国，得到长足的发展。西汉末平帝时，太学生达万余人。

但是当时各级学校培养的学生、经师大儒私人办学的弟子，他们学习的内容是董仲舒所宣扬的三纲五纪。五常之道，以及《六经》特别是《春秋》。因此这些“士人”尊君爱国是第一宗旨，应该为皇帝与国家所有。这样，春秋战国以来，贵族、公卿、将军、诸侯大量养士，已不存在了，也不允许了。

因此，汉武帝时名震中外的大将卫青、霍去病，都认为各种士人都为天子所有，将相、大臣不得养士。当时将军苏建曾建议卫青学习古代名将，多养士人宾客。但“青谢曰：‘自魏其、武安之厚宾客，天子常切齿，彼亲待士大夫，招贤黜不肖者，人主之柄也。人臣奉法遵职而已，何与招士。’骠骑（霍去病）亦方此意，为将如此”（《汉书·卫青霍去病传赞》）。这改变了西汉初期，诸侯、王公、大臣、将相养士对抗中央与皇帝的局面，进一步巩固了西汉王朝。

汉武帝不但控制全国的知识分子，又在董仲舒的政治统一、加强皇权、大本小末、强干弱枝的思想启示下，先是实行“推恩令”，削弱王侯势力；然后是实行“左官”“附益”“阿党”之法。从而，使诸侯“不与政事”，而“惟得衣食税租”，所谓“武有衡山、淮南之谋，作左官之律，设附益之法，诸侯惟得衣食税租，不与政事”（《汉书·诸侯王表序》）。

这样，真正出现了国家的独立与统一，这在当时是具有巨大的意义的。斯大林曾经说过：“如果不能摆脱封建分散和诸侯混乱的状态，世界上任何一个国家都不可能指望保持自己的独立和真正发展经济和文化，只有联合为统一集中的国家，才能指望有可能真正发展经济和文化，有可能确立自己的独立。”①

（五）君主爱民为民，官吏奉公廉洁

董仲舒通过对“人”的论述，认为人在万物之上，为天下最贵，天意的反映了民意。因此，皇帝、诸侯、大臣、官吏必须重农爱民。这种爱民为民的思想，在经济方面表现为：调节贫富、轻徭薄赋、天旱时求雨、天涝时止雨活动等。这种求雨止雨是迷信活动，但体现了董仲舒忧民、念民。当时旱、涝给人民带来巨大灾难。如武帝元封四年，“夏，大旱，民多渴死”。董仲舒要求皇帝爱民为民，在他看来“君者，民之心也；民者，君之体也”（《春秋繁露·为人者天》）。水旱灾害之后，要抓紧补种麦子，以保证衣食之需。他曾上书武帝：“《春秋》它谷不书，至于麦禾不成则书之，以

① 斯大林《庆祝莫斯科建城八百周年的〈贺词〉》。

此见圣人于五谷最重麦与禾也。今关中俗不好种麦，是岁失《春秋》之所重，而损生民之具也。愿陛下幸诏大司农，使关中民益种宿麦，令毋后时。”（《汉书·食货志上》）

汉武帝不但领会董仲舒所说的君民关系，而且照其要求下令百官求雨，让百姓补种麦子以济荒。他在元狩元年夏四月，诏曰：“盖君者心也，民犹支体，支体伤则心憯怛。”“朕嘉孝悌力田，哀夫老眊寡孤鳏独或匮于衣食，甚怜愍焉。其遣谒者巡行天下，存问致赐。”（《汉书·食货志下》）又元狩三年秋，遣谒者劝有水灾郡种宿麦；元封元年“是岁小旱，上令百官求雨”（《汉书·食货志下》）。他的调节贫富、“限民名田”“去奴婢”，更具有民意。

这样，从皇帝到官吏都重民爱民，又实行前面说过的任贤选举、监督考绩，官吏以俸禄为生，不得与民争利。因此，当时的一般官吏都比较廉洁，而不掠夺人民，如丞相公孙弘、御史大夫张汤、做过二任诸侯相和武帝顾问（中大夫）的董仲舒都比较廉洁。特别是董仲舒，据《汉书·武帝纪》的记载，建元二年夏四月，“初置茂陵邑”，（武帝后来坟墓地区）他家由河北广川迁到茂陵。现在陕西兴平市东北。三年春，“赐徙茂陵者户钱二十万，田二顷”。当时，董仲舒仅一个《春秋》博士（汉景帝所立）。钱二十万、田二顷，实际上是每户徙茂陵的一些拆迁费而已。后来，他虽在诸侯国和中央为官多年。甚至退休之后，中央有什么重大政事，武帝还经常遣御史大夫张汤上门请教。但董仲舒为官廉洁，决不与民争利，所谓“仲舒为人廉直，……及去位归居，终不问家产业，以修学著书为事”（《汉书·董仲舒传》）。而且，家住“陋巷”。关于丞相公孙弘，汉平帝时下诏说：公孙弘位在宰相封侯而为布被脱粟之饭，俸禄分予贫困的故旧与其官署中的幕僚，“无有所余”。至于御史大夫张汤“家产值不过五百金，皆所得奉赐，无它赢”。其死“载以牛车，有棺而无椁”（《汉书·张汤传》）。

官场廉洁、作风正派，这是政治清明的体现。

（六）《春秋》决狱、断事深入人心，君臣普遍遵循

董仲舒的德主刑辅，以《春秋》经义决狱的法律思想，前面说过，后来仅保存的六个案件，从轻处理了5个案件，多数无罪释放，所谓“不当坐”。当然，也有个别因《春秋》重志而从严处理的，但极为个别。自此，以《春秋》经义决狱，逐渐普遍，其中对淮南王刘安谋反案子的处理，是一个突出的例子。

主张杂家的淮南王刘安，不但坚持杂家，还继续养士煽动衡山王作乱反汉，遭到了应有的惩罚。于元朔六年，刘安与衡山王一起谋反，汉武帝即派治《春秋》的董仲舒的学生，前往处理反案。这就是“上（武帝）思仲舒前言，使仲舒弟子吕步舒持斧钺治淮南狱，以《春秋》谊颛断于外，不请。既还奏事，上皆是之”（《汉书·五行志第七》上）。

这里说到的“上思仲舒前言”，是指武帝六年六月丁酉，辽东高庙灾，四月壬子，高园便殿火。董仲舒根据《春秋》经义，所谓“《春秋》之道举往以明来”，而做的分析与议论。当时，董仲舒是这样对答汉武帝的：“视亲戚贵属在诸侯远正最甚者，忍而诛之，如吾燔辽东高庙乃可；视近臣在国中处旁仄及贵而不正者，忍而诛之，如吾燔高园殿乃可云尔。在外而不正者，虽贵如高庙，犹燔灾之，况诸侯乎！在内不正者，虽贵如高园殿，犹灾燔之，况大臣乎！此天意也。”（《汉书·五行志第七》上）

此也就是说，根据《春秋》经义，对于不尊皇帝、不奉汉朝的各地诸侯、列侯，中央的大臣、贵戚，均可惩罚乃至诛灭。

又董仲舒为胶西王相时，曾以纲常《六经》谏诤、教育王刘端。所以对于淮南反案，胶西王刘端，也认为刘安违背《春秋》当

免。他说："安废法变，行邪僻，有诈伪心，以乱天下，营惑百姓，背叛宗庙，妄作妖言。《春秋》曰：'臣毋将，将而诛。'安罪重于将，谋反形已定。臣端所见其书印图及它逆亡道事验明白，当伏法。……使天下明知臣子之道，毋敢复有邪僻背叛之意。"（《汉书·淮南王传》）

从董仲舒开始的《春秋》经义决狱与断事，不仅作为知识分子、官吏的董仲舒及其弟子深信不疑，就是皇帝与诸侯也予以肯定确认。可见已深入人心，这也弥补了当时立法不完善和司法不健全。

（七）独尊儒术之后人才辈出，而且可以自由争论

自从董仲舒主张独尊儒术，得到汉武帝的支持，而在儒家与孔子的名义下统一思想。自此，儒家学者往往掌权为宰相。即"自孝武兴学，公孙弘以儒相，其后蔡义、韦贤、玄成、匡衡、张禹、翟方进、孔光、平当、马宫及当子晏以儒者居宰相位，服儒衣冠，传先王语"（《汉书·匡衡传》）。从此，人才辈出，"汉之得人，于兹为盛，儒雅则公孙弘、董仲舒、倪宽，……其余不可胜纪"（《汉书·公孙弘传》）。

又独尊儒术之后，提倡全面研究儒家学说，于是由汉初的立单经博士，汉武帝时又立五经博士[①]。作为个人，可以任意研究各经，可以研究二经、三经，董仲舒与夏侯始昌研究五经，所谓"通五经"。不但可以研究各经，而且允许儒家内部可有派别、分歧与争论。

汉武帝时有董仲舒与韩婴、江公关于《诗》、《春秋》的争辩。

---

① 当时今文学派认为，《乐经》没有具体经典，而是散见于《诗经》与《礼经》之中，所以称《五经博士》。

又有丞相公孙弘为了防止民间出现盗贼，奏请“民不得挟弓弩”。武帝就下令公卿大臣议论这事。董仲舒的学生，当时为光禄大夫的吾丘寿王，表示不能同意。他认为，地方出现盗贼，是地方郡国守相等二千石吏之罪，并非民挟弓弩之过。他指出，“大射”、“乡射”等礼，自天子下及庶人均可进行，为三代以来的常道。所以，民不得挟弓弩，“无益于禁奸而废先王之典，使学者不得习行其礼，大不便”（《汉书·吾丘寿王传》）。结果，汉武帝采纳吾丘寿王的意见，而丞相公孙弘承认自己所奏不当，所谓“书奏，上以难丞相弘。弘诎服焉。”汉昭帝时，有贤良文学与大夫、御史、丞相史关于礼义与财利、德教与刑罚之争。汉宣帝时，先有《公羊春秋》与《谷梁春秋》之争，后有石渠阁会议关于《五经》的议论。

（八）开创了中国哲学史上的经学时代

董仲舒元光元年（前134）对策，提出独尊儒术、抑黜百家；宣扬《六经》、推崇《春秋》。得到汉武帝的赞赏与采纳，所谓“天子览其对而异焉”，对毕以为第一，“天子以仲舒为江都相，事易王”（《汉书·董仲舒传》）。元朔六年（前123），坚持杂家养士的淮南王刘安，煽动衡山王一起反汉。汉武帝即遣董仲舒弟子吕步舒持斧钺治淮南狱，以《春秋》经义断决之，得到汉武帝的肯定与称述，所谓“既还奏事，上皆是之”。

从此之后的整个中国封建社会，开始了儒家独尊的地位，它的理论学说成了整个国家与社会的指导思想。而儒家的《六经》特别是《春秋》，已成为制定国家大政方针的依据，治国、行政、断事、决狱、理民、立法的准则，也是个人立身行事的指南。

同时，也结束了中国哲学史上的子学时代，而开始了中国哲学史上的经学时代。董仲舒就是这个时代的创始人，正如现代著名哲学家冯友兰所说，从董仲舒到康有为是中国的经学时期。“自董仲舒以后，即在所谓经学时代中。”[1]

董仲舒开创的中国经学时代，也如近代著名学者梁启超所说：“寝假而孔子变为董江都、何邵公矣；寝假而孔子变为马季良、郑康成矣；寝假而孔子变为韩退之、欧阳永叔矣；寝假而孔子变为程伊川、朱晦庵矣；寝假而孔子变为陆象山、王阳明矣；寝假而孔子变成顾亭林、戴东原矣。”[2] 应该再加上一句：“寝假而孔子变为康南海、梁任公矣”。

这个经学时代长达 2000 余年，如从处理淮南王反狱开始到清朝灭亡的 1911 年，就有 2033 年。如果到 1919 年“打倒孔家店”的五四运动，就有 2041 年。如果从董仲舒对策开始，再须各加 11 年。

总之，这个中国哲学史的经学时期，是从汉武帝和董仲舒的时代开始的。

四、董仲舒思想的深远影响

董仲舒在教育方面，提出全面办学。不仅国家、政府、社会、集体办学，私人也办学。董仲舒是办私学的带头人，培养了大批人才。他的学生著名者有梁相褚大，丞相长史吕步舒，光禄大夫中、东郡太守兼都尉吾丘寿王，太史令司马迁，昭帝谏大夫嬴公，武帝的戾太子刘据，阴阳学专家鲍敞，广川殷仲，还有从董仲舒学《孝经》的河间献王刘德等。总之“弟子通者，至于命大夫、为郎、谒者、掌故者以百数”（《史记·儒林列传》）。

---

① 冯友兰《中国哲学史》第 1040 页。
② 梁启超《清代学术概论·二十六》。

昭帝时为议郎的眭孟，是董仲舒弟子嬴公的学生。他曾说“先师董仲舒有言，虽有继体守文之君，不害圣人之受命”（《汉书·眭孟传》）。眭孟，昭、宣年间传授弟子百余人。最有名的是严彭祖与颜安乐。孟曾说：“《春秋》之意在二子矣。”由是《公羊春秋》有“颜、严之学”。严彭祖，宣帝时博士，官至太子太傅、颜安乐官至齐郡太守丞，颜、严各自专门教授，培养很多学生，形成不同学派。学生有官至三公、九卿者。于是董仲舒的《公羊春秋》，发展为颜、严两大学派。后来，传承久远，直至东汉末年，以及晋代。

西汉中后期的著名学者、经学大家，刘向治《谷梁春秋》、刘歆治《左氏春秋》。他们父子虽不同于董仲舒治《公羊春秋》，但对董仲舒极为推崇。刘向称：“董仲舒有王佐之才，虽伊吕（伊尹、吕望）无以加，管晏（管仲、晏婴）之属，伯者之佐，殆不及也。”向子刘歆以为，“仲舒遭秦灭学之后，《六经》离析，下惟发愤，潜心大业，令后学者有所统壹，为群儒首”（《汉书·董仲舒传赞》）。

东汉的王充和何休，进一步肯定与发展了董仲舒的思想。

东汉初期的著名思想家王充，首先是赞赏董仲舒的《春秋决狱》。他说:“董仲舒表《春秋》之义，稽合于律，无乖异者。”（《论衡·程材篇》）又说，董仲舒作道术之书，颇言灾异政治所失，有益于汉朝，故“孝武犹不罪而尊其身”。而近人康有为认为，王充是传董仲舒《春秋公羊》的。他说：“按本传不详受何经，惟《论衡》所称，文王之文在孔子、孔子之文在仲舒。此非传董子之学者不能道，故亦附著。”（康有为《春秋董氏学卷七传经表》）这里说的“文王之文在孔子、孔子之文在仲舒”（《论衡·超奇篇》）。

东汉末年的何休，闭门读书十七年，写成《春秋公羊解诂》，是继承了董仲舒的《公羊春秋》。前面讲过，汉宣帝时，《公羊春秋》发展为“颜、严之学”。即《严氏春秋》和《颜氏春秋》。根据清代著名学者惠栋《九经古义》考证，何休所注《公羊传》的文本为《颜氏春秋》。近代著名经学家皮锡瑞也说，何休传《颜氏春秋》；晋杜预注《春秋》是据《严氏春秋》；而东汉末大经学家郑玄注礼、笺诗，也据《严氏春秋》。①

何休研究《春秋公羊》，是从董仲舒一脉相承下来的。所以，关于礼乐制度、夷夏之别、三世演变，也承袭了董仲舒的思想。

关于"三世"说，董仲舒主张"于所见微其辞，于所闻痛其祸，于传闻杀其恩"。此为董仲舒伦理思想的反映，是与血缘及感情上的远近、亲疏相符的。也是礼义思想的体现，所谓"《春秋》之义大者也，……义不讪上，智不危身，故远者以义讳，近者以智畏。畏与义兼，则世愈近而言愈谨矣，此定哀之所以微其辞"（《春秋繁露·楚庄王》）。

何休不仅继承了董的以上思想，而且将这"三世"又具体化为衰乱、升平、太平三世，所谓"于传闻之世，见治起于衰乱之中"；"于所闻之世，见治升平"；"于所见之世，著治太平"②。所以，已认识到社会的不断发展与前进。

又东汉末年的经学家应劭，先是称赞董仲舒《春秋决狱》符合《春秋》经义，所谓"故胶西相董仲舒老病致仕，朝廷每有政议，数遣廷尉张汤亲至陋巷，问其得失。于是作《春秋折狱》二百三十二事，动以经对"（《后汉书·应劭传》）。又向汉献帝推荐，得到献帝的同意而定为汉代法典，所谓"我国汉代，如董仲舒之《春秋折狱》，本非立法，亦非判决例，而后此应劭采为《汉仪》，献帝承认

① 皮锡瑞《经学通论·四春秋》30页。
② 《隐公元年冬十二月注》，何休《关于公羊（11）》第一册80页。

之，遂成为国法”①。

近代政治家、著名改良主义者康有为，在董仲舒更化、改制，董仲舒、何休“三统”、“三世”说的基础上，提出戊戌变法的思想。他在《论语注》、《春秋董氏学·春秋改制第五》，有具体明确的论述。在康有为看来，三统、三世法的基本思想，是因时而变，否则将生“大害”、“大乱”。所以，近代社会由据乱进入升平而行变法，才能富国强兵和加入世界先进行列。在这里，董仲舒的三统、三世的历史观，为戊戌变法提供了历史的理论根据。

另一当时杰出的改良主义者梁启超说，纪元前一百多年，董仲舒早已主张改制、更化的思想，而资本主义国家如英国至近代才提出。这是梁启超不仅赞赏董仲舒《春秋决狱》，更称道他的改制、“更化”的思想。

又继宋代理学家们最为赞赏董仲舒的伦理道德，念念不忘他的“夫仁人者，正其谊不谋其利，明其道不计其功”（《汉书·董仲舒传》）之后，近代大商人、著名慈善家经元善，也十分推崇董仲舒所宣扬的仁义道德，所谓“董子有云‘正其谊不谋其利，明其道不计其功’。此心学之最上乘禅，明乎此，而事虽万，心自一矣”②。

近代一些经史大家，也极为推崇董仲舒。著名经学家皮锡瑞认为，儒家学说中，“《春秋》学董仲舒最醇”（皮锡瑞《经学通论·四春秋》4页）。著名经学史家蒙文通，有“儒者之说始出于董仲舒”，“公羊学大师董仲舒”③。著名史学家钱穆说“王莽师董仲舒”，“汉武帝听董仲舒，孔子《春秋》为汉制法”④。又“隋唐精

① 《梁启超法学文集》第132页。

② 经元善《居易初集卷二·又致盛京卿书》。

③ 蒙文通《经学抉原》176页、228页。

④ 钱穆《两汉经学今古文平议》第276—277页。

神渊源于孔子、董仲舒文治精神”。“董仲舒……创汉制度。”[①]。著名经学史家周予同说：“董仲舒设学校教育权，春秋改制大一统政治权”；“董仲舒政治思想家。何休不过是读书经生而已。”[②] 著名哲学家冯友兰说到董仲舒在西汉儒家中的地位，认为“此时代之精神，此时人之思想，董仲舒可充分代表之”[③]。

董仲舒的思想，在近代法学界的影响也很大。清末修订法律大臣沈家本，对董仲舒的《春秋决狱》的持平从轻，特别赞赏。他说：“今观决狱之论断极为平恕，迥非张汤、赵禹之残酷可比，使武帝时治狱皆能若此，《酷吏传》何必作哉！”[④]

而清末修订法律馆提调、北洋政府司法总长董康，对于董仲舒的法律思想更是赞不绝口。他说，《春秋繁露·三代改制质文》的“法不刑怀妊新产者”，对怀孕哺乳妇女应“废刑发德”；《春秋决狱》中对于寡妇改嫁，根据《春秋》经义，“言夫死无男，有改嫁之道”。认为，这可与英国妇人无死刑媲美，是一种“秉妇人无刑之精神”《春秋繁露·精华》。“首恶者罪特重”，认为是现代未遂罪的开始，所谓董仲舒传《公羊》之学，“所撰《春秋繁露·精华篇》论《春秋》听狱，有云‘志邪者不待存’，即发明未遂罪的原始”（董康《日本讲演录·春秋刑制考》）。

又近代以来，养子与亲生子，随着立法的进步，具有同样的权利与义务。董康对于保存下来的董仲舒《春秋决狱》中，关于养子视亲生子，极为赞赏。他说，唐杜佑《通典》六九，引故胶西相董仲舒《春秋决狱》养子事二：一，甲藏匿养子乙，断曰：甲无子，

---

① 钱穆《国史大纲》引论 18 页、上册 148－149 页。

② 《周予同经学史论著选集》第 501、504 页。

③ 冯友兰《中国哲学史》第 502 页。

④ 沈家本《汉律摭遗二十二·春秋决狱》。

振活养乙。虽非所生，谁与易之？《诗》云：螟蛉有子，蜾蠃负之。《春秋》之义，父为子隐，甲宜匿乙，而不当坐。二，甲杖生父乙，断曰：甲生乙不能长育以乞丙，于义已绝矣。虽杖甲，不应坐。同时，在引证董仲舒处理两养子案后，立即指出，重视养子，汉儒的断决与今学说吻合，也可以称之为“师汉儒之说”①。可见，对董仲舒重视养子的断决十分推崇。

南京国民政府时期，把三民主义作为国民党与国民政府的根本指导思想，三民主义也可视为国民党的“党义”。国民政府立法、司法方面的重要代表胡汉民、张知本、居正的活动与思想，就是遵循了三民主义。这是对董仲舒宣扬《春秋》经义，根据《春秋》断事、决狱的继承与发展。因为，在他们看来，三民主义民权、民族、民生在为民；而《春秋》大义，是重人与爱民。两者相符。

南京国民政府“立法院长”胡汉民把三民主义作为立法的最高原则。他说：“世界各国的民族、民权、民生问题有同时解决的需要，是为世界革命的目标；三民主义因其连环的内容和关系，为世界革命唯一最高最博大最适合的原则。”② 除了以三民主义为立法最高原则之外，又有三民主义立法的具体原则。另外，还有三民主义的立法方针、立法内容、立法性质等。

先为国民政府宪法起草委员会副委员长，后为司法行政部长的张知本。他认为，“中华民国”宪法内容应以三民主义为根据，这是“不易之理”。因为“宪法原为保证革命要求，记载革命要求之具。三民主义既已成为全国民众之革命要求，苟此宪法不能适应此

① 董康《民法亲属编修案》第13页。

② 胡汉民《三民主义之认识——十六年四月中央月刊》，蔡尚思主编《中国现代思想史资料简编》第二卷第724页。

种要求而规定之，则所谓宪法者，已不能认为此次革命之宪法矣”①。张知本以三民主义作为宪法内容根据的同时，又提出在宪法的编制上，也可用三民主义来分章。因此，宪法可分为基本原则、民族、民权、民生、附则等五章。

南京国民政府的司法院长居正，特别强调“司法党化”问题。他说，司法党化是要使一切司法官都有三民主义的社会意识。也就是司法党化，“乃是司法党义化”。这是与某时代支配该社会的世界观相适应的，“在封建社会就有《春秋》大义”。在他看来，董仲舒开始的《春秋决狱》，也即“经义折狱”，是认“道德原则或一般义理在裁判上有优于现行法的价值”②。

董仲舒《春秋决狱》是当时立法不完善、司法不健全、世俗习惯不合理的情况下，根据《春秋》经义来处理现实生活中产生各种案件与争议，而且是比较平恕的。而居正关于《司法党化问题》，根据国民党党义（三民主义）处理案件，也有相似的想法。他说，三民主义之国家，要求每一个法官对于三民主义法律哲学都有充分认识，然后可以拿党义充分地运用到裁判上。但应该注意到以下各点实用：

“1）法律所未规定之处，应当运用党义来补充他；2）法律规定太抽象空洞，而不能解决实际的具体问题时，应当拿党义去充实他们的内容。在党义所明定的界限上，装置法律之具体形态；3）法律已经僵化之处，应该拿党义把他活起来；4）法律与实际社会生活明显地表现矛盾，而又没有别的法律可援用时，可以根据一定

① 张知本《中华民国宪法起草意见》，《东方杂志》第30卷2号。

② 居正《司法党化问题·四》，《中华法学杂志》第五卷，第十、十一、十二号合刊。

之党义，宣布该法律无效。”①

可见，南京国民政府时期，有人要求立法根据三民主义，宪法制定有人要求依三民主义分章编制，司法更有人要求“司法党化”，根据三民主义判案。而且明确指出，这也是借鉴了中国古代的“《春秋》大义”与“经义折狱”。又说“人民称引《春秋》义理，未尝不与党义相暗合”（《汉书·董仲舒传》）。这显然在一定程度上，是继承与发扬了董仲舒崇扬的《春秋》大义，以及依《春秋》经义决狱断事的思想。

又董仲舒伦理道德方面的思想，虽是封建性的东西，但也有值得继承与发扬的传统道德，如三纲中的忠孝，五常中的仁义，对于当前社会也不是毫无意义的。

我国自改革开放以来，随着经济的大发展，干部群众往往厚于个人，而薄于社会与他人，甚至不孝父母，不尊长辈。社会上出现老人跌倒，没人去扶；跌倒之后有人扶，反说扶者将其撞倒。子女与父母间、夫妻之间、兄弟姊妹之间，争夺房屋财产之事屡见不鲜。在这种情况下，我们的领导人及时提出了法治与德治同时并举；党也有决定：“实行依法治国和以德治国相结合”。

所以，董仲舒提出的德主刑辅、刑德兼施、“阳为德、阴为刑”；宣扬的传统道德，特别是忠孝仁义之爱国、尊老、克己、爱人；官吏的选拔考核、奉公守法、官食俸禄不与民争利等至今有它的借鉴意义。

最后谈一下本文题目“大政治思想家董仲舒的思想及其意义与影响”。我的老师周予同教授曾说：“董仲舒政治思想家，何休不过是读书经生而已。”政治思想家，在研究儒术的学者中地位已很高。但我认为还不够，他在汉武帝时的主张、作为，无人可及。丞相公

① 居正《司法党化问题·五》。

孙弘根本不能跟他比，关于礼的方面的看法，被董仲舒的学生吾丘寿王不堪一驳。公孙弘元光五年的对策策文，不能与董仲舒元光元年对策所谓“天人三策”相比，还停留在战国中期孟子的“四端”。所以，《汉书·董仲舒传》说：“公孙弘治《春秋》不如仲舒。”

又御史大夫张汤，关于礼的方面知识，经常亲自向董仲舒请教。就是董仲舒退休家居之后，中央有些重大的政事、案件与议论，武帝与大臣处理不了时，就令张汤等到其家倾听他的看法与意见，所谓“仲舒在家，朝廷如有大议，使使者及廷尉（后来升御史大夫）张汤就其家而问之，其对皆有明法”。

后来，刘向说他有王佐之才，古代名相伊尹、吕望、管仲、晏婴不及。东汉著名思想家王充也说：“文王之文在孔子，孔子之文在仲舒。”他是继承了周文王与孔夫子的。

董仲舒的希望国家统一、无战乱灾害、发展教育、《春秋》决狱、调节贫富、“限民名田”、除奴婢、禁杀戮、宣扬仁义，均在为民爱民，甚至写信给丞相公孙弘，要求实行“仁政”。在中国历史上提出实行“仁政”，董仲舒恐怕还是第一个，他是身体力行的。后来，也有人提到“仁政”，但没有真正去做。

因此，董仲舒不是一般的政治思想家，而是超过前人与时人的大政治思想家。

原文载于《衡水学院学报》2013 年第 3 期。

华友根（1939—），男，上海川沙人，上海社会科学院法学研究所研究员，衡水学院特聘教授。

董仲舒对政治儒学发展的历史贡献及现代意义

柳河东

儒学发展史上呈时隐时现的心性儒学和政治儒学两条脉络。由于心性儒学在近千年来宋明理学、心学上的辉煌成就和中国港台现代新儒学的影响以及近现代以来儒学被妖魔化，常被曲解为与专制主义联系在一起，政治儒学在现代长期不被重视。本文通过简述政治儒学在儒学发展史上的脉络显现，对董仲舒在政治儒学发展中的理论创化分析，探研董子政治儒学在社会实践中的历史贡献和现代意义，以期对政治儒学的未来发展做些思索。

一、政治儒学是儒学发展史中的一条重要脉络

儒学在发展历程中经历了和正在经历的五个重要时期：1）原始儒学期，即尧、舜、禹、夏、商、周时代的儒学原始萌发时期；2）原典儒学期，即春秋、战国时代的儒学学术形成时期；3）汉唐经学期，即秦、汉、魏、晋、隋、唐时代，儒学吸收道家、法家、阴阳家、佛家等文化之优长而创化发展的新儒学时期；4）四朝理

学期，即宋、元、明、清四朝代，儒学继续吸收佛教、道教文化及满、蒙等少数民族文化之精华而创化发展的新儒学时期；5）当代儒学期，即自 1919 年以来儒学经过血与火的洗礼，应时而起，大开大合，勇敢地吸收马列主义、现代道教佛教、基督教、伊斯兰文化、西方自由思潮等东西方文明的一切优长，融会贯通，强健自我，正在建构、发展并积极参与中国、世界现实生活和未来历史创造的第五期新儒学时期。

在这五期发展中，儒学呈时隐时现的两条主要脉络：一条是被称之为“孔孟之道”的心性儒学，原典儒学期孔子之后表现为思孟（子思、孟子）学派；在四朝理学期，以理学、心学为代表的心性儒学取得长足发展，成为影响近千年的官方意识形态；当代儒学期的我国港台新儒家接续宋明理学、心学传统，融合现代西学开创了以心性儒学为实质的现代新儒学。一条是被称之为“周孔之道”的政治儒学，在原始儒学期为儒学的主要表现形式，体现为原始王道政治，主要特点是圣王一体；原典儒学期，孔子既有短暂的成功政治实践，也有周游列国矢志推行王道仁政的努力，孔子之后表现为卜荀（卜子夏、荀子）学派，子夏提出“学而优则仕”，荀子主张“隆礼重法”；汉唐时期，以经学为代表的政治儒学有了成功的发展，董仲舒为之做出了巨大的开创性、奠基性、实践性的贡献。

心性儒学重在修己、成己，强调“学贵践履”，致力于“格致诚正”的内圣之道，追求道德理想。政治儒学重在成人、安民，强调“经世致用”，矢志于“修齐治平”的外王之道，追求王道政治理想。由于心性儒学在近千年来宋明理学、心学上的辉煌成就与我国港台现代新儒学的影响，以及近现代以来儒学被妖魔化，常被曲解为与专制主义联系在一起，政治儒学近代以来长期不被重视。清末，康有为在政治儒学发展上有所探研和实践。改革开放以来，大陆新儒学阵营中蒋庆先生首倡政治儒学，受到社会一定关注，有渐热之趋。

二、董子对政治儒学发展的理论贡献

董仲舒面对西汉社会大一统的政治需求，以儒家仁道义理架构为基础，以春秋公羊学为依据，发挥其微言大义，吸收法家、道家、阴阳家等思想，将宗教天道观和阴阳、五行学说结合起来，建立起了一个前所未有的、兼容百家的新儒学体系，同时也形成了适应汉初政治经济文化发展需要、极具包容性、独具时代魅力的董子政治儒学，对当时社会所面临的一系列政治、社会问题，给予了较为系统的有效性应对和对治性回答，成为汉代的官方意识形态，将政治儒学提高到了一个新的历史水平。

董子政治儒学的理论建构与贡献可概括为：一个基础、一个实质、四大精要、四大特点。具体分析如下：

（一）立学之基

立学之基：春秋公羊学的儒家义理体系。

（二）实质

实质：大一统的王道政治（仁政礼治）。"《春秋》之道，奉天而法古……先王之遗道，亦天下之规矩六律已……王者有改制之名，无易道之实。"（《春秋繁露·楚庄王》）"仲舒之言道德政治，可嘉美也。"（王充言）

（三）四大精要

1. 政治理想：正而天下和美

"为人君者，正心以正朝，正朝廷以正百官，正百官以正万民，正万民以正四方……是以阴阳调而风雨时，群生和而万民殖，五谷

熟而草木茂，天地之间被润泽而大丰美，四海之内闻盛德而皆徕臣……”（《汉书·董仲舒传》）

2. 政治哲学：“天人感应”

将儒家天命论、天道观与阴阳、五行思想结合为一个紧密联系、互相感应的统一体，建立“天人感应”论。

将“天”作为最高的哲学范畴，赋予其道德属性，成为有意志、有知觉，能主宰人世命运的人格神，为“君权天授”和“君权神圣”立论。

把天体运行说成是一种道德意识和目的的体现，自然现象成为神的有意识、有目的的活动。为“灾变谴告”和“君权天制”立论。

3. 政治伦理：“三纲五常”

以儒家的三纲五常为基本政治伦理原则。

4. 政治主张和对策：“天人三策”

对策一：承天更化。汉继秦兴应进行“更化”，承天意行王道，“任德教而不任刑”“去其陈迹而崇教化”，修饬“五常之道”。“五德修饬，故受天之佑，而享鬼神之灵，德施于方外，延及群生也”。

对策二：养士求贤。“兴太学，置明师，以养天下之士”；要求百官“贡贤”“尽心于求贤”；“遍得天下之贤人，则三王之盛易为，而尧舜之名可及也”（《汉书·董仲舒传》）。

对策三：尊儒一统。“《春秋》大一统者，天地之常经，古今之通义也。今师异道，人异论，百家殊方，旨意不同，是以无以持一统……诸不在六艺之科、孔子之术者，皆绝其道，勿使并进。邪辟之说灭息，然后统纪可一而法度可明，民知所从矣。”（《汉书·董仲舒传》）

（四）四大特点

经学化，保持了儒学的人文精神和义理内核，坚守根基，不变风骨。

伦理化，形成了儒学的“五常”核心价值观，进一步强化了儒学的实践性、生活性、经世致用性。

神学化，大胆吸收时代影响较大的阴阳、五行、宗教天命等思想，为我所用，实现了优强联合，体现了其开放的学术胸怀。

权威化，适应汉初“大一统”的时代政治思想需要，取得独尊地位，上升为官方意识形态。

通过“四化”形式推动儒学理论革新，深入政治实践。

三、董子政治儒学在社会实践中的历史贡献

董仲舒第一次将儒家思想成功地运用于中国的政治实践，推动汉王朝建立了“大一统”的基本政治格局和礼乐行政制度，影响中国政治文明近两千年。

（一）为汉初的政治、社会新秩序提供了新的理论根据，成功地解决了时代面临的政治合法性问题，维护了封建政权统一和稳固，保障了国家长治久安

董仲舒把源于阴阳、五行家的形上学的根据与儒家的天命、天道结合起来，以“天人感应”说确立“君权天授”“君权神圣”观，为王权的合法性进行了哲学上和神学上的有力论证。同时，将君臣、父子、夫妇关系和“仁、义、礼、智、信”五德与天地、阴阳、五行联姻，为“三纲五常”找到了存在于天地之间的哲学和神学依据，使其具有神秘性、神圣性，增强了权威性和说服力。“三纲”由于强调主体对于从属体的绝对权威，进一步强化了封建君主

专制，巩固了封建王朝政权，促进了国家长治久安，避免国家分裂引发战乱带给人民的生存之威胁、生活之痛苦，在宏观上保障了民生。

（二）对抑制王权、官僚特权，保障民权，缓解社会矛盾，维护社会稳定起到了积极作用

董仲舒生活的时代，一方面皇帝至高无上，随心所欲施展王权，另一方面官僚、贵族、侯王凭借封建特权，掠夺兼并土地，明争暗抢社会资源，阶级矛盾日益剧烈。针对这些情况，董仲舒政治儒学一方面讲王权的神圣性，另一方面又以“灾变谴告”和“君权天制”论，对王权进行限制，用圣人和天意把自己的政见神圣化，对不仁道的王权进行抨击和进谏。五常之道中“仁、义、礼、智、信”的推行，兴学养士求贤之策的实施，正直仁义士大夫的涌现，以及在董子政治儒学主张框架下提出的“限民名田”、废除盐铁官营、节约民力、保证农时等措施，在一定程度上限制了官僚、贵族、侯王的封建特权，保障了平民利益，有效缓和了阶级矛盾，促进了社会生产的发展和国家稳定。

（三）为大一统的中国古代政治文明建设提供了成功范式，影响、造福中国和中华民族近两千年

以“天人感应”进行哲学、神学立论，以“三纲五常”进行伦理化的董子政治儒学一经汉初政治实践便取得了极大成功，很快受到历代封建统治者及整个社会的欢迎，基本思想和模式一传就是近两千年。原因何在？外裹着经学、伦理、神学、权威的形式，而实质在行大一统的王道政治。王道政治是一种优秀的政治文明，是符合人道（人事规律、社会规律）、天道（自然规律、宇宙规律）的政治智慧。能延续近2000年之久，保障和促进中国创造了辉煌的经济、文化成就，就足以说明了其优秀性。中国的古人一点不比我

们令人笨，不优秀的话，早就将之丢弃了。过去“左倾”主义盛行时所批判的儒学是专制的“帮凶”，是极端不负责任的，政治儒学的核心理念王道政治中包含有很强的民主性、法制性。

四、现代意义和启示

当前中国所面临的政治、经济、文化状况有似于西汉初年的情形：

（一）经济繁荣后，新的社会问题、矛盾出现

汉初，土地兼并严重，贫富差距过大，阶级矛盾突出。长期的“无为而治”和鼓励发展生产经济，忽视礼乐文化教育，导致功利主义、投机主义、享乐主义盛行，不仁、不义、不礼、不信现象急剧增加。

当前，资产吞并严重，收入差距过大，不和谐音符增多。以经济建设为中心，发展市场经济，放松了精神文明建设，导致市场功利主义渗透到了各行各业，腐败屡禁不止，市场假劣为多，社会诚信缺失，国民精神空虚，道德水准滑坡，不稳定因素激增。

汉代是一个宗教勃兴的时代：儒学宗教化，佛教传入，道教产生，都在汉代，表明当时社会具有产生宗教或引进外来宗教的急切需要和适宜环境。

当前中国的一个现实危机是：13亿中国人的精神信仰层面出现了巨大真空，各种外来文化乘虚而入，基督教、天主教、佛教在中国广大的农村和城市合法或不合法、正规或不正规地迅速发展，学界、民间“儒教”主张的声音也渐强了，并有出现了实践层面上的运作。

（二）结束了旧的生产关系，新建立起的生产关系趋于稳定，需要与之对应的新的上层建筑、新的意识形态

汉初，要求建立不同于贵族土地所有制生产关系，适应封建土地所有制生产关系的新的上层建筑。摒弃秦政“严刑峻法”的法家思想，更换“无为而治”的黄老思想，使用兼容并包的新儒家思想。

当代，要建立不同于社会主义计划经济的、适应中国特色社会主义市场经济的新的上层建筑。在彻底结束了革命战争年代的斗争意识形态，基本完结了改革时代的变革意识形态之后，需要能够兼容并包的和谐意识形态。

所以，董子在政治儒学理论上的创化和实践上的贡献，对创新发展当代中国政治意识形态、改善加强党的执政能力、建设新的政治文明、促进国家长治久安具有积极的现实和长远意义。

2008年11月21日刊登在“中国共产党新闻网”上的《现代儒学与马克思主义的关系》一文讲，“实事求是地说，在儒学的现代发展过程中马克思主义的中国化是主流……马克思主义中国化作为儒家思想传统体系结构的现代形式，与前现代儒学是融通的，是割裂不开的”。暂且不论观点正确与否，我们可从中窥出：当前主流意识形态理论探讨上的开放、大胆，是势不可挡的一种新趋向。

当前，中国的主流意识形态现状，有似于当年汉初“黄老道学”难以应对国家转型后面对新问题新形势的情形。现实中国需要对马克思主义进行一次大的理论突破和创新：即马克思主义中国化的第三次伟大飞跃。

马克思主义中国化第一次伟大飞跃产生在20世纪上半叶后20年：面对危害中国革命的教条主义、本本主义，实现了马克思主义基本原理与中国革命实际相结合，形成毛泽东思想，指导中国新民主主义革命走上工农联盟、农村包围城市、武装革命夺取政权的正

确道路。第二次伟大飞跃产生在20世纪末20年：面对阻碍中国开放、改革、富强的关门主义、唯心主义，实现了马克思主义基本原理与中国建设发展实际相结合，形成邓小平理论，走上改革开放和中国特色社会主义市场经济发展道路。

第三次伟大飞跃将在当下：实现民族优秀传统政治智慧（王道政治）与现实政治秩序（共产党领导的多党合作、人民代表大会制）、现代政治文明（民主与法制）的有效对接，指导中国走上中国特色社会主义民主法制和长治久安的政治轨道。即马克思主义中国化过程中需要更大包容性，有进一步中国化、充分吸纳政治儒学优秀成分（王道政治）及当代儒学最新成果的勇气。

与此同时，政治儒学在未来要有所发展、有所建树、有所作为，需要当代儒家学者有董子冲破传统束缚、吸纳百家的创新勇气和学术胸怀，大胆吸纳包括马克思主义中国化的最新成果在内的当代一切文明之优长和精华。

参考文献：

[1] 钟肇鹏. 春秋繁露校释 [M]. 济南：山东友谊出版社，1994.
[2] 李振纲. 中国古代哲学史论 [M]. 北京：中国社会科学出版社，2004.
[3] 加润国. 中国儒教史话 [M]. 保定：河北大学出版社，1999.
[4] 周桂钿. 董学探微·前言 [M]. 北京：北京师范大学出版社，1989.
[5] 蒋庆. 政治儒学 [M]. 北京：生活. 读书. 新知三联书店，2003.
[6] 徐复观. 两汉思想史：第二卷 [M]. 台北：台湾学生书局，1989.

原文载于《衡水学院学报》2011年第3期。

柳河东（1970—），男，山西运城人，中国当代儒学网管理委员会理事长，山西省当代儒学研究会社团法人兼常务副会长、研究员，山西省当代儒商联谊会执行会长，（香港）中国儒商研究院院长、北京儒学精舍主人。

正义 正我 正民

——董仲舒廉政思想解读

李奎良 曹迎春

衡水大地孕育出的一代大儒董仲舒，其思想至今仍散发着穿越时空的光芒。在董仲舒政治思想体系中，廉政是一个非常重要的范畴。对董仲舒的廉政思想进行深入解读，汲取其有益成分以滋养当下的廉政文化，是一项既有现实意义又有学术意义的重要工作。

一、正义——廉政的基础

董仲舒的义利观在继承先秦孔孟义利观的同时，在高度和广度上作了进一步的拓展，形成具有董氏特色的义利观。首先，在高度上，他把义与利归于天。《春秋繁露·身之养重于义》中说："天之生人也，使之生义与利[1]263。"把义和利看作是天赋予人的两方面属性。其次，在广度上，他把义利观由道德领域拓展到政治领域。孔子的义利观，就其设定的对象而言，主要着眼于个人道德修养，以君子人格的培育为旨趣。孟子的义利观，虽然明确地包含着教君王以此取天下治天下的方略，但更倾心于个人道德修养的方面。而且，从实际情况来看，孟子义利观的社会功能，主要在于激发、提升个人的道德境界。董仲舒在继承孔孟义利观的这种精神的同时，将其拓展到政治领域[2]。

董仲舒的义利观选取了新的角度，也提出了新的表述。他的义利观的一个重要命题就是“正其谊不谋其利，明其道不计其功”[3]1918。谊，即义，正谊即正义。这两句话是用不同的词语表达同一个意思。“正其谊”与“明其道”，“谋其利”与“计其功”都是同义词语。董仲舒要“正”的“谊”，要“明”的“道”到底是什么呢？

董仲舒所说的“义”有两方面含义：一个是指普遍、抽象之义，即个人修养方面的义。从这个角度讲，“正谊明道”就是要求人们超越功利，保持道义和人格上的完满，体现了董仲舒重义轻利的思想。另一个是特殊、具体之义，即君主国家行为方面的义[4]。这两种“义”，一个是体现在道德领域，另一个是体现在政治领域。

我们在这里重点探讨董仲舒“正义”思想的政治伦理内涵。《春秋繁露·玉杯》中说：“《春秋》之法以人随君，以君随天……故屈民而伸君，屈君而伸天，《春秋》之大义也[1]31—32。”在这里，董仲舒认为天、君、民三者是按照由尊至卑的顺序排列的，天高于君，君高于民，而“义”即用来区分和明确这种尊卑关系。在这个尊卑序列中，董仲舒把“天”高悬于君之上，认为“其于义也，非君定矣”[1]61，赋予“义”神圣的地位，又说“尊天，美义也”[1]441，把遵循这种尊卑关系看作是“美义”。在《春秋繁露·盟会要》中董仲舒更是明确指出：“立义以明尊卑之分，强干弱枝以明大小之职，别嫌疑之行，以明正世之义，采摭托意，以矫失礼[1]141—142。”在《春秋繁露·正贯》中他再次重申：“立义定尊卑之序，而后君臣之职明矣[1]143。”由这些论述可知，董仲舒其实是把伦理范畴的“义”引入政治范畴，使之成为定“尊卑之序”，明“君臣之职”“强干弱枝”“大本小末”的社会核心价值观念。“天”“君”“民”这几种政治关系只有“如其伦”，即符合儒家核心价值观念，才算“义正”。正如《精华》中所说：“是故大小不踰等，贵贱如其伦，义之正也[1]85。”

任何社会都有自己的核心价值体系，这是一定的社会系统得以运转、一定的社会秩序得以维持的基本精神依托[5]。董仲舒的“正义”思想确立了儒家道德为社会的核心价值体系，规定了廉政建设的目标方向，确定了廉政建设的道德价值导向，这就从根本上决定了其在董仲舒廉政思想中的重要地位和作用，是董仲舒廉政思想的基础。

二、正我——廉政的方法

董仲舒的“正义”，从社会的角度说，就是构建符合儒家道德的政治秩序，形成社会正确的价值导向；从个人角度说，则是按照儒家的原则严格要求自己，即“正我”。《春秋繁露·仁义法》：“义之法在正我，不在正人。我不自正，虽能正人，弗予为义”“义云者，非谓正人，谓正我”“义者，谓宜在我者。宜在我者，而后可以称义”[1]250—253。董仲舒反复强调“义”与“我”的关系，认为“正我”是“义”的关键和方法，这也是其“义”观念独具特色之处。

董仲舒的“正我”思想主要是针对统治者提出的，中心内容是“正君”和“正百官”。他把君看作是国家的本原，认为“正者，王之所为也”，因此十分强调君主的以身作则。《春秋繁露·保位权》：

“是故为人君者，固守其德，以附其民，固执其权，以正其臣[1]175。”可见，君主“正我”才能够“附其民”“正其臣”。董仲舒认为，不但君主作为最高统治者必须“正我”，各级执政者作为德治的主要实行者也必须“正我”。《天人三策》曰：“今之郡守、县令，民之师帅，所使承流而宣化也；故师帅不贤，则主德不宣，恩泽不流[3]1911。”可见，百官是“民之师帅”，任务是秉承君主的恩泽去宣扬教化，因此他们自身是否正，直接关系到德治是否能够施行。

那么，统治者怎样才能做到“正我”呢？董仲舒以为，“正我”的关键是“正心”。他指出：“故为人君者，正心以正朝廷，正朝廷以正百官，正百官以正万民，正万民以正四方。四方正，远近莫敢不壹于正，而亡有邪气奸其间者[3]1904。”也就是说，君王只有“正心”，才能够“正百官”“正万民”“正四方”。而所谓“正心”，就是要君主将仁、义、礼、智、信的道德要求纳入自己的态度体系，成为自己意识体系的有机组成部分。君主只有将儒家道德内化为“知”，才能外显为“行”，真正做到以身示范。此正君心之道，即儒家“内圣”之道，君主当求内心之诚正，始能进而修身、齐家、治国、平天下[6]。

董仲舒不仅指出了统治者品德形成中内在转化——“正心”的重要性，而且提出了一系列能有效促进其品德形成的外部手段，其中最主要的就是用天意约束君主，用制度约束百官。

董仲舒用天意约束君主，提出了具有董氏特色的君权制约论——“屈君而伸天”说和“灾异谴告”说。董仲舒为了限制至高无上的君权，又在其上设置了神秘的“天”，并提出应该“屈民而伸君，屈君而伸天”。他反复论证“天”对“君”的主宰是天数，为此提出了“灾异谴告”说。他说：“天地之物有不常之变者，谓之异，小者谓之灾。灾常先至而异乃随之。灾者，天之谴也；异者，天之威也。谴之而不知，乃畏之以威……凡灾异之本，尽生于国家之失。国家之失乃始萌芽，而天出灾害以谴告之；谴告之而不知变，乃见怪异以惊骇之，惊骇之尚不知畏恐，其殃咎乃至[1]259。”董仲舒“灾异谴告”说的目的，就是用一种神秘的形式告诫君主必须尊天意、行仁义。

总之，如果说“正心”是告诉君主应该如何做，那么董仲舒通过其天意之说则是告诉君主必须如何做。只有在这样的主观内在转化和客观外部制约的共同作用下，君主才能真正做到“正我”。

至于百官，董仲舒主张用制度进行约束。他提出既要有合理的选官制度又要有严格的考察制度。董仲舒十分反对当时不考虑才能和品行的“任子”和“赀选”选官法，提出了“养才”“荐才”和“用才”的具体措施：“养才”的具体方法是“兴太学，置明师”[3]1911；“荐才”的具体方法是让列侯、郡守、二千石等地方大员，每年荐贤两名以供宿卫，并以此作为考察大臣的一个重要指标；至于“用才”，他主张“毋以日月为功，实试贤能为上，量材而授官，录德而定位”[3]1911。通过这些选官制度，在源头处控制了官员的质量。不仅如此，董仲舒还十分重视在过程中对官员的考察。董仲舒在《春秋繁露·考功名》中详细论述了他理想中的官员考察制度：“考试之法：大者缓，小者急；贵者舒而贱者促。诸侯月试其国，州伯时试其部，四试而一考。天子岁试天下，三试而一考，前后三考而绌陟，命之曰计[1]179。”可见，董仲舒主张的官员考察制度既有小“试”也有大“考”，既针对“贵者”也针对“贱者”，且最终要和“黜陟”挂钩，具有层次性和可操作性。这一系列严格的选官和考察制度，使得官吏不得不加强自身道德修养，尽量做到律己爱民，是官员能够“正我”的重要外部因素。

“正我”是董仲舒实施廉政的方法和关键。它不但强调统治者以身作则的重要性，而且提出了促进统治者做到“正我”的内在转化方法和外在制约方法，对于现在加强领导干部廉洁自律仍然具有借鉴意义。

三、正民——廉政的目的

董仲舒要求统治者“正我”，目的是为了“正民”。董仲舒说：“《春秋》之所治，人与我也[1]249。”可见，站在统治者的立场上，政治就是统治者的自治和治理人民两项内容，而统治者的自治也是为了更好地治理人民。

“正民”是为了“民正”，那么民要怎样才可称“正”呢？也就是说，董仲舒对于人们要达到的理想状态的设想是怎样的呢？他在《天人三策》中是这样描述的：“天下和洽，万民皆安仁乐谊，各得其宜，动作应礼，从容中道[3]1908。”仁义是内在实质，礼是外在表现，人民的理想状态就是内在的仁义之质和外在之礼的融合统一。就个人而言，是安仁乐义，从容中礼；就社会而论，是形成了良好的社会风俗。这也就是董仲舒追求的政治的最高目标。

如何实现这个“民正”的理想目标呢？也就是“正民”的方法是什么呢？董仲舒指出要养民之体、教民以义、防民之欲。

养民之体是董仲舒“正民”之基础。《春秋繁露·身之养重于利》中说：“天之生人也，使人生义与利。利以养其体，义以养其心。心不得义不能乐，体不得利不能安[1]263。”由此可见，董仲舒承认利存在的合理性，因此他十分重视民生问题。董仲舒亲眼看见汉兴以来的诸多社会问题，并针对这些问题在政治、经济领域提出了一系列的爱民、安民、乐民主张。比如他提出：“古井田法虽难卒行，宜少近古，限民名田，以澹不足，塞兼并之路。盐铁皆归于民。去奴婢，除专杀之威。薄赋敛，省徭役，以宽民力[3]957。”在这段话中，董仲舒针对当时社会豪强地主的巧取豪夺，提出了限民名田和去奴婢两条重要措施；针对朝廷的横征暴敛，提出了盐铁皆归于民和轻徭薄赋，以宽民力的主张。除此之外，他还主张官不与民争利，并认为这是上天之理，太古之道。《天人三策》中说：“夫天亦有所分予，予之齿者去其角，傅其翼者两其足，是所受大者不得取小也。古之所予禄者，不食于力，不动于末，是以受大者不得取小，与天同意者也……故受禄之家，食禄而已，不与民争业，然后利可均布，而民可家足[3]1916。”董仲舒提出这些具体的解决民生问题的措施，是为了让人民“得利”，从而“养其体”，达到社会和谐稳定的目的。

教民以义是董仲舒“正民”之核心，而防民之欲则是董仲舒“正民”之保障，二者是董仲舒教化思想的两个重要方面。由董仲舒的人性论思想可知，“天两有阴阳之施，身亦两有贪仁之性”[1]296，也就是人性中既有善质，也有恶质。董仲舒教化思想中的这两个方面正是其人性论思想的反映。教民以义是长养人之善质，通过王教之化，将三纲五常等一整套封建伦理规范内化为广大臣民百姓的道德信念，成为人们自觉恪守的行为准则，从而实现民风敦厚的王道盛世。

防民之欲是抑制人之恶质，使人民的欲望不超出法律允许的范围。因此董仲舒说：“凡以教化不立而万民不正也。夫万民之从利也，如水之走下，不以教化堤防之，不能止也。是故教化立而奸邪皆止者，其堤防完也；教化废而奸邪并出，刑罚不能胜者，其堤防坏也。古之王者明于此，是故南面而治天下，莫不以教化为大务。立大学以教于国，设庠序以化于邑，渐民以仁，摩民以谊，节民以礼，故其刑罚甚轻而禁不犯者，教化行而习俗美也[3]1905。”在这里，董仲舒不仅强调了教化的重要意义，还提出了实施教化的具体措施——设立各级学校。

董仲舒的“正民”，就是通过养体和养心的途径，把三纲五常的价值观灌输到民众中去，形成符合儒家核心价值的社会价值取向，最终形成良好的社会风气。在中国古代史中，一般把爱民、富民、利民、教民等重视民众在政治生活中所起的作用的思想，称为民本思想，也可称为民本论。要求官吏勤廉为政是民本论的内在要求；而政之廉否也要以民众是否安居乐业为衡量标准，因此董仲舒的“正民”思想和廉政是相一致的，是廉政的目的和出发点。

综上所述，通过对董仲舒廉政思想的梳理，可以发现“正义”“正我”“正民”是董仲舒廉政思想中的几个重要因素，且它们之间有着明晰的逻辑关系。“正义”是基础，即构建符合儒家道德的核心价值体系；“正我”是方法，中心内容是“正君”和“正百官”；“正民”是目的，就是使人民安仁乐义，形成良好的社会风俗。这些董仲舒廉政思想中的精髓，对于当今社会主义核心价值观体系的构建，加强领导干部廉洁自律，以及以人为本的科学发展观实践都有着重要的借鉴意义。

参考文献：

［1］苏舆．春秋繁露义证［M］．北京：中华书局，1992.

［2］李宗桂．董仲舒义利观揭旨［J］．齐齐哈尔师范学院学报，1991（4）：16－19.

［3］班固．汉书［M］．北京：中华书局，1999.

［4］李小红，张如安．中国古代廉政思想简史［M］．北京：中国方正出版社，2011：78.

[5] 陈春生，郝志杰，李永亮. 论社会主义核心价值体系在党风廉政建设中的功能 [J]. 中国石油大学学报，2008 (3)：54－57.

[6] 赖庆鸿. 董仲舒政治思想之研究 [M]. 台北：文史哲出版社，1985：114.

原文载于《衡水学院学报》2012 年第 3 期。

李奎良（1957－），男，河北枣强人，衡水学院院长，教授；

曹迎春（1976－），女，河北景县人，衡水学院法政学院副教授，历史学博士。

董仲舒新“王道”考释

韩进军

王道思想由来已久。春秋战国是中国历史上最为重大的社会转型时期，如何建立一个统一的、繁荣的、久安的社会秩序，成为百家争鸣的焦点之一，王霸之辩是其具体表现。秦的统一与速亡，使得汉初学者及统治者进行了深刻的反思。需要注意的是，汉初反思的深刻性在于对王霸二道进行了比较冷静的分析和几近于客观的判断，由董仲舒最终实现了王道、霸道和合转生而形成了其新王道思想。

一、董仲舒对“王”基于权力意义上的引申

目前研究董仲舒思想最重要的文献资料非《天人三策》和《春秋繁露》莫属，关于王道论思想，此二文献的重要性更加突出。仅在《天人三策》中，“王道”一词被提及 6 次，除“王道”连用为一个词外，“王”字被提及 38 次，“道”字被提及 44 次。在“王道”一词中，“王”又居于主导地位，以与其他的道区别开来，或

者标示其论述的“道”是“王”道，而非非王道。

春秋及以前时期，“王”仅指最高统治者，其他只能按公、侯、伯、子、男等爵称呼。春秋时期，除吴、越、楚、巴、蜀皆蛮夷之邦不用中国之礼而自称王外，其余诸侯国皆不称王，只有周天子可以称“王”。到战国时期，各国首领先后称王，除楚沿用原有王的称呼外，魏于公元前369年称惠王，自此，“王”作为正式称号，不仅用于周天子，各诸侯在实际地位上与周天子并行甚至超过，而且在名义上也不再遮掩，表明王的指代范围扩大到了诸侯国。齐于公元前356年称威王，秦于公元前337年称惠文王，韩于公元前332年称宣惠王，同年燕称易王，赵于公元前325年称武灵王。至此，战国各国国君均以王自称。

关于“王”的字义，张立文先生主编的《中国哲学范畴发展史》第十九章“王霸论”曾有详细而精辟的考辨。甲骨文中，“王字象征无柄的斧钺之头，刃部朝下放置之形，象征权力。”“卜辞王指称商王，也有指称某方国的首领。”又引吴其昌对金文王字的考证以及林沄之论证，得出如下结论：“王本义斧，象征权力，象形会意字。”并引申为“古以有天下者为王”，“王指三王，即夏禹、商汤、周文王，或指禹、汤、文王。他们都是在中国历史上建立了丰功伟绩的圣王。春秋时周天子称王，然有的诸侯在本国内亦称王，如吴楚等国。战国时列国国君皆称王。汉以后，王为皇族或功臣最高的封号”[1]。张先生的论断，揭示了“王”的核心含义及三王时期至汉代王字所指的变化。

至董仲舒时期，对王字的含义从至高无上权力所有者的指代，做出了一定的扩展，并为这种扩展提供了进一步的论证。东汉许慎在《说文》中所言：“王，天下所归往也。董仲舒曰：古之造文者三画而连其中谓之王。三者，天地人也，而参通之者王也。孔子曰：一贯三为王。[2]6”其意应源于董仲舒，并影响后世越千年。在董仲舒《天人三策》和《春秋繁露》中，除王、道连用外，“王”字基于权力的基本意义并有所引申使用。

第一种含义是指古代圣王。古代圣王在董仲舒的著作文献中也称先王，以三代时期的帝王为代表。如“上通五帝，下极三王，以通百王之道，而随天之终始”（《春秋繁露·符瑞》。以下凡引本书只注篇名）。在董仲舒看来，这些先王带有榜样的意味，“仁人者，正其道不谋其利，修其理不急其功，致无为而习俗大化，可谓仁圣矣。三王是也”（《对胶西王越大夫不得为仁》）。所以，董仲舒主张“法先王”。“《春秋》之于世事也，善复古，讥易常，欲其法先王也。”（《楚庄王》）当然这种法先王并非一味地因循，而是要有所改变，“三王之道所祖不同，非其相反，将以救溢扶衰，所遭之变然也”（《汉书·董仲舒传》）。所以，“王者必改制”。

第二种含义是对具体统治者的称呼。这种称呼既指最高的统治者，也指诸侯，是根据实际称谓来使用的。在这个意义上，周天子自不必说，如在《天人三策》和《春秋繁露》所提及的周文王、武王、成王、宣王等。对诸侯称王，董仲舒还是不予支持，“桓之志无王，故不书王；其志欲立，故书即位。书即位者，言其弑君兄也；不书王者，以言其背天子。是故隐不言立，桓不言王者，从其志，以见其事也”（《玉英》）。这里表明董仲舒对桓公有不满之意。整本《春秋繁露》和与武帝的三次对策极少以王称呼最高君王以外的人，当然楚庄王、吴王夫差、越王勾践等蛮夷之邦的名号称呼不在讨论之列。可见，董仲舒使用王字十分慎重，也合于儒家尊君的基本原则。

第三种含义是用作统治、治理意义的“王”。在这种意义上是将“王”字作为动词使用的，一般读为 wàng，也即实施权力的具体行为，而王者则是这种行为的实施者。这种用法主要是以“王天下”出现的。“故郑鲁易地，晋文再致天子，齐桓会王世子，擅封邢卫杞，横行中国，意欲王天下”（《王道》），“文王受命而王天下，先郊乃敢行事，而兴师伐崇”（《郊祭》）。

以上三义基本上是在非常具体的层面使用“王”字，无论是三代帝王，还是具体统治者的名号称呼，以及统治、治理意义上的“王”，都未能充分表现出作为一种系统理论之核心概念的系统而深刻的含义，而且以上三种意义，也是传统意义上的所指。董仲舒在此基础上，对“王”进行了更为深刻的阐发。

在董仲舒这里，王的根本意义在于理想中的统治者，有时称以“圣王”，而常常以“王者”称呼。这种王者不仅有至高的权力，而且承于天地，通于人事。董仲舒指出：“古之造文者，三画而连其中，谓之王。三画者，天、地与人也，而连其中，通其道也。取天地与人之中以为贯而参通之，非王者孰能当是？故王者唯天之施，施其时而成之，法其命如循之诸人，法其数而以起事，治其道而以出法，治其志而归之于仁。”（《王道通三》）

这种王不是一般的统治者，而是能将社会带入一个理想状态的王，而社会通过这个王的引领教化实现长治久安。“圣王之继乱世也，扫除其迹而悉去之，复修教化而崇起之。教化已明，习俗已成，子孙循之，行五六百岁尚未败也。”（《汉书·董仲舒传》）这样，“王”变成了一个复杂的概念。董仲舒在《春秋繁露·深察名号》中，对“王”的含义进行了论述：“深察王号之大意，其中有五科：皇科、方科、匡科、黄科、往科。合此五科以一言，谓之王。王者皇也，王者方也，王者匡也，王者黄也，王者往也。是故王意不普大而皇，则道不能正直而方；道不能正直而方，则德不能匡运周遍；德不能匡运周遍，则美不能黄；美不能黄，则四方不能往；四方不能往，则不全于王。故曰：天覆无外，地载兼爱，风行令而一其威，雨布施而均其德。王术之谓也。”在董仲舒看来，王即普大之皇，守正直而方之道，其德匡运周遍，醇美仁厚，四方追随归往。王承天继地，其权威一统无遗，其德性均施天下。

董仲舒在有权力的人的基本意义之上，追加了天与地两个因素，特别是天，“王者承天意以从事”（《汉书·董仲舒传》)，使得董仲舒的王的至高无上性和理想性得到充分保障，也使得王从早期原初的具体指代成为一个既具有神圣性，又具有必然性，同时又以一个天的代言人的形式出现在现实社会生活之中，“天之所大奉使之王者，必有非人力所能致而自至者，此受命之符也”(《汉书·董仲舒传》)。所以，董仲舒的王已经比较复杂并形成了一个全新的系统。

二、董仲舒对“道”论的综合

道是中国哲学最重要的范畴之一，自先秦至今天，道一直被人们作为最为复杂、甚或作为最核心的概念而孜孜研讨。道的原初含义由道路引申而来，其基本意义为各家学者所共识。《说文》云，“所行道也”“一达谓之道”[2]42。宋陈淳《北溪字义》对道亦有详解：“道，犹路也。当初命此字是从路上起意。”[3]38 道的方法、规则等逐渐抽象的其他含义均由其本义生发出来。

1. 道的基本意义解读

鉴于道在中国哲学中的重要地位，各方学者也都努力寻求给予确切的界定，而由于时代不同、学派不同，对于道就有不同理解和使用。

张岱年先生在《中国古典哲学概念范畴要论》中，在对道的本义解说的基础上，对孔子、老子、《易大传》、庄子、《管子》、荀子、韩非以及自宋代以后哲学家们关于道的一些观点进行了梳理，得出了道的观念所蕴含的4层含义：“（一）事物的存在都有其变化的过程；（二）在事物变化的过程中具有相对不变的规律；（三）事物有其特殊的规律，也有统一的普遍的规律，这普遍的规律命之曰道。有些思想家则以事物变化的总过程为道；（四）有些思想家把普遍规律抬高到物质世界之上，看作最高的实体，世界的本原，于是成为一个观念的虚构。”结论是“道包含过程与规律的意义”[4]。

张立文先生主编的“中国哲学范畴精粹丛书”中，专有《道》一册，张先生所著《中国哲学范畴发展史（天道篇）》第一章即论述了“道的内涵及其演变”。此两本著作均归纳了道作为中国哲学中一重要范畴的8种基本含义，具体包括：其一，道为道路、规律。其二，道为自然界万物的本体或本原。其三，道为一、为原初的混沌状态。其四，道为无，为本。其五，道为理、为太极。其六，道为心。其七，道为气。其八，道为人道。综八义之“道”，其内涵可理解为：第一，道是天地万物的本体或本原，是天地万物之所以存在的根据；第二，道是整体世界的本质，是事物的根本性质，是构成事物基本要素的内在联系；第三，道是事物的规律，指事物所固有的本质的、必然的、稳定的联系；第四，道是运动变化的过程；第五，道是政治原则、伦理道德规范，是治国处世的道理[5]。王德有先生在《道旨论》第一章概说中，也归纳了道的14种含义，对道的哲学意义和社会意义做出了进一步解读，表明了道含义的复杂性。

由上述可知，在中国哲学中，道的含义极其复杂，中国哲人在不同层面上使用道这个范畴，或者在不同的情境下意义有所差别，概括而言可以从三个层面来把握。

第一层面是道的本始内涵。这里既有作为路之道，也有引申出来的准则、方法等意义，其中从最根本的层面上讲，道是天地万物、社会事象所由之、所归之、所循之的最高依据和原则。所谓所由之，就是一切事物存在及变动的方式、方法或路径；所谓所归之，就是具体事物出于斯而复归于斯也即本原或本体；所谓所循之，万事万物所遵循的法则，而其他更为具体的含义也无外乎这核心含义的外化或者说是具体运用。

第二层面是通过前置词表明道的意义，例如天道、人道、王道、霸道、夫子之道等。在这个层面上，道是个中性词，不同的人有不同的道。当然思想家们从自己的立场出发试图探索为社会公认的道，作为社会本身公允的准则，也即公共的道。正如《北溪字义》中所言："人所通行方谓之路，一人独行不得谓之路。只是日用人伦事物所当行之理。众人所共由底方谓之道。[3]38" 这个层面道的意义取决于前置词的性质。

第三层意义则是由不同的思想家根据道在自己理论体系中的价值和地位，以道之外的意义赋予道。如《吕氏春秋》之道为"太一"，《吕氏春秋·大乐》中指出："道也者，至精也，不可为形，不可为名，强为之谓之太一。"[6] 王弼以道为无，"道者，无之称也"[7]。

2. 董仲舒"道"的基本含义

董仲舒之道作为道路、言说等的基本意义毋庸赘言，"郑因其力而取之，此无以异于遗重宝于道，而莫之守，见者掇之也"（《灭国上》）。"此繇役众，赋敛重，百姓贫穷叛去，道多饥人"（《五行变救》）。道还作为言说意义使用，"《诗》道志，故长于质"（《玉杯》）。此两种意义上的使用，就其王道哲学而言，没有特别的价值，为最常用、最基本的情况。

在道的基本含义上，将道作为宇宙世界之本体或本原的意义，今据《天人三策》和《春秋繁露》考校，董仲舒从未论及，可见，董仲舒没有将道放在本体或本原意义使用，一方面因为世界本体或本原问题并未完全进入董仲舒思维的领域，同时，即使论及此问题也是更把天放在这个地位上，道在这个层面上也是作为天道来论述的，故不做更多论述。所以，在董仲舒这里，道是作为事物运动变化的规律、事物根本性质、法则和规范并延伸到做事的根本方法来使用的。

所谓规律是事物运动变化的本质联系。“乐而不乱复而不厌者谓之道。”（《天道施》）“道”是作为治理国家的所应该遵循的基本规律。董仲舒指出：“道者，所繇适于治之路也，仁义礼乐皆其具也。”（《汉书·董仲舒传》）如果违背了这种基本规律，必然导致乱政王国的结局。“夫人君莫不欲安存而恶危亡，然而政乱国危者甚众，所任者非其人，而所繇者非其道，是以政日以仆灭也。夫周道衰于幽、厉，非道亡也，幽、厉不繇也。至于宣王，思昔先王之德，兴滞补弊，明文、武之功业，周道粲然复兴，诗人美之而作，上天佑之，为生贤佐，后世称通，至今不绝。此夙夜不解行善之所致也。孔子曰‘人能弘道，非道弘人’也。故治乱废兴在于己，非天降命不得可反，其所操持诗谬失其统也”。（《汉书·董仲舒传》）天将道降于世，而人能弘扬之，或者背离之，于是治乱之分明矣。

所谓根本性质或内在规定性，就是说一事物之为一事物的根本依据，也可以理解为“根本”义，即为事为物之本。“所闻天下无二道，故圣人异治同理也。”（《楚庄王》）圣人具体治理方法有所不同，但是基本的道理是相同的。董仲舒以《春秋》之道演绎治国之道，通过不断地阐释“《春秋》之道”来表明其所主张的观点，“《春秋》之道，视人所惑，为立说以大明之”（《玉杯》）。

所谓法则或规范，是指不可怀疑、必须遵守的基本原则而且根据不同的领域，表现为不同的层次意义。例如可以表现为伦理原则或规范，“君臣、夫妇、父子之道”“夫仁、谊、礼、知、信五常之道”“为政之道”等等，甚至这种法则或规范具有至高无上性，“故善宋襄公不厄人，不由其道而胜，不如由其道而败，《春秋》贵之，将以变习俗，而成王化也”（《俞序》）。

所谓具体的做事方法，就是在实际社会生活中的一些正确的解决问题的手段和途径。如“凡养牲之道，务在肥洁而已”（《郊事》），“气之清者为精，人之清者为贤，治身者以积精为宝，治国者以积贤为道”（《通国身》）。这种方法是由规律、根本、法则外化延伸出来的，而不仅仅在于技巧。

实际上，在董仲舒的道论中，道在使用过程中很难完全清晰明白地分离出某一种意义，绝大多数情况下所取之义应为上述各项除道路、言说以外各种意义之综合，王道之道尤其如此。

三、董仲舒对“新”王道的阐发

王道即王者之道、王者之本，董仲舒的“王道”既是各种社会现象或政治行为的方式、方法或路径，也是其应遵循的法则，还是产生的本原性依据，是社会运行的理想形态，或者说是通往理想社会之路。董仲舒“王道”论，承继先秦儒家王道传统，并加以提升改造，因此，董仲舒之王道可以称之为“新王道”。

1. 新王道是王道与霸道的融合

在传统的王道与霸道之争中，王道以仁政为核心，霸道以力政为基础。在董仲舒看来“仲尼之门，五尺之童羞称五伯，为其先诈力而后仁谊也”（《汉书·董仲舒传》）。先诈力而后仁谊实不可取，但当在“仁”这个统一基础上时，王霸对立也就消解了。“春秋之道，大得之则以王，小得之则以霸。故曾子、子思盛美齐侯，安诸侯，尊天子，霸王之道，皆本于仁。”（《俞序》）王霸之辩到董仲舒实现了王道霸道的融合。在董仲舒的文献中，极少看到“霸道”之论，可以说董仲舒是以王道融合霸道，不是简单的合并和杂糅，而是以新王道的形式表现出来。它是在王道副天道的大前提下，以阳主阴辅原则下的阴阳和合形成的王道为主、霸道为辅而形成的王道霸道和合转生而成的新王道。这个新王道可以理解为政治手段上的德主刑辅，亦可以理解为学术表现上的阳儒阴法，更可以理解为君、父、夫为纲，臣、妻、子为目的社会结构。这种阴阳主辅关系，虽然划分了主辅的地位，但是主辅并非对立的双方，而是共存和合的整体。由此，才真正第一次实现了王霸之辩的消解，才有了汉宣帝总结性地对前汉王者之道的精辟总结——“霸王道杂之”。

2. 新王道是一套严密的理论体系

董仲舒将王提升为沟通天人者，在人道之上增加了一个天道，那么王道就不仅仅是关乎人或社会的问题，而是天人之道。新王道的理论前提是天道，“臣谨案《春秋》之文，求王道之端，得之于正。正次王，王次春。春者，天之所为也；正者，王之所为也。其意曰，上承天之所为，而下以正其所为，正王道之端云尔。然则王者欲有所为，宜求其端于天”（《汉书·董仲舒传》）。不仅如此，董仲舒通过阴阳、五行等要素的引入，使王道的具体内容及其施行都具有充分的理论依据。“君臣、父子、夫妇之义，皆取诸阴阳之道。”（《基义》）“天道之大者在阴阳。阳为德，阴为刑；刑主杀而德主生。王者承天意以从事，故任德教而不任刑。”（《汉书·董仲舒传》）如果承认天道的至高无上性，那么从天道推演出的王道的全部内容就是无可怀疑的。

3. 新王道是一脉相承的治国方略

董仲舒新王道中包含了三王之道、文武周公之道等先王之道或圣王之道，均为其理想形态而成为现实社会效法的范型和追求的目标。“先王之遗道，亦天下之规矩六律已。”（《楚庄王》）董仲舒对先王之道和圣王之道不吝笔墨，着力褒扬，对于背离者则大加贬斥。“武王行大谊，平残贼，周公作礼乐以文之，至于成康之隆，囹圄空虚四十余年。”（《汉书·董仲舒传》）在《春秋繁露·王道篇》中，董仲舒在描绘了五帝三王之治天下的美好情景后，鞭挞了桀纣的骄溢妄行之恶果，并揭露了周衰以后各种无道现象。“周之末世，大为亡道，以失天下。”（《汉书·董仲舒传》）因此，“孔子明得失，差贵贱，反王道之本”（《王道》）。在董仲舒看来，先王之道、圣王之道也是未来之道，法先王的目的不是复辟，而是通过美化先王时代，建立一个未来美好社会，这个社会就是王道大兴的社会。

4. 新王道是学术追求的意义所在

董仲舒的新王道将王道流行作为理想的社会形态，那么其学术的最终目的就是要推动王道的贯彻实行。“仲尼之作《春秋》也，上探正天端，王公之位，万民之所欲，下明得失，起贤才，以待后圣。”（《俞序》）孔子之时，先王之道衰微而天下无道，孔子作《春秋》正如孟子所言：“王者之迹熄而《诗》亡，《诗》亡然后《春秋》作。”皮锡瑞在《经学通论》中所说：“《春秋》有大义，有微言。大义在诛乱臣贼子，微言在为后王立法。”[8] 正指明了孔子作《春秋》的目的在于重正先王之道以俟后王，而春秋三传中唯“《公羊》兼传大义微言”，董仲舒作为春秋公羊学的大师，正是通过对《春秋》之道的阐发来弘扬其学术目的的。“《春秋》之道，以元之深，正天之端，以天之端，正王之政，以王之政，正诸侯之即位，以诸侯之即位正竟内之治。五者俱正，而化大行。”（《玉英》）而这“元之深”“天之端”“王之政”“诸侯之即位”“竟内之治”，正是董仲舒王道论的主干。董仲舒学术具有很强的现实性，就是要使帝王为三王之盛及尧舜之名，意在“兴仁谊之林德，明帝王之法制，建太平之道也”（《汉书·董仲舒传》）。

5. 新王道是稳定性与变动性的统一

“久而不易者道也”，道作为规律、根本性质、法则等具有相对的稳定性。董仲舒明确指出，“道之大原出于天，天不变，道亦不变”，强调“王者有改制之名，亡变道之实”（《汉书·董仲舒传》）。“今所谓新王必改制者，非改其道，非变其理”（《楚庄王》），此之道，应为先王圣王之正道，这种道从其实质而言仅有形式的不同而无实质的差别，所以，“孔子曰：‘殷因于夏礼，所损益可知也；周因于殷礼，所损益可知也；其或继周者，虽百世可知也。’此言百王之用，以此三者矣。夏因于虞，而独不言所损益者，其道如一而所上同也”，“是以禹继舜，舜继尧，三圣相受而守一道，亡救弊之政也，故不言其所损益也”（《汉书·董仲舒传》）。其王道实质是相同的，因此具有相对的稳定性。但是，这个道并非僵死而一成不变，是可以有所损益的，“三王之道所祖不同，非其相反，将以救溢扶衰，所遭之变然也。继治世者其道同，继乱世者其道变”（《汉书·董仲舒传》）。而且，董仲舒认为，改正朔，易服色，是顺天命而为的，所以，夸大董仲舒的道之因循稳定，将王道论看作是一个静态孤立的封闭体系，是有失偏颇的。当然，在变与不变的关系中，王道的相对稳定性占主导。

董仲舒的王道政治哲学，是自春秋起始的中国社会大转型至秦汉特别是汉代前期逐渐走向转型完成，并开启一个全新社会形态的产物。在汉初各派学术复兴并存的同时，各学术派别之间也呈现出一种前所未有的整合态势。董仲舒站在儒家立场上，承袭原始儒家法先王之道的传统，并通过理论化的精细论证，对王、道和王道等核心概念进行了综合和改造，使其王道论成为一个全新的更加具有适应性的理论体系。

参考文献：

［1］张立文．中国哲学范畴发展史［M］．北京：中国人民大学出版社，1995：678－679.

［2］许慎．说文解字［M］．南京：江苏古籍出版社，2001.

［3］陈淳．北溪字义［M］．北京：中华书局，1983：38.

［4］张岱年．中国古典哲学概念范畴要论［M］．北京：中国社会科学出版社，1987：29－30.

［5］张立文，岑贤安，徐荪铭，等．道［M］．北京：中国人民大学出版社，1989.

［6］陈奇猷．吕氏春秋校释［M］．上海：上海古籍出版社，2002：259.

［7］楼宇烈．王弼集校释·论语释疑［M］．北京：中华书局，1980：624.

［8］皮锡瑞．经学通论·春秋［M］．北京：中华书局，1954：1.

原文载于《衡水学院学报》2012 年第 5 期。

韩进军（1964－），男，河北保定人，河北大学政法学院教授，哲学博士。

"三代改制质文"的政治哲学意蕴

——董仲舒文质论的理论渊源与历史效应

张树业

在先秦至两汉的儒家思想学说史中，文、质观念及其相互关系一直是一个最富于思想唤启效应的主题。无论是儒家教养论、心性论还是其文化理念、政治学说中都有文质论的影迹。儒家文质论肇基于孔子，发挥于战国儒家。延及汉代，"为儒者宗"的董仲舒成为儒家文质论的重要阐发者和推动其根本思路转向的关键人物。董子使儒家文质论的政治哲学意蕴充分展开，对汉儒的政治哲学产生了广泛影响，并深刻作用于汉代政治结构和政治决策。深入阐释董子文质论，对理解儒家政治学说和传统文化精神都有重要的意义。

一、儒家文质论的发生及早期形态

文质论之所以能在早期儒家思想中产生巨大影响，源于其深厚精神底蕴和思想张力。然而学界对文质论长期未予以足够的重视，其思想内涵对现代人而言相对陌生。因此，在重点探讨董子文质论之前，有必要对儒家文质论的基本内容及其在汉以前的思想发展作一简略介绍。

文质论以“文”与“质”两大核心观念及其相互关系为研讨对象。欲明确文质论的思想内涵及其发生因缘，必须从对文、质两大观念的考察入手。

“文”是汉语中语义最丰富且在汉语思想史中影响最深远的字之一。由文明、文化、文教、文学、文字等词语即可看出其在现代汉语思想中的地位。而在古典文献中，“文”更是上古政治文化思想的重要支点。

根据古文字学者的研究，“文”乃象形文字，“像一繁文满身而端立受祭之尸形”[1]68，因而学界普遍认为，“文”字起于远古文身之俗。对于文身现象，人类学者这样解释：“文身是生活信念的标志。……通过文身，人在某种意义上变成了一个符号。通过约定的含义，他被附加了一种象征性的力量。……作为一种直接铭刻在身体上的符号，文身沟通了人的灵与肉，通过文身，人们不仅表达了自己的生活信念，还显示了社会归属的趋向。”[2]4 由此可见，“文”在其初始义中即以隐喻方式指涉人之在世生存特征及其与世界发生关联的根本方式。人通过“文”与祖先、与天命发生交流并奠立其在世生存之根基。因此，“文”字逐渐获得了极为丰富的意义内涵，大略有修饰、文采、条理、分别、美善等义，这使“文”具备了深广的价值意义生长空间：由其修饰义与文采义而发展出强烈的审美精神取向，以及对艺术化生活方式之追求；由其条理义、分别义而孕育出对自然秩序的理解和创制社会秩序以实现社会治理的期待。二者在“文”之美善义中得到统一。“文”因此成为华夏文化的基本价值意义系统的观念原点。

至西周，“文”成为新兴谥法系统中极重要的美谥之一。“文”

由此获得了丰厚的德性内涵。谥法对“文”的首要理解是：“经天纬地曰文。”《国语·周语》中单襄公对此有系统解说，且言“能文则得天地”，又云：“经之以天，纬之以地。经纬不爽，文之象也。”韦昭注以为“文者，德之总名也”。诸如敬、忠、信、仁、义、智、勇、教、孝、惠、让等11种德行都被纳入“文德”之中。“文”成为华夏上古文明的总体象征。儒家文化正是通过对三代文明的自觉继承而奠定其思想底色。《论语》载：

> 子畏于匡，曰：“文王既没，文不在兹乎？天之将丧斯文也，后死者不得与于斯文也。天之未丧斯文也，匡人其如予何？”（《子罕》）

“文”带给人类群体以明备的制度秩序，修治人之情性与生活，使之臻于繁盛和优美。于是孔子对周文的执着乃可以被理解：

> 周监于二代，郁郁乎文哉！吾从周。（《论语·八佾》）

也正是从孔子开始，文质关系问题进入人们的思想视野并迅速成为一个重要的思想课题。《说文解字》云：“质，以物相赘。”段注曰：“以物相赘，如春秋交质子也。引申其义为朴也、地也，如有质有文是也。”桂馥《说文解字义证》云：“谓其物与所求正相当直也。”质的本义是等值事物的交换与抵押，目的是约束双方行为，由此而引申出“盟信”之义。盟信应以真诚为本，由此又引申出“诚”“实”之义。诚实无伪在中国思想传统中是人之生命的本然形态，所谓“本始材朴”，由此引申出“淳朴”“天性”之义。这样，“质”得以推演出本来状态、朴素底料等义。文质关系问题之得以发生，源于春秋时代之“周文疲敝”，即周代礼乐政教制度传统弊端丛生，礼乐日益沦于僭伪虚饰而遭到越来越多的质疑，一场从社会制度秩序到文化精神的大变革正在酝酿。在思想上，则表现为通过对“性与天道”问题的关注而试图建立新的解释世界与人类历史的根本原则。“性”作为“本始材朴”，与建立在传统和教养生活基础上的“文”形成对照。“质”正是表达这种对真诚、简朴的自然生命形态的呼唤，其所内涵的真诚、信实等义尤为孔子所推重。对于满目虚文矫饰的时代，尚质成为最好的矫正之法。孔子不止一次地表达过其重质主张。

先进于礼乐，野人也；后进于礼乐，君子也。如用之，则吾从先进。（《论语·先进》）

先进之野，乃由于其质朴。后进之“君子”，则文过其质，徒有其表。孔子于此再度强调质的优先性。儒者之重质，并非意图退而止于质，而是希望通过保全质而为文提供内在的生机动力和成长空间。对质的优先性的强调并不意味着轻视文，相反，文在儒家看来，是人生命中必不可少的修养。《论语》称：“子以四教：文、行、忠、行。”文与忠、信、行并列而居首。所以如此，盖在于人必须通过学文来实现其生命之提升，也必须借助文来使质之可能性充分表现。可见起码就个人成长而言，文、质二端实缺一不可。只有当“质”这来自天命性情的生命底色永远保持其真纯鲜活，才能为“文”之创造提供永不枯竭的源泉，而同样只有当“文”在人生中充分展开和实现时，“质”才获得其成长的空间。离质而求文，则必泥于形式而陷于虚饰；弃文而守质，则必困于鄙陋而流于疏狂。只有文与质都能得到持存和适当的表现，才是一种理想的生命形态，而这正是儒家所追求的“君子”人格的基本特征：

子曰：“质胜文则野，文胜质则史。文质彬彬，然后君子。”（《论语·雍也》）

彬彬，《论语集解》引包咸曰：“文质相半之貌。”朱子曰：“彬彬，犹班班，物相杂而适匀之貌。”用以形容文与质完美结合的形态。文、质之间本来并非相互排斥、冲突的关系，而是存在互相显发、互相推动之可能性的。文质彬彬说给文质问题的解决提供了一个最佳选择，这正是儒家在处理情、理关系时采用的基本原则，也是儒家对文明与自然之关系的根本理解。

然而战国以降，对“文”的质疑与批判声音几乎充斥了思想界，以墨、道、法为代表的先秦诸子，不约而同地选择了弃文就质。虽然他们在不同程度上触及了文弊的根源并形成了对文的必要思想张力，有助于警醒人们矫治文弊，但都因其各自理论缺陷而无法达成对文质问题的合理解决。

此时的儒家，仍然坚持孔子“与文”“尚质”的主张，追求“文质彬彬”的文质中和之道。如荀子就指出：

> 凡礼，始乎棁，成乎文，终乎悦校。故至备，情文俱尽。其次，情文代胜。其下，复情以归大一也。

荀子肯定文、质各自的意义价值的同时，更重视“文”。这是其隆礼思想的重要体现。而以《礼记·表记》为首的一派儒者，则由文质关系论题出发，发展出一种独特的文化哲学观念。《表记》云：

> 子曰：“夏道尊命，事鬼敬神而远之，近人而忠焉，先禄而后威，先赏而后罚，亲而不尊。其民之敝：蠢而愚，乔而野，朴而不文。殷人尊神，率民以事神，先鬼而后礼，先罚而后赏，尊而不亲。其民之敝：荡而不静，胜而无耻。周人尊礼尚施，事鬼敬神而远之，近人而忠焉，其赏罚用爵列，亲而不尊。其民之敝：利而巧，文而不惭，贼而蔽。”

> 子曰：“夏道未渎辞，不求备，不大望于民，民未厌其亲；殷人未渎礼，而求备于民；周人强民，未渎神，而赏爵刑罚穷矣。”

> 子曰：“虞夏之道，寡怨于民；殷周之道，不胜其敝。”

子曰："虞夏之质，殷周之文，至矣。虞夏之文不胜其质，殷周之质不胜其文。"

《表记》的思考构成了先秦儒家文质论的重要部分，其中第一段的三代文化差异描述可以说构成了后两段文质理论的基础。所尊不同说明三代文化总体趋向的歧异①。看得出，《表记》所关注的是三代立政治民之道以及由此带来的对民众风俗及心性的不同影响。从尊命到尊神、尊礼，是体制化的"文"逐步深化发展的历程。随着礼乐制度的完善，文明的弊端也渐次显露。在赏爵刑罚已穷以至于民不堪命的情况下，"质"的优势再次为人所瞩目，以质救文就成为《表记》等文献潜在的思想主题。"虞夏之道，寡怨于民；殷周之道，不胜其弊"的论断已明显表露了作者的思想倾向。虽然《表记》作者在分析三代政教对民风的影响时指出，夏、商、周各有得失，其民风都有缺陷，但相对而言，由质道而生的蠢愚朴野之弊要强于因文治而起的巧利诈伪之弊。这可以说是有感于周末文弊而兴的一种整体疑文思潮的表现。

二、董子文质论

董仲舒是汉代儒学的灵魂人物。《汉书》称："仲舒遭汉承秦灭学之后，六经离析。下帷发愤，潜心大业，令后学者有所统一，为群儒首。"（《汉书·董仲舒传》）正是董仲舒以兼综百家的恢弘气度与比类湛思的深察精微，使儒家思想获得了一个全新的时代面貌。

---

① "尊命"一语，孔疏解为"尊重四时政教之命"，使人劝事乐功。如此则近于周人之尚文，恐不确切。陈来先生以为"尊命即尊占卜之命、巫觋之行"，可能要更为恰切些。尊神源于神圣与世俗的分离，鬼神的权威得以凸显。尊礼则更重政教体制设施的完善。

徐复观先生在《两汉思想史》中这样评述董子在汉代思想史上的地位："在董仲舒以前，汉初思想大概上是传承先秦思想的格局，不易举出它作为'汉代思想'的特性。汉代思想的特性，是由董仲舒所塑造的。……在许多地方，可以把董氏以前与董氏的新说及受董氏新说影响的继起之说，划一个分水岭。"[3]182–183 周桂钿先生则认为："董仲舒是对中国政治影响最大的三大思想家之一。前有孔子，后有朱熹，他在中间起了关键的作用。"[4]393 董仲舒以《春秋》公羊学为本，对先秦儒家思想进行了全面的统合、消化和阐扬，而文质论也成为其文化哲学、教化论和政治哲学的重要思想主题，并对汉儒产生了深刻的影响。

（一）董子文质论主题一：文德为贵

前文已述，"文"在西周已获得了深厚的德性内涵，不但表现在其"全德"地位，而尤表现于德治、仁政观念中。《逸周书·谥法》云"慈惠爱民曰文""愍民惠礼曰文"。这样一种以关切民生疾苦，引导百姓向善为本的政治原则被称为文治。文治突出慈爱、恩惠、怜悯等温厚宽和的政治态度，与任刑之治形成对照。董子明确站在德治立场反对任刑之治，这一点众所周知，兹不赘述。"任德不任刑""德主刑辅"可以说是儒家在德、刑关系上的一贯立场，而董子之特色，在于为之提供了天道即阴阳五行说之根据和《春秋》等圣贤经典的支持。在《春秋繁露·竹林》中，董子如是说：

> 考意而观指，则《春秋》之所恶者，不任德而任力，驱民而残贼之。其所好者，设而勿用，仁义以服之也。诗云："弛其文德，洽此四国。"此《春秋》之所善也。夫德不足以亲近而文不足以来远，而断断以战伐为之者，此固《春秋》之所甚疾已，皆非义也。

在古汉语习惯用法中，德与刑相对，而文则与武相对。文与德、刑与武两组观念各自匹配，其内涵有共通之处，而又存在一定差异。德强调政治行动对民众的慈惠仁恩及执政者的品德修养，文突出合理政治秩序的制度建构和对民众的教化引导。与之相对，刑与武都具有以威势强力迫使他人屈服的特征，其中刑偏于指加诸个体身体的惩戒，武则突出杀伐征战所展示的整体威势。儒家虽不否定武，但认为武乃不得已而采取的下策，偃武修文才是长治久安之道。《春秋繁露·服制象》称：

盖玄武者，貌之最严有威者也，其像在后，其服反居首，武之至而不用矣。……夫执介胄而后能拒敌者，故非圣人之所贵也。君子显之于服而勇武者消其志于貌也矣。故文德为贵而威武为下，此天下之所以永全也。

（二）董子文质论主题二：礼乐文质论

文质论的兴起，与三代以来的礼乐文明传统有密切关联。可以说，文质问题只有在华夏文化以礼乐文明为核心特性的精神文化土壤中才能产生。当然文质论最终解答或面对的是人类生存的根本永恒问题，但其提出方式和思考路向则是典型的中国精神。因此有学者指出："古人谈文质，总是和天地、阴阳等哲学概念联系在一起的。究其根源，就必须从三代礼乐文化的整体知识系统以及由此形成的古人思想文化的深层结构上进行考察。"[5]220

从文质论之最早研讨者孔子那里，我们即可以看到文质论与礼乐生活的内在关联。孔子几乎全都是在礼乐教养的语境中谈论文质问题的，前述野人、君子之说即为一例。《论语·八佾》又载：

子夏问曰："《诗》云：'巧笑倩兮，美目盼兮。'何谓也？"子曰："绘事后素。"曰："礼后乎？"子曰："起予者商也，始可与言诗已矣。"

在上述对话中，"素"为"质"之象征，而"绘事"则代表

“文”。“绘事后素”乃是孔门在文质关系问题上重质态度的表达。而子夏立刻将话题引向礼，认为礼乃后起之事，即是认为礼如绘事之着于素一样，乃是对人之自然情性加以文饰的形式因素。文质问题之凸显，正是三代礼乐典制走向衰退时人们对于制度（文明）与情性（自然）之关系进行反思的结果，认为礼乐不能在自身之中找到其存在之合理性与合法性根据。礼乐作为“文”，乃是后起的、次生性的，如果要肯定其存在价值，就必须明确其与终极的本原性存在之关系，《论语》称之为性与天道问题。性与天道都指向人类生存的本原与终极。天道是全体性的、统摄性的最终根据，而性则是现实化的、具体化的个体存在之本根，二者之间有不小的距离，而此距离在“下学而上达”的“求仁”与“成仁”中得以消弭。在仁德的养成中，性与天道在当下的生命中实现了融通。礼乐只有在仁中才能获得其存在价值的证明，故《论语》云：

人而不仁，如礼何？人而不仁，如乐何？

礼云礼云，玉帛云乎哉？乐云乐云，钟鼓云乎哉？

仁作为内在于个体生命的“质”与礼乐的关系颇为微妙：一方面，礼乐必须由仁而获得其内在精神生命和存在合理性支点，另一方面，仁也需在礼乐教化过程中养成，故《论语·颜渊》又载：

颜渊问仁，子曰：“克己复礼为仁，一日克己复礼，天下归仁焉。为仁由己，而由人乎哉？”

仁作为个体生命的完成和理想人格的实现，本身也是礼乐教养作用的结果。如前所述，在儒家那里，文质如中国哲学的其他成对观念一样，并非处于一种不可调和的矛盾对立状态，而是可以相互协调、相互推动、共同成长的。儒家对礼乐文化中这一复杂微妙的文质关系之理解方案为董仲舒所继承。《春秋繁露·玉杯》云：

《春秋》之论事，莫重于志。……缘此以论礼，礼之所重者，在其志。志敬而节具，则君子予之知礼；志和而音雅，则君子予之知乐；志哀而居约，则君子予之知丧。故曰：非虚加之，重志之谓也。志为质，物为文。文著于质。质不居文，文安施质？质文两备，然后其礼成。文质偏行，不得有我尔之名。俱不能备而偏行之，宁有质而无文，虽弗予能礼，尚少善之，介葛卢来是也。有文无质，非直不予，乃少恶之，谓州公寔来是也。然则《春秋》之序道也，先质而后文，右志而左物。故曰："礼云礼云，玉帛云乎哉？"推而前之，亦宜曰：朝云朝云，辞令云乎哉？"乐云乐云，钟鼓云乎哉？"引而后之，亦宜曰：丧云丧云，衣服云乎哉？

由于近代以后儒学研究被西方近代哲学的形而上学思想框架和认识论中心取向所笼罩，礼乐作为儒家文化的本原反而被淡化乃至遗忘。而事实上，复兴礼乐一直是儒者的梦想，是儒家解决各类人生、社会、政治、伦理问题的根本途径。董仲舒也不例外，他在《春秋繁露·楚庄王》中论春秋大义云："春秋尊礼而重信，信重于地，礼尊于身。"《春秋繁露》中论礼乐之文很多，而礼乐文化之固有问题——文质之辨，也为董子所重视。董子指出，礼包含了"志"与"物"即礼之内在情感意蕴与外在物化表现形式两个方面，而他以文、质关系解读礼仪中的志、物关系。志与物构成礼文化的两大核心结构要素。黄季刚先生在《礼学略说》中指出："有礼之意，有礼之具，有礼之文。何谓礼意？《郊特牲》曰：'礼之所尊，尊其义也。'传记之言发明礼意者所在而是。……何谓礼具？《周礼》经数言辨其名物，凡吉凶礼乐自非物曲固不足以行之。……及其辨等威，成节文，则宫室、车旗、衣服，饮食皆礼之所寓，虽玉帛钟鼓非礼乐之至极，舍之则礼乐亦无所因而见。何谓礼文？节文度数之详是也。"[6]359—360 此说与董子之说似不同而实则无大差异。

因为董子以文指物，即将礼仪之容仪节文亦包含于物之中，物不单指器物，亦指外在的仪式、制度。就礼乐文化之存在特征而言，必须是志、文兼备，缺一不可。无志则纯粹的物失去了其礼乐文化的制度精神而必归于废坏，而无文则志无由显现，且不能获得现实的恒定有效的形式之保存，必将流散。因此董子亦指出："质文两备，然后其礼成。文质偏行，不得有我尔之名。"

在这样一种文质兼备而后礼成的认识基础上，董子延续了先秦儒家的礼学思想主题，即认为在礼中，质较之文要更为重要，更为根本。这既是为了补救三代礼乐文化的形式化弊端，同时也是儒家思想的一大根本原则。而所以如此，正如董子所言："文著于质，质不居文，文安施质？"文必须附着于一定的质上，即文作为一种外在形式必须获得内在情志生命的依托才可以存在和表现，而如果此内在之质不需要过多的仪文来修饰，则文无法对质产生任何的补益。因此，董子才得出结论认为"俱不能备而偏行之，宁有质而无文。虽弗予能礼，尚少善之"。

尽管董仲舒对其在文质关系问题上的立场进行了学理的说明，认为此原则乃事理之当然。但他更倾向于从现实形式需要出发，认为这本身也是一种时代文化精神走向和政治变革的要求。《春秋繁露·玉杯》云："是故孔子立新王之道，明其贵志以反和，见其好诚以灭伪。其有继周之弊，故若此也。"董子指出，这种在文质之间的偏重姿态恰是孔子所确立的补救周文衰弊的根本方案。在周文积弊，天下日趋巧诈伪饰之时，贵志将有效地克制"文弊"中的巧伪、僵固倾向，从而使人类社会生活回归中和之道[①]。董子又指出，这一原则乃构成《春秋》十大基本宗旨之一：

《春秋》二百四十二年之文，天下之大，时变之博，无不有也。虽然，大略之要有十指。十指者，事之所系也，王化之所由得流也。……承周文而反之质，一指也。……承周文而反之质，则化所务立矣。

承周文而反之质，乃是《春秋》所确立的国家政教之根本要务。由此可以看出，文质论绝非简单的生活礼仪问题，而是一个更为宏大、更为深刻的文化与政治问题，而这也将构成哲学思想乃至整个汉代思想最具特色的成分。在丰富儒家政治哲学的同时，也对我们形成深刻的思想启迪。

（三）董子文质论主题三：三代改制质文

前文已述，文质问题乃由华夏礼乐文明所演生，构成礼乐的核心问题。而在《表记》中，先秦儒已提出了以文质取向来定位虞夏商周四代文化特性的主张，但还没有明确表达文质相互演替、补救的思想，而只是延续孔子重质倾向对“殷周之文”提出批评。

董子文质论的独特神采和突出贡献正在此展现出来。从董子开始，文质论不再仅是一种对三代文化的描述性定位，不再是静态的、分别性的文化精神断面剖析，而成为解释历史文化特别是政治制度与政教精神之演变更替的动态的同时也是普遍性的法则。文质论不再只关涉虞夏商周四代，而成为理解人类历史文化演进的基本原则，此即董子之“三代改制质文”说。《春秋繁露》对此有专篇

---

① “贵志以反和”一语，学界多从苏舆说，以为“和”乃“利”之讹字。志与利为对文，于下句诚伪对文相应。然而古人行文，不必刻意求对，而志、利亦很难理解为意义相反之字。本文认为“反和”即通过贵志而除“文弊”，使归于文质彬彬的中和之道，似更合理。

讨论，然其中文字讹谬较多，辞意烦碎，而其清晰简洁的理论概括，在“天人三策”中：

臣闻夫乐而不乱，复而不厌者谓之道。道者，万世无弊。弊者，道之失也。先王之道，必有偏而不起之处，故政有眊而不行，举其偏者，以补其弊而已矣。三王之道，所祖不同，非其相反，将以捄溢扶衰，所遭之变然也。故孔子曰：“亡为而治者，其舜乎？”改正朔，易服色，以顺天命而已。其余尽循尧之道，何更为哉？故王者有改制之名，无变道之实。然夏上忠、殷上敬、周上文者，所继之救当用此也。孔子曰：“殷因于夏礼，所损益，可知也；周因于殷礼，所损益，可知也。其或继周者，虽百世可知也。”此言百王之用，以此三者矣。夏因于虞而独不言所损益者，其道如一而上同也。道之大原出于天，天不变，道亦不变，是以禹继舜，舜继尧，三圣相受而守一道，无救弊之政也，故不言其损益也。繇是观之，继治世者其道同，继乱世者其道变。今汉继大乱之后，若宜少损周之文，而用夏之忠者。

董子相信，天道是没有缺憾与流弊的，人间的各种弊病来自对道的偏执和偏离，因此需要不断地补偏救弊。因此，历史上三代政教风尚的差异，并非刻意与前代背道而驰，而是为了弥补前代的偏失。这样一种不断的因应前代政教弊端而进行补救的过程即通过文质改替显示出来。董子将夏商周之政教风尚演变之内容及过程描述为“夏上忠、殷上敬、周上文”，显然是受到《表记》影响的说法，而追本溯源，则来自孔子的三代礼制损益说。

子张问十世可知，并非专指礼典，显是就历史文化与政治社会之整体特性而言，而孔子告之以礼，可见礼在先秦足以涵盖一个时代的总体文化特性，是了解中国上古文化政治生活的根本切入点。

孔子指出，由夏而殷，由殷而周，礼有其相因的部分，即礼制本身及其核心内容有合于天道的成分，是百世不易的。礼亦有不断损益的特征。孔子并未对损益的原因与内容进行解说，这成为后世儒家努力探索的思想领域。《表记》首先提出，因损益而不同的夏、殷、周三朝政教文化分别具有尊命、尊神、尊礼三种不同特性，而董仲舒则进一步将之概括为忠、敬、文三字，认为三代文化显示出三大文化特性循环演替的发展变化法则，并相信此乃百王所同，因而才会有损周之文用夏之忠说。至于为什么夏、商、周分别采取忠、敬、文三种政教宗旨，董子并未作系统说解，在《三代改制质文》中，他只是对其制度特征及各种外在表现形式进行过细致的描述，本文对此不一一引述。而《白虎通》则在前汉儒者反复讨论的基础上，给出了这样的解释：

> 王者设三教者何？承衰救弊，欲民反正道也。三正之有失，故立三教，以相指受。夏人之王教以忠，其失野，救野之失莫如敬；殷人之王教以敬，其失鬼，救鬼之失莫如文；周人之王教以文，其失薄，救薄之失莫如忠。继周尚黑，制与夏同，三者如顺连环，周则复始，穷则反本。……三教之所以先忠者，行之本也。三教一体而分，不可单行，故王者行之有先后。何以言三教并施不可单行也？以忠、敬、文无可去者也。教所以三何？法天、地、人，内忠、外敬、文饰之，故三而备也。即法天、地、人各何施？忠法人，敬法地，文法天。

《白虎通》上述分析显然更为细腻，一方面指出了忠、敬、文相互演替、循环的内在根据，同时又揭示了忠、敬、文三者作为王者之教的内在一体性，使之统一于王道政教的政治观念系统，而且又指出其分别法象天地，则又为其确立了天道论的本原，文质论的政治哲学内涵于此完成，董子文质论则构成此一思想发展序列的关键一环。相比于《白虎通》观念的成熟严谨，董子文质思想显然正处于一个逐步深化与探索的阶段，因而难免会显露出一些生涩剌谬之处。如《春秋繁露》称："春秋何以三等？曰：王者以制，一商一夏，一质一文。商质者主天，夏文者主地，春秋者主人，故三等也。"此处三统三正说与文质演替说明显冲突。按照上述说法，人类社会文化及政教制度的演变是遵循着一质一文即"文—质—文—质"的循环规则，落实于三代，则夏文—商质—周文，而这样一种演替方式亦有其天道根源，这在《白虎通》中表述得更为明晰详备：

王者必一质一文何？以承天地、顺阴阳。阳之道极则阴道受，阴之道极则阳道受，明二阴二阳不能相继也。质法天，文法地而已。

至于天何以为质，地何以为文，《白虎通》这样解释：

故天为质，地受而化之，养而成之，故为文。《尚书大传》曰："王者一质一文，据天地之道。"《礼三正记》曰："质法天，文法地也。"帝王始起，先质后文者，顺天下之道，本末之义，先后之序也。事莫不先有质性，乃后有文章也。

《白虎通》上述说法，无疑是董子思想的延续与发挥，但这里明显地出现了两个理论难题。一是"质法天，文法地"之说与"三教"中"忠法人，敬法地，文法天"之说相冲突。根据前说，则商法天而王，周法地而王。据后说，则商上质，法天而王；周上文，法地而王。周人上文，诸家绝无异词，但究竟是法天还是法地则各执一词，这显示了三正说与文质说之间显然存在一个理论鸿沟。《白虎通》也意识到了这一问题，称"质文再而复，正朔三而改。三微质文，数不相比，故正不随质文也"。如果我们再对比《表记》"虞夏之质，殷周之文，至矣"的论断，则可以看出，儒家内部在文质问题上的看法并不一致。徐复观先生认为，董子文质论在此显示出极大混乱，并断定“仲舒要综合许多因素以组成一个思想系统，只好忍受这种混乱”[3]216。而事实上，我们看到，直到《白虎通》，这种混乱情况仍在继续。这似乎表明，三统三正说与文质说乃两个不同的思想系统，无法强为糅合，但徐复观先生并未予董子文质论以足够的重视，因而未能对文质论的政治哲学意蕴进行深入讨论。

儒家文质论中蕴蓄着何种政治哲学内涵？这一课题至今尚未得到学界的认真探讨。关注文质论的大多是美学、文学理论专业领域的学者，很少能将文质论还原到礼乐政教文化精神传统上对其深刻哲学意味进行析论。迄今为止对之进行关注并形成了独特理解的首推牟宗三先生。在《历史哲学》中，牟先生不同意汉儒的文质循环论，但承认“汉人虽多迂滞，而其立义实有所中”，因而力图以现代思想重释文质观念，认为若一文一质循环，“则发展之义泯焉”，而由质到文的实质乃是“由亲亲而至尊尊，由笃母弟而至笃世子，是历史一大进步，此一进步，至周始完成”。至于何以商为质而周为文，他解释道：

> 夫夏商之所以为质，正因群体之格局不显，不脱氏族之简陋，其生活为直接，体力尚于节文，多仁朴是也，多质爱亦是也。其所以仁朴质爱，亦正在其生活之直接，天真而浑噩，非必夏商之人多仁也。质则亲亲笃母弟，亦为应有之联想，盖亦生活多直接，未能循乎法度而为谋，故就其亲者而立焉。及乎周代，封侯建国，一统之局形成，越直接而为间接，调度运用之义显，心思之总持作用遂不期而发。总持之作用涌发，超越当下限制之“形式”，亦不得不随之而呈现。形式者，心之所创造，就现实而运用之，因而创发形式以成就而贞定之，是以

形式者运用现实之型范也。……周之文只是周公之政治运用以及政治形式（礼）之涌现。文必与尊尊连，尊尊只表示政治形式之公性。惟公乃可尊。何者能公？曰理曰道，曰政治形式，曰法度。政治形式之涌现，必然有尊尊，此文之所以为文之切义也。……质家笃母弟，大宗小宗不别，未能跨越所亲之直接性，只就其近于己者而与之，此则只依舐犊之私而措施，未能就法度之公而措施。故质必与亲亲连，而其所显示者要在政治形式之未涌发。法度之公，跨越时空之限制，不问亲不亲，故文家必尊尊[7]30—31。

牟先生对文质之别的分析，有其独特见地，但显然偏执于现代进步主义立场，而对于古典时代的循环论中包含的深层观念缺乏共鸣，而以为“迂滞”，因而使其内涵之重要政治历史洞见被遮蔽。

蒋庆先生则从《春秋》公羊家传统出发，对文质史论中的深层意蕴作了不同梳理，尤其是超越了牟氏进步主义狭隘观念，而阐明了文质交替的思想启发意义。蒋氏以为，儒教无历史发展之循环观，亦无历史发展之线性观，而是认为历史在“文”与“质”两种要素中交替演变。蒋氏认为，文是指人类文明的外在表现形式，质是指人类文明的内在精神实质。“在人类文明的演变过程中，这两种要素交替成为每一文明的主导因素。人类历史就在此两种要素作主导的形态中交替演变。”蒋氏由此文质交替史论视域出发观照现时代人类社会，认为：

当今人类所面临的最大问题是“西文疲敝”，即西文发展到了极致，丧失了创造力量与再生能力，必须救之以质，即须回到其创造原点与精神实质上来重建文明。然建立在启蒙思想上的直线发展观看不到人类历史是在“一文一质”中交替演进，而是在“西文疲敝”的情况下仍对“文”抱着无限的乐观，企图通过所谓“再启蒙”即“再文”来解决“西文疲敝”问题，看不到人类文明史出现“文敝”时必须发回到质来解决问题。此种“再启蒙”的历史观仍然相信历史的直线发展，弃绝了西方文明回到其创造原点来寻求其再生能力的可能，对此，儒教文质再复的变易观标明人类历史非直线发展，而是在“文”“质”两种要素中交替演变，故可对治此种建立在启蒙思想上不断追求“文”（启蒙）的线性历史观[8]245—249。

文质问题在中国思想史上占据独特的地位。文明与自然，制度与性情的关系问题是儒家政治哲学的基本课题，而这在西方政治哲学传统中并未得到足够的重视，或者说，在西方政治思想传统中，自然性情与社会秩序始终处于各行其是、互相疏离乃至相互对抗的状态。如前文所述，在中国历史进程中，也出现了文质冲突的问题和相应的反思，而作为中国古代思想文化主流的儒家对此问题有深刻的理解并探求理想的解决之道，最终以崇文重质的微妙方式揭示出文质彬彬的中和之道。董仲舒文质论即此主题在政治哲学领域的自觉展开。而前述牟氏与蒋氏之文质论恐皆有所偏蔽。牟氏蔽于文，以质为混沌，实则依儒家本义，质乃人之情性本原，文明创造之根基。而蒋氏蔽于质，以文为形式，而儒学的要义，在于肯定文乃人之特有存在方式。所谓文质交替，并非机械地相互取代，而是人类不断地自我协调，从而使文与质相得益彰，丰富于文而充实于质，方是人类政治行动的终极目标。董子文质论的政治哲学内涵，尚有广大的理论阐释空间，并将对我们理解人类政治生活带来丰富启示。

参考文献：

[1] 古文字诂林编纂委员会. 古文字诂林：第1册［M］. 上海：上海古

籍出版社，2003.

[2] 徐一青，张鹤仙. 信念的活史：文身世界 [M]. 成都：四川人民出版社，1988.

[3] 徐复观. 两汉思想史：第 2 卷 [M]. 上海：华东师范大学出版社，2001.

[4] 周桂钿. 董学探微 [M]. 北京：北京师范大学出版社，2008.

[5] 夏静. 礼乐文化与中国文论早期形态研究 [M]. 北京：中华书局，2007.

[6] 黄侃. 黄侃国学文集 [M]. 北京：中华书局，2006.

[7] 牟宗三. 历史哲学 [M]. 桂林：广西师范大学出版社，2007.

[8] 蒋庆. 政治儒学——当代儒学的转向、特质与发展 [M]. 北京：三联书店，2003.

原文载于《衡水学院学报》2013 年第 3 期。

作者简介：张树业（1975—），男，河南新乡人，河南师范大学政治与管理科学学院讲师，哲学博士，衡水学院特聘教授。

董仲舒的“三维一体”之政治哲学理念及其现代意义

李英华

董仲舒（前 194—前 106）[①]，广川人[②]。他的一生大致可分三个阶段：第一阶段为 60 岁以前，主要活动为治学、讲学与著述，所谓“少治《春秋》”、“三年不窥园”、“下帷发愤，潜心大业”、“弟子传以久次相授业”（均见《汉书·董仲舒传》）；第二阶段为 61 岁至 72 岁左右，主要活动为“三对天子策”与“两任骄王相”[③]，以及“中废为大夫”（《汉书·董仲舒传》）；第三阶段为 72

① 关于董子生卒年，学界普遍认为：前 179—前 104。钟肇鹏先生则提出“前 194—前 114”（见钟肇鹏等校注《春秋繁露校释》，山东友谊出版社 1994 年版），王永祥先生提出“前 192—前 106～104”（见王永祥《董仲舒评传》，南京大学出版社 1995 年版），周桂钿先生认为“前 198—前 106”（见周桂钿《秦汉思想史》，河北人民出版社 2000 年版）。笔者的看法是对钟肇鹏和周桂钿观点的折中，即前 194—前 106。但这也只是一种推断，并无确凿的证据表明，董子的生卒年绝对就是前 194—前 106。

② 关于董子故里，《史记·儒林列传》和《汉书·董仲舒传》都说：“董仲舒，广川人也。”广川旧属赵地，但由于历史变迁，今属何地，已是众说纷纭。但大体可以说，董子故里今属衡水地区。

③ 参见周桂钿《董仲舒评传》，广西教育出版社 1995 年版。

岁左右至去世，董仲舒“疾免居家。至卒，终不治产业，以修学著书为事”（《史记·儒林列传》）。总而言之，正如《史记》和《汉书》所言，“仲舒为人廉直”、“正身以率下”，不愧为“为群儒首”（《汉书·董仲舒传》）。

一、“三维一体”的思想文化渊源

董仲舒的“三维一体”论具有源远流长的思想文化渊源。这要从中国传统宗教说起。中国最早的宗教是原始宗教，主要表现为自然崇拜、鬼魂崇拜、生殖崇拜、图腾崇拜和祖先崇拜①。它是后来各种文化形态的重要源泉。夏朝建立后，原来自发而生的原始宗教就逐渐演变为一种自觉存在的宗教形态，即天祖教。它是夏商周以来的中国原生宗教，它的核心信仰是“天”和“祖”，以“敬天”和“祭祖”为主要祭祀形式，辅之以社稷等自然崇拜及相应的郊社、宗庙等祭祀制度，而以六经和儒学以及其他诸子百家学说中相关内容为理论表现的一种宗教体系②。天祖教有三种主要的祭祀仪

---

① 参见牟钟鉴、张践《中国宗教通史》，北京，社会科学文献出版社 2000 年版，第 4 页。

② 对这种宗教，牟钟鉴称之为“传统宗法性宗教”，何光沪命名为“儒教”，张丰乾谓之“天祖教”，还有学者泛称“中国古代宗教”。笔者认为，以“天祖教”这个命名最为恰当。因为，这种宗教信仰的核心就是“天”与“祖”。“敬天”和“祭祖”就是这种宗教的最重要的宗教活动。根据“佛教”、“基督教”与“道教”等命名习惯，称为“天祖教”再恰当不过了。不仅自身名副其实，而且可以避免“儒教”与“儒学”之间的混淆与争辩。况且，“敬天”和“祭祖”是整个中国传统文化的根本特色，早在春秋末期孔子创立儒学之前，天祖教就已经确立了，并成为夏商西周的国教，周公以及其他先贤就已奠定了天祖教的基本内容与特色。儒家传统不能涵盖整个传统文化，故不宜称为“儒教”。同样，“传统宗法性宗教”这个命名也有局限，它着重于描述一种宗法性特征，而未能直接揭示“敬天”和“祭祖”的核心，故不如“天祖教”之命名。

式，即祭天、祭祖与祭社稷。祭天表明政权的天意合法性，祭祖表明政权的传统合法性，祭社稷则体现政权的民意合法性。由此形成或体现了一种政教思维模式的三维性，即“奉天”（即“重德”，由“敬天”而来）、“法古”（即重视传统，由“崇拜祖先”而来）和“爱民”（即强调民本民意，由“祭社稷”而来）。

周公是夏商西周三代文化的集大成者，也是上述三维政教思维模式的奠基人。这从《尚书》中是可以得到充分论证的：第一，“以德配天”。殷亡和周兴的历史事实引起了周公的深刻反省。他提出“惟命不于常”（《康诰》）的命题。他认为，上天所授的大命并非固定不变，而是可以转移的。周公认为，夏、商的亡国，是因为后王不敬德，所谓“不敬蹶德，乃早坠蹶命”（《召诰》）。周王要享国久长，就要修德，只有“敬德”，才能“祈天永命”（《召诰》）。为此，周公提出了“以德配天”这一杰出命题，从而解决了天道合法性问题。第二，“以民为镜”。周公认为，天意与民情是相通的，通过民情就可以了解上天的意志，所谓“民之所欲，天必从之”（《泰誓》）。他还说：“天威棐忱，民情大可见。”（《康诰》）上天的威严和诚心是从民情中表现出来的。由此，周公提出了“以民为镜”的思想：“人无于水监，当于民监。今惟殷坠厥命，我其可不大监抚于时！”（《酒诰》）周公告诫执政者，不要以水为镜，而要以民为镜。即要高度关注民心向背问题，把政权建立于民意认可的基础之上，从而解决了民意合法性问题。第三，“以史为鉴”。周公强调必须以殷人丧国为鉴：“我不可不监于有夏，亦不可不监于有殷，我不敢知曰：有夏服天命，惟有历年；我不敢知曰：不其延。惟不敬厥德，乃早坠厥命。我不敢知曰：有殷受天命，惟有历年；我不敢知曰：不其延。惟不敬厥德，乃早坠厥命。”（《尚书·召诰》）这反映了周公“以史为鉴”的历史意识。他告诫周朝统治者要以夏商灭亡为镜，必须努力发扬尧舜、文王以来的王道精神，做到敬天保民，明德慎罚，从而解决了文化传统的合法性问题。

为便于进一步的研究和讨论，笔者把上述三维政教思维模式称之为“三维合法性”[①]，即从三个维度考量国家政权的正当性或正统性。它的实质是民心向背问题、道义问题。这一问题关涉政权的正当性与稳定性，以及社会政治秩序的长治久安问题。可以肯定，周公这一“三维合法性”思想具有重要意义，对后世具有极大影响[②]，尤其是对儒家政治思想具有重要影响。孔孟等大儒都注重对周公“三维合法性”思想的继承和发展。

据《论语》所载，孔子非常重视政权的合法性问题。《论语·子路》：“子路曰：‘卫君待子而为政，子将奚先?’子曰：‘必也正名乎。’”所谓“正名”，即合法性问题。这一问题是国家政权的头

---

① 蒋庆先生提出“三重合法性”概念（见蒋庆《政治儒学——当代儒学的转向、特质与发展》，北京，三联书店2003年版），并认为这一概念是由孔子创立的（见蒋文《王道政治的特质、历史与展望——蒋庆先生谈王道政治三重合法性问题》，载“孔子2000网”）。对此，拙文不敢苟同。笔者提出“三维合法性”，乃是立足于天祖教和中国思想史。“三维合法性”孕育于天祖教，而由周公确立。诚然，周公不可能提出“合法性”这一现代术语，但却有这个思想。鉴于“三维合法性”这一术语显得不那么古典，笔者曾反复斟酌儒家传统关于“三本”、“三德”、“三正”、“三统”、“三纲”、“三重”、“三才”等名词术语，拟选其一代替“合法性”，但亦有不便之处。若勉强用之，笔者倾向于借用“三统”或“三本”名词。

② “三维合法性”是西周之后先贤的普遍的思维模式。例如，《国语·周语上》记载“宣王即位，不籍千亩”，于是虢文公谏说宣王要“修先王之绪”（代表传统）、“媚于神”（代表天意）与“和于民”（代表民意）。再如《左传·桓公六年》记载“少师归，请追楚师”，季梁进行劝止，要点有三：“忠于民”、“信于神”和“修其教”（代表文化传统）。此类例子不少。特别指出的是，春秋时期晋国公子重耳流亡国外十多年，表现出非凡的毅力，时贤均判断重耳即将取得晋国政权，而其根据就是“三维合法性”：一是“天启之”，二是“士从之”（或“民望之”），三是“姬出也”（即谓符合法统）。见《国语·晋语四》、《左传·僖公二十三年》、《左传·僖公二十八年》、《左传·昭公十三年》等文献记载。真可谓“英雄所见略同”。

等大事，只有首先解决好这一问题，其他施政方针才能得到顺利贯彻执行，所谓“名正才能言顺”。孔子的“三维合法性”思想在《论语》中也有反映。第一，《论语·泰伯》说：“大哉，尧之为君也。巍巍乎，唯天为大，唯尧则之。”这句话表明了天道合法性。第二，《论语·八佾》说：“周监于二代，郁郁乎文哉！吾从周。”从表面看，这句话似乎只反映了孔子个人的喜好，但实质上蕴涵一种寓意，即执政治国要注重继承传统。这就是历史文化的合法性。第三，《论语·颜渊》说：“子贡问政。子曰：‘足食，足兵，民信之矣。’”所谓“民信”，即表明了民意的合法性。

《中庸》明确提出“王天下有三重”：“王天下有三重焉[①]，其寡过矣乎！上焉者虽善无征，无征不信，不信民弗从；下焉者虽善不尊，不尊不信，不信民弗从。故君子之道：本诸身，征诸庶民，考诸三王而不缪，建诸天地而不悖，质诸鬼神而无疑，百世以俟圣人而不惑。”到底是哪“三重”呢？第一，“本诸身，征诸庶民”，表明民意合法性；第二，“考诸三王而不缪，建诸天地而不悖”，表明天道合法性；第三，“质诸鬼神而无疑，百世以俟圣人而不惑”，表明历史文化合法性。可见，《中庸》“王天下有三重”也反映了“三维合法性”思想。

孟子对“三维合法性”义理作了更明确的发挥。首先，他说：“顺天者存，逆天者亡。”（《孟子·离娄上》）这表明了天道合法性。

---

① 关于“三重”的含义，一般解释为“议礼，制度，考文”。这不合原意。首先，它不符合上下文语境。在原文中，“三重”与“议礼，制度，考文”之间并不是连贯的，而是隔着一段文字，其间并无逻辑的联系；其次，从上述引文所谓“上焉者”、“下焉者”来看，表明了不具备“三重”，就不可能“寡过”。而要想“寡过”，就必须把握好“本诸身，征诸庶民”等“三重”（即三个重点）；第三，从《礼记·礼运》所谓“是故夫政必本于天……故圣人参于天地、并于鬼神以治政也。……故君者立于无过之地也”，也旁证“三重”内涵指向下文，即“本诸身，征诸庶民”等句。这样才能做到“寡过”。

其次，他说“保民而王，莫之能御也”（《孟子·梁惠王上》）、“得天下有道：得其民，斯得天下矣”（《孟子·离娄上》）。这表明了民意合法性。第三，孟子自言“在我者皆古之制也”（《孟子·尽心下》），时人也称“孟子道性善，言必称尧舜”（《孟子·滕文公上》）。这表明在孟子看来，治国要取法尧舜，继承传统。这是历史文化的合法性。

综上所述，由于受到中国传统宗教天祖教之三种祭祀形式的影响，中国传统政教思维形成了一种“三维性合法”的价值观念与思维方式，即由敬天而“奉天”，由尊祖而“法古”，由重社稷而“爱民”，强调“天道”、“传统”和“民心”是国家政权的合法性根据。如果一个国家政权能够具备“三维性合法”，那么这个政权就是稳固的，就能够维持长治久安的“大一统”（即“一体”）政治局面。

二、董仲舒“三维一体”的基本内涵与精神实质

西汉初期的政治制度可谓“一国两制”，即一方面“汉承秦制”，推行“郡县制”，另方面又实行“分封制”。其后果是本末倒置、尾大不掉，乃至景帝时产生了七国之乱。武帝时尽管叛乱已经平息，但皇权的地位并不是十分巩固牢靠，朝廷的政令也不够绝对权威。在边境，匈奴与两越还不断制造事端。同时，汉初一方面实行“汉承秦制”，另方面又奉行“无为之治”。这两者的推行固然有其历史必然性，也都对西汉政制的建立与经济的恢复发展作出了贡献，但却对思想文化、特别是儒学的繁荣发展带来了重大问题。儒学不仅没有得到统治者的足够重视，而且遭受排斥和打压，从而导致整个社会文化教育不够发达，道德水平低下。特别是，由于奉行黄老无为，还导致思想开放，多元发展，所谓“今师异道，人异

论，百家殊方，旨意不同”（《天人三策·第三策》），从而不利于朝廷统一思想。所有这些问题都被董仲舒意识到了。而解决这些问题的指导思想，就在于重新阐释和确立“三维一体”这一政治理念。

首先，对于孔子的“三维合法性”观念，董仲舒作了精练的概述：“孔子作《春秋》，上揆之天道，下质诸人情，参之于古，考之于今。”（《天人三策·第三策》）所谓“上揆之天道”，即是天道合法性，“下质诸人情”是民意合法性，“参之于古，考之于今”是历史文化合法性。

其次，董仲舒通过阐释《春秋》而表达了他本人对“三维合法性”的基本看法。他说：“春秋之道，奉天而法古。”（《春秋繁露·楚庄王》）又说：“王者，民之所往。”[①]（《春秋繁露·灭国上》）简言之，“奉天”、“法古”、“民往”（即民心所向）概括了董仲舒的“三维合法性”思想。

再次，董仲舒对“三维合法性”给予了系统的论证：第一，屈君伸天，君权神授。董仲舒宣扬天神的至上性和权威性。他说“天者，百神之大君也”（《春秋繁露·郊祭》），“天者，群物之祖也”（《汉书·董仲舒传》），一方面强调《春秋》大义“屈君而伸天”（《春秋繁露·玉杯》），另方面突出“君权神授”，“受命之君，天意之所予也”（《春秋繁露·深察名号》），“天立王以为民也。故其德足以安乐民者，天予之；其恶足以贼害民者，天夺之”（《春秋繁露·尧舜不擅移汤武不专杀》）。天神既是造物主，又是万物的主宰

---

① 董仲舒对“王”字的解释，也反映在许慎《说文解字》中：“王，天下所归往也。董仲舒曰：‘古之造文者，三画而连其中谓之王。三者，天地人也，而参通之者，王也。’孔子曰：‘一贯三为王。’”所谓“孔子曰”，大概不是孔子原话，而是董仲舒之后的今文学者所言，故把“孔子曰”置于“董仲舒曰”之后。“董仲舒曰”的内容见于《春秋繁露·王道通三》。但文字稍异。

和君权的授予者。这就强调了“天”是君权来源的合法性根据。第二，复古更化，独尊儒术。董仲舒在《天人三策·第一策》中批判了当时嚣顽恶劣、积重难返的政治状况和社会风气，提出了“复古更化”的思想，并认为“更化”是“善治”的关键：“故汉得天下以来，常欲善治而至今不可善治者，失之于当更化而不更化也。”而“更化”的主要内容就是圣王之道和孔子之术，也就是他所提出的“独尊儒术”的建议（《天人三策·第三策》）。只有采用“孔子之术”作为国家指导思想，才能解决历史文化传统的合法性问题。第三，天意爱民，德主刑辅。董仲舒强调“为人主者法天之行”、“泛爱群生”（《春秋繁露·离合根》）。他认为“天常以爱利为意”，故“王者亦常以爱利天下为意”（《春秋繁露·王道通三》）。又说“王者承天意以从事，故任德教而不任刑”（《天人三策·第一策》）。在写给汉武帝的对策中，董仲舒反复强调“爱民”的重要意义：“爱民而好士，可谓谊主矣”（《天人三策·第一策》）、“为政而宜于民者，固当受禄于天”（《天人三策·第一策》）、“爱施兆民，天下归之”（《天人三策·第二策》）。这表明“爱民”是政权合法性的重要根据。

复次，董仲舒还梳理、阐述了“三维合法性”的内部关系：1. 天命与传统（圣人之道）的关系。董仲舒强调“奉天而法古”，“道之大原出于天，天不变，道亦不变”（《天人三策·第三策》），这表明天命与传统（圣人之道）是统一的。他说：“受命之君，天之所大显也……故必徙居处，更称号，改正朔，易服色者，无他焉，不敢不顺天志，而明自显也。若夫大纲，人伦道理，政治教化，习俗文义尽如故，亦何改哉！”（《春秋繁露·楚庄王》）这更清楚地表明了奉从天命与遵循传统（圣人之道）是统一的。其统一的深刻根源在于所谓“天命”不是不言而喻的，而是要通过圣人的阐发才能呈现出来，圣人之道与天道是合一的。2. 天命与民意的关系。董仲舒认为，“且天之生民，非为王也；而天立王，以为民也。故其德足以安乐民者，天予之；其恶足以贼害民者，天夺之”（《春秋繁露·尧舜不擅移、汤武不专杀》）。又说：“彼之所受命者，必民之所同乐也。”（《春秋繁露·楚庄王》）这表明天命与民意也是统一的。深而究之，这二者统一的根源在于儒家的“民为邦本”论。所谓“水能载舟，亦能覆舟”，天命的赋予与转移就体现在这“载舟”与“覆舟”之中。3. 传统（圣人之道）与民意的关系。董仲舒说：“故物之于人，小者易知也，其于大者难见也。今利之于人小，而义之于人大者，无怪民之皆趋利而不趋义也，固其所暗也。圣人事明义，以照耀其所暗，故民不陷。”（《春秋繁露·身之养重于义》）这是说，由于认识上的局限，民众“皆趋利而不趋义”，所谓“义”，指儒家义理，也即圣人之道。民众由于受物欲（“利”）牵引，而违背了“义”，这就需要圣人对他们进行教化和引导，懂得“义”重于“利”，至少是“义利统一”，才能最终实现民意与圣人之道的统一。4. 天命、传统与民意的关系。从总体上说，董仲舒认为，这三者关系是统一的，他说：“三而一成，天之大经也，以此为天制。”（《春秋繁露·官制象天》）又说：“古之造文者，三画而连其中，谓之王；三画者，天地与人也，而连其中者，通其道也。”（《春秋繁露·王道通三》）这是通过“王”字的“三而一成”形象地表明了天命、传统与民意的统一关系。董仲舒认为，“为政而宜于民者，固当受禄于天。夫仁、义、礼、知、信五常之道，王者所当修饬也。五者修饬，故受天之佑而享鬼神之灵，德施于方外，延及群生也。”（《天人三策·第一策》）这段话明确表明了天命、传统（圣人之道）与民意是统一的。

最后，董仲舒特别强调了“大一统”问题。他说：“《春秋》大一统者，天地之常经，古今之通谊也。今师异道，人异论，百家殊方，旨意不同，是以上亡以持一统；法制数变，下不知所守。臣愚以为诸不在六艺之科孔子之术者，皆绝其道，勿使并进。邪辟之说灭息，然后统纪可一而法度可明，民知所从矣。”（《天人三策·第三策》）这是强调思想的统一和法制的健全。如果思想不统一，法制不健全，就会导致思想多元，价值混乱，法律制度朝令夕改，老百姓就无所适从了。董仲舒“大一统”论所要达到的目标，就是所谓“屈民而伸君，屈君而伸天”。它包含两层意义：一是要求臣民服从君主，维护和抬高“王教”的地位与作用（实即维护儒家纲常伦理和礼乐教化，以此规范、巩固正常的人伦道德和社会秩序），以利于加强君主制度；二是以“天”的名义、威严来制约、规范君主行为，以“天人感应”的方法来规劝君主奉行圣人之道，使各项政策措施都能有利于百姓福祉。由此可见，在董仲舒的“三维一体”思想理念中，“三维”与“一体”是统一的，“三维”是“一体”的基础与手段，而“一体”则是“三维”的目的与结果。

三、“三维一体”的现代意义

由上可见，“三维一体”推崇“大一统”，强调“天道”“民意”和“传统”是国家政权的合法性根据，体现了中华政教文明的一种思维方式与价值观念。根据时代需要，我们可以对“三维一体”作出新的阐释，赋予“三维一体”以新的内涵：天道合法性、传统合法性与民意合法性[1]组成了新的“三维”，而由56个民族所组成的中华民族统一体则是新的“一体”。应该肯定，这种新的“三维一体”观有利于促进当代中国的政治文明建设，也有利于促进中华民族的团结统一与伟大复兴。

其一，传统合法性，主要解决当下中国文化的自性问题[2]。这一问题在百多年来中国文化传统几近断裂的今天，在国人思维模式和价值观念严重西化的今天，重塑中华文明的主体性具有非常重要的理论价值和现实意义。早在20世纪90年代末，季羡林先生就曾指出，中国人文社会科学研究要有中国特色。现在我们的人文社会科学几乎很大一部分受西洋影响[3]。为什么我们一定要用西洋那一套办法？外国好多学说就是“不知春秋”，就是数十天。在这种情况下，为什么不能把我们的传统发扬出来[4]？曾有西方政要声称：中国不可能真正作为世界强国，因为中国输出的电冰箱不会储存价

① 这里所谓“天道”，是指历史发展规律（或世界潮流）和那种具有批判性与超越性的人道主义（或终极关怀）；这里所谓“传统”是广义的，包括了整个中华民族的精神传统，博大精深，贯穿古今；这里所谓“民意”是指宪法所赋予的公民基本权利的表达与诉求。

② 值得注意，塞缪尔·亨廷顿在其《文明的冲突与世界秩序的重建》的第34页对中国文明的现状及未来发展打上了一个“?”。这是一个耐人寻味、让人警醒的问号。但让笔者遗憾的是，亨廷顿的这个问号来源于另一部著作、即卡罗尔·奎格利《文明的演变：历史分析导论》。而笔者目前未能看到这部书，因而对其问号未能作进一步的探讨和阐释。

③ 值得指出，2003年，中国哲学合法性问题被学术媒体列为十大理论热点问题。这个问题很快引发多米诺效应，同病相怜的各人文学科，也纷纷从理论上反思本学科的合法性问题。彭永捷指出：“这个问题之所以如此得到理论界的重视，是因为它指向对中国文化和中国人文学术的主体性与创造力，它是对一百余年来中国学术割裂自身传统从而导致主体性与创造力缺失的彻底反思。”见彭永捷《超越合法性危机与重振国学》，《读书时报》2005年9月1日。

④ 季羡林《人文社会科学研究要有中国特色》，《聊城师范学院学报》1998年第1期。

值，所输出的电视机也不会输出思想，当今世界的价值与思想都是靠西方储存与输出的。这是当今中国学术界、思想界的可悲之处！一个国家和民族，若缺乏某种独立的思想精神，若不能继承和发扬本民族的精神传统，它就不可能真正成为世界大国而屹立于世界民族之林。因此，我们必须重新挺立中华文明的主体性。

其二，民意合法性，主要解决中国自古有“民本”而无“民主”的重大缺陷问题。追求民主是近代以降多少仁人志士梦寐以求的政治理想，故必须实现由“民本”向“民主”的转型。毛泽东同志曾说：中国政治的发展方向，“它必然是依照人民所规定的路线走去的。这是一定的，因为全国人民要这样做，中国的历史发展要这样做，整个世界的趋势要我们这样做，谁能违拗这个方向呢？”① 这番话语今天读来依然有强烈的震撼力和穿透力。因此，我们必须实现由“民本”向“民主”的转型。

其三，天道合法性，主要解决在市场经济时代或世俗化浪潮中神圣价值的丧失问题。当今，我们几乎每天都能在网上看到各种有昧良心、缺德损德的新闻报道。这表明中国社会的运转几乎完全靠利益驱动而缺乏道德支撑，这就是孟子所说的“上下交征利”，也就是“一切向钱看”。而孟子还说过“上下交征利则国危矣”。这不能不让我们深感忧虑！因此，我们必须建立一个义利统一、以义生利的市场经济和社会文化价值体系，为社会发展确立一个既顺规律又合目的的发展方向。

值得指出，改革开放以来，中央的基本国策在一定意义上即体现了“三维合法性”的思维方式与价值理念：第一，《十七大报告》

① 毛泽东《新民主主义的宪政》，《毛泽东选集》第2卷，北京，人民出版社1991，第738页。

指出“中华文化是中华民族生生不息、团结奋进的不竭动力”，“中华民族伟大复兴必然伴随着中华文化繁荣兴盛”，“弘扬中华文化，建设中华民族共有精神家园”。《中共中央推动文化大发展大繁荣的决定》指出，必须全面认识祖国传统文化，加强对优秀传统文化思想价值的挖掘和阐发，维护民族文化基本元素，使优秀传统文化成为新时代鼓舞人民前进的精神力量。温家宝总理指出，文化是一个民族的灵魂。中国的优秀文化传统，对今天中国人的价值观念、生活方式和中国的发展道路都具有深刻的影响。只有当全世界都公认中华文化真正繁荣起来、在世界上具有重要影响力的时候，才是我们真正强大的时候①。这体现了传统合法性。

第二，中央强调“立党为公，执政为民”，积极稳妥地推进政治体制改革，促进民主与法治建设，努力保障人权；同时不断完善市场经济体制，注重公平正义，努力使发展成果全民共享。特别是，党的十六大提出了“政治文明”这一重要概念，其主要内涵就是民主、法治和人权。而国务院最新发布的《国家人权行动计划（2012—2015）》，其要旨也是民主、法治和人权。而现代政治文明的集中体现就是宪政——其精神实质就在于将民主、法治和人权作为一个整体来把握，并强调这三者之间的内在联系：民主是宪政的基础，法治是宪政的条件，人权则是宪政的目的。因此，我们要建立具有中国特色的宪政制度，这体现了民意合法性。

第三，中央强调深入贯彻、落实“科学发展观”，坚持以人为本，统筹兼顾，协调发展，构建和谐社会，坚持和平共处五项基本原则，致力于建设和谐世界。特别地，还提出建设生态文明。人类

① 《温家宝出席中央文史研究馆成立60周年座谈会并讲话》，中央政府门户网站2011年9月6日。

文明经历了三种形态，即原始文明，农业文明与工业文明。其中，工业文明以征服自然为主要特征，给世界带来了一系列的全球性生态危机。因而人类需要开创一个新的文明形态来延续生存和发展，这就是生态文明。它既追求人与自然的和谐，也追求人类社会的自身和谐，而人类社会的自身和谐（包括个体的身心和谐）是实现人与自然和谐的重要前提。生态文明是对工业文明进行深刻反思的成果，是人类文明发展理念及其形态的重大飞跃。所有这一切，都体现了天道合法性。

显而易见，上述执政理念充分体现了“三维合法性”的崭新的时代内涵与意义。至于“一体”的意义，自新中国成立以来，中国政府为实现各民族的平等、团结和共同发展，从中国民族的实际状况出发，制定了一系列的民族政策，并在实践中不断使之丰富和完善。为了保障民族平等，促进民族团结，《中华人民共和国宪法》规定：“中华人民共和国各民族一律平等。国家保障各少数民族的合法的权利和利益，维护和发展各民族的平等、团结、互助关系。禁止对任何民族的歧视和压迫，禁止破坏民族团结和制造民族分裂的行为。”应该肯定，《宪法》所规定的民族政策有利于促进和维护中华民族大家庭的团结统一。在这基础上，还应该适当对各少数民族宣讲中华文化与中华价值观，使他们从文化和价值观的思想深处更自觉地认同于、归依于中华民族这个大家庭。

总而言之，我们认为，董仲舒的“三维一体”论对当代中国政治文明建设具有重要意义。建设具有中国特色的政治文明，不能照搬西方政治制度，而应该在学习、借鉴西方民主制度基础上，结合中国国情，建立中国特色的宪政制度。所谓“中国国情”，不仅指中国社会的现实状况，而且包涵中国悠久的历史文化传统。只有深刻地领悟“传统”与“现代”之间的辩证关系，才算完整地把握到了“中国国情”的基本内涵；只有创造性地把中华古典文明转化为一种对当代中国政治文明建设的促进和提升的力量，才能有效地建设具有中国特色和中国气派的政治文明。我们应当依据“三维一体”的价值理念，积极探索、建立一种源自传统、顺乎天道、合于民心的中国宪政制度①。也只有确立了这样一种宪政制度，中国社会才能长治久安，和谐发展，中华民族这个统一体才能最终实现伟大复兴。

李英华（1970－），男，广东兴宁人，海南大学教授，历史学博士。

① 根据“三维合法性”的精神理念，笔者提出了一个具有中国特色的政体模式，即“太和宪政制度”。参见拙文《天祖教与中华政教文明》，谭君久主编《中国式民主的政治学观察》，西北大学出版社2010年版。

董仲舒社会救助思想探微

王文涛

社会救助是中国古代社会保障的主体，是中国古代“民事”问题的一部分。民众是国家政权的统治对象，又是社会赖以存在的基础，故民为国之本。治天下者必先治其民，而要长治久安，在平时就要重民、惠民、保民、安民，关注民众的衣食住行娱乐等问题；发生了自然灾害，便要救灾安民，减灾抗灾。灾害救助、社会救济、社会福利、优待抚恤等现代社会保障形态在汉代都已经出现，有关这些问题的议论就是社会保障思想。汉武帝“罢黜百家，独尊儒术”，汉代新儒学的思想架构是在先秦儒学的基础上广泛吸收法、道、阴阳五行等思想建立起来的，核心是董仲舒所创立的“天人感应”理论。学术界从哲学史、政治思想史等角度对董仲舒的天人感应说进行了深入细致的研究，对于蕴含在天人感应说中的社会救助思想则鲜有论及，下面从社会保障思想史的角度作一些探讨。

一、借天象示儆的禳灾术

天命禳灾，是中国最原始的一种弥灾救荒思想，源于“万物有灵”的观念。汉代的社会生产有了相当的发展，但是，对自然的控制能力仍然非常薄弱，作为立国之本的农业生产完全听凭自然的支配。人们对于自然的认识还处在幼稚状态，根据人类社会由天子主宰的现实，认为自然界也有一个支配万物吉凶祸福的最高主宰——“天帝”，人类的一切都是由天命决的。每当久旱不雨和淫雨连绵之时，就举行各种不同的祈祷仪式，希望能以此感动神灵，消灾去祸。董仲舒的天人感应说认为，天是至高无上的人格神，天不仅创造了万物，也创造了人，天是有意志的，和人一样“有喜怒之气，哀乐之心”[1]卷十二《阴阳义第四十九》。天人感应理论把王朝政治与天道运行紧密联系起来，自然天象成为王朝统治好坏的晴雨表，各种自然灾害和异常现象都被看成是上天对人君悖天逆行的警告。董仲舒以《春秋》说灾异，认为阴阳、五行的异常变化即为灾异，天以此来表达自己的意愿。“凡灾异之本，尽失于国家之失”[1]卷六《二端》，把发生灾异的根本原因归结为政治的失误。他认为，水、旱之灾是由于五行干犯、阴阳失常所致，必须进行挽救，即经过调整使阴阳五行恢复正常状态。这在董仲舒的求雨、止雨活动中，有着突出的表现，《春秋繁露》对求雨、止雨的方法有着详尽的记载。

元光元年（前134）五月，董仲舒在长安参加完对策，接着就到江都国上任。七月，董仲舒作《雨雹对》，大谈阴阳灾异。然后又有《奏江都王求雨》云：

> 求雨之方，损阳益阴。愿大王无收广陵女子为人祝者一月租。……诸巫母大小皆相聚于郭门，为小坛，以脯酒祭；女独择宽大便处移市，市使无内丈夫，丈夫无得相从饮食；令吏妻各往视其夫[2]卷九五《礼仪志中·请雨》。

这种求雨方法就是把大、小巫士召集到国都的郭门处，建坛祭神；让妇女们把市场移到开阔宽敞、交通便利的地方，不让男人进入市场；求雨期间，禁止男人聚会饮酒；让官吏的妻子都去衙门看望丈夫，官吏见到妻子恭敬相迎。这些做法同时并举，直到大雨降下为止。

董仲舒的求雨术以“开阴闭阳”“损阳益阴”为基本原则。他认为，天和人可以互相感应，正如天气的变化会对人体及情绪发生影响一样，人的行为也能使上天发出回应。旱灾的成因是阳气过盛，为击退过盛的阳气，人必须有意识地去强化阴气。这种思想在《春秋繁露·同类相动》中有明确表述：

> 天有阴阳，人亦有阴阳。天地之阴气起，而人之阴气应之而起；人之阴气起，而天地之阴气亦宜应之而起，其道一也。明于此者，欲致雨，则动阴以起阴；欲止雨，则动阳以起阳。故致雨非神也，而疑（拟）于神者，其理微妙矣。

那么怎样开阴闭阳呢？例如，按照阴阳家对事物阴阳属性的先验判断，南方属阳，北方属阴；火为阳，水为阴；男为阳，女为阴。因此，求雨时必须关闭南门，开放北门；禁止举火，到处洒水；使属阳的男子藏匿，而属阴的女子暴露，即“丈夫欲藏匿，女子欲和而乐”[1]卷十六《求雨》。

在《春秋繁露》中，董仲舒全面而系统地论述了他设计的春、夏、季夏、秋、冬五种求雨仪式。每个环节中的仪法都必须符合五行学说的要求。董仲舒的新雩礼集传统求雨巫术之大成。如焚柴焚牲、暴晒巫尪等求雨之法在先秦本属另一巫术体系，董氏都将其纳入雩礼的框架之内。土龙感应术是其祈雨御灾的核心内容，影响也最大。土龙是用土做成的龙，用来求雨。《春秋繁露·求雨》对这种求雨法有详尽的介绍，内容涉及土龙制作的规格、数量、颜色、摆放位置、舞龙人数及其服饰等，仪式也分为春、夏、季夏、秋、冬季五种。董氏主张，一年四季，不论何时发生旱灾，举行雩祭之礼时，“皆以水日，为龙，必取洁土为之，结盖，龙成而发之”。土龙感应术并非董仲舒的首创，这种祈雨法是政教、礼法与巫术相结合的产物。《淮南子·说山训》：“圣人用物，若用朱丝约刍狗；若为土龙以求雨。”高诱注《淮南子·坠形训》“土龙致雨”曰：“汤遭旱，作土龙以象龙。云从龙，故致雨也。”在高诱看来，塑土龙祈雨在殷商时代即已出现。《后汉书·礼仪志中》记载：从立春到立秋这段时间，全国如果天旱少雨，中央和郡县官吏就要清扫祭坛，依次去举行雩礼。“闭诸阳，衣皂，兴土龙，立土人舞僮二佾，七日一变，如故事。反拘朱索社，伐朱鼓。祷赛以少牢如礼。”“如故事”所指，当是西汉时的旧例，说明两汉均曾举行过土龙求雨仪式。

止雨之法首先在董仲舒为相的江都国试行。元光二年（前133，即江都二十一年），董仲舒著《止雨》，其中说：“二十一年八月甲申，朔。丙午，江都相仲舒告内史中尉：‘阴雨太久，恐伤五谷，趣止雨。’”江都国秋雨连绵，董仲舒担心伤害五谷，布置内史、中尉赶快止雨。元光六年（前129），因辽东高庙、长陵高园殿灾异上书事，董仲舒被捕下狱，后被赦免，遂“不敢复言灾异”[3]卷五六《董仲舒传》。但是，后来，董仲舒提倡的求雨止雨仪式就在全国范围内实施过。《汉书·食货志下》记载，元封元年（前110），“小旱，上令百官求雨”。卜式言曰：“县官当食租衣税而已，今弘羊令吏坐市列贩物求利。亨弘羊，天乃雨。”武帝元封六年（前105），“诸儒奏请施行董仲舒请雨事，（武帝）始令丞相以下求雨，曝城南，舞女童，祷天神。成帝五年，始令诸官止雨，朱绳萦社击鼓攻之”[4]卷五二六《礼仪部五·祭礼下》。《后汉书·礼仪志中》刘昭注引《古今注》亦云：“武帝元封六年五月旱，女及巫丈夫不入市也。”

对于董仲舒的土龙求雨等祈祷思想，自汉代以来学者的看法就不一致。扬雄在《法言·先知》中对土龙求雨提出质疑："像龙之致雨也，难矣哉！龙乎！龙乎！"假龙能算龙吗？用它求雨岂不难哉！与扬雄同时的刘歆深信土龙致雨之术："刘歆致雨，具作土龙，吹律，及诸方术，无不备设。"[2]卷九五《礼仪志》桓谭反对刘歆之论，驳斥同类感应说，刘歆无言以对。后来王充又反驳桓谭，专门写了《乱龙篇》为土龙致雨辩护，阐述其中包含的合理性和政治意义。他认为，古代圣人讲"天"都是为了吓唬无道之君和无知之民。"《六经》之文，圣人之语，动言'天'者，欲化无道，惧愚者。"[5]卷十四《浅告》设土龙致雨，自然是求不到雨的，但表示了董氏的诚意，"董仲舒用之致精诚，不顾物之伪真也"[5]卷二十一《死为》。历史上许多学者都赞同王充的这种说法。清代学者皮锡瑞在《经学历史·经学极盛时代》中也说，汉儒"借天象以示儆"，"借此以匡正其主"，"后世不明此义，谓汉儒不应言灾异，引谶纬，于是天变不足畏之说出矣"。所以，接着他又告诫人们："言非一端，义各有当，不得以今人之见，轻议古人也。"后来的梁启超、徐复观都有类似见解。不过，仍有学者认为，董仲舒的求雨的方法，"其实这只是一种迷信的仪式而已"[6]109。面对水、旱等自然灾害，董仲舒认识到天灾的危害可以通过尽人事来减轻，王朝政治对于灾害救助非常重要，这种包含在禳灾术中的政治意义是进步的。汉代的科学技术不可能影响天气的晴或雨，求雨、止雨仪式的举行，表达了他对旱涝灾害的关注，是在具体的救灾措施之外对于政治活动与自然灾害之间关系的一种思考和对策，是董氏灾害救助的一种表现形式，是借"天"之威来补救"国家之失"。

二、调均贫富的安民治国术

在董仲舒的天人感应思想体系中，既有借天象示儆、貌似迷信的禳灾术，也有直面现实的救助主张。汉武帝“罢黜百家，独尊儒术”，自然接受了儒家的“仁”“义”道德思想，为了更有效地施行“刑礼并施”的统治方式，采取了不少保民、安民的保障措施，以缓和因天灾人祸带来的种种社会矛盾。

《汉书·食货志上》说：武帝时期，“外事四夷，内兴功利，役费并兴，而民去本”。元狩三年（前120）秋，山东地区遭受水灾，民多饥乏。董仲舒对农民“去本”的问题十分关注，他向汉武帝建议：“《春秋》它谷不书，至于麦禾不成则书之，以此见圣人于五谷最重麦与禾也。今关中俗不好种麦，是岁失《春秋》之所重，而损生民之具也。愿陛下幸诏大司农，使关中民益种宿麦，令毋后时。”[3]卷二四上《食货志上》他设想用改变改变关中农田的种植结构来缓解民生之苦以为关中只要种麦，农民的生活就会得到改善。这一建议是他在《天人三策》中提出的，在《春秋繁露·五行顺逆》中也有重视农业生产的表述：“木者春，生之性，农之本也。劝农事，无夺民时。”重农是专制君主重要的安民之术，重农思想与仓储后备的社会保障思想密不可分。只有把农业放在头等重要的地位，爱惜民力，让农民有较多的时间去从事耕织，获得更多的财富，才能解救“饥乏”的农民。董仲舒的重农建议可能为武帝所采纳。《汉书·武帝纪》说：“武帝遣谒者劝有水灾郡种宿麦。举吏民能假贷贫民者以名闻。”

元狩四年冬，“关东贫民徙陇西、北地、西河、上郡、会稽凡七十二万五千口，县官衣食振业，用度不足”（《汉书·武帝纪》）。在这种情况下，董仲舒又向武帝建议：“限民名田，以澹不足，塞并兼之路。……去奴婢，除专杀之威。薄赋敛，省繇役，以宽民力。然后可善治也。”[3]卷二四上《食货志上》这段话集中反映了董仲舒的社会救助思想，可以从以下三个方面来理解。

1. “限民名田”

这是董仲舒经济思想中最富积极意义而对后世影响深远的社会救助主张。这一主张是针对当时贫富悬殊、苦乐极异的社会现实提出的。他在论述土地兼并的危害时说：秦自商鞅变法以后，土地自由买卖，以致“富者田连阡陌，贫者亡立锥之地”。政府“又颛川泽之利，管山林之饶，荒淫越制”。文、景时代，由于地主和富商大贾对农民的兼并，社会贫富悬殊现象已十分突出，农民竟然到了“卖田宅，鬻子孙以偿责”的悲惨境地[3]卷二四上《食货志上》（本段后面的引文出处同此者，不再注）。在董仲舒之前，贾谊、晁错等思想家也提出了解决贫富悬殊问题的建议，大声疾呼重视农业，但没有正面涉及土地——这个最本质的问题，汉初崇尚无为而治的皇帝也未采取措施来阻止土地兼并。董仲舒生活的时代，土地兼并日益剧烈，“富者田连阡陌，贫者无立锥之地”，成为严重的社会问题。大批农业劳动力被迫与生产资料脱离，沦为饥寒交迫的流民，严重影响人口的增长，威胁着封建统治秩序的稳定和社会经济的发展。董仲舒认识到土地兼并是造成社会贫富悬殊的根本原因，主张“限民名田”。限田的目的，是避免出现“大富”“大贫”的严重的两极分化现象。“大富”“大贫”的出现，直接威胁到社会的安定和王朝统治的巩固。如何限田？以什么标准限田？他并没有提出具体意见。不过，他提出的原则：“使富者足以示贵而不至于骄，贫者足以养生而不至于忧，以此为度而调均之，是以财不匮而上下相安。”[1]《度制第二十七》，限田的目的是“以澹不足”[1]《度制第二十七》，是救济生产资料“不足”的农民，使贫困者能够养活自己而无生存之忧，同时，保证富有者的尊贵地位，抑制他们的骄横，调均对土地的占有，希望从解决土地兼并问题入手，以缓和社会矛盾，“上下相安”。

2.“去奴婢，除专杀”

这里的所谓“去”奴婢，即减少意，不是禁绝。“除专杀”，意即禁止主人随意杀害奴隶，这也是董仲舒首先提出的有进步意义的救助主张。汉代奴婢数量很大，有官奴婢与私奴婢之别。官奴婢主要是罪犯及其没官为奴的家属，私奴婢则主要是破产卖身的农民。汉武帝时，杨可告缗没收的奴婢以“千万数”，大多服役于宫苑和官府。私奴婢在市场上同牛马同栏买卖。大官僚、大地主、大商人拥有成百上千的奴婢。私奴婢除了家事服役外，还从事农业、手工业生产或商业活动[7]《全汉文》卷二四，王褒《僮约》表明，奴婢没有身自由，地位卑贱，生命没有保障。董仲舒对此极为不满。反对把奴婢看成是财产和物品而加以买卖、屠杀。因为，人虽分圣人之性、中民之性、斗筲之性，或者有圣人、仁人、君子、贤人、善人、正人、庶人、小人等区别；但小人也是人，也是受命于天的。人在自然界的万物之中处于特殊地位，最为可贵。人与天是相合的，“天人一也”。奴婢既是人，却像牛马一样劳动、生活，不符合天理和人道。所以，他坚决反对这种影响社会生产力发展的奴隶制度残余，具有安民、保民的进步意义。

在董仲舒的“天副人数”思想中也含有积极的保民、安民主张。他认为，“天”完全按照自己的模型塑造了人类，人类的形体、精神、思想感情，都被说成是“天”的复制品，与“天”相吻合。而之所以如此，是因为人类为“天”所生，“人之为人，本于天，天亦人之曾祖父也，此人之所以乃上类天也”。“天”既生了人，也就相应地生出粮食五谷来养活人。他在《春秋繁露》中说：“五谷，食物之性也，天之所以为人赐也。”（《祭义》）“生育养长，成而更生，终而复始其事，所以利活民者无已，天虽不言，其欲赡足之意可见也。”（《诸侯》）那么，作为“天之子”的皇帝，是举国上下的中心，也就负有养育子民的责任。“君者，民之心也，民者，君之体也；心之所好，体必安之。”（《为人者天》）全国受命于君，身以心为本，国以君为主，君主的一言一行为“万物之枢机”，民众生活的安定取决于君主。因此，君主首先考虑的是天下和人民。应当像尧那样，受命为帝，以天下为忧，而不以得位为乐。处理政事，应“宜于民”，生杀予夺也要合理。所以，君主治国理民，“准绳不可以不正”。

董仲舒依据天人感应学说解释人口数量的增减。他认为人口的增减变动是封建统治者是否“正心”，即是否顺应“天”的意志的结果。

> 为人君者正心以正朝廷，正朝廷以正百官，正百官以正万民，正万民以正四方。四方正，远近莫敢不壹于正，而亡有邪气奸其间也。是以阴阳调而风雨时，群生和而万民殖，五谷熟而草木茂。（《实性》）

而如果统治者不能“正心”，逆“天”行事，他所统治的百姓就会减少，自然灾害也就会频繁发生。

3.“薄赋敛、省徭役，以宽民力”

董仲舒认为封建国家的苛征暴敛、乱用民力是引起小农大量破产和加剧社会贫富分化的最普遍原因，他说：“赋敛亡度，竭民财力，百姓散亡不得从耕织之业。”[3]卷五六《董仲舒传》因此，他把轻徭薄赋作为限制贫富分化以保民、安民，实现社会救助的重要措施。

提倡轻徭薄赋、反对重敛是先秦儒家的重要主张。董仲舒继承了这一思想，又做了反复的阐述论证。董仲舒以前的思想家们是从“富国”与“富民”的关系上来谈论赋役，把赋役沉重视为产生贫富分化的重要原因之一，是董仲舒救助思想的独到之处。占有大量土地的贵族和官僚地主，一般都享有减免赋役的特权，把赋役负担转嫁到小农身上，苛征暴敛与赋役负担的严重不均往往相伴而生。这就必然会加剧社会的两极分化进程和小农破产。

董仲舒忧心于当时横征暴敛造成的赋多役繁、田租苛重。这样，“小民安得不困”？所以，必须“薄赋敛，省徭役，以宽民力”。他夸饰三代为汉朝立极：“古者税民不过什一，其求易供；使民不过三日，其力易足。民财内足以养老尽孝，外足以事上共税，下足以畜妻子极爱，故民悦从上。”[3]卷二四上《食货志上》他并不反对征税征役，而是主张“无夺民时”，把税收限制在一个合理的范围之内，就可“民家给人足”，实现天下大治。他又以亡秦为鉴，批评秦朝赋役繁重，“又加月为更卒，已复为正，一岁屯戍，一岁力役，三十倍于古；田租、口赋、盐铁之利，二十倍于古”。致使“贫民常衣牛马之衣，而食犬彘之食”。而“汉兴，循而未改”六字，才是董仲舒真正想说的话，它以画龙点睛之笔道出了武帝时代赋敛的沉重。他在《春秋繁露》中进一步指出赋役沉重的危害：“徭役众，赋敛重，百姓贫穷叛去，道多饥人。”（《五行变救》）如果“赋敛无度，以夺民财，多发徭役，以夺民时，作事无极，以夺民力”（《五行相胜》），必然导致“百姓愁苦”“民不能堪”的严重后果。与董仲舒同时代的人也从不同角度谈到这一严峻的社会问题，如严安上书汉武帝，以秦喻汉：“乡使秦缓刑罚，薄赋敛，省繇役……化于海内，则世世必安矣。”[3]卷六四下《严安传》东方朔借非有先生之口劝谏武帝：“开内臧，振贫穷，存耆老，恤孤独；薄赋敛，省刑辟。行此三年，海内晏然……国无灾害之变，民无饥寒之色，家给人足。”[3]卷六五《东方朔传》

要重农爱民，必须减轻赋役负担。董仲舒在《春秋繁露》中举《春秋》“重民”的史例来表达他的这一救助思想。他说：“《春秋》之法，凶年不修旧，意在无苦民尔。……故曰：凶年修旧则讥，造邑则讳。”（《竹林》）因为鲁僖公“作南门”；庄公“刻桷、丹楹”，“筑三台，新延厩”；定公“作雉门及两观”，所以《春秋》讥刺他“骄溢不恤下也”。梁国徭役频仍，人民不堪忍受，《春秋》就说：“梁亡，亡者自亡也，非人亡之也。”（《王道》）

董仲舒又指出，爱惜民力，轻徭薄赋，也是上天意志的表现。如果背离了天意，上天就会显现灾异以示惩罚。如木的灾变表现为春凋秋荣，秋天结冰，春季多雨。这是由于徭役繁多、赋敛沉重、百姓贫穷饥饿流亡道路所致。作为君主，如果不悔过自新，不及时采取“省徭役、薄赋敛、出仓谷、振穷困”的救助措施（《五行变救》），那么就会像楚灵王一样，遭到“身弑”的悲惨下场。而土的灾变表现为大风到来，五谷受到伤害。这是因为不信任贤能和仁爱的人，不尊敬父兄，荒淫过度，宫室豪华。救助的办法，减省宫室，去掉雕饰彩绘，举拔孝悌，抚恤百姓。总之，只要五行发生灾变，统治者就应当“救之以德，施之天下”，以免除罪过。不用德行救助，不超过三年，上天就会落下陨石。此外，他在《治水五行》中还提出“养长老，存幼孤，矜寡独，赐孝弟，施恩泽”等救助思想。

调均贫富是董仲舒社会救助思想的重要内容。这一思想是对孔子学说的继承和发展，他在《春秋繁露·度制》中说：“孔子曰：‘不患寡而患不均。’故有所积重，则有所空虚矣。大富则骄，大贫则忧。忧则为盗，骄则为暴，此众人之情也。圣人则于众人之情，见乱之所从生，故其制人道而差上下也。使富者足以示贵而不至于骄，贫者足以养生而不至于忧，以此为度而调均之。是以财不匮而上下相安，故易治也。”

他用“调均”阐释了关于社会财富分配和占有的原则。他所说的“调均”，就是封建国家运用行政、法律和经济等手段，干预和调控社会财富的分配，防止贫富过度不均，以安民保民，维护封建政治统治。

一定时期内的社会财富总量是固定的，一部分人过富，另一部分人就必定赤贫；贫富过分悬殊，必然影响社会安定，不利于国家的治理。“大富”者因富而骄，骄则生暴，即恃富而骄横轻慢，不守礼法，进而僭越作乱。“大贫”者为生存而忧，因忧而为盗，即起而造反。所以，“大富”和“大贫”都是祸乱之源。他曾反复强调过贫富过分悬殊的严重危害，“富者奢侈羡溢，贫者穷急愁苦；穷急愁苦而上不救，则民不乐生；民不乐生，尚不避死，安能避罪！此刑罚之所以蕃而奸邪不可胜者也”[3]卷五六《董仲舒传》。“天之生民，非为王也，而天立王以民也。故其德足以安乐民者，天予之；其恶足以贼害民者，天夺之。”[1]卷七《尧舜不擅移汤武不专杀第二十五》董仲舒认为，因贫富悬殊而产生的社会问题是“众人之情”，自然之理；“圣人则于众人之情，见乱之所从生”，找出解决问题的办法。由于人们“弃其度制而各从其欲”，以致“富者愈贪而不肯为义，贫者日犯禁而不可得止”，社会便难以治理。富人凭借“富贵之资力，以与民争利于下”，造成百姓的穷困，“日削月朘”。解决问题的办法之一是“受禄之家，食禄而已，不与民争业，然后利可均布，而民或家足”[3]卷五六《董仲舒传》。因此，要建立社会等级制度，按照社会等级分配财富，使贫富有差而不过度、不越制；如果能做到，就可以实现上下相安，天下太平。董仲舒反对贫富过分悬殊，但并不赞成平均分配财富，而是主张按照社会等级进行财富分配，使不同等级的成员在财富占有上有差、有度、互不越制，把贫富差别控制在一个比较适度的范围内，这就是他提倡的“调均贫富”的原则。

董仲舒的“调均”思想虽然包含着贫富有差和贫富有度两方面的内容，但立论的重点是防止贫富过分悬殊，这是他“调均贫富”

思想的主要内容和主要倾向。他肯定劳动人民对基本生产和生活资料要求的合理性，认为只有先使百姓“家给人足”，而后才可施行教化。即“治民者，先富之而后加教”[1]卷八《仁义法第二十九》。如果贫富严重不均，百姓无以为生，道德教化就无从谈起，国家的危亡也就难以避免了。

社会成员划分为贫富贵贱等各种不同的等级，是古代社会的普遍现象，也是与生产力发展水平相适应的。在汉代实行平均主义，既不现实，也行不通。但是，贫富差别过大，也不利于社会的稳定发展。董仲舒的“调均”思想在肯定贫富差别的同时，又力主缩小差别，希望统治者能限制对社会财富的攫取，以保证劳动者起码的生活条件和社会再生产条件。这种辩证的社会救助思想，既符合汉代社会的实际，又具有历史的进步性，不失为解决封建社会财富分配问题的带有指导性的原则。调均思想，与现代社会保障通过再分配调节收入的理论有相通之处，其积极意义在于主张解除贫困者生存之忧和缩小收入差距，以维护社会稳定。

董仲舒是一位承前启后、继往开来的思想家。《春秋繁露·楚庄王》说：“《春秋》之道，奉天而法古。”但董仲舒“法古”而不“泥古”，既讲“法古”，又讲“更化”。他的社会救助思想在继承先秦的基础上，结合汉代社会现实有了新的发展。《周礼》“荒政”十二条，堪称先秦时期最详细的赈济措施。《周礼·地官·大司徒》云：“以荒政十有二聚万民，一曰散利，二曰薄征，三曰缓刑，四曰弛力，五曰舍禁，六曰去几，七曰眚礼，八曰杀哀，九曰蕃乐，十曰多昏，十有一曰索鬼神，十有二曰除盗贼。”“荒政十二”包括了放贷、蠲缓、节约、巫术等灾后救助思想。董仲舒的天命禳灾、薄赋敛、省徭役和“去奴婢，除专杀”等主张并未超出“荒政十二”的范畴，“限民名田”也是停留在原则层面，没有提出可行的具体意见，《汉书·食货志》在述及董仲舒“限民名田”时，提到他认为“古井田法虽难卒行，宜少近古”，由此看来，这一主张也是从“井田法”生发而来。与《周礼》荒政思想所不同的是，董仲舒将其救助思想纳入到天人感应的神学思想体系之中，从更为宽广的角度来阐述救助措施的作用；不是仅仅着眼于救荒，而是将救荒与平时安民保民、济贫调均等问题结合起来考虑，思虑更加深刻。他提出的社会救助主张在汉代发挥了积极作用，并为以后的封建统治者如何安民保民、维护统治提供了借鉴。当然，他讲重民、爱民并不是目的，一般地说，它只是一种手段，正如孔子所说：“惠则足以使人。”调均贫富的着眼点主要在于“易治”，使天下易于治理。董仲舒的著述和上书，都是从阴阳灾异谈到人事，以自然现象来论证社会问题。仅仅从现代灾害学的角度以是否科学来评判董仲舒的天命禳灾术显然是不全面的，他是借求雨止雨向封建帝王示儆，以此引起统治者对灾害救助的重视和关切，其灾害救助意义的指向主要是在政治层面。

参考文献：

[1] 苏舆．春秋繁露义证［M］．北京：中华书局，1992.

[2] 范晔．后汉书［M］．北京：中华书局，1965

[3] 班固．汉书［M］．北京：中华书局，19962.

[4] 李昉撰．太平御览［M］．北京：中华书局，1960

[5] 管曙光主编．诸子集成：第三册（《论衡》）［M］．长春：长春出版社，1999.

[6] 白寿彝．中国通史·秦汉时期：下册［M］．上海：上海人民出版社，1995.

[7] 严可均．全上古三代秦汉三国六朝文［G］．石家庄．河北教育出版社，1997

原文载于《衡水学院学报》2007年第4期。

作者简介：王文涛（1956—），男，河南潢川人，河北师范大学历史文化学院教授，历史学博士。

也谈董仲舒在儒学史上的地位

——以一种“同情之了解”的立场

宋立林

西汉董子仲舒在两千五百年的中国儒学史上地位十分关键、弥足重要。他处在儒学由原始儒学到汉代儒学转变的关口，而此关口亦正是儒学由私学上升为官学的关口。

纵观两千五百年的儒学发展史，吾人可获得数点启迪，略陈如次：一，儒学为中国文化之主干，影响深远；二，儒学乃开放之系统，故能历久弥新；三，儒学与政治为一对矛盾，故千年纠葛；四，儒学为社会教化学说，成人文化成之功业；五，儒学之复兴，必须应对现实社会之需要，进行转化性创造。

而此数点其实均与董子有关。儒学之成为中国文化之正统与主流，自与董子及汉代诸儒之努力分不开。董子吸纳诸子思想熔冶成一新儒学，可证儒学之开放性；儒学在汉代正式登上官学宝座，开始其与政治之纠葛，自又与董氏有莫大关系；而董子承继孔子之业，大倡教化之说，不待言也；汉代儒学复兴之经验，即积极应对时代与社会之挑战与需求，进行转化性创造也，此于今日儒学之能否复兴关系重大。因此，董子之历史地位不容低估。

然而，董子之历史地位及后世之评价，却颇显纠葛。自然，作为汉代大儒，董子受到历代儒者之褒奖和肯定。在汉代，如刘向所谓："董仲舒有王佐之才，虽伊吕亡以加，管晏之属，伯者之佐，殆不及也。"（《汉书·董仲舒传》）《汉书·五行志》亦谓："董仲舒治《公羊春秋》，始推阴阳，为儒者宗。"东汉王充则云："仲舒之言道德政治，可嘉美也。"（《论衡·案书篇》）而其所谓"文王之文在孔子，孔子之文在仲舒"，更可见其对董子推崇之至。

然而，至李唐时期，韩愈倡"道统"，仲舒之功绩已被抹杀。试看其道统之绪："尧以是传之舜，舜以是传之禹，禹以是传之汤，汤以是传之文武周公，文武周公传之孔子，孔子传之孟轲；轲之死，不得其传焉。荀与扬也，择焉而不精，语焉而不详。"而柳宗元更以其无神论对董子予以批评。及至天水一朝，儒学复兴，濂洛关闽之学兴，大倡道统说，尤以孔曾思孟为统绪。不过，其时朱子仍以董子为"醇儒"。程朱学者黄震亦有"汉世之儒，惟仲舒仁义三策炳炳万世"之评语。然而，宋儒之道统观念渐入人心，历宋元明清七八百载，至今犹有持此论者，如当代新儒家牟、唐诸先生。而董子较诸荀子犹幸者，其得从祀孔庙，而荀子则入而复出，两庑之中竟不见其牌位也。而朱子之地位又远上董子，得以列位孔庙大成殿十二哲，与孔子十一位弟子并，配享孔子，其荣誉远非董子可比。之所以有此悬殊，正是道统说之影响也。

直至近代今文经学复兴，董氏方获至甚高之评价。如皮锡瑞谓："孟子之后，董子之学最醇。然则春秋之学，孟子之后，亦当以董子之学为最醇矣。"（《经学通论》四）另一今文学大师康有为更是如此赞许之："董子之精深博大，得孔子大教之本，绝诸子之学，为传道之宗，盖自孔子之后一人哉！"（《春秋董氏学》卷七

《传经表》）不过，此乃今文经学之门户之见，不足深究。至新文化运动起，董仲舒因倡“罢黜百家、独尊儒术”与“三纲五常”，而与孔孟程朱一道，复遭批判。

其实，对历史人物之评价，自然关涉评价者之自身立场、识见。对董氏地位之理解，亦复如此。虽然，今天之学者已不复数十年前受意识形态之影响而论学术，但对董子之评价仍难脱“难言”之情势。如郭齐勇先生《中国哲学史》云：“董仲舒是先秦以后儒学发展史上的关键人物之一。所谓‘成也萧何，败也萧何’，他对儒学发展的功与过实在很难说清楚。一方面，由于社会政治的需要和他的努力，儒学得以在与各家的竞争中胜出，思想影响遍及社会的各个领域；另一方面，也是由于他的学说，引发了儒学的重大转向，甚至在一定意义上丢掉了儒家人文主义的真精神。”[1]此说可为当今学界对董氏看法之代表。

然则，吾人今日当如何评价董氏之学及其历史地位呢？窃以为，欲正确定位董子之学之地位，一则须勘定儒学发展之关节，董氏所居之地位自然可见。一则须厘清儒学与政治之纠葛，董氏之是非功过将一目了然。从此二点出发，秉持陈寅恪先生“同情之了解”之立场，从社会与历史发展的大势处来把握董氏之历史地位问题，方能得其近真。

一、从“儒学三期说”与“四期说”之分歧看董子之历史地位

儒学两千多年的发展，几经沉浮，由先秦时之子学，在汉代一跃而为官学化之经学；再经魏晋南北朝时期之玄学化，而复于唐宋时期复兴，产生宋明理学；绵延至清季。1905 年，废除科举，儒

学彻底失去官学地位。然而，今人对儒学历史之理解和评判，意见纷纭。儒学分期，即对儒学发展关节之勘定，乃是对儒学历史之把握，于此可见人们之立场与识见。影响较大者，有新儒家之三期说与李泽厚之四期说。此二说之根本歧异便在对以董仲舒为代表之汉儒之评价及定位问题。

近代儒学花果飘零，渐趋边缘化，而梁漱溟、熊十力等儒家大师出，使儒门得以延续，谋求复兴成为可能。熊氏弟子牟宗三、唐君毅诸先生，尤后出专精，融汇中西，使新儒学之影响广播海内外，而新儒家之第三代如杜维明等，则于海外展开与西方文明之对话，儒学之声音波及数洲，尤为功不可没。但对于儒学之发展和展望，牟宗三、杜维明诸先生尝提出“儒学三期说”，以先秦至汉为一期，宋明为二期，当代新儒家为三期。杜维明对历史上的儒学前两期的发展作出概括：“对儒学的发展，我是这样来进行分期的。第一期发展是从先秦到汉，汉以后一直到唐代，主要是佛教思想的传播，儒学的发展相对处于低潮。从宋代开始，儒学对佛教思想的挑战，有了一个创造性的回应，因而形成了从宋到明清的第二期的发展，并从某一角度成为整个东亚社会的文化内核（‘东亚文明的体现’）。”[2]353 此说影响深远，在学界几成共识。针对当代新儒家尤其牟宗三、杜维明先生所倡导之“儒学三期说”，李泽厚针锋相对地提出了“儒学四期说”。他指出三期说的两点错误：一是以心性——道德理论来概括儒学，失之片面。第二，三期说抹杀荀学，特别抹杀以董仲舒为代表的汉代儒学。他曾明确说：“我不赞成杜维明教授的三期说。杜教授的三期说是：孔、孟第一期，宋明理学第二期，现在第三期。这个三期说把汉代忽略掉了，这是一种偏见。汉代的儒学其实是非常重要的。我认为第一期是孔、孟、荀；以董仲舒为代表的汉儒是第二期；第三期才是宋明理学。‘现代新儒学’

的熊十力、冯友兰、牟宗三等人，只能算是第三期（即宋明理学）在现代的回光返照。”[3]而“现在或未来如要发展，则应为虽继承前三期，却又颇有不同特色的第四期”。[4]

其实，李泽厚先生在早在 20 世纪 80 年代就已对现代学人忽视、漠视董子及汉代思想深致不满，如其《秦汉思想简议》一文的开头便指出：“处在先秦和魏晋两大哲学高峰之间、以董仲舒为重要代表的秦汉思想，在海内外均遭低贬或漠视，或被斥为唯心主义、形而上学，或被视为‘儒学一大没落’。本文认为恰好相反，以阴阳五行来建构系统论宇宙图式为其特色的秦汉思想，是中国哲学发展的重要新阶段。正如秦汉在事功、疆域和物质文明上为统一国家和中华民族奠定了稳固基础一样，秦汉思想在构成中国的文化心理结构方面起了几乎同样的作用。”[5]李先生的确是思想敏锐，一针见血地指出了现代学术界对董子以及整个秦汉思想的忽视和误解。其实，即使本人在不久以前，在内心深处亦往往忽略董子之思想地位及汉代思想之价值。此恐与李氏所谓“海内外”学者均贬低董子有关。

李氏文中所谓“视为‘儒学一大没落’”的应指海外学者劳思光之《新编中国哲学史》，在该书之“汉代哲学”章中有专节论“汉儒之没落”，文中说：“儒学入汉代而丧失原有精神，遭受歪曲……则汉儒本身即代表中国文化一大没落，自属显然无疑。”[6]16 而在论董仲舒专节中，又谓：“董氏论性，为汉儒恶劣思想之代表。天人之说既盛，德性根源之精义，遂不为当时人所解。而董氏又以儒者自命，其说遂又以伪乱真。由此，使儒学在汉代之没落成为定局。董氏倡议罢黜百家，然究其实则董氏及当时儒生皆为阴阳五行观念所惑，不能承儒学真精神。于是罢黜百家之结果，仅为伪儒学之得势。孔孟之学，反长期湮没不彰。此亦董氏在哲学史上之影响也。"[6]31 劳氏此论，确属苛刻之至、偏激之至。

当然，对于李泽厚之批评，新儒家阵营的学者亦有反批评。黎汉基针对李文做出商榷，认为"李先生的指责完全是子虚乌有的"。文中引证了牟宗三、杜维明的相关说法，并指出唐君毅、徐复观等新儒家代表人物对董仲舒及汉儒之研究成绩，反驳了李泽厚的指责[2]349－354。如他引牟宗三先生的话说："儒家学术的第一阶段，是由先秦儒家开始，发展到东汉末年。两汉的经学是继承先秦儒家的学术而往前进的表现，而且在两汉四百年中，经学尽了它的责任，尽了它那个时代的使命……因此，不能轻视汉代的经学，它在那个时代，尽了它的责任、使命；尽得好不好，是否能完全合乎理想，则是另外的问题，至少在汉朝那种局面下，儒家以经学的姿态出现，而尽了它的使命。""儒者之学，除显于政治社会之组织外，于思想则孔、孟、荀为第一阶段，《中庸》《易》《乐记》《大学》为第二阶段，董仲舒为第三阶段。此儒学之由晚周进至秦汉大一统后表现为学术文化之力量而凝结汉代之政治社会者也。"显然，牟宗三先生在文中并未忽视董氏之学及汉代思想。然而，问题是，将董仲舒及两汉 400 年儒学纳入儒学第一期，本身就是对董氏及汉代儒学地位之忽视。尽管董氏及汉代儒学并未如唐宋之面临外来佛教之挑战，当下之儒学面临西方文化之挑战，然而，董氏及汉儒所面临之问题，对儒学之发展，其关节尤重，甚至远甚于唐宋以下之儒者。因此说，我们不得不承认，新儒家所提倡的"三期说"，恰恰是以抹杀或忽视以董子为代表的汉儒思想为代价的。同时，新儒家以"心性之学"作为中国学术思想之核心[7]2908，而相对忽视了"政治儒学"之价值，亦属门户所限之偏见。此点近年已经由蒋庆提出"政治儒学"而予以批评。

儒学之成为官学，成为中国文化之主流，深刻影响中国社会与民族精神，与董氏及汉代儒学是分不开的。正如前文所言：他处在儒学由原始儒学到汉代儒学的转变的关口，处在儒学由私学上升为官学的关口。历来对董仲舒的评价，无不与此有关。纵观历代学人对董子的评判，大都一方面承认其在儒学上升为官学和意识形态过程中的关键作用，肯定其对儒学的发展之功；另一方面又多批评其对原始儒学精神的背离。其实，儒学经由原始儒学到汉代儒学的转变，其“术化”的过程是不可避免的，也是无可厚非的。正如论者所言：“汉代儒学的异彩在于强烈的术化取向，这是对先秦儒家的继承与发展，更是对不同历史阶段所面临的社会问题的自觉回应。所谓术化取向，就是说汉儒在社会实践过程中逐渐将儒学转化为能够与现实统治互动的统治术，在纷繁复杂的政治生活中发挥儒者应有的作用。不过，有一点不能否认，那就是儒者在与现实统治互动的过程中做出了相当大的让步，以此换取实践机会。儒学的整体性不但没有遭到破坏，反而在原有的框架内增加了相当多的内容。这见于儒学对其他诸子学说的借鉴、消化与吸收。”[8]38

随着秦汉帝国的“大一统”时代的到来，儒学如何继续保持其入世的品格、实现其“外王”的理想，是所有真正的儒家都得面对的问题。司马谈《论六家要旨》云：“六家此务为治者也。”在儒道墨法名阴阳诸家之中，儒学与法家的政治特征最为鲜明。积极入世，“内圣外王”“修身齐家治国平天下”乃是儒家的理想。但是，先秦时期，虽然儒学乃“世之显学”，影响广泛而深远，战国时期已远播至南荆楚北中山。然而，时代和社会竟未能给予儒学在政治上表现的机会。以至孔子“干七十余君无所遇”，不得不感慨：“天下无道久矣，莫能宗予。”诚然，六国之时，列国纷争，儒学完全可以保持其独立品格，可以往来于诸侯之间，“道不同不相为谋”，但却无法适应“争于气力”“争于权谋”的社会需要，与法家、纵横家等相比，其政治理想自然无法实施，无论孔子、子思、孟子还是荀子，其最终的结局都表明了这一点。当中国社会由封建时代进入帝国时代时，儒家便面临着千载难逢的历史机遇。一方面，社会的稳定和统一，带来了儒学一展身手的机遇。汉初的儒者叔孙通所谓“儒者难与进取，可与守成”的说法，便是对儒家特点的精妙概括。儒家相对于道家、法家和墨家等诸子学说，其自身有适应大一统社会的理论优越性，儒家学说更能发挥其治理社会的功用，起到维护社会稳定、政治秩序的意识形态功能。

另一方面，帝国时代的中国，与先秦时期的社会性质发生了本质的改变，政治上也凸显出“威权政治”的浓重色彩。这是历史给儒学出的一道难题。儒学如何应对？是保持人文精神、独立意志而自外于政治之外，还是自我转化以积极应对时代需求。当然，我们今天可以大发“事后之明”式的感慨，怪罪董仲舒将儒学引上了“异化”之路，但是我们不得不承认，如果儒家没有因应时代需求而做出自我转化和妥协，便不会在中国文化中发挥如此重要的作用。其实，历史本身就是如此吊诡，在有所得的同时，必然会有所失。试想，在天无二日，国无二主的时代背景下，儒学如果欲发挥其内圣外王的理想，其明智的选择绝非退隐以求独立，而是积极因应。因此，在得到政治上认可的同时，儒学却不得不在权力面前妥协，放弃或部分放弃儒家原有的独立品格和普遍价值理想，依附于皇权的大树，造成儒学本身的异化和蜕变。只不过，历史选择董仲舒完成了这一任务。冯友兰先生早已指出：“董仲舒所要做的就是为当时政治、社会新秩序提供理论的根据。”[9]因此，我们对董子及汉代儒学不能仅仅保持“泛道德主义”的观念去评判、去指责。

其实，董仲舒本质上还是一个学者和思想家，这一点与孔子、孟子、荀子等先秦儒家并无不同，虽然曾有过仕途经验，但却并非真正意义上的具有经验的政治家或政治的实践者。据《汉书》本传，董子主治《公羊春秋》，并在汉景帝时为博士。尽管《天人三策》得到了汉武帝的肯定，但是他本人并没有因此而获致高官厚禄，这与他本人的不善阿谀的儒生本色是分不开的。他与公孙弘等不同，“为人廉直”，而且对公孙弘十分鄙视，即使在为官的任上，也是尽职尽责，以王道教化他所辅佐的王。最后，知道不行，以病退而著述。可见，他仍秉持着儒家的本色。也正是由于他对现实政治的“超脱”，才能更深刻地去阐发思想，正是由于他积极入世，才能不减儒家的本色。

董仲舒之所以能够承担起这一历史使命，自然与时代的环境分不开，更与其自身的思想分不开。其一，儒学自身的特点决定了儒学必然会走向中国文化的主流正统，因为孔子创立儒学本身，即是继承三代文化而来，所谓“集大成”，这与道、墨、法等诸子之对传统持“否定态度”不同，乃是一种“述而不作”的“肯定态度”。这决定了唯有儒家才把握了中国文化之传统，并又有所创新发展。

其二，儒学经过先秦时期的发展，已经成为影响深远的“显学”。秦代之有“焚书坑儒”之难，恰恰说明儒学在秦之影响[10]。众所周知，随着政治上的大一统趋势日渐明朗，思想上的统一也逐渐成为时代的需要。荀子作为先秦儒家之殿军，即可视为儒学吸纳百家以求思想上主导地位的努力与尝试，而秦代《吕氏春秋》与汉代《淮南子》之融会百家，乃是董仲舒之前奏。《吕览》与《淮南》之思想融合的努力，为董仲舒铺垫了道路。

其三，政治上大一统政治的确立，必然要求适应这一历史趋势的思想作为意识形态与之匹配。正如阎步克先生所指出的那样：

> 在诸子百家学说之中，道家贬低礼义、法家无视道德，就是墨家具有平民精神的“兼爱”，也不如儒家学说那样，更集

中地体现和更有力地维护了社会的主流道义观念。那些道义观念为社会提供了基本文化秩序，只要是生活于那个时代之中就无法摆脱它们；而儒术则把它们升华成了系统化的理论学说。

道、法、墨基于不同角度都有否定文化的倾向，可是在这个文明古国中，文化、特别是高级文化的生产、传播和消费，已经成了民族生活的最基本内容之一。……古代的主要典籍，大抵为儒家之所传，这在决定儒者历史命运上实有重大意义。

在代表古典文化上，儒者显然具有更充分的资格，这便使儒家学派在文化领域处于得天独厚的有利地位。对于那个社会的政权来说，需要充分利用结晶于“诗书”“礼乐”之中的高级文化来强化其合法性和整合社会，把它们转化为其政治象征；对于社会来说，也需要能够体现其基本道义的高级文化来自我维护，通过它们来形成政治期待，促使国家保障那些价值，并仅仅赋予这样的政权以合法性。于是我们看到，儒家的“礼治”相对能够更全面地满足那个社会对意识形态的需求。同时那个社会也有其意识形态赖以生存的丰沃土壤[11]。

在当时的思想资源中，墨家之平民化色彩注定流于式微。而黄老思想，从其自身特色来看，也必然只能充当一种过渡角色。而最能适应大一统政治的可选择对象，只有儒家和法家。然而，法家因秦亡的教训仍在眼前，正饱受诟病，因此不可能被确立为意识形态。那么具有强烈意识形态色彩的儒家便成为最佳候选。然而，事情并不如此简单。儒家如果不能适应这一新形势，而做出相应的调整，如对其他各家思想的吸收融汇，对汉朝政治合理性做出巧妙的解释，建立一种适应大一统格局的纲常伦理和宇宙观念，那么儒学就不能担当此任。尽管汉宣帝曾直言不讳地告诉太子：“汉家自有制度，本以霸王道杂之。”（《汉书·元帝纪》）不过，毕竟汉代皇帝终于选择了儒学作为官方的意识形态。相对来说，法家的法术之学，更多地充当了专制官僚政治的行政理论，而儒家则担当起意识形态的角色。

其四，董仲舒自身的个人因素，究竟起到了多大的作用。学者可以见仁见智。但是董氏对于汉代儒学之形成，作用却不可漠视或贬低。相对于孔子和孟子等原始儒家来说，董仲舒似乎在建立思想体系上稍显自觉一些。董仲舒的思想是十分庞杂的，他对道家、法家、犹其是阴阳五行思想的整合，使其思想体系格外庞大。周桂钿先生曾表彰董仲舒所做出的努力："董仲舒自己却大量吸取各家的思想，如阴阳家的阴阳五行思想，墨家的兼爱尚贤思想，法家的赏罚理论，道家的自然无为思想，来丰富、充实、发展儒家的思想。……董仲舒把儒学改造成能够博采百家之长、从善如流的开放型的新儒学，成了儒家的功臣，使儒学在新的历史时期能够适应社会的需要，成为独尊的学说，得以延续和发展。"[12]

先秦儒学在孔子之后，逐渐在分化中发展，形成一种"多元嬗变"的格局。其中尤其以偏向内圣一路的孟子，与偏向于外王一路的荀子，各自代表了儒学发展的两翼。不过，应当承认，儒学的这种分化发展，在一定程度上背离了孔子思想的整体性。也许这是思想发展的逻辑使然。迨至董仲舒，他对战国儒学之分化又做出了一定之整合，尤其是对内圣与外王两翼分化予以整全。正如余治平所言："如果说孔子之后，儒学的路线有所谓曾子、子思、孟子的'内圣'与子张、子贡、荀子的'外王'之别，那么，及至汉时代，经由董仲舒所建构起来的新儒学，则彻底扬弃了圣与王各执一端的偏向，他既重视外在的实际生活，又讲求内在的性情世界，兼有事功、并含精神，在有所创新、有所发展、有所推进的基础上，实现了对孔子思想的复归，还儒学以一个真正的、整全的面目。"[13]但另一方面，他与原始儒家又有共同之处，就在于立足天道以言人道。这一点甚至比孔孟更为显著。不管是他的人副天数的天人感应论、还是性三品的人性论，都是为了其政治思想立论的需要，都是要服务于提出“王道教化”的政治思想。关于这一点，余治平对董氏哲学思想、政治思想有一个很准确的概括，那就是“唯天为大”。只有从“天”这里才能读懂董仲舒，理解汉代儒学思想之价值，也才能明白李泽厚对汉代思想之高度评价，并不为过。

二、从儒学与政治之千年纠葛反思董子之历史地位

当今之世，儒学渐成复兴之势。然而，近百年来萦绕国人心头之疑虑便不得不予以解答。此疑虑者何？即：儒学与政治之纠葛。“五四”新文化运动以来，倡导科学、民主，号召打孔家店。原因之一便是以为2000年中国专制政治严重阻碍中国之进步，而儒学恰恰成了专制政治之帮凶和工具，因此儒学不得不为中国之专制与落后负责。儒学欲复兴，必须解决此一问题。

司马谈《论六家要旨》云：“六家此务为治者也。”此最能形容孔子儒学之本质。孔子一生栖栖惶惶，席不暇暖，所务的就是“政治”“王道”。孔子思想归根结底乃是一种政治思想。修身内圣乃是根本，但安民外王乃是落脚点，即其思想的归宿。内圣外王的修己安人之学，是对孔子儒学的最佳概括。《大学》更是提出了“三纲八目”，俨然儒学之纲目。不佞称之为理解儒学的钥匙。儒学自诞生即与政治结缘，2000年来未曾或歇。陈寅恪先生即明确指出：“夫政治社会一切公私行动，莫不与法典相关，而法典为儒家学说具体之实现。故二千年来华夏民族所受儒家学说之影响，最深最巨者，实在制度法律公私生活之方面，而关于学说思想之方面，或转

有不如佛道二教者。”[14] 然儒学与政治的关系，绝非近代以来所批评的那样，是专制政治的护符、封建统治的帮凶。其实，儒学与政治乃是一对矛盾，既对立又统一，不即不离，难舍难分，纠葛千载，以至今日。

以孔子、子思、孟子、荀子为代表的原始儒家，保持了充分的独立精神与自由思想，因此最能代表儒学真精神的原始儒家，对于政治表现了理性的态度、批评的立场。孔子尽管急切希望自己的主张和学说能够用世，但是他“干七十余君无所遇”。为何？因为他的独立精神、自由思想。何以见其独立与自由？近人批评孔子为官迷，其实孔子乃是思想家、政治思想家，他有自己的立场和原则。用之则行，舍之则藏。孟子说孔子“可以仕则仕，可以止则止，可以久则久，可以速则速”。验诸孔子行事，此言不虚。孔子虽然温和，然而他却也能直言批评政治，对上层统治者之不合王道礼制予以指责。试想，如果孔子为一世俗的官迷，则已然做到了鲁国的大司寇，年逾半百的孔子何必“周游列国”，风尘仆仆、颠沛流离？如果为了权力，他自然可以与世俗同流合污，但是孔子走了自己的路，于是一生坎坷，留下了悲壮的身影。

但是，孔子一生所追求的不是著书、也非教育，其实是政治上的王道理想，是天下的太平。他删定六经为此，教育 3000 弟子也为此，别无他求。孔子临终依然感慨：“天下无道久矣，莫能宗余。”如果说，孔子追求成为教育家，他是成功的；如果说，孔子追求成为学者，他是成功的；但是他偏偏追求的天下的王道流行，天下大同，结果只能是“累累若丧家之狗”，一生无所用，遗憾地死去。

孔子如此，他所奠定的儒学品质自然如此。之后，子思、孟子和荀子，也纷纷游说诸侯，希望行孔子之道，行王道仁政，行礼乐之政。但是当发现那些君主们不可教化时，他们毅然选择了离开。子思甚至直言：极言其君之恶者为忠臣。孟子也是豪气冲天，睥睨君王，顶天立地，倡导大丈夫气概。原始儒家们所累积沉淀下来的独立精神、批判立场，在后世一统帝国体制下，虽然不易坚守，但是还是有数不胜数的儒家们，以道抗势，保持了一定的独立自由思考的精神。

汉武帝时期，经过历史的淘洗和选择，儒学被定为了中国文化的“正宗”，所谓罢黜百家、独尊儒术。儒学成为官学。许多大儒也没有丧失道统对政统、学统对治统的主体独立地位。董仲舒固然有背离先秦儒学的地方，但是他能够以时势发展之需要，改造儒学，而且他还能设法以天来限制君，虽然效果不够理想，但是不能说他没有独立意识，他对政治还是保持了一定的独立性的。当然，一统的帝国之下，没有选择的余地，不像先秦时期，可以良禽择木，此时只有一棵皇权的大树。非此即彼，要么依从皇权，为统治者服务，要么成为政治打击的异端，生命不保。即使在这种情况下，我们依然能够发现，儒家以道抗势，以道限制君主的努力。之后如东汉的党锢之祸，明末的东林之祸等等，皆是儒家抗议精神的体现。历朝历代，总有数位大儒，担当起儒家道统的大任，高扬独立精神，坚守批评立场，维护了儒家的尊严、士人的尊严、文化的尊严和生命的尊严。

当然，毋庸回避，自汉代以来，因为儒家过于重视政治，投入政治，则不免为政治所利用，成为政治的“奴隶”，太多太多的儒家士子为了现实的利益而放弃了道义的担当，与世俯仰。如秦末汉初的儒生叔孙通、汉代的布衣卿相公孙弘之流，这样的例子也代不乏书，不必缕举。

我们仍然要回到汉代来看待这一问题。儒学之得复兴与独尊，乃势所必至，钱穆先生已有分析，与笔者所见略同。宾四先生云："黄老申韩，其学皆起战国晚世。其议卑近，主于应衰乱。惟经术儒生，高谈唐虞三代，礼乐教化，独为盛世之憧憬。自衰世言之，则每见其为迂阔而远于事情。及衰相既去，元气渐复，则如人之病起，舍药剂而嗜膏粱，亦固其宜也。后人乃谓儒术独为利于专制，故为汉武所推尊，岂得当时之真相哉。"[15]可谓史家通达之论。当然，一旦进入实际政治层面，儒学必然要发生变化，做出适应性调整。因为"面向现实权力的时候，儒家所要解决的问题发生了变化，这使得汉代儒学在部分程度上表现出与先秦儒学不同的面貌，儒家精神的侧重点由先秦时期对社会成员进行精神慰藉与道德说教演变为权术操作，尽管其中的有些成分是对原始儒家的继承与发展"。[8]47注意，这里的"术"，并非贬义，乃中性词。宋王应麟曾经指出："仁曰仁术，儒曰儒术，术即道也。申不害以术治韩，晁错言术数，公孙弘谓智者术之原，君子始恶乎术矣。故学者当择术。"[16]

儒家要在现实政治和社会中具体实践，就必要"术化"，这里所指乃是儒学的制度化、伦常化和意识形态化。一个最为棘手的事情就是，在政治上如何对待君权。先秦时期，尚处于"德性政治"时期，而秦汉以来，大一统政权的确立，使得政治凸显出"威权政治"的味道。而最为敏感的问题就是君权问题，同时还涉及革命的问题。汉景帝时黄生与辕固生争论"汤武革命"，景帝之调和最见此中三昧："景帝曰：'食肉不食马肝，不为不知味；言学者无言汤武受命，不为愚。'遂罢。"（《史记·儒林列传》）董仲舒之再坚持孟子所谓"民贵君轻社稷次之"论是不可能的了。然而，董仲舒并未因此而全然放弃儒家的民本立场。他借用"天"之权威来限制君权。当然，这又不可避免地部分地偏离了原始儒家的民本传统，而提升了君权的地位。董仲舒在处理君、民、天三者关系的方法有别于先秦儒家，而是主张“《春秋》之法，以人随君，以君随天”(《春秋繁露·玉杯》)，意思是百姓要统摄服从于君主，而君主要受上天的支配。这自然是为了适应汉代“威权政治”所作出的让步。他又提出：“故屈民而伸君，屈君而伸天，《春秋》之大义也。”(《春秋繁露·玉杯》）我们不难从中窥出董氏欲利用天来限制君权的努力。因为自先秦以来儒家对“天”有着“天视自我民视，天听自我民听”的理解。君主固然可以称为“天子”，但是“民”与“天”的关系也不容忽视。而另一方面，董仲舒对儒学的改造就在于“三纲五常”说的提出。此亦最为后世诟病者。其实，三纲说之最早提出乃是法家的韩非子。先秦时期，孔子等原始儒家对伦理的关系虽坚持等级制，但十分强调对等性、双向性。如所谓“君君、臣臣，父父、子子”(《论语·颜渊》)，“为人君止于仁，为人臣止于敬，为人子止于孝，为人父止于慈”(《大学》)皆是。至汉儒整理《礼运》，犹谓：“父慈、子孝、兄良、弟悌、夫义、妇听、长惠、幼顺、君仁、臣忠”(《礼记·礼运》)，皆可见等级制中蕴含着对等性。而汉代一统政权的确立和巩固，君权的扩张成为必然，等级制已经从相对走向绝对，三纲说之被董仲舒援入于儒家伦理思想，正是为适应现实所不得不然的努力。而三纲说之在后世广泛影响亦可见其适应君权政治之一斑。诚如近代史学巨擘陈寅恪先生在《悼王国维先生挽词并序》中所说：“中国文化之定义，具于《白虎通》三纲六纪之说。”不管今天看来“三纲说”具有怎样的负面作用，但是有一点是不可否认的，那就是董仲舒的思想以及“三纲说”是“社会的需要，历史的需要，就不是哪一个人的主观意志所能决定的，它反映了历史发展的趋势，它不是主观愿望的产物，而是客观形势的产物”。[17]

同样，董子倡“独尊儒术”，汉代设经学博士，导以利禄之途。自公孙弘白衣为天子三公，天下靡然向风。对此，后世亦是十分诟病，于今尤甚。所指责者不外乎使儒学津津于利禄之途，丧失了独立性与道之纯洁性。然而正如清末皮锡瑞所言：此“持论虽高，而三代以下既不尊师……欲兴经学，非导以利禄不可。古今选举人才之法，至此一变，亦势之无可如何者也。”[18] 此亦可谓通达之见。然而，今人竟不如古人之“审时识变”，明矣。而对于思想一统与百家争鸣的关系，自然知识分子从来都赞美和向往先秦诸子百家争鸣之盛况，认为这是思想的黄金时代。于是，对于董子倡导独尊儒术往往持憎恶和否定态度，以为是这一措施扼杀了思想的自由发展。但论者往往忽视了这同样是思想发展的必然结果。金春峰先生已指出：“从与百家争鸣的关系看，‘罢黜百家、独尊儒术’不是‘百家争鸣’结束的原因，而恰恰是它的结果。”[19]

正如历史上从来不存在纯粹的汉族一样，也从来不存在纯粹的儒学。从儒学诞生之日起，就与其他思想发生着不可避免的争论、吸纳与融合，历 2500 年而不息。争论既存于儒学与外部学派之论辩，如先秦时期之百家争鸣，唐代以来之三教论争；亦存在于儒学内部之不同学派间，如荀子非思孟，汉代今古文之争，宋明以来程朱陆王之争、清代汉宋之争。其实，从另一个角度看，这种纷争不已的局面和景象，恰恰反映了思想本身的活力。而争议本身所能带来的思想交锋，可能正是下一次思想发展乃至突破的契机。而且，这互相论争本身即是一互相吸收融合的过程。可见，自始至终，儒学乃一开放系统，因此才能历久而弥新。正如钟泰先生所言：“自汉以来，儒者不必皆治道德、名、法，而治名、法、道德则无不儒者。故吾谓汉以前，儒为九流之一；汉以后，儒为百家之宗者，此也。”[20]

同时，儒学也与中国社会发生着千丝万缕的联系，与中国政治更是纠葛千载，互相影响。思想与政治的交锋，往往是思想遭受异化。它一方面坚持改造政治，用儒家的学说和理念教化君主和社会，期望尧舜之治的实现。他们主动地投入到政治中去，但是大部分必然在得到了政治的厚爱之后，放弃或忘记了道义和思想，成为统治阶层的一员，被异化了。但是，同样不可否认的是，儒学在两千多年的政治压力下，依然尽了教化政治之责，效果的好坏另当别论，但是儒家政治思想在中国政治史上还是起到了非常大的作用的。尽管历来王朝大都奉行“阳儒阴法”的权术政治，但是儒学却一直被奉为政治行为的准则。权力腐化了儒学，但是儒学一定程度上净化了政治。

当我们努力为儒学的转化性创造而努力之际，以宋儒和当代新儒家为代表的心性之学固然弥足珍贵，以汉儒为代表的政治儒学，亦不容忽视。只有保持儒家开放的心态，积极与其他各家思想，尤其是向西方文明学习，吸纳其优秀成分，实现儒学的创造性转化或转化性创造；只有保持儒家积极入世，关怀现实的精神，积极思考应对当前人类及民族发展所面临之困境与问题的方案和策略，才能真正为时代和社会所欢迎和接纳，获得新生，这才是正途。

参考文献：

［1］郭齐勇．中国哲学史［M］．北京：高等教育出版社，2006：137.

［2］黎汉基．有关“儒学三期说”之辩正——就教于李泽厚先生［M］//陈明，朱汉民．原道：第七辑．贵阳：贵州人民出版社，2002.

［3］李泽厚．世纪新梦·为儒学的未来把脉［M］．合肥：安徽文艺出版社，1998：137.

［4］李泽厚．说儒学四期［M］//载氏．历史本体论己卯五说．北京：

三联书店，2003：140.

［5］李泽厚. 中国思想史论：上册［M］. 合肥：安徽文艺出版社，1999：139.

［6］劳思光. 新编中国哲学史：第二卷［M］. 桂林：广西师范大学出版社，2005.

［7］牟宗三，徐复观，张君劢，等. 为中国文化敬告世界人士宣言（1958年元旦）［M］//胡晓明，傅杰. 释中国：第四册. 上海：上海文艺出版社，1998：2908.

［8］刘伟. 术化儒学的出现及其精神的蜕变［J］. 儒家邮报，第110期：38－59.

［9］冯友兰. 中国哲学简史［M］. 北京：北京大学出版社，1996：166.

［10］王德成. 儒学与秦代社会［D］. 曲阜：曲阜师范大学，2007：11－36.

［11］阎步克. 士大夫政治演生史稿［M］. 北京：北京大学出版社，1996：320－321.

［12］周桂钿. 中国传统哲学［M］. 北京：北京师范大学出版社，2000：313.

［13］余治平. 唯天为大——建基于信念本体的董仲舒哲学研究［M］. 北京：商务印书馆，2003：84.

［14］陈寅恪. 冯友兰中国哲学史下册审查报告［M］//陈寅恪. 金明馆丛稿二编. 北京：三联书店，2001：283.

［15］钱穆. 秦汉史［M］. 北京：三联书店，2004：93－94.

［16］王应麟. 困学纪闻［M］. 沈阳：辽宁教育出版社，1998：174.

［17］任继愈. 中国哲学发展史：秦汉卷［M］. 北京：人民出版社，1985：362－363.

［18］皮锡瑞. 经学历史［M］. 北京：中华书局，2004：44.

［19］金春峰. 汉代思想史［M］. 北京：中国社会科学出版社，2006：169.

［20］钟泰. 中国哲学史［M］. 沈阳：辽宁教育出版社，1998：89.

原文载于《衡水学院学报》2010年第5期。

宋立林（1978—），男，山东夏津人，曲阜师范大学孔子文化学院博士，讲师，中国孔子研究院特聘研究员。

董仲舒的政治理想和人生命运

邢培顺

董仲舒用以构筑其理论体系的方法是来源于远古交感巫术思维的“比物联类”“推类而及”的思维方式，加以其理论体系涉及哲学、政治、伦理、人性等诸多内容，这就使他的学说呈现出极为驳杂的状态，甚至具有浓重的神秘色彩和宗教气氛，其对后世的影响也广泛、巨大而复杂，这使他成为中国思想史上最为复杂因而也最难做出准确评价的思想家之一。古代的学者就已经对他褒贬不一，近现代的学者对他的评价更是见仁见智。有些学者基于对封建专制制度的反感，甚至对他做出了完全否定的评价，称他为千古罪人。在近现代学者对董仲舒的评价中，有一点似乎是大家一致认可的，那就是他的学说为大一统封建专制政权的合理性建立了形而上的依据，他是封建专制政治主流意识形态的建立者。如冯友兰先生说：“董仲舒关于天的理论的社会意义，在于论证封建地主阶级的政权和代表这种政权的皇权，都是出于天意，这也是为地主阶级的政治哲学在宇宙观方面虚构出一个理论的根据。”[1]63 在现代学者当中，徐复观先生是研究董仲舒最为全面和客观的学者之一，他也认为董仲舒的学说“是通过《公羊》来建立当时已经成熟的大一统专制的理论根据”，他说：“董仲舒虽然要把大一统的专制加以合理化，把皇帝捧得至高无上，但他的基本用心，却是想在这种崇高、伟大政治结构之下，实现他以人民为主体的理想政治。”[2]227 徐复观先生虽然体察到董仲舒学说的“基本用心”，但仍认为董仲舒是拥护大一统专制政治的。可见，由于董仲舒学说在后世的流弊太多、太大，以至于人们将其学说中的许多精义都误解甚至忽视了。本文将依据《春秋繁露》等著作，勾勒他的政治理想，探寻他对汉王朝的态度以及由于其政治理念而造成的人生命运。

一、董仲舒的政治理念

董仲舒在以《公羊春秋》为依托构筑贯通天、地、人的庞大思想体系的过程中，也比较清晰地表述了他的政治理想，只不过他并没有作集中的论述，而是分散在对各种问题的论述中。在董仲舒的政治理论体系中，有三个重要概念，这就是天、君、臣。关于这三者的关系，他在《春秋繁露·玉杯》中说：“故屈民而伸君，屈君而伸天，《春秋》之大义也。”[3]32 又《二端》中说：“是故《春秋》之道，以元之深正天之端，以天之端正王之政，以王之政正诸侯之即位，以诸侯之即位正竟内之治，五者俱正而化大行。”在董仲舒的天人体系中，国君处在连接天、人的中间位置，他的品格和行为取法于天，又以之教化百姓的品德，规范百姓的行为。很显然，天的品格决定国君的水准，国君的水平决定国家政治面貌。所以要弄清董仲舒的政治理念，必须先弄清三者各自的品格和职能。

（一）董仲舒的“天”的品格和职能

在董仲舒的理论体系中，“天”是最高的概念，是一切观念和价值之所出，因而是他立论的起点，后世学者要研究他的思想体系，就必须先弄懂他的“天”的含义，但后人似乎很难准确全面地把握他的“天”的意蕴。董仲舒的“天”，意蕴异常丰富，可以说，其意蕴既有因文化的长期发展而产生的意义叠加，又有董仲舒基于对宇宙的理解以及出于建构理论体系的需要而赋予的新的意义。从董仲舒建构理论体系所采用的“等伦比类而通之”的方法与《周易》的思维方式同出于远古的巫术思维来看，董仲舒的天在思维方式和意蕴上首先是继承了《周易》。如《易传·序卦》中说：“有天地然后有万物，有万物然后有男女，有男女然后有夫妇，有夫妇然后有父子，有父子然后有君臣，有君臣然后有上下，有上下然后礼义有所错。”[4]这个顺序，既有衍生的意义，又有前后比拟的意义，与董仲舒的理路是一致的。同时，董仲舒的天也融有《诗经》中“天”的意义，如“文王在上，于昭于天”“假哉天命，有商孙子”“侯服于周，天命靡常。上天之载，无声无臭”[5]370。“天生蒸民，有物有则”“昊天上帝，昭假于下”[5]454。“维天之命，于穆不已”。“昊天有成命，二后受之”[5]476。又融纳了《论语》中“天”的意义，如“大哉尧之为君也！巍巍乎！唯天唯大，唯尧则之”[6]83。“子曰：天何言哉？四时行焉，百物生焉，天何言哉？”[6]188也融有《孟子》中“天”的意义，如“（万章曰）‘然则舜有天下也，孰与之？’（孟子）曰：‘天与之。’‘天与之者，谆谆然命之乎？’曰：‘否，天不言，以行与事示之而已矣。’曰：‘以行与事示之者，如之何？’曰：‘天子能荐人于天，不能使天与之天下；诸侯能荐人于天子，不能使天子与之诸侯；大夫能荐人于诸侯，不能使诸侯与之大夫。昔者，尧荐舜于天，而天受之；暴之于民，而民受之。故曰，天不言，以行与事示之而已矣。’”[7]。董仲舒的“天”既融合了天的传统意义，又赋予它时代内容。

董仲舒的“天”具有鲜明的时代性和明确的指向性，它是一切价值的源泉，国君模仿的榜样，《离合根》表述了“天”的品格：

天高其位而下其施，藏其形而见其光；高其位，所以为尊也，下其施，所以为仁也，藏其形，所以为神，见其光，所以为明；故位尊而施仁，藏神而见光者，天之行也。

又其《尧舜不擅移汤武不专杀》论说了天的职能：

且天之生民，非为王也；而天立王，以为民也。故其德足以安乐民者，天予之；其恶足以贼害民者，天夺之。诗云：“殷士肤敏，裸将于京，侯服于周，天命靡常。”言天之无常予，无常夺也。

天是终极价值的象征，是人间政治施为的监督者和最终裁判者。从这些论述，足以看出董仲舒对传统天论的继承，也可看出他的“天”的意蕴的当代性及明确的理论指向。他利用意蕴丰富的“天”，来确定和规范他理想中的“君”的品格。

（二）董仲舒的“君”的品格与职能

后世的学者大都认为，董仲舒承认大一统封建专制政体，拥戴大汉朝皇帝，并为其合理性提供理论依据，连对董仲舒学说的主观意图深有体认、因而评价董仲舒较他人远为全面、客观的徐复观先生也说：“他的这一意图，与大一统专制政治的趋于成熟，有密切关系。他一方面是在思想上、观念上，肯定此一体制的合理性。同时又想给此一体制以新的内容，新的理想。这便构成它的天的哲学大系统的现实意义。这里应特别指出的，董氏肯定了大一统的专制政体，并不等于他肯定了‘家天下’。”[2]183 其实，董仲舒在《春秋繁露》中对自己理想的政治体制和君主品格有较清晰的论述，在《王道》中，他说：

故明王视于冥冥，听于无声，天覆地载，天下万国莫敢不悉靖其职受命者，不示臣下以知之至也，故道同则不能相先，情同则不能相使，此其教也。由此观之，未有去人君之权，能制其势者也；未有贵贱无差，能全其位者也，故君子慎之。

君主居于至尊的地位，握有控制一切和斡转形势的权力和实力，但他并不躬亲万事，不干涉臣下行使职能。他在《离合根》中说：

故为人主者，法天之行，是故内深藏，所以为神；外博观，所以为明也；任群贤，所以为受成；乃不自劳于事，所以为尊也；泛爱群生，不以喜怒赏罚，所以为仁也。故为人主者，以无为为道，以不私为宝，立无为之位，而乘备具之官，足不自动，而相者导进，口不自言，而摈者赞辞，心不自虑，而群臣效当，故莫见其为之，而功成矣，此人主所以法天之行也。

《立元神》中说：

故为人君者，谨本详始，敬小慎微，志如死灰，形如委衣，安精养神，寂寞无为，休形无见影，掩声无出响，虚心下士，观来察往，谋于众贤，考求众人，得其心，遍见其情，察其好恶，以参忠佞，考其往行，验之于今，计其蓄积，受于先贤，释其雠怨，视其所争，差其党族，所依为臬，据位治人，用何为名，累日积久，何功不成？

《保位权》中又说：

为人君者，居无为之位，行不言之教，寂而无声，静而无形，执一无端，为国源泉，因国以为身，因臣以为心，以臣言为声，以臣事为形，有声必有响，有形必有影，声出于内，响报于外，形立于上，影应于下，响有清浊，影有曲直，响所报，非一声也；影所应，非一形也。故为君，虚心静处，聪听其响，明视其影，以行赏罚之象。

《天地之行》中说：

为人君者，其法取象于天，故贵爵而臣国，所以为仁也；深居隐处，不见其体，所以为神也；任贤使能，观听四方，所以为明也；量能授官，贤愚有差，所以相承也；引贤自近，以备股肱，所以为刚也；考实事功，次序殿最，所以成世也；有功者进，无功者退，所以赏罚也。是故天执其道，为万物主；君执其常，为一国主；天不可以不刚，主不可以不坚；天不刚，则列星乱其行，主不坚，则邪臣乱其官；星乱则亡其天，臣乱则亡其君；故为天者，务刚其气，为君者，务坚其政，刚坚然后阳道制命。地卑其位而上其气，暴其形而著其情，受其死而献其生，成其事而归其功。卑其位，所以事天也；上其气，所以养阳也；暴其形，所以为忠也；著其情，所以为信也；受其死，所以藏终也；献其生，所以助明也；成其事，所以助化也；归其功，所以致义也。

这些对君主品格的阐说，既有儒家的思想，如孔子说："无为而治者其舜也与？夫何为哉？恭己正南面而已矣。"[6]162 又有道家静默无为的思想和法家循名责实的观念，却看不出有君主独断专行的专制政治观念。

（三）董仲舒的"臣"的品格与职能

在《官制象天》中，董仲舒依据天道阐说了他理想的官制："王者制官：三公、九卿、二十七大夫、八十一元士，凡百二十人，而列臣备矣。吾闻圣王所取仪，法天之大经，三起而成，四转而终，官制亦然者，此其仪与！"官阶的高低是按他们的品德的高低分配的："是故三公之位，圣人之选也；三卿之位，君子之选也；三大夫之位，善人之选也；三士之位，正直之选也。"圣帝明王的根本任务，就是为不同的职位选择最恰当的人选，然后他就可以循名责实，无为而治了。在《保位权》中，他说：

是以群臣分职而治，各敬而事，争进其功，显广其名，而人君得载其中，此自然致力之术也，圣人由之，故功出于臣，名归于君也。

在《天地之行》中他又说：

为人臣者，其法取象于地，故朝夕进退，奉职应对，所以事贵也；供设饮食，候视疢疾，所以致养也；委身致命，事无专制，所以为忠也；竭愚写情，不饰其过，所以为信也；伏节死难，不惜其命，所以救穷也；推进光荣，褒扬其善，所以助明也；受命宣恩，辅成君子，所以助化也；功成事就，归德于上，所以致义也。

《玉杯》中说：

人受命于天，有善善恶恶之性，可养而不可改，可豫而不可去，若形体之可肥臞而不可得革也。是故虽有至贤，能为君亲含容其恶，不能为君亲令无恶。书曰："厥辟不辟去厥祇。"事亲亦然，皆忠孝之极也，非至贤安能如是。父不父则子不子，君不君则臣不臣耳。

臣子固然应该各称其职，尽心于君上，但也不是无条件服从君上，单方面为君上尽义务，他们有独立的人格和操守，有相对明确的权利和义务。如果为了国家和百姓的利益，有贤德的臣子甚至可以代表天意废昏暴之君而代之，他说："天子不能奉天之命，则废而称公，王者之后是也。"[3]412 他认为天命无常予，无常夺，尧舜不擅移，汤武不专杀，"故夏无道而殷伐之，殷无道而周伐之，周无道而秦伐之，秦无道而汉伐之，有道伐无道，此天理也，所从来久矣，宁能至汤武而然耶！"

徐复观先生说："按《春秋》'大一统'（隐元年《公羊传》），实际是主张明天子、诸侯、大夫之职，因而主张天子、诸侯、大夫分职，即大夫不可僭诸侯之职，诸侯不可僭天子之职。是主张分权的一统。"下文他又说："但孔子作《春秋》心目中的一统形态，绝不是贾谊、晁错、董仲舒们所要求的一统的形态。"[2]211 意思是说，董仲舒主张的是"集权的一统"而非"分权的一统"。但从前文的分析中我们看到，董仲舒在他的《春秋繁露》中提出的政治理想概括说就是：由皇帝居于国家政治的最顶端，根据国家政治的需要广求贤才，依据个人的道德水准和实际才能，设官分职，各级官吏依据礼法奉职而治，国君静默无为，不以个人的意志随意加以干涉，从而形成一个有机的、高效率的运行机制。这正是继承了孔子《春秋》中的政治理想，又加入了时代的内容，主张的是分权的政治模式，而非君主集权的专制政治模式。

二、董仲舒对汉朝的态度及人生命运

董仲舒生当汉朝，他的学说以汉朝的社会政治现实作为立论的立足点和出发点，这是毋庸置疑的，但是汉朝的政治制度并不符合他的政治理想，因此他并不赞成汉朝这种君主专制的政治模式，因而也就很难说他的学说是为大一统封建专制制度辩护进而为之提供理论依据。

儒家的创始人孔子，曾经周游列国，宣扬自己的学说，希望能重新建立一个像西周那样的符合儒家理想的和洽雍熙的理想国度。在他的希望破灭后，他修《春秋》，寄寓自己的政治理想，表达自己的伦理道德观点。从此以后，在儒家后学的内心里，便有了一个梦，一个终生不已的追求，这就是要把儒家的学说付诸实践，按照先圣的社会理想和古圣先王的政治模式，建立一个理想的和平安乐的社会，孟子是如此，荀子也是如此。汉朝建立以后，贾谊首先按照儒家学说为汉王朝设计政治蓝图，董仲舒更明确地向汉武帝提出了“解弦更张”的主张，他在《元光元年举贤良对策》中说：

孔子曰：“腐朽之木不可雕也，粪土之墙不可圬也。”今汉继秦之后，如朽木粪墙矣，虽欲善治之，亡可奈何。法出而奸生，令下而诈起，如以汤止沸，抱薪救火，愈甚亡益也。窃譬之琴瑟不调，甚者必解而更张之，乃可鼓也；为政而不行，甚者必变而更化之，乃可理也。当更张而不更张，虽有良工不能善调也；当更化而不更化，虽有大贤不能善治也。故汉得天下以来，常欲善治而至今不可善治者，失之于当更化而不更化也[8]2504－2505。

这里的“更化”，并不是像有些学者所认为的那样，仅仅是对汉承秦制所带来的任用法律以治国这个具体政治观念和政治策略有所改变，而是要对汉朝的社会政治制度进行全面、彻底的变革。金春峰先生说：“‘汉承秦制’，不只是指具体的政治经济制度、社会结构、施政大纲，也包括秦代奉行的法家指导思想。”[9]因此，董仲舒的“更化”思想，明确地表明了他对汉王朝社会政治制度的态度，这也是认识、理解董仲舒整个理论学说的关键，但是我们看到，由于董仲舒学说内容的异常复杂及其流弊的巨大而深远，后世学者对他本人及其学说进行评价时也深感困难，以至于同一个学者的评价出现相互矛盾的说法。如冯友兰先生说：“在汉初，董仲舒的春秋公羊学所说的改制，就是为以汉朝为代表的封建社会制定一套上层建筑，为新出现的全中国封建社会的经济基础服务，使之巩固起来，稳定下来，使中国社会循着封建社会的发展规律，稳步前进。”[1]100另一处冯先生又说：“董仲舒说：‘《春秋》之道，奉天而法古。’（《楚庄王》）这就是他的‘更化’（《汉书·董仲舒传》）。所谓‘更化’就是变更秦朝的一套做法。新做法的中心内容是‘奉天而法古’。”[1]60 冯先生没有追究“奉天而法古”的含义，其实董仲舒所谓的“奉天而法古”正是要否定当时汉朝的封建君主专制制度。再如徐复观先生在全面研究董仲舒的学者中，是最能探求董仲舒的主观意图因而对董仲舒的评价也最全面、最公正的人。他一方面说董仲舒承认大一统专制皇帝，“要把大一统的专制加以合理化”，一方面又说：“仲舒提出了‘更化’的要求以贯彻他的政治主张。‘更化’与‘改制’完全不同。改制没有政治上的实质意义；‘更化’则是要把汉所继承秦代以刑为治的政治方向与内容，完全改变过来，而‘修饰’‘仁义礼智信’‘五常之道’，亦即是他要把大一统专制政治的方向与内容，加以彻底的转换。在他主张的后面，对汉代现实政治，实作了根本的批评甚至是否定。”[2]261 可是由于董仲舒的学说流弊太大，以至人们在研究其学说时，有意无意地把其中的精义也忽略了。

其实，董仲舒对汉朝社会政治制度的这种态度并不是独有的。西汉儒生，从贾谊开始，就通过对儒家经典的解读，形成了自己的政治理念和政治蓝图，他们以为帝王师的心态，试图指导皇帝按照儒家的社会政治理想对现实政治进行改造。汉昭帝时，董仲舒的再传弟子眭孟见汉朝国势衰微，又“有虫食树叶成文字”之异，便说；“先师董仲舒有言，虽有继体守文之君，不害圣人之受命。汉家尧后，有传国之运。汉帝宜谁差天下，求索贤人，禅以帝位，而退自封百里，如殷、周二王后，以承顺天命。”[8]3154 结果他被以“妄设妖言惑众，大逆不道”的罪名杀掉。又《汉书·盖宽饶传》载：“是时上（宣帝）方用刑法，信任中尚书宦官，宽饶奏封事曰：‘方今圣道浸废，儒术不行，以刑余为周召，以法律为诗书。’”又引韩氏易传言："五帝官天下，三王家天下，家以传子，官以传贤，若四时之运，功成者去，不得其人则不居其位。"[8]3247 盖宽饶以"大逆不道"，被迫自杀。元、成时期，儒生势力壮大，皇权相对衰微，于是形成了以王吉、贡禹、刘向等为中坚力量的声势浩大的托古改制运动，王莽正是借助这股托古改制运动的风潮而夺取汉朝政权的。

董仲舒对汉朝的态度，还可以从他的《士不遇赋》看出来。他在赋中说：

> 呜呼嗟乎，遐哉邈矣。时来曷迟，去之速矣。屈意从人，非吾徒矣。正身俟时，将就木矣。悠悠偕时，岂能觉矣。心之忧兮，不期禄矣。皇皇匪宁，只增辱矣。努力触藩，徒摧角矣。不出户庭，庶无逼矣[10]228。

很显然，这是董仲舒两相骄王、病免归家后晚年的作品。其中既有时光易逝的感慨，也有坚持自己思想主张和独立人格的决心。这里的"人"，绝不是世俗的人，而是指最高统治者。其中又有待时立功却又年命将尽的郁闷和对于利禄的轻视。"皇皇匪宁，只增辱矣。努力觸藩，徒摧角矣"表明，在当今社会，不仅难有作为，反会失节辱身，甚至有性命之虞。"不出户庭，庶无逼矣"正表现出他远离政治漩涡、避开喧嚣尘世后的轻松感。这段话的抒情性很强，它表明董仲舒经过政治场域中的一番博弈，已经在感情上对汉王朝彻底失望了。

在"重曰"中，他进一步对社会现实和自己的人生命运进行思考，在彻底否定当前社会制度和社会现实的同时，表明自己的遭遇具有必然性：

> 生不丁三代之盛隆兮，而丁三季之末俗。末俗以辩诈而期通兮，贞士以耿介而自束，虽日三省于吾身，繇怀进退之惟

谷。彼实繁之有徒兮，指其白以为黑。目信嫮而言眇兮，口信辩而言讷。鬼神之不能正人事之变戾兮，圣贤亦不能开愚夫之违惑。出门则不可与偕往兮，藏器又蚩其不容。退洗心而内讼兮，固未知其所从也。观上世之清晖兮，廉士亦茕茕而靡归。殷汤有卞随与务光兮，周武有伯夷与叔齐。卞随务光遁迹于深渊兮，伯夷、叔齐登山而采薇。使彼圣贤其繇周遑兮，殒举世而同迷[10]228。

不像西汉许多文人那样，面对疆域广大、国势空前强盛的大汉王朝，内心充满庆幸感和自豪感，董仲舒将汉朝看作是三代的季世，将自己比作商汤时的卞随和务光、周武时的伯夷和叔齐这些否定时君政治施为、鄙薄王权、厌弃名利的高士，表明自己在这指白以为黑的社会里，人生不幸是必然的。“出门则不可与偕往兮，藏器又蚩其不容。退洗心而内讼兮，固未知其所从也”，正表明了他进退两难的处境、人生的担忧以及前途的茫无所从。

中国文学的“不遇”主题，是由贾谊和董仲舒开创的。春秋以前，学在官府，平民士人阶层还没有形成，故而不可能产生“怀才不遇”的意识和情感；战国时期，虽然平民士人阶层已经形成，但由于列国分立，士人活动空间大，选择的机会多，士无定主，也不会产生“生不逢时”的意识。只有进入大一统君主专制社会以后，士人面对唯一的朝廷和唯一的皇帝，才会强烈地感受到来自专制政治的压迫感，产生明确的“生不逢时”的感受。不过董仲舒的“生不逢时”感的含义与后世士人的感受的含义有很大不同，后世士人的不遇感是在承认当代社会政治制度的前提下，哀叹自己没有碰上一个好皇帝，而董仲舒的“生不逢时”是将当代社会政治制度作了彻底的否定。

董仲舒对汉朝社会政治制度的这种态度，决定了他的人生命运。汉初，适应长期战乱之后民生极度凋敝的社会现实，汉朝统治者实行“清静无为”的政治策略，黄老道家思想成为当时主流意识形态。尽管汉朝实行比较开明的文化政策，也由于儒生们，如陆贾、叔孙通、张苍等，为汉朝的稳定出谋划策，制定礼仪制度，得到刘邦的赞许，儒学得到了很大的发展，但儒学和儒生仍然处在被边缘化的地位，《史记·儒林列传》说到这种情况：

叔孙通作汉礼仪，因为太常。诸生弟子共定者，咸为选首。于是喟然叹兴于学。然尚有干戈，平定四海，亦未暇遑庠序之事也。孝惠、吕后时，公卿皆武力有功之臣。孝文时颇征用，然孝文帝本好刑名之言。及至孝景，不任儒者，而窦太后又好黄老之术，故诸博士具官待问，未有进者[11]。

汉初的经学大师，辕固生、申公、韩婴等人，只能做博士或诸侯王太傅这些闲职，未能进入国家权力中心。汉武帝即位，崇尚儒学，“罢黜百家，独尊儒术”，情况是不是有所改变呢？实际上，汉武帝对儒学的优点和局限看得十分清楚，他看重的仅仅是儒学的文化功能，即它缘饰政治的功能。汉武帝清楚，儒生作为下层官吏，缺乏治剧理繁、临阵决机的才干；如果作为执政的公卿大臣，儒家政治理念中的民本思想，又会成为消解君主专制政治的潜在危险，因此，汉武帝一方面看不上迂缓柔懦的俗儒，另一方面又猜忌、提防真正的儒学大师。

董仲舒作为儒学大师，不仅学识广博，而且有明确的政治理想和坚定的道德信念，在后人看来，汉武帝崇尚儒学，兴复礼乐，欲与三代比隆，董仲舒应该是宰辅的合适人选，如班固在《汉书》本传的赞语中说：“刘向称：董仲舒有王佐之材，虽伊吕亡以加，管晏之属，伯者之佐，殆不及也。”[8]2526 刘向是西汉末托古改制运动的骨干之一，他们的“托古改制”思想正是来源于董仲舒的“更化”思想，这里可以见出董仲舒在西汉中晚期儒生心目中的地位。刘向们既为董仲舒，也为汉王朝惋惜，认为如果汉武帝任用董仲舒为宰相，定可建立礼乐蒸蒸、比隆三代的和平雍熙社会，他们没有认识到正因为董仲舒是“王佐”而非“伯者之佐”，才引起了汉武帝的猜忌和提防。董仲舒通过对《公羊春秋》的解读，建构了自己的政治理想和政治蓝图，并以此昭示汉王朝的政治制度不合乎“天理”，应该“更化”。在具体的论述过程中，又对汉王朝的具体整治措施及汉武帝的个人品格和行为进行批评，如批评汉朝滥用法律、纵容贵族豪强兼并土地。批评汉武帝猜忌大臣，破坏宰相制度；好大喜功，穷兵黩武；奢侈靡费，大事兴筑，等等，这不仅会让汉武帝产生反感，而且会让这位极端专制的君主对儒学和儒生产生警觉，从而不会让“以天下为公”的儒生进入权力中心。更有甚者，董仲舒构想了一个高高在上的、既作为最高准则又作为监督者和裁判者的“天”，来监督和约束人间帝王，这使刚愎暴戾的汉武帝尤其不能容忍，董仲舒因此差点丧了命。汉武帝没有杀掉董仲舒，而且还给予他表面上的礼待，因为汉武帝认识到作为儒生的董仲舒并没有恶意，而他学说中的许多文化观念也正是自己需要的。

董仲舒对自己的境遇和命运有清醒的认识，他不以自己的遭际为得意，没有因为汉武帝的表面礼待而喜悦，他在《士不遇赋》中述说了自己的境遇和心态：“出门则不可与偕往兮，藏器又蚩其不容”，“嗟天下之偕违兮，怅无与之偕返。孰若反身于素业兮，莫随世而轮转。虽矫情而获百利兮，复不如正心而归一善”[10]228。

对于董仲舒的遭际和命运，后世许多学者也深感疑惑和惋惜，如王应麟在《通鉴答问》中说：

> 武帝虽因仲舒之对，兴学校之官，然而皇建有极，是彝是训，以尽君师之责者，帝未之知也。倘能以仲舒为三公，俾之

师保万民，用申公、辕固为太常，以明师道于朝廷，则四方风动，化行俗美，汉其三代矣。惜也，帝不用仲舒之真儒，而劝学之议，乃发于公孙弘。帝之好儒，其叶公之好龙与[3]479-480？

其实汉宣帝已经说得很明白，汉家之道，霸王道杂之，而在西汉大儒们的思想观念里，大多保留着原始儒家的民本思想，他们并不以君主专制的汉朝制度为合理，他们以为帝王师的心态，企图通过“改制”来改变政治现状，使之符合儒家的理想。这种企图受到封建专制政治的强力抵制甚至残酷镇压，所以西汉的大儒，很少能进入权力中心，最好的情况便是做博士或诸侯傅、相，而很多人则是被疏斥乃至被杀，董仲舒没有丢掉性命，算是不幸中之万幸，所以他的《士不遇赋》仍心存余悸。

由于董仲舒的学说在思维方式和实际内容上的复杂性，其在历史长河的屈曲流变中产生了极其复杂的影响，其流弊巨大而深远，以致将其中的精华因素几乎全部掩盖。徐复观先生在评论董仲舒的伦理思想时说得好：“在现实上说，人群相处，为了建立秩序，必有人为之纲，有人为之纪；纲纪之说，又何可废弃？但后世的暴君顽父恶夫，对臣子妻之压制，皆援三纲之说以自固自饰，且成为维护专制体制，封建制度的护符，而其端实自仲舒发之。立言之不可不慎，学术趋向之不可或偏，矫枉之不可过正，中庸之道之所以为人道之坦途，皆应于此得其启发。”[2]252

参考文献：

［1］冯友兰．中国哲学史新编［M］．北京：人民出版社，1998．

［2］徐复观．两汉思想史：第二卷［M］．上海：华东师范大学出版社，2001．

［3］苏舆．春秋繁露义证［M］．北京：中华书局，1992．

［4］高亨．周易大传今注［M］．济南：齐鲁书社，1979：647－648．

［5］高亨．诗经今注［M］．上海：上海古籍出版社，1980．

［6］杨伯峻．论语译注［M］．北京：中华书局，1980．

［7］朱熹．四书章句集注［M］．北京：中华书局，1983：307．

［8］班固．汉书［M］．北京：中华书局，1962．

［9］金春峰．汉代思想史［M］．北京：中国社会科学出版社，1997：53．

［10］严可均．全汉文［M］．北京：商务印书馆，1999．

［11］司马迁．史记［M］．北京：中华书局，1959：3117．

原文载于《衡水学院学报》2013年第2期。

邢培顺（1964－），男，山东潍坊人，滨州学院中文系副教授，文学博士。

董仲舒对士人命运的关注及对君权的限制

牛秋实

文字这种起“通神明”“类万物”作用的交流和表达工具，除了成为王者摄取权力的手段，也可以作为其他“手段”存在。除了辞赋般的通灵特质之“浪漫文学”价值之外，通过灾异的书写，“奉天以约制皇权”也是文字的一种运用方式。汉代董仲舒的祥瑞灾异之说即为最重要的范例。萌芽于孔子“凤鸟不至，河不出图，吾已矣夫”[1]等的思路，到董仲舒那里被“理论化”，祥瑞灾异之说以“天—地—人”统一的宇宙论为“逻辑”，倡导“天人感应”，为研究祥瑞、灾异与人事（政治得失）之间的相关性提供了一种“因果解释”，其基本思路是，帝王为政的好坏，可凭知识阶级对于祥瑞、灾异的观察与分析来判断。如董仲舒所说：“美事召美类，恶事召恶类，类之相应而起也……帝王之将兴也，其美祥亦先见；其将亡也，妖孽亦相见。物故以类相召也……《尚书》传言：‘周将兴之时，有大赤乌衔谷之种，而集王屋之上者。武王喜，诸大夫皆喜。周公曰：茂哉！茂哉！天之见此以劝之也。’恐恃之。”[2]76 将主张“屈民而伸君，屈君而伸天”（《春秋繁露·玉杯》）的董仲舒视作汉代官方意识形态的拟定者可能是错误的，因为他的论述，除了将天视作民意代表之外，当中包含一种对“国家之失”的宇宙论思考，如董仲舒说：

凡灾异之本，尽生于国家之失。国家之失乃始萌芽，而天出灾害以谴告之。谴告之，而不知变，乃见怪异以惊骇之。惊骇之，尚不知畏恐，其殃咎乃至。以此见天意之仁，而不欲陷人也[2]54。

董仲舒的祥瑞灾异说，亦可谓对占卜巫术的继承，只不过比巫术更为系统化和理论化了[3]。王铭铭先生在这里尽管谈的最为主要的是汉字文字的魅力，但是已经涉及了儒家知识分子对士人命运的关注以及如何利用知识结构对君权进行限制的主题了。本文拟从这一理路对以董仲舒为代表的汉代儒家知识分子的知识控制做一种研究，以明晰为何钱穆先生认为古代中国的君权不完全是专制王权的缘故。因为中国古代的君权必须借助于文人所组成的以御史为主的监察队伍才能最终行使自己的权威。御史有察政之失、规谏的权力。所以说，中国古代的君主制度，君主不完全拥有绝对的权力。

一

董仲舒的大一统思想正是知识分子的精神凭借，天人交感并不是由董仲舒新创的理论。因为天人之间的两重秩序在邹衍的阴阳五行思想中已有反映。贾谊并未在《新书》中提出天人秩序结合的大传统。所以董仲舒比贾谊、陆贾更为系统，因为董仲舒不像他们这些役属的儒生，因为役属的儒生不可能演变为特立独行的知识分子。而董仲舒之所以能特立独行，就在于他拥有另一种信念。

董仲舒对于灾异的解释，有变即有常。所谓“常”，也就是一种儒家的理想和信念。有了这种理想和信念，就能对于不完美的现实世界提出批评和指责。董仲舒则从公羊学中继承了褒贬之法。

董仲舒以夏朝代表“正黑统”，斗建寅；商朝代表“正白统”，斗建丑；周朝代表着“正赤统”，斗建子。所以董仲舒的历史观是循环论，故代周而起的朝代，仍然代表“正黑统”，斗建寅，如此周而复始。

东汉之《白虎通义》对董仲舒“三统”“三正”说做了进一步的阐释和说明：

> 《礼三正记》曰“正朔三而改，文质再而复也。”三微者，何谓也？阳气始施黄泉，动微而未著也。十一月之时，阳气始养根株，黄泉之下，万物皆赤。赤者，盛阳之气也。故周为天正，色尚赤也。十二月之时，万物皆始牙而白，白者阴气。故殷为地正，色尚白也。十三月之时，万物始达乎孚甲而出，皆黑，人得加功。故夏为人正，色尚黑。《尚书大传》曰：“夏以孟春月为正，殷以季冬月为正，周以仲冬月为正。”夏以十三月为正，色尚黑，以平旦为朔。殷以十二月为正，色尚黑，以鸡鸣为朔。周以十一月为正，色尚赤，以夜半为朔。不以二月后为正者，万物不齐，莫适所统，故必以三微之月也。三正之相承，若顺连环也。（《白虎通义·三正》）

《白虎通义》的解释与董仲舒所论有同，亦有不同。这说明他们依照的是不同的阐释系统。他的“十指”，“春秋二百四十二年之文，天下之大，事变之博无不有也。虽然，大略之要有十指。十指者，事之所系也，王化之所由得流也。举事变见有重焉，以指也。见事变之所至者，一指也。因其所以至者而治之，一指也。强干弱枝，大本小末，一指也。别嫌疑异同类，一指也。论贤才之义，别所长之能，一指也。亲近来远，同民所欲，一指也。承周文而反之质，一指也。木生火，火为夏，天之端，一指也”（《春秋繁露·十指》）。探究其文意，实在有两类重点。第一类是选择评判的对象，是按照其重要性选择评断的事物，并确定矫治的方案。第二类是以社会关系作为尺度，如强干弱枝，别嫌疑定是非，论贤才用所长，亲近来远，分别中外。

所以董仲舒治经术，以经义为褒贬的标准，似乎也成为汉代一时的风气了。张汤任太中大夫时参与定诸律令，深文拘吏，全无儒家色彩。及为廷尉，朝廷有大议，每遣张汤就问于董仲舒。《张汤本传》，“是时上方乡文学，汤决大狱，欲傅古义，乃请博士弟子治尚书春秋补廷尉史，平亭疑法，奏谳挈令”[4]。是武帝时以经义治狱，已经过定律令而制度化了。汉代天人感应学说，无疑是欠实证的形而上学，但其持守者仍自以为是一个知识系统。如董仲舒的学生眭弘在汉昭帝时用灾异上书，“先师董仲舒有言，虽有继体守文之君，不害圣人之受命，汉家尧后，有传国之运，汉帝宜谁差天下，求索贤人，禅以帝位，而退居自封百里如殷周二王后，以承顺天命”。上书之后，及代上书人孟坐“妄设妖言，惑众，大逆不道，皆伏诛”（《汉书补注》卷七十五）。这批人，今人视之为愚妄之士，在当时仍不失为士人，而他们对知识力量之信念之真挚，却是难得的。

董仲舒用一套知识体系来维持他的思想。而这种思想便是中国战国时期的阴阳思想。所以董仲舒认为，“上天”是万物之祖，万物由天而生。任何事物都有与之相匹配的另一个事物。在这种配合中，对应的双方有阴有阳。这就是事物的基本含义、基本原理。

阴阳二物的出现，其意义不同。阳气在前，在事物的变化、发展中居于主导地位。人事中的制度、准则都是效法上天而来的。上天是君王而笼罩万物、润泽万物，大地是上天的臣下而支持，承载万物。

董仲舒提出“尊王”，目的在于维护西汉大一统的局面，促进社会生产的发展和民生的安乐。但是，“尊王”又不能无限制膨胀，还要想办法制约封建王权的至高无上性，尽可能防止封建王权过度专制所带来的弊端。因此，董仲舒表达了他“屈君伸天”的思想，提出虽然只有君主可以教化百姓，可以与天地相参、与天道相感，但是君王的所作所为也必须符合天道，而不能随自己的主观意愿而行。他说：

> 人主立于生杀之位，与天共持变化之势，物莫不应天化。……人主以好恶喜怒变习俗，而天以暖清寒暑化草木。喜怒时而当，则岁美；不时而妄，则岁恶。天地人主一也。然则人主之好恶喜怒，乃天下之暖清寒暑也，不可不审其处而出也。当暑而寒，当寒而暑，必为恶岁矣。人主当喜而怒，当怒而喜，必为乱世矣。是故人主之大守在于谨藏而禁内，使好恶喜怒必当义乃出，若暖清寒暑之必当其时乃发也。人主掌此而无失，使乃好恶喜怒未尝差也，如春秋冬夏之未尝过也，可谓参天矣。深藏此四者而勿使妄发，可谓天矣。
>
> 然而主好恶喜怒，乃天之春夏秋冬也，其俱暖清寒暑而以变化成功也。天出此物者，时则岁美，不时则岁恶。人主出此四者，义则世治，不义则世乱。是故治世与美岁同数，乱世与恶岁同数，以此见人理之副天道也。
>
> 寒暑移易其处，谓之败岁。喜怒移易其处，谓之乱世。明王正喜以当春，正怒以当秋，正乐以当夏，正哀以当冬。上下法此，以取天之道。……故四时之行，父子之道也；天地之志，君臣之义也；阴阳之理，圣人之法也。（《春秋繁露·王道统三》）

所以君王最重要的节守就在于谨慎地收敛自己的情感，使得自己的情感不妄发而扰乱国家，一定要使自己的好恶喜怒合乎义理才表现出来，就好像天之暖寒清暑一定要合乎时节发出来一样。君主掌握这个道理而不出现过失，使好恶喜怒的发出不出现差错，好像春夏秋冬没有差错一样，这样才可说是与天道参通。

董仲舒还认为，君主必须得到民众的支持，才可能更好地维护自己的统治。

> 王者，民之所往；君者，不失其群者也。故能使万民往之，而得天下之群者，无敌于天下。弑君三十六，亡国五十二，小国德薄，不朝聘大国，不与诸侯会聚，孤特不相守，独居不同群，遭难莫之救，所以亡也。非独公侯大人如此，生天地之间，根本微者，不可遭大风疾雨，立铄消耗。（《春秋繁露·灭国》）

> 且天之生民，非为王也，而天之立王以为民也。故其德足以安乐民者，天予之；其恶足以贼害民者，天夺之。……故夏无道而殷代之，殷无道而周代之，周无道而秦代之，秦无道而汉代之。有道伐无道，此天理也，所从来久矣，宁能致汤武而然耶？（《春秋繁露·尧舜不擅移、汤武不专杀》）

所谓“王”，就是人民向往的意思；所谓“君”就是不失去他的民众的人。因此，能够使千万人民向往，并得到天下民众支持的人，天下就找不到可以和他抗衡的对手。董仲舒还提出，上天养育人民，并不是为了满足君王个人的目的，相反，上天之所以设立君王，是为了人民。所以，君主的德行足以使百姓安乐，上天就把天下交给他；反之，君主的恶行到了祸害人民的时候，上天就从他那里把天下夺走。所以天命靡常，有道伐无道，乃天之理。

二

在回答汉武帝的“策问”中，董仲舒认为，天是万物之宗祖，天遍覆包含万物而无遗，对万物一律平等，以日月风雨来和润万物，以阴阳寒暑的变化来成就万物。所以，君主、圣人效法天而进行治理，也和天一样，表现出对万民和万物的博爱，没有私心，布施仁德以厚佑百姓，以礼仪来引导人民，而不能与民争利。

> 夫天亦有所分予，予之齿者去其角，傅其翼者两其足，是所受大者不得取小也。古之所予禄者，不食于力，不动于末，是亦受大者不得取小，与天同意者也。夫已受大，又取小，天不能足，而况人乎！此民之所以嚣嚣苦不足也。身宠而载高位，家温而食厚禄，因乘富贵之资力，以与民争利于下，民安能如之哉？是故众其奴婢，多其牛羊，广其田宅，博其产业，蓄其积委，务此而亡已，以迫蹴民，民日削月月夋，浸以大穷。富者奢侈羡溢，贫者穷急愁苦。穷急愁苦而上不救，则民不乐生；民不乐生，尚不避死，安能避罪！此刑罚之所以蕃，而奸邪不可胜者也。故受禄之家，食禄而已，不与民争业，然后利可均布而民可家足。此上天之理，而亦太古之道，天子之所宜法以为制，大夫之所当循以为行也。（《举贤良对策》）

上天也是根据情况而赋予人和万物以不同的特征的。所以接受官禄的人家，只能食其禄，不能再与民争利，这样，利益才可以均布而百姓可以家足。这是上天的道理，也是太古以来的道，天子应该引之以为法度，大夫应该循之以行动。因此，董仲舒提出要采取“调均”“不尽利”等措施，来安定民生，维护统治。

董仲舒虽然立论一贯以天、人关系为依据，但是我们从他那种东方式的天人关系哲学背后却能看到士人对皇权的限制以及对百姓民心的重视。在儒家与君权的紧张背后，伸张了百姓的权力。为此，董仲舒举了礼制中的“乐”的变化来说明这个问题：

是故作乐者，必反天下之所始，乐于已以为本。舜时，民乐其绍之业者，故《韶》。韶者，绍也。禹之时，民乐其三圣相继，故《夏》。夏者，大也。汤之时，民乐其救之于祸害也，故《頀》。頀者，救也。文王之时，民乐其兴师征伐也，故《武》。武者，伐也。四者，天下同乐之，一也。其所同乐之端，不可一也。作乐之法，必反本之所乐。所乐不同事，乐安得不世异？是故舜作《韶》而禹作《夏》，汤作《頀》而文王作《武》。四乐殊名，则各顺其民始乐于己者也。（《春秋繁露·楚庄王》）

就是说，制作音乐的法则，必定要追溯人民所喜欢的根本大事。人民所喜欢的事不同，音乐怎能不随着时代而变化呢？所以，虞舜作《韶》而夏禹作《夏》，商汤作《音蒦》而周文王作《武》。这四个乐曲名称不同，但各自都顺应了人民对之的爱戴。所以董仲舒认为，《春秋》乃天下之大道：

《春秋》大一统者，天地之常经，古今之通谊也。今师异道，人异论，百家殊方，旨意不同，是以上亡以持一统，法制数变，下不知所守。臣愚以为诸不在六艺之课、孔子之术者，皆绝其道，勿使并进；邪辟之说灭息，然后统纪可以而法度可明，民知所从矣。

董仲舒希望在历史的进程中找到一种既生生不息又坚实可靠的基础。历史性的变化是董仲舒所承认的，但这种变化的根据则是不变的，这就是天或天道。他认为，在社会历史的发展过程中，存在着一种天道，它是人类历史应该趋赴的目标。向天道的靠近，是人类历史的动力。历史变化的基本原则和规律大致是不变的，这就是所谓“天不变道亦不变”。

董仲舒研究历史，是希望找到保持社会长治久安的根本。天道通过阴阳五行的消长、变化表现出来，这就决定了社会各种制度以及习俗的变化。人可以认识和理解以阴阳五行的消长、变化所表现出来的天道，从而有意识地与这种变化相适应。这是天人感应的一个重要内容。因此历史并不是人力所不及的必然性和命运。人通过自觉地与天道相适应，是完全可以达到一种理想的社会状态的[5]。

通过董仲舒的各种言论和行为的研究，可以看出，在汉代，儒生操持了批评；论断现世世界的权力，而儒家的经典成为评断事物是非长短的依据。儒家为汉室的政治提供了合法性，可是也相对地把知识分子提升到与政权抗衡的地位。由此以后，汉代的知识分子脱离了役属的地位，建立了对政权进行褒贬和评判的信念和自觉。

参考文献：

[1] 徐志刚．论语通释［M］．北京：人民出版社，2000：105.

[2] 董仲舒．春秋繁露［M］．上海：上海古籍出版社，1989.

[3] 王铭铭．文字的魔力：关于书写的人类学［J］．社会学研究，2010(2)：51－57.

[4] 王先谦．汉书补注：卷五十九［M］．上海：上海古籍出版社 2009：1－2.

[5] 韩震．历史观念大学读本［M］．北京：中国人民大学出版社，2008：115.

原文载于《衡水学院学报》2011 年第 3 期。

牛秋实（1968－），男，河南孟津人，许昌学院历史文化与旅游学院讲师，历史学博士。

荀子与董仲舒“治道”思想之比较

高春菊

治国必有道，道是治之道，治必有道。“治道”是中国传统思想特有的范畴，早在先秦时期就已经形成，传统思想中广义的治道，既包括“治之道”即治国的思想原则，也包括“治之具”即治国的制度措施，是治国理念、方针、原则、措施、手段的总称。在封建社会的长期发展中，历代思想家、政治家对于“治之道”的思考与“治之具”的推衍，构成了治道的丰富内涵。本文试图通过分析比较先秦时期处于乱世的荀子和西汉时期处于盛世的董仲舒的治道思想，寻找在治理国家社会方面具有普遍意义的思想和理念。

一、荀子、董仲舒治道思想的社会背景比较

一般来说，作为一种思想产生的背景即社会形态与生活样式总是具体的。所以，我们分析比较荀子、董仲舒治道思想首先从其出现的社会背景入手。

（一）荀子治道思想的社会背景

荀子生活在一个诸侯相互征伐的混乱时代。从公元前770年开

始，到公元前221年秦始皇统一六国，中华民族经历了五百多年的战乱，周王朝的井田制被废除，原来的礼乐制度也不管用了，旧的奴隶主阶级走向没落，新的地主阶级兴起；旧的奴隶制度和道德伦理观念，被新的封建制度和意识形态所取代；一部分农民获得较多的自由，整个社会呈现出纷繁复杂的大动荡、大改组局面。生于如此乱世的荀子最为关注的是天下太平，他和战国时期的其他知识分子有着共同特征，那就是：志在天下，成就大业。在学派并生、学派门户之见很深的战国时期，荀子并没有学究式的对儒家的经典照本宣科，而是放眼中华，让儒学走出书斋，走向社会，走向实践。他研究社会，研究现实，面对群雄争霸，杀人“盈城”“盈野”“残贼生而忠信亡”“淫乱生而礼义文理亡”的严酷现实，为谋求匡正之术，他以儒家思想为本位、为主体，对先秦诸子学说进行了综合，系统而有创造性地发展了儒学中的“礼学”思想，把儒家的“礼”与法家的“法”相结合，明确提出“隆礼重法”思想，为儒家所期望的道德秩序与社会政治秩序之重建提供了理论支持。

（二）董仲舒治道思想的社会背景

董仲舒是西汉发展到盛世（汉武帝）时期的思想家、政治家。春秋战国的混乱局面，以秦始皇统一中国而告终，但是秦始皇实现的只是政治上的统一，治道思想的冲突与抉择远未结束，西汉初年，汉王朝吸收秦朝的经验教训，在治国的指导思想上，经过比较与实验，从秦朝的“法治”转变为“黄老之治”。在这一治道思想指导下，统治者采取了与民休息、约法省禁、无为而治的政治经济政策，使社会生产力很快恢复和发展起来，到汉武帝时，国家的政治、经济都进入强盛时期。随着形势的变化，转变“治道”思想成为必要。原因在于：第一，汉初的无为而治，虽有利于自然经济的自由发展，但不利于中央权力的集中与统一；第二，萦绕汉初几十年的秦王朝何以很快失去政权，汉王朝何以得以取而代之的这一关涉政权合法性即“政道”的问题，到了需要有一个能够为当时的社会所接受的回答的时候了。第三，从实践上看，统治政策也发生了改变，法律条目日渐增多，在残酷统治下，很多老百姓被迫逃往山林，转为盗贼，表面上统一、昌盛的西汉政权安定中涌动着不稳的暗流，潜藏着危机。经过董仲舒的力谏，而最终由汉武帝确立了“罢黜百家，独尊儒术”的治道思想，并在实践中形成“霸王道以杂之”的治道格局，这时，董仲舒所说的“儒术”在内容上已经不同于荀子时代所流行的原始儒学，而是掺和了阴阳五行家和法家的观念重新整合而成的儒学。

（三）荀子、董仲舒治道思想社会背景比较

通过对社会背景的比较，我们可以发现：荀子、董仲舒的治道思想都是在国家、社会处于转型时期，为适应未来新的形势和统治者的需要而提出来的；他们治道思想都是在以传统儒学为主，吸收了同时代其他学派思想的基础上提出来的。

二、荀子、董仲舒治道思想内容比较

作为先秦时期诸子思想的集大成者，荀子批判地继承了儒家“礼”的传统，并以“礼”为基础，引“法”入“礼”，倡导“隆礼”“重法”，强调应用道德和法律相结合来治理国家，提出了“隆礼重法”思想。这一思想基本体现了荀子的治国原则，他的名言“治之经，礼与刑”成为历代治世的经典。

《荀子·王霸》篇中说：“国者，天下之利用也，人主者，天下之利势也。得道以持之，则大安也。”在荀子看来，国家是天下最有力的工具，统治者只有用“道”即正确的治国原则去治理国家，才能实现政权的巩固和社会的稳定。那么怎样从乱世走向治世？他所开出的药方是：治之根本是礼义，合乎礼义的是治世，不合乎礼义的是乱世。由此提出“隆礼重法”的主张。其中“礼”的具体内涵包括：

第一，“礼者，养也”[1]1328。礼是满足人类物质生活需要而对物质财富进行分配的标准，按照封建等级制度进行财富的分配，以达到“养人之欲，给人以求”的目的。

第二，“礼者，节之准也”[2]1271。即礼是制定法度的准则，有了礼才有法，礼是高于法的，所以他说：“礼义生而制法度。”

第三，“礼者，人道之极也”[3]1340。即礼是为人治国的最高原则，一切都要按照“礼”的要求去做。“礼”既是人们行为的准则，也是治国的原则，这样，“礼”就成了无所不包的规范体系，即“国无礼则不正”。

第四，“礼者，贵贱有等，长幼有差，贫富轻重皆有称者也”[4]1169。即“礼”是规定人们等级差别的一种社会秩序，“少事长，贱事贵，不肖事贤，是天下之通义也”[2]56。因此治世社会应该有“等”、有“差”，“礼”则是规定这些“等”“差”的依据。

由此可见，荀子的治道思想是介于德治与法治之间的“礼治”，在中国漫长的封建社会里，这种制度运行机制的设计和其中所体现出来的制度伦理观念，对历朝历代的政治理念和制度结构产生深远的影响。

董仲舒的治道思想主要反映在《天人三策》中。《天人三策》是汉武帝和董仲舒三次问对的记录，由于是回答皇帝提出的关于治国根本方略的问题，所以，《天人三策》不同于一般的著作，集中反映了董仲舒的治道思想。由于汉武帝对董仲舒的回答十分满意，对他的建议加以推行。因此，《天人三策》实际上成了大汉帝国的治道总纲。

在《天人三策》中，君臣三次问对所探讨的不是佛道、仙道，而是治国安邦之道，关于这一点，制文开始说得很清楚，“朕获承至尊休德，传之亡穷，而施之罔极，任大而守重，是以夙夜不皇康宁，永惟万事之统犹惧有阙。故广延四方之豪俊，郡国诸侯公选贤良修洁博习之士，欲闻大道之要，至论之极”[3]173。即《天人三策》所关照的现实既是汉武帝朝的现实，同时更是秦汉以来大一统格局的现实，君臣问对过程中，董仲舒对儒、道、法三家治道思想与实践做了比较总结，既回答了汉武帝的“问”，满足了汉武帝有所作为的现实需要，又将有所作为的强烈愿望落实在兴办太学的具体建议上，并以“太学”这一制度与机构将经典儒家的“正德”“用人”两大法宝融合为一。同时，又在管理本体论、行为观、义利观、人性观、控制论、经权观等多方面表现出对经典儒家治道思想的继承，因此，《天人三策》的治道思想不但体系完整，而且对我国封建社会影响深远。

对比荀子以“隆礼重法”为核心的治世之说和董仲舒在《天人三策》中所阐发的治道思想，两者的共性与差别在于：

第一，在管理本体论上，荀子把“天”作为管理活动的形上根据，对管理者提出了发挥主体能动性的要求。荀子的言论中的“天”，既有主宰之天的痕迹，也有义理之天的影子；但荀子谈得最多且最为肯定的还是自然之天。他说：“列星随旋，日月递炤，四时代御，阴阳大化，风雨博施，万物各得其和以生，各得其养以成，不见其事而见其功，夫是之谓神。皆知其所以成，莫知其无形，夫是之谓天。”[1]1306 在对“天”作自然之界定的前提下，荀子要求管理者必须发挥自己的主体能动性，“天地生之，圣人成之”[1]1177。

而在《天人三策》管理本体论中，董仲舒不仅认为“天”有意志而且对“天”之意志的内容和“天”表达意志的方式作了种种论述，因而有了神学色彩。如在董仲舒看来，“天”不但是宇宙万物的最高本原，也是社会等级秩序和伦理准则的唯一来源。“人受命于天，固超然异于群生，入有父子兄弟之亲，出有君臣上下之谊，会聚相遇，则有耆老长幼之施；粲然有文以相接，欢然有恩以相爱，此人之所以贵也”[3]188。社会最基本的三种人伦关系即君臣、父子、夫妇，为尊卑有序的等级关系，尽管卑者直接受命于尊者，但最后还是总归于天。同时，治国之道出于天，即反映管理活动客观规律的一套管理理论、方法出于“天”。“道之大原出于天，天不变，道亦不变”[3]190。不但“道”原于“天”，关于具体的管理手段，天意也有安排。“天道之大者在阴阳。阳为德，阴为刑；刑主杀而德主生。是故阳常居大夏，而以生育养长为事；阴常居大冬，而积于空虚不用之处。以此见天之任德不任刑也”[3]177，管理者只好按“天”的吩咐去做，“王者承天意以从事，故任德教而不任刑”[3]177。“国家将有失道之败，而天乃先出灾害以谴告之；不知自省，又出怪异以警惧之；尚不知变，而伤败乃至”[3]175。这些观点明显具有神学色彩。

第二，在管理行为观上，两人都继承了经典儒家的管理行为理论，主张为政以德和贤人政治。

经典儒家的管理行为理论主要有正德、用人、无为而治 3 项内容，其中，正德、用人是达到无为而治的具体手段，而无为而治是管理活动的理想目标。对于这一理论荀子和董仲舒都不同程度地加以继承。荀子说：“君者仪也，民者景也，仪正而景正；君者槃也，民者水也，槃圆而水圆。”[1]1216-1217领导者只有崇德就能取得无为而治的管理效果。并经常告诫君主必须“谲德而定次，量能而授官”[2]60，“不恤亲疏，不恤贵贱，唯诚能之求”[2]115，“内不可以阿子弟，外不可以隐远人”[1]1233等等，要求“无德不贵，无能不官，无功不赏，无罪不罚”[1]1135。荀子认为，应该由一个人的德行修养决定其在社会资源配置中所处的位置，因此，他打破了传统的世袭制度，提出了一个新的选拔制度：“虽王公士大夫之子孙也，不能属于礼义，则归之庶人。虽庶人之子孙也，积文学，正身行，能属于礼义，则归之卿相士大夫。”[1]1115并以道德标准将臣分为“圣臣”“辅臣”“忠臣”“谄臣”等十余类。

董仲舒认为，任官得人是“无为而治”的前提条件，他说：“遍得天下之贤人，则三王之盛易为，而尧、舜之名可及也[3]186。”为培养贤人，董仲舒提出了兴办太学的主张。“故养士之大者，莫大乎太学。太学者，贤士之所关也，教化之本原也。……置明师，以养天下之士，数考问以尽其材，则英俊宜可得矣”[3]185。太学首先是学校，有教育功能，同时太学生又是后备干部，因此太学还具备政治功能。在这里，董仲舒把经典儒家实现无为而治的两大法宝“崇德”与“用人”合二为一，并由此提出的治道谋划对封建国家的长治久安有很大作用，这是他对荀子治道思想的超越。

第三，在管理价值论方面，都认同“不与民争利”。

“不与民争利”是中国传统民本思想的一个重要内容，在对民本问题的认识上，荀子和董仲舒都是这一思想的提倡者。荀子认为，政治本身就是为了民众的利益而产生的，他说圣人制“礼”、隆“礼”的目的在于人民的利益，“故礼之生，为贤人以下至庶民也，非为成圣也”。《王制》中指出：“故君人者，欲安，则莫若平政爱民矣。”[2]77对民心顺逆对政治的影响力荀子同样有着清醒的认识。他说：“人服而势从之，人不服而势去之，故王者已于服人矣。”[2]120进而强调统治者既已得到了由于社会分工而赋予的那部分利益，就不应该再去与民争业、与民争利。

董仲舒从当时富人土地“阡陌纵横”、穷人无“立锥之地”的社会现实出发，在“天人三策”中也突出强调管理者不应与民争利。他在对策中讲述了公仪休的故事，并提出了“故受禄之家，食禄而已，不与民争业，然后利可均布，而民可家足”[3]191，“限民名田，以澹不足，塞并兼之路；盐铁皆归于民”[3]58的建议。

第四，在管理人性观方面和管理控制论上，都认为人性可塑、主张导人为善。

人性假设是管理理论的必要前提；控制是管理的基本手段，其对象包括对于人、事物和行为的控制。对这两个问题的回答是讨论治道思想不可缺少的内容。在人性假设上，不管是主性恶的荀子，还是提出“性三品说”的董仲舒都承认人性可塑，并主张导人为善。在管理控制方面，荀子认为人性恶，因此导人以善必须有几分强迫性，他主张齐之以礼、以善服人。“天人三策”中，董仲舒不但赞同经典儒家的管理控制论，而且为“德治”优于“法治”找到了根据。“然则王者欲有所为，宜求其端于天。天道之大者在阴阳。阳为德，阴为刑；刑主杀而德主生。是故阳常居大夏，而以生育养长为事；阴常居大冬，而积于空虚不用之处，以此见天之任德不任刑也”[3]177，从而大大加强了管理控制的强度。从其人性论与控制观角度分析“天人三策”中董仲舒的思想，能够看出：虽然都是对经典儒家人性观和管理控制论的继承，但与荀子相比，董仲舒人性论与控制观具有更多现实性的品格。

综上所述，荀子与董仲舒作为中国儒家思想文化的集大成者，在中国文化史上均占有重要地位，谭嗣同在评价荀子在中国文化史上的地位时曾说：“两千年之政，皆秦政也。……两千年之学皆荀学也。”[4]西汉时期，董仲舒在《天人三策》所提出的一系列主张适应了国势上升时期汉代统治者加强中央集权、变更统治思想的时代需要，被汉武帝所采纳，并通过崇儒学、兴学校、顺阴阳、尊皇帝等种种措施的落实，经过董仲舒所阐释的这套儒家治国理念，进而成为中国历代王朝的统治思想，他们虽时空阻隔，但其思想却能遥相辉映，达成神契，其中原因值得我们后人深思。

参考文献：

［1］于永玉，郭守信. 四库全书精华：子部［M］. 北京：中国文史出版社，2005.

［2］刘悦霄. 荀子［M］. 呼和浩特：内蒙古人民出版社，2006.

［3］冉昭德，陈直. 汉书选［M］. 北京：中华书局，1962.

［4］谭嗣同. 仁学［M］. 北京：中华书局，1958：47.

原文载于《衡水学院学报》2012 年第 2 期。

高春菊（1968－），女，河北故城人，衡水学院法政学院教授，历史学硕士。

董仲舒政治思想中的社会和谐观念

高春菊

董仲舒所处的时代正值西汉王朝政治、经济、思想文化发展的全盛时期。汉代社会立国之本和治国之路需要重新选择。董仲舒适应时代政治的需要，在吸取以前各派思想的基础上解答时代难题，提出了他的治国思想和主张：以实现中和为理想的政治状态；大一统理论；从建立君仁民从的和谐社会出发，强调道德教化的作用等。深入分析董仲舒的政治思想可以发现，他的各种治国主张处处体现着一种社会和谐的观念。

首先，董仲舒理想的政治状态中体现出了他的和谐观。仲舒理想的政治状态是中和。他继承和发展了《中庸》的中和思想，认为中和是万物生长的源泉和必备条件，是宇宙的根本精神和最高的道与德。他说："中者，天下之所终始也；而和者，天地之所生成也。夫德莫大于和，而道莫正于中。"[1]循天之道 以中和作为事物存在和发展的法则，体现了董仲舒重视对立面的和谐共处，追求事物的平衡、稳定，防范对立双方之间的激烈对抗和冲突的思想。这种思想反映在政治上，表现为他以中、和为价值目标和价值追求。他说：

“中者，天地之美达理也，圣人之所保守也。诗云“不刚不柔，布政优优。非中和之谓欤？是故能以中和理天下者，其德大盛。”[1]循天之道

将以中和治天下的思想用于实践，董仲舒提出以均贫富的方法作为治理天下的一策。他说：“大富则骄，大贫则忧，忧则为盗，骄则为暴，众人之情也……故其制人道而差上下也，使富者足以示贵而不至于骄，贫者足以养生而不至于忧。以此为度而调均之。是以财不匮而上下相安，故易治也。”[1]度制 仲舒之所以强调以均贫富为治理国家的重要政策，是因为他亲眼看到“富者田连阡陌，贫者无立锥之地”[2]食货志上 的社会现实。为调节各种阶级矛盾和政治关系，实现社会的安定、和谐，他向汉武帝建议：“受禄之家，食禄而已，不与民争业，然后利可均布而民可家足。”[2]董仲舒传 “限民名田，以澹不足，塞并兼之路；盐铁皆归于民。”[2]食货志上 作为封建政治家，董仲舒的均贫富思想并不是为被统治阶级着想，而是为了上下相安，天下太平，使封建统治得到巩固。但他在肯定封建等级差别的同时，要求缩小等级差别，限制统治阶层的剥削，以保护劳动者的起码生活条件，防止两极分化，以实现社会稳定，无疑具有进步意义，其思想中包含的社会和谐思想在今天仍有极强的现实意义。

其次，董仲舒大一统理论中体现了和谐观。统一的政权势必要求有统一的主流思想。汉武帝时期，随着中央集权的巩固，大一统的政治局面已经形成，但在思想上却是：“师异道，人异论，百家殊方，旨意不同”[2]董仲舒传，由此导致政纪、法纪的混乱。董仲舒清楚地认识到，要维持政治上的大一统，必须有统一的思想作保证，只有消除了思想上的混乱状况，才能确保法纪的统一，而只有政纪、法纪的统一，才能统一人们的思想和行动，达到巩固政权的目

的。以此认识为基础，董仲舒在吸收了各家学说的基础上，发展了儒家传统的“大一统”思想，构建了以政治一统为核心、君权至上为关键、文化一统为保证的系统的“大一统”理论。其中对君主提出很高的要求，主张建立和谐的君、臣、民关系。

在封建社会，君、臣、民关系和谐与否直接影响着国家政治稳定、社会安定，而能否建立和谐的君、臣、民关系的关键在于君主。董仲舒在神化君权的同时，又对君权作了很多约束。并对君主提出了具体的要求：修身审己，道德为民表率，垂范天下，这样万民才会像拱北斗星一样，敬服圣人之功德，不仅以圣人为贵，而且以圣人为法；要有观来察往的历史洞察力，能知众人所不能知，能见众人所不能见，能救众人所不能救，这样才能治理天下，为万民兴利除害；积小善去小恶，而至大功大德。

在肯定政治上臣民由君来统率的同时，又更加强调民的是否归向是统治者得以存在的基本条件，他说：“王者民之所往，君者不失其群者也。故能使万民往之而得天下之群者，无敌于天下[1]灭国上；故其德足以安民者天予之。其恶足以害民者，天夺之。”[1]尧舜不擅移汤武不专杀尊君与爱民是双向的，它们在天的协调下达到和谐的统一，这是董仲舒大一统理论中反映出的和谐观。

最后，从建立君仁民从的和谐社会出发，强调道德教化的作用。董仲舒的和谐思想还表现在他从建立君仁民从的和谐社会出发，强调道德教化的作用。管理一个国家，德教与刑罚是不可缺少的两手策略，德主刑辅是董仲舒的基本主张。作为封建政治家，董仲舒有着积极进取的精神，他重视人的作用，认为君主要想解决治乱问题，更好地进行社会控制，实现社会的和谐发展，根本途径在于道德教化。

从分析人性入手，他认为，人民趋利就像水向低处流，如果没有堤防，水就要泛滥成灾。如果没有社会思想的堤防，也会给社会带来混乱，“教化立而奸邪皆止者，其堤防完也；教化废而奸邪并出，刑罚不能胜者，其堤防坏也”[2]董仲舒传，道德教化如同河道的堤防一样，可以保障政权稳固、国家安宁。所以，他向汉武帝提出“任德教而不任刑”的建议，并指出：“以德为国者，甘于饴蜜，固于胶漆。”[1]立元神 为使道德教化更为有效，董仲舒进一步提出：第一，君主和百官要以身作则，起表率作用，强调上行下效，认为只有君主正，才能正百官；百官正，才能正万民。第二，使民先富而后教，把道德教化与人民能否安居乐业联系起来，反对官吏与民争利。第三，为保障教化的顺利进行，形成良好的社会风气，要培养、选拔实施教化的人才。

不可否认，作为封建政治家，董仲舒各种政治思想和主张，都是围绕着如何维护封建统治、巩固封建政权而提出的，但是在他的政治思想中处处体现出了以人为本的人文关怀与社会和谐理念，这一理念可以说是当今建设现代和谐社会的有益的文化资源。

参考文献：

[1] 苏舆．春秋繁露义证 [M]．北京：中华书局，1992.

[2] 冉昭德，陈直．汉书选 [M]．北京：中华书局，1962.

原文载于《衡水学院学报》2006 年第 4 期。

高春菊（1968－），女，河北故城人，衡水学院法政学院教授，历史学硕士。

从《天人三策》看汉武帝独尊儒术

卢国强

《天人三策》又称《举贤良对策》，是董仲舒对汉武帝策问的回答，对策中董仲舒在提出了他思想的基本要点后，建议“罢黜百家，独尊儒术”，为汉武帝所采纳。那么，董仲舒在对策中提出了怎样的思想打动年轻的汉武帝而使其“独尊儒术”的呢？易言之，《天人三策》中哪些思想适应了当时形势的需要而被汉武帝青睐有加呢？

一、汉武帝即位时的政治形势

西汉建立之初，经济凋残，百姓疲弊，“将相或乘牛车”，故奉行黄老清静无为、与民休息之治，特别是经过“文景之治”，仓廪丰实，府库饶财，移风易俗，黎民淳厚，西汉社会从经济到治安都达到了农业社会美好的极点。但在升平的表面景象下，西汉社会实已潜藏着严重的危机，急需有为之君起而进行大刀阔斧地改革，也就是班固所谓“汉兴六十余载，海内乂安，府库充实，而四夷未宾，制度多阙”（《汉书·公孙弘传赞》）。也就是说，在汉武帝即位的时候，尽管社会经济取得了长足的发展，但也面临着一系列难以解决的问题。

首先，内政上西汉立国之后，错误地总结了秦亡的教训，采用了郡国并行制，分封了一批诸侯王。但为时不久，诸王坐大，“藩国大者夸（跨）州兼郡，连城数十，宫室百官、同制京师”（《汉书·诸侯年表》），至景帝时，终于爆发“七国之乱”。虽然旋即被平定，由于并未从体制上真正解决问题，隐患依然存在。这是长期困扰西汉政府的一件事情，也是景帝留给武帝的一道历史难题。也就是说，中央集权的加强是汉武帝面临的一个亟待解决的问题。

其次，外交中，西汉前期最大的边患是匈奴的掠夺侵扰。汉初，高祖亲自率兵开展了对匈奴的反击，但却在平城白登被围，狼狈而归。正是由于尚无反击匈奴实力，不得不采取娄敬“和亲”之策，以待时机。景帝时，已经作了反击匈奴的准备，但未真正实施，这一历史重任又留给了武帝。

摆在汉武帝面前的这两大难题都是汉武帝不好解决而又不能不解决的问题。

汉武帝即位之日，正是西汉国力雄厚之时，好大喜功的性格，加上国力允许的客观条件，决定他一定会奋然跃起。内多兴作，以巩固和强化中央集权政体；外勤用兵，征讨匈奴以除边患，同时开疆拓土，扩大汉家基业。

事功的建立需要舆论先导，而此时，汉初黄老清静无为、与民休息的指导思想，与其政治抱负显然已经处在了一种对立的地位。为了施展他的雄才大略，必须从多方面转轨变型，这就需要一个权威的思想作为坚实的理论基础，为其政治任务服务。于是黜抑黄老，以新的思想取而代之就成为一种必然。

而这种新的指导思想何以就定在了儒术呢？在这里我们可以看

到，董仲舒的《天人三策》功不可没。

二、《天人三策》

元光元年（前134），汉武帝令郡国举孝廉，策贤良，而董仲舒以贤良对策。汉武帝连问三策，董仲舒亦连答三章，其中心议题是天人关系问题，史称《天人三策》（或《贤良对策》），后被班固全文收在《汉书·董仲舒传》之中。

天人关系说先秦时就有之，但董仲舒杂糅诸家，加以发展，吸收了阴阳五行学说和对自然现象的比附来详尽论证，将这个学说发展成为天人感应学说。董仲舒认为《春秋》一书记录了几百年的天象资料，所以后世灾异要以《春秋》为根据来解释。他通过援阴阳五行学说解《春秋》考察其中与天灾人事的联系，从而建立起“天人感应”学说。“天人感应、君权神授”是董仲舒天人关系的核心。

董仲舒认为有“天命”“天志”“天意”存在，认为：“天者，万物之祖，万物非天不生。”“为人者天也，人之为人本于天，天亦人之曾祖父也。”“天者，百神之君也。”“唯天子受命于天，天下受命于天子”（《春秋繁露·为人者天》）。天是宇宙间的最高主宰，天有着绝对权威，人为天所造，人副天数，天人合一于是天命在论证君主权威的重要性得到了空前提高。把君权建筑在天恩眷顾基础上，君权乃天所授。人君受命于天，奉天承运，进行统治，代表天的意志治理人世，一切臣民都应绝对服从君主，“屈民而伸君，屈君而伸天”（《春秋繁露·玉杯》），从而使君主的权威绝对神圣化。这有利于维护皇权，构建大一统的政治局面。

天人感应在肯定君权神授的同时，又以天象示警，异灾谴告来鞭策约束帝王的行为。认为：“国家将有失道之败，而天乃先出灾害以谴告之，不知自省，又出怪异以警惧之，尚不知变，而伤败乃至。”（《汉书·董仲舒传》，以下引文未注明出处者皆此本）这就使得臣下有机会利用灾祥天变来规谏君主应法天之德行，实行仁政；君王应受上天约束，不能为所欲为，这在君主专制时期无疑具有制约皇权的作用，有利于政治制约和平衡。

可以看出：一方面儒家通过君权神授论竭力为君权（政权）的合理性做出证明，树立君主的绝对权威，以此依托君权（政权）来确立儒家的正统地位；另一方面儒家又通过天人感应论，假上天之威，对皇帝言行提出要求，皇帝必须时刻注意天的喜怒哀乐，按上天的旨意来行事。而“天意”的解释权则牢牢被儒生抓在手中，这样就实现了儒家对君权的限制和控制。儒家与权力的结盟使得儒家对整个社会的影响力和对入仕者的吸引力大大增强。

同时，董仲舒言道：“天道之大者在阴阳。阳为德，阴为刑；刑主杀而德主生。是故阳常居大夏，而以生育养长为事；阴常居大冬，而积于空虚不用之处。以此见天之任德不任刑也。天道有阴阳，人间有德刑。天以阳气为主，以生养为德；人亦应以德政为生以生成为意……今废先王德教之官，而独任执法之吏治民，毋乃任刑之意与！孔子曰：‘不教而诛谓之虐。’虐政用于下，而欲德教之被四海，故难成也。”因此他主张“德主刑辅、重德远刑”，并以《春秋》决狱，来匡正律令严峻的弊病，认为人君应当施仁政。董仲舒的德主要是指人伦纲常。孔孟认为人间有五伦，所谓君臣、父子、夫妇、兄弟和朋友。而董仲舒则择其要者改为“三纲”，君为臣纲、父为子纲、夫为妻纲。再将原先儒家主张的五种德性（仁、义、礼、智、信）合为“五常”。并认为三纲五常可求于天，不能改变。“三纲五常”历来被视为封建社会伦理秩序的根基，但是在同时又起到了制衡君主权力这样一个目的，“三纲”里的“父为子纲”，使得皇帝（天子）也要“事天以孝道”，皇帝也必须信奉天人感应，施行仁政。

董仲舒在《天人三策》的最后讲：“《春秋》大一统者，天地之常经，古今之通谊也。”

由此我们看到，董仲舒在《天人三策》的君权神授、君为臣纲及大一统思想为汉武帝加强中央集权、削平诸侯割据提供了直接的理论根据。

董仲舒在《天人三策》中讲：“自非大亡道之世者，天尽欲扶持而全安之，事在强勉而已矣。强勉学习，则闻见博而知益明；强勉行道，则德日起而大有功：此皆可使还至而有效者也。《诗》曰：‘夙夜匪解。’《书》云：‘茂哉茂哉！’皆强勉之谓也。”董仲舒认为，一个大有为之君，应该勤勉努力，绝不能无所事事。要把握时代之脉搏，随时而动。一味地因循守旧，就成为致乱之阶，即董所谓：“当更张而不更张，虽有良工不能善调也；当更化而不更化，虽有大贤不能善治也。”董仲舒分析了尧舜“垂拱无为而天下治”与周文王“日昃而不暇食”而天下亦治的异同，认为尧舜与文王，他们在任贤选能、教化百姓上是一致的，其有为与无为的做法取决于其所遇的时代不同，“帝王之条贯同，然而劳逸异者，所遇之时异也”。无为与有为皆有其历史合理性。不过现在是：汉承秦敝，非力行有为不可！

董子认为，国君的有为无为，取决于时代的变迁，时代发生了变化，一味因循无益于治。清静无为、萧规曹随适应了汉初经济凋残、民力疲弊的状况，促成了汉初经济的恢复。当经历了文景之治，仓廪丰实，府库饶财，经济发展，但却“四夷未宾”，作为一个大有为之君又当如何呢？在这里，所谓的“四夷未宾”，主要是汉匈关系。汉初以来，实力不逮，不得不采用了“和亲”之策，献女送钱，以取一时之苟安，此实为天朝上国的耻辱。然，欲对匈作战，势必涉及政府的人力、物力、财力的消耗，涉及兵役、徭役的征发，国人作何想、舆论有何言，这是年轻的汉武帝不得不想的问题。董子在此给出了答案："当更张而不更张，虽有良工不能善调也；当更化而不更化，虽有大贤不能善治也。"也就是说，为了国家的长治久安，政策要顺应时代的发展，该变就变，不要犹豫。

董子的《天人三策》，所本者《春秋》，而《春秋》一个重要思想就是尊王攘夷。"《春秋》大一统者，天地之常经，古今之通谊也。"他认为大一统是天经地义不容更改之事。故应，一统乎天子，并使四海"来臣"。

由此我们又可以看到，董子的《天人三策》，为汉武帝扫匈奴、建事功作了舆论上的先导。

三、结语

董仲舒的《天人三策》对汉武帝即位以来所面临的两大历史问题给出了理论上的指导，实现大一统、损抑诸侯、加强中央集权，要尊王襄夷，使四夷宾服，这才是圣王之所为。对策深得武帝之心。因此当董仲舒最后提出："今师异道，人异论，百家殊方，旨意不同，是以上亡以持一统；法制数变，下不知所守。臣愚以为诸不在六艺之科孔子之术者，皆绝其道，勿使并进。邪辟之说灭息，然后统纪可一而法度可明，民知所从矣。"时，汉武帝采纳了其建议，罢黜百家，独尊儒术，儒学取代了汉初的黄老思想成为汉代立国的指导思想，并从此奠定了儒学在中国古代历史中的统治地位。

原文载于《衡水学院学报》2007 年第 3 期。

卢国强（1963－），男，河北衡水市人，衡水学院法政系讲师。

“王承天意以成民之性为任”

——试析董仲舒的政治思想

毕明良

董仲舒的人性论是和他的政治思想紧密联系在一起的，只有把两者联系起来考察，才能真正理解他的人性论主张和他对政治的基本看法，进而理解他的整个思想体系。

一、强调王者的责任——对性善论的批评

董仲舒在《春秋繁露》的《深察名号》与《实性》两篇中批评孟子的性善论，提出自己的人性论基本观点——性有善质而未善，待教而后善。从这两篇文字中我们可以看出董仲舒是基于五点理由批评孟子性善论，提出自己的人性论主张的。

在《深察名号》篇中，董仲舒首先从《春秋》正名思想出发批评性善论。“《春秋》辨物之理，以正其名。名物如其真，不失秋毫之末”，名与物之实不能有丝毫的出入。告子说“生之谓性”，荀子也说“生之所以然者谓之性”（《正名》）。“生之所以然”是“性”

的本意。董仲舒也取了性的这一意——“性之名非生与？如其生之自然之资谓之性。性者质也”。“生之自然之资”有情有欲，与善有一定距离，绝非纯善。既然性与善有此差距，则从正名的立场来说，“性善”名不副实，所以不能说“性善”。在董仲舒看来与性的本意有一点差异则已不是性——“离质如毛，则非性已”，所以他不作性善之论。

其次，董仲舒从对心、栣声近作心的训诂出发，也就是从对“心”的正名出发，否定性善之说。心的作用是“栣众恶于内”，那么人身之内就肯定有“恶”，而非纯善，即栣要有可栣的对象，“人之受气苟无恋者，心何栣哉？”为何说人之受气有恶呢？董仲舒从他的天的哲学出发认为“天人一也”（《阴阳义》），“天两有阴阳之施，身亦两有贪仁之性”，而人性中的贪所指乃是人的情欲。董仲舒认为“天地之所生，谓之性情”，情欲也是生而即有，可以说“情亦性也”。显然情欲不能是善的，“故圣人莫谓性善”。这是他否定性善说的第二点理由。

董仲舒否定性善说的第三点理由是对“民”的正名，他以“瞑”与“民”声同义同作“民”的正名，再由“民”的正名否定性善之说。

以上所列董仲舒否定性善说的四点理由除第三点是从他的天的哲学和正名两者出发外，其他三项理由都是基于正名、以文字的训诂来否定性善说。董仲舒批评孟子性善说仅仅是为了正名，为了文辞之争吗？我们再来看看他否定性善说的第五点理由。

> 天生民性有善质，而未能善，于是为之立王以善之，此天意也。民受未能善之性于天，而退受成性之教于王，王承天意，以成民之性为任者也。今案其真质，而谓民性已善者，是失天意而去王任也。万民之性苟已善，则王者受命尚何任也？

其设名不正，故弃重任而违大命，非法言也。（《深察名号》）

今谓性已善，不几于无教而如其自然！又不顺于为政之道矣。（《实性》）

“万民之性苟已善，则王者受命尚何任也”，这句话道出了他批评孟子、强调性未善的真正原因。在董仲舒看来通过教化成民之性不仅是政治的主要内容，而且是统治者的根本责任和义务，是统治者和政治存在的意义和依据。而如果说人性已善，特别是如强调性善，则恐一切听任自然，教化将无所施设，统治者也将推卸其责任，政治将失去方向，统治者和政治也将失去存在的意义。所以他说：“今案其真质，而谓民性已善者，是失天意而去王任也。”正是出于这种顾虑，他在《实性》开篇便说：“孔子曰：‘名不正，则言不顺。’今谓性已善，不几于无教而如其自然！又不顺于为政之道矣。”董仲舒的这种顾虑与荀子正同。

今诚以人之性固正理平治邪？则有恶用圣王，恶用礼义哉！虽有圣王礼义，将曷加于正理平治也哉！（《性恶》）

故性善则去圣王，息礼义矣；性恶则与圣王，贵礼义矣。（《性恶》）

荀子认为性恶是“与圣王，贵礼义”的前提条件。性善则圣王、礼义都失去了存在的根据，这也是董仲舒批评孟子、坚持性未善的根本原因所在。“性未善”强调的还是王者的责任政治的目的在于教化，在于成民之性，以防止统治者推卸责任的“无教而如其自然”和改便通过教化成民之性的政治大方向。

二、性有善质而未善，待教而后善

董仲舒对人性的看法是“有善质而未善”“待教而为善”。

性如茧如卵。卵待覆而成雏，茧待缫而为丝，性待教而为善，此之谓真天。天生民性有善质，而未能善，于是为之立王以善之，此天意也。（《深察名号》）

今万民之性，待外教然后能善，善当与教，不当与性。（《深察名号》）

董仲舒对性有善质而未善有很多形象的比喻，禾之中除了米之外还有其他的东西，并不全是米，正如性之中除了善之外还有情一样。董仲舒说身两有仁贪之性，“有善质”指的是人性中的“仁”，而“未善”指的是人性中还有贪的一面，即情欲好利的一面。

夫万民之从利也，如水之走下，不以教化堤防之，不能止也。（《汉书·董仲舒传》）

董仲舒从“生之自然之资”出发，认为性实包含仁与贪两个方面，其实是把人的自然情欲一起包括在性里面。情与欲是贪鄙之性，是需要教化堤防的，所以性不能说是善的。我们知道孟子也承认人有耳、目、口、鼻之欲，有欲富欲贵之情，从“生之所以然”来讲孟子也承认这些是性，然而孟子却不把这些视作人之性。性应是人之所以为人，人区别于禽兽的东西。孟子自觉到人身上只有四端之心才是这种能称作性的东西，而不是食、色之欲。正是因为董仲舒把情也包括在性之内，所以他说性未善。欲不能称作善，故而性未善。然而性之中也包含有“仁”，所以董仲舒说性有善质。董仲舒所说的性中包含的“仁”的内涵是什么呢？

人受命于天，固超然异于群生，入有父子兄弟之亲，出有君臣上下之谊，会聚相遇，则有耆老长幼之施；粲然有文以相接，驩然有恩以相爱，此人之所以贵也。……明于天性，知自贵于物；知自贵于物……（《汉书·董仲舒传》）

无孝悌则亡其所以生，无衣食则亡其所以养，无礼乐，则

亡其所以成也。三者皆亡，则民如麋鹿，各从其欲，家自为俗。父不能使子，君不能使臣……（《立元神》）

人所超然异于群生，人之所以贵是人与动物的不同，也就是人之所以为人的东西。人之所以为人在于有“父子兄弟之亲”“君臣上下之谊”“耆老长幼之施”……而董氏把这些称为天性。人与麋鹿的区别在于人有孝悌、衣食、礼乐，无此三者则人同于禽兽。性有仁贪，贪指的是耳目之欲、好利之情，那么仁指的只能是这些孝悌人伦了。而孝悌人伦也正是孟子所认为的人之所以为人，人区别于禽兽的东西，他说“无父无君，是禽兽也”《滕文公下》。由此可知，董氏与孟子的不同只是对“性”这个字的理解不同，在“人之所以为人”在于人伦的认识上是相同的。

下面我们来看看董仲舒是怎样理解“善”的。

然其或曰性也善，或曰性未善，则所谓善者，各异意也。性有善端，动之爱父母，善于禽兽，则谓之善。此孟子之善。循三纲五纪，通八端之理，忠信而博爱，敦厚而好礼，乃可谓善。此圣人之善也。（《深察名号》）

由是观之，圣人之所谓善，未易当也，非善于禽兽则谓之善也……质于禽兽之性，则万民之性善矣；质于人道之善，则民性弗及也……孟子下质于禽兽之所为，故曰性已善；吾上质于圣人之所为，故谓性未善。（《深察名号》）

董仲舒明说他理解的“善”与孟子所理解的不同。这也是他们有“性善”和“性未善”之差异的又一重要原因。孟子自觉到人有四端之心，并且从此四端之心推广、扩充出去就会有无限量的道德之善。“乃若其情，则可以为善，乃所谓善也。”（《告子上》）从四端之心的实在性来说，人性实在是善的。从道德之善的无限可能性（“可以为善”）在人心之中而不在外来说，人性是善的。但人心中所含的毕竟还只是善的可能性，还只是可能性的善，所以还须存心、养心，还须自我实现的扩充，还须政治的教化以成其性，以成其善。孟子的四端性善之说确立了人的道德主体地位，立言之主旨在启发人之自觉自信，使人能“思”而知自己的本性之善，知道道德规范内在于人心之中，知道“求其放心”“立其大者”。而董仲舒这里所说的善完全指的是现实的、已成的善，所以他说性未善。由此可见，董仲舒对孟子的批评并不恰当，孟子所说的“善”并非指“善于禽兽”，更不是“已善”。

对董仲舒所说的性与善的内涵有此把握之后，我们就可以看出他的“性有善质而未善”与孟子“性善”的不同乃在于对“性”和“善”的理解不同。

三、王者的责任，政治使命

上面分析了“性有善质而未善”，下面我们再来看看董仲舒人性论的另一半——“待教而为善”。

> 民受未能善之性于天，而退受成性之教于王。王承天意，以成民之性为任者也。（《深察名号》）
>
> 万民之性苟已善，则王者受命尚何任也？（《深察名号》）
>
> 今万民之性，待外教然后能善，善当与教，不当与性。（《深察名号》）
>
> 以性为善，此皆圣人所继天而进也……（《实性》）

通过对“性未善”和“待教而为善”的强调，董仲舒实际强调的是王者的责任，政治的使命是成民之性。“王承天意以成民之性为任”，“万民之性苟已善，则王者受命尚何任也？”可以看出在董仲舒看来王者或者说政治的根本任务就在于成民之性，舍此政治没有其他的目标和任务，王者或政治脱离了此一目标和任务就失去了存在的意义和依据。

且天之生民，非为王也，而天立王以为民也。故其德足以安乐民者，天予之；其恶足以贼害民者，天夺之。（《尧舜不擅移、汤武不专杀》）

天生民性有善质，而未能善，于是为之立王以善之，此天意也。（《深察名号》）

受命之君，天意之所予也。（《深察名号》）

天若不予是家，是家者安得立为天子？立为天子者，天予是家。天予是家者，天使是家。（《娟已》）

统治者是受命于天而成为“天子”的，“受命之君，天意之所予也”，但天之所以立王是为了人民，“天立王以为民”。“天予”是成为“天子”的前提，“天若不予是家，是家者安得立为天子”，但“天予”是有条件的，就是“德足以安乐民”和能完成天赋予的使命，所以说“天使是家”。天赋予王的使命是什么呢？“为之立王以善之”，教民使善，即成民之性是天赋予王者的使命。

王者亦常以爱利天下为意，以安乐一世为事……（《王道通三》）

“德足以安乐民”是“受命”的前提，而王者之事或责任就在于“安乐民”，所以说“以安乐一世为事”。那么“安乐民”又是什么意思呢？

天之生人也，使人生义与利。利以养其体，义以养其心。心不得义不能乐，体不得利不能安。（《身之养重于义》）

“体不得利不能安”，显然人民得以“安”的基础在于解决衣食问题的“利”，所以王者的责任首先就在于解决民生问题。这是成民之性的前提条件，“天下者无患，然后性可善”（《盟会要》）。

解决民生问题，是王者完成上天赋予的一项重要使命，是君主尽了自己应尽的一项责任，然而这只是王者“安乐民”之责任的“安”而已。什么是“安乐民”的“乐”呢?

> 义者心之养也，利者体之养也。体莫贵于心，故养莫重于义，义之养生人大于利。(《身之养重于义》)

“心不得义不能乐”，显然如果说“安”是利，是人民的衣食问题，是民生问题的话，那么“乐”就是民德问题。“体莫贵于心，故养莫重于义，义之养生人大于利”，王者承天养民之意以养民，而养民之心远比养民之身为重要，故而王者最重要的责任在于培养民德，以“义”养民之心。“义之养生人大于利”，虽然对于人来说，“义”远比“利”为重要，但一般人却不能知此。

> 民不能知而常反之，皆忘义而殉利，去理而走邪，以贼其身而祸其家。此非其自为计不忠也，则其知之所不能明也……无怪民之皆趋利而不趋义也，固其所闇也。圣人事明义，以照耀其所闇，故民不陷……今不示显德行，民暗于义……其所谓有道无道者，示之以显德行与不示尔。(《身之养重于义》)

民“性有善质而未善”，所以“莫不善义”，但又“不能义”。“不能义”的原因在于“利败之”，人之所以求利而忘义则是因为他们不知道义对人来说比利更重要。“此非其自为计不忠也，则其知之所不能明也”，人之所以舍重取轻，舍义趣利，是因为他们不知轻重，误把利当成了更重要的东西，是因为他们阁而不明。“民暗于义”的原因一方面固然在于其本性，所谓“民者，瞑也”，另一方面又在于统治者“不示显德行”。故而王者的责任和作用就在于“明义以照耀其所阁”，在于“示之以显德行”。怎样“明义以照耀其所暗”，怎样“示之以显德行”呢?

> 君者，民之心也；民者，君之体也。心之所好，体必安

之；君之所好，民必从之。故君民者，贵孝弟而好礼义，重仁廉而轻财利，躬亲职此于上，而万民听，生善于下矣。（《为人者天》）

百姓不安，则力其孝弟。孝弟者，所以安百姓也。力者，勉行之身以化之。（《为人者天》）

“君之所好，民必从之”，统治者自己“贵孝弟而好礼义，重仁廉而轻财利”则自然能化民成俗，“生善于下”。所谓“示之以显德行”就是统治者勉行孝弟仁义，以自己之德化民，“示”就是以自己的德行树立榜样。

臣闻命者天之令也，性者生之质也，情者人之欲也。或夭或寿，或仁或鄙，陶冶而成之，不能粹美，有治乱之所生，故不齐也。（《汉书·董仲舒传》）

人民的夭寿仁鄙是政治“陶冶而成之”，“有治乱之所生”，对此统治者负有很大的责任。王者要为人民的夭寿仁鄙负责，因为这都是统治者的所作所为造成的。“尔好谊，则民乡仁而俗善；尔好利，则民好邪而俗败。由是观之，天子大夫者，下民之所视效，远方之所四面而内望也。”（《汉书·董仲舒传》）人民的善恶，习俗好坏都是由统治者的行为造成的。所以王者首先要做的是正己，“春者，天之所为也；正者，王之所为也。其意曰，上承天之所为，而下以正其所为……”（《汉书·董仲舒传》）。“正者，王之所为”直承孔子“政者，正也”（《论语·颜渊》）和“苟正其身矣，于从政乎何有？不能正其身，如正人何”（《论语·子路》）这一对政治的基本看法和德治思想。正己方能正万民四方，“故为人君者，正心以正朝廷，正朝廷以正百官，正百官以正万民，正万民以正四方”（《汉书·董仲舒传》）。而万民不正乃因教化不立，“凡以教化不立而万民不正也”（《汉书·董仲舒传》）。

四、任德不任刑与成民之性

在《春秋繁露》和《天人三策》中董仲舒都花了大量笔墨来论述任德不任刑，不厌其烦，反复申之，可见这是他基本的政治主张。他之所以建立庞大的天的哲学体系一个重要的原因就在于以之作为"任德不任刑"的理论基础，来支持"任德不任刑"的政治主张。所谓"任德"实际就是主张孔子的"德治"，是统治者通过教化，引导人民向善，化民成俗。

天道之大者在阴阳。阳为德，阴为刑；刑主杀而德主生。是故阳常居大夏，而以生育养长为事；阴常居大冬，而积于空虚不用之处。以此见天之任德不任刑也。（《汉书·董仲舒传》）

阴终岁四移，而阳常居实，非亲阳而疏阴，任德而远刑与？（《天辨在人》）

阳出实入实，阴出空入空，天之任阳不任阴，好德不好刑如是也。（《阴阳位》）

以上是董仲舒通过他精心建立的天的哲学体系来说明天"近阳而远阴""亲阳而疏阴""任阳不任阴"，以此来证明天是"任德不任刑""好德不好刑"的。作为受命之天子当然应该按天的意志行事。

王者承天意以从事，故任德教而不任刑。刑者不可任以治世，犹阴之不可任以成岁也。为政而任刑，不顺于天，故先王莫之肯为也。今废先王德教之官，而独任执法之吏治民，毋乃任刑之意与！（《汉书·董仲舒传》）

"任德教而不任刑"是顺天之意，任刑则"不顺于天"。显然"任德不任刑"才是合理的政治大方向，但"今废先王德教之官，而独任执法之吏治民，毋乃任刑之意与!”汉承秦制，实际上继承了暴秦严刑峻法的法家政治方向。从“高祖初入关，约法三章”到“三章之法不足以御奸”萧何“作律九章”，直到汉武帝法网愈演愈密。汉武帝任刑的法家政治方向，秦始皇再版的政治在《史记·酷吏列传》《汉书·酷吏列传》和《汉书·刑法志》中记述得非常清楚，一览即知。只要看看里面所列屠戮的数字就能知道汉武帝统治的残酷、暴虐。《史记·酷吏列传》中酷吏大多都是汉武帝一手提拔任用的，都是在“上以为能”“天子以为能”“天子以为尽力无私”的情形下得到重用的。所以董仲舒说当时是“独任执法之吏治民”绝非虚言，他的“任德不任刑”的主张因此有着很强的现实针对性，意在改变当时“任刑”的法家政治方向。他的天的哲学体系，他的天的“任德不任刑”的性格都要在这样的背景下才能得到恰当的理解，也可以说他的整个天的哲学体系是为他的“任德不任刑”的政治主张服务的。秦“以贪狼为俗”“大败天下之民”“使习俗薄恶”，与成民之德、成民之性的政治方向背道而驰。“今临政而愿治七十余岁矣”，“而至今不可善治者，失之于当更化而不更化也”(《汉书·董仲舒传》)。因而董仲舒极力主张改变汉代承秦而来的“任刑”的政治大方向，希望汉武帝能任德不任刑，他认为“更化则可善治”。

“任德”是与法家以严刑峻法治理人民的“任刑”相对而言的儒家的“教化”，是引导人民向善，化民成俗。

> 古者修教训之官，务以德善化民，民已大化之后，天下常亡一人之狱矣。(《汉书·董仲舒传》)
>
> 凡以教化不立而万民不正也……古之王者明于此，是故南面而治天下，莫不以教化为大务。(《汉书·董仲舒传》)

教化与任刑的成效有天壤之别，教化的结果是“习俗美”而

“刑罚甚轻而禁不犯”，“天下常亡一人之狱”，相反“任刑”的结果却是法愈繁而奸不止，“一岁之狱以万千数”。教化需要统治者首先做到“正己”，以自己之德化民，以自己的德行为人民树立榜样，这就需要选择“贤能”来治理国家。董仲舒主张贤能政治，培养贤能便成为一项重要的事情，于是他提出了学校制度。

夫不素养士而欲求贤，譬犹不琢玉而求文采也。故养士之大者，莫大乎太学；太学者，贤士之所关也，教化之本原也……臣愿陛下兴太学，置明师，以养天下之士，数考问以尽其材，则英俊宜可得矣。（《汉书·董仲舒传》）

太学是“教化之本原也”，董仲舒主张“立太学以教于国，设庠序以化于邑，渐民以仁，摩民以谊，节民以礼节”，这样就能“教化行而习俗美”。

教化大行，天下和洽，万民皆安仁乐谊，各得其宜，动作应礼，从容中道。（《汉书·董仲舒传》）

质朴之谓性，性非教化不成……下务明教化民，以成性也……（《汉书·董仲舒传》）

“教化大行”则“万民皆安仁乐谊”，这才真正实现了王者“安乐民”之责任的“乐民”。人民“安仁乐谊”是因为“知自贵于物”，知道“父子兄弟之亲”“君臣上下之谊”“耆老长幼之施”是人区别于禽兽、人之所以为人的东西，而人民之所以能知道这点又是教化的结果。“民者，瞑也”，人民是阍于此，不知道自己的天性之所贵的，“民不能知而常反之，皆忘义而殉利……固其所暗也”（《身之养重于义》），教化或政治的作用就在于使人民能知道这一点，从而成就人民之性，使人民能“知自贵于物，然后知仁谊；知仁谊，然后重礼节；重礼节，然后安处善；安处善，然后乐循理；乐循理，然后谓之君子”（《汉书·董仲舒传》）。人人成为君子，则人人之性都得以成就实现，这样政治的目标才算达到，王者才算尽了天赋予自己的责任。

五、推明孔氏，抑黜百家

孟子说“无父无君，是禽兽也”，君君、臣臣、父父、子子的社会秩序和生活方式是绝对的，其他的生活方式和社会秩序绝不能见容于儒家对人之所以为人的理解。从这里出发我们就不难理解董氏为何主张“推明孔氏，抑黜百家”。董氏的这一主张正是基于人之为人，人区别于禽兽在于人伦关系，而政治的目的又在于实现成就人性这一儒家对人和政治的基本看法而提出的。

原文载于《衡水学院学报》2008年第2期。

毕明良（1976－），男，江西彭泽人，红河学院人文学院讲师，哲学硕士。

论董仲舒政治哲学的理论基础

卫立浩

天是董仲舒哲学的信念本体，天道学理论包括阴阳五行学说、感应说等，是一个有机整体，天、人都有性情，可以相互沟通，能够彼此感应，天道可向人道渗透。因此，天道论、性情说、天人感应，奠定了董仲舒政治哲学的理论基础。

一、天道论——政治哲学的信念模式

在董仲舒的思想体系中，天是宇宙运转的轴心，是贯穿其哲学体系的一根主线，是人的信念、信仰的源出，天底下的一切都源出于天。董仲舒之学是天学，董仲舒哲学可以称为天道哲学，其天道学理论可称为天道论。因此，要研究董仲舒政治哲学必须理解其天学理论。

（一）天的含义

在《春秋繁露》一书中，董仲舒对天有多种论述，概括起来有以下几层含义：

第一，天是创造宇宙万物的自然神，具有自然性。他说："天者万物之祖，万物非天不生。"[1]410（《顺命》）"天者，百神之大君也。事天不备，虽百神犹无益也。"[1]398（《郊语》）可以看出，天是自然神、最高神。

第二，天是孕育人类生命的人格神，具有人格化特点。他说："为生不能为人，为人者天也。人之人本于天，天亦人之曾祖父也。此人之所以乃上类天也。"[1]318（《为人者天》）他又说："人生于天，而取化于天。"[1]330（《王道通三》）天是人类生命孕育与存在之本，同时又是生命存在质料之一。

第三，天是人类社会的最高立法者，是主宰人类社会的至上神，具有至上性。他说："天者，百神之君也。"[1]402（《郊义》）又说："天者，百神之大君也。"[1]398（《郊义》）

最后，天有意志、有性情，是一个活泼的生命体。他说："天亦有喜怒之气、哀乐之心，与人相副。以类合之，天人一也。"不过，天的意志、性情的表达方式与平民大众有所不同。天的喜怒哀乐表现为春夏秋冬、暖清寒暑，"阴阳之气，在上天，亦在人。在人者为好恶喜怒，在天者为暖清寒暑""春，喜气也，故生；秋，怒气也，故杀；夏，乐气也，故养；冬，哀气也，故藏。四者天人同有之。"[1]341（《阴阳义》）与此同时，天也有伦理价值观念，天的行为表现为"仁"，"天，仁也。天覆育万物，既化而生之，有养而成之。事功无已，终而复始，凡举归之以奉人。察于天之意，无穷极之仁也。人之受命于天也，取仁于天而仁也。"[1]329（《王道通三》）这里的天孕育万物、化生万物，但从不居功自傲，呈现出一种至善至美的"仁"之品性。

（二）天道论是一个有机的理论系统

董仲舒的天道理论包括阴阳相生、五行相克、天人合一理论。

第一，他认为阴阳相生。天道是以阴阳五行为骨架，如他曾说："天地之气合而为一，分为阴阳，判为四时，列为五行。行者行也。其行不同，故谓之五行。五行者五官也。相生而间相胜也。故谓治逆之则乱，顺之则法。"[1]342（《离合根》）他以阴阳二气来搭构宇宙运转的"间"，他强调阴阳间的"相生"。在他看来，阴阳不只是两个形上的原素，而实际上是可以施之于政治的，如他说："天道之常一阴一阳。阳者，天之德也；阴者，天之刑也。"[1]341（《阴阳义》）这是把阳当作德，把阴当作刑，而施之于政治。另外，董仲舒又把阴阳作用施之于伦理，如他说："君臣、父子、夫妇之义，皆与诸阴阳之道。君为阳，臣为阴；父为阳，子为阴；夫为阳，妻为阴。"[1]350（《基义》）第二，他说万物相感。由于阴阳相生，万物各顺阴阳，以致同类相感，而产生感应作用。在运用上，"阴阳"是宇宙变化的基本原理，而"五行"是万物及人事变化的应用原理。所以关于万物相感与治道的作用，董仲舒是透过"五行"来说明的，把五行的性能与君王的治道相关联，以敦促君王时时反省。第三，他说人副天数。不仅阴阳、万物是相应相感的，而且人秉阴阳，也为万物之一，所以人也是如此。不过董仲舒更进一步，认为人不仅是万物之一，而且人更超于万物，因为人身构造以天为本。由于人是天的缩影，因此政治上的设施，也必须取象于天数，这完全是以天数来施于实际政治，因为按照董仲舒的看法，天是绝对完美的，所以这种模仿天数的政治也和天一样完美。

在董仲舒天道系统中，最重要的理论是阴阳五行观念。《春秋繁露》关于阴阳五行观念的论述是春秋战国以来最为系统、最为详尽的。他对阴阳五行及其与天、地、人之间关系所作的充分论证，使得阴阳、五行从此便有了哲学的普遍意义。董仲舒的阴阳观念中，一方面是对阴阳家的继承，指出"天之大道者在阴阳"（《汉书》卷五十六《董仲舒传二十六》），“天地之常，一阴一阳”[1]341（《阴阳义》）；另一方面是对儒学伦理思想的吸纳，强调阳尊阴卑、阳经阴权、阴阳不得俱出。他说：“天有五行，一曰木，二曰火，三曰土，四曰金，五曰水……木生火，火生土，土生金，金生水，水生木：此其父子也。”[1]321（《五行之义》）此所谓“比相生”；金胜木，水胜火，木胜土，火胜金，土胜水，此所谓“间相胜”。相生是直接的，相胜是间接的。天之十端中，不仅有天、地、阴、阳、人，还有五行。木、火、土、金、水五行分别与春、夏、盛夏、秋、冬四时相对应。董仲舒能够把存在世界的生与灭，统统置入五行相生、相胜的体系结构中予以考虑。他认为“五行比相生而间相胜”是自然的天意。然后，他用这一套理论来解释自然现象、政治问题、政权结构。从五行之中“比相生”“间相胜”的绝对律则中演绎出人世伦常的君臣、夫妇、父子的现实秩序，应该是他的独到发明，是他从天道本体中，为儒学道德法则所寻求到的终极依据。

二、性情论——政治哲学的人性基础

对人性的认识是政治哲学的一个前提，有什么样的人性假设就会有什么样的治国理念。关于人性问题，先秦儒家已从不同的角度进行过多种界定。孔子提出“性相近，习相远”的命题，开启人性讨论之先河。孟子、荀子各执一端，创立了“性善”与“性恶”之说。

董仲舒认为人是宇宙的缩影，是天的副本。董仲舒上袭孔子并批判综合了孟荀之人性学说，提出了“性有善质而不可谓善”的人性理论。即人有贪仁之性，但先天具有善质，这种善质是潜在的，需要教育才能转化为人道之善。

第一，人性既不是善的，又不是恶的，而是善恶参半。他说："人之诚有贪有仁，仁贪之气，两在于身。身之名，取诸天。天两有阴阳之施，身亦两有贪仁之性。"[1]284（《深察名号》）人性作为贪仁之气的混合体，不仅含有善质，而且具有恶因。在这一基础上，董仲舒进而认为，人性中具有的善质，可以发展成为现实的善，但人性中的善质并不就是现实的善。要使善质成为现实的善，关键在于外在的教化。正如"卵待覆二十日而后能为雏，茧待缫以涫汤而后能为丝，性待渐于教训而后能为善。善，教训之所然也"[1]312（《实性》）。同理，人性中所具有的恶因，只有通过教化而得以抑制。"必知天性不乘于教，终不能。"[1]285（《深察名号》）

第二，关于人性中善质、教化及善行三者的关系。董仲舒有著名的结论："性者，天质之朴也，善者，王教之化也。无其质，则王教不能化，无其王教，则质朴不能善。"[1]313（《实性》）这里体现了人性中道德可能性向现实性转变过程中内因与外因的辩证关系。

第三，董仲舒提出"性三品"说。认为有纯善而无恶的"圣人之性"，有善恶混杂通过教化而可为善的"中民之性"，还有虽教化而不可为善的"斗筲之性"。董仲舒认为，只有中民之性才具有现实意义。他说："圣人之性，不可以名性，斗筲之性，不可以名性。名性者，中民之性。"[1]311-312（《实性》）又说："名性，不以上，不以下以其中名之。"董仲舒认为，圣人是生而为善的，其使命是"承天意以成民之性为任"[1]302（《深察名号》），而具中民之性的人，即多数民众，"受未能善之性于天，而退受成性之教于王"[1]312（《实性》），是生而注定接受圣王教化的。"斗筲之人"为元恶大凶，虽教而未能善，对这样的人只能加以刑威之禁。这一切都是天意安排的。性三品说，为封建大一统社会的等级秩序和人在道德实践中的不同地位，提供了人性的根据。

董仲舒对人性有善质及恶质须经过教化才能为善的探讨，实质上是论证了社会控制的可能性和必要性问题。一方面，正因为人有善质，经疏通、引导方可为善行，因而通过社会教化达到社会控制是可行的。另一方面，正因为人有恶质，若无有效的控制，则必然导致恶行的出现，“无其质，则王教不能化；无其王教，则质朴不能善，善质也不可能外化出来成为善行”[1]313（《实性》）。

三、天人感应论——政治哲学的理论基石

天人感应论就是通过人类社会中的祸福与自然界中的异常现象相对照、相比附来说明人类行为和历史事件及与自然界的变化之间具有因果关系的学说。天人感应思想实际上很古远，春秋前殷周时代的“上帝说”、天命思想可以说是天人感应说的萌芽。《吕氏春秋》中，天人感应说的雏形就已经出现。董仲舒的天人感应说继承发展了先秦儒家的天命论，又吸取了阴阳家神秘的阴阳五行学说，形成独特的“天人感应”学说。

董仲舒根据其天道宇宙观，提出“天人相与”的理论，认为天和人是相通的，天是有意志的，是最高的人格神，天按自己的面貌创造了人。董仲舒认为“天人相副”“天人同类”，只有人的结构与天地偶合。如成人有骨 366 节，与一年之日数相副；栖内有五脏，与五行相副；外有四肢，与四季相副。人的形体都是按照天的形体构造的。例如，天有日月，人有眼睛；天有山川河流，人有骨骼血脉。人的道德品行，喜怒哀乐，国家的庆、赏、刑、罚，无不同天有密切的关系。他说：“人之德行，化天理而义；人之好恶，化天之暖清；人之喜怒，化天之寒暑。”[1]318（《为人者天》）他说天有

暖、暑、清、寒4种气候，与之相对应，人间有庆、赏、刑、罚4种政令。董仲舒还认为，天生万物是有目的的。他说："天地之生万物也，以养人。故其可食者以养身体，其可威者可以容服。"[1]151（《服制象》）

"天人感应"论在董仲舒政治哲学体系中起主导性作用。因为它使得其政治哲学思想的各个方面、各个层次、各个范畴在这个大框架里均可以得到相应提升，不再是孤立、具体的直观判断。他的德主刑辅、三纲、道与经权理论就是在天人感应论基础上提升的。如关于德主刑辅，他说："王道之三纲，可求于天。天出阳，为暖以生之。地出阴，为清以成之……然而计其多少之分，则暖暑居百，而清寒居一。德教之与刑罚，犹此也。故圣人多其爱而少其严，厚其德而简其刑以此配天。"[1]351－352（《基义》）董仲舒行德教，就是用五常之道对人们进行教化。董仲舒的"三纲说"，也是从"天人感应"理论中衍化而来，"君臣父子夫妇之义，皆取诸阴阳之道……是故臣兼功于君，子兼功于父，妻兼功于夫，阴兼功于阳地兼功于天"[1]350（《基义》）。此外，董仲舒在"天人感应"理论中又提出了经、权、常、变思想。他说，"《春秋》之道固有常有变""天之道有伦有经有权[1]340"（《阴阳始终》）。《春秋公羊传》第一次把经与权作为对立双方提出了"反经合道"的思想。董仲舒则在此基础上作了进一步的理论发挥："是故阳行于顺，阴行于逆。逆行而顺，顺行而逆者，阴也。是故天以阴为权，以阳为经。阳出而南，阴出而北；经用于盛，权用于末。"[1]327（《阳尊阴卑》）

参考文献：

[1] 苏舆．春秋繁露义证［M］．北京：中华书局，1992．

原文载于《衡水学院学报》2009年第6期。

卫立浩（1967—），男，陕西乾县人，西藏民族学院管理学院副教授，哲学硕士。

试析董仲舒政治思想的进步性

卫立浩

人处于一定的社会历史环境中，或有其历史局限性，或有其不尽人意之处，或更有诸多不足，这是在所难免的。董仲舒的政治思想存在一定的局限性，但在当时还是有一定积极意义的。就是对现在而言，也有着深刻的现实意义。这表现为其政治上的先进性和进步性。

一、理想的政治体制与现代官僚制模型相似

德国社会学家、政治学家、经济学家和宗教学家马克斯·韦伯(1864－1920）最早提出一套较完整的行政组织体系理论，也叫“官僚制模型”。韦伯认为行政组织体系应以理性的、法律的权力为基础，其组织管理机构的权力形态是纯粹的法定权力；理想的行政组织体系是建立在正式、合法和权威基础上的最好的管理制度，是最符合理性原则、高效率的一种组织结构形式。韦伯的行政组织理论的最基本的特点，就是要通过职务或职位，而不是通过家族个人

或世袭地位来进行管理。这就是现代官僚制模型内容的特点。

董仲舒在政治体制方面也提出了许多先进思想，与马克斯·韦伯的官僚制模型理论有许多相似之处。董仲舒除了树立绝对君权外，还积极提议建构一个由“孝悌”、读书出身和经由推荐、考核而构成的官吏选拔制度，作为专制皇权的行政支柱。尽管这套政治——教育（“士—官僚”）系统从根本上是服从于和从属于血缘宗法的社会经济结构，官僚体制与社会人情的关系学纠缠混合在一起，后者在冲淡、延缓它的作用和职能上具有相当大的弹性，但是这种官制形式上还是类似于近代官僚系统，它在一定程度上也有职能分工，官吏职责各有定规，也有为官不讲情面等非人格的机器特征和理性模式。它也有某种意义上的分权性质，例如从汉代到清代行政与监察御史之间就是相互牵制的关系。这样就在封建国家机器的运行中，逐步形成了一个对皇权的制约机制，给最高决策的个人随意性增添了一些“理性”限制，以便多少克制一点个人的专制和享乐的欲望，更多地代表封建统治阶级的长远利益和根本利益。强调法律的权威，重视理性的权力。这不能不说是一个历史的进步。这与马克斯·韦伯的官僚制模型理论中的“等级制、职能分工、权力制约、考试选官、法治理性、不徇私情”等思想非常相似。在推行政治体制改革的今天，董仲舒留下的文化遗产还是具有一定借鉴意义的。

二、举贤任能、廉洁政治的文官选拔制度

西汉前期的政治是比较清廉的，但到了中期就相当腐败了。在答武帝问时，董仲舒指出这些腐败现象是由于官吏的腐败无能造成的。他又指出：“夫长吏多出于郎中中郎，吏二千石子弟选郎吏，

又以富訾，未必贤也。”（《汉书·卷五十六·董仲舒传二十六》）他坚决反对造成官吏腐败的任用制度，认为一个国君要想使国家兴旺，必须用大批贤才，“欲为尊者，在于任贤……贤者备股肱则君尊严而国”（《春秋繁露·立元神》）。贤才才从哪里来呢？董仲舒对策之前，汉代的官吏不少来源于“任子”（任用官吏后代为官）和“富訾”（用有钱人为官）二途，还有不少是靠资历升迁的。这种官吏任用和升迁制度，大大地排挤、压抑了大批真正的贤才。董仲舒认为，要求得正直的贤才，必须重视培养，“不素养士而欲求贤，譬犹不琢玉而求文采也”（《春秋繁露·精华》）。“养士之大者，莫大于太学。太学者，贤士之所关也，教化之本原也”（《春秋繁露·五行顺逆》）。因此，他积极建议汉武帝“兴太守，置明师，以养天下之士，数考问以尽其材，则英俊宜可得矣”（《春秋繁露·五行顺逆》）。另外，董仲舒还提出定时定员的荐举制度，“使诸列侯、郡守、二千石各择其吏民之贤者，岁贡各二人以给宿卫，且以观大臣之能”（《春秋繁露·五行顺逆》）。为了防止舞弊，董仲舒建议对推荐人，“所贡贤者有赏，所贡不贤者有罚。夫如是，诸侯、吏二千石皆尽心求贤，天下之士可得而官使也”（《汉书·卷五十六·董仲舒传二十六》）。董仲舒还主张“毋以日月为功”（《汉书·卷五十六·董仲舒传二十六》），反对官吏升迁上的论资排辈。他认为，应该“实试贤能为上，量材而授官，录德而定位，则廉耻殊路，贤不有异处矣”。董仲舒还提出要对官吏进行考核，并提出标准及具体办法。标准是“兴利除害”，即任职期间兴了多少利，除了多少害。定期检查，经过考核，“有功者赏，有罪者罚。功盛者赏显，罪多者罚重”（《春秋繁露·考功名》）。这样各级官吏才会竭力尽职去为国家兴利除害，政治才会清廉。总之，董仲舒认为，只有通过认真培养、推荐、选拔、考核，才可以使封建官吏的德、才得到比较可靠的保证。从此，中国确立了一套文官选拔制度，这对中国政治有深远的影响。

诚然，董仲舒作为封建地主阶级思想家，其贤材观念有很大局限性，但他重视举贤任能、廉洁政治的思想在今天仍有积极意义。董仲舒的建议对于保持封建政权的稳定、保持封建政治的廉洁、推动封建社会朝前发展所起的积极作用是应得到肯定的。

三、任“德教”“仁政”的求善本质

汉初几位统治者实行与民休息、无为而治、约法省禁、轻徭薄赋等一系列与秦不同的政治经济政策，这对促进社会历史的发展做出了积极贡献。但是随着形势的发展，统治者逐渐改变了做法，法律条目日多，武帝时“律令凡三百五十九章大辟四百九十条”（《汉书·卷五十六·董仲舒传二十六》）。更“废先王德教之官而独任执法之吏”（《汉书·卷五十六·董仲舒传二十六》），对百姓残酷统治。广大农民处于水深火热之中，许多人不得不“逃之山林为盗贼”（《汉书·食货志》）。为了防止西汉王朝重蹈秦的覆辙，董仲舒主张对百姓实行德教。他假借天意说王者承天意，以从事任德教而不任刑，“刑者不可任以治世……为政而任刑不顺于天，故先王莫之肯为也”（《汉书·卷五十六·董仲舒传二十六》）。董仲舒之所谓“德教”就是“渐民以仁，摩民以义，节民以礼”（《汉书·食货志》），“任德教而不任刑”确切地说应当是德教为主刑罚为辅。董仲舒认为以“德教”治民可以收到“严刑峻法”收不到的效果。“教化之渐仁谊之流非独伤肌肤之效也”（《汉书·卷五十六·董仲舒传二十六》）。任“德教”是对秦政严刑峻法的批判和更化，是历史经验的总结。虽然从本质上说它是为巩固汉王朝的统治服务的，但在当时历史条件下，人民刚从长期战乱中解脱出来，需要在休养生息中恢复元气，需要继续发展生产求得安居乐业。他的思想既符合封建统治阶级的利益，又在一定程度上反映了老百姓的要求与呼声。

董仲舒不仅在思想上主张实行“德教”，他还针对当时重大的社会问题，提出了一些切实可行的“仁政”政策，表现了他政治思想的进步性。第一，西汉中期，随着奴隶制的衰亡和封建制的发展，地主豪强兼并土地，失去土地的农民破产，贫富分化严重，出现了“富者田连阡陌，贫者无立锥之地”的现象。这成为当时一个重大的社会问题。对此董仲舒提出了“限民名田以澹不足塞并兼之路”（《天人三策》）的主张，明确表示了他反对土地兼并以及要求限制地主占有土地数量的态度。第二，西汉中期，大批破产农民沦为奴隶，社会上手工业、商业都普遍使用奴隶劳动，农业化的大地主庄园也使用奴隶劳动。这种状况限制了劳动力的自由，阻碍了封建生产关系的确立和生产力的进一步发展。为此，董仲舒提出了“去奴婢，除专杀之威”（《天人三策》）的政策。在此之前，中国历史上没有任何政治家或思想家提出这样的主张。这一政策的提出，代表了解放社会生产力的历史要求，体现了一个伟大政治家的魄力。第三，汉武帝时期，一反汉初“与民休息”的宽简政策，实行盐铁官营、酒茶收税政策，并且“外事四夷，内兴功利……而民去生”。这大大加重了人民的负担，弄得民不聊生，纷纷流亡。对此董仲舒提出了两条政策：一是“盐铁皆归于民”，不许官吏与民争利；二是“薄赋敛，省徭役，以宽民力”（《汉书·食货志》）。董仲舒提出这些政策的基本精神是适度减轻农民的剥削和压迫，节约民力，使生产资料、土地和劳动力有比较稳定的结合，以缓和阶级矛盾，促进社会生产力的发展。

董仲舒处在汉代封建社会的上升时期，生产关系和生产力的矛盾还能由生产关系的内部调整予以解决，适应生产力的发展。因此，他提出的调整封建生产关系的主张，虽然没被好大喜功的汉武帝完全采纳付诸实践，但其历史进步性应该得到肯定，尤其董仲舒最早把土地问题视为封建社会矛盾的根源，并试图从土地问题着手解决封建社会矛盾，更体现了他作为政治家的远见卓识。

四、“天立王以为民”的政治目标论

民本思想，实质上是为尊君目的服务的。中国古人没有“民本”的概念，所谓民本只不过是“民惟邦本，本固邦宁”的中国古代的民本观念，是建立在尊君的立场上的，“民本”本质上是为君主的“邦宁”而考虑的。董仲舒的民本思想非常深刻而且具有创新意义。《春秋繁露》说：“且天之生民，非为王也，而天立王以为民也。故其德足以安乐民者，天予之；其恶足以贼害民者，天夺之。”（《春秋繁露·尧舜不擅移汤武不专杀》）如果我们一定要把重视人民的态度称为“民本”，那么完全可以说董仲舒的民本思想比“民惟邦本，本固邦宁”的思想境界要高得多，因为后者的目的性太赤裸了，只是为了“邦宁”才重视民众，在这里根本目的是为了“邦”——专制君主用武力夺取和守护的政权。而在董仲舒看来，天生了民，又为民立王治理人民，还帮助人民监督君主的统治，剥夺那些戕害人民的恶王的权力。天这样做没有丝毫为己的目的，只是为了爱民众，这不禁令人想到基督教的上帝，在上帝面前人人平等；而在苍天之下，人民不是君主的目的，相反，君主成为人民的目的，这无疑可以理解为在苍天之下人民是本位。董仲舒天夺恶王的理论，也无非等于说替天行道的诛暴君行为是正当的。董仲舒对天的权威的强调并不影响、反而巧妙地体现了他的重民、爱民思想。

董仲舒很强调本，他说："夫为国，其化莫大于崇本，崇本则君化若神，不崇本则君无以兼人。无以兼人，虽峻刑重诛而民不从。是所谓驱国而弃之者也，患孰甚焉。"（《春秋繁露·立元神》）这个"本"不是"民本"，因为如前所述中国的古人根本没有"民本"的概念。董仲舒也没有重提"民惟邦本，本固邦宁"的老套，但他却阐述了"天立王以为民"的见解。

董仲舒宣称，"天地者万物之本"，（《春秋繁露·观德》）他的"伸天"理论貌似荒谬，实际具有一定的真理性。他说："为生不能为人，为人者天也。人之人本于天，天亦人之曾祖父也。此人之所以上类天也。人之形体，化天数而成；人之血气，化天志而仁；人之德行，化天理而义；人之好恶，化天之暖清；人之喜怒，化天之寒暑；人之受命，化天之四时；人之生有喜怒哀乐之答，春秋冬夏之类也。"（《春秋繁露·为人者天》）"人生于天，而取化于天。"（《春秋繁露·玉道通》）人是自然的产物，当然与自然有必然的联系，人的生物属性当然是自然的产物，人的文化属性也是在特定的自然环境中陶冶而成的。董仲舒从其所处的社会人生经验出发，根据他所生活的社会的伦理准则，颠倒地以天意比附社会，赋予天以人格化的意志，这种颠倒的方法使他的理论显得荒谬。然而，人与自然毕竟有不可分割的联系，如果把天理解为自然界，仅就人是自然的产物这一点而论，这段话还是有真理性的。董仲舒的天人学说是一套系统的理论，他反复表达了一个意思：天眷顾人民，天是仁的极致，人间的君王必须效法天。"天常以爱利为意，以养长为事，春秋冬夏皆其用也。王者亦常以爱利天下为意。"（《春秋繁露·王道通三》）这正是所谓"民本"思想的重要内容。董仲舒所说的

“本”是天、地以及作为“受命者”的人，或者更具体地说是蕴涵在天地以及君王身上的“仁爱”之性。这个“本”分明不是指民，但他们的服务对象又是民，这与“民惟邦本”正好相映成趣，民惟邦本虽然视人民为本，却是从君位稳固的立场考虑问题。如果说“民本”的重要内容是爱民重民，前者更像是真正的“民本思想”。总之，董仲舒的天人学说不仅没有覆盖他的民本思想，而且其中最具特色、最具仁民精神的正是“民本”思想。

参考文献：

［1］苏舆．春秋繁露义证［M］．北京：中华书局，1992．

［2］王永祥．董仲舒评传［M］．南京：南京大学出版社，1995：242－328．

［3］余治平．唯天为大——建基于信念本体的董仲舒哲学研究［M］．北京：商务印刷馆，2003：452－467．

［4］周桂钿．中国传统政治哲学［M］．石家庄：河北人民出版社，2001：295－369．

［5］万义广，林倩．董仲舒的民本思想新探［J］．江西师范大学学报：哲社版，2004（5）：10－14．

［6］赖美琴．董仲舒社会稳定思想初探［J］．学术研究，2001（5）：60－64．

［7］李英华．董学特性新论［J］．社会科学论坛，2000（12）：22－24．

［8］郭咸纲．西方管理思想史［M］．北京：经济管理出版社，2004：128－132．

原文载于《衡水学院学报》2010年第5期。

卫立浩（1967－），男，陕西乾县人，西藏民族学院管理学院副教授。

商周秦汉贵族民主政体的衰落与董子学说“天人感应”的廉政意义

王文书

以前学者们大多注重探讨董子学说的内容本身。董仲舒学说产生有着广泛而深刻的历史背景，商周秦汉时期，贵族民主政体的衰落与董子学说的产生有着密切的联系，本文拟把董子学说置于商周秦汉贵族民主政体衰落的大背景之下，来阐述董子学说“天人感应”的廉政意义。

一、商周时期的贵族民主政体对君主权力的限制

商周时期，国家政权在统治的中心区域已经基本形成，以宗法制度为主体，在父系大家族的基础上，按照血缘的远近，形成了独具特色的分封制贵族民主专政。商周时期的贵族民主政体有以下几种特征。

1. 贵族议事制度

商周之际，存在贵族议事制度。国家遇有大事须谋及各级贵

族，贵族在很多方面可参与政治大事的讨论。商王盘庚迁殷时，“命众悉至于庭”[1]盘庚，在国家遇到战争或媾和问题时往往要征求贵族的意见。鲁僖公二年，晋国欲假道虞国灭虢国，“献公朝诸大夫而问焉”[2]僖公二年。可见，国君有事“必谋于其众”。贵族甚至能干预国君的人选和废立。如商初“伊尹放太甲”于桐宫，西周末年的“国人暴动”流放厉王是著名的实例。

春秋时期有很多造成重大影响的历史事件，明显有贵族干预政事的迹象，显示了贵族政体对国君的制约。如，卫懿公因鹤亡国的例子[2]鲁闵公二年。“冬，十二月，狄人伐卫。卫懿公好鹤，鹤有乘轩者。将战，国人受甲者，皆曰：‘使鹤，鹤实有禄位，余焉能战?’……战于荧泽，卫师败绩，遂灭卫”[3]闵公二年。因为有贵族议事制度的存在，就形成了“天子乃与公卿大夫，共饬国典”[4]月令的局面，专制的王权受到了贵族政体的强有力的制约。

2. 礼制是贵族民主的制度保证

商周时期的贵族民主专政有其制度保证。礼制是规定贵族权利义务的行为规范。贵族民主专政的典章制度，常常贯穿在各种典礼的举行中，依靠“礼”这种贵族的行为规范，在确定下层贵族对上层贵族的义务的同时，在某种程度上，也限制君主的行为，以确立和维护贵族的整体利益。如《礼记》规定了田猎之礼：

> 天子诸侯无事，则岁三田，一为乾豆，二为宾客，三为充君之庖。无事而不田，曰‘不敬’，田不以礼，曰‘暴天物’。天子不合围，诸侯不掩群。天子杀则下大绥，诸侯杀则下小绥，大夫杀则止佐车，佐车止则百姓田猎。獭祭鱼，然后虞人入泽梁；豺祭兽，然后田猎；鸠化为鹰，然后设罻罗；草木零落，然后入山林；昆虫未蛰，不以火田；不麛；不卵；不杀胎；不殀夭；不覆巢[5]王制。

田礼既要求国君要保证一定次数的田猎活动，因为田猎在一定意义上说是古代的军事演习，又限制了君主及各级贵族无休止的围猎娱乐活动。

3. 贵族掌握部分神权制约君权

卜史祭祀贵族垄断文化和与神沟通的权力也限制了君主的权力。在商代，商王和贵族几乎每日必卜，每事必卜，通过问卜祖先神和上帝来行事的。“王者决定诸疑，参以卜筮，断以蓍龟，不易之道也。”[4]卷128 复杂的占卜过程和祭祀礼仪都需要有专门技艺的人员完成，商代专门掌握占卜的人员叫作“贞人”，他们是甲骨文的使用者，是当时的文化阶层，通过占卜、祭祀沟通人神、解释梦境、预测吉凶，通过他们对神迹的理解或解释来制约或影响商王的决策。所以有学者说，“殷代前期的贞人不是殷王所属的唯命是从的官吏，贞人集团的位置往往超过殷王和诸部族”，“占卜的巫术给古老的民主形式笼罩了神秘色彩，并限制了殷代王权的发展”[6]96—102。

西周与商代大体相同，掌握卜筮的人员通过祭祀占卜活动影响国君决策。卜史巫祝一类的神职人员可以影响官员或将令的选拔。鲁哀公十七年“七月己卯，楚公孙朝帅师灭陈。王与叶公枚卜子良，以为令尹。沈尹朱曰：‘吉。过于其志。’叶公曰：‘王子而相国，过将何为?’他日改卜子国，而使为令尹”[3]哀公十七年。叶公枚作为楚国卜官，参与楚国令尹的人选，其影响不为不大。这样的例子在春秋时期不胜枚举。

二、从商周开始，以分权民主为主要特征的贵族政体逐渐瓦解

1. 以分权为特征的贵族政治民主因素逐渐衰弱，主要表现在商代“外服制度”演变成“分封制”

商代“外服制度”是处于独立地位或半独立的方国，承认商王的中心地位，商王则承认附属国所拥有的土地和臣民，实质是处于中央地位的商对于外服方国独立或半独立地位的追认。周朝实行分封制，受封的主要为同姓子弟、异姓功臣（当然也有对商代方国地位的承认）。周天子把土地以及居民分赐给受封的诸侯，让他们在自己的封地内建立诸侯国。诸侯必须服从周天子的命令；应该定期进行朝贡，还应该随时准备率领自己的武士和军队，接受周天子的调遣。周的亲族和功臣在新占领地建立的新兴国家是由周王室派生的。所以，西周的分封制，利用宗法关系强化了作为宗主国的周王室对诸侯国的控制，相比于外服制，地方诸侯对宗主国的依赖有所增强。

2. 战国的变法运动使得并立的七雄贵族分权，民主迅速走向崩溃

进入战国以后，七雄并立，各国掀起以富国强兵为目的的变法运动，变法的主要内容之一是废除以分权为特征的分封制，确立强大的王权。如：秦国商鞅变法，废除“世卿世禄制”，实行二十等爵制，贵族无军功不得受爵。《史记》记载，秦国规定“宗室非有军功，不得为属籍。明尊卑爵秩等级，各以差次名田宅，臣妾衣服以家次。有功者显荣，无功者虽富无所荣华”[4]卷68。无军功的宗亲贵族政治地位下降，用忠于国君的军功集团取代带有分权倾向的宗亲贵族。变法运动的另一重要内容是推行县制。以秦国为例，秦国

商鞅“集小都乡邑聚为县，置令、丞，凡三十一县”[4]卷68。郡县与卿大夫的封邑不同，是直接隶属于国君的地方行政区域，由国君任免地方官，这一制度使分散的权力层层集归中央，防止因分封而导致分权。

3. 秦朝灭六国之初政体的争论与焚书坑儒

秦统一六国之后，曾出现过实行何种政体的争论。以丞相王绾为首的群臣，主张沿用周代以来的封国建藩制度，分封诸皇子为王，授各地贵族予世袭诸侯名分，部分恢复分权的贵族政体，廷尉李斯力排众议，建议实行郡县制，并得到秦始皇的采纳。郡县制配合以俸禄制、玺符制、上计制，取代了贵族政体下的采邑制和分封制，官僚政治取代贵族政治，强化了中央对地方的控制，但分权民主的因素大为减弱。但是，政体的争论不可能随之消失，代表分权民主的儒家（读诗书的儒生）、道家（炼丹求药的方士）仍坚持分封的道路，并以学术研究的名义相尚，始皇三十四年，丞相李斯斥儒生诽谤朝政，惑乱民心，建议“史官非秦记皆烧之”[4]卷6。第二年，坑杀术士四百六十余人。焚书坑儒不仅在意识形态领域否定了分权民主的贵族政体，而且进一步取消了贵族和知识分子阶层的言论自由，同时基本摧毁了已经衰落的神权。

4. 西楚霸王分封——贵族民主政体的短暂回潮

秦末农民战争期间，西楚霸王顺应了六国贵族的要求，采用了分封制。秦被消灭以后，项羽自封西楚霸王，王梁楚地九郡，都彭城，分封十八路诸侯。李开元先生认为：“项羽所开创的这种封王建国制度，在多国共主的天下形式上是承继了西周春秋战国，在郡县乡里的基层社会组织上已经脱不开秦制。这种融汇古今、对应现状的结果，成为秦王朝走向汉王朝、郡县制走向郡国制、中央集权走向地方分权、绝对皇权走向相对皇权之间的过渡。历史行进到这里，启动了某种先行实验，在不稳定的状态中，展现出由统一帝国到联合帝国的嬗变趋势。”[7]

可见，西楚霸王的分封制封国内部则采用了专制集权的形式，是贵族民主和集权专制的杂交，它只能是一个过渡形态，相对于绝对专制的秦王朝是一种民主制的回潮。

5. 汉初郡国并行和黄老思想统治下的王国

汉并未完全承袭秦制，而是采用了另外一种变态的封国制和郡县制并行的制度，并且有一个演变的过程，即主动将所分封的王国从异姓王国转变成刘姓王国。汉初黄老思想占据了主流意识形态。清静无为是处理王国问题的主要策略，对诸侯王采取了长期的优容政策，贾谊的《新书》揭示了一些诸侯王的自治权力[8]。但此时的王国与先前异姓王之权力不可同日而语。朝廷对王国之权进行了种种限制：（1）王国重要官吏不得自置，只有二千石以下级别的官员王国才可以自置；（2）诸侯王无朝廷虎符不得发兵，限制了诸侯王之军权；（3）山海湖泽之利归朝廷，王国不得擅自开发利用；（4）诸侯王必须定期朝觐，平时不准私自出国境；（5）诸侯王不得擅爵人、赦死罪，亦不能收纳亡命；（6）诸侯王不得私交外戚，不得对朝廷大臣私行赏赐，不得与其他诸侯王私下交往。王国的自治权大大缩小，中央集权的成分虽比不上秦朝，但已经大大向前发展了。

6. 推恩令、左官律、阿附法——文景武三朝贵族民主的彻底消失

文景武时期，对诸侯王的优容政策只是斗争策略，并不等于放弃限制、取消诸侯王的方针。（1）推恩令。文景采用贾谊提出的“众建诸侯而少其力”的策略，把一些举足轻重的大国析为几个小国。武帝时，采用主父偃建议，正式推行推恩令，《史记》载：“天子观于上古，然后加惠，使诸侯得推恩，分子弟国邑。故齐分为

七，赵分为六，梁分为五，淮南分三，及天子支庶子为王，王子支庶为侯，百有余焉。”[4]卷17 又，“于是藩国始分，而子弟毕侯矣”[9]卷6。朝廷“不行黜陟而藩国自析”[4]卷21。（2）平定诸侯王“叛乱”。文帝时，平定济北王刘兴居之乱、淮南王刘长谋反；景帝时，平定七国之乱；武帝时平定淮南、衡山之乱，沉重打击地方诸侯王分权势力。（3）左官律和阿附之法。“时诸侯得自除御史大夫群卿以下众官如汉朝，汉独为置丞相。自吴楚诛后，稍夺诸侯权，左官附益阿党之法设。其后诸侯唯得衣食租税，贫者或乘牛车”[9]卷38。“景遭七国之难，抑损诸侯，减黜其官。武有衡山、淮南之谋，作左官之律，设附益之法”[9]卷14。景帝趁平定七国之势收夺各诸侯国的支郡，边郡归朝廷所有，同时取消了王国自行任命官吏和征收赋税的特权，削减了王国的属官，降低其地位，王国的丞相改称为相，国相还负有监察王的使命，规定诸侯王不得治理民政，只能“衣食租税”，即按朝廷规定的数额收取该国的租税作为俸禄，王国的地位已与汉郡无异。

到西汉武帝时期，代表中央集权的郡县制最终确立，成为中国2000年封建王朝的政治基调，虽然期间也有一些短暂的返祖回潮，但终究没有影响中央集权的大局。中央集权是和统一联系在一起的，但是二者绝对不是同一回事，领土、政治、经济的统一并不代表一定实行中央集权。但是中央集权往往是和专制联系在一起的，专制所导致掌权者腐败堕落，进而导致中国的贫穷落后，影响极其深远。在皇帝专制君主独裁的政治气氛下，所有的臣民都被剥夺了自由，即使在统治阶级内部，也是毫无民主可言，皇帝、专制君主的意志就是法律，对于皇帝、专制君主而言，人间已经没有可以约束制约他的任何事物，只有转而依靠皇帝、专制君主害怕的大自然或抽象意义的“天”来制约他，从而减轻皇帝、专制君主的腐败程度。

三、董仲舒的灾异说对无限君权的限制
——天人感应学说的廉政意义

如果说董仲舒的“屈民伸君”是其学说的一极，反映了汉武帝时代知识界对君主专制中央集权的顺应，那么，“灾异天谴”的灾异说是其学说的另一极，则反映了知识分子对无限君权的警惕和恐惧，在贵族民主政体彻底崩溃后，用灾异说来限制专制君主，体现天人感应的廉政意义，对于在专制时代有效防止天子滥用权力起到了巨大的作用。

什么叫作灾异？董仲舒说：“天地之物，有不常之变者，谓之异，小者谓之灾，灾常先至，而异乃随之，灾者，天之谴也，异者，天之威也。”出现灾异的原因是“凡灾异之本，尽生于国家之失”[10]必仁且智，灾异发生的顺序是先灾后异。“国家将有失道之败，而天乃先出灾害以谴告之，不知自省，又出怪异以警惧之，尚不知变，而伤败乃至。以此见天心之仁爱人君而欲止其乱也”[10]必仁且智。董仲舒以为天降灾异惩罚方式是自然而然进行的。“不畏敬天，其殃来至暗，暗者不见其端，若自然也。故曰：堂堂如天，殃言不必立校，默而无声，潜而无形也。由是观之，天殃与主罚所以别者，暗与显耳”。[10]郊语

董仲舒进一步用阴阳和天人感应的思想阐述灾异发生的机理。董仲舒认为，“天有阴阳，人亦有阴阳，天地之阴气起，而人之阴气应之而起；人之阴气起，而天之阴气亦宜应之而起。其道一也”[10]同类相动。这种说法，以气为中介，认为气具有刑德的作用，“阳为德，阴为刑”。同时，人主的德刑也可以引起气的变化而相互

感应，“世治而民和，志平而气正，则天地之化精而万物之美起；世乱而民乖，志癖而气逆，则天地之化伤，气生灾害起”[10]天地阴阳。总之灾异发生的原因在于君主的行为。

董仲舒认为对待灾异的正确态度是保持敬畏之心和欢迎的态度。《春秋繁露·郊语》：“天之不可不畏敬，犹主上之不可不谨事。不谨事主，其祸来至显，不畏敬天，其殃来至暗。”[10]郊语 董仲舒认为：“国家之失乃始萌芽，而天出灾害以谴告之；谴告之，而不知变，乃见怪异以惊骇之；惊骇之，尚不知畏恐，其殃咎乃至。以此见天意之仁，而不欲陷人也。谨案：灾异以见天意，天意有欲也、有不欲也，所欲、所不欲者，人内以自省，宜有惩于心，外以观其事，宜有验于国，故见天意者之于灾异也，畏之而不恶也，以为天欲振吾过，救吾失，故以此报我也。春秋之法，上变古易常，应是而有天灾者，谓幸国。”所以，开明的君主应该欢迎天指出自己的错误，不应回避灾异天谴。“天灾之应过而至也，异之显明可畏也，此乃天之所欲救也，春秋之所独幸也，庄王所以祷而请也，圣主贤君尚乐受忠臣之谏，而况受天谴也。”[10]必仁且智

董仲舒要求统治者要顺应天道以求得免除灾异天谴。“王者配天，谓其道。天有四时，王有四政，若四时，通类也，天人所同有也。庆为春，赏为夏，罚为秋，刑为冬。庆赏罚刑之不可不具也，如春夏秋冬不可不备也；庆赏罚刑，当其处不可不发，若暖暑清寒，当其时不可不出也；庆赏罚刑各有正处，如春夏秋冬各有时也；四政者不可以相干也，犹四时不可相干也；四政者不可以易处也，犹四时不可易处也。故庆赏罚刑有不行于其正处者，春秋讥也。”[10]四时之副 “人主之道，莫明于在身之与天同者而用之，使喜怒必当义而出，如寒暑之必当其时乃发也，使德之厚于刑也，如阳之多于阴也。”[10]阴阳义

董仲舒按照阴阳五行和天人感应的理论提出各种不同的灾异是人世的何种错误所导致的，并详细阐述免除灾异的不同的具体措施：

> 五行变至，当救之以德，施之天下，则咎除；不救以德，不出三年，天当雨石。木有变，春凋秋荣，秋木在，春多雨，此繇役众，赋敛重，百姓贫穷叛去，道多饥人；救之者，省繇役，薄赋敛，出仓谷，振困穷矣。火有变，冬温夏寒，此王者不明，善者不赏，恶者不绌，不肖在位，贤者伏匿，则寒暑失序，而民疾疫；救之者，举贤良，赏有功，封有德。土有变，大风至，五谷伤，此不信仁贤，不敬父兄，淫泆无度，宫室荣；救之者，省宫室，去雕文，举孝悌，恤黎元。金有变，毕昴为回三覆，有武，多兵，多盗寇，此弃义贪财，轻民命，重货赂，百姓趣利，多奸轨；救之者，举廉洁，立正直，隐武行文，束甲械。水有变，冬湿多雾，春夏雨雹，此法令缓，刑罚不行；救之者，忧囹圄，案奸宄，诛有罪[10]五行变救。

董仲舒以为天子畜民比事天更重要，“天子父母事天，而子孙畜万民，民未遍饱，无用祭天者，是犹子孙未得食，无用食父母也，言莫逆于是，是其去礼远也”[10]郊祭。隐含批评汉武帝举行封禅大典，损耗民力的行为。董仲舒主张“德主刑辅”，并把德刑和天道联系在一起。“天之近阳而远阴，大德而小刑也。是故人主近天之所近，远天之所远，大天之所大，小天之所小。是故天数右阳而不右阴，务德而不务刑；刑之不可任以成世也，犹阴之不可任以成岁也；为政而任刑，谓之逆天，非王道也。”[10]阳尊阴卑 均闪现着人本主义的光辉。

董仲舒提出消除灾异要贵微重始、防微杜渐消弭灾异于未发，意在提醒专制君王要注意自身细小的错误，要慎始慎终：

春秋至意有二端，不本二端之所从起，亦未可与论灾异也，小大微著之分也。夫览求微细于无端之处，诚知小之将为大也，微之将为著也……故圣人能系心于微，而致之著也……故书日蚀，星陨，有蜮，山崩，地震，夏大雨水，冬大雨雹，陨霜不杀草，自正月不雨，至于秋七月，有鸜鹆来巢，春秋异之，以此见悖乱之征，是小者不得大，微者不得著，虽甚末，亦一端……春秋举之以为一端者，亦欲其省天谴，而畏天威，内动于心志，外见于事情，修身审己，明善心以反道者也，岂非贵微重始、慎终推效者哉[10]二端！

董仲舒的灾异说对专制时代有效防止天子滥用权力起到了一定的作用，影响极其深远。在以后的历朝历代，每当出现天灾人祸，皇帝都会或减殿，或避膳，或释刑囚，或开恩科，或搞振济，或放宫女，总之采取缓和矛盾、有利于社会发展、有利于改善民生的措施，这也正是董仲舒天人感应学说在专制时代的廉政意义。

参考文献：

[1] 孔颖达. 尚书正义 [M]. 上海：上海古籍出版社，2008.

[2] 刘尚燕. 春秋公羊传译注 [M]. 北京：中华书局，2010.

[3] 杨伯峻. 春秋左传注 [M]. 北京：中华书局，1990.

[4] 司马迁. 史记 [M]. 北京：中华书局，1959.

[5] 孔颖达. 礼记正义 [M]. 上海：上海古籍出版社，2008.

[6] 晁福林. 试论殷代的神权与王权 [J]. 社会科学战线，1984 (4)：96－102.

[7] 李开元. 复活的历史：秦帝国的崩溃 [M]. 北京：中华书局，2007：233.

[8] 贾谊. 贾谊集 [M]. 上海：上海人民出版社，1976.

[9] 班固. 汉书 [M]. 北京：中华书局，1999.

［10］苏舆．春秋繁露义证［M］．北京：中华书局，1992.

原文载于《衡水学院学报》2012 年第 5 期。

王文书（1974－），男，河北衡水人，衡水学院经济管理学院讲师，历史学博士。

董仲舒的惠民观及其借鉴意义

赵清文

董仲舒是西汉时期著名的思想家，他提出的“独尊儒术，罢黜百家”的主张，确立了儒学在中国传统思想中的正统地位，并成为维护大一统封建国家的思想基础。董仲舒的思想以儒学为中心，以《公羊春秋》为依据，结合先秦以来的宗教天道观和阴阳五行学说，并吸收了法家、道家、阴阳家的某些观点，建立了一个新的思想体系，对当时社会提出的一系列哲学、政治、社会、历史等问题，给予了较为系统的回答。其中他对惠民思想的阐发，既继承了先秦儒家民本、仁政思想的传统，又有着独到的认识和见解。

一

董仲舒的惠民思想，是以其天人感应的天道观为哲学基础的。“天”在中国哲学中是一个非常重要的范畴，其含义也极广泛。在董仲舒的思想体系中，“天”具有本体和主宰的意义，是有意志、有知觉，能主宰人的命运和社会发展的人格神。因此，“天者，百神之君也，王者之所最尊也。”（《春秋繁露·郊义》）不但普通老百姓，即使最高统治者，也要尊重“天”的意志。同时，董仲舒认为，“天”是有道德的，具有赏善罚恶的意义，人世间的伦理道德、社会规范，正是人仿效“天”的结果。这就是他的“天人相类”学说。在《春秋繁露》等著作中，董仲舒对“天人相类”“人副天数”的理论进行了不遗余力的论证。在董仲舒看来，如果人的行为违背了“天意之仁”，“天”就会通过灾异等形式来警告、谴责或惩罚他；而人的行为如果“副天道”“参天”，“天”就会降福给他。通过这种解释道德的维系力量就不再是内心信念和社会舆论，而是外在于人及人类社会的、具有至高无上的支配性和主宰性的“天”。这种论证虽然唯心和神秘的特点明显，但可以在一定程度上增强道德的威慑力。

当然，董仲舒推崇和强调“天”，并不仅仅是为了建构一套完整的天道观或者哲学体系，其最终的目的，还是为社会实践，特别是为政治实践服务。以“天人相类”和“天人感应”理论为基础，他提出了“王者”应当“法天意”，“爱利”天下的惠民主张。他认为，“王者不可以不知天”（《春秋繁露·天地阴阳》），统治者必须按照“天”的要求进行统治，才能够避免灾殃，求得庇护。他说：“王者唯天之施，施其时而成之，法其命而循之诸人，法其数而以起事，治其道而以出法，治其志而归之于仁……天常以爱利为意，以养长为事，春秋冬夏皆其用也；王者亦常以爱利天下为意，以安乐一世为事，好恶喜怒而备用也。”（《春秋繁露·王道通三》）在董仲舒看来，“王者”只有实行“仁政”“爱利天下”，才是通天道、法天意的表现，也才能得到上天的庇佑，实现统治的长治久安。“故圣人法天而立道，亦溥爱而亡私，布德施仁以厚之，设谊立礼以导之。”（《汉书·董仲舒传》）

董仲舒还从历史经验教训出发，论证了统治者必须“承天意”，实行“仁政”、惠民爱民的必要性。在《举贤良对策一》中，他说：“臣谨案《春秋》之中，视前世已行之事，以观天人相与之际，甚可畏也。国家将有失道之败，而天乃先出灾害以谴告之，不知自省，又出怪异以警惧之，尚不知变，而伤败乃至。以此见天心之仁爱人君而欲止其乱也。自非大亡道之世者，天尽欲扶持而全安之，事在强勉而已矣。”（《汉书·董仲舒传》）

因此，董仲舒告诫“受命于天”的统治者，在进行社会管理、发号施令时，为了顺从天意，就必须对老百姓施以恩惠，“好仁”“恶戾”“任德”“远刑”。他说：“天志仁，其道也义，为人主者，予夺生杀，各当其义，若四时；列官置吏，必以其能，若五行；好仁恶戾，任德远刑，若阴阳；此之谓能配天。”（《春秋繁露·天地阴阳》）正是在此意义上，董仲舒提出了“德主刑辅”的政治主张，建议统治者应以教化为维护社会秩序的主要方法，而刑罚只能作为辅助手段。

二

经过汉初的“休养生息”，到汉武帝时期，大一统的封建制度已经逐渐稳固，封建社会内部的矛盾也暴露得越来越充分，其中很重要的表现，就是土地兼并日趋严重，社会贫富差距日益拉大。董仲舒从维护统治秩序出发，同时也是为了维护普通老百姓的生存权利，提出了“限田”等主张。

董仲舒对社会贫富差距拉大的原因，进行过详细的分析。他说：“古者税民不过什一，其求易共；使民不过三日，其力易足。民财内足以养老尽孝，外足以事上共税，下足以畜妻子极爱，故民说从上。至秦则不然，用商鞅之法，改帝王之制，除井田，民得卖买，富者田连仟伯，贫者亡立锥之地。又颛川泽之利，管山林之饶，荒淫越制，踰侈以相高；邑有人君之尊，里有公侯之富，小民安得不困？又加月为更卒，已复为正，一岁屯戍，一岁力役，三十倍于古；田租口赋，盐铁之利，二十倍于古。或耕豪民之田，见税什五。故贫民常衣牛马之衣，而食犬彘之食。重以贪暴之吏，刑戮妄加，民愁亡聊，亡逃山林，转为盗贼，赭衣半道，断狱岁以千万数。汉兴，循而未改。”（《汉书·食货志》）在这里，董仲舒认为，从秦末一直到汉初，造成贫富差距的原因主要有以下几条：一是，井田制被破坏，田地可以自由买卖，造成土地的大规模兼并；二是，国家垄断山林川泽之利，将老百姓获取生活资料的途径变成了统治者穷奢极欲的来源；三是，封建国家对于人民横征暴敛，人民不堪重负，导致贫困甚至破产；四是，地主对农民的剥削太过分，甚至将农民收成的一半掠归已有，致使农民剩余的劳动成果不足以维持最低水平的衣食之需；五是，地方官吏过于贪暴，刑罚过于严苛，老百姓不堪忍受，只得逃亡。董仲舒的分析，虽然没有涉及封建社会中贫富分化的本质原因，但其对直接原因的分析，还是比较全面的。

在上述原因中，董仲舒认为，最重要的是统治阶级对下层老百姓的兼并和掠夺。他看到，“民之所以嚣嚣苦不足”，就在于统治阶层中的某些贪得无厌者“已受大，又取小”。“身宠而载高位，家温而食厚禄，因乘富贵之资力，以与民争利于下，民安能如之哉！是故众其奴婢，多其牛羊，广其田宅，博其产业，畜其积委，务此而亡已，以迫蹴民，民日削月朘，寖以大穷。富者奢侈羡溢，贫者穷急愁苦。”（《汉书·董仲舒传》）富贵者对贫贱者的兼并和掠夺，使得下层人民根本无法维持正常的生活。

董仲舒认为，社会贫富差距过大是社会秩序稳定的极大隐患，必须设法把贫者和富者之间的差距限制在社会心理可以容忍的限度之内。他论证说："孔子曰：'不患贫而患不均。'故有所积重，则有所空虚矣。大富则骄，大贫则忧，忧则为盗，骄则为暴，此众人之情也。圣者则于众人之情，见乱之所从生，故其制人道而差上下也，使富者足以示贵而不至于骄，贫者足以养生而不至于忧，以此为度而调均之，是以财不匮而上下相安，故易治也。今世弃其度制，而各从其欲，欲无所穷，而俗得自恣，其势无极，大人病不足于上，而小民羸瘠于下，则富者愈贪利而不肯为义，贫者日犯禁而不可得止，是世之所以难治也。"（《春秋繁露·度制》）因此，他劝告那些以"食禄"为生活来源的"君子"，"受禄之家，食禄而已，不与民争业，然后利可均布，而民可家足。"（《汉书·董仲舒传》）

针对造成贫富差距的主要原因，董仲舒提出了"限田""去奴婢""薄敛赋"等政治主张。他说："古井田法虽难卒行，宜少近古，限民名田，以澹不足，塞并兼之路。盐铁皆归于民。去奴婢，除专杀之威。薄赋敛，省繇役，以宽民力。然后可善治也。"（《汉书·食货志》）董仲舒的这些主张，虽然大多没有得到实行，但他对贫富差距、土地兼并等问题的思考，以及消除这些社会弊端以惠民的强烈责任意识和诚恳态度，还是非常值得称道的。

三

在儒家政治伦理思想中，惠民、仁政、德治是核心内容。董仲舒继承了这一传统，并在理论上进行了发展。在加快推进以改善民生为重点的社会建设的今天，其中的许多内容，仍然具有积极的借鉴价值。

首先，在董仲舒看来，统治者在社会治理中，必须实行仁政、德治，否则，便等于自取败亡。董仲舒对仁政的论述，是以"天人相类”为理论基础的，虽然在方法上并不科学，但他所得出的结论，即统治者必须实行仁政、爱利天下、施惠于民，却是符合社会历史发展的要求和老百姓的利益的。新中国建立之后，历届领导人都把人民的利益放在核心的位置，并把“为人民服务”作为工作的核心和宗旨。近年来，党和政府先后提出了以德治国、全面建设小康社会、以人为本、构建社会主义和谐社会等原则和目标，十七大又明确提出把关注民生作为社会建设的重点，其基本出发点和最终目的，都是为了维护人民群众的根本利益。在这些原则和目标的落实过程中，应当吸收和借鉴以“惠民”思想为代表的我国传统思想中的优秀部分，不断加强执政能力和水平，一方面通过深化经济体制改革，激发和调动全体社会成员的积极性，为人民群众日益增长的物质文化需要奠定坚实的物质基础，另一方面通过党风廉政建设等途径，严厉打击以权谋私，以一己之私侵害人民群众利益的各种不正之风和违法犯罪现象，切实将人民利益至上落到实处。

其次，从仁政的要求出发，董仲舒得出了治国应当“德主刑辅”的结论，提出了“国之所以为国者，德也”（《春秋繁露·保位权》），“刑者德之辅”（《春秋繁露·天辨在人》）的命题，主张应当积极对人民施以教化。在董仲舒看来，“无其王教，则质朴不能为善”（《春秋繁露·实性》），“夫万民之从利也，如水之走下，不以教化堤防之，不能止也。是故教化立而奸邪皆止者，其堤防完也；教化废而奸邪并出，刑罚不能胜者，其堤防坏也”（《汉书·董仲舒传》）。维护良好的社会秩序，给人民创造稳定的生活环境，离不开法律制度等规范形式。然而，礼法制度不能仅仅成为约束人民和显示统治者权威的工具，如果只是制定制度规范而不使其由他律转化为老百姓的自律，那无异于在现实生活中为老百姓设置了重重罗网和陷阱。因此，法律制度的实施，关键是对老百姓加强教化，让他们自觉地融入社会秩序之中。中国有着悠久的教化传统，历代开明的政治家和学者无不将教化列为国家的一件大事。在加强社会主义法治的今天，在完善法制的同时，法制教育和道德教育也仍然具有基础性的意义。一种社会规范和制度体系只有得到了老百姓的认同和信仰，才能真正发挥其优势，避免形式主义。而要使外在的制度规范内化在人民的心中，首要的途径就是教化。

最后，董仲舒生活的时代，封建制度已经基本稳固，经济生产水平大幅度提高，与此同时，贫富分化问题也日趋严重。董仲舒对当时社会贫富差距的原因进行了全面分析，并提出了一些针对性的措施，应当说是很有见地的。贫富差距在封建时代是一个非常普遍的问题，这与其基本的经济、政治制度直接相关，只要封建制度存在，就难以彻底根除。但是，为了维护社会秩序的稳定，贫富差距必须限制在一定的范围之内，如果两极分化过大，不但会限制生产力的发展，而且还会成为统治秩序稳固的潜在危险。董仲舒无疑看到了这一点，因此极力呼吁统治者采取措施，制止贫富差距的拉大，以保持老百姓基本生活需要的满足。在社会主义和谐社会的建设中，公平、公正是基本的要求，党和国家也意识到了贫富差距的继续拉大将会对整个的社会主义建设事业造成不利的影响，因此一再强调“要处理好效率和公平的关系”，“逐步扭转收入分配扩大的趋势”。在实现科学发展、追求社会和谐的过程中，董仲舒对贫富差距原因的分析及相关思想，无疑可以给我们有益的启示。

原文载于《衡水学院学报》2008 年第 5 期。

赵清文（1973—），男，山东临沂人，河南大学哲学与公共管理学院副教授，硕士研究生导师，哲学博士。

董仲舒天人观的政治思想解读

周　灏

董仲舒是西汉著名的儒者，今文经学大师。在中国思想史上，董仲舒以系统的阐述天人感应说（天人观）而著称，他以《春秋公羊传》为依据，将周代以来的天道观和阴阳、五行学说结合起来，吸收法家、道家、阴阳家思想，建立了一个新的思想体系，成为汉代的官方统治哲学，对当时社会所提出的一系列哲学、政治、社会、历史问题，给予了较为系统的回答。

关于董仲舒的天人观，学界业已有了比较充分的探讨，但现有的成果多偏重于哲学视角，而对于其中蕴涵的政治思想，尤其是其创新性方面则少有关注。实际上，董仲舒虽身为一代学宗，却并非象牙塔中人，他治《公羊传》重在阐发其中的微言大义，引经论事，甚至用《春秋》断狱，将经书与现实政治结合起来，发明独多。司马迁认为，“汉兴至于五世之间，唯董仲舒名为明于《春秋》”（《史记·儒林列传》）。正是就其能援经以致用而言的。由此可见，董学在政治思想上的价值同样是不容忽视的。

一、董仲舒天人观的思想背景

董仲舒天人观在政治思想上的贡献主要体现在为现实政治秩序找到了形而上的终极依据。该观点产生的背景可以分为理论和现实两个方面。

首先，是儒家内部自我发展的结果。早期儒家讲仁者爱人，但是，如何从爱亲、从“己”推及“爱人”，进而建立起社会政治秩序？质言之，儒家试图依赖人的实用理性，依赖我们世俗的经验去推导出一个人间的乃至自然的秩序，这是一种过于现实、过于世俗化的论证方式或叙事语言。在逻辑上说，它既然用人的经验或实用理性、从一种或然的关系（如见人掉进井里，许多人“会”产生恻隐之心）去论证人性善，别人也可以同样出于一种实用理性、从具有或然关系的反例来证明人性为恶或不必然为善（如可能就有人见死不救）。显然这与西汉中期以来，儒学逐渐成为国家意识形态的客观要求不相符。早期儒家中虽然也有“天命有德”的合法性信仰，但都失之简单，对人间秩序的宇宙论依据、自然法则依据论证不够，比如孔子本人对于天道，就常用“畏天命”“唯天为大”“天何言哉”一类说法泛泛而谈。自战国以来，虽然儒家也开始综合其他学派的一些宇宙论的思想因素[1]110—138,139—180，但还有待进一步系统化，这个工作最终就由董仲舒加以完成。

其次，董仲舒天人观的形成还与君权的扩张有关。萧公权先生指出，上古天命观中间经过子思、孟子的妖祥说，再到阴阳五行说，传至秦代，“亦颇推五胜”（《史记·秦始皇本纪》），“白蛇”“赤帝”并为刘邦开国之符，陈涉也有鱼腹丹书之举，说明无论公卿庶民、大传统与小传统，符命仍为通行信仰。不过就系统天道说而言，则“盛行上古，至周季而中衰。观墨子致意于天志明鬼，可知其早不为王公大人所信奉”[2]196。战国君权大力扩张，逐渐趋于专制，邹子（衍）五德始终说即意在戒惧君主，使之知运可移而威势难恃。汉儒惩秦专制之失，欲以灾异符命戒惧人主，使之自敛，不复为专横恣睢之事，“此盖图以天权限制君权，藉防君主专制之弊”[2]197。尤其是，秦始皇自行确立“天子”、功盖三皇五帝的“皇帝”地位，君主成了天的投影和化身，把天和一般人之间的联系再次切断，造成了第二次文明史上的“绝地天通”的危机，于是君权极度膨胀，失去最后的约束。董仲舒的思想就是要把没有任何制约的皇权纳入天的哲学，以形而上的客观法则加以约束；同时也希望透过天的哲学把专制国家的官僚体系导向儒家“尚德不尚刑”的政治路线上去。

二、政治社会的起源与依据：天人合一的宇宙观

在董仲舒的思想体系中，天为万物的本体和始基，是包括政治社会在内的人类社会的终极根据。

什么是“天”？在董仲舒看来，天就是元，“元者万物之本”（《春秋繁露·重政》十三），宇宙的本体是天或“元”，凡是六合之中成形的具象事物都产生于元，一切自然现象、人类和人类社会现象都是由元所化生的。元和天地实际上是一事两名。那么，天如何产生世界与万物？他的解释是，“天地之气，合而为一（元），分为阴阳，判为四时，列为五行”，垂象于日月星辰风雨，示命于草木虫鱼禽兽（《春秋繁露·阴阳终始》第四十八）。人当然也是为天所生，形体上“类天”，人的行为也是“象天”：“人之形体化天数而成；人之血气，化天志而仁；人之德行，化天理而义；人之好恶，

化天之暖清；人之喜怒，化天之寒暑；人之受命，化天之四时；人生有喜怒哀之答，春秋冬夏之类也。”（《春秋繁露·为人者天》）人由天所生，人的行为也是取法于天，“仁义制度之数，尽取之于天”（《春秋繁露·基义》），凡现实中由人引起的一切社会政治现象，如官阶、官的员额、国政、民生都是取象于天，君臣父子男女尊卑关系也是天地阴阳变化的结果。于是，以（元）天为原点，董仲舒为我们描述出一个金字塔形的宇宙模式与社会模式。其中“唯天子受命于天，天下受命于天子”（《春秋繁露·为人者天》），天地为万物、君父之元，君父为为臣子之元。所谓“王者人之始”“王者亦天之子”“父者子之天”（《春秋繁露》之《王道》六、《立元神》十九、《顺命》七十）。总之，天道表现于我们经验世界里的一切事物中。

既然人身上的一切都是化天道而生，人来自于天，天和人之间、天道和人事之间就是可以沟通的。所谓“天亦有喜怒之气、哀乐之心，与人相副，以类合之，天人一也”（《春秋繁露·阴阳义》第四十九）。董仲舒认为天与人一样，具有人格而有意志情感。天意的最集中体现为“仁”，体现为“覆育万物，既化而生之，又养而成之；事功无已，终而复始，凡举归之以奉人”（《春秋繁露·阴阳终始》第四十八）。

天人关系的核心是天君关系。理论人人都可以和天相通，但事实上，凡人无法体察和接触天，只有通过天子作为天人之际的媒介，这叫“以人随君，以君随天”（《春秋繁露·玉杯》）。董仲舒还以“王”字的解构来说明这一点，认为：“古之造文字者，三画而连其中，三画者，天、地与人也，而连其中者，通其道也，取天地与人之中，以为贯而通之，非王者，孰能当是?”（《春秋繁露·王道通三》）

这样，董仲舒就通过天为核心、以君主为天在人间的代表，构建起了一个打通天地人、囊括自然界和人类社会的宇宙模式。其目的显然就是要以此为出发点，提出其“合理”的社会与政治秩序设计。从而“天”的政治、社会意义就在于：一是对现实的国家与社会给出本原性依据和解释；一是从天道推演出人道，为把人间的伦理道德规范自然法则化奠定理论支点。

三、屈民伸君、君主的职责以及纲常秩序思想

董仲舒天人合一的宇宙观反映在政治思想上，其核心命题之一就是“屈民伸君”。为何屈民伸君？在董仲舒看来，这主要是适应君主专制以及教化的要求使然。

首先，君主是天意的代表和执行者。天道是人间秩序的依据，是政治生活赖以维系的法则和正道，而君主又是天在人间的最好代表，沟通天人的媒介，则天意的实现自然要靠世间的权威来发挥保障监督作用。这个监督和保障力量就是君主。所以董仲舒说，“天令谓之命，命非圣人不能行，质朴谓之性，性非教化不行，人欲谓之情，情非制度不节”（《汉书·董仲舒传》）。君主的职责就是保障天意的实现，“法天而行道”。也就是所谓“为人君者其法象天”“王者承天意以从事”（《春秋繁露·玉杯》、《汉书·董仲舒传》）。

其次，一般人性需要教化而后善，君主担负着代天化民的职责。人人为天生、类天，则人的德性是否就天然地具有自足性和自我完善能力、不再需要教化了呢？答案显然是否定的。董仲舒认为，“天有阴阳，人有性情。性属于阳，是仁；情属于阴，是贪，是恶”（《春秋繁露·深察名号》）。性善论只见人有性，性恶论只见人有情，各有片面性。他认为人性有三品：上等的是圣人之性，当

然是善的，最下等的是斗筲之性，小器之人当然是恶的；居于中间的绝大多数人是中等之性，是所谓“万民之性”。前两种极端的人性都是极少数的，可以略而不论，“名性者中民之性”（《春秋繁露·实性》），论人性主要应就一般人而论。就一般人而言，是“天生民，性有善质而未能善”（《春秋繁露·深察名号》）。人有善的潜质，但不能全靠自我的努力使善发挥呈现出来。他论述说，人具有善的素质，但是不等于就是善。善就好比是米，米出于谷，而谷未可就是米。又好比鸡蛋虽可孵出小鸡，但鸡蛋却不等于小鸡。所以善出于性中，而性未可全为善。所以要想把潜质变成现实的善，还要“为之立王而善之”（《春秋繁露·实性》）。

那么，王、君主本人的善从何而来？董仲舒认为，来自天，是天使王能够不虑而知。“故君者民之心也，民者君之体也，心之所好，体必安之，君之所好，民必从之。”（《春秋繁露·为人者天》）所以，人民要绝对服从君主的最高统治权。而且，既然君主在理论上已经被置于天在人间代表的化身，则天的绝对性和至高无上的地位自然就具体地体现在君主身上。所以他甚至认为，“君不名恶，臣不名善。善皆归于君，恶皆归于臣”（《春秋繁露·王道通三》）。这和早期儒家“天听自我民听，天视自我民视”（《尚书·泰誓》）的思想就有了很大区别，简直就是“以君主是非为是非”的极端专制主义论调，这也是董仲舒常遭后人批评的地方。这样，董仲舒就对于中国传统政治文化中君师同体的观念给予了系统论证，君主在掌握政治统治权的同时也被赋予了意识形态的控制权。在这个意义上，道、势的紧张得到了一定的弥合。

前面提到，君主根本职责就是“法天而行道”，而天意的最高原则就是“仁”。所以“仁之善者在于天，天仁也……人之受命于天，取仁于天而仁也”（《春秋繁露·王道通三》）。因此君主要以仁作为最高的政治原则，来推行政务，“以爱利天下为意，以安乐一世为事”（《春秋繁露·王道通三》）。具体说，“王者上谨于天意，以顺命也，下务明教化民，以成性也，正法度之宜，别上下之序，以防欲也”（《汉书·董仲舒传》）。也就是作君作师，以德化民。同时，君主要按照天道的运行来行德政，所谓“王者承天意以从事，故任德教而不任刑”“圣人副天之所行以为政，故以庆副暖而当春，以赏副暑而当夏，以罚副清而当秋，以刑副寒而当冬……庆赏刑罚与春下秋冬，以类相应也，如合符。故曰王者副天，谓其道。天有四时，王有四政，通类也，天人所同有也”（《汉书·董仲舒传》；《春秋繁露·四时之副》五十五）。

董仲舒从其以天为本体的宇宙观出发，认为一切社会政治秩序、一切人伦规范都是天道的体现，即所谓“道之大原出于天，天不变，道亦不变”（《汉书·董仲舒传》）。董仲舒继承了先儒的伦理思想的基本原则，他对儒家伦理原则的贡献在于，系统地提出和论证了三纲五常思想。认为在君臣、父子、夫妇这三种基本关系中，“君为臣纲、父为子纲、夫为妻纲”，君、父、夫为主导，臣、子、妻为顺从，并说这种主从关系是王道，而“王道之三纲，可求于天”（《春秋繁露·基义》）。在他看来，三纲的规范不是基于理性自觉，而是来自天意，是天道中阴阳两种力量的关系在人间的反映。这就是所谓“凡物必有合，合必有上下……君臣、父子、夫妇之义，皆取诸阴阳之道，君为阳，臣为阴；父为阳，子为阴；夫为阳，妻为阴”（《春秋繁露·基义》）。所谓五常，是指人们必须遵行的五种基本道德规范：仁义礼智信。这也是天道所要求于人类者。他说，“仁、义、礼、智、信五常之道，王者所专修饬，五者修饬，故受天之佑，而享鬼神之灵，施德于方外，延及群生也”（《汉书·董仲舒传》）。可见，实践五常，不仅是对臣民的要求，更重要的还是统治者获得上天保佑的根本条件。

四、受命论、革命论与谴告说

众所周知，秦汉的统治者取得天下主要靠的是武力，虽然当时就有所谓德运说、符应说（黑帝、赤帝说）加以文饰，但那都是统治者打下天下后再来寻找根据，所以实际上是没有履行任何“程序”，自己登上皇帝宝座的。董仲舒否定这种取得政权方式的正当性，认为凡是受天命都应该有受命之符才算数，实际上是说当皇帝总要有点外在的凭借才行，不能说谁想当就当，用他的话说就是不能“自至”（《汉书·董仲舒传》）。那样就会人人自以为是，人人争当天子，陷天下百姓于虎狼之中。而受命之符命（祥瑞符号、瑞征）实际上还是靠德，所谓“德侔天地者称皇帝，天佑而子之，号称为天子”（《春秋繁露·三代改制质文》）。对君主内在之德的肯定，这一点和古来的以德致位思想是一致的。

君主既然受命于天，就要“法天而行道”，就要对天负责。而天意又是以爱民、“爱利天下为意”的，“天之生民，非为王也；而天立王，以为民也”（《春秋繁露·尧舜不擅移汤武不专杀》）。所以对天负责实际上就是对社会的安定、百姓的富足负责。如果君主失德无道，不能履行职责、敬天保民，就违背了上天意志，上天就会降下灾异加以谴告，谴告而不听，上天就会“革命”：“有失道之败，而天乃先出灾害以告之。不自省又出怪异以警惧之。尚不知变，伤败乃至。以此见天心之仁爱人君，而欲止其乱也。自非大亡道之世者，天尽欲扶持而安全之。”直至“更命有德”（《汉书·董仲舒传》）。因此董仲舒讲天命，主要还是着眼于以德取位、以位保民原则的。诚如萧公权所说，董子言天命，“其意实重革命而轻受命，详灾异而略祯祥”[2]201。董子讲灾异是反复陈辞，而讲祥瑞、受命则要十分简略。这也可以从历代臣下对于灾祥的态度得到印证。一般来说，历史上那些以儒道自任的士大夫往往重视灾异，利用灾异对君主进行警醒，而君主和那些逢迎投机者往往格外重视祥瑞，而尽量淡化人们对各种灾异的注意力。宋人周密在《齐东野语》一书中经过一番考证之后得出结论说，所谓的祥瑞恰恰“多在危乱之世”，并据此进一步证明“未有丧仁而久者，未有恃祥而寿者”这句“先儒之论”（《齐东野语》卷六《祥瑞》）。意思无非也是告诉君主，畏天命是不能打折扣的，而所谓祥瑞是靠不住的。

董仲舒之所以重视灾异而轻祥瑞，主要还是要“屈君以伸天”“以天权限制君权”。或者如葛兆光所说，这种“屈君以伸天”的思想，反映了当时条件下知识阶层“希望君主有所畏惧、有所收敛”“希望在权力已经无限的君主之上再安放一个权力更加无限的‘天’”，使知识阶层“能够又一次代天立言，拥有一些与政治抗衡、对君主制约的权力”[3]269。

五、评价

董仲舒通过吸收综合先秦以来其他思想流派（阴阳、道家乃至法家的部分思想成分），对天人相与或天人感应思想进行了系统论述，对原始儒家的伦理思想做了进一步充实丰富，实现了儒家对宇宙秩序、社会秩序、政治秩序、人生意义世界的一体化建构，从而使儒家至少在形式上从民间走上庙堂，成为适合统一大帝国统治需要的国家意识形态和正统思想体系，对中国思想史、政治史的发展具有深远的影响，主要体现在以下三个方面：

第一，政统和儒家学统（道统）合一以及儒家思想的体制化制度化。在儒家成为官方正统思想之前的相当长历史时期内，儒家思想一直没有找到行道之“器”，没有找到和统治者结合的机会和途径，一直是作为民间思想而存在的，孔子一直只是儒门素王，甚至有许多时候儒家还受到迫害，而焚书坑儒则是儒家发展的历史最低谷。知识与权力之间一直分庭抗礼，存在着严重紧张关系。而在董仲舒思想中，大体完成了道统与政统的合流。从此以后，儒家思想体系作为中国人唯一正统的知识系统，成为士大夫读书仕进的基本凭借，儒家思想借由读经做官的士大夫渗入官僚体系，如儒家思想构成了政治制度的价值层面和意识形态层面，儒家的礼也和国家的“法”合而为一[3]265—266，从而开始了一个儒家制度化、政治制度儒家化的过程。也正是通过这一过程，中国古代专制国家才逐渐具有了“儒教中国”和“伦理国家”“伦理政治”的特色[4]。

第二，体制内的批判和超越。儒家进入体制，知识和权力实现了结合，并没有彻底消除道和势的紧张，在某种意义上说，独尊儒术只是表明，儒家和以君主为代表的政治权势之间的冲突摩擦由体制外转入体制内。儒家独尊地位的确立既是儒家和权力结合的开端，也是道、势之间发生内在冲突的开端。这种冲突根本上来自儒家自身：儒家本身具有强烈的乌托邦精神气质，甚至具有某种宗教成分，是一种至善论的思想体系，儒家思想的信奉者必然或多或少都会秉持一种“帝王之师”的自负、自重感，以及对现实的批判、否定精神，在他们的理想王国与现实的君主专制国家之间，永远存在着难以消弭的鸿沟。而从客观上说，儒家所寄予希望、借以实现理想的“器”——现实的国家本身就是一种公开追求一家私利的“家天下”统治形式，统治者在主观愿望上也只是把儒家当作统治的工具，即朱熹所谓“假仁借义以行其私”（《朱子语类》卷一百三十三）。于是不难看到，一部中国政治思想史、中国政治制度史，可谓儒家思想与专制国家彼此磨合、摩擦，互相渗透又互相制约的过程，也可谓儒家思想不断被专制国家同化、内卷化的同时又不断疏离的过程[4]。正是这种儒家道德理想主义的高扬，正是这种道、势的紧张，发为后来儒家的一些激烈批判现实的思想，例如王莽王朝革命和改制运动，东汉太学生的抗议宦官专政的运动，等等。

第三，汉代儒学的神学化。沿着天人感应思想发展下去，汉代又发展出了所谓谶纬之学。谶纬学专门研究各种符应、灾异与人事的关系，既可以用来制造解释各种“祥符”为现实的政权辩护，也可以通过解释灾异凶兆批评现实，甚至用来鼓吹改朝换代的王朝革命。于是，讨论是否存在着天人感应的问题，仍然是西汉乃至东汉思想家们关注的一个重要话题，政治思想的冲突、政治斗争的展开也都和“天”有很大关系。

董仲舒在中国思想史上的贡献是划时代的，但不可否认的是，他的思想内部存在着很大矛盾。一方面，他急于适应时代的需要，为统一帝国秩序、君主权威寻找形而上的论证；另一方面，他又十分清楚地看到，在他的宇宙论体系中“天”被绝对化也就意味着“君”的绝对化，于是提出灾异谴告说以警惧君主，但是在他肯定“君为臣纲”的绝对性时，儒家已经从原来帝王之师友的地位，退却为帝王之臣下，于是天命神权之说既可被臣下用来警惧君主，也可被君主用来论证和实现其专制独裁。比如，“灾异”在“君为臣纲”的理念下就可以被君主用来转移责任，处罚大臣，祥瑞更可以被利用论证自己统治的合法性。另外一个明显的缺陷：君王为什么就“先天”地具有善的道德，一般人为什么不能具有善？对此他并没有给予比较详细的论证。这些理论上的缺陷无疑都为历代专制王权的统治提供了可乘之机。

参考文献：

[1] 李泽厚. 中国思想史论：上 [M]. 合肥：安徽文艺出版社，1999.

[2] 萧公权. 中国政治思想史 [M]. 北京：新星出版社，2005.

[3] 葛兆光. 中国思想史：第一卷 [M]. 上海：复旦大学出版社，2001.

[4] 张星久. 儒家思想与中国君主专制的内在冲突 [J]. 武汉大学学报：哲学社会科学版，1996 (5)：72－77.

原文载于《衡水学院学报》2009 年第 5 期。

周灏（1980－），男，江苏徐州人，中国政法大学政治与公共管理学院在读博士研究生。

董仲舒“德主刑辅”观与儒家政治话语权的建立

王爱民

董仲舒，西汉广川（今河北景县）人，是继孔子之后又一位儒学大师，也是儒学发展史上非常关键的人物，“新儒学”的创始人。董仲舒主要生活于汉初景帝和武帝时期。“汉兴，承秦灭学之后，景、武之世，董仲舒治《公羊春秋》，始推阴阳，为儒者宗”（《汉书·董仲舒传》)。董仲舒著作非常丰富，现存的主要有《春秋繁露》以及被收入《汉书·董仲舒传》的《天人三策》。关于董仲舒的思想，研究著作众多，但对于董仲舒思想中的“德主刑辅”的观点，专门论述尚少。今不揣浅陋，略谈一二，望前辈同仁不吝指正。

春秋战国以来，中国思想界可以说是大家辈出，学派林立，但没有哪一家能够成为群星中最灿烂的一颗。虽然法家在秦代短暂得势，但它的弊端很快就暴露出来，以致辉煌一时的秦王朝仅过了15年就被农民起义推翻。汉代初年，经历过秦火后的儒学虽然取得了长足的发展，但由于统治者奉行无为而治的方针，儒学仍然被黄老之学压得抬不起头来。

汉景帝时，儒生卫绾被任命为太子太傅，时为太子的刘彻自幼受到儒学的熏陶，因此对儒术情有独钟。公元前 141 年，汉景帝崩，时年 16 岁的刘彻即位，是为汉武帝。汉武帝即位之后，开始任用儒者，但是由于笃信黄老之学的窦太后的阻挠，儒学仍然步履维艰。武帝建元六年（前 135 年），窦太后的死为儒学的发展扫清了障碍，儒学终于迎来了春天。董仲舒顺势而动，援阴阳入儒，在总结先秦诸子思想的基础上，提出了自己的王霸义理思想，建立了“新儒学”体系，成为中国儒学发展史上举足轻重的人物。董仲舒治国思想的核心是德主刑辅。

一、修道明仁，尊礼施教

董仲舒的德治思想是通过对“道”的阐释而建立起来的。“道”是我国古代思想家经常使用的一个哲学范畴，董仲舒也引入了这一概念。他说:“道者，所由适于治之路也，仁义礼乐皆其具也”（《汉书·董仲舒传》），也就是说，“道”是治国的必由之路，而其根本的方法就是礼义道德。可见，董仲舒的核心价值观还是儒家传统的礼义思想，这是董仲舒思想体系的立足点。

援阴阳五行思想入儒是董仲舒思想的最大特点。董仲舒创立了“天人感应说”，以论证他所主张的礼仪道德是出于天意。他说:“天人之征，古今之道也”（《汉书·董仲舒传》），而天人之间相通的途径就是阴阳五行。为了论证他所主张的儒家思想是天的意志，董仲舒吸取了思孟学派和邹衍的观点，把儒家宣传的仁、义、礼、智、信与阴阳五行结合起来，赋予阴阳五行以道德伦理的意义。他说：“五行者，乃孝子忠臣之行也!”（《春秋繁露·为人者天》）“东方者木，农之本，司农尚仁……南方者火也，本朝，司马尚智……中央者土，君官也，司营尚信……西方者金，大理司徒也，司徒尚义……北方者水，执法司寇也，司寇尚礼。”（《春秋繁露·五行相生》）董仲舒把儒家的伦理道德思想与天人观结合起来，创立了一套天人合一的道德体系，其根本目的还是要宣传儒家思想，不过，他却把儒家思想说成是天的意志的体现，这就为儒家思想罩上了一层神秘的、不可动摇的光环，为儒家思想成为自然和社会最高的道德法则创立了理论依据。

“仁”是儒家思想的基础，也是董仲舒道德体系的核心。他说：“仁，天心，察于天之意，无穷极之仁也！”（《春秋繁露·为人者天》）“仁”既然是出于天之本性，那么也是人们必须遵守的道德准则，“人之受命于天也，取仁于天而仁也”！（《春秋繁露·为人者天》）“莫近于仁，莫急于知”（《春秋繁露·必仁且知》），因此统治者必须施行“仁政”。如果不施行“仁政”，那就是违反天意，上天就会以灾异的形式进行惩罚。董仲舒运用历史上的例子说明，如果不顺从天道，实施仁政，那么以有道伐无道就是上天意志的体现。他说：“夏无道而殷伐之，殷无道而周伐之，周无道而秦伐之，秦无道而汉伐之，有道伐无道，此天理也！”（《春秋繁露·尧舜不擅移汤武不专杀》）反之，如果顺从天道，上天就会给予奖赏，“至于宣王，思昔先王之德，兴滞补弊，明文武之功业，周道粲然复兴，诗人美之而作，上天佑之”（《汉书·董仲舒传》）。董仲舒以此为儒家宣传的仁义道德提供理论依据，为儒家思想披上了一层神秘的外衣。

从“仁政”的观念出发，董仲舒强调君主要加强个人修养。他指出：“天之生民，非为王也，而天立王以为民也。故其德足以安乐民者，天予之；其恶足以贼害民者，天夺之。”（《春秋繁露·尧舜不擅移汤武不专杀》）在董仲舒应汉武帝询问治国方策而答问的《天人三策》里，他对汉武帝提出了“五正”的要求，即“正心”“正朝廷”“正百官”“正万民”“正四方”。这五个方面是环环相扣的，也就是以“正心”为出发点，最终达到“正四方”的目的。君主要做到“正心”，就必须加强自己的个人修养，要像尧那样以“天下为忧”“诛逐乱臣，务求贤圣”，而不能像纣那样“逆天暴物，杀戮贤知，残贼百姓”，这样就可以使“众圣辅德，贤能佐职，教化大行，天下和洽，万民皆安仁乐谊，各得其宜，动作应礼，从容中道”（《汉书·董仲舒传》）。如果君主能做到“上谨于承天意，以顺命也；下务明教化民，以成性也；正法度之宜，别上下之序，以防欲也”（《汉书·董仲舒传》），就能举“大本”，这个“大本”就是上下尊卑的统治秩序。董仲舒还指出：“尧兢兢日行其道，而舜业业日致其孝，善积而名显，德章而身尊，此其浸明浸昌之道也。积善在身，犹长日加益，而人不知也；积恶在身，犹火销膏，而人不见也”（《汉书·董仲舒传》）。奉劝统治者不舍小善，不为小恶。

董仲舒还提出“性三品”说，将人划分为三等：“圣人之性”天然是伟大的，无须教化；“斗筲之性”大逆不道，没有资格受教化；“中民之性”有善质而未能全善。这种善质，唯有通过圣人教化才能变善，所以董仲舒非常重视教化的作用。他说：“命者天之令也，性者生之质也，情者人之欲也”（《汉书·董仲舒传》），人生来就有各种各样的秉性，“或夭或寿，或仁或鄙”，是各不相同的。因为人的本性善恶不同，所以必须实行自上而下的教化，否则就会“教化不立，而万民不正也”（《汉书·董仲舒传》）。

董仲舒特别强调，教化万民是君主的职责：“夫万民之从利也，如水之走下，不以教化堤防之，不能止也！是故教化立而奸邪皆止者，其堤防完也；教化废而奸邪并出，刑罚不能胜者，其堤防坏也！”（《汉书·董仲舒传》）他举秦帝国二世而亡的例子来说明教化的重要性，“秦继其后……重禁文学，不得挟书，弃捐礼谊而恶闻之，其心欲尽灭先圣之道，而颛为自恣苟简之治，故立为天子十四岁而国破亡矣”（《汉书·董仲舒传》）。也就是说，只有顺从民意，施行仁政，才会得到上天的眷顾。“太学者，贤士之所关也，教化之本原也”（《汉书·董仲舒传》）。教化的内容就是儒家一贯宣扬的仁义道德，“渐民以仁，摩民以谊，节民以礼”（《汉书·董仲舒传》），从而达到“教化行而习俗美”的目的。

从“仁“的观点出发，董仲舒还提出统治者不应与民争利的思想。他认为高官富商与民争利，就会使财富分配严重不公，而出现大贫大富的分化，“富者奢侈羡溢，贫者穷急愁苦”（《汉书·董仲舒传》），从而导致“大富则骄，大贫则忧；忧则为盗，骄则为暴”（《春秋繁露·度制》）的社会动乱，而贫富不公又导致“民之所以嚣嚣苦不足”而“不乐生”的局面。如果“民不乐生”“尚不避死，安能避罪”？因此，不与民争利不仅是“上天之理”，而且也是“太古之道”。他还指出：“尔好义，则民向仁而俗善；尔好利，则民好邪而俗败。”（《汉书·董仲舒传》）如果官吏贪污求利，百姓就会上行下效，导致风俗败坏。他说在三王五帝之时，人们只承担什一之税，而徭役也“使民不过岁三日”，因此“民家给人足，无怨望忿怒之患，强弱之难，无谗贼妒疾之人，民修德而美好”（《春秋繁露·王道》）。而桀纣之时，因为“侈宫室，广苑囿，穷五采之变，极饰材之工，困野兽之足，竭山泽之利……”（《春秋繁露·王道》）而导致灭亡。所以他主张明智的统治者必须“象天所为为制度，使诸有大奉禄亦皆不得兼小利，与民争利业”（《春秋繁露·度制》），“则于众人之情，见乱之所从生，故其制人道而差上下也，使富者足以示贵而不至于骄，贫者足以养生而不至于忧，以此为度而调均之”（《春秋繁露·度制》），以此达到“财不匮而上下相安”的目的。因此，他劝汉武帝要“限民名田，以澹不足，塞并兼之路”（《汉书·食货志》），“薄赋敛，省徭役，以宽民力”（《汉书·食货志》），“盐铁皆归于民”（《汉书·食货志》），“去奴婢”“除专杀之威”等等，“然后可善治也”。

董仲舒的上述思想，虽然是从巩固统治的目的出发，但对于限制君权、推行仁政，起到了不可忽视的作用。

二、德主刑辅，德刑并举

针对秦朝以法家思想治国而导致覆亡的现实教训，董仲舒提出了反对用刑的观点。他同样是以阴阳五行的观点，把反对用刑说成是天的意志。他说：“天出阳，为暖以生之；地出阴，为清以成之，不暖不生，不清不成。然而计其多少之分，则暖暑居百，而清寒居一。”（《春秋繁露·暖燠孰多》）“阳之出，常县于前而任岁事；阴之出，常县于后而守空虚。阳之休也，功已成于上而伏于下；阴之伏也，不得近义而远其处也！天之任阳不任阴，好德不好刑如是，故阳出而前，阴出而后，尊德而卑刑之心见矣！”（《春秋繁露·天道无二》）董仲舒把“德”和“刑”分别与“暖暑”“清寒”联系起来，把四时变化引起的生物消长衰亡与人类社会的刑德作比附，目的是阐明其“任德不任刑”的政治理想。所以他指出：“王者欲有所为，宜求其端于天。天道大者，在于阴阳。阳为德，阴为刑。天使阳常居大夏，而以生育长养为事，阴常居大冬，而积于空虚不用之处，以此见天之任德不任刑也”（《汉书·董仲舒传》），“刑者不可任以治世，犹阴之不可任以成岁也。为政而任刑，不顺于天，故先王莫之肯为也”（《汉书·董仲舒传》），“为政而任刑，谓之逆天，非王道也”（《春秋繁露·阳尊阴卑》），“天之道，任阳不任阴；王者之道，任德不任刑”（《春秋繁露·执贽》）。正确的做法是效法圣人，“多其爱而少其严，厚其德而简其刑，以此配天”（《春秋繁露·基义》）。

但是，董仲舒不但认识到了秦因严刑苛法而导致的厄运，还看到了汉初因奉行黄老之学而导致的刑罚无为带来的恶果，因此他并非主张完全废除刑法，故此他说：“天道之常，一阴一阳。阳者，天之德也！阴者，天之刑也。”（《春秋繁露·阴阳义》）因为“阳不得阴之助，亦不能独成岁”（《汉书·董仲舒传》），所以应该阴阳互补，德刑并举。这种以阴阳四时喻德刑，以天意释赏罚的观点萌芽已久，《左传·襄公二十六年》有言：“古之治民者，劝赏而畏刑，恤民不倦；赏以春夏，刑以秋冬。”《管子·四时》也说：“阴阳者天地之大理也，四时者阴阳之大经也，刑德者四时之合也。”其又曰：“德始于春，长于夏；刑始于秋，流于冬。德刑不失，四时如一。”董仲舒把这种分赏罚于四时的观点进行改造，成为他以阴阳喻赏罚的基调。

董仲舒反对严刑苛法，但对于量刑得当的刑罚，董仲舒还是持赞成态度的。“庆为春，赏为夏，罚为秋，刑为冬。庆赏罚刑之不可不具也，如春夏秋冬不可不备也；庆赏罚刑当其处不可不发，若暖暑清寒当其时不可不出也；庆赏罚刑各有正处，如春夏秋冬各有时也。”（《春秋繁露·四时之副》）庆赏罚刑不可偏废，就好像四时不能或缺一样。因为四时有序，所以庆赏罚刑必须合理。可见，董仲舒强调的实际上是以“仁”为核心，以德为主而以刑为辅，德刑并用的治世法则，而并非完全排斥刑罚，只是认为不可专任刑罚。

董仲舒以阴阳四时喻德刑不可偏废，把“德治”与“法治”看成是车之两轮，共行而不悖，为自己的“德主刑辅”理论在上天那里找到了依据。

董仲舒还非常明确地倡言德刑共举，威惠兼施。他说："教，政之本也。狱，政之末也。其事异域，其用一也"（《春秋繁露·精华》），教化和刑罚的目的都是为了更好地治理国家，维护统治。鉴于这样的目的，董仲舒劝诫统治者一定要认识到，"国之所以为国者，德也；君主所以为君者，威也，故德不可共，威不可分，德共则失恩，威分则失权，失权则君贱，失恩则民散，民散则国乱，君贱则臣叛"（《春秋繁露·保位权》）。因此，他奉劝为人君者要"固守其德以附其民，固执其权以正其臣"（《春秋繁露·保位权》）。为了维护君权，君主的驭人之术特别重要，"为人主者，居至德之位，操杀生之势，以变化民，民之从主也，如草木之应四时也!"（《春秋繁露·威德所生》）也就是说，君主必须要紧握生杀予夺的大权，采用恩威并施的方法，来维护自己的统治。所以，董仲舒实际上吸收了法家学说中有利于统治的思想，以使其服务儒家所力倡的王道政治。

三、德主刑辅简评

在董仲舒之前，儒、法两家的观点基本是水火不容的。孔子创立了"仁学"，提出"为政以德"，强调仁政，贬抑刑罚。他说："道之以政，齐之以刑，民免而无耻；道之以德，齐之以礼，有耻且格。"（《论语·为政》）虽然孔子还说过："礼乐不兴，则刑罚不中；刑罚不中，则民无所措手足"（《论语·子路》），其根本目的还是强调礼乐教化。荀子虽然提出"隆礼重法"的主张，但是他从"性恶论"的观点出发，认为"礼"和"法"具有不同的适用对象，"士以上则必以礼乐节之，众庶百姓则必以法数制之"（《荀子·富国篇》)。也就是说，礼乐只能施于士大夫，对于普通的老百姓不能实行仁政，而只能以法律进行约束。所以，荀子思想还有很大的片面性。荀子思想经由李斯继承，在秦朝的实践就变成了一味强调法治，最后甚至变成严刑苛法，以致秦王朝仅15年就被农民起义推翻。

与之相反的是，调和“德”“刑”的观念在黄老学派那里却早已经产生。《黄帝四经》开篇就提出“道生法”的观点。《十大经·姓争》也说：“刑德皇皇，日月相望，以明其当。望失其当，环视其殃。天德皇皇，非刑不行，缪缪天刑，非德必倾，刑德相养，逆顺若成。刑晦而德明，刑阴而德阳，刑微而德彰。”可见，“刑德相养”的观点是董仲舒思想的来源，这种观点被董仲舒继承，直接发展成“德主刑辅”的观念。

董仲舒“德主刑辅”的思想顺应了时代的需要，使儒家学说第一次有了政治话语权。经历了春秋战国时期的社会巨变，以法家学说为统治思想的秦王朝统一了六国，但秦王朝的旋即灭亡无疑证明了法家思想实践的失败。而汉初推行“黄老之学”的无为而治政策，又造成了封国势力的恶性膨胀，以致出现了“七国之乱”的不治局面。儒学虽然致力于建立封建秩序，但它的空谈仁义也显示出先天的软骨病。在这样的情况下，董仲舒顺时而动，吸取了先秦阴阳家、法家，黄老学派思想中有利于统治的成分，提出德主刑辅的观点，实现了道德教化与法律强制的互补，改变了儒家的空疏，成为一种有用的“实学”，也成为西汉以后，历代统治者奉行不悖的治国理念，对中国政治文化产生了深远而广泛的影响。

原文载于《衡水学院学报》2011年第6期。

王爱民（1971—），男，山东滨州人，滨州学院历史与社会学系讲师，历史学硕士。

治理范式的转向：董仲舒国家治理思想初探

刘　刚

董仲舒（约前179—前104），字宽夫，西汉“杰出的政治思想家、哲学家和教育家”[1]。武帝时，董仲舒曾两任诸侯王相，晚年则居家著书，一生著有《春秋繁露》《春秋决狱》等。针对国家治理的需求，董仲舒在继承孔、孟思想的基础上，吸收了阴阳五行等诸家有利于巩固封建专制统治的因素，建立了一套“天人合一”的新儒学，而他的国家治理思想，使得封建王权的治理范式开始转向。

一、董仲舒国家治理思想产生的历史机缘

（一）时代所需

秦朝采用法家思想来治理国家，过度地运用刑罚，劳民太重，不重民生，故不能获得民心，致使内外矛盾加剧，秦二世而亡。汉初，在统治者的精心治理之下，社会得以稳定，王权得以巩固，但帝国仍处于“内忧外患”之中。一方面，诸侯强大，威胁中央政

权，汉景帝时平了吴楚七国的叛乱，但是中央政权与诸侯代表的地方势力的矛盾仍然较大。另一方面，外有匈奴侵犯，威胁着汉政权的稳定。

汉初实行黄老无为的国家治理政策，农民得以休养生息，《汉书·食货志》载："外事四夷，内兴功利，役费并兴，而民去本"。但阶级分化、贫富不均等现象凸显，社会矛盾不断激化，急需一种能够稳定政权、化解民怨、对国家进行良性治理的范式。董仲舒在对秦亡及社会现实进行深刻反思的基础上，针对内忧外患和刑罚过重等问题，提出"王权天授""独尊儒术""大德而小刑"等国家治理思想，迎合了时代的诉求。

（二）帝王所需

汉初统治者刘邦出生低微，靠武力取得的政权，为此，西汉初期的帝王，急需为君权找到一个合法的基础。而董仲舒提出的"受命之君，天意之所予也"（《春秋繁露·深察名号》）的"王权天授""尊君""君者民之心也，君之所好，民必从之"（《春秋繁露·为人者天》）等正是王朝最高统治者所急于寻求的。董仲舒将帝王权力的来源，建构在"天"赋予的基础之上，正迎合了帝王心愿。由此，董仲舒抓住了历史机缘，其建构的治理范式，迎合了时代所求及帝王所需，得到王朝统治者的认可。最终将其推向了历史舞台，并付诸了政治实践，使其在国家治理思想的史册之中大放光彩。

二、董仲舒国家治理思想的凸显

（一）治理权力的"合法来源"："王权天授"

管理主体行使治理权时，首要考虑其权利的"合法来源"，董仲舒的国家治理思想，完美地解决了这个困扰。董仲舒把源于阴阳、五行的学说与儒家的天命、天道结合起来，以“天人感应”说确立了“王权天授”“君权神授”观，为王权的合法性进行了哲学及神学上的论证，从根本上为国家治理找到了“合法的来源”。在董仲舒看来，宇宙万物统一于天，天是万物之源、百神之君，“人之曾祖父”，受命于天的君主奉天道，统一于天，天下万民则又统一于王，即代表天意的王拥有国家治理的最高权力。

董仲舒认为统治人间的君主，其君权也是上天所赋予的。为了进一步论证人君统一于天，万民统一于人君的政治大一统之必然性与合理性，董仲舒提出“天人相类”“天人合一”。他指出，天子“号天之子也”。人君“受命”，乃“百神之大君”的“天意之所予也”。有情感与意志的天，通过授权于君王，间接行使着对人间的统治权，直接行使统治万民权力的则是君王。在他看来，“汤受命而王”，“文王受命而王”等皆是历代君主从上天那得到受命，然后才得以称王。

为增强其权威性和说服力，董仲舒将君臣、父子、夫妇关系和“仁、义、礼、智、信”五德及天地、阴阳、五行联姻，为“三纲五常”找到了存在于天地之间的哲学和神学依据。“三纲”由于强调主体对于从属体的绝对权威，进一步强化了封建君主专制，巩固了王朝政权，促进了长治久安，避免国家分裂引发战乱带给人民的生存之威胁、生活之痛苦，宏观上保障了民生。

（二）制约机制的设计：“伸君，伸天”

在国家治理体系的架构之中，董仲舒设计了一套“完美”的制约机制——“屈民而伸君，屈君而伸天”。董仲舒强调“屈民而伸君”，民要服从于君，即民受制于君。君主是人间唯一能“通天地、阴阳、四时、日月、星辰、山川、人伦，德侔天地”者（《春秋繁露·三代改制质文》），董仲舒曰：“天之所大奉使之王者，必有非人力所能致而自至者，此受命之符也，天下之人同心归之若归父母，故天瑞应诚而至。《书》曰：白鱼入于王舟，有火复于王屋，流为乌，此盖受命之符也。”（《汉书·董仲舒传》）董仲舒进一步提出，天、王、民三者，必须是王法天，民法王。所谓“唯天子受命于天，天下受命于天子”（《春秋繁露·为人者天》），君王从某种意义上讲就是一个可与天地之道相通的神灵，理所当然是民众的治理者。

“屈君而伸天”，君权要受天的制约。君主必须秉承天意，依上天的原则办事，即“王者承天意以从事”（《春秋繁露·尧舜不擅移汤武不专杀》）。其制约机制的可贵之处是，天人理论在赋予君主极大的国家治理权力的同时还提供了一种权力约束机制，这便是他的灾异谴告说和符命祥瑞说。董仲舒认为，君主受命于天，不仅意味着天授予了君主统治臣民、治理国家的最高权力，而且意味着君主必须对天负责，“视天如父”，恭行天道。天是最尊最贵的，君主不过是执行“天意”“天道”的工具。君王违反天道要受天的惩罚。君主为政不善，天就会降灾异。董仲舒指出：“凡灾之本，尽生于国家之失，乃始萌芽，而天出灾异以谴告之。谴告之而不知变，乃见怪异以惊骇之。惊骇之尚不知畏恐，其殃咎乃至。”（《春秋繁露·必仁且智》）还强调：“王者与臣无礼，貌不肃敬，则木不曲直，而夏多暴风……王者言不从，则金不从革，而秋多霹雳王者视不明，则水火不炎上，而秋多电……王者听不聪，则水不润下，而春夏多暴雨……王者心不能容，则稼穑不成，而秋多雷。”（《春秋繁露·五行五事》）在董仲舒看来，必须对君权进行约束和规范，使其一言一行、一举一动皆合于“道”，如此天才会让国昌泰，而君尊安。

（三）意识形态的专制统治："独尊儒术"

"任何一个时代的统治思想始终都不过是统治阶级的思想[2]。"董仲舒强调："《春秋》大一统者，天地之常经，古今之通谊也。今师异道，人异论，百家殊方，旨意不同，是以上亡以持一统，法度数变，下不知所守臣愚以为，诸不在六艺之科、孔子之术者，皆绝其道，勿使并进，邪辟之说灭息，然后统纪可一，而法度可明，民知所从矣。"他认为统治者治理国家，要有统一的法度，必须实现意识形态上的一元，人民才能有统一的行为准则，才能去遵守这个法度。否则，就会出乱子，君王的治理就不会好转，统治亦不会长久。鉴于"亡秦独尊法家，用民太急，治道过于贲张，失之过'左'；汉初用小国寡民无为之术，治道过于松弛，失之过'右'"，董仲舒以《春秋》之言为基础，提出了"罢黜百家，独尊儒术"。

"汉兴六十余载，海内乂安，府库充实，而四夷未宾，制度多阙。"[3]黄老"清静无为"的治理思想，阻碍了社会发展。汉武帝意识到，要变"无为"为"有为"，就必须建构一个新的社会主导思想，推动社会变革。董仲舒的"独尊儒术"成了他最佳的选择。汉武帝欣然采纳了他的建议，儒学取代了汉初的"黄老之学"成为新的社会主导思想，从此使儒学上升为封建社会主要的社会意识形态，实现了对人民大众意识形态的专制统治。"独尊儒术"标志着以儒学为主体，大一统的封建主义意识形态的形成。确立"独尊儒术"专制统治思想后，汉武帝大刀阔斧全面推行了社会大变革，建立中朝削弱相权，巩固皇权；颁行"推恩令"，实行"举孝廉"，建立察举制；立太学，置博士，读经入仕。总之，"独尊儒术"思想的确立，为汉武帝雄才大略的充分施展，扫清了思想障碍，也为汉王朝确立了社会意识形态的专制统治，推动了社会变革和发展，实现了社会的稳定和良好治理。

（四）国家治理的基本范式："大德而小刑"

国家治理的实践中，董仲舒主张儒法并用，且更重德治。董仲舒强调，治理国家须以德政，"在位者之不能以恶服人也"（《春秋繁露·玉杯》）。君主遵循天道治国，就必须推行德治。他在《春秋繁露·保位权》中指出："国之所以为国者，德也，是故为人君者，固守其德，以附其民。固执其权，以正其臣。"他还在《春秋繁露·立元神》中指出："古以德为国者，甘于蜜，固于胶漆。"

《春秋繁露·尧舜汤武》云："天之生民，非为王也，而天立王以为民也。故其德足以安乐民者，天予之；其恶足以贼害民者，天夺之。"君主遵循天道治国，就必须推行德治。具体而言有两个方面：其一，行教化，以道德教化人民[4]。董仲舒认为，君主"南面而治天下，莫不以教化为大务"（《汉书·董仲舒传》）。原因是："天生民，性有善质，而未能为善。"（《春秋繁露·深察名号》）必待"王教之化也"。目的是通过广泛的教育宣传，使得人人都能"贵孝弟而好礼义，重仁廉而轻财利"（《春秋繁露·为人者天》），成为君主的忠臣和顺民。其二，施仁政。他要求统治者把握住使贫富矛盾激化的度，勿与民争利，唯有如此方能符合天道。他说"夫天亦有分予。予其齿者去其角，傅其翼者两其足。"圣明君主依天施政"使诸有大奉禄亦皆不得兼小利，与民争利业，乃天理也"（《春秋繁露·度制》），"簿赋敛，省徭役，以宽民力"（《汉书·食货志》）；"不夺民时，使民不过岁三日"（《春秋繁露·王道》），"去奴婢，除专杀之威"（《汉书·食货志》）等。董仲舒深知民是君的统治对象和财利之源，希望通过某种限制，使"民财内足以养老尽孝，外足以事上共税，下足以畜妻子极爱"（《汉书·食货志》），以此保障民的基本生活需求，这是对君主政治的社会与物质基础的最大维护。

董仲舒并没有忽视刑罚的作用。只是他认为和德相比，刑是第二位的，“大德小刑”“先德而后刑”“任德而远刑”。《春秋繁露·阳尊阴卑》曰：“阳，天之德。阴，天之刑也，阳气暖而阴气寒，阳气予而阴气夺，阳气仁而阴气戾，阳气宽而阴气急，阳气爱而阴气恶，阳气生而阴气杀，天之好仁而近，恶戾之变而远，大德而小刑之意也。”董仲舒主张治狱量刑必须具体分析，动机和效果理应兼顾。《春秋繁露·精华》云：“《春秋》之听狱也，必本其事而原其志。”同时，他认为刑罚必须公正，如果刑罚不中、不公正，就会产生灾异。“王者为民，治则不可不明，准绳不可不正。”（《春秋繁露·五行五事》）“不平不可发刑罚之威。”（《春秋繁露·威德所生》）德教与刑罚的关系上，董仲舒还是主张德刑并用、恩威并施，只是强调以德教为主要手段辅以刑罚而已[5]。董仲舒认为“刑者德之辅”，强调“好德而不好刑”。可见，董仲舒用“大德而小刑”构筑了国家治理的基本范式，有力地维护了治理主体的权威，实现了王朝的良好治理。

三、董仲舒国家治理思想的影响

（一）为西汉王朝的专制统治奠定了坚实的理论基础

在统治者的推崇下，董仲舒将国家治理思想成功地运用于政治实践，推动汉王朝建立了“大一统”的基本政治格局，建构了国家治理的基本范式，且影响中国政治文明近两千多年。董仲舒的国家治理思想为汉初的政治、社会新秩序提供了理论根据，成功地解决了政治合法性的困扰，维护了王朝统治者的绝对权威，思想意识形态上实现了“独尊儒家”的局面，从根本上促进了封建政权的统一和稳固，保障了国家长治久安。

董仲舒的国家治理思想对抑制王权、官僚特权，保障民权，缓解社会矛盾，维护社会稳定起到了积极的作用。封建体制下，皇帝随心所欲施展王权，官僚、贵族、侯王凭借封建特权，掠夺兼并土地，明争暗抢社会资源，阶级矛盾日益剧烈。针对这些情况，董仲舒的国家治理思想，一方面讲王权的神圣性，另一方面又以“灾变谴告”和“君权天制”论，对王权进行限制，用圣人和天意把自己的政见神圣化，对不仁道的王权进行抨击和进谏。五常之道中“仁、义、礼、智、信”的推行，兴学养士求贤之策的实施，正直仁义士大夫的涌现，以及在其治理思想的框架下提出的“限民名田”、废除盐铁官营、节约民力、保证农时等措施，一定程度上限制官僚、贵族、侯王的封建特权，保障了平民利益，有效缓和了阶级矛盾，促进了生产发展和国家稳定。

（二）对儒学的推崇使得儒家思想上升为封建社会的统治思想

董仲舒看到国家治理的好坏与思想文化的一元或多元有着密切的关系。在他看来，实现国家治理的良好局面，必须有思想上的大一统为后盾。为此，董仲舒主张一元，实行思想文化专制。对此，董仲舒建立起前所未有、兼容百家的新儒学体系。董仲舒在答汉武帝策问时指出，大一统是《春秋》大旨之一，是天经地义的，永远合理的，汉初缺乏统一的思想，从而导致法律制度经常更改，人民无所措手足，同时他强调要“罢黜百家，独尊儒术”，将人们的思想统一于儒家学说，唯此，封建政权才能巩固，国家法度才会明了，人民才有所遵从，国家治理意图才能如愿。董仲舒的建议，得到汉武帝的采纳，从此，儒家思想也取得了意识形态中主流派的正统地位[6]。

（三）标志着封建王朝治理范式的正式确立

董仲舒以“王权天授”“独尊儒术”“大德而小刑”等建构了国家治理的基本范式，特别是对儒家的推崇，实现了对国民意识形态度的绝对统治，在国家治理主体的选择上以及对帝王的制约上，董仲舒都有独特的发挥。董仲舒的国家治理思想得到了汉武帝的采纳，在具体的实践中最高统治者采取了儒法并用。《汉书·元帝纪》之中有记载，汉宣帝说："汉家自有制度，本以霸王道杂之。奈何纯任德教，用周政乎？"德教与刑罚并用乃汉帝王的御民、治国之术。只用德的教化并不能使人完全改正，刑罚之策是其良好的补充。此外，刑罚对臣民也有威慑作用。西汉统治者吸收了董仲舒的国家治理思想，实现了儒法并用的国家治理模式，从而使封建王朝的国家治理范式得以正式确立。

总之，董仲舒的国家治理思想一经汉初的政治实践便取得了极大成功，很快受到封建统治者的欢迎，并对后世历代王朝都产生了深远的影响。

参考文献：

[1] 王永祥. 董仲舒评传 [M]. 南京：南京大学出版社，1995：440.

[2] 马克思，恩格斯. 马克思恩格斯选集 [M]. 北京：人民出版社，1995：292.

[3] 班固. 汉书 [M]. 北京：中华书局出版社，1962：2633.

[4] 彭新武. 管理哲学导论 [M]. 北京：中国人民大学出版社，2006：15.

[5] 马勇. 旷世大儒——董仲舒 [M]. 石家庄：河北人民出版社，2000：246.

[6] 北京大学哲学系中国哲学教研室. 中国哲学史 [M]. 北京：北京大学出版社，2001：151.

原文载于《衡水学院学报》2011 年第 5 期。

刘　刚（1982-），男，山东枣庄人，福建师范大学公共管理学院硕士研究生，人力资源管理师。

图书在版编目（CIP）数据

董仲舒研究文库. 第一辑 / 魏彦红主编.
—成都：巴蜀书社，2013
ISBN 978-7-5531-0337-2

Ⅰ.①董… Ⅱ.①魏… Ⅲ.①董仲舒（前 179~前 104）
—哲学思想—思想评论—文集 Ⅳ.①B234.55—53

中国版本图书馆 CIP 数据核字（2013）第 219336 号

董仲舒研究文库（第一辑） 魏彦红 主编

责任编辑 熊 欣
出 版 巴蜀书社
成都市槐树街 2 号 邮编 610031
总编室电话：(028)86259397
网 址 www.bsbook.com
发 行 巴蜀书社
发行科电话：(028)86259422 86259423
经 销 新华书店
照 排 四川胜翔数码印务设计有限公司
印 刷 成都翔川印务有限责任公司
版 次 2013 年 6 月第 1 版
印 次 2015 年 10 月第 2 次印刷
成品尺寸 210mm×148mm
印 张 20.25
字 数 500 千
书 号 ISBN 978-7-5531-0337-2
定 价 66.00 元